LESLEY LOKKO | Wie auf Wolken

Lesley Lokko im Gespräch

Lesley Lokko, wo schreiben Sie Ihre Bücher?
Wenn ich in meinem Haus in Ghana bin, entstehen meine Bücher in meinem Arbeitszimmer, von wo aus ich in den Garten und in einen alten Cashewnussbaum sehe – wunderschön! In meiner Wohnung in London fällt mein Blick aus dem Fenster auf eine Feuerwehrwache.

Was lenkt Sie vom Schreiben ab?
Im Moment mein Freund, der in Deutschland wohnt.

Haben Sie einen Lieblingsschriftsteller?
Ja, ich liebe die Bücher von Nadine Gordimer. Viele Leute sehen diese Autorin vor allem als eine politische Schriftstellerin, aber mir gefällt einfach ihre besondere Art, Sprache einzusetzen. Das macht sie wirklich ganz beeindruckend.

Wer sind Ihre Helden im wahren Leben?
Wenn ich mich für nur einen entscheiden müsste, dann besäße dieser Mensch die Gewandtheit von Barack Obama, die Menschlichkeit und Stärke von Nelson Mandela, die Vorstellungskraft des ghanaischen Staatsmanns und Philosophen Kwame Nkrumah und den Körper von Angelina Jolie.

Zur Autorin

Lesley Lokko, 1964 in Schottland geboren, stammt aus einem ghanaisch-schottischen Elternhaus. Sie studierte Architektur und pendelt heute zwischen London und Accra. Im Diana Verlag sind von Lesley Lokko bereits ihre erfolgreichen Romane *Die Welt zu Füßen*, *Wen die Götter küssen* und *Mein ist die Welt* erschienen.

LESLEY LOKKO

Wie auf Wolken

Roman

Aus dem Englischen von Angelika Felenda

Diana Verlag

Die Originalausgabe erschien 2009 unter dem Titel *Rich Girl Poor Girl*
bei Orion Books, an imprint of The Orion Publishing Group Ltd., London

FSC
Mix
Produktgruppe aus vorbildlich bewirtschafteten Wäldern und anderen kontrollierten Herkünften
Zert.-Nr. SGS-COC-001940
www.fsc.org
© 1996 Forest Stewardship Council

Verlagsgruppe Random House FSC-DEU-0100
Das für dieses Buch verwendete
FSC-zertifizierte Papier *Holmen Book Cream*
liefert Holmen Paper, Hallstavik, Schweden.

Deutsche Erstausgabe 08/2010

Redaktion | Uta Rupprecht
Herstellung | Helga Schörnig
Umschlagmotiv | © Bernd Vogel/Corbis
und © Hauptmann & Kompanie Werbeagentur, Zürich
Umschlaggestaltung | Hauptmann & Kompanie Werbeagentur,
Zürich, Teresa Mutzenbach
Satz | Leingärtner, Nabburg
Druck und Bindung | GGP Media GmbH, Pößneck
Printed in Germany 2010
978-3-453-35261-2

www.diana-verlag.de

Für Patrick.
Dies ist auch sein Buch, und es ist für ihn.

Teil 1

Prolog

London, England, 2007

Dichter Regen fiel aus einem so dunklen Himmel, dass es zu dämmern schien, obwohl es an diesem Dezembertag erst elf Uhr morgens war. Die junge Frau auf dem Rücksitz des Wagens zog fröstelnd ihren Paschmina-Schal um die Schultern und drückte die Nase an die Scheibe. Sie fuhren an der British Library und den endlosen Baustellen an der Euston Road vorbei. Die alten Bogengewölbe gab es noch, aber das alte Gaswerk nicht mehr. Alles war abgerissen worden, um Platz für den neuen Bahnhof zu schaffen. Von St Pancras nach Paris in nur ein paar Stunden. Beim Gedanken an Paris durchfuhr sie der übliche schmerzhafte Stich. Dort hatte sie sie zum letzten Mal gesehen – alle hatten sie dort zum letzten Mal gesehen. Aber es war besser, nicht daran zu denken. Vor allem jetzt nicht.

Sie hatte Magenkrämpfe, als der Fahrer schließlich vor einem kleinen, ziemlich schäbigen Gebäude in der Camley Street hielt. *Untersuchungsgericht St Pancras Nordlondon* stand darauf. *Eintritt nur mit Termin.* Sie war noch nie in einem Gericht gewesen. Oder bei einer gerichtlichen Untersuchung. Eine reine Routinesache, hatte ihr der Anwalt am Telefon gesagt. Nicht als Zeugin oder Verdächtige natürlich … Sie brauche sich keine Sorgen zu machen – niemand von ihnen müsse sich Sorgen machen. Sie hätte ihm gerne geglaubt.

»Soll ich auf Sie warten, Miss?«, fragte der Fahrer.

Sie nickte. »Ja, bitte. Ich weiß nicht, wie lange es dauern

wird. Parken Sie doch irgendwo in der Nähe. Ich rufe Sie an, wenn ich fertig bin.«

»Sehr gern, Miss.«

Sie stieg aus und spannte den Regenschirm auf. Erneut sah sie das Schild an. Hinter ihr fuhr der Wagen langsam weg. Dann straffte sie die Schultern, holte tief Luft und stieg die Treppe hinauf. Seit den schrecklichen Ereignissen dieser Nacht waren kaum mehr als sechs Monate vergangen. Und nun würde der Albtraum noch einmal von vorn anfangen.

1

Milton Gardens Estate, Hackney, London, England, 1993

Warum nannten es eigentlich alle einen »Garten«, fragte sich die sechzehnjährige Caryn Middleton verdrossen, während sie ihr Fahrrad über den vorderen Hof von Baberton House schob. Es gab weder Blumen noch Gras. Bloß ein kahles Stück Land, von dem die Stadtverwaltung gelegentlich vergessenes Spielzeug fegen ließ, zusammen mit ein paar Spritzen von den Drogendealern aus Gascoyne, die früher vor den Wohnungen herumgelungert hatten. Aber die waren inzwischen verschwunden. Sie dachte an die Nacht, als ihre Mum die Bewohner zusammengetrommelt hatte, um sie durch eine Wache zu vertreiben. Es war ihre Mum gewesen, die an die Türen geklopft und alles organisiert hatte. Drei Nächte lang hatten sie draußen gesessen – alle, selbst die, die sonst nicht miteinander redeten. Sie hielten sich an den Händen und bildeten einen Schutzring um das Gelände. Die Polizei kam, um nachzusehen, ob es Schwierigkeiten gab, aber es gab keine. Nicht eine einzige Schlägerei. Nach der dritten Nacht machten sich die Dealer davon. *Zu viel Scheißärger*, meinten sie. In der Schule hörte Caryn, dass sie zu einem anderen Wohnblock weiter unten an der Straße gezogen waren. Alle waren zu ihrer Mum gekommen, hatten sie lachend umarmt und sich bedankt, weil sie die Leute gezwungen hatte, Flagge zu zeigen. Caryn wollte das Herz zerspringen vor Stolz. Ihre *Mum*!

Es hatte natürlich nicht angehalten. Ein paar kurze, schwindelerregende Tage lang sah es aus, als könnte Alice sich zusammenreißen. Sie rauschte durch die Wohnung, sang aus voller Kehle, putzte, wienerte, wischte Staub – ein wahrer Wirbelwind aus Energie. Dampfende Töpfe standen auf dem Herd, und wenn Caryn aus der Schule kam, war ihr kleiner Bruder Brian gebadet und gefüttert. Alice half sogar Caryn bei den Hausaufgaben. Es war himmlisch. Sie hätte es nie laut ausgesprochen, schon gar nicht Alice gegenüber, aber es war anstrengend, sich als Einzige in der Familie für alles verantwortlich zu fühlen. Nun musste sie nicht mehr ständig darauf achten, ob Brian gegessen hatte, ob genügend Milch im Kühlschrank oder ausreichend Geld im Stromzähler war. Ein paar Tage lang war sie ein gewöhnlicher Teenager mit den üblichen Teenagersorgen.

Dann brach Alice natürlich wieder zusammen, und alles war vorbei. Bald lief sie wieder im Morgenrock herum und verbrachte die meiste Zeit im Bett. An manchen Tagen kam sie nur zum Essen aus ihrem Zimmer. Es war schwer zu sagen, was ihr fehlte. *Depressionen*, behaupteten alle. Das Badezimmer war voller Pillenschachteln, aber trotz der vielen Medikamente fühlte sie sich nie besser. Caryn wusste, es lag nicht nur daran, dass Alice manchmal traurig war. Es war eher eines dieser unlösbaren Erwachsenenprobleme. Alice war anders, sie war einsam. Obwohl sie gelegentlich mit ein paar anderen Frauen in der Nachbarschaft redete, war sie in der Siedlung wie ein gestrandeter Fisch. Früher, bevor sie alle nach London gezogen waren, war sie Kunstlehrerin gewesen. Sie hatten in Colchester gelebt, aber daran konnte sich Caryn nicht erinnern. Auch an ihren Vater konnte sie sich nicht erinnern. Er war abgehauen, mit der sechzehnjährigen Tochter des Ehepaars, dem die Eckkneipe gehörte. »Kannst du dir das vorstellen … sechzehn Jahre! Genauso alt wie du, Liebling«, sagte Alice oft, bis Caryn sie bat, damit aufzuhören. Schon der Gedanke daran war ihr unangenehm.

Ihr ältester Bruder Cameron war so bald wie möglich ausgezogen, und so gab es niemanden, den sie nach dem früheren Leben der Familie fragen konnte. Ihr mittlerer Bruder Owen wohnte offiziell noch bei ihnen, war aber praktisch nie zu Hause. Das störte sie zwar, aber nur ein bisschen. Eigentlich kannte sie ihre Brüder gar nicht richtig, nicht so wie ihren kleinen Bruder Brian. Brian liebte sie mehr als alles andere auf der Welt. Er war in London geboren und hatte einen anderen Dad – Mike. Mike war Maurer und kam manchmal vorbei. Caryn mochte ihn. Er war lustig und gab ihr einen Fünfer, wenn er Brian besuchen kam. Er war braun, sogar im Winter. Sein Dad käme aus Jamaika, sagte er. Darum fanden alle, Brian sehe italienisch oder spanisch aus. Nicht so blass und englisch wie der Rest der Familie. Caryn gefiel sein Aussehen: goldfarbene Haut, lockiges braunes Haar. Alle meinten, er werde mal ein Herzensbrecher, genau wie sein Dad. Aber leider konnte Mike Alice nicht viel helfen. Er sagte, sie sei irgendwie »weggetreten«. Gut, dass Caryn kochen und den Haushalt führen könne, hatte Alice einmal zu Mrs Fields, der Nachbarin, gesagt. *Ich wüsste nicht, was ich ohne sie machen würde.* Das zu hören machte Caryn keineswegs stolz. Es war, als hätte sie etwas bekommen, was sie nicht wollte.

Sie drückte die Tür zur Eingangshalle auf und schob ihr Rad hinein. Der Fahrstuhl war kaputt, und seufzend machte sie sich an den langen Anstieg zum achten Stock. Es gab Wochen, da schien gar nichts in Ordnung zu sein.

2

»Avonlea«, Chinhoyi, Simbabwe, 1993

Der Wind hatte sich fast gelegt, als Nic Harte ihr Pferd von den Ställen über den Feldweg in Richtung Straße führte. Die Msasa-Bäume an der Auffahrt glänzten nicht mehr so prächtig wie um die Mittagszeit. Jetzt, in der kühleren Luft des Spätnachmittags, war alles still und wartete auf die Dämmerung. Hinter den verträumt schwankenden Bäumen erstreckten sich weißblonde Maisfelder bis zu den Hügeln. Sobald sie außer Sichtweite des Haupthauses war, stieg sie behände auf Simbas Rücken, drückte die Fersen in seine Flanken und spürte, wie er vorwärtsschnellte und in Galopp fiel. Fern vom Haus und dem Streit mit ihrer Stiefmutter fühlte Nic, wie sich die Beklemmung in ihrer Brust endlich löste.

Im Schatten des Msasa-Bäume galoppierten sie den schmalen Weg entlang, im Schlepptau eine Wolke aus Staub. Am Rand der Maisfelder bogen sie nach links in Richtung der Hügel ab und ritten durch das hohe, um diese Jahreszeit dürre Gras.

Dann begannen sie nach oben zu klettern. Simba wurde langsamer und suchte seinen Weg zwischen den Felsen und kleinen Steinbrocken hindurch. Eine Weile ging es stetig aufwärts, und außer ihren Atemzügen war nichts zu hören. An seinem Nacken, wo das Zaumzeug gegen seine kräftigen Muskeln rieb, zeigte sich schaumiger Schweiß. Von den sechs Pferden, die im Stall am Rand der Farm hinter dem Dienstbotentrakt standen, war Simba ihr Liebling.

Auf halber Höhe zog Nic die Zügel an und blickte auf das Haus hinab, das halb verdeckt im gelben Grasland stand. Links davon lagen verstreut die Lehmhütten und schäbigen Bretterbuden der Arbeiter, winzige Punkte in einer Landschaft, die eigens für die riesige Farm gerodet worden war. Avonlea war das größte Anwesen in der Gegend – benannt nach den grünen Feldern am Avon-Fluss, wo ihr Vater vermutlich seine Kindheit verbracht hatte. Nic war sich nicht ganz sicher, Jim Harte war nicht der Typ Mann, der über so etwas sprach. Wie die meisten anderen Leute wusste sie praktisch nichts über ihn, außer natürlich, dass er zu den reichsten Männern in Simbabwe gehörte. RhoMine, das ausgedehnte Firmennetz ihres Vaters, war der größte private Arbeitgeber im Land. Als mächtiger, ehrgeiziger und völlig rücksichtsloser Mensch mit einem berüchtigten Jähzorn war er ein beliebtes Hassobjekt. Aber Jim Harte kümmerte es einen Dreck, was andere Leute von ihm dachten.

Dennoch hatte der Erfolg seinen Preis, das Schicksal machte selbst vor dem mächtigen Jim Harte nicht halt. Seine ersten beiden Ehefrauen waren gestorben. Jane, die erste, hatte Selbstmord begangen, und man munkelte, er habe sie dazu getrieben. Es war die Rede von Affären und einem unehelichen Kind. Aber es gab keinen Beweis, nie war ein kleiner Bastard aufgetaucht. Shaun und Patrick, Nics ältere Halbbrüder, waren die einzigen Söhne, die seinen Namen trugen. Jane wurde am Ende des Anwesens in einem hübschen Rosengarten begraben, aber Nic hatte ihren Vater nie am Grab gesehen. Kurz danach heiratete er Sarah Parker, Janes beste Freundin aus England. Nachdem Jane nach Rhodesien gezogen war, hatte Sarah sie besucht, so oft sie konnte. Sie war auch bei Janes Begräbnis dabei gewesen – untröstlich, hatte Nic die Leute sagen hören. Aber sie kehrte nicht nach England zurück, sondern heiratete Jim Harte. Drei Jahre später starb auch sie, bei einem Jagdunfall. Sie hinterließ eine zweijährige Tochter. Auch ihren Namen erwähnte Jim nie wieder. Alles, was an sie erinnerte, wurde sorgfältig aus seinen verschiedenen Wohnsitzen entfernt.

Molly, seine dritte und jetzige Frau, war noch ein Teenager, als sie die Ehe mit dem sechsundvierzigjährigen, zweifach verwitweten Geschäftsmann einging. Die unsichere, farblose Tochter eines englischen Aristokraten, die Shaun, Patrick und Nic schon bei der ersten Begegnung verabscheuten, schien es darauf anzulegen, die zerbrochene Familie noch weiter zu zerstören. Sie schickte Shaun, Patrick und Nic ins Internat – zuerst nach Harare, dann nach England, so weit weg wie möglich. Sie und Jim bekamen eine Tochter, Jessica, die jetzt vier war und von Molly vergöttert wurde. Nic mochte Jessica, aber Molly ließ die Kleine nie mit ihr allein. Sie behauptete, sie könne Nic ihre kostbare Tochter nicht anvertrauen. Eines Tages hörte Nic, wie Molly zu ihrem Vater sagte, sie habe Angst, Nic würde Jessica etwas antun. Nic blieb der Mund offen stehen. Warum um alles in der Welt sollte sie Jessica etwas antun? Mit wachsender Wut hatte sie darauf gewartet, dass Jim sie verteidigte, aber er murmelte bloß etwas Unverständliches und ging hinaus.

Alles in allem sorgte Molly nicht gerade für ein harmonisches Heim. Aber Jim war kein Vater, bei dem man sich darüber beschweren konnte – wenn er ausnahmsweise zu Hause war, mussten alle den Mund halten. Die Kinder hatten große Angst vor ihm, vor allem Nic. Sie wusste, dass sie Jim an ihre Mutter Sarah erinnerte. Er konnte es nicht verbergen, denn wenn sie den Raum betrat, trat ein ärgerlicher, fast verächtlicher Ausdruck auf sein Gesicht. Nic hatte seit Langem gelernt, nicht darauf zu achten.

Sie trieb Simba den letzten Teil des Weges hinauf und machte an einem riesigen, glatten Felsbrocken halt. Es war fast halb vier Uhr nachmittags, die Schatten wurden länger und zeichneten sich schwarz am Boden ab. Die Hitze des Tages hatte die weißfleckige Oberfläche des Felsens erwärmt, Nic kletterte hinauf und streckte sich aus. Der Winterhimmel leuchtete in intensivem Blau. Kurz schloss sie die Augen und spürte die Sonne angenehm auf den Lidern. In ein paar Tagen musste sie wieder nach London in die Schule. Shaun und Patrick waren schon lange nicht mehr in Eton, wohin Jim sie hauptsächlich wegen der gesellschaftlichen Kontakte geschickt hatte. Beide arbeiteten jetzt für RhoMine. Ein Studium fand Jim reine Zeitverschwendung, seine Söhne sollten in seine Fußstapfen treten. Von Töchtern war nie die Rede. Niemand schien zu wissen, was Jim mit ihr vorhatte, am wenigsten Jim selbst. Noch zwei Jahre lang würde sie die exklusive Mädchenschule in London besuchen … aber was dann? Darum war es in dem Streit gegangen. Was Nic danach tun würde. Molly interessierte sich nicht im Geringsten dafür.

»Was meinst du mit ›hinterher‹?«, fragte sie zornig und klapperte laut mit Töpfen und Pfannen. Sie war wütend aufs Personal, wie immer.

»Wenn ich mein Abitur habe. Ich habe daran gedacht …«

»Du solltest lieber anfangen, über dein *jetziges* Benehmen nachzudenken, meine Liebe«, erwiderte Molly wegwerfend. »Ich hab's gründlich satt, Briefe von deiner Direktorin zu kriegen, wie du dich in der Schule benimmst. Warum machst du ständig solche Probleme?«

»Das tue ich *nicht*!« Nic erwiderte ihren zornigen Blick. »Abgesehen davon, was kümmert's dich?«

»Es kümmert mich nicht«, stieß Molly hervor. »Es ist mir eigentlich egal. Ach, mach nur weiter so, und lass dich wieder rauswerfen, Nicola.« Sie wandte sich ab, um ein Dienstmädchen auszuschimpfen, das ihr eine Pfanne reichte. »Nein, Mary … nicht die rote Pfanne. Die *blaue.* Gütiger Himmel. Verstehst du kein Englisch? Gib sie her!« Sie ging auf die arme Mary los, die neueste Kochschülerin in einer langen Reihe von Dienstboten, die Molly alle paar Wochen hinauswarf.

Nic kamen vor Wut die Tränen. So war es immer. »Fahr zur Hölle«, sagte sie erbost und drehte sich auf dem Absatz um.

»Nicola! Wie kannst du es wagen, so mit mir zu sprechen!« Mollys schrille Stimme folgte ihr in den Gang hinaus. »Komm sofort zurück, du undankbares Ding!«

»Leck mich«, murmelte Nic und schlug die Haustür hinter sich zu.

»Nicola! Komm *sofort* zurück. Warte nur …« Aber Nic war schon zu den Ställen gerannt, um Mollys hysterischer Stimme und ihren Drohungen zu entkommen. *Warte nur, bis dein Vater das hört! Dann schickt er dich ohne einen Penny nach England zurück! Wollen mal sehen, wie du ohne Taschengeld auskommst!* Aber was zum Teufel hatte sie denn getan? Sie hatte doch nur wissen wollen, ob es irgendeine Chance gab, das zu tun, was sie sich immer schon ersehnte. Sie wollte Schriftstellerin werden. Zur Universität gehen und nichts tun außer lesen. Und schreiben natürlich. Aber es kam ihr mit jedem Tag unwahrscheinlicher vor.

Sie lag in der Sonne, rauchte und sah zu, wie sich der blaue Rauch in der warmen Nachmittagsluft auflöste. Genau wie ihre Zukunft. Fort, bevor man sie festhalten konnte.

3

Hortensia Road 34, Fulham, London, England, 1993

»Tory!«, rief ihre Mutter von unten. »Das Abendessen ist fertig.«

Erst reagierte Tory Spiller nicht. Dann schwang sie die Beine aus dem Bett und stand auf. »Ich komme«, sagte sie tonlos zu ihrem Spiegelbild an der gegenüberliegenden Wand und öffnete die Tür.

»Tory?«

»Ich komme …«, wiederholte sie, lauter diesmal, und ging langsam die Treppe hinunter. Sie hörte, wie ihr Vater im Arbeitszimmer seine Papiere aufräumte. Als sie am Treppenabsatz war, tauchte er auf.

»Hallo, Liebling«, sagte er und nahm die Pfeife aus dem Mund. Sie sah ihn argwöhnisch an. Sie achtete immer noch auf bestimmte Anzeichen. Es gab Tage – selbst jetzt noch, nach über einem Jahr –, da war aller Glanz aus seinen Augen verschwunden, und seine Finger zitterten. »Bist du mit den Hausaufgaben fertig?«, fragte er mit einem knappen Lächeln.

»Ja«, antwortete Tory vorsichtig. Seine Stimme war ruhig, gewöhnlich ein gutes Zeichen.

»Riecht gut, nicht?« Er folgte ihr durch den Flur ins Esszimmer. Tory nickte. Alles in allem hatten sie eine ganz gute Woche hinter sich. Am Samstag war Susies neunzehnter Geburtstag gewesen. Wäre gewesen. Ihre Mum hatte einen Kuchen gebacken. Besorgt hatte Tory ihr Gesicht beobachtet, in der Hoffnung, dass sie nicht weinte. Hatte sie nicht.

»Da bist du ja!« Ihre Mutter lächelte ihr zu, ein bisschen zu strahlend. »Ich hoffe, es schmeckt. Ein ganz neues Rezept.«

»Möchtest du Wein, Gilly?«, fragte ihr Vater und nahm die Flasche vom Sideboard.

»Bloß einen Tropfen.« Ihre Mutter brachte die Kasserole herein. Tory runzelte die Stirn. Sie wirkten ein bisschen zu aufgekratzt – und das war *kein* gutes Zeichen. Aus bitterer Erfahrung hatte sie gelernt, dass einige Tage fröhlich-höflicher Konversation gewöhnlich einen Zusammenbruch ankündigten, entweder beim einen oder beim anderen. Einmal hatte sie gesehen, wie ihr Vater das Gesicht an Susies Mantel drückte, der noch immer im Schrank unter der Treppe hing. Dabei stieß er Geräusche aus, die sie aus Tierfilmen kannte. Das hatte ihr solche Angst gemacht, dass sie die Treppe hinaufflohe. Sie wünschte sich verzweifelt, sie könnte etwas tun, um den Schmerz zu lindern. »Es wird vorbeigehen«, hatte die Schulpsychologin gesagt. »Hab einfach Geduld mit ihnen. Und sei liebevoll.« Das war sie, aber manchmal hatte sie das Gefühl, für alle gemeinsam stark sein zu müssen. Von ihr hingegen schien niemand viel Notiz zu nehmen. Sie zuckte zusammen. Sie hasste sich, wenn sie solche Gedanken hatte.

»Wie steht's mit dir?«, fragte ihr Vater und drehte sich mit der Weinflasche zu ihr um. »Möchtest du auch ein Glas, Liebling?«

»Ach, John … nein«, murmelte ihre Mutter automatisch. »Sie ist doch erst …«

»Ich bin siebzehn, Mum, keine zwölf«, warf Tory ein, was sie sofort bedauerte. Susie war siebzehn gewesen … als es passierte.

Es folgte ein kurzes Schweigen. Dann goss ihr Vater langsam ein Glas Wein für sie ein. Tory konnte es nicht trinken.

Die Mahlzeit verlief in fast völliger Stille. Die Fröhlichkeit war schon wieder verschwunden. Sie müsse mit raschen Stimmungswechseln rechnen, hatte die Psychologin gesagt. Sobald sie konnte, entschuldigte sich Tory, ging nach oben in ihr Zimmer und griff nach dem Telefon. Sie musste unbedingt raus.

Zehn Minuten später lief sie die Treppe hinunter und steckte den Kopf durch die Tür. »Macht es euch etwas aus, wenn ich kurz weggehe? Ich treffe mich mit Jenny.«

Ihre Mutter fuhr zusammen. »Nein, aber komm nicht zu spät heim. Rufst du an, wenn ...«

»Gilly, sie geht bloß um die Ecke«, sagte ihr Vater leise tadelnd. Tory krümmte sich innerlich.

»Ich komme nicht zu spät zurück«, sagte sie und zog die Tür zu. Einen Moment lang lehnte sie sich mit geschlossenen Augen dagegen. Wie lange würde das noch so weitergehen?

4

24 8th Street, Arcadia, Harare, Simbabwe, 1993

Estelle Mackenzie legte ihre Bürste weg und starrte sich im Spiegel an. Ihr Haar fiel ihr fein und seidig über die Schultern und den halben Rücken. Nirgendwo Spliss, obwohl sie fast täglich den Föhn benutzte, und – Gott sei Dank – kein bisschen kraus. Nicht einmal, wenn es regnete. Sie sah auf die Uhr, fast neun. Bald Zeit für Thandie. Durch ihre Schlafzimmertür hörte sie das Murmeln von Gebeten. Ärgerlich verdrehte sie die Augen. Ihre Mutter hatte die Mitglieder der »Christi Gebetsarmee« zu Gast. Was für ein Witz. Wie sollte eine Gruppe Hausangestellter in mittleren

Jahren eine Armee bilden? Doch Gloria Mackenzie sah das völlig anders. Da sie sich von diesem Leben nichts mehr erwartete (im Gegensatz zu Estelle natürlich), hatte sie beschlossen, sich aufs nächste zu konzentrieren. Insgeheim hielt Estelle sie für verrückt. Sie selbst wollte das Leben hier und jetzt genießen. Was für einen Sinn hatte es denn, auf das Jenseits zu warten?

Sie trug mit dem Zeigefinger etwas Lipgloss auf und ließ dann alle Schminksachen in ihre Tasche gleiten. Vermutlich würde es eine lange Nacht werden. Sie hielt sich ihr neues Kleid an. Es war zu riskant, es in ihrem Zimmer anzuprobieren. Jeden Moment konnte Ma durch die Tür kommen. In Arcadia klopfte niemand an. Das Kleid war weiß und aus dünnem Jersey, der sich um Hüften und Schenkel schmiegte, bevor er in einem Schwung kurz unter den Knien endete. Sie stopfte es in ihre Tasche und machte vorsichtig die Tür auf. Das monotone Gemurmel aus dem Wohnzimmer wurde lauter. Gleich würde sich eine der »Soldatinnen« erheben, im Kreis durch den Raum marschieren und die anderen durch Klatschen und Rufen in Trance versetzen. Jemand begann laut zu bitten: »O Herr, hilf mir, diesen krummen Weg auszurichten. Ich danke dir, o Herr, wenn du mir hilfst, die Nacht zu überstehen. O Herr …« Estelle schüttelte den Kopf. Wie albern sich das anhörte! Sie öffnete die Haustür und trat hinaus, froh, alles hinter sich zu lassen. Die Abendluft war kühl. Schnell streifte sie ihre Schulsandalen ab und schlüpfte in ihre neuen Satin-Pumps. Die Sandalen versteckte sie hinter der Abfalltonne. Auf dem kurzen Weg zu Thandies Haus konnte sie die hochhackigen Schuhe etwas weiten. Es gab nichts Schlimmeres, als in ungewohnten und zu engen Schuhen über die Tanzfläche zu staksen.

»Mann! Wie lange dauert das denn noch?« Thandie wartete ungeduldig vor der Toilette, bis Estelle in ihr Kleid geschlüpft war. Sie nahm einen Zug von ihrem Joint und reichte ihn weiter.

»Noch einen Moment, ja?« Estelle band ihr Kleid sorgfältig, damit es genau die richtige Menge Busen sehen ließ. Sie nahm einen Zug in der Hoffnung, es würde sie beruhigen. Ihr Herz klopfte. Es war erst ihr viertes oder fünftes Mal. Nadine, Thandies ältere Schwester, hatte ihnen gezeigt, wie man es machte. Am Anfang war Estelle nervös gewesen, aber es war kinderleicht. Es gab nicht einen einzigen Mann in der Bar, der nicht alles darum gegeben hätte, mit ihr zusammen zu sein – beim ersten Mal hatten sie sich praktisch darum geschlagen, ihr einen Drink zu bestellen. Aber da war sie noch zu scheu und zu verlegen gewesen, sie hatte nur auf dem Barhocker gesessen und hatte eine Pina Colada nach der anderen getrunken. Nadine hatte sie ausgelacht. Sie war in dieser Nacht mit ein paar Hundert Dollars in der Tasche heimgegangen – *amerikanischen*, nicht wertlosen Simbabwe-Dollars. Am folgenden Wochenende war Estelle mehr als bereit. Sie machte das Doppelte davon und musste noch nicht einmal den vollen Einsatz bringen. Das geschah am folgenden Wochenende, mit fast dreihundert Dollar war sie abgezogen. Danach war es einfach.

»Jetzt *komm* schon. Das Lokal ist gleich mit anderen Mädchen voll«, drängte Thandie.

»Okay, okay. Ich komme schon.«

»Du siehst gut aus.« Thandie nickte beifällig in Richtung von Estelles rotem Spitzen-BH, der unter den Falten ihres Kleids hervorlugte. »Du wirst dir im Nu einen Typen angeln.«

Estelle rauschte an den neidischen Blicken der anderen

Mädchen im Waschraum vorbei. Sie wusste, warum sie sie nicht ausstehen konnten – sie hassten ihre blasse, beinahe weiße Haut und ihr langes, fast blondes Haar. Jeder, auch Estelle, fragte sich, wie um alles in der Welt sie die Tochter einer so dunkelhäutigen und reizlosen Person wie Gloria sein konnte. Gloria war klein, untersetzt, mit dicker Taille und klobigen Beinen, Estelle hingegen langgliedrig und perfekt proportioniert. Ihre Haut hatte die Farbe von Buttermilch, sie besaß große blaugrüne Augen mit dichten, dunklen Wimpern, eine hübsche, leicht nach oben gebogene Nase und sinnlich volle Lippen. *Es muss am Vater gelegen haben*, flüsterten die Leute verwundert. Estelle hatte keine Ahnung, sie hatte ihren Vater nie gesehen, und in dem kleinen Haus, in dem sie und Gloria lebten, gab es nicht ein einziges Foto von ihm. Estelle wusste nur, dass er Schotte war und irgendwo im östlichen Hochland in den Minen gearbeitet hatte und schon vor Estelles Geburt nach Schottland zurückgegangen war. Gloria war in seinem Haus angestellt gewesen. Als Kind hatte Estelle unter ihrer hellen Haut und dem glatten Haar gelitten, damals wollte sie wie alle anderen sein. Eine Farbige, keine Fast-Weiße. Inzwischen allerdings beneideten sie alle um den goldenen Teint und ihr seidig-glattes Haar. Jetzt wusste sie, dass ihr Aussehen ihr größter Trumpf und die einzige Möglichkeit war, aus Arcadia rauszukommen.

Sie stöckelten zur Bar, steuerten auf zwei freie Hocker zu und waren sich bewusst, dass ihnen alle Blicke folgten.

»Guten Abend, meine Damen … darf ich Ihnen etwas anbieten? Etwas zu trinken, ja?« Es hatte nicht einmal eine Minute gedauert.

Estelle wandte langsam den Kopf. Ein großer Südafrikaner mit rotem Gesicht. Sie musterte ihn kurz. Geschäftsmann, Anfang dreißig, verheiratet, ein oder zwei Kinder. Ein bisschen forsch, leicht nervös, begierig, mit ihr anzugeben. »Danke«, erwiderte sie mit einem matten Lächeln. »Ich nehme einen Cosmopolitan und sie einen Martini.«

»Einen Cosmopolitan? Sehr erlesen!« Er lächelte sie gönnerhaft an, bevor er den Barmann mit Fingerschnippen auf sich aufmerksam machte.

»Da wären wir, meine Damen …« Er brachte ihnen die Drinks und setzte sich. »Also … sind *alle* Mädchen in Simbabwe so hübsch?«

»Sicher«, antwortete Estelle gelassen. »Aber ich bin hübscher als die meisten.«

5

Die Türklingel unterbrach Caryns verzweifelte Suche nach einem Blatt Papier. Sie musste ihren Geschichtsaufsatz morgen abgeben und hatte noch nicht einmal damit angefangen. Owen war wie üblich nicht zu Hause, Alice vermutlich bewusstlos. Sie seufzte und lief die Treppe hinab. »Wer ist da?«, rief sie.

»Nur ich.« Es war Mr Humphreys, der Nachbar. Caryn öffnete die Tür. »T-tut mir leid, so spät zu stören, aber ich w-wollte fragen, ob du heute Abend auf Timmy aufpassen könntest? Ich weiß, ich hätte f-früher fragen sollen … aber heute Abend ist eine Abschiedsveranstaltung der Gewerkschaft, und ich … also ich … ich zahle auch das Doppelte.« Er war der schüchternste Mann, den Caryn kannte. Er tat ihr furchtbar leid. Seit ihn seine Frau vor einem Jahr verlassen hatte, arbeitete Caryn als Babysitter für ihn. Ihre beste

Freundin Lisa hatte gehört, dass sie mit einem anderen weggelaufen sei.

»Das brauchen Sie nicht.« Caryn lächelte ihn an. Sein Stottern war wirklich schrecklich. »Sie müssen mir nicht das Doppelte zahlen. Ich mache einfach meine Hausaufgaben bei Ihnen und bringe Brian mit.«

»O d-danke, Caryn. D-das ist furchtbar nett von dir. Gegen sieben, wenn es recht ist?«

»Sieben ist gut. Bis dann.« Sie schloss die Tür.

»Wer war das?«, fragte Alice und steckte den Kopf durch die Tür. Ihr Blick wirkte flackernd.

»Nur Mr Humphreys. Er braucht heute Abend einen Babysitter. Ich nehme Brian mit.« Alice fuhr sich mit den Fingern durchs Haar und sagte: »Ich war heute Morgen beim Einkaufen … hilfst du mir beim Abendessen?« Sie kramte in ihren Morgenrocktaschen nach Zigaretten.

Caryn seufzte erneut. Zu Mr Humphreys hinüberzugehen war vermutlich die einzige Möglichkeit, ihre Hausaufgaben zu schaffen. Sie folgte Alice in die Küche und warf einen Blick auf die Tüten auf dem Tisch. Alice begann, die Artikel sorgfältig auszubreiten, und Caryn sank das Herz. Alice kaufte immer die seltsamsten Zusammenstellungen. Eine Flasche Essig und ein Dutzend Eier. Oder Zigaretten und einen halben Liter Schlagsahne. »Was ist das?«, fragte sie und deutete auf ein Glas mit grünlicher Paste.

»Das ist Curry-Soße, Liebling. Die hab ich im Eckladen gekauft. Mrs Khan behauptet, die sei *köstlich*.«

»Aber Brian mag keinen Curry«, sagte Caryn besorgt. Sie musste Brian noch füttern und baden, bevor sie nach nebenan ging.

»Wirklich?«, fragte Alice erstaunt.

»Nein. Außerdem haben wir keinen Reis. Kann man das auch mit Kartoffeln essen?«

Alice sah sie zweifelnd an. »Nun, warum eigentlich nicht? Wir könnten ja Kartoffelbrei machen.« Einen Moment lang dachte Caryn, Alice würde in Tränen ausbrechen. Glücklicherweise begann sie stattdessen zu lachen. Caryn stimmte schnell ein.

»Worüber lacht ihr beide denn?«, fragte Owen und schlug die Wohnungstür hinter sich zu. »Was ist so lustig?«

»Curry und Kartoffelbrei, Liebling!«, stieß Alice hervor und wischte sich die Tränen aus den Augen. »Kannst du dir das vorstellen? Curry und *Kartoffelbrei*?«

Owen warf Caryn einen Blick zu. *Was zum Teufel ist los mit ihr?*, fragte er tonlos. Caryn wandte sich ab. Es war zu kompliziert, das zu erklären.

»Gibt es nicht bald Abendessen?« Brian kam herein. »Ich hab *Hunger*.«

»Wir essen bei Timmy«, sagte Caryn schnell. »Es gibt Bohnen auf Toast.«

Alice hantierte mit ihren Zigaretten und lachte nicht mehr. Wenn sie Glück hatten, würde sie ins Bett zurückgehen. Tatsächlich verließ sie kurz darauf die Küche, und Caryn hörte, wie sich leise die Schlafzimmertür hinter ihr schloss. Sie biss sich auf die Lippe. Wie es aussah, lag eine schlimme Woche vor ihnen.

Dave Humphreys' Wohnung war kleiner als die ihrer Familie und hatte kein Obergeschoss. Nur zwei winzige Schlafzimmer, ein kleines Wohnzimmer und eine noch kleinere Küche. Alles war peinlich sauber, was man von ihrer Wohnung nicht immer sagen konnte. Sie gab den beiden Jungen zu essen, ließ sie eine halbe Stunde fernsehen und brachte sie dann ins Bett. Brian würde sie in sein eigenes Bett hinübertragen, wenn Mr Humphreys nach Hause kam. Sie schloss die Schlafzimmertür hinter sich und ging zurück ins Wohnzimmer. Trotz der Ordnung, die in der Wohnung herrschte, war sie auf eine lieblose Art kahl und leer. Es gab keine Bilder an den Wänden, keine Fotos von Mrs Humphreys, nicht einmal von Timmy. Mr Humphreys hatte offensichtlich alle Erinnerungen an seine frühere Ehefrau entfernt. Alice hatte es genauso gemacht. In ihrer Wohnung gab es Fotos, aus denen Peter Middleton sorgfältig herausgeschnitten worden war. Caryn zog ihre Hausaufgaben aus der Tasche, um sie so schnell wie möglich fertig zu machen. Dann wollte sie sich aufs Sofa setzen und fernsehen. Es war schön, das Wohnzimmer für sich allein und die alleinige Kontrolle über die Fernbedienung zu haben und sich nicht über das Programm streiten zu müssen.

Sie war eingedöst und der Fernseher lief ohne Ton, als sie den Schlüssel im Schloss hörte. Sie setzte sich auf, rieb sich die Augen und sah auf die Uhr. Es war kurz nach elf. Die Wohnzimmertür ging auf, und Mr Humphreys schob den Kopf herein. Er roch stark nach Bier.

»A-alles in Ordnung, Caryn?«, fragte er und lächelte sie an.

»Ja, Mr Humphreys«, antwortete sie und strich sich schnell das Haar hinter die Ohren. Er sah noch trauriger und stiller aus als sonst. Ohnehin sprach er nie laut. Er unterhielt sich auch nicht mit den anderen alleinstehenden Dads in der Siedlung. Abgesehen von den Zeiten, wenn sie auf Timmy aufpasste, sprach auch sie sonst kaum mit ihm.

»Timmy sch-schläft schon, ja?«, fragte er und kam herein.

Der Gestank nach Bier war überwältigend. Caryn rümpfte die Nase.

»Ja, Mr Humphreys. Brian ist bei ihm. Ich nehme ihn jetzt wieder mit zu mir hinüber.«

Er zog sein Jackett aus und legte es über die Sofalehne. »Das ist g-gut«, antwortete er und ließ sich schwerfällig neben ihr nieder. Dann griff er in die Tasche und holte eine Zehn-Pfund-Note heraus. »H-hast du Wechselgeld?«, fragte er. »Oder k-könnte ich dir zehn Pfund geben? M-möchtest du einen Z-Zehner?« Er lallte, und seine Lider waren schwer.

Caryn sah ihn unsicher an und rückte ein wenig von ihm ab. »Ich dachte … ich kriege doch immer fünf, oder?«, sagte sie und fragte sich, ob es unhöflich wäre, unvermittelt aufzustehen.

»Ja, schon«, antwortete er und sah ihr in die Augen. Caryn spürte, wie ihr der Schweiß ausbrach. »A-aber ich könnte dir immer ein b-bisschen was extra geben«, fuhr er fort, während sich ein seltsames Lächeln über seinem Gesicht ausbreitete. Caryn starrte ihn an. So hatte sie ihn noch nie erlebt.

»Nein, fünf, Mr Humphreys«, beharrte sie und beugte sich vor, um ihre Tasche zu nehmen. Er hielt die neue Zehn-Pfund-Note zwischen seinen dicken Fingern. Und dann legte er die Hand auf ihr nacktes Knie.

Caryn starrte auf seine Hand mit dem Geld. Ihr Hals war vollkommen trocken. Sie hörte sein Schnaufen und roch den säuerlichen Geruch von Alkohol. Seine feuchte Handfläche kroch über ihr Knie, dann hob er langsam ihren Rock hoch. Sie war wie zur Salzsäule erstarrt. Die Hand glitt ihren Schenkel hinauf, bis sie den schmalen Steg ihres Höschens erreichte. Caryn spürte den Druck der Finger gegen die Baumwolle. Sein Atem wurde schneller. Ekel stieg in ihr auf, und ihr wurde übel. Dann holte sie tief Luft, drückte die Knie zusammen und klemmte seine Hand zwischen den Schenkeln fest. »Ich … ich gehe jetzt lieber, Mr Humphreys«, flüsterte sie und rückte von ihm ab. Er hatte keine andere Wahl, als seine Hand zurückzuziehen.

Vorsichtig stand Caryn auf und achtete darauf, sich nicht zu schnell zu bewegen. Absolute Stille herrschte im Raum. Die Augen mit den schweren Lidern blickten zu ihr auf. »Meine … meine Mum wartet auf mich«, sagte sie ruhig und strich mit beiden Händen ihren Rock glatt. Er schien sie nicht gehört zu haben. Sie drehte sich schnell um und ging hinaus. Dann holte sie Brian aus dem Bett. Er begann zu weinen, aber sie achtete nicht darauf, denn sie wollte nur noch so schnell wie möglich die Wohnung verlassen. Sie warf die Tür hinter sich zu und rannte den Gang hinunter, in ihre eigene Wohnung. Dort schlug sie die Tür zu und lehnte sich dagegen. Brian begann laut zu brüllen.

Owen kam mit wutverzerrtem Gesicht aus dem Wohnzimmer. »Was zum Teufel ist denn hier los?«

»Nichts«, murmelte Caryn und schob ihm den weinenden Brian hin. »Nimm ihn bitte.« Sie spürte, wie ihr die Tränen kamen. Darum lief sie hinauf in ihr Zimmer und knallte die Tür hinter sich zu. Auf keinen Fall wollte sie vor Owen heulen.

»Verdammter Mist, Caryn!«, schrie Owen nach oben. »Ich seh fern! Das ist verdammt noch mal dein Job!«

Caryn ignorierte ihn. Sie setzte sich mit zitternden Knien auf den Bettrand und wusste nicht, was sie tun sollte. Der Anblick der Zehn-Pfund-Note, die starr zwischen den Fingern von Mr Humphreys' Hand steckte, ging ihr nicht aus dem Kopf. Sie nahm ein Taschentuch von ihrem Frisiertisch, feuchtete es mit der Zunge an und wischte sich damit über den Schenkel, bis die Haut rot und wund aussah. Es tat weh, aber nicht ansatzweise so sehr wie der Schmerz in ihrem Kopf.

6

Die glatte Wasserfläche des Pools, die den ganzen Winter über unberührt dagelegen hatte, wurde abrupt aufgewühlt, als Justin, Shauns Freund aus Eton, hindurchpflügte. Entlang seiner Bahnen wirbelten silberne, schaumige Bläschen. Nic sah ihm vom Balkon ihres Zimmers aus bewundernd zu, wie er mit kräftigen Zügen auf und ab schwamm. Shaun lag lesend im Gras und blickte zuweilen auf, wenn Justin wendete. Die beiden konnten sie nicht sehen. Nic war wie ein Kleinkind auf ihr Zimmer geschickt worden, weil sie mit Molly gestritten hatte. Sie erinnerte sich nicht einmal mehr an den Auslöser, aber der Streit war zu Ende gewesen, als Nic Molly als eifersüchtiges Miststück beschimpfte und ihre Stiefmutter explodierte. »Geh mir aus den Augen!«, brüllte Molly sie an. »Wenn ich dich für den Rest deines verdammten Lebens wegschicken könnte, würde ich's tun! Glaub mir! Du bleibst auf deinem Zimmer, bis dein Vater zurückkommt!« Nic drehte sich um und stieg langsam, mit kerzengeradem Rückgrat, die Treppe hinauf. Das Herz klopfte ihr bis zum Hals.

Jetzt zündete sie sich eine Zigarette an und sah zu, wie der wunderbare Justin eine weitere Bahn schwamm. Nur noch wenige Tage Ferien, und sie war in ihrem Zimmer eingesperrt. Konnte das Leben noch gemeiner werden?

Plötzlich tauchte Patricks dunkelbrauner Kopf unter ihr auf und versperrte ihr die Sicht. Er spähte zu ihr herauf. »Dad möchte dich sprechen!«, rief er. »In seinem Arbeitszimmer.«

Nics Herz begann zu rasen. »Jetzt?« Er nickte. »Weshalb?« Er zuckte die Achseln. Keine Ahnung. Sie spürte, wie sich ihr Magen nervös verkrampfte. Molly hatte ihre Drohung offensichtlich wahr gemacht und sie bei Jim verpetzt. Nic drückte die Zigarette aus und ging ins Zimmer zurück. Sie schlang ihr Haar zu einem Knoten und kämmte sich die Strähnen aus dem Gesicht. Ihr Vater hasste Unordentlichkeit, vor allem bei Frauen. Ständig bekrittelte er ihre zerrissenen Jeans, ihre Frisur, ihre schmutzigen Fingernägel oder die Kratzer an ihren Knien. Was zum Teufel lernte sie eigentlich in England, wenn sie sich nicht einmal ein bisschen benehmen konnte? Dann öffnete sie ihre Zimmertür, rannte die Treppe hinunter und betete, dass er halbwegs gute Laune hatte. Sie klopfte an die Tür seines Arbeitszimmers.

»Herein«, bellte Jim. Er blickte nicht einmal auf.

Sie räusperte sich. »Äh, Dad«, begann sie nervös. Es war wohl am besten, wenn sie sich erst einmal entschuldigte. »Es tut mir leid, was ich zu Molly gesagt habe. Es war nur …«

Er sah sie mit finsterer Miene an, und ihr Mut sank. »Wovon redest du?«, fragte er ärgerlich. Er hielt ihr einen Brief hin. »Hör zu, ich möchte, dass du den morgen Abend mitnimmst. Er ist für jemanden in London. Er holt ihn direkt am Flugzeug ab.«

Nic sah ihn verständnislos an. »Ich fliege erst am Sonntag«, sagte sie vorsichtig. »Nicht morgen.«

»Nein, ich habe anders entschieden. Du fliegst morgen Abend. Das hier muss am Sonntagmorgen in London sein.«

»Aber Dad …« Nic verzog enttäuscht das Gesicht. Sie hatte sich so darauf gefreut, mit Shaun und Patrick – und mit dem wundervollen Justin natürlich – nach Harare zu fahren. Eine Party in Justins Haus in Borrodale, und sie hatten versprochen, sie dann in einen Nachtclub in der Innenstadt mitzunehmen.

»Aber Dad …«

Jim runzelte die Stirn. »*Was?*« Er hatte es offensichtlich eilig, sich wieder wichtigeren Dingen zuzuwenden.

Nic zögerte. Was konnte sie sagen? »Nichts«, murmelte sie.

»Steck ihn in dein Handgepäck«, fügte er hinzu und wandte sich ab, um nach dem Hörer zu greifen. »Und pass um Himmels willen auf, dass du ihn nicht verlierst.« Das war's. Sie war entlassen, ihre Pläne dahin.

Am folgenden Abend wurde sie von einem Chauffeur von Avonlea aus zum Flughafen gefahren. Niemand begleitete sie. Manning, der Pilot ihres Vaters, erwartete sie im Bereich für Privatflugzeuge. Trübsinnig reichte sie ihm ihr Gepäck. Nachdem die Formalitäten erledigt waren, folgte sie ihm aufs Flugfeld hinaus und bemühte sich, nicht zu weinen. Mit versteinertem Gesicht setzte sie sich auf ihren Platz und tat so, als wäre ihr alles egal. Nicht dass Manning es bemerkt oder dass es ihn gekümmert hätte. Das war nicht seine Aufgabe.

Während Manning die Maschine sanft in den Himmel hob, blickte sie aus dem Fenster auf die blinkenden Lichter von Harare hinab – es würde vier lange, einsame Monate dauern, bis sie die Stadt wiedersehen würde.

7

Ihre Eltern unterbrachen unvermittelt ihr Gespräch, als Tory zur Tür hereinkam. Offensichtlich hatten sie über sie gesprochen. Ihre Mutter rang sich ein Lächeln ab und schob schnell eine Broschüre unter einen Stapel Briefe. »Hallo, du bist aber früh zurück«, sagte sie bemüht fröhlich.

»Ja, ich hatte keine Lust, bei den Spielen mitzumachen«, antwortete Tory und hängte ihre Tasche über eine Stuhllehne, ehe sie zum Kühlschrank ging.

»Hattest du einen schönen Tag?«, fragte ihr Vater. Tory nickte. Heute war Dienstag. Er war Professor für mittelalterliche Geschichte am Goldsmith, und dienstags blieb er gewöhnlich zu Hause, um zu korrigieren. »Tochter von Professor tot aufgefunden« hatte in einer der Zeitungen gestanden. Tory war ebenfalls die Tochter eines Professors. Lebendig allerdings. »Was hast du an Hausaufgaben, Süße?«, fragte er.

Tory zuckte die Achseln. »Nicht viel.« Sie mochte sich bei den Hausaufgaben nicht helfen lassen. Dabei wurde ihr nur schmerzlich klar, dass sie nicht besonders intelligent war – zumindest nicht so, wie ihre Eltern es erwarteten. Englisch, Französisch, Geografie, Geschichte … das waren die Fächer, die sie ihr ausgesucht hatten, hauptsächlich deshalb, weil Susie gut darin gewesen war. Susie war in allem gut gewesen, im Gegensatz zu Tory. Sie war nirgendwo gut, außer in Kunst, aber das zählte nicht wirklich. Natürlich kam sie zurecht – es wäre auch gar nicht möglich gewesen, *nicht* zurechtzukommen. Jeder Lehrer »stellte es in Rechnung«. Während andere ihre Aufsätze mit dicken roten Anstreichungen und ätzenden Kommentaren zurückbekamen, hieß es bei ihr stets »gut gemacht«, »schön ausgedrückt« oder »guter Versuch«. Es war Blödsinn, und jeder wusste es. Was sie wohl glaubten, was sie tun würde, wenn sie ihr die Wahrheit sagten? Sich umbringen? Nein, eine tote Professorentochter war genug.

»Tory, hast du einen Moment Zeit?«, fragte ihr Vater plötzlich, einen Hauch zu jovial.

Es ging doch wohl nicht um eines »dieser« Gespräche? »Was ist los?«, wollte Tory wissen.

»Nun, es geht um deine Ausbildung«, antwortete ihre Mutter, genauso nervös wie sie. »Wir denken schon eine ganze Weile darüber nach. Was … was hältst du davon, nächstes Jahr die Schule zu wechseln? Das Abitur anderswo zu machen?«

»Die Schule wechseln? Warum? Was ist nicht in Ordnung mit dem Queen Anne?«

»Oh, nichts«, beeilte sich ihr Vater zu versichern. »Es ist eine sehr gute Schule – eine ganz *großartige* Schule sogar, aber …«

»Warum muss ich dann wechseln?«, unterbrach ihn Tory.

»Du *musst* nicht«, erwiderte ihre Mutter. Sie sah, wie ihre Eltern peinlich berührte Blicke tauschten. »Es ist nur … nur …« Ihre Mutter brach ab und schluckte schwer.

»Wegen Susie?«

Alle schwiegen einen Moment lang. Die Augen ihrer Mutter füllten sich mit Tränen. Sie nickte stumm. Tory sah, wie ihr Vater über den Tisch hinweg nach der Hand seiner Frau griff. »Wir dachten einfach, du würdest nächstes Jahr besser werden, wenn du einen neuen Anfang machen könntest«, sagte er.

Torys Magen krampfte sich zusammen. »Ihr habt Angst, ich schaffe meinen Abschluss nicht, stimmt's?«

»Aber nein, natürlich nicht!«, protestierte ihre Mutter

schnell. »Sei nicht albern. Natürlich fällst du *nicht* durch. Aber … Mr Barrington hatte die Idee. Er meinte, ob dir die ganze Aufmerksamkeit nicht … nun, ein bisschen auf die Nerven geht, das ist alles.«

»Wir haben dich nie zu etwas gezwungen, was du nicht wolltest«, sagte ihr Vater. »Das weißt du. Denk einfach mal darüber nach, Liebling. Überleg's dir.«

»Wohin würde ich gehen?«, fragte Tory.

»Nun, wir dachten ans St Augustine in Chelsea«, warf ihre Mutter schnell ein. »Es ist praktisch um die Ecke. Wir waren bereits bei der Direktorin. Hör zu, ich gebe dir die Broschüre. Denk einfach darüber nach, wie Dad gesagt hat. Wir können ein anderes Mal weiterreden, wenn du willst.« Sie zog die Broschüre unter den Briefen hervor, schob sie über den Tisch und stand auf. »Also«, fragte sie, »wer möchte eine Tasse Tee?«

Tory warf einen Blick auf den Prospekt. »Nein, danke«, sagte sie langsam und nahm ihn. »Ich denke, ich seh mir an, wie es ist. Ihr habt ja bereits entschieden, oder?« Sie ignorierte den verletzten Ausdruck auf ihren Gesichtern, als sie aus der Küche ging.

8

»Du bist so verdammt *hübsch.*« Die Hand, die über ihre Schultern strich, hielt am Schüsselbein inne. Leicht berührten die Finger die sanfte Mulde. »Aber das weißt du, nicht wahr?« Estelle zuckte lässig die Achseln. »Wie alt bist du?«, fragte der Mann plötzlich.

»Alt genug.« Sie hoffte, er konnte ihr Herzklopfen nicht hören.

»Ich möchte nämlich keine Schwierigkeiten kriegen. Du bist über achtzehn, ja? Du musst …«

»Sicher. Ich bin längst über achtzehn.« Der Mann, dessen Namen sie bereits vergessen hatte, entspannte sich. Er legte ihr die Hand auf die Hüften und zog sie an sich, bis sie fast auf seinem Schoß saß. Sie spürte seine Erektion an ihrem Schenkel. Der Barmann warf ihr einen Blick zu, ob bewundernd oder missbilligend, konnte sie nicht sagen. Es wäre ihr ohnehin egal gewesen. Sie beugte sich dem Mann entgegen, wohl wissend, dass ihre Brüste aus dem tiefen V-Ausschnitt ihres Kleids herausquollen. »Ist dein Hotelzimmer irgendwo in der Nähe?«, fragte sie.

Er konnte gar nicht schnell genug von seinem Hocker herunterkommen. Aus seiner Brieftasche – hübsch dick, wie Estelle registrierte – zog er ein paar Simbabwe-Dollars heraus und stopfte den Rest in die Hosentasche. »Komm mit, du kleines Biest. Es ist gleich über der Straße.«

Estelle glitt gehorsam vom Barhocker. Sie sah sich nach Thandie um, aber die war zweifellos beschäftigt. Seit vier Monaten machten sie das jetzt. Tagsüber waren sie brave Mädchen, nachts böse. Thandies Mutter war Putzfrau, genau wie Gloria, aber sie musste sieben Kinder versorgen, und das Geld, das Thandie manchmal heimbrachte, hinderte sie, peinliche Fragen zu stellen. Gloria war schwieriger zu hintergehen, aber Estelle war sehr geschickt, wenn es darum ging, ihrer Mutter etwas vorzugaukeln. Natürlich war es von Vorteil, dass Estelle eine ausgezeichnete Schülerin war, was Gloria vor Stolz fast platzen ließ. Oft starrte sie mit Entzücken auf das große, schöne Mädchen, das sie zur Welt gebracht hatte. Estelle machte ihrer Mutter alle Ehre, das fand jeder.

»Weißt du«, sagte sie zu Estelle nach einem Elternabend,

»Vater Richards meint, du könntest ganz leicht auf die Universität gehen. Du würdest ein Stipendium kriegen. Einfach so!« Sie schnippte mit den Fingern.

»Man braucht trotzdem noch Geld, um auf die Universität zu gehen, Ma«, erwiderte Estelle nüchtern.

»Sicher. Aber ich würde das Geld auftreiben. Wir alle beten dafür. Wann hab ich schon mal nicht für dich sorgen können?«

»Ja, ich weiß, Ma, aber das liegt noch in weiter Ferne, Ma. Darüber können wir uns später noch Gedanken machen.«

Der Arm des Mannes lag schwer um ihre Schultern. Er war mehr als nur ein bisschen betrunken. Das war ihr auch lieber so, denn dann ging der Sex schneller. Man brauchte kein Vorspiel oder sonstigen Unsinn – und hinterher schliefen sie rasch ein. Aber nicht, bevor sie ihr Geld bekommen hatte. *Den* Fehler hatte sie nur einmal gemacht, da war sie mit leeren Händen und wütend heimgegangen. Thandie hatte sie ausgelacht. Warum sie es nicht einfach aus seiner Brieftasche genommen habe? Das würde ihr nicht noch einmal passieren.

Er hatte Übergewicht, stellte sie fest, als er die Hosen auszog. Einen dicken Bauch und eine schlaffe Brust wie die meisten der Männer, mit denen sie schlief. Er war – wie hieß er gleich noch mal, Coen? Steyn? – Nummer elf. Thandie war bereits bei Nummer vierzehn. »Beeil dich, du hinkst mir hinterher«, hatte sie lachend gesagt, als sie an diesem Abend ausgingen. Aber Estelle hatte keine Eile. Nummer acht, neun und zehn hatten jeder fast hundert US-Dollar für ihre Gesellschaft bezahlt, was ihre Einkünfte nahe an die Tausend-Dollar-Grenze brachte. Tausend

US-Dollar! Fast dreitausend Simbabwe-Dollars. Ein Vermögen! Mehr als Gloria in einem halben Jahr verdiente. Es war Juli, in drei oder vier Monaten würde sie mehr als genug haben für ein Flugticket, um Arcadia für immer zu verlassen.

»Hey, Süße ... komm her.« Er legte eine schwere Hand auf ihren Schenkel. »Kannst du das nicht ausziehen?«, bettelte er, zog die Decke zurück und versuchte gleichzeitig, ihr das Kleid abzustreifen.

»Warte einen Moment«, sagte sie, stand graziös auf und öffnete die seitliche Schließe, die das Ganze zusammenhielt. Knisternd glitt das Kleid zu Boden. Jetzt trug sie nur noch ihr schwarzes Spitzenhöschen und die Kette aus silbernen und goldbraunen Perlen um die Taille. Der Mann gab ein ersticktes Seufzen von sich.

»Das kostet zweihundert Dollar, amerikanische«, sagte sie entschieden und strich sich dabei über den glatten Bauch und umfasste ihre Brüste. Ihre Finger spielten mit ihren Brustwarzen. Coen/Steyn packte mit beiden Händen seine Brieftasche und schob ihr das Geld zu. »Danke, Süßer«, sagte sie mit einem leichten Lächeln. Sie nahm ihre Börse, die auf einem Beistelltisch lag, steckte die Scheine hinein und ließ sie zuschnappen. Dann hakte sie die Daumen in ihren Slip und zog ihn aus. Nackt hob sie die Laken und legte sich neben ihn. Sekunden später lag er auf ihr. Nie habe er eine so schöne Frau gesehen, murmelte er ständig, während seine Hand zwischen ihre Beine glitt. Er war doch nicht so betrunken, wie er aussah, dachte sie, als er erbarmungslos in sie stieß. Sie hatte gehofft, es wäre schnell vorbei. Da erinnerte sie sich, was Thandie ihr geraten hatte. Sie öffnete die Beine weiter, tastete nach dem unteren Ende seines Penis und massierte ihn fest.

Thandie hatte recht. In Sekunden war es vorüber. Völlig erschöpft fiel er in sich zusammen. Sie wartete ein paar Minuten und rollte sich dann unter ihm heraus. *Zweihundert* verdammte Dollar!

9

»Caryn Middleton?« Die Schulsekretärin steckte den Kopf durch die Tür und unterbrach den Unterricht. »Mr Tooley möchte sie in seinem Büro sprechen. Darf sie gehen?« Die Französischlehrerin nickte widerstrebend. Mit einem mulmigen Gefühl im Magen stand Caryn auf und folgte der Sekretärin den langen, düsteren Gang entlang. Was war los? Vor dem Büro des Direktors sagte die Frau: »Warte hier«, und verschwand durch die Tür.

Fünf Minuten später wurde Caryn hineingerufen. Mrs Bradley, ihre Englischlehrerin, hockte ziemlich verlegen auf der Kante des kleinen Sofas. Zwei weitere Frauen, die sie nicht kannte, saßen am Fenster, Mr Tooley stand neben ihnen. Alle hielten Kaffeetassen in der Hand, und die Atmosphäre war entspannt, fast fröhlich. Caryn schluckte nervös.

»Ah, da bist du ja, Caryn.« Mr Tooley kam auf sie zu und streckte ihr die Hand entgegen. Caryn schüttelte sie verwirrt. In den ganzen sechs Jahren an der John-Featherstone-Schule hatte sie nie jemandem die Hand geschüttelt, schon gar nicht Mr Tooley. »Komm rein, komm rein, meine Liebe. Eine Tasse Tee?«

»Ähm, nein, danke, Sir.« Jetzt war sie wirklich irritiert.

»Darf ich vorstellen, das ist Caryn. Dr. Walsh und Miss Lowe von St Augustine in Chelsea. Ich freue mich, sagen zu können, dass wir gebeten wurden, ein paar Namen zu nennen und …«

»Mr Tooley, dürfte ich vielleicht?«, unterbrach ihn Dr. Walsh lächelnd und wandte sich an Caryn. »Wir sind hier im Auftrag des Stiftungsrats der St Augustine-Schule in Chelsea, Caryn. Während der letzten Wochen haben wir mit Mr Tooley und einigen deiner Lehrer korrespondiert. Wir suchen nach einer intelligenten, ehrgeizigen Schülerin, die für einen Freiplatz in St Augustine vorgeschlagen werden könnte. Dabei wurde mehrmals dein Name genannt. Meine Kollegin, Miss Lowe, möchte ein kleines Gespräch mit dir führen. Ist irgendwas nicht in Ordnung, meine Liebe?«

»Ich bin nicht sicher, ob ich verstehe …«

»Ein Stipendium, Caryn«, warf Mr Tooley ein, der sich nicht mehr zurückhalten konnte. »Ein Vollstipendium. Du würdest deinen Abschluss im St Augustine machen. *Wenn* du das Stipendium bekommst, natürlich.«

»Ich?« Caryn sah ihn ungläubig an.

Eine halbe Stunde später ging sie, noch immer wie betäubt, den Gang wieder hinunter und drückte die Broschüre an sich. Ein *Stipendium*! An einer Schule, von der sie noch nie etwas gehört hatte. Das St Augustine-Mädchencollege, eine Privatschule in Chelsea. Vor ein paar Jahren war sie einmal mit Lisa in Chelsea gewesen, einem Stadtteil mit eleganten weißen Häusern und hübschen Läden, aus denen schöne Mädchen mit Einkaufstüten in der Hand traten. Sie waren mehrmals die King's Road hinauf und hinunter gegangen, weil Lisa sagte, das müsse man unbedingt tun – Caryn hatte keine Ahnung, warum. Sie hatte es nett gefunden, aber entsetzlich fremd. Erneut warf sie einen

Blick auf die Broschüre. »Wir legen großen Wert auf die intellektuelle, moralische und soziale Entwicklung unserer Schülerinnen.« *Unserer* Schülerinnen. Hatte sie tatsächlich eine Chance, eine dieser Schülerinnen zu werden, die Chance, ein Stipendium zu gewinnen? Sie hatte in ihrem ganzen Leben noch nichts gewonnen. Nun, das stimmte nicht ganz. Mit acht hatte sie einen Buchstabierwettbewerb gewonnen, und auf einem Rummelplatz an einem Schießstand eine Flasche.

Zu Hause am Küchentisch blätterte Alice die Broschüre durch, so vorsichtig, als könnte sie sich verbrennen. Ein paar Minuten lang herrschte bedrücktes Schweigen. »W-was meinst du, Mum?«, platzte Caryn schließlich heraus.

Alice schwieg noch immer. Sie zündete eine Zigarette an, und Caryn sah, dass ihre Finger zitterten. Dann holte sie tief Luft und sah ihre Tochter an. Tränen standen ihr in den Augen. »Ich glaube«, sagte sie und blinzelte heftig, »dass ich der glücklichste Mensch auf der ganzen beschissenen Welt wäre, wenn du reinkämst.«

Caryn schluckte. Ihre Mutter benutzte doch sonst keine solchen Ausdrücke. Sie spürte, wie es in ihren Augen zu brennen begann. Um nicht vor ihrer Mutter zu weinen, stand sie auf und setzte Wasser auf. Alice streckte die Hand aus, als sie vorbeiging, zog sie an sich und drückte ihr Gesicht an Caryns Bauch. »Du bist die Größte, Caryn, weißt du das?«, murmelte sie. »Ich schwöre, ich verdiene dich nicht. Ganz bestimmt nicht.«

»Sei nicht albern, Mum«, flüsterte Caryn und wischte sich die Tränen ab. »Ich bin doch noch gar nicht angenommen.«

Ihre Mutter hielt sie noch fester. »Aber das wirst du, Schatz. Ich weiß das. Du kannst alles erreichen, was du dir vornimmst. Im Gegensatz zu deiner alten Mum. Du bist eine Gewinnerin, Caryn. Vergiss das nie.«

10

Mitte September war der Geldstapel, den Estelle in der obersten Schublade ihres Toilettentischs aufbewahrte, auf über fünftausend Simbabwe-Dollars angewachsen. Etwa eintausendsiebenhundert US-Dollar. Mehr als genug für ein Flugticket und ein paar Monate Miete, wenn sie nach London kam. Sie zog die Beine an und zählte voller Freude das Geld ein weiteres Mal. Sie hatte ihre Flucht genau geplant, bis ins letzte Detail. Dank eines »Freundes« in der britischen High Commission hatte sie bereits ihr Visum, und dank eines anderen »Freundes« eine Unterkunft für die ersten Wochen. Von ein paar weiteren Männern hatte sie einige Adressen bekommen, um ihr beim Start zu helfen. Jetzt musste sie nur noch das Ticket kaufen.

Das musste sie allerdings heimlich tun. Gloria davon zu erzählen kam nicht infrage, sie würde auf der Stelle zusammenbrechen. Natürlich würde Estelle einen Brief hinterlassen, irgendwas in der Art, dass es in England, oder sogar in Amerika, besser sei, dass sie für Gloria sorgen, jeden Monat Geld schicken und nicht nur für sich, sondern für sie beide ein neues Leben aufbauen würde. Wenn sie in Arcadia bliebe, würde sie nie etwas erreichen, egal wie viele Einsen sie in der Schule bekam. Ja, ein Brief war das Richtige – mit einer kleinen Beigabe, um den Schlag abzumildern. Sie faltete das Blatt zusammen, an dem sie seit Wochen schrieb, und klopfte mit dem Stift an die Zähne. In London würde alles anders sein. Dort konnte sie endlich ihr tolles, glamouröses Leben beginnen. Sie musste nur noch hinfahren und damit anfangen.

II

Mit hocherhobenem Kopf marschierte Nic ins Klassenzimmer, angestrengt bemüht, die Blicke der anderen nicht zu beachten. Verachtung oder Mitleid – sie wusste genau, warum sie sie anstarrten. Ihr Vater war wieder einmal in den Nachrichten. Heute Morgen waren er und Molly unerwartet aus Harare eingetroffen. Die Zeitungen hatte sie nicht gelesen, aber sie hatte zufällig mitgehört, wie Ogilvy, der Anwalt ihres Vaters, sagte, Jim solle sich auf das Schlimmste gefasst machen. Sie hatte keine Ahnung, was ihr Vater angestellt hatte, aber aus Ogilvys aufgeregten Kommentaren war herauszuhören, dass es um irgendwelche nicht ganz sauberen Geschäfte ging – was sie nicht überraschte – und dass die Medien davon Wind bekommen hatten.

Typisch. Ihr erster Tag zurück in St Augustine, und er hatte es geschafft, ihn ihr zu vermiesen. Verstohlen sah sie sich um. Es gab zwei Neue. Eine saß direkt vor ihr, die andere zu ihrer Rechten. Zu dem Mädchen vor ihr fühlte sie sich seltsam hingezogen. Es war außerordentlich nervös und saß auf den Händen, um ihr Zittern zu verbergen. Nic erinnerte sich, dass sie es genauso gemacht hatte, als sie hierher gekommen war. Die Neue war klein und blond und trug schlecht sitzende Schuhe. Nagelneu, registrierte Nic, die Aufkleber hingen noch an den Sohlen. Burgunderfarbene spitze Schuhe … ganz und gar nicht das Schuhwerk, das hier üblich war. Auch ihre Kleidung war ein wenig seltsam. Eine dicke Strickjacke, obwohl es ein warmer Septembertag war, mit einer weißen gestärkten Bluse und einem karierten Faltenrock. *Sehr* seltsam. Mädchen in der sechsten Klasse mussten keine Schuluniform mehr tragen. Offensichtlich hatte der Neuen niemand gesagt, dass sich der erste Eindruck kaum mehr rückgängig machen lässt, und sie hatte ihn bereits vermasselt.

Nic drehte den Kopf nach rechts. Von dem anderen Mädchen konnte Nic nur das Profil sehen. Sie war groß und schlank, mit langem dunkelbraunen Haar, haselnussbraunen Augen und vollen Lippen. Sehr hübsch, aber auf eine kühle, distanzierte Weise. Vermutlich nicht der Typ, der sich mit dem Mädchen, das alle hassten, anfreunden wollte. Eine Nervöse und eine Kühle. Na *toll.* Es sah wieder nach einem langen, einsamen Jahr aus.

Dann rauschte die Klassenlehrerin herein und schwafelte zwanzig Minuten lang, wie willkommen alle seien, wie schön es sei, alle so frisch und gebräunt wiederzusehen, nachdem sie die Ferien an exotischen Orten verbracht hätten, und so weiter. Nics Gedanken schweiften ab. Sie fragte sich, was Shaun und Patrick im Moment machten – waren sie im Pool oder vielleicht beim Reiten? Oder hatten sie sich einen der Pick-ups genommen und waren nach Harare gefahren?

»Wenn es nicht zu viel Mühe macht, Nicola Harte, könntest du vielleicht deine Aufmerksamkeit von dem, was dich gerade so dringlich beschäftigt, abwenden und mir zuhören?«, sagte Miss Milligan plötzlich mit schneidender Stimme. Nic blinzelte. Um sie herum wurde gezischelt. Nic spürte, wie brennende Röte in ihr aufstieg. Miststücke. Jede Einzelne von ihnen, einschließlich der neuen Mädchen.

Caryn lauschte dem unterdrückten Kichern mit wachsendem Unbehagen. Ihr erster Tag hatte nicht gut angefangen. In der Nacht davor hatte sie kaum ein Auge zugetan. Immer wieder hatte sie auf ihren neuen Karorock geschaut und auf die Schuhe, die ihre Mutter in dem Secondhand-Laden in der Nähe der Roman Road gefunden hatte. Es waren spitz zulaufende burgunderfarbene Lederschuhe mit kleinem Absatz. Caryn fand sie hinreißend. Am Morgen hatte sie Ewigkeiten im Badezimmer verbracht, obwohl Owen ständig gegen die Tür hämmerte, und als sie herauskam, fühlte sie sich hundeelend. Das alberne, aufmunternde Geplapper von Alice half ihr auch nicht. Ihre Mutter hörte nicht auf darüber zu reden, was für eine großartige Chance Caryn bekommen habe. Caryn, die schweigend neben Brian saß und zu verhindern suchte, dass sein Porridge auf ihrem Rock landete, kochte vor Wut. Am liebsten hätte sie Alice entgegengeschleudert, dass sie diese Chance nicht geschenkt bekommen, sondern sich verdammt noch mal verdient hatte. Bis zur Erschöpfung hatte sie gebüffelt, um die Prüfung fürs Stipendium zu schaffen. Aber sie wusste, dass es sinnlos war, wenn ihre Mutter ein Valium zu viel genommen hatte.

Pünktlich um sieben verließ sie die Wohnung. Ihre neuen Schuhe scheuerten bereits jetzt unangenehm. Sie waren eine halbe Nummer zu groß, und das Papiertaschentuch, das Alice als Polster hineingestopft hatte, löste sich schon auf. Die Fahrt nach Chelsea dauerte mit dreimal Umsteigen eine Stunde, und Caryn wollte auf keinen Fall zu spät kommen. Mit jedem Schritt wurde sie mutloser.

St Augustine war nur sechs Meilen von Hackney entfernt, aber es lag in einer anderen Welt. Die Schule befand sich in der Nähe der Whitfield Street, nur ein paar Querstraßen vom Fluss entfernt. Der schöne, weitläufige Bau kam ihr unglaublich imposant vor. Die Klassenzimmer waren hell und sonnig, die Rasenflächen umgeben von sorgfältig beschnittenen Hecken und herrlichen Blumenbeeten. Die Schulkantine mit den glänzenden Metalltheken erinnerte Caryn an Science-Fiction-Filme. Es gab Musik-, Lese- und Computerräume und luftige, lichterfüllte Studios, wo »Kunst« gemacht wurde. Die Mädchen wirkten unglaublich schick, selbst die fleißigen, die in den ersten Reihen saßen. Sie trugen schlichte Röcke aus schönen Stoffen, pastellfarbene Pullis und schneeweiße Blusen mit hübschen Spitzenkragen – dagegen sah sie in der steifen weißen Bluse und dem Karorock wie eine Vogelscheuche aus. Niemand trug spitze Schuhe, wie ihr sofort auffiel, als sie sich so schnell und leise wie möglich auf einen leeren Platz setzte. Sie hatte nie eine Schule ohne vorgeschriebene Schuluniform besucht. Der Gedanke, sich jeden Morgen überlegen zu müssen, was sie anziehen sollte, war erschreckend. Nicht dass sie viel Auswahl gehabt hätte – und die wenigen Kleider, die sie besaß, waren die falschen. Sie setzte sich auf ihre Hände, damit sie zu zittern aufhörten. Es war kein guter Anfang.

Tory sah sich gleichgültig um. Es war nicht sonderlich anders als im Queen Anne. Es gab zehn oder elf Mädchen in der Klasse – beste Freundinnen zweifellos –, die laut, selbstsicher und meist sehr, sehr hübsch waren. Tory kannte den Typ. Goldmädchen wie Susie. Als Kind hatte sie sich oft gefragt, ob Susie und sie überhaupt Schwestern waren. Susie war zierlich und blond mit herrlichen blauen Augen und heller Haut, die in der Sonne goldfarben wurde. Tory hingegen maß eins fünfundsiebzig, hatte olivfarbene Haut und war jungenhaft. Und jetzt saß sie hier, ein neues Mädchen an einer neuen Schule, wo sie keiner kannte. Zudem war es nur für ein Jahr – gar nicht genug Zeit, um jemanden wirklich kennenzulernen. Also konnte sie es gleich aufgeben.

Tory drehte den Kopf und sah auf das Mädchen schräg vor ihr. Sie schien sich schrecklich unwohl zu fühlen, darum saß sie wohl auf den Händen. Das hatte Tory nach Susies Tod auch ziemlich lange getan. Plötzlich packte sie ein Gefühl großer Einsamkeit. Was wohl Jenny gerade tat? Und Belinda und Caroline? Sie riss sich zusammen. Jenny und Belinda würden sich mit anderen Mädchen anfreunden, Caroline eine neue beste Freundin finden, und sie wäre vergessen. So lief das eben.

Das neue Mädchen drehte sich plötzlich um und blickte sie an. Tory spürte, wie sie rot wurde, obwohl sie eigentlich gar nicht gestarrt hatte – ihre Gedanken waren einfach abgeschweift, während sie in ihre Richtung sah. Aber bevor sie Gelegenheit hatte, sich zu sammeln, hatte sich das Mädchen wieder abgewandt. Na schön, dachte Tory niedergeschlagen, dann eben ohne Freundinnen. Besser, sie gewöhnte sich gleich daran.

Sie hatten alle drei dieselben Fächer belegt, stellte Nic fest, als sie von einem Klassenzimmer ins nächste zogen. Englisch, Französisch und Geschichte. Das blonde Mädchen, das Caryn hieß, besuchte außerdem auch noch Kunstgeschichte. Vier Hauptfächer. Sie war also intelligent. Sie sei eine Stipendiatin aus dem East End, hatte sie jemanden sagen hören. »Mein Gott, kein Wunder, dass ihre Klamotten so nach Secondhand aussehen«, sagte jemand anders mit einem gemeinen Kichern. Nic schüttelte den Kopf. Warum war ihr Vater nur so versessen darauf gewesen, sie nach

England in die Schule zu schicken? Die Bösartigkeit der Mädchen untereinander war weitaus schlimmer als alles, was sie je zu Hause erlebt hatte – und das wollte etwas heißen. Wen interessierte es schon, ob das Mädchen ein Stipendium hatte oder ob seine Schuhe nicht richtig passten? Maßlose Wut stieg in ihr auf. Genau in dem Moment, als Mr Hayes, der Englischlehrer, die Lektüreliste für das erste Trimester austeilte, fing sie Caryns Blick auf. Caryn schenkte ihr ein kurzes, schüchternes Lächeln. Nic blickte kühl zurück. Es lohnte sich nicht, freundlich zu sein. In ein paar Tagen würde Gemma, Monica oder sonst jemand die Neue beiseiteziehen, ihr erklären, wer die Mädchen in der Klasse waren und dass Nic Harte eindeutig kein Umgang für sie sei. Corinne hätte vielleicht sogar Spaß daran, das neue, offensichtlich arme Mädchen unter ihre Fittiche zu nehmen – das wäre typisch für sie. Die Vier Miststücke würden sie in ihre Gruppe aufnehmen, ihr Kleider leihen, ihr zeigen, wie sie sich frisieren und schminken musste, und sich so ihre ewige Dankbarkeit sichern. Das arme Mädchen würde den Rest des Jahres für sie mitschreiben, Erledigungen machen und ihre Hausaufgaben übernehmen, wenn sie selbst keine Lust dazu hatten. Nic hatte das alles schon erlebt. Sie beugte den Kopf und ließ den dichten Vorhang ihrer Haare vor ihr Gesicht fallen, um sich vor den stechenden Blicken zu schützen. Sie schaute auf die Lektüreliste und seufzte. Shakespeare, Dickens, Chaucer, Byron … die üblichen Verdächtigen. Alt. Langweilig. Und meilenweit entfernt von allem, was sie interessierte.

»Würden Sie uns an Ihren Gedanken teilhaben lassen, Miss Harte?«, fragte Mr Hayes frostig. Nic wurde rot und schüttelte stumm den Kopf. »Wie *schade*«, wandte er sich sarkastisch an den Rest der Klasse. »Es hätte mich so sehr interessiert.« Nic biss sich auf die Zunge, um nichts zu erwidern. Sie hatte Mr Hayes im letzten Jahr zwei Mal scharfe Antworten gegeben, worauf ihr wieder einmal der Rauswurf angedroht worden war. Ärgerlich hatte sie der Direktorin erklärt, dass er gemeine Dinge über Simbabwe und die Verbindungen ihrer Familie gesagt habe, die er als »nicht wünschenswert« bezeichnete – was zum Teufel wusste *er* denn schon. Miss Lowe zeigte natürlich keinerlei Mitgefühl. Nic musste eine Woche lang bis sieben Uhr abends nachsitzen und hatte sich Mr Hayes' bleibende Verachtung eingetragen. Caryn schenkte ihr erneut ein schnelles, mitfühlendes Lächeln. Nic war so erstaunt, dass sie vergaß, ihr Haar fallen zu lassen. Alle bekamen ihren gequälten, überraschten Ausdruck mit. Wieder kicherte jemand.

12

»Also? Wie ist es gelaufen?«, wurde sie von Alice überfallen, sobald sie die Wohnung betrat.

»Ganz gut«, erwiderte Caryn kurz angebunden und ließ sich auf einen Stuhl fallen. Ihre neuen Schuhe mussten weg und nicht bloß deshalb, weil sie offensichtlich nicht der Mode entsprachen.

»Bloß ›ganz gut‹? Hast du neue Freundinnen gefunden?«, fragte Alice begierig.

»Es war doch erst mein erster Tag, Mum«, antwortete Caryn seufzend. »Alle kennen sich bereits. Außer mir gibt's nur noch ein weiteres neues Mädchen.« Sie musterte Alice nervös. Hatte sie getrunken?

»Warum lädst du nicht ein paar Mädchen zum Tee ein … vielleicht am Samstag. Das wäre doch nett, oder? Ich könnte einen Kuchen backen«, fuhr Alice verträumt fort. »Einen Schokoladenkuchen. Wir könnten auch eine Flasche Wein anbieten. Also, das ist doch eine gute Idee. Kuchen und Wein. Sehr erwachsen, findest du nicht?«

Caryn zögerte. »Vielleicht ein bisschen später, Mum, wenn ich ein paar von ihnen besser kennengelernt habe.« Sie *hatte* getrunken. Mist. Sie war wieder so seltsam aufgekratzt. Unter den Umständen war es klüger, sich auf Ausflüchte zu verlegen. »Ich … ich frage sie morgen. Aber sie haben vielleicht keine Zeit«, sagte sie so beiläufig wie möglich.

»Nicht in diesem Ton, junge Dame«, erwiderte Alice scharf. »Bilde dir bloß nicht ein, ich wüsste nicht, was du vorhast.«

»Mum, ich habe gar nichts vor. Ich bin *müde*. Ich bin zwei Stunden im Bus gesessen und muss noch Hausaufgaben machen. Haben die Jungs zu Abend gegessen?« Sie sah sich in der Küche um.

»*Natürlich* haben sie das. *Ich* bin ihre Mutter, nicht *du*.« Sie funkelte Caryn wütend an.

Caryn sah sich um. Es stand kein Geschirr im Abwasch, und es roch nicht nach Essen. Natürlich hatten sie nicht gegessen. Sie seufzte wieder. »Ich … ich geh nur für eine Weile nach oben«, sagte sie und nahm ihre Tasche. Wenn sie Glück hatte, würde Alice sich in ihr Zimmer verziehen. Sie und Owen konnten später ein paar Tüten Pommes besorgen. Glücklicherweise mochte Brian Pommes. Sie drehte sich um und floh die Treppe hinauf.

Torys Eltern erwarteten sie schon, als sie nach Hause kam. Es duftete nach Backwerk, und ihre Mutter kam mit mehligen Händen auf sie zu. »Marmeladenrolle … ich dachte, du hast Lust auf was Süßes nach deinem ersten Tag. Wie war's denn?«

Tory hängte ihre Tasche an die Tür. »Ganz okay.«

»Wie waren die Lehrer?«, fragte ihr Vater fröhlich.

»In Ordnung«, antwortete Tory achselzuckend. »Eigentlich genauso wie im Queen Anne.«

»Gab's irgendwelche anderen neuen Schülerinnen?«, fragte ihre Mutter.

»Nur eine.«

»Nun, du wirst bald Freundinnen finden, schätze ich«, sagte sie in einem Ton, der das Gegenteil andeutete.

»Natürlich wird sie das«, sagte ihr Vater, während er zum Sideboard ging und eine Flasche Wein holte. »Das wird ganz schnell gehen.« Beide begannen hastig über ihre eigenen ersten Schultage zu erzählen und versuchten sich verzweifelt einzureden, dass sie die richtige Entscheidung getroffen hatten. Tory seufzte. Es war albern. Sie wussten alle drei, warum sie dorthin geschickt worden war.

»Tory?«, fragte ihr Vater nach einer Weile. Sie blinzelte und sah ihn an.

»Tut mir leid. Ich hab bloß … nachgedacht«, antwortete sie und sah einen schmerzlichen Ausdruck über sein Gesicht huschen. Wann immer sie sich in Gedanken verlor, bedeutete es nur eines: Sie dachte an Susie. Sie wusste es, und ihre Eltern wussten es. So war es eben.

Nic betrat das Haus am Eaton Square. Es war totenstill. Sie erinnerte sich, dass Molly zu Mrs Jenkins, der Haushälterin, gesagt hatte, sie würden am Nachmittag auf ihren Landsitz Studgrove fahren. Typisch. Niemand hatte daran gedacht, *ihr* Bescheid zu sagen. Sie warf Schlüssel und Tasche auf den Tisch in der Diele und ging in die Küche. Es war fast sechs. Wo Mrs Jenkins wohl war? Manchmal aß Nic mit ihr in der großen Küche im Erdgeschoss, manchmal nahm sie ihr Essen mit ins Wohnzimmer und sah fern. Alles kein Vergleich zu der geschäftigen Küche in Avonlea, wo es immer jemanden gab, mit dem man sich unterhalten konnte.

Sie ging ins Wohnzimmer, streifte die Schuhe ab, warf sich aufs Sofa und griff nach der Fernbedienung. Es lief gerade nichts Besonderes, nur die Nachrichten, und das Letzte, was sie sehen wollte, war das Gesicht ihres Vaters auf dem Bildschirm. Von plötzlicher Unruhe gepackt, stand sie auf und ging nach oben in den großen Salon. Der Raum war in den blassen Creme- und Grüntönen gehalten, die Molly liebte. Molly hatte der Innenarchitektin offensichtlich gesagt, sie wünsche einen »englischen« Look – fahle Farben, schwere Samtvorhänge, Goldtressen und antike Möbel ... es sah lächerlich aus, fand Nic. Sie zog einen Vorhang beiseite und sah auf den Platz hinunter. Die Gärten waren in sanftes Spätsommerlicht getaucht. Ein Paar schlenderte Hand in Hand vorbei. Nic schluckte. Sie sehnte sich nach jemandem, mit dem sie über ihren ersten Schultag reden konnte. Einen Moment lang starrte sie das Telefon an und bemühte sich, das Gefühl der Einsamkeit zurückzudrängen. Dann nahm sie den Hörer ab und wählte Shauns Nummer in Harare. Aber die Verbindung nach Simbabwe war entweder belegt oder gestört.

13

»Also – wo kommen Sie denn gerade her?« Der Taxifahrer musterte sie von oben bis unten.

»Harare«, antwortete Estelle knapp. Sie war müde und nervös und hatte keine Lust, mit einem kahlköpfigen, übergewichtigen Taxifahrer zu plaudern.

»Wo ist das denn?«, fragte er.

»Afrika.«

»Ach. Sie sehen aber nicht besonders afrikanisch aus«, sagte er schmunzelnd. Mit einer schwungvollen Geste öffnete er die Wagentür. »Steigen Sie ein, Süße. Wo soll's denn hingehen?«

Estelle fischte einen Zettel aus ihrer Tasche. »Brighton Road. Stoke Newington.«

»Stoke *Newington*?« Er kratzte sich am Kopf. »Das ist aber verdammt weit draußen. Sind Sie sicher, dass Sie ein Taxi nehmen wollen?«

»Wie weit ist es denn?«, fragte Estelle alarmiert. Sie hatte keine Ahnung, wo Stoke Newington lag, geschweige denn, wie sie sonst hinkommen sollte.

Er kratzte sich erneut am Kopf. »Um diese Tageszeit? Etwa eineinhalb Stunden, würde ich sagen.«

»W-wie viel würde das kosten?«

»Keine Ahnung … hängt vom Verkehr ab, Süße. Dreißig, fünfunddreißig Pfund … vielleicht ein bisschen mehr.« Er sah auf ihr bedrücktes Gesicht. »Ich sag Ihnen was, ich mach's für dreißig. Wie wäre das?«

»Sehr gut.« Estelle stieg ein. Sie hatte die Adresse und Telefonnummer von einem Freund von Thandies Bruder – Jonathan Marimba. Er sei Journalist, hatte der Freund gesagt, und würde sie für ein paar Wochen bei sich aufnehmen. Abgesehen von dem horrenden Taxipreis lief alles ganz nach Plan. Sie lehnte sich in dem Sitz zurück, als das Taxi abfuhr, und versuchte nicht an Gloria zu denken. Die hatte den Brief wohl inzwischen gefunden. Und die dreihundert Dollar natürlich. Das würde helfen, den Schlag abzumildern.

»Sie machen hier also Ferien?« Nachdem ihr der Taxifahrer entgegengekommen war, wollte er sich jetzt unbedingt mit ihr unterhalten.

Estelle jedoch nicht. »Nein«, erwiderte sie knapp. Sie zog eine Packung Zigaretten heraus, zündete eine an und sah den Blick des Fahrers im Rückspiegel. Verbiet's mir doch!, signalisierte sie ihm mit den Augen. Schweigend fuhren sie dahin.

»Da wären wir«, sagte er etwa eineinhalb Stunden später. Er hatte nicht gelogen. Es war tatsächlich weit draußen. »Wie war noch mal die Nummer?«

»Zweiundzwanzig«, sagte Estelle mit einem Blick auf den Zettel.

»Achtzehn, zwanzig … da ist es.« Sein Tonfall war inzwischen etwas weniger freundlich. Wenn er gehofft hatte, dass sich auf der Fahrt so etwas wie Freundschaft entwickelte, hatte sie seine Hoffnungen zerstört.

Sorgfältig zählte sie das Geld ab und reichte es durchs Fenster. »Danke«, sagte sie schnell und stieg aus. Es war Ende Oktober, und der kalte Wind war ungewohnt für sie. Sie holte ihr Gepäck aus dem Kofferraum, und das Taxi fuhr weg. Nummer zweiundzwanzig sah genauso aus wie Nummer zwanzig und vierundzwanzig. Eine lange Reihe völlig gleicher Häuser, in beiden Richtungen aneinandergebaut. Hier eine blaue, dort eine gelbe Eingangstür. Jonathan Marimbas Tür war schwarz, und die Farbe blätterte ab. Eine leere Bierflasche rollte über den Betonweg, und am Vorderfenster hingen keine Vorhänge. Sie fröstelte und zog den Mantel enger um sich. Dann drückte sie den Klingelknopf und wartete. Sofort hörte sie Schritte, und die Tür ging auf. Eine Frau stand im Eingang und sah sie fragend an.

»Ja?«

»Hallo, ich bin Estelle.«

»Estelle?« Sie sah sie von oben bis unten an. Feindseligkeit lag in ihrem Blick.

»Ja … wohnt hier Jonathan Marimba?«

Die Frau sah sie erneut durchdringend an. Dann drehte sie sich um und rief: »Jonathan!« Hinter ihr sah Estelle in einen dunklen engen Gang, von dem aus eine Treppe nach oben führte. »Wer sind Sie?«, fragte sie argwöhnisch. »Eine Freundin?«

Estelle blieb kühl. Sie war solche Blicke gewohnt, besonders von Frauen. »Nein. Wer sind *Sie*?« Mit Befriedigung stellte sie fest, dass sie einen Treffer gelandet hatte.

»Ich bin seine Frau.«

»Wer ist da?« Von irgendwoher aus dem Dunkeln hinter der Frau ertönte eine Männerstimme. *»Shikedé?«*

»Ich bin Estelle Mackenzie. Ich bin eine Freundin von David Gono. Er hat gesagt … dass ich eine Weile bei Ihnen wohnen könnte. Er hat doch mit Ihnen gesprochen?«

»Ah ja … richtig.« Er kratzte sich am Kopf. Offensichtlich hatte er es vergessen. »Okay, dann komm rein … ist das dein Gepäck?«

»Ja. Es ist nur für ein paar Wochen.«

»Kein Problem, kein Problem, Mann. Es ist immer Platz. Sylvia … bring sie nach oben, ja? Sie kann in Corinnes Zimmer schlafen.«

»Und wo soll Corinne schlafen?«, fragte Sylvia in aggressivem Ton zurück.

»Bei Matthew. Das geht schon in Ordnung, Sylvia. Es ist

doch nur für ein paar Wochen.« Er warf einen schnellen Blick auf Estelle.

»Ja. Das sagen sie alle«, antwortete Sylvia verdrossen. Sie sprach auf Shona weiter. Estelle konnte ihr nicht folgen, aber ihr Tonfall bedurfte keiner Übersetzung. Immer noch murrend, führte Sylvia sie die schmale Treppe hinauf in ein winziges Zimmer, das direkt vom Treppenabsatz abging.

»Hör zu, ich will keinem zu nahetreten ...«, begann Estelle steif, verärgert über die Wendung, die die Unterhaltung genommen hatte. Das war alles weit entfernt von dem herzlichen Willkommen, das David versprochen hatte.

Sylvia ignorierte sie. »Du kannst deine Sachen dort reintun.« Sie deutete auf eine der Schubladen. »Aber nicht in den Schrank. Der ist voll. Der Letzte, der hier gewohnt hat, hat sein ganzes Zeug zurückgelassen.« Es gab offensichtlich öfter Besuch.

»Keine Sorge, das werde ich nicht tun«, antwortete Estelle knapp.

»Es kostet dreißig Pfund die Woche. Und wenn du mitessen willst, noch mal fünfzehn. Außerdem beteiligst du dich an den Kosten.«

Estelle sah sie verständnislos an. David hatte nichts von *Bezahlung* gesagt. »David hat nicht erwähnt ...«, begann sie.

»Nun, ich erwähne es jetzt. Wir sind kein Obdachlosenasyl.«

Estelle verzog die Lippen. Eine Nacht. Mehr nicht. Sie würde nicht länger als eine Nacht in dieser winzigen Bude in dem modrig riechenden Haus bleiben, mit einer feindseligen Hausfrau und einem Ehemann, der nicht den Mund aufzumachen wagte. Sobald Sylvia gegangen war, schloss sie die Tür und setzte sich aufs Bett. Ihre Ankunft in London war nicht ganz so verlaufen, wie sie es sich vorgestellt hatte. Wo waren die eleganten alten Gebäude? Der Buckingham Palast und das Parlament? Die schmalen gepflasterten Gassen und baumbestandenen Avenuen entlang des Flusses, von denen sie ihr Leben lang gehört hatte? Das hier – sie blickte sich angewidert um – war nicht viel besser als Arcadia. Tatsächlich war es schlechter. Es war *kalt*. Sie nahm ihre Handtasche und zog ihr kleines gelbes Notizbuch heraus. Darin hatte sie in den letzten sechs Monaten jede Telefonnummer, jeden Namen, jeden Kontakt eingetragen, der ihr nützlich sein konnte. Sie begann, die Liste durchzugehen. Jemand würde ihr hier heraushelfen. Ganz egal wer.

14

Caryns erste Wochen vergingen wie im Flug. Es gab so viel zu lernen, und die Zeit war knapp. Kaum hatte sie einen Aufsatz abgegeben, bekam sie ihn schon wieder zurück und musste den nächsten schreiben. Ihre Mitschülerinnen waren am dritten und vierten Tag nicht freundlicher als am ersten, aber nach einer Woche konnte sie der verträumten Neuen namens Tory wenigstens ein zögerliches »Hallo« entlocken. Das versuchte sie auch bei Nic, dem Mädchen, das niemand zu mögen schien, aber die wandte bloß den Kopf ab. Eingebildete Ziege!

Etwa einen Monat nach ihrem Eintritt rannte sie eines Morgens von der Kunstgeschichts- in die Französischklasse, stolperte an der Tür und ließ ihren Ordner fallen. Er platzte auf, und ein paar Papiere fielen heraus. Sie beugte sich hinunter, um sie aufzuheben, und bemerkte dabei ein paar Mädchen, die hinter ihr die Treppe herunterkamen. Kichernd gingen sie an ihr vorbei, und als sie die Tür aufmachten, wehte ein Windstoß die Blätter über den Boden. Es waren Gemma Kinnaird und ihre Clique. Miststücke, dachte Caryn und kniete sich hin, um die Blätter aufzusammeln. Immer noch kichernd liefen sie hinaus und ließen die Tür hinter sich zufallen. Caryn krabbelte auf Knien herum und versuchte die Papiere aufzuheben, bevor noch jemand kam.

»Da«, sagte eine Stimme.

Sie blickte auf. Es war Nic. Sie hielt ein paar Seiten in der Hand. Caryn hatte sie nicht kommen hören. Sie stand auf. »Danke«, sagte sie verlegen. »Ich … ich muss gestolpert sein …«, fügte sie stammelnd hinzu.

Nic blickte auf Caryns Schuhe. »Das wundert mich nicht«, erwiderte sie trocken. Und dann lachten beide. »Tut mir leid«, sagte Nic schließlich und versuchte, sich das Lachen zu verbeißen. »Aber sie sind einfach …«

»… schrecklich«, beendete Caryn ihren Satz und schüttelte bedauernd den Kopf. »Ich weiß das, glaub mir.«

»Warum ziehst du sie dann an?«

»Weil ich keine anderen habe.«

»Oh.«

»Danke, dass du mir geholfen hast«, sagte Caryn schließlich. »Ich muss mich beeilen. Ich hab Französisch … du doch auch.«

»Ach, ich glaube, ich mach mir heute nicht die Mühe«, antwortete Nic unbekümmert. »Ich bin nicht in der Stimmung.«

Caryn starrte sie an. »Nicht in der *Stimmung*? Äh … okay. Also, nochmals danke.« Nic nickte und wandte sich ab. Caryn zögerte. »Du … du kannst meine Notizen haben, wenn du willst. Wenn du jetzt nicht mitkommst.«

Nic blieb stehen und drehte sich um. Jetzt war sie verblüfft. »Gut, danke!«

»Bis dann.«

»Bis dann.«

In der Französischstunde dachte Caryn über Nic nach. Als sie ihr die Blätter gereicht hatte, war in ihrem Gesicht nicht die übliche mürrische Abwehr gestanden. Und sie war unglaublich hübsch, trotz ihres verschlossenen Ausdrucks. Hohe Wangenknochen, dunkle, fast schwarze Augen. Ihre Haut war gebräunt wie die einer Italienerin oder Spanierin. Sie war nicht ganz sicher, woher Nic stammte – irgendwo aus Afrika, hatte sie gehört. Aber sie sah keineswegs afrikanisch aus. Irgendwo hatte sie aufgeschnappt, dass ihr Vater einer der größten Gauner in Simbabwe sei, wo immer das auch sein mochte. Caryn musste das einmal nachschlagen. Doch wenn Nic lächelte – was zugegebenermaßen nicht oft vorkam –, veränderte sich ihr ganzes Gesicht. Sie war voller Abwehr, aber nach einem Monat in St Augustine verstand Caryn, warum. Featherstone galt als eine der harten, innerstädtischen Schulen, aber es war nichts im Vergleich mit St Augustine. In Featherstone ging es zumindest gerecht zu. Niemand wurde gepiesackt, weil er einen komischen Akzent hatte, die falschen Schuhe trug oder einen trunksüchtigen Vater hatte. Etwaige Probleme wurden rasch durch eine Schlägerei geklärt, und solange man sich behaupten konnte, wurde es mit der Zeit gewöhnlich besser.

In St Augustine war es anders. Unter den drei oder vier Cliquen der Schule wurde eine Geheimsprache gesprochen, die niemand sonst verstand. Neulinge kapierten die Codes natürlich nicht, und die Aufnahme in die Cliquen hing von Faktoren ab, auf die man größtenteils keinerlei Einfluss hatte. Etwa, woher der Vater stammte, wo man wohnte oder wie man bestimmte Wörter aussprach. Tatsächlich war die am meisten gestellte Frage nicht die, welche Schule *sie* zuvor besucht hatte, sondern auf welche ihr Vater gegangen sei. »Weiß ich nicht«, erklärte sie den anderen. »Ich hab keinen.«

»Du hast keinen *Vater*?«

»Nein.«

»Ist er tot?«

»Keine Ahnung.«

Und damit hatte es sich.

Etwa eine Woche nach ihrem kurzen Zusammentreffen im Flur fand sich Caryn unerwartet im Gleichschritt neben Nic und Tory. Ein paar Momente marschierten die drei in peinlichem Schweigen den Korridor entlang. Schließlich brachte Caryn den Mut auf und fragte, ob die anderen die Stunde genauso schwierig gefunden hätten wie sie.

»Ja«, antwortete Nic. »Ich *hasse* Molière.«

»Ich auch«, pflichtete Tory plötzlich bei.

»Mir geht's genauso«, sagte Caryn, obwohl das nicht ganz stimmte. Die drei sahen sich argwöhnisch an.

»Wo bist du denn zur Schule gegangen?«, fragte Nic, als sie die Schwingtür aufstieß. »Vorher, meine ich.«

Caryn atmete erleichtert auf. Zum ersten Mal bezog sich die Frage nicht auf ihren Vater. »In die John Featherstone«, antwortete sie und rümpfte die Nase. »Die ist in Hackney. Sie ist … ein bisschen anders als die hier.«

»Und du?«, fragte Nic an Tory gewandt.

Tory zuckte die Achseln. »Queen Anne in Pimlico. Die war exakt genauso.«

»Und wie lange bist du schon hier?«, wollte Caryn von Nic wissen, ermutigt durch ihre unerwartete Redseligkeit.

»Drei Jahre. Ich hasse es.«

»Warum?« Es war die erste Frage, die Tory stellte.

Nic wurde rot. »Weil sie *mich* hassen«, antwortete sie schließlich.

»Aber wieso?« Caryn war neugierig.

Nic zuckte die Achseln. »Keine Ahnung. Frag sie.«

Tory und Caryn sahen sich schnell an. »Na ja … wen schert es schon, was sie denken«, sagte Caryn schließlich. »Ich kann sie nicht *ausstehen*.« Jetzt war es an Nic und Tory, überrascht zu sein. »Sie sind solche Snobs!« Caryn wurde rot wegen ihres Ausbruchs. Aber es stimmte. Sie hatte neulich mitbekommen, wie auf der Toilette über sie geredet wurde. Jemand – Caryn erkannte die Stimme nicht – hatte die Bemerkung gemacht, dass die Schule zu viele »NUKs« aufnehme, was immer das auch heißen sollte. Sie war noch in der Kabine, als jemand ihren Namen erwähnte. Sie erstarrte.

»Vor allem das neue Mädchen mit dem Stipendium. Wie heißt sie noch mal?«

»Caryn. Hast du gesehen, wie sie ihren Namen schreibt? Gott, die Arbeiterklasse ist einfach zu furchtbar.«

»Ich weiß. Ich muss mir praktisch jedes Mal, wenn sie vorbeigeht, die Nase zuhalten. Ich kann das billige Parfüm nicht ertragen. Geht's dir anders?«

»Nein. Schau mal, was ich mir gestern gekauft habe …«

Caryns Gesicht brannte. Alice hatte ihr neulich eine kleine Flasche Avon-Parfüm geschenkt. *Etwas, um dich aufzuheitern,* hatte sie gesagt, schuldbewusst angesichts von Caryns dunklen Augenringen, die neben den Hausaufgaben noch für Brian sorgte und den Haushalt einigermaßen in Ordnung hielt. Alice tat manchmal Dinge, die Caryn Tränen der Reue in die Augen trieben, weil sie oft so hart über ihre Mutter urteilte.

»Was ist ein NUK?«, wollte sie nun, plötzlich kühn geworden, von Nic und Tory wissen.

Tory zögerte. »Nichts besonders Nettes«, antwortete sie vorsichtig.

»Ist mir egal. Was bedeutet es?«

»Es steht für ›Nicht unsere Klasse‹«, sagte Tory und sah Nic an.

»Oh, danke.« Caryns Wangen wurden noch röter.

»Weißt du …«, meinte Nic, »du hast absolut recht. Das kümmert uns doch einen Scheißdreck, oder?« Die drei blickten sich an. Nic sah auf ihre Uhr. Es war fast Mittagszeit. »Ich gehe in die Kantine«, sagte sie, hängte ihre Tasche über die Schulter und ging weg. Dann drehte sie sich um. »Also, kommt ihr beiden nun mit oder nicht?«

Zwei Wochen später saß Caryn auf dem geblümten Sofa und sah sich mit kaum verhohlener Bewunderung um. Sie schwor sich, dass sie Nic Harte niemals mit zu sich nach Hause nehmen würde. In Nics Haus sah es aus wie im Film. Eine uniformierte Haushälterin hatte sie in den ersten Stock geführt. Der Raum, in dem sie auf Nic warten sollten, war fast doppelt so groß wie die gesamte Wohnung von Caryns Familie! Auf dem glänzenden Tisch vor dem Fenster stand ein riesiger Strauß Lilien, deren intensiver Duft die Luft erfüllte. Sie fing Torys Blick auf, aber bevor eine von ihnen etwas sagen konnte, hörten sie Nics eilige Schritte. Sie stürmte in den Raum und gab sich dann alle

Mühe, nicht *zu* erfreut zu wirken. Caryn lächelte in sich hinein. Nic war komisch. Sie bemühte sich verzweifelt, nicht zu zeigen, dass sie jemanden brauchte, und dennoch sehnte sie sich offensichtlich nach Gesellschaft. Offenbar war es trotz aller Pracht doch kein großes Vergnügen, allein in einem so schönen Haus zu leben. Sie fragte sich, wo Nics Eltern waren. Nach dem Wenigen, was sie herausbekommen hatte, jettete ihr Vater um die Welt, und ihre Stiefmutter hetzte hinterdrein, um die verschiedenen Wohnsitze neu einzurichten. Je nachdem, wem man glaubte, war er entweder ein glänzender Geschäftsmann oder ein ausgefuchster Gauner. Nic redete kaum über ihn. Sie schien große Angst vor ihm zu haben.

Doch wie Caryn langsam aufging, war ein Gespräch mit Nic nicht immer der leichteste Weg zur Wahrheit. Die steckte oft in den Dingen, die sie *nicht* sagte. Etwa, warum niemand in der Familie an ihren siebzehnten Geburtstag gedacht hatte. Sie hatte ihnen erzählt, dass sie ihn allein mit der Haushälterin gefeiert habe, und tat so, als sei sie über ihr Mitgefühl erstaunt. Nic hatte etwas sehr Verletzliches an sich, und Caryn hätte sie manchmal gern in den Arm genommen. Aber das hätte Nic nie zugelassen. Sie schien nach der Maxime zu leben: *Ich brauche niemanden.* Doch man musste nur an der Oberfläche kratzen – und nicht einmal besonders tief. In dieser Hinsicht war sie ganz anders als Tory, fand Caryn.

Tory trug ihre seltsame Traurigkeit offen zur Schau. Es gab Momente, da tat es weh, sie nur anzusehen. Im Moment redete sie gerade mit Nic, aber man sah, dass sie ihr nur die halbe Aufmerksamkeit schenkte. Das war typisch – egal, mit wem Tory redete, sie schien immer noch mit etwas anderem beschäftigt. Sie hatte eine ältere Schwester, die in

Oxford studierte, und ihr Vater war Professor an einem Londoner College. Über beide erzählte sie nicht viel.

Tatsächlich, dachte Caryn, verstanden sie sich vielleicht deshalb so gut, weil sie alle drei nicht gern über ihr Elternhaus sprachen. Caryn jedenfalls wäre lieber gestorben, als eine von ihnen mit nach Milton Gardens zu nehmen, und Tory behauptete ständig, ihre Mutter habe zu viel zu tun, um Leute einzuladen. Zumindest in absehbarer Zukunft würden sie sich wohl nur im Hotel Harte treffen, wie Caryn es sofort nannte. Es fühlte sich auch mehr wie ein Hotel als wie ein Zuhause an. Wie um ihre Meinung zu bestätigen, steckte die Haushälterin plötzlich den Kopf durch die Tür und fragte, ob sie zum Lunch in die Küche kommen wollten.

Den Rest des Nachmittags verbrachten sie in Nics eigenem Wohnzimmer im obersten Stock, lagen auf dem weichen Teppich ausgestreckt, hörten Musik und klatschten über die Schule. Um fünf erhob sich Caryn widerstrebend. Es war der erste Samstag seit Monaten, den sie freihatte, aber sie musste dennoch dafür sorgen, dass Brian vor dem Zubettgehen gebadet und gefüttert wurde. Als sie mit Tory das Haus verließ, war Caryn immer noch wie betäubt vom Glanz des vergangenen Nachmittags.

15

In der Mitte des ersten Trimesters waren zum Erstaunen aller Nic Harte, Tory Spiller und Caryn Middleton beste Freundinnen geworden. Plötzlich hatte Nic Gesprächspartnerinnen auf dem Weg ins nächste Klassenzimmer. Caryns modischer Geschmack verbesserte sich langsam unter dem

Einfluss der anderen beiden, und selbst Tory benahm sich nicht mehr ganz so seltsam wie am Anfang. Sie starrte weniger aus dem Fenster und erzählte ein bisschen mehr von der Zeit, bevor sie nach St Augustine kam. Sie vergötterte ihre ältere Schwester, wie Nic fast neidisch feststellte. Susie schien perfekt zu sein – sie schickte Tory immer wieder kleine Geschenke, etwas Taschengeld, eine neue Platte oder ein paar Klamotten. Die enge Beziehung zwischen Tory und Susie hatte keinerlei Ähnlichkeit mit der zu ihrer Halbschwester Jessica oder den Horrorgeschichten, die Nics Freundinnen zu Hause gelegentlich erzählt hatten. Susie studierte Geschichte in Oxford, genau wie Torys Vater. Sie würde Professorin oder Schauspielerin werden, behauptete Tory schlicht. Caryn und Nic waren beeindruckt.

»An welcher Universität wollt ihr euch bewerben?«, fragte Caryn eines Morgens im Dezember, als sie über den Rasen zur Bibliothek gingen.

»Ach, ich weiß nicht, ob ich mich überhaupt damit belasten will«, sagte Nic leichthin.

»Natürlich wirst du das«, erwiderte Caryn grinsend. Inzwischen ließ sie sich von Nics zur Schau gestellten Lässigkeit nicht mehr täuschen. »Ach, komm, gib's doch zu.«

»Wirklich nicht. Ich hab noch gar nicht darüber nachgedacht«, antwortete Nic fast wahrheitsgemäß. Sie hatte nicht gewagt, darüber nachzudenken. »Ich … ich entscheide das später.«

»Ich nicht«, sagte Tory plötzlich. Caryn und Nic sahen sie an. »Ich gehe nicht an die Uni.«

»Und deine Eltern? Wollen die das denn nicht?«, fragte Caryn interessiert. Sie und Alice hatten nicht darüber gesprochen – sie hatte Angst gehabt, das Thema aufzubringen, hauptsächlich wegen der Kosten. Ganz zu schweigen von dem Gedanken, Brian allein bei ihrer Mutter zurückzulassen.

Tory zuckte die Achseln. »Ach, Susie ist so gut … sie ist so intelligent, dass es für uns beide reicht. Ich selbst möchte einfach so weit wie möglich weg von hier.«

»Wohin denn?« Nic und Caryn waren beide verblüfft über die plötzliche Bitterkeit in Torys Stimme.

»Keine Ahnung. Überall ist es besser als hier.«

Caryn zögerte und warf Nic einen Blick zu. Da war er wieder, dieser seltsam verzweifelte Unterton. Keine wusste so recht, was sie sagen sollte. Sie begegneten den Vier Hexen, aber die sagten ausnahmsweise einmal nichts. Das war der Vorteil einer Gruppe. Allein war man ein leichtes Opfer. Bei dreien war es schwieriger, und Gemma Kinnaird war ein Feigling.

»Blöde Kuh«, murmelte Nic, als sie das Bibliotheksgebäude erreichten. »Habt ihr gesehen, wie sie uns angeglotzt hat?«

»Besser, als etwas Schlimmes aus ihrem Mund zu hören«, sagte Caryn trocken und öffnete die Tür. »Ist euch aufgefallen, wie still sie in letzter Zeit ist?«

»Wartet nur«, erwiderte Nic düster, »sie führt was im Schilde.«

»Na und?«, sagte Tory. »Was wäre denn das Schlimmste, was sie sagen könnte? Sie hat doch schon alles gesagt. Ihr fällt einfach nichts mehr ein.«

Nic und Caryn waren überrascht. Gerade wenn man glaubte, Tory wäre vollkommen abwesend, kam etwas absolut Treffendes aus ihrem Mund. Es stimmte – was konnte Gemma noch über sie sagen, was sie nicht schon gesagt hätte? Das munterte sie alle auf.

16

Estelle sah sich rasch in dem Raum um. Er war sauber, groß genug und hatte ein recht hübsches Erkerfenster zum Garten hinaus. Sie wandte sich wieder den beiden Mädchen in der Tür zu, die offensichtlich immer noch tief beeindruckt von ihr waren. »Ja, es ist hübsch. Ich nehme es.« Die Rothaarige, Rebecca oder wie sie hieß, lächelte erleichtert.

»Toll. Ich freue mich, dass es dir gefällt. Wir hatten ein paar ziemlich Verrückte hier, das kann ich dir sagen …«

»Ja, dieses *eine* Mädchen …« Amanda, die andere, legte gleich über jemanden los.

»Und das Badezimmer?«, unterbrach sie Estelle schnell. Sie hatte keine Lust, mit den beiden zu plaudern.

»Oh, das ist gleich hier, den Gang hinunter.«

Estelle öffnete die Tür zu dem winzigen Badezimmer. Wie der Rest der Wohnung war es sauber, wenn auch nicht luxuriös. Aber nach einer Woche in Jonathans und Sylvias Haus mit einem halben Dutzend anderer Leute aus Simbabwe, die ständig ein und aus gingen, gefolgt von zwei Wochen in einer außerordentlich schmutzigen Pension in der Nähe der Victoria Station, hatte sie genug. Ihr Geld schmolz beängstigend schnell dahin, und keiner ihrer Kontakte hatte sich als ergiebig erwiesen. Nach dem fünften peinlichen Anruf bei einem Mann, der ihr gesagt hatte, sie könne »jederzeit anrufen«, und der jetzt nicht einmal zugeben wollte, sie zu kennen, vor allem vor seiner Frau nicht, hatte sie die Kontaktadressen aus ihrem Notizbuch gerissen. Niemand meinte es ernst, wenn er einem Mädchen in einer Bar in Harare seine Telefonnummer gab und ihr sagte, sie könne anrufen, »wenn sie in der Stadt« sei.

»Wann kann ich einziehen?«, fragte sie die beiden Mädchen.

»Oh, jederzeit. Ich meine, sobald du …«

»Die Kaution …?«, sagte Rebecca verlegen.

»Kann ich jetzt gleich bezahlen?« Estelle verstand die alberne Verlegenheit nicht, die Gespräche über Geld bei den Briten gewöhnlich auszulösen schienen.

»O ja … natürlich.«

»Hier. Dreißig die Woche, hieß es. Und einen Monat im Voraus?«

»Äh, ja.«

»Okay.« Estelle zählte die Scheine ab. »Ich gehe nur noch schnell ins Hotel zurück und hole meine Sachen. Sonst noch etwas?«

»Nein … nein. Ich denke, das wär's dann«, sagte Amanda und lächelte sie schüchtern an. Estelle ignorierte sie und nahm ihre Tasche. Sie war unhöflich, aber sie hatte nicht die geringste Lust auf eine Freundschaft. Sie wollte einen Ort, wo sie wohnen konnte. Die Anzeige der beiden hatte sie in einem Zeitungsladen gesehen. *Weibliche Person, Nichtraucherin, als Mitbewohnerin in schöner Wohnung gesucht. Übernahme von einem Drittel der Kosten.* Sie erfüllte die Kriterien, die Wohnung entsprach den ihren. Ende der Geschichte. Sie war nicht nach London gekommen, um Freunde zu finden, vor allem nicht diese beiden. Studentinnen – Estelle erinnerte sich nicht, was oder wo sie studierten. In diesem Monat in London hatte sie alle möglichen Typen kennengelernt. Wie eine riesige Abfalltonne schien die Stadt alles Treibgut der Welt anzuziehen. Jeder wollte etwas ganz Besonderes werden. Aber niemand wollte das so unbedingt wie Estelle Mackenzie.

17

»Nächste Woche ist Elternabend in deiner Schule«, rief Torys Mutter, als sie in die Küche kam. »Wir haben heute Morgen die Einladung gekriegt. Offensichtlich organisiert ihr ein Weihnachts-Büffet. Das wird sicher nett. Vielleicht lernen wir sogar deine neuen Freundinnen kennen!«

Tory blieb in der Tür stehen. »Ihr geht doch nicht hin, oder?«, fragte sie erschrocken.

Ihre Mutter runzelte die Stirn. »Natürlich gehen wir hin. Was für eine Frage!«

»Es wird sicher furchtbar langweilig«, sagte Tory und versuchte verzweifelt, sich einen besseren Einwand auszudenken. »Von niemandem gehen die Eltern hin.«

»Sei nicht albern, Tory. Im Queen Anne sind wir immer hingegangen.«

Tory ließ ihre Tasche fallen. »Das ist doch reine Zeitverschwendung«, erwiderte sie matt und bemerkte, dass sie plötzlich feuerrot wurde. Sie wandte sich ab und verließ die Küche.

»Tory!«, rief ihre Mutter. Tory lief mit klopfendem Herzen die Treppe hinauf. Sie konnte ihrer Mutter nicht den wahren Grund sagen, warum sie nicht kommen sollten. Es hatte alles so harmlos begonnen. Sie hatten über Mathe geredet, und es war ihr so herausgerutscht: *Meine Schwester ist gut in Mathe.* Nicht, meine Schwester *war* gut in Mathe. Meine Schwester, die ermordet wurde. Weder Caryn noch Nic erwiderten etwas, und Tory stellte fest, dass sie nichts wussten. Niemand in St Augustine schien etwas zu wissen. Die Lehrer bezogen sich nicht darauf, niemand fragte sie, wie es ihr ging, wie sie zurechtkam, wie es ihren Eltern ging. Einen kurzen, schwindelerregenden Moment lang war es, als wäre es nie passiert.

Sie schlug die Daunendecke zurück und kroch angezogen ins Bett. Wie sollte sie aus dieser Sache wieder herauskommen? Sie müsste einfach sicherstellen, dass weder Caryn noch Nic ein Wort mit ihren Eltern wechselten. Tory fühlte sich elend. Die Euphorie des letzten Monats war plötzlich wie weggeblasen.

»Das ist für mich gekommen«, sagte Alice, sobald Caryn zur Tür hereinkam. »Heute Morgen. W-was meinst du, was soll ich tun?«

Caryn nahm ihr die weiße Karte ab. Eine Einladung zum Weihnachts-Elternabend. Sie biss sich auf die Unterlippe. »Ich weiß nicht«, antwortete sie langsam und fragte sich, wie um alles in der Welt sie ihrer Mutter beibringen sollte, dass sie schlichtweg *sterben* würde, wenn sie dort auftauchte. »Möchtest du hingehen?«

»Oh, ich glaube nicht, dass ich das kann, Liebling«, antwortete Alice nervös. »Ich meine, was sollte ich anziehen? Ich habe kein neues Kleid oder so was.«

»Also, mir macht es nichts aus, wenn du nicht hingehst«, erwiderte Caryn. Trotz ihres schlechten Gewissens war sie erleichtert.

»Aber ich sollte wohl hingehen, oder?«, begann Alice wieder. »Es ist doch bestimmt wichtig, nicht wahr?«

»Du bist doch früher auch nie hingegangen.«

»Stimmt.«

»Also dann … vielleicht nächstes Mal?«, schlug Caryn vor. Sie sah, wie das Räderwerk in Alices Kopf in Gang kam.

»Nein, ich glaube, ich sollte mich zusammenreißen,

Schatz. Ich meine … ich könnte mir doch ein neues Kleid besorgen, oder? Da sind die zwanzig Pfund, die ich für Brians Rad beiseitegelegt habe, du weißt schon … das er sich zu Weihnachten gewünscht hat. Die könnte ich später doch wieder ersetzen. Und du hast doch auch ein bisschen Erspartes, nicht wahr, Schatz?«

»Mum … nein, nicht wirklich. Ich …«

»Was ist mit deinem Geld von deinem Samstagsjob? Du kannst doch nicht alles ausgegeben haben!«

Caryn sank das Herz. »Ich hab noch ein bisschen«, gab sie vorsichtig zu. »Aber nicht viel.«

»Ich werde nicht viel brauchen«, sagte Alice und zündete sich eine Zigarette an. »Ich habe dieses blaue Top … du weißt schon, das mit den Münzen über der Brust … und könnte mir einfach einen Rock besorgen. Mein Haar machen lassen. Ach, das wird *herrlich*, Caryn, nicht? Bestimmt, Schatz.«

»Was wird herrlich?« Owen kam mit finsterem Gesicht in die Küche herein.

»Ich bin eingeladen, Caryns Lehrer kennenzulernen«, sang Alice immer aufgekratzter. Caryn fühlte sich elend. Sie wusste genau, was passieren würde. Alice würde in den nächsten Tagen fünfzig Pfund ausgeben für ein Outfit, einen Haarschnitt und eine Flasche von irgendwas, um sich bei Laune zu halten, und dann einen Tag oder ein paar Stunden vor dem großen Ereignis hart auf dem Boden der Tatsachen aufschlagen. Dann war sie krank und unfähig hinzugehen, und es würde Tage dauern, um sie wieder aus ihrem Loch zu holen. So war es jedes verdammte Mal.

»Ach, die feinen *Lehrerinnen* besuchen, was?«, spottete Owen. »Um ihnen zu sagen, was für ein *liebes* kleines Mädchen deine kostbare Caryn ist?«

»Halt den Mund, Owen«, zischte Caryn ärgerlich.

»Was? Das willst du mir verbieten?« Owen lachte dreckig und öffnete den Kühlschrank. Er warf einen Blick auf den dürftigen Inhalt und schlug ihn wieder zu. »Warum ist nie was zu essen in diesem Haus, verdammt?«, stieß er wütend hervor und riss seine Jacke von der Stuhllehne.

»Weil du verdammt noch mal nie was einkaufst!«, schrie Caryn und drückte die Hände auf die Ohren.

In der Ecke gab Alice sich ihren Träumen hin, welches Kleid sie kaufen würde. »Eine hübsche dunkle Farbe, glaube ich. Dunkelblau. Nein, vielleicht doch schwarz. Schwarz steht mir, weißt du. Ich könnte auch mein Haar tönen lassen, um das Grau loszuwerden. Ach, man weiß ja nie … ich könnte sogar jemanden kennenlernen … das wäre doch was, oder?«

»Könntest du bitte *ruhig* sein, Mum. *Bitte*«, sagte Caryn und ballte die Fäuste. Im Wohnzimmer hatte Brian den Fernseher laut gestellt, um den Streit in der Küche zu übertönen. Owen schenkte ihr einen letzten höhnischen Blick, ging hinaus und knallte so heftig die Tür hinter sich zu, dass das Besteck im Ablaufgestell klirrte. Alice blinzelte. Caryn nahm die Einladungskarte und steckte sie ein. So viel zu einem reizenden Elternabend. Nicht alle Eltern waren gleich. Das war das Problem.

18

Nic sah sich unter den dreißig oder vierzig Eltern und Lehrern um, die in der Aula versammelt waren. Ihr Vater und Molly waren noch nicht eingetroffen. Sie wusste nicht, ob sie sich freuen oder verärgert sein sollte, weil sie kommen wollten. Die beiden waren in der Woche zuvor angekommen, hatten die meiste Zeit in Studgrove verbracht und waren erst heute Morgen an den Eaton Square zurückgekehrt. Zögernd hatte ihnen Nic die Einladung gezeigt. Natürlich war es Molly, die hingehen wollte, nicht ihr Vater. »Ist nicht Lord Palmers Tochter in deiner Klasse?«, fragte sie Nic, bevor sie sich wieder an Jim wandte. »Also, Liebling … *ich* finde, es wäre *außerordentlich* nützlich …« Nic verließ angewidert den Raum.

Sie sah, dass Torys Eltern mit Dr. Walsh sprachen, während Tory aufgeregt hinter ihnen stand. Sie hatte sich in den letzten Tagen sehr merkwürdig benommen und sich wegen des anstehenden Abends geradezu absurde Sorgen gemacht. Nic konnte das beim besten Willen nicht verstehen. Allem Anschein nach waren Torys Eltern ganz normale, nette Leute. Ihr Vater war groß und dünn mit einem freundlichen, leicht abwesenden Gesichtsausdruck. Genau so, wie sie sich einen Geschichtsprofessor vorstellte. Ihre Mutter war blond, klein und rundlich, ganz anders als Tory. Offensichtlich kam Susie, die ältere Schwester, nach ihnen. Sie sah zur Tür. Ihr Vater war immer noch nicht zu sehen. Plötzlich entdeckte sie Caryn mit ihrer Mutter in einer Ecke des Raums. Sie ging zu ihnen hinüber, erleichtert, weil sie jemanden hatte, mit dem sie reden konnte.

Caryns Mum wirkte wie eine ältere, leicht verblichene Version ihrer Tochter – welliges blondes Haar fiel auf ihre Schultern, sie war schlank, hatte ein kleines, spitzes Kinn und große blaue Augen. Sie war vielleicht ein wenig seltsam gekleidet und trug ein glitzerndes blaues Top und eine zu weite, um die Taille zusammengeschnürte Hose – aber sie war hübsch, wenn auch auf eine etwas abwesende Art. Nic starrte sie an. Caryn schien sich unwohl zu fühlen – komisch, dachte Nic. Sie waren alle drei aus irgendwelchen Gründen besorgt wegen ihrer Familien.

»Mum, das ist Nic«, murmelte Caryn, als sich Nic zu ihnen gesellte. Nic streckte die Hand aus.

Alice starrte sie einen Moment an und blickte dann auf. Sie war einen ganzen Kopf kleiner als Nic. »Nic. Ach du liebe Güte …«, sagte sie, und ein Lächeln breitete sich auf ihrem Gesicht aus. Sie schien weiterreden zu wollen, aber es kam nichts mehr.

Nic wartete einen Moment und zog dann verwirrt die Hand zurück. Caryn sah aus, als wünschte sie, der Boden würde sich auftun und sie verschlingen. »Soll ich dir eine Tasse Tee holen, Mum?«, fragte sie schnell.

»Nein, mach dir keine Mühe, ich gehe schon«, warf Nic rasch ein. »Milch und Zucker?«

»Und Wodka, wenn's welchen gibt«, sagte Alice kichernd.

»Mum …«, stieß Caryn gequält hervor.

»Ich bin sicher, der wird hier nicht angeboten«, erwiderte Nic und lächelte Alice an. »Aber ich werde nachsehen.« Sie warf Caryn einen mitfühlenden Blick zu und ging zum Büffet. Sie schenkte zwei Tassen Tee ein und wollte sich gerade wieder umdrehen, als jemand sie von hinten ansprach. Es war Torys Vater.

»Du musst Nic sein«, sagte er lächelnd. »Ich habe gerade mitbekommen, wie du mit den beiden geredet hast.« Er blickte in die Richtung von Caryn und ihrer Mutter.

»Oh, hallo … Sir«, sagte Nic ein wenig beklommen. Sie wusste nie, was die Leute von ihr dachten. Oder was sie gehört hatten.

»Du musst unbedingt Gilly, meine Frau, kennenlernen. Sie ist schon ganz gespannt auf dich und die andere junge Dame – Caryn heißt sie, nicht?«

»Äh, ja. Ich bringe nur schnell den Tee …«

»Lass mich dir helfen. Ich nehme einen, ja?« Er nahm ihr eine Tasse ab, machte Tory und ihrer Mutter ein Zeichen, ihnen zu folgen, und ging entschlossen auf Caryn und ihre Mutter zu. Nic sah Caryns alarmierten Ausdruck, als sie näher kamen.

»Hallo, ich bin John, Torys Dad. Du musst Caryn sein. Wir wollen dich schon seit Ewigkeiten kennenlernen! Aber Tory hat dich geradezu versteckt vor uns. Und Sie müssen Caryns Mum sein. Das ist meine Frau Gillian …« John Spiller übernahm die Vorstellung, während die Mädchen daneben standen. Es folgte eine peinliche Pause, während Alice sich bemühte, alles in sich aufzunehmen.

»Nun«, sagte John herzlich, als die Vorstellungen vorbei waren. »Das wär's also … jetzt haben wir endlich alle kennengelernt. Gilly und ich sagten gerade erst neulich, wie schön es doch wäre, Sie alle zum Essen einzuladen. Das müssen wir arrangieren. Ehe man sich versieht, ist Weihnachten.« Er lächelte alle an.

»Weihnachten«, sagte Alice träumerisch. »Ist denn schon Weihnachten?«

»Das wäre sehr schön, Sir«, warf Caryn hastig ein. »Das würde uns wirklich freuen. Ist Susie dann auch zurück? Es wäre sehr nett, sie auch kennenzulernen«, fuhr sie schnell fort, um die peinliche Pause zu füllen, die nach Alices Worten entstanden war. Alice kam mit den vielen neuen Gesichtern nicht gut zurecht, das war offensichtlich.

Es folgte ein verblüfftes Schweigen. »S-Susie?«, krächzte Gilly Spiller schließlich. Sie sah sich verzweifelt um.

Caryn starrte sie an, verwirrt über den plötzlichen Stimmungswechsel. »Äh, ja. Sie ist doch in Oxford, oder?«

Gillians Hand, die die Teetasse hielt, begann zu zittern.

Das klirrende Geräusch war entsetzlich. Nic sah Tory an, die zu Boden blickte. John Spiller fuhr sich durchs Haar. Sein Gesicht war schmerzverzerrt. Nic starrte ihn an. Sie hatte eine seltsame Vorahnung, als wüsste sie bereits, was als Nächstes passieren würde. »Ist … ist das ein Scherz?«, fragte er schließlich mit brechender Stimme.

»N-nein«, stotterte Caryn verwirrt. »Ich … ich dachte …« Sie warf einen verzweifelten Blick zu Tory hinüber. Hatten sie einen Streit gehabt oder dergleichen? Wieder entstand ein unangenehmes Schweigen.

»Wer ist Susie?«, fragte Alice fröhlich.

»Susie war unsere andere Tochter«, sagte John mit zusammengebissenen Zähnen. Tory starrte immer noch zu Boden. »Sie ist tot. Sie wurde vor zwei Jahren ermordet. Ich dachte … ich bin überrascht, dass Tory nichts davon gesagt hat.«

Gillian Spiller seufzte leise auf. Jemand holte tief Luft, dann erklang das scheußliche Geräusch von zerbrechendem Porzellan. Nic hatte ihre Tasse fallen lassen. Sekunden später sank Gillian Spiller zu Boden. Es folgte ein Durcheinander aus Stimmen und hektischen Bewegungen, als alle ihr zu Hilfe eilten. Tory ging in Richtung der Toiletten davon, Caryn und Nic blieben wie angewurzelt stehen. Plötzlich entstand am anderen Ende des Raums noch mehr Unruhe. Nic sah über die Köpfe der Lehrer und Eltern hinweg und entdeckte, dass ihr Vater eingetroffen war. Er stand in der Türöffnung, gebräunt und gut aussehend, und blickte in ihre Richtung, mit gerunzelter Stirn wie üblich. Sie sah, wie er sich an Molly wandte. *Was zum Teufel hat sie jetzt wieder getan?* Das Gemurmel um ihn wurde lauter. *Sieh nur, ist das nicht Jim Harte? Großer Gott, ja, das ist er. Meine Güte, das ist Jim Harte.*

Sie kehrte ihm den Rücken zu und folgte Tory in die Toilette. Was zum Teufel war gerade passiert? Torys Schwester war *tot*? Ermordet? Sie erschauerte. Plötzlich verstand sie viele Dinge, die Tory betrafen, wesentlich besser.

19

Allein in ihrem Zimmer, drückte Nic den Hörer ans Ohr und hörte Molly zu, die ihr darlegte, warum sie nicht wie geplant an Weihnachten nach Avonlea zurückkehren konnte. Gott, sie *hasste* sie!

»Dein Vater hat eine wichtige Konferenz in Verbier«, erklärte Molly.

Nic verdrehte die Augen. »Aber ich bin auch gern allein zu Hause«, antwortete sie gereizt.

»Das kommt gar nicht infrage. Das kommt *überhaupt* nicht infrage.« Molly genoss ganz offensichtlich ihre Rolle als Boss.

»Aber was ist mit Shaun und Patrick?«

»Sie werden in Harare sein. Hör zu, Nicola, wir brauchen das gar nicht zu diskutieren. Manning wird dich am dreiundzwanzigsten nach Verbier bringen, du bist Weihnachten und Neujahr bei uns, und dann kehren wir alle am vierten Januar nach London zurück. Wir werden ein paar Freunde deines Vaters als Gäste haben, daher möchte ich, dass du …«

Nic knallte den Hörer auf. Sie ertrug kein weiteres Wort. Sekunden später begann es wieder zu läuten. Der schrille, beharrliche Ton zerriss die Luft, bis er schließlich aufhörte. Sie schloss die Augen. Sie hatte sich geschworen, keine einzige Träne mehr zu vergießen. Leichter gesagt als getan.

Nach vier langen Monaten in der schrecklichen Schule hatte sie nur noch den Wunsch, mit Simba in die Hügel hinaufzureiten und sich auf die heißen Felsen zu legen. Sie spürte, wie langsam eine Träne ihre Wange hinablief.

Caryn ging wegen des Windes mit hochgeschlagenem Mantelkragen die Essex Road hinunter, die Hände tief in den Taschen vergraben. Sie war zufrieden mit sich. Sie hatte bei Top Shop in der Upper Street einen Ferienjob gefunden. Er brachte nicht viel ein, aber sie bekam fünfundzwanzig Prozent Rabatt auf die Kleider. Das allein wäre Anreiz genug gewesen! Sie brauchte unbedingt einen neuen Wintermantel, ganz zu schweigen von Stiefeln und ein paar Pullovern ... Tory und Nic waren während der vergangenen Monate großartig gewesen. Beide hatten ihr Sachen gegeben, die ihnen angeblich zu klein waren. Aber es wäre schön, sich ab und zu selbst etwas kaufen zu können.

Sie dachte über die beiden nach, als sie nach Islington Green hinaufging. Nic war am Tag zuvor total sauer in die Schweiz abgefahren. Caryn konnte nicht verstehen, warum sie so wütend war. Weder ein Sommer in Simbabwe noch Weihnachten in Verbier kamen ihr wie eine Strafe vor. Beides war jedenfalls besser als die Arbeit bei Top Shop, ob mit oder ohne Rabatt! Tory verbrachte die Ferien zu Hause in Fulham bei ihren Eltern. Sie hatte sehr wenig erzählt von den Therapiestunden, die sie jeden Dienstagmorgen besuchen musste. Allerdings hatte sie aufgehört, über ihre Schwester zu reden – vermutlich ein gutes Zeichen.

20

Nic schulterte die Skier und marschierte ans Ende der Schlange. Schon um neun Uhr morgens war der Lift umlagert. Die Luft war beißend kalt und schmerzte auf Wangen und Stirn, den einzigen Körperteilen, die nicht gegen die Kälte vermummt waren. Die Berge zeichneten sich vor dem lichtblauen Morgenhimmel ab wie eine scharfe Bleistiftlinie. London schien sehr weit entfernt zu sein. Um sie herum wurde französisch, deutsch, schweizerdeutsch, englisch und italienisch gesprochen. Keiner war hier allein. Alle standen in kleinen Gruppen zusammen, redeten und lachten und warteten, bis die Sitze heranschwebten. Außer ihr natürlich. Sie war nun über eine Woche in Verbier, und vom ersten Tag an war klar gewesen, dass sie die meiste Zeit allein verbringen würde. Ihren Vater hatte sie seit ihrer Ankunft kaum gesehen, und Molly und Jessica waren ständig unterwegs und besuchten andere Leute oder gingen einkaufen. Die Villa am Country Club, die sie für einen Monat gemietet hatten, ähnelte einem Palast. Ihr Zimmer ging auf den kleinen zugefrorenen See hinaus. Nachts knarrten die Birken leise, und ab und zu schrie eine Eule. Am Morgen gab es große Schüsseln Milchkaffee und Croissants aus der Dorfbäckerei. Nic nahm ihre Mahlzeiten meistens mit der Schweizer Haushälterin Marianne ein, die ein langsames, singendes Französisch sprach und viel lachte.

Sie fühlte sich immer noch ein wenig befangen, weil sie ohne Begleitung war, als sie den Blick von jemandem auffing, der am Rand der Gruppe vor ihr stand. Unter der Wollmütze und dem Schal, den er trug, konnte sie nicht viel erkennen, aber sie sah dunkelbraune Augen und gebräunte, leicht sonnenverbrannte Wangen. Sie wandte sich schnell ab. Die Gruppe vor ihr, einschließlich ihm, nahm lachend die ersten vier Sitze ein. Sie stellte sich in Position, als der Sitz hinter ihr schnell heranfuhr. Mit einem Ruck hoben ihre Ski vom Boden ab, und dann schwebte sie über der weißen Landschaft.

Oben angekommen, sprang sie gekonnt aus dem Sitz, verließ die Liftspur und blickte die lange Abfahrt hinab. Sie war eine gute Skiläuferin. Gerade brachte sie ihre Skier in die richtige Position und rückte ihre Brille zurecht, als eine Gestalt neben ihr auftauchte, gekonnt stoppte und dabei einen Regen feinen Pulverschnees über sie beide ergoss. Ärgerlich blickte sie auf. Es war der junge Mann, der sie am Lift angesehen hatte. Er schob die Brille über die Stirn nach oben. Er hatte den typischen T-förmigen Sonnenbrand auf Stirn und Nase, und eine Locke seines braunen Haars kam unter seiner Wollmütze hervor.

»Hi«, sagte er fröhlich. »Hast du was dagegen, wenn ich mit dir runterfahre?«, fragte er und deutete mit dem Skistock auf die Abfahrt.

Nic starrte ihn an. Er sah ziemlich gut aus, freundliche Augen, eine lockere, selbstsichere Art, ein nettes Lächeln. Ihr eigenes Gesicht war gegen den Wind dicht vermummt. Sie hob die Hand, um den Schal nach unten zu ziehen. »Wenn du willst«, antwortete sie vorsichtig. Er war Engländer – woher wusste er, dass sie auch in England lebte?

Er deutete ihren Gesichtsausdruck richtig. »Ich hab dich neulich mit jemandem reden hören«, sagte er. »Ich heiße übrigens Will.«

»Äh … Nic«, erwiderte sie schnell.

»Du fährst ziemlich gut.« Er rückte seine Brille zurecht. »Viel besser als ich.«

Nic errötete unter ihrem Schal. »Ich bin ein bisschen

außer Übung«, murmelte sie. Woher wusste er das? Hatte er sie beobachtet?

»Ja, ich habe dich beobachtet«, sagte er, erneut ihre Gedanken lesend. »Du bist gestern ein paar Mal an mir vorbeigefahren. Also … wollen wir?« Er pflanzte seine Stöcke vor sich in den Schnee. »Wer gewinnt, bezahlt den Glühwein.«

»Aber es ist doch erst zehn«, rief Nic, doch ihre Stimme wurde vom Wind verschluckt, als sie den Abhang hinabsausten.

»Heute Abend«, rief er zurück. Und dann war er fort.

Fünfzehn Minuten später stoppte sie neben ihm. »Du hast behauptet, *ich* sei besser als du«, rief sie.

»*Besser*, sagte ich, nicht schneller.« Er nahm seine Mütze ab und fuhr sich mit der Hand durch die dichten Locken.

»Das ist doch das Gleiche.«

»Ganz und gar nicht. Dein Stil ist großartig, aber du hältst dich zurück. Du solltest dich mal ein bisschen mehr gehen lassen, dann wärst du viel schneller.«

»Ach, wirklich? Und was bist du? Skilehrer?«, erwiderte Nic spöttisch. Sie hatte das deutliche Gefühl, dass er sich nicht nur auf ihre Leistung bei der Abfahrt bezog – lächerlich, wirklich. Er hatte sie gerade erst kennengelernt!

»Ja, das bin ich tatsächlich.«

»Aha.« Nic wusste nicht, was sie sagen sollte.

»Hör mal, warum fahren wir nicht wieder rauf? Ich kann dir zeigen, was ich meine. Was deinen Stil anbelangt«, fügte er hinzu und sah sie von oben bis unten an.

Nic zögerte und nickte dann. Die bedrückende Aussicht auf einen weiteren einsamen Skitag löste sich plötzlich auf. »Also gut«, sagte sie und setzte ihre Brille auf. »Warum nicht?«

»Prima«, antwortete Will grinsend. »Morgen hab ich dich so weit, dass du den Tortin runterfährst. Das ist die schwerste Abfahrt.«

Nic lächelte in sich hinein. Er war geschickt und witzig. Mit ein paar Wörtern – »heute Abend« und »morgen« – ließ er sie wissen, dass er sie wiedersehen wollte. Nach nur einer halben Stunden Bekanntschaft ging es ihr nicht anders.

»Du bist unglaublich«, sagte er, als er neben ihr anhielt. Sie standen nach einer beängstigend halsbrecherischen Fahrt unterhalb des steilsten Abhangs, den sie je gefahren war. »Erstaunlich. Ein Wort von mir, und schon hast du's drauf. Wo hast du eigentlich Skifahren gelernt?«

»Ach, da und dort. Wir sind früher jeden Sommer nach Europa gekommen«, antworte Nic. »Meistens in die Schweiz.«

»Jeden Sommer?« Will sah sie verwirrt an. »Seltsame Zeit, um Skifahren zu lernen.«

»Ich meinte Winter. Sommer für uns.«

»Bist du Australierin?«

»Äh, ja«, antwortete Nic schnell. Sie hatte nicht die Absicht, ihm zu verraten, wer sie wirklich war. »Aber ich gehe seit Ewigkeiten in England zur Schule.«

»Aha. Ich bin aus Croydon.«

»Wo ist das?«

»Weit ab vom Schuss.« Er drehte sich um und sah sie an. »Hör zu, ich weiß nicht, wie es dir geht, und ich will mich nicht aufdrängen … aber ich habe einen Bärenhunger. Musst du gleich irgendwo hin?«

Nic schüttelte den Kopf. »Nicht wirklich. Ich muss vor dem Abendessen nicht zurück sein.«

»Also, sollen wir zusammen etwas essen gehen?«

»Warum nicht?«

In einem kleinen Café in der Ortsmitte fand sie heraus, dass er dreiundzwanzig und mit zwei Freunden nach Verbier gekommen war, die wie er seit drei Jahren als Skilehrer arbeiteten. Er blieb gewöhnlich die ganze Saison über. Die Arbeit ließ ihm genügend Zeit, die Abfahrten zu genießen, und brachte ihm genug Geld ein bis zum Sommer, wenn er in Südfrankreich reichen Frauen und ihren Kindern Wasserskifahren beibrachte. »Besser als in einem Büro zu sitzen«, sagte er und leerte sein Bier. »Das machen nämlich die meisten meiner Freunde in Croydon. Wie lange bleibst du hier?«

»Bis nach Neujahr, denke ich«, antwortete Nic und nahm einen Schluck von ihrem eigenen Bier. »Mein Dad hat eine Villa direkt hinter dem Country Club gemietet.«

»Oh! Am Country Club. Dann bist du piekfein, was?«

»Nein, das bin ich nicht.« Sie beugte den Kopf über den Teller, damit er nicht sah, wie sie rot wurde. Hoffentlich fragte er sie nicht, wie alt sie war. Achtzehn klang schrecklich kindisch.

»Also … bist du in der Uni?«, fragte er.

»Uni?« Nic verschluckte sich. »Äh, ja.«

»Was studierst du denn?«

»Englisch.«

»Aha. Dachte ich mir. Wo denn?« Er schien eher interessiert, als dass er sie aushorchen wollte.

»In London«, antwortete sie und hoffte inständig, er würde keine weiteren Fragen stellen.

»Croydon ist übrigens auch in London«, sagte er lächelnd. »Also, irgendwie jedenfalls. Bloß zwei wichtige Menschen stammen aus Croydon. Kate Moss ist eine von ihnen.«

»Wer ist der andere?«, fragte Nic, erleichtert über den Themenwechsel.

»Ich natürlich, du Dummkopf.«

Nic lachte. Sie mochte ihn, seinen schnellen, lockeren Witz, seinen Charme. Keine Spur von dem Getue und der anmaßenden Haltung der jungen Männer in Simbabwe. Eine lockere Ungezwungenheit stellte sich zwischen ihnen ein.

Es war fast vier, und die Sonne ging schon allmählich unter, als Nic widerstrebend aufbrach. »Ich muss jetzt los«, sagte sie und fühlte sich ein wenig schwindlig von dem harten Training am Vormittag und zu viel Alkohol. Will sprang auf.

»Also sehe ich dich heute Abend?«

Nics Herz machte einen Sprung. »Heute Abend?«

»Ja. Glühwein. Du bezahlst.« Er grinste.

Aufgeregt fragte sie: »Ja, wo?«

»Wie wär's mit Jo's Bar? An der Place Centrale. Es ist die einzige Bar am Platz. Du kannst sie nicht verfehlen.«

»Ich finde sie schon«, antwortete Nic. »Wann?«

»Wann du willst. Neun?«

Sie nickte glücklich. »Bis dann also.« Sie sahen sich an. Nach einem Moment des Zögerns küsste er sie leicht auf die Wange. Nic bekam kaum Luft.

»Also … ja … bis dann«, stammelte sie und ging wie in Trance zur Villa zurück. Was würden Caryn und Tory dazu sagen?

21

Der junge Mann, der dicht neben Tory auf dem Sofa saß, hatte den ganzen Abend geschwiegen. Sie kannte ihn nicht, und niemand hatte sie einander vorgestellt. Sie unterdrückte ein Gähnen. Die Party zu Jennys achtzehntem Geburtstag war sterbenslangweilig. Fünf lange Tage hatte sie bei

Jenny gewohnt, in zwei Tagen würde sie wieder heimfahren. Sie konnte es nicht erwarten. Nicht, weil sie unbedingt heimwollte, sondern um von den alten Schulfreundinnen wegzukommen, die sie behandelten, wie sie es immer getan hatten – mit Vorsicht. Es war, als würde sie der Fürsorge nie entkommen. Sie sehnte sich nach Caryn und Nic. Es war die Idee des blöden Therapeuten gewesen, sie für ein paar Tage fortzuschicken, was nur zeigte, wie wenig er sie verstand. Aber ihre Mutter hatte sich seltsam hart gezeigt. »Du bist nicht die Einzige, die leidet, junge Dame«, hatte sie kühl gesagt. Seit dem verhängnisvollen Elternabend hatte sich die Beziehung zu ihrer Mutter noch weiter verschlechtert. Tory mochte gar nicht darüber nachdenken, wie es hinter dem Firnis falscher Fröhlichkeit zwischen ihnen wirklich aussah.

Der junge Mann neben ihr sprach sie plötzlich an und unterbrach ihre düsteren Gedanken.

»Was?« Tory konnte ihn bei der lauten Musik kaum verstehen.

»Tanzen? Willst du tanzen?«, wiederholte er.

»Ich bin keine gute Tänzerin.« Sie schüttelte den Kopf.

»Es ist leicht«, sagte er und zog sie hoch. Zumindest war er groß, dachte Tory, während sie sich auf die volle Tanzfläche drängten. Mit ihren eins fünfundsiebzig war es schwierig, passende Jungs zu finden. Er schaffte etwas Platz für sie und zögerte. Dann schlossen sich seine Arme um sie, und sie wurde an seine Brust gepresst. Zunächst war es verwirrend, sie war seit Langem niemandem mehr so nahe gewesen. Sein Gesicht drückte sich an ihren Hals, er roch nach Aftershave und Zigaretten. Sie öffnete leicht den Mund, streckte dann, ohne zu wissen warum, die Zunge heraus und fuhr mit der Spitze über seine Haut. Verblüfft wich er zurück, dann schlossen sich seine Arme wieder schnell um sie. Eine Hand fasste ihren Nacken und drückte ihren Kopf an seine Brust, die andere glitt über ihren Rücken hinab.

Die Musik brach plötzlich ab, während der DJ mit einer anderen Platte herumhantierte, und in der ohrenbetäubenden Stille küsste er sie. Seine Zunge war warm und schwer und erstaunlich entschlossen, aber zu ihrem Erstaunen gefiel es ihr. Nicht, dass sie nicht früher schon geküsst worden wäre, aber nach Susies Tod hatten die Jungs sie gemieden, als hätte sie die Pest. Und in St Augustine gab es natürlich keine Jungen.

»Lass uns hier rausgehen«, flüsterte er ihr ins Ohr. Tory nickte. Sie wollte dieses Gefühl noch einmal haben.

Langsam, wie im Traum, führte sie ihn nach oben. Am ersten Stock vorbei, wo Jennys Zimmer war, die nächste Treppe hinauf zu dem Gästeraum, in dem sie schlief. Jennys Eltern waren ausgegangen, sie hatten versprochen, dass die Party bei ihrer Rückkehr vorbei sei. Sie hatten auch versprochen, am nächsten Morgen aufzuräumen. Tory öffnete die Tür. Ihre Tasche lag auf dem Bett zusammen mit ihren Jeans. Sie griff nach dem Lichtschalter, aber er fasste ihre Hand. »Lass es aus«, sagte er und klang ziemlich nervös. Tory lächelte. Komisch, sie war überhaupt nicht aufgeregt. Sie wollte nur das angenehme Gefühl seiner festen Arme um sich spüren und den Geschmack seiner Haut in ihrem Mund. Sie drehte sich zu ihm um.

Es war sehr dunkel im Zimmer. Von unten waren leise die Basstöne zu hören. Er saß neben ihr auf dem schmalen Bett und küsste sie. Sie zog den Kopf zurück, aber seine Lippen waren beharrlich, und sie ließ sich wieder anlocken. Er tastete sich langsam und sicher vor, obwohl sie seinen Herzschlag durch die Stoffschichten spüren konnte. Vorsichtig knöpfte er ihr die Bluse auf und streifte sie ihr von den Schultern. Sie hatte das Gefühl wegzuschweben, wie sonst manchmal, wenn Erinnerungen zu quälend oder der Schmerz zu groß wurde. Mit einem gewissen Erstaunen sah sie sich selbst zu, wie sie die Hände unter seinen Pullover schob und ihm beim Ausziehen half.

»Tory«, flüsterte er in ihr Haar. Sie konnte sich nicht an seinen Namen erinnern und schwieg. Dann das Geräusch von Reißverschlüssen, und sie spürte, wie er ihre Jeans auszog und einen kalten Luftzug auf ihrer nackten Haut. Dann schlug sie die Decke zurück und kroch darunter. Er zog sich ganz aus und kroch ebenfalls darunter. Alles war nur Berührung, kaum Geräusche, kein Licht. Seine Haut fühlte sich warm und ein wenig rau an. Er erschauderte, als sie ihn anfasste. Als ihre Hand über seinen Bauch hinabglitt, gab er Laute von sich, die sie an einen brütend heißen Sommertag denken ließen, an köstliche Eiscreme auf der Zunge und das wundervolle Kribbeln, wenn man in einen eiskalten See eintauchte. Sie hörte ihn mit etwas herumfummeln, ein scharfes Reißen, und dann spürte sie etwas Kaltes an ihrem Schenkel. Er ist schwer, dachte sie, als er sich auf sie legte, obwohl sie gleichzeitig das Gefühl hatte, dass er gar nicht schwer genug sein konnte. Die Empfindung, als er in sie eindrang, überraschte sie. Einen Moment lang schien alles andere von ihr abzufallen. Was sie ausfüllte, war etwas anderes als die Traurigkeit, die seit dem Tag, als die Polizei gekommen war, in ihr herrschte.

22

Caryn ließ den Vorhang fallen und biss sich nervös auf die Lippen. Es war fast elf, und Owen war immer noch nicht zu Hause. Er war schon den ganzen Tag fort, und sie machte sich Sorgen. Kürzlich waren wieder Dealer in der Siedlung aufgetaucht, und Owen, das wusste Caryn, war einer von ihnen. Er war zweiundzwanzig, arbeitslos, ohne die geringste Ausbildung – welche Aussichten hatte er schon? Ihre Beziehung hatte sich verschlechtert, seitdem sie das Stipendium bekommen hatte und Alice überall stolz verkündete, »dass wenigstens einer in der Familie etwas Vernünftiges« mache. Jedes Mal, wenn ihre Mutter das sagte, starrte Owen voller Groll auf Caryn. *Es ist nicht meine Schuld,* hätte sie gern gesagt, konnte es aber nicht.

Sie sorgte sich um Owen genauso, wie sie sich um Brian und ihre Mum sorgte. Tatsächlich war das alles, was sie tat, wenn sie nicht bei Top Shop arbeitete oder sich mit den Schularbeiten abmühte – sich sorgen. Um alle anderen.

Sie hörte das leise Quietschen des Lifts, der nach unten fuhr, und hielt den Atem an. Kurz darauf das Geräusch seines Schlüssels im Schloss. Er war zu Hause. In Sicherheit. Sie konnte wieder atmen.

»Psst! Caryn? Bist du wach?« Es war Owen, der leise an ihre Tür klopfte. Sie setzte sich erschrocken auf. Es war fast ein Uhr.

»Was ist? Was ist los?«

»Kann ich reinkommen?«

»Warte.« Sie zog sich den Morgenrock über und machte die Tür auf. »Was ist denn?«

Owen kicherte leise. »Ich will dir was zeigen«, sagte er und zog sie am Arm.

»Lass das, du bist betrunken. Geh ins Bett. Ich muss morgen früh raus. Manche von uns haben nämlich Jobs.«

»Ach, komm … sei doch keine Spielverderberin. Ich muss dir was zeigen. Es dauert nicht lang. Zieh dich an.«

»Owen, bist du verrückt? Es ist ein Uhr früh. Wovon redest du überhaupt?«

»Ach, *Himmel*, Caryn. Ich hör dir ständig zu, wenn du über deine blöde Schule schwafelst … du bist aber nicht die Einzige, die Pläne hat.« Owen sah sie eingeschnappt an. »Ich dachte, es würde dich interessieren, das ist alles.«

»Also gut, also gut.« Sofort bekam Caryn Schuldgefühle. »Worum geht's denn?«, fragte sie freundlicher.

»Zieh dich an, ich zeig's dir.«

Sie schlüpfte in Jeans und einen Pulli und holte ihre Tennisschuhe unter dem Bett hervor. Dann lief sie nach unten. Owen stand rauchend im Gang.

»Mach das aus«, zischte sie. »Du verstänkerst ja das ganze Haus.«

»Car … du solltest eine Beruhigungspille einwerfen«, erwiderte er und blies Rauchringe in die Luft.

»Pscht! Du weckst noch alle auf!«

»Los, lass uns rausgehen. Digby wartet unten.« Er öffnete die Eingangstür. Caryn packte plötzlich große Angst.

»Digby? Was macht der denn hier?«

»Komm einfach mit. Und sei *still*.«

Sie folgte ihm mit klopfendem Herzen. Einerseits wäre sie gern in ihr Zimmer zurückgelaufen, andererseits wollte sie aber auch nicht kneifen. Sie hatte keine Ahnung, was er vorhatte, aber zwei Dinge waren klar: Er war mehr als ein bisschen angetrunken, und wenn Digby beteiligt war, standen zweifellos Schwierigkeiten an.

»Alles klar, Caryn?«, murmelte Digby, als sie aus dem Lift traten. Sie nickte kurz.

»Was macht *die* denn hier?«, hörte sie ihn zischen, als sich Owen an ihm vorbeischob.

»Halt's Maul«, erwiderte Owen und funkelte ihn an. »Ich will's ihr bloß zeigen, ja?«

Sie gingen schnell zum nächsten Gebäude hinüber, aber statt es durch die Eingangstür zu betreten, gingen sie zur Rückseite. Caryn wurde nervös. Dort befand sich die Wohnung des ehemaligen Hausmeisters. Solange Caryn denken konnte, stand sie leer und war mit Brettern vernagelt.

»Was hast du vor?«, fragte sie flüsternd, als Owen sich über die Mauer schwang und verschwand. Sekunden später ging quietschend die Tür auf.

»Komm mit«, sagte Digby. »Schnell.«

Es war zu spät, um es sich anders zu überlegen. Mit klopfendem Herzen schlüpfte sie in die dunkle, modrig riechende Wohnung und verfluchte die beiden insgeheim. Owen zündete ein Streichholz an. In dem plötzlich aufflammenden Licht sah sie es. Pflanzen. Hunderte von Pflanzen. Er zündete noch eines an. Caryn blieb der Mund offen stehen. Drogen. Endlose Reihen von Cannabispflanzen in schwarzen Plastikeimern. Dünne Gummischläuche, die an mehrere große Plastikbehälter auf einer Wandseite angeschlossen waren, verliefen unter und über den Kübeln.

»Bewässerungsanlage«, sagte Owen stolz. »Wir haben alles.«

»Ja«, sagte Digby zufrieden. »Das sind etwa fünftausend Riesen Shit, auf die wir hier blicken!« Die beiden klatschten die erhobenen rechten Hände gegeneinander und kicherten. Caryn war am Boden zerstört. Das Streichholz ging aus, und sie standen in völliger Dunkelheit.

»Na, was meinst du?«, fragte Owen aufgeregt. »Das hättest du nie gedacht, oder? Wenn die Pflanzen groß genug sind, bringen sie ungefähr zehn Riesen ein, Caryn. Kannst du dir das vorstellen? Zehn verdammte Riesen! Wir werden steinreich.«

Caryn gab es erneut einen Stich. Es war Jahre her, dass sie solche Zuversicht in Owens Stimme gehört hatte. Sie hatte keine Ahnung, was ihn bewogen hatte, ihr seine neueste Errungenschaft zu zeigen, aber eines wurde ihr plötzlich – und schmerzlich – klar. Wenn sie in Zukunft noch etwas mit ihrem Bruder zu tun haben wollte, durfte sie jetzt nicht sagen, was sie wirklich dachte. Sie schluckte. »Das … das ist eine wahnsinnige Menge Rauschgift, Owen. Lass dich nicht erwischen, ja? Versprichst du mir, vorsichtig zu sein?«

Owen lachte. Ein dummes, schrilles Lachen. Er war nicht nur betrunken, sondern auch stoned. Er fasste sie leicht an der Schulter. »Na klar bin ich vorsichtig. Ich und Digby, wir sind die absolut Größten, was!«

»Komm, wir hauen lieber ab, bevor uns jemand sieht«, sagte Caryn nervös.

»Entspann dich. Die Fenster sind doch vernagelt.«

»Trotzdem … ich muss morgen früh arbeiten.«

»Wenn das hier verkauft ist, musst du das nicht mehr.«

»Warum nicht?«

»Weil wir dann *reich* sind, du Schaf. Verdammt reich! Dann geb ich dir Geld für die Universität, Car. Dann brauchst du dich nicht mehr um das verdammte Stipendium sorgen! Das können sie sich dann in den Arsch schieben!« Er und Digby lachten.

Caryn sagte nichts. Sie hatte einen Kloß im Hals. Obwohl es sie rührte, dass Owen ihr gegenüber plötzlich Zuneigung zeigte, hatte sie ein äußerst mulmiges Gefühl. Das alles würde kein gutes Ende nehmen. Wie immer, wenn Owen beteiligt war.

23

Nic hielt ihr Bier fest und spürte ein erregtes Kribbeln, als er ihr den Arm um die Taille legte. Sie konnte kaum glauben, was sie da tat. Molly gegenüber hatte sie vage erklärt, sie wolle ein paar Mädchen in der Stadt treffen, doch die hatte sich weder besorgt noch interessiert gezeigt. »Schön«, antwortete sie knapp und blickte nicht einmal von ihrer Illustrierten auf. Ihr Vater war natürlich nicht zu Hause.

»Ich komme spät zurück … vermutlich um Mitternacht«, fügte Nic hinzu und hielt den Atem an.

»Gut.« Das war's. Bis in die letzten Nervenfasern angespannt, legte sie den kurzen Weg von der Villa ins Stadtzentrum zu Fuß zurück. Sie hatte fast eine Stunde gebraucht, um sich anzuziehen – gewöhnlich nicht ihre Art –, aber sie mochte Will *wirklich*. Sie konnte sich nicht erinnern, wann jemand das letzte Mal so viel Interesse an ihr gezeigt hatte – außer natürlich Caryn und Tory, aber das zählte ja nicht richtig. Sie hatte ein halbes Dutzend Outfits anprobiert, bevor sie sich schließlich für ein Paar Jeans und einen dunkelblauen Kaschmirpullover entschied. Die Stiefel mit den keilförmigen Absätzen ließen ihre ohnehin schon langen Beine noch länger erscheinen. Sie hatte sich von allen Seiten genau angesehen – alles sah gut aus. Will war offensichtlich der gleichen Meinung; sein Gesicht leuchtete auf, als sie die Bar betrat. Ihr Herz klopfte so stark, dass sie kaum etwas herausbrachte.

»Vergiss die Bar«, sagte er lächelnd, als er sie auf die Wange küsste. »Ich kenne ein Hotel um die Ecke, das Glühwein serviert …«, und brach bei ihrem verwirrten Gesichtsausdruck lachend ab. »Bloß ein Scherz. Du siehst toll aus, übrigens.«

Nic ließ ihr Haar übers Gesicht fallen. Ihr ganzer Körper glühte vor Freude.

»Also … ich möchte dich ja nicht bedrängen oder so was, aber kann ich dich morgen wiedersehen?«, flüsterte Will ihr ins Ohr, als sie langsam den Chemin de la Morintse hinuntergingen. »Allerdings gebe ich am Vormittag Unterricht. Können wir uns wieder zum Mittagessen treffen?« Sie nickte. Auf dem vereisten Gehsteig rutschte sie ein bisschen, und er fasste sie fester um die Taille. Sie holte tief Luft. Der ganze Abend kam ihr irgendwie unwirklich vor.

»Ja«, murmelte sie. Von zwei Bier und einem Tequila war ihr Kopf angenehm benebelt.

»Wir treffen uns im Café Spitz, das ist ungefähr in der Mitte der Mont Fort.« Er blieb stehen. Sie waren fast beim Country Club angekommen. Sie lehnte sich an die Mauer und spürte ein elektrisierendes Kribbeln in den Adern. Als er sie küsste, breitete sich das Gefühl über ihren ganzen Körper aus. Will stützte sich mit einer Hand an der Mauer ab, die andere lag auf ihrem Bauch, und sein Daumen strich verstohlen über den Bund ihrer Jeans. Sie drückte die Hüften an ihn, er legte beide Hände an ihr Gesicht und küsste sie noch intensiver. Seine Finger waren hart und kräftig, und sie spürte, wie die Spannung stieg. Sie ließ die Hände unter seiner Jacke über seinen Rücken nach oben gleiten, und sein Atem wurde schneller. Vorsichtig bewegte sich eine Hand über ihre Brust. Da er keinen Widerstand spürte, schob er sie kühn unter ihren Pullover, und ein Schauer überlief sie.

Plötzlich ertönte lautes Hupen. Drei Autos bogen um die Ecke und tauchten Nic und Will einen Moment lang in grelles Scheinwerferlicht, ehe sie durch die Tore des Clubs fuhren. Will hob den Kopf und kniff geblendet die Augen zusammen. Die roten Rücklichter glühten im Dunkel. Da bremste der letzte Wagen quietschend, kehrte hastig um und hielt direkt neben ihnen an. Eine Tür flog auf, und Nic hörte die Stimme ihres Vaters.

»Steig ein.«

Sie hatte nicht einmal Zeit, dem verblüfften Will noch etwas zuzuraunen. Eilig löste sie sich aus seinen Armen und stieg ein. Das Gesicht ihres Vaters wirkte steinern vor Zorn. Schweigend fuhren sie zur Villa. Nic saß neben ihm, das Herz klopfte ihr vor Angst bis zum Hals.

Weder am nächsten noch am übernächsten Tag war Nic auf der Piste. Will wartete jeden Tag auf sie. Dann kam Weihnachten, und die Hänge waren fast leer. Will feierte mit Mark, Tim und ein paar anderen Skilehrern in Jo's Bar, obwohl man es kaum als Feier bezeichnen konnte. Jedem war klar, dass Will die große dunkelhaarige Schönheit, die er ein paar Abende zuvor in die Bar mitgebracht hatte, schmerzlich vermisste.

»Ich möchte bloß wissen, was los ist«, gestand er Tim bedrückt beim vierten Bier.

Tim nickte. »Warum gehst du nicht zu ihr hin? Du weißt doch, wo sie wohnt, oder?«

»Wenn du den Mercedes gesehen hättest, in dem er angefahren kam«, erwiderte Will mürrisch, »würdest du dir das zweimal überlegen. Vorn saßen zwei riesige Schränke. Seine Leibwächter vermutlich.«

»Verdammt. Wer ist sie denn?«

»Keine Ahnung. Australierin. Ich weiß nicht, wer ihr Vater ist«, antwortete Will achselzuckend. »Offensichtlich ist sie stinkreich. Vielleicht sind sie schon abgereist«, fügte er niedergeschlagen hinzu.

»Hör zu, Mann, du kannst doch nicht den Rest der Saison so herumsitzen«, sagte Tim und bestellte noch eine Runde. »Besorg einen Strauß Blumen, bring ihn ihrer Mum mit, und lass deinen Charme spielen. Das kannst du doch. Oder *konntest* es zumindest …«, fügte er grinsend hinzu.

Und so ging Will am zweiten Feiertag um elf Uhr morgens die lange Einfahrt des Country Clubs hinauf. Er trug einen teuren Strauß Dahlien in der Hand und schwitzte trotz der Kälte heftig. Von der hübschen Rezeptionistin erfuhr er, dass in dem Chateau hinter dem Golfplatz eine englische Familie wohne, warnte ihn aber, sie ohne Einladung zu besuchen. Will sah sie unsicher an.

»Ich … ich bin ein Freund von Nic«, sagte er. »Der … Tochter. Ich bin sicher, das geht in Ordnung.«

Sie zuckte die Achseln. »Sagen Sie nicht, ich hätte Sie nicht gewarnt«, erwiderte sie und wandte sich zum Telefon.

Will fasste die Blumen noch fester. Der Schnee knirschte unter seinen Schritten, und er musste an eine Filmkulisse denken: die eleganten Häuser mit den hellen Fassaden und den geschlossenen Rollos, die ihn blicklos anstarrten, als er näher kam. Auf einer Seite der runden Auffahrt standen die drei schwarzen Wagen, die er bereits kannte. Er ging zur Eingangstür und drückte auf die Klingel. Kurz darauf hörte er Schritte. Er schluckte nervös.

Die Tür ging auf, und ein junges Mädchen, offensichtlich eine Bedienstete, sah ihn verständnislos an. *»Oui?«*

Er hustete und begann zu erklären, dass er Mademoiselle Nic suche … er sei hier doch richtig?

»Wer ist da?«, rief eine Stimme auf Englisch. Eine Frau tauchte in der Tür auf. »Sie wünschen?«, fragte sie eisig und sah ihn von oben bis unten an. Das Dienstmädchen verschwand eilig.

Sie wirkte nicht alt genug, um Nics Mutter zu sein. »Ich wollte gern wissen … hier wohnt doch Nic, oder?«

»Richtig, aber sie ist nicht zu Hause«, antwortete die Frau schnell – *zu schnell.*

»Ah. Wissen Sie, wann sie zurückkommt?« Er spürte, dass sie ihn so rasch wie möglich loswerden wollte.

»Nein, nein … tut mir leid. Ich sage ihr Bescheid.« Sie schickte sich an, die Tür zu schließen, ohne nach seinem Namen zu fragen. So wollte er sich nicht abfertigen lassen.

»Hören Sie, ich möchte nur …«

»Wer zum Teufel ist das?«, hörte er eine Männerstimme aus dem Hintergrund fragen.

Die Frau versuchte, die Tür zuzumachen. »Ich sage ihr, dass Sie hier waren«, zischte sie, »aber bitte, gehen Sie!«

»Molly?« Will sah kurz in ein gebräuntes, ärgerliches Gesicht, bevor die Tür zugeschlagen wurde. Einen Moment lang stand er verdattert da, dann wurde die Tür wieder aufgerissen.

»Hau ab«, stieß der Mann zornig hervor und fuchtelte vor Wills Gesicht herum. Will trat einen Schritt zurück. »Los, mach, dass du weiterkommst. Wenn ich dich noch mal hier sehe, rufe ich die Polizei, verstanden? Und wenn du dich ihr nur auf zehn Schritt näherst, sorge ich dafür, dass du dir wünschst, nie geboren zu sein. Ist das klar?« Will nickte bloß. »Also dann hau jetzt ab. *Los*!«

Er drehte sich um und floh. Der Mann sah aus, als würde er im nächsten Moment Unterstützung holen, und Will hatte die beiden Leibwächter gesehen. Er warf die Blumen über die Hecke und rannte praktisch zum Chalet zurück. Ganz sicher würde er Nic nie wiedersehen.

Drei Tage später kletterte Nic, sobald Jim mit seinen Gästen nach Zürich abgefahren war, aus dem Fenster. Ängstlich eilte sie zu den Pisten. Will stand mit einer Gruppe kichernder Teenager am Fuß des Anfängerhügels. Als er sie sah, hob er halbherzig grüßend die Hand und wandte sich dann ab. Sie blieb stehen, mit Tränen in den Augen. Er drehte sich nicht mehr um. Nach einer Weile stapfte sie zur Villa zurück. Die Tränen froren auf ihren Wangen fest. Ihre kurze Ferienromanze war ein für alle Mal vorbei.

24

Caryn war sprachlos, als Nic ihr am ersten Tag nach den Ferien davon erzählte. Sie war nie in ihrem Leben in Urlaub gewesen, ganz zu schweigen beim Skifahren. »Und was ist dann passiert?«, fragte sie flüsternd, denn sie saßen in der Bibliothek.

»Nichts.«

»Du hast dich nicht einmal verabschiedet?«

Nic schüttelte bedrückt den Kopf. »Ich konnte nicht. Er hat sich ja nicht mehr umgedreht.«

»Das ist wie in einem Film«, sagte Caryn, die trotz Nics

unglücklicher Miene beeindruckt war. »Du Arme«, fügte sie schnell hinzu. Nic sah sie verzweifelt an.

»Ich mochte ihn wirklich«, klagte sie. Caryn schwieg. Sie hatte noch nie einen Freund gehabt. Mit Jimmy Paul, der in ihrer Klasse in Featherstone war, hatte sie dreimal geknutscht, bevor er sich mit Felicity Wright zusammentat, dann war da noch eine Fummelei mit Tim Knight bei einem Schulball gewesen und schließlich Mr Humphreys' Hände auf ihrem Schenkel. Nichts, worauf man sich etwas einbilden konnte.

»Hast du schon einmal einen Freund gehabt?«, fragte Nic sie plötzlich.

Caryn wurde rot. »Nein«, antwortete sie so beiläufig wie möglich. Nic wirkte verlegen. Das war eines der Dinge, die sie am meisten an Nic mochte, dachte Caryn. Trotz ihrer äußerlichen Coolness achtete sie auf die Gefühle der anderen.

»Ich habe einen«, sagte Tory auf einmal. Die beiden anderen starrten sie an.

»Was?«

»Einen Freund. Na ja, so irgendwie.«

»Wer ist es?«, fragte Caryn flüsternd.

»Er heißt Jonathan. Ich habe auf einer Party mit ihm geschlafen. Seinen Namen habe ich erst gestern erfahren.«

Caryn und Nic sahen sich an. Was war überraschender – dass Tory mit jemandem geschlafen hatte, oder dass sie seinen Namen nicht gekannt hatte?

»Warum hast du nichts gesagt?«, fragte Nic. »Da rede ich von ein paar Küssen und du … hast es *getan*. Wie war's denn?«

»Äh, es war … nett«, erwiderte Tory nach einer Weile.

Das war keine sonderlich genaue Beschreibung. »Also, lernen wir ihn kennen?«, fragte Nic schließlich.

Tory schwieg einen Moment. »Weiß nicht«, antwortete sie dann achselzuckend. »Vielleicht.« Sie schob ihren Stuhl zurück. »Ich gehe auf eine Zigarette nach draußen. Bis dann.«

Beide sahen ihr nach, während sie mit schwingendem Haar davonging. »Glaubst du, es geht ihr gut?«, fragte Nic.

Caryn biss sich auf die Lippe. »Ich weiß nicht.« Sie dachte nicht mehr an Nics Ferien, als sie ihre Bücher nahm und in die Englischstunde ging. Stattdessen fragte sie sich, wie sie Tory helfen konnte. Aber wie sollte sie ihr helfen, wenn sie nicht einmal wusste, was ihr fehlte?

25

Caryn schob inzwischen nicht mehr die Hände unter die Schenkel, wenn sie nervös war, aber heute Morgen hätte sie es gern wieder getan. Die Direktorin Dr. Walsh lächelte sie erwartungsvoll an. »D-danke, Dr. Walsh«, stammelte sie schließlich, immer noch zu verblüfft, um einen klaren Gedanken zu fassen. Zum zweiten Mal in ihrem Leben wurde ihr eine unglaubliche Chance geboten. Cambridge. Ein Stipendium für einen Studienplatz im Fach Englisch. Was würde ihre Mutter sagen? Ihr kamen die Tränen. »Kann ich gehen?«, fragte sie, weil sie vor Dr. Walsh nicht heulen wollte.

Dr. Walsh nickte. »Sicher. Wir sprechen uns noch wegen zusätzlicher Hilfe für die Prüfung und dergleichen, aber … gut gemacht, Caryn. Das ist wirklich eine große Chance für dich.« Caryn nahm ihre Tasche und ihre Bücher und floh aus dem Büro der Direktorin. *Cambridge*. Der Name hallte in ihr nach. *Sie konnte versuchen, einen Platz in Cambridge zu bekommen.* Der Rest des Nachmittags verging wie in Trance.

»Cambridge?«, fragte Alice und schien noch verwirrter als Caryn. »Das ist ein Witz, oder?«

»Nein, ehrlich. Dr. Walsh hat mich heute Morgen zu sich gerufen. Es hängt davon ab, wie ich meine Abschlussprüfung schaffe. Wenn ich zwei Einser und einen Zweier habe, bekomme ich automatisch einen Platz, wenn nicht, kann ich im November eine separate Prüfung machen …«

»Im November? *Noch* ein Semester?«, fragte Alice besorgt.

»Ja, aber das bezahlt die Schule«, erwiderte Caryn schnell. »Du müsstest nicht …«

»Ach, Liebes«, sagte Alice, und ihr Gesicht leuchtete auf. Caryn glaubte, ihr Herz müsste zerspringen. In diesem Moment schien ihr alles der Mühe wert gewesen zu sein – die Samstagsjobs, die hochnäsigen Mädchen und ihre boshaften Bemerkungen, dass sie nie Freundinnen mit nach Hause bringen konnte – alles, nur um diesen Ausdruck auf dem Gesicht ihrer Mutter zu sehen. »Ich bin so *stolz* auf dich! Ich kann es einfach nicht glauben!«, stieß Alice hervor und lachte vor Freude ausgelassen.

Die Nachricht verbreitete sich wie ein Lauffeuer in der Schule. Caryn Middleton, NUK, war für einen Platz in Cambridge vorgeschlagen worden. Sie selbst empfand die Aufmerksamkeit eher als qualvoll. Lehrer, die sie nicht kannte, gratulierten ihr auf dem Gang, dabei hatte sie die Prüfung doch noch gar nicht gemacht! Sie könnte ja durchfallen!

»Unsinn«, sagte Tory überlegen, als säße sie in der Prüfungskommission. »Du fällst nicht durch. Unmöglich.«

»Du bist noch nie irgendwo durchgefallen«, schloss sich Nic loyal an. Doch sie war ein bisschen eifersüchtig. Wie schön wäre es, für etwas gelobt zu werden, was sie ohne die

Hilfe ihres Vaters geschafft hatte. Ihr würde das nie passieren, dachte sie bedrückt. Sie war eine durchschnittliche Schülerin, ungewöhnlich war lediglich ihre Herkunft. Unglaublich reich, mit tollen Häusern überall auf der Welt und einem verwegenen, prominenten Vater, der offenbar ungestraft die Grenzen der Legalität überschreiten konnte. Niemand ahnte, dass mit Jim Harte zu leben bedeutete, auf einem rauchenden Vulkan zu sitzen, der jederzeit ausbrechen konnte. Das Schlimmste an ihrem Vater war aber nicht sein riesenhaftes Ego oder seine Missachtung von allem, was anderen Menschen wichtig war, nein, das Schlimmste daran, Jim Hartes Tochter zu sein, war, dass dies anderen mehr zu bedeuten schien als ihm selbst. Sie war ihm völlig egal, solange sie sich nur unauffällig verhielt. Caryn wurde genau das entgegengebracht, wonach sie sich so sehr sehnte: Respekt.

Tory hörte den beiden nur mit halbem Ohr zu. Sie freute sich für Caryn, konnte aber beim besten Willen nicht verstehen, wie man sein ganzes Leben verplanen konnte, bevor es überhaupt richtig angefangen hatte. Sie dachte an die unerfreuliche Unterhaltung zwischen ihr und ihren Eltern vor ein paar Tagen.

»Also, wie steht's mit deinen Uni-Bewerbungen?«, hatte ihr Vater gut gelaunt gefragt. »Die müssen wir bald ausfüllen.«

»Meine Bewerbungen?« Tory war alarmiert.

»Ja, die sind bald fällig. Was willst du denn studieren? Wir dachten, Englisch und Geschichte wäre eine gute Wahl …«

»Ich bin mir noch nicht sicher«, antwortete Tory und senkte den Kopf über ihren Teller. »Ich weiß noch nicht.«

»Aber worauf wartest du denn?«, fragte ihr Vater mit einem leicht ärgerlichen Unterton.

Tory legte Messer und Gabel weg. »Auf nichts. Ich möchte nur noch nicht darüber nachdenken, das ist alles.«

»Tory, bitte, nicht in diesem Ton«, sagte ihre Mutter und stand auf, um das Dessert zu holen. »Wir machen uns eben Sorgen.«

»Aber worüber denn? Ich verstehe das nicht. Es ist meine Entscheidung, ich möchte mir bloß etwas Zeit damit lassen. Wozu die verdammte Eile?«

Innerhalb von Sekunden war der Streit eskaliert. Ihre Mutter weinte, ihr Vater wirkte wie versteinert, und Tory floh auf ihr Zimmer, wo sie auf dem Fenstersims saß, rauchte und wartete, bis der Schmerz und die Wut in ihr nachließen.

Wenn sie jetzt Caryn über Cambridge reden hörte, wurde sie sich ihres mangelnden Ehrgeizes nur umso deutlicher bewusst. Es war ihr ziemlich egal, was aus ihr wurde, solange sie nur die Hortensia Road, St Augustine und die forschenden Blicke ihrer Eltern, Lehrer, Therapeuten und des Jungen, mit dem sie geschlafen hatte, hinter sich lassen konnte. Anfangs hatte Jonathan sie nicht in Ruhe gelassen, drei Monate lang rief er ständig an. Jedes Mal, wenn das Telefon klingelte, bat sie ihre Mutter, sie zu verleugnen. Sie wollte ihn nicht wiedersehen. Sie wollte nicht bösartig oder gemein zu ihm sein, wie Jenny ihr vorwarf – nein, ganz und gar nicht. Aber was immer auch in dieser Nacht zwischen ihnen gewesen sein mochte, es war vorbei. Sie wollte weder mit ihm Händchen haltend durch die Straße laufen, noch seinen Geschichten über Familie und Freunde lauschen. Das hatte sie bei Susie und Rob mitbekommen: So gut sie auch zusammenpassten, immer gab es etwas, worüber gestritten wurde … dieser endlose, monotone Kreislauf von Streit und Versöhnung war einfach *lähmend.* Er kostete zu viel Kraft, und sie hatte wenig zu vergeuden. Niemand schien zu begreifen, wie schwer es ihr fiel, überhaupt durch den Tag zu kommen, die Schulstunden zu überstehen, den fragenden Blicken ihrer Eltern auszuweichen, nicht an die Vergangenheit zu denken. Wenn sie das geschafft hatte, war nicht mehr viel übrig. Deshalb mochte sie Caryn und Nic so gern. Sie nahmen sie einfach so, wie sie war. Sie versuchten nicht ständig, sie nach ihrer eigenen Vorstellung umzuformen. Alle anderen wollten, dass sie so war wie Susie. Vermutlich selbst Jonathan. Jenny hatte ihr erzählt, dass er früher einmal heillos in ihre Schwester verliebt gewesen war. Ein weiterer Grund, ihn nicht mehr zu sehen.

Nein, sie wollte sie alle loshaben. Jeden Einzelnen. Außer Caryn und Nic natürlich. Doch das war das Schwierige dabei. Wie konnte sie ihre Flucht bewerkstelligen, ohne auch sie noch zu verlieren?

26

Panik, stellte Estelle fest, war ein Gefühl, mit dem man lernen konnte zu leben. Sie hatte sich daran gewöhnt, dass die Angst trotz all ihrer Bemühungen immer wieder in ihr hochschwappte. Im Vergleich zu Harare war London ein anderes Universum. Nichts in Arcadia hatte sie darauf vorbereitet. Dort war sie, man konnte es kaum glauben, *verwöhnt* worden, in den engen Grenzen ihrer kleinen Gemeinschaft war sie sicher gewesen. Zwar arm, aber sicher. In London war alles anders. Sie war nur sicher, solange sie ein Bündel Geld in der Tasche hatte, und das war fast aufgebraucht. So hatte sie sich das alles nicht vorgestellt.

Sie warf einen Blick auf ihre Geldbörse. Sinnlos, sie aufzumachen – sie wusste genau, wie viel drin war. Sie war pleite. Absolut pleite. Sie setzte sich auf den Bettrand und zündete sich eine Zigarette an. Komm schon, ermahnte sie sich. Sie musste ihre Sachen eben auf die Reihe kriegen, sonst wäre sie gezwungen, das Rückflugticket zu benutzen – und das käme unter gar keinen Umständen infrage. Sie warf die halb gerauchte Kippe aus dem Fenster und sah sich im Spiegel an. Sie hatte Gewicht verloren, sah schmaler und älter aus. Ihre Wangenknochen traten deutlicher hervor und verliehen ihrem Gesicht mehr Reife. Jetzt war sie wirklich erwachsen. Erwachsen und *verzweifelt*. Es gab ihr einen Stich. So war es nicht geplant gewesen.

Als sie eine halbe Stunde später in die Küche kam, weil sie es allein nicht länger aushielt, stritten sich Rebecca und Amanda.

»Ist sie nicht«, sagte Rebecca gerade und blickte überrascht auf, als Estelle hereinkam. »Blödsinn. Ganz unmöglich …«

»Ist sie doch«, erwiderte Amanda stur. »Wie könnte sie sich sonst all das Zeug leisten? Hast du ihre Kleider gesehen? Und den Wagen, der letzte Nacht vor dem Haus parkte? Ich weiß, dass sie eine ist. Ich weiß es einfach.«

Estelle, die sich einen Tee kochte, konnte sich nicht zurückhalten. Neugierig fragte sie: »Wovon redet ihr denn?«

Rebecca verdrehte die Augen. »Von dem Mädchen, das gerade in die oberste Wohnung eingezogen ist. Weiß nicht, wie sie heißt. Mandy glaubt, sie sei eine …«

»Prostituierte«, sagte Amanda und schürzte missbilligend die Lippen. »Klar ist sie das.«

»Eine Prostituierte?«, murmelte Estelle. Sie rührte ihren Tee um. »Woher wisst ihr das?«

»Sie weiß es nicht.« Rebecca kicherte. »Sie hat es bloß erfunden!«

»Hab ich nicht. Gestern Abend bin ich fast mit ihr zusammengestoßen, sie trug einen Nerzmantel und …«

»Ach, Mandy, ein Nerzmantel macht einen doch nicht automatisch zu einer Prostituierten«, warf Rebecca ein. »Du hast zu viel Fantasie, das ist dein Problem.«

Estelle hörte nicht mehr zu. Sie hatte keine Ahnung, ob Amandas Annahme über ihre Nachbarin zutraf oder nicht. Aber sie hatte kaum noch hundert Pfund in ihrer Brieftasche. Sorgfältig gab sie Zucker in ihre Teetasse und verließ die Küche. So sehr es ihr auch widerstrebte, zu dieser Art von Leben zurückzukehren, sie hatte keine andere Wahl. Sie musste sich auf das verlegen, was sie konnte. So viel zu ihren Plänen, nach London zu gehen und reich und berühmt zu werden.

27

Torys Mutter blickte besorgt auf, als Tory den Raum betrat. Ihr Vater stand am Sideboard und tat so, als schraubte er eine Whiskyflasche zu, bis Tory sich räusperte. »Eine Vier und zwei Fünfen«, stieß sie schnell hervor, ohne ihre Eltern anzusehen. Einen Moment lang herrschte verblüfftes Schweigen.

»Eine Vier und zwei Fünfen«, wiederholte ihre Mutter. Die Enttäuschung in ihrer Stimme war nicht zu überhören.

»Ja«, erwiderte Tory so gleichmütig, wie sie es wagte.

»Nun, das ist nicht *ganz* so gut, wie wir gehofft haben«, begann ihr Vater und versuchte vergeblich, seine Stimme munter klingen zu lassen. »Aber du bist durchgekommen. Das ist doch das Wichtigste.«

»Dad, ich bin gerade *noch* durchgekommen«, sagte Tory, beschämt von seiner aufgesetzten Herzlichkeit. Zu ihrem Entsetzen spürte sie, dass ihr die Tränen kamen. Sie wandte sich ab und blinzelte heftig. Aus dem Augenwinkel sah sie, wie ihr Vater die Hand ausstreckte, sie auf die Hand ihrer Mutter legte und sanft tätschelte. Eine typische Geste. Sie drehte sich um und ging hinaus. Keiner fragte, wohin sie ging. Auch das war typisch. Sie ging in ihr Zimmer, zog Jeans und eine Jacke an und verließ leise das Haus.

Aus der stickigen Hitze in der U-Bahn trat sie an King's Cross ins Sonnenlicht hinaus. Es war ein heißer Sommertag, und sie zog ihre Jacke aus und schlang sie um die Taille. An einem Stand mit leuchtend bunten Blumen kaufte sie einen kleinen Strauß aus lila und roten Stiefmütterchen und sah zu, wie die Verkäuferin ihn mit einem lilafarbenen Band zusammenschnürte. Auf ihrem Weg zum Kanal ließ sie ihn locker am Handgelenk baumeln. Sie ging den Treidelpfad entlang. Eine Entenfamilie schwamm vorbei, die Oberfläche des Wassers war dunkel und glatt. Sie ging weiter bis zu einer Holzbank, wo sie sich setzte. Der Pfad war fast verlassen. Irgendwo in der Ferne hörte sie einen Hund bellen. Jemand kam mit einem Fahrrad auf sie zu, sauste vorbei. Eine Weile lang saß sie ganz ruhig da, ohne etwas zu tun, ohne zu denken. Die Luft war vom Surren der Wespen erfüllt. Die Blumen, ein wenig schlaff geworden in der Hitze, lagen neben ihr. Kurz darauf stand sie auf und ging hinüber zu der Mauer am Rand des Naturschutzgebiets. Sie kauerte sich nieder, fegte die Erde weg und legte den Strauß vorsichtig an die Mauer. Hier war es passiert, hatte die Polizei gesagt. Genau hier. Er hatte sie gegen die Mauer gedrückt – das war ein Detail, das nicht hätte erwähnt werden dürfen, trotzdem wusste sie es. Wer hatte es gesagt – ein Polizist? Drei Beamte waren in dieser Nacht ins Haus gekommen, zwei Männer und eine junge Polizistin mit angstverzerrtem Gesicht. Schon als sie ins Wohnzimmer gingen, hatte Tory gewusst, dass etwas Schreckliches geschehen war – aber wie furchtbar es war, wusste sie da noch nicht.

Sie wiegte sich auf den Fersen hin und her und sah sich um. Eine ältere Frau mit einem kleinen struppigen Hund, die bereits einen mitfühlenden Blick aufgesetzt hatte, kam auf sie zu. Tory hatte sie schon ein paarmal gesehen. Damals, kurz danach, war sie fast jeden Tag hergekommen, um eine Blume abzulegen, die Erde zu berühren und an die letzten Augenblicke ihrer Schwester zu denken. Hier hatte sie auch Rob, Susies Freund, zum letzten Mal gesehen. Drei oder vier Wochen nach der Beerdigung war sie eines Abends den Weg entlanggegangen und hatte ihn dort stehen sehen, die Hände in den Hosentaschen, den Blick aufs Wasser gerichtet. Sie war stehen geblieben und hatte sich abgewandt, weil sie nicht wusste, was sie sagen sollte. Seit der Beerdigung, wo er schweigend, mit angestrengt starrem Gesicht neben seiner Mutter stand, hatte sie nicht mehr mit ihm gesprochen. Tory kannte diese Miene – sie selbst trug sie zur Schau. Nach einer Weile war sie in die andere Richtung davongegangen. Sie hatte ihn nie wiedergetroffen. Was er jetzt wohl machte? Von ihrer Mutter hatte sie erfahren, dass er England verlassen hatte … und irgendwann hatte sie in der Stadt zufällig *seine* Mutter getroffen. Er war nach Vietnam oder Thailand gegangen. Führte eben sein Leben weiter, genauso, wie sie es tun musste. *Ich vermisse dich, Suze,* flüsterte sie und berührte die Erde, wo sie die Blumen abgelegt hatte. *Ich wünschte, du wärst noch da.*

28

Sie sollte ihrer Mutter, die schon ungeduldig wartend am Küchentisch saß und eine Zigarette nach der anderen rauchte, endlich den Brief zeigen. Als er durch den Briefkastenschlitz geflattert kam, war Caryn damit wortlos nach oben in ihr Zimmer gerannt. Sie sollte *wirklich* nach unten gehen und Alice aus ihrer quälenden Unsicherheit befreien, aber sie tat es nicht. Sie setzte sich auf den Bettrand, strich mit den Fingern über das zerknitterte Papier und starrte auf die vier Zahlen, die das Ergebnis ihrer zweijährigen Arbeit waren, vier Zahlen, die ihr Leben verändern würden: *Englisch 1, Französisch 1, Geschichte 1, Kunst 1.*

Sie müsste nicht mehr nach St Augustine zurück, musste nicht für die Oxbridge-Prüfung im November pauken. Überhaupt keine Prüfung mehr. Sie war angenommen. Sie hatte es geschafft. Ihr ganzes Leben würde sich ändern. In drei Monaten würde sie nach Cambridge gehen.

Unten in der Küche konnte sie Alice nervös auf und ab gehen hören. Sie stand auf. Plötzlich war eine herrliche Leichtigkeit in ihren Bewegungen, als wäre ihr eine Last von den Schultern genommen. Als sie die Treppe hinunterging, verstärkte sich dieses Gefühl noch. In Alices Gesicht entdeckte sie die gleiche Aufregung – hatte sie es geschafft? War sie …? Sie nickte nur, weil sie kein Wort herausbrachte. Alice drückte die Zigarette im Spülbecken aus, und als sie sich wieder umdrehte, sah Caryn Tränen in ihren Augen.

Allein im Haus, allein in ihrem Zimmer, schaute Nic immer wieder auf den weißen Zettel. Sie hatte bestanden. Vermutlich nicht so gut wie Caryn, aber bestanden. Das war die Hauptsache. Das andere – von dem sie niemanden, nicht einmal ihren besten Freundinnen erzählt hatte – hatte damit ebenfalls geklappt. Ohne dass irgendjemand davon wusste, hatte sie sich im letzten Moment am University College London für das Fach Englisch beworben. Mit einer Eins und zwei Zweiern hatte sie es geschafft. Es gab niemanden, dem sie davon erzählen konnte. Sie lehnte den Kopf ans Bettende, und ihre Gedanken überschlugen sich. Sie war nicht einmal sicher, wie alles gekommen war. Warum sie zwei Tage, bevor der Bewerbungstermin ablief, an die Tür der Studienberaterin geklopft hatte. Diese hatte ihr zugehört, ihr die Unterlagen zugeschoben und kommentarlos zugesehen, wie sie sie ausfüllte. Einen Monat später saß sie in der Nähe des Terrington Place am Tisch der Aufnahmekommission und beantwortete ihre Fragen so ehrlich wie möglich. Nach einiger Zeit bekam sie einen Brief. »Liebe Ms Harte, wir freuen uns, Ihnen mitteilen zu dürfen, dass Sie einen Studienplatz für das Fach Englisch an der UCL erhalten, unter der Voraussetzung …« Sie hatte den Brief in einer Schublade versteckt und nichts gesagt. Niemandem. Und jetzt war die letzte Hürde geschafft, sie war angenommen. Was nun?

Das Haus war still. Ein Sonnenstrahl fiel auf den Teppich am Fußende des Betts. In London war Sommer, in Harare Winter. In ein paar Tagen sollte sie zurückfliegen, obwohl nie darüber gesprochen worden war, was sie nach ihrer Ankunft dort tun sollte. Wenn ihr Vater und Molly sich in der Stadt befanden, wurde, abgesehen von ein paar flüchtigen Worten im Vorbeigehen, nie viel gesprochen. Jim Harte setzte auf absolute Kontrolle – bei allem, seinen Geschäften, seinem Besitz, seinen Söhnen, seiner Frau … nur nicht bei Nic. Er schien unfähig, ihr mehr als das oberflächlichste Interesse entgegenzubringen – sie bekam Essen, Kleider, Unterkunft und Schulbildung, das war's. Solange sie ihn nicht weiter störte, war alles gut. Aber Nic wollte mehr. Sie sah, wie andere seine volle Aufmerksamkeit bekamen, wie hart Shaun und Patrick arbeiteten, um ihm zu gefallen, ihn stolz zu machen. Sie bemerkte die subtile Veränderung, wenn er einen Raum betrat. Um Jim Harte herrschte ein Vakuum, das alle in seiner Umlaufbahn ständig zu füllen versuchten. Niemand war dagegen gefeit – selbst die sechsjährige Jessica war seiner Faszination bereits erlegen. Es waren die gelegentlichen winzigen Gesten seiner Zuneigung, die alle bei der Stange hielten und nach mehr hungern ließen. Und niemand war hungriger als Nic.

Caryn sah Tory und dann wieder Nic an. »Aber warum hast du uns denn nichts gesagt?«, fragte sie.

Nic zuckte die Achseln. Ihre Wangen waren ungewöhnlich rot. »Weiß nicht. Es … es ist mir einfach so eingefallen«, antwortete sie vage.

»So eingefallen?«, wiederholte Caryn. »Ich rede *monatelang* von nichts anderem als Cambridge, und du hast nie ein Wort verlauten lassen?«

»Hör zu, ich war nicht sicher, ob sie mich nehmen. Wie auch immer, so ist es jetzt. Wir sind beide angenommen.«

Nic wandte sich an Tory, um von sich abzulenken: »Wann fährst du ab?«

»In ein paar Wochen«, antwortete Tory leichthin. Sie zündete eine Zigarette an. »Sie sind nicht sonderlich begeistert darüber, aber …«

»Ein Schriftsteller?«, fragte Nic beeindruckt. »Was für Bücher schreibt er denn?«

»Ich weiß nicht genau«, sagte Tory und stieß eine Rauchwolke aus. »Er ist Professor. Für Philosophie. Mein Dad kennt seine Frau.«

»Das hört sich so … erwachsen an«, sagte Caryn mit einem Anflug von Neid in der Stimme. »Eine eigene Wohnung in Paris!«

Tory zuckte die Achseln. »Ich kenne keinen von beiden. Sie könnten sich als totale Schwachköpfe herausstellen.« Sie grinste plötzlich. »Wer weiß?« Sie drückte ihre Zigarette aus und stützte den Kopf auf. »Das Wichtigste ist, dass ich von hier fortkomme. Ich glaube nicht, dass ich es noch einen Monat länger mit meinen Eltern aushalten würde. Wahrscheinlich kommen sie nie darüber hinweg, dass ich nicht auf die Universität gehe. Für sie ist eine Welt zusammengebrochen.«

»Aber das könntest du doch später immer noch machen«, sagte Caryn besorgt. »Wenn du zurückkommst.«

Tory schüttelte den Kopf. »Das werde ich nicht. Darum geht es ja. Ich will nicht drei Jahre meines Lebens mit einem Studium vergeuden, bloß weil meine Eltern das wollen. Es ist mir *egal*, was sie wollen.«

»Aber was ist mit deiner Zukunft?«, fragte Caryn vorsichtig. »Was für eine Zukunft wirst du haben, wenn …«

»Meine eigene«, erwiderte Tory ruhig. Sie wandte sich ab. »Darum geht's mir, verstehst du?«

Die Luft schien zu vibrieren vor Hitze. Caryns Haar lag schwer auf ihrem Nacken. Sie hob es an und fühlte einen kühlen Hauch auf ihrer Haut. Tory hatte recht. Genauso wie es für sie alles bedeutete, nach Cambridge zu gehen, oder für Nic das Studium in London der richtige Schritt war, musste Tory die Dinge auf ihre Art machen. Sie nahm einen Schluck von ihrem eisgekühlten Getränk. »Wir sollten uns etwas versprechen«, sagte sie plötzlich und sah die beiden mit leuchtenden Augen an. »Was für ein Datum ist heute?«

»Der 14. August«, anwortete Nic nach einem Blick auf ihre Uhr.

»Jedes Jahr am 14. August treffen wir uns, egal wo wir gerade sind. Ich könnte es nicht ertragen, wenn einfach jede ihrer Wege ginge und ich euch nicht wiedersehen würde.«

»Natürlich werden wir uns wiedersehen«, sagte Nic und blinzelte plötzlich heftig. »Wir wollen immer Freundinnen bleiben. Immer.«

»Versprochen?« fragte Caryn und sah beide an.

»Versprochen.«

Teil 2

29

Sobald das Hämmern gegen die Tür einsetzte, wusste Caryn, was los war. »Polizei! Aufmachen!« Sie sprang aus dem Bett, schlüpfte in den Morgenrock und lief nach unten. Brian war schon wach, sie hörte ihn weinen. Alice hatte am Abend zuvor Schlaftabletten genommen – nichts konnte sie aufwecken. Caryn stolperte zur Eingangstür, tastete nach dem Lichtschalter und machte die Tür einen Spaltbreit auf. Draußen standen vier Polizisten in Uniform und ein Mann in einem dunkelgrauen Mantel. Einer von ihnen hielt eine Marke hoch. Caryn rutschte das Herz in die Hose. Sie hatte genügend Polizeifilme gesehen, um zu wissen, was jetzt kam. Im Wohnblock gegenüber zogen Leute die Vorhänge auf, um zu sehen, was vor sich ging.

»Spezialeinheit. Wohnt hier Owen Middleton?«, fragte der Mann im Trenchcoat. Caryn nickte, hielt die Tür auf und trat beiseite. Brians Weinen wurde lauter.

»Ist er zu Hause?«, fragte der Polizist.

Caryn nickte stumm. »Kann ich … kann ich meinen kleinen Bruder holen?«, fragte sie. »Ich nehme ihn mit in mein Zimmer. Ich möchte nicht, dass er …«

»Natürlich, meine Liebe«, erwiderte der gleiche Polizist nicht unfreundlich.

Caryn kamen die Tränen. Sie lief die Treppe hinauf und klopfte an Owens Tür. Er öffnete, wich aber ihrem Blick aus. Er war bereits angezogen. Dann nahm sie den heulenden Brian an der Hand und brachte ihn schnell in ihr Zimmer. »Bleib hier«, flüsterte sie und deckte ihn mit der Steppdecke zu. »Ich bin gleich wieder da.«

»Wohin geht Owen?«, jammerte Brian. »Ist das die Polizei?«

Caryn gab es einen Stich. »Er geht nur mit, um ihnen zu helfen, etwas zu finden. Du wirst sehen, er ist bald wieder zurück. Bleib hier, ja?«

Brian nickte stumm. Caryn holte ein paarmal tief Luft, um sich zu beruhigen. Dann ging sie nach unten.

In zehn Minuten war alles vorbei. Owen stand mit leicht geöffneten Beinen da und wartete, die Hände auf dem Rücken, bis ihm Handschellen angelegt wurden. Caryn sah von der Treppe aus zu und spürte, wie sich ihr die Kehle zuschnürte. Fast wortlos verschwanden die Männer mit Owen. Unten im Hausflur schlossen sich die Türen der Nachbarn. Bloß eine Festnahme. Darüber konnte man am Morgen vielleicht klatschen, aber es war nichts wirklich Beunruhigendes. Sie sank auf die Stufen. Ihre Mutter war noch immer nicht aufgewacht. In sechs Wochen sollte sie nach Cambridge gehen. Wenn Owen nicht wieder zurückkam, konnte sie nicht fort. So einfach war das.

Dr. Fox starrte Caryn an. Sie konnte es immer noch nicht fassen. Das Mädchen war heute Morgen hereingekommen und hatte gesagt, dass es das Studium in Cambridge nicht antreten könne. *Ein Familienproblem.* Als Caryn es ihr erklärte, blieb ihr der Mund offen stehen. Was für eine scheußliche Sache! Der ältere Bruder saß im Gefängnis, die Mutter war unfähig, allein zurechtzukommen, und das Jugendamt drohte, das jüngste Kind ins Heim zu geben. Ja, das war tatsächlich ein »Familienproblem«, und das Traurigste war, dass man gar nichts dagegen tun konnte. Dr. Fox seufzte, selbst den Tränen nahe. Caryn Middleton war eine ihrer größten Hoffnungen gewesen, sie gehörte zu den Schülerinnen, auf die man mit Recht stolz sein durfte. Jedes Jahr gab die Schule eine beträchtliche Menge Geld aus, um zu zeigen, dass sie nicht nur für die Elite da war, sondern auch weniger Begünstigten half. Da waren Schüler wie Caryn Middleton ein rares und wertvolles Gut. Ach Gott, wie außerordentlich schade. Erneut sah sie Caryn an. Das Mädchen gab sich alle Mühe, die Fassung zu bewahren und war sicher nicht der Typ, der sich gern bemitleiden ließ, aber Dr. Fox hatte tatsächlich *schreckliches* Mitleid mit ihr. »Das ist wirklich furchtbar traurig«, sagte sie schließlich.

Caryn nickte. »Es tut mir wirklich außerordentlich leid, alle so enttäuschen zu müssen«, sagte sie schlicht.

Dr. Fox hob die Hand. »Mach dir keine Sorgen um andere, Caryn. Du bist es, um die ich mich sorge. Glaubst du, dass du es nächstes Jahr noch einmal probieren könntest? Ein Jahr freinehmen, das machen viele Mädchen heutzutage …« Sie unterbrach sich. Die Vorstellung, dass jemand wie Caryn ein Jahr pausierte, um durch Patagonien zu reisen, war höchst unwahrscheinlich.

Caryn ersparte ihr die Peinlichkeit. »Das wäre vielleicht eine Idee«, sagte sie, verzweifelt um einen gelassenen Tonfall bemüht. »Ich … ich lasse Sie wissen, wie die Dinge sich entwickeln.« Sie stand auf. Dr. Fox sah, dass das Mädchen genügend Feingefühl besaß, um die Unterredung schnell zu Ende zu bringen. Es gab ja auch wirklich nichts mehr zu sagen, die Situation war schlichtweg hoffnungslos. Caryn ging schnell zur Tür. »Äh, Dr. Fox …«, sagte sie plötzlich und blieb stehen. »Ich hätte eine Frage … ich muss schnell einen Job finden. Vielleicht könnten Sie oder Miss Lowe mir eine Empfehlung schreiben?«

»Natürlich werde ich das, Caryn«, antwortete Dr. Fox erleichtert, weil sie helfen konnte. »Sehr gern sogar. Das ist doch das Mindeste.«

Caryn ging schnell den Gang hinunter und ignorierte die fragenden Blicke. Sie weinte. Dann drückte sie die Türen auf und ging über die Rasenfläche. Aller Wahrscheinlichkeit nach war sie das letzte Mal in St Augustine gewesen. Inzwischen waren elf Tage vergangen, seit die Polizei Owen abgeholt hatte, neun Tage, seit Alice nach ihrer »versehentlichen« Überdosis ins Homerton-Hospital eingeliefert worden war, und drei Tage, seit sie wieder zu Hause war. Eine Woche, seit die beiden Frauen vom Sozialdienst sie besucht hatten, um die Lage einzuschätzen, und zwei Tage, seit sie gesagt hatten, Brian solle in Pflege gegeben werden. Beim Frühstück hatte sie Brian zugesehen, wie er Hula Hoops in Tomatensoße – sein *Frühstück*! – in den Mund geschaufelt und sie angelächelt hatte. Genau in dem Moment war ihre Entscheidung gefallen. Wie konnte sie nur daran *denken* wegzugehen? Sein ganzes Leben lang hatte sie ihn gefüttert, gebadet, ihn angezogen und ihm Gute-Nacht-Geschichten vorgelesen. Er war kein Baby mehr, aber deswegen brauchte er sie nicht weniger. Der Gedanke, nach Cambridge zu gehen, hatte sie so begeistert, dass sie überhaupt nicht bedachte, was ihr Weggang für ihn bedeutete. Wie würde seine Zukunft aussehen? In ein paar Jahren würde er, genau wie Owen, abends auf der Straße herumhängen und allmählich abrutschen. In weiteren drei oder vier Jahren würde man ihn wie Owen nach Petonville einliefern. Owen drohten drei Jahre für Drogenbesitz mit der Absicht, sie zu verkaufen. Caryn wohnte lange genug in der Siedlung, um zu wissen, dass er bei guter Führung in zwei Jahren entlassen werden konnte, obwohl das nicht sehr wahrscheinlich war. Einen Bruder zu verlieren war schlimm genug, sie wollte nicht noch einen verlieren. Kurz dachte sie an Cameron, aber sie hatte keine Ahnung, wo er sich aufhielt. Sie wischte sich die Wangen ab, richtete sich auf und ging schnell zur U-Bahn. Sinnlos, darüber nachzugrübeln, was gewesen wäre, sagte sie sich streng. Das würde alles nur noch schlimmer machen.

30

Tory hielt die Adresse fest in der Hand, als sie an der Station Odéon ausstieg, genau wie ihr Vater gesagt hatte. Der Koffer schlug ihr lästig gegen die Beine. Sie überquerte die Straße, ging die Rue St Sulpice hinunter, bog links in die Rue Bonaparte ein und dort – sie sah auf den Straßennamen – ja, dort war es, Rue de Mézières. Sie schluckte. Rue de Mézières 17 war ein imposantes helles Gebäude mit elegantem, schmiedeeisernen Balkon, hohen Fensterläden und dem abweisend arroganten Flair von Reichtum. Erst eine Stunde in Paris, und schon wusste sie, in welcher Umgebung sie gelandet war. Sie versuchte sich zu erinnern, was ihr Vater über Inès de Courcy und ihren Mann Thierry gesagt hatte. Dass sie sich vor etwa fünfzehn Jahren bei einer Konferenz kennengelernt hatten und dass zwischen der schicken Pariser Gelehrten und dem leicht unordentlichen englischen Professor eine Freundschaft entstanden sei. Über all die Jahre hinweg waren sie in Kontakt geblieben. Thierry war Inès' zweiter Mann. Tory erinnerte sich dunkel, dass ihre Eltern in Paris auf der Hochzeit gewesen waren. Zu Susies Begräbnis hatte Inès einen riesigen Strauß weißer Lilien geschickt. Tory verdrängte den Gedanken. Jetzt war sie hier, vor Inès' Wohnung in Paris. Für die nächsten paar Monate würde sie hier wohnen. Das war alles, was zählte.

Sie konnte es noch immer nicht glauben. Sie hatte einen Job und eine Unterkunft gefunden und war der erstickenden Atmosphäre in der Hortensia Road entkommen. Obwohl es eigentlich eine Idee ihres Vaters gewesen war. Eines Morgens hatte sie beim Frühstück verkündet, dass sie ausziehen wolle, und ihre alarmierten Eltern waren sofort aktiv geworden. Innerhalb einer Woche war alles geregelt. Thierry de Courcys neues Buch sollte auf Englisch herauskommen, er brauchte jemanden, der die Anmerkungen des Übersetzers abschrieb – Tory konnte tippen (mehr oder weniger) und die Ablage führen, und daraus schien der Job in der Hauptsache zu bestehen. Also warum nicht? Sie nahm das Angebot bereitwillig an.

Sie drückte auf die Klingel. Nach einem ganzen Tag unterwegs taten ihr vom Kofferschleppen die Arme weh. Sie klingelte noch einmal. Die schönen blassgrünen Fensterläden starrten blicklos auf sie herab. Der Verkehrslärm vom Boulevard St Germain war hier gedämpft, genauso wie das späte Nachmittagslicht, das durch die Bäume fiel. Irgendwo über ihr sang ein Vogel. Sie hörte das Knattern eines Motorrads, das oben an der Straße beschleunigte. Alles war außerordentlich friedlich.

»Oui?«, fragte eine herrische Stimme aus der Sprechanlage.

Tory erschrak. »Ma… Madame de Courcy?«, fragte sie.

»Entrez s'il vous plaît.« Der Türöffner summte. Sie drückte die schwere Holztür auf und betrat einen kleinen Hof mit Terrakotta-Töpfen voller Blumen und säuberlich beschnit-

tenen jungen Bäumen. Auf einer Seite befand sich eine weitere Tür, die aufsprang, als sie sich näherte. Eine elegant geschwungene Treppe führte nach oben. Tory schleppte den Koffer die letzten Stufen hinauf und blieb vor einer halb geöffneten Tür stehen, unsicher, ob sie eintreten sollte. Sie sah glänzenden Parkettboden und den Rand eines orientalischen Teppichs, dann wurde die Tür weit aufgerissen. Ein gut aussehender Mann mit dunklem, an den Schläfen grau werdendem Haar sah auf sie herab. Er war sehr groß.

»Edith? Veuillez prendre la valise de M'selle Spiller, s'il vous plaît«, sagte er zu einem uniformierten Dienstmädchen hinter ihm. »Victoria, nicht wahr? Sie hätten uns anrufen sollen.« Sein Englisch war gut, allerdings sprach er mit starkem Akzent. »Wir hätten einen Wagen geschickt, um Sie abzuholen.« Der knappe Tonfall klang fast wie ein Tadel.

»Nun, ich … ich wollte keine Umstände machen«, erwiderte sie schnell und stellte ihren Koffer ab. »Es ist ja nicht weit. Die Métro war absolut …«

»Ja, schön … *entrez*«, unterbrach er sie. »Ich bin Thierry de Courcy«, fügte er einen Hauch zu großspurig hinzu. »Inès ist im Moment nicht zu Hause. Edith wird Ihnen Ihr Apartment zeigen. Dinner ist um acht. Abendgarderobe, bitte.«

Tory starrte ihn an. Sie öffnete den Mund, aber ihr fiel nichts ein. Thierry de Courcy nickte ihr kurz zu und verschwand.

Sie folgte Edith die zwei Treppen zu ihrem »Apartment« hinauf. Es war tatsächlich eine eigene kleine Wohnung, mit Kochnische, Bad und Schlafzimmer. Sie schluckte. Ihr Vater hatte gesagt, die de Courcys seien reich, aber *das* hatte sie nicht erwartet. Edith stellte ihren Koffer ab und ging.

Immer noch verdattert, ging Tory ins Schlafzimmer und setzte sich aufs Bett. Das also sollte für die nächsten Monate ihr Zuhause sein. Ein leichter Schauer der Erregung überkam sie. Sie stand auf und öffnete die Türen, die auf einen kleinen Balkon hinausführten. Intensiver Teergeruch drang von den Straßen herauf, die in der heißen Augustsonne glühten. In einer Woche, hatte ihr Vater gesagt, würden Inès und ihr Mann zu ihrem zweiten Wohnsitz in Biarritz fahren und Tory allein mit ihrer Arbeit zurücklassen. Sie zündete eine Zigarette an, lehnte sich an das Balkongitter und beobachtete die Wolken, die in einem endlos blauen Himmel dahinzogen. Dies war der erste Abend des ersten Tages in ihrem neuen Leben. Es fühlte sich gut an.

Um Viertel vor acht prüfte Tory ein letztes Mal ihr Spiegelbild und seufzte. Eine halbe Stunde lang hatte sie ihre Garderobe durchsucht und sich gefragt, was sie anziehen sollte. Es war ihr einfach nicht in den Sinn gekommen, dass sie formelle Garderobe brauchen könnte. Sie blickte auf den Stapel Kleider auf dem Bett. Sechs Paar Jeans, ein Dutzend T-Shirts, zwei Sommerkleider aus Baumwolle, die kaum als Abendgarderobe durchgehen würden. Sie entschied sich für das schlichte hellgelbe Blümchenkleid mit einer weißen Jacke um die Schultern und schlüpfte in die weißen Tennisschuhe, die sie laut Nic sehr französisch aussehen ließen. Das musste reichen, dachte sie und drehte das Licht ab. Sie war zum Arbeiten hier. Solange sie *das* tat, wen kümmerte schon, was sie zum Abendessen trug?

Sie lief die Treppe hinunter und klopfte an die Tür. Edith öffnete sofort und verbarg ihre Überraschung angesichts von Torys Kleidung nicht. Wortlos führte sie sie ins Speisezimmer. Sobald Tory den Raum mit den hohen Decken und den makellosen Möbeln betrat, verließ sie der Mut. Acht oder zehn Leute standen um den wunderschön gedeckten Tisch. Die Frauen waren umwerfend schick, wie nur Französinnen es sein können, gertenschlank, mit gebräunter Haut und modischen Frisuren. Die Männer trugen teure Leinenjacketts oder pastellfarbene Hemden. Alles roch nach Geld und gutem Geschmack, ganz das Gegenteil von Tory in ihrem Strandkleidchen und den viel zu weißen Schuhen. Alle starrten sie an, auch Thierry de Courcy. Sie wurde flammend rot.

»Ah, *voilà*! Da sind Sie ja!« Eine zierliche Frau in einer schwarz glänzenden Bluse und einem weiten grünen Rock kam mit ausgestreckten Armen auf sie zu. Tory roch einen Hauch von teurem Parfüm und Zigarettenrauch, als sie leicht an der Schulter berührt und auf beide Wangen geküsst wurde. »Victoria, willkommen, *ma petite*. Willkommen in Paris. Thierry hat mir gesagt, Sie sind von der Métro zu Fuß hergekommen. Dummes Mädchen … das nächste Mal müssen Sie uns Bescheid sagen, und wir schicken Ihnen den Wagen. Ach, *les Anglais*!«, fügte sie nachsichtig hinzu und wandte sich ihren Gästen zu. Ihrem Lächeln war anzusehen, dass man über sie gesprochen hatte. Tory murmelte irgendetwas Zusammenhangloses als Antwort. Ihr Vater hatte ihr gesagt, dass Inès de Courcy Ende vierzig sei, aber sie sah mindestens zehn Jahre jünger aus. Sehr klein, perfekt proportioniert und erlesen gekleidet – schlichter, eleganter Schmuck, eine große Silberkette mit einem Jade-Anhänger, der zu ihrem grünen Rock passte, nackte, gebräunte Beine … perfekt manikürte Hände mit einer lose hängenden schweren Metalluhr am linken Handgelenk und einem blitzenden Brillantring am Finger. Sie war außerordentlich gepflegt – Brauen, Augen-Make-up,

Lippen, Haut … ein Meisterwerk. Tory musste den Blick abwenden. Von den Geschichtsprofessoren, die sie kannte, war Inès de Courcy Äonen entfernt. Ihr Vater und seine Kollegen bevorzugten farblose Pullover und Cordsamthosen, die genau an den falschen Stellen ausbeulten.

Inès strahlte sie an, offensichtlich genoss sie Torys Bewunderung. Dann sagte sie charmant zu ihren Gästen, die Tory immer noch neugierig betrachteten: »Darf ich euch die jüngste Tochter meines lieben Kollegen John Spiller vorstellen. Viele kennen ihn ja bereits aufgrund seiner hervorragenden Arbeit über den Hof von Versailles. Es ist uns eine Freude, sie bei uns zu haben. Sie bleibt ein paar Monate und hilft Thierry bei der Übersetzung seines neuen Buchs – das erste, das auf Englisch erscheint … ja, ja.« Anmutig nickend nahm sie die Glückwünsche entgegen. »Wir sind *sehr* stolz«, fügte sie mit einem bedeutungsvollen Blick auf ihren Mann hinzu. Jemand klatschte sehr langsam.

Es war alles auf so absurde Weise theatralisch, dass Tory Angst hatte, in Lachen auszubrechen. »Sie sitzen neben mir, *Chérie*«, murmelte Inès und legte ihr die Hand auf den Arm. »Keine Sorge, ich werde Sie beschützen.«

Tory war einen Moment lang perplex. Wovor beschützen? Sie setzte sich schnell. Es folgte allgemeines Stühlerücken, als die anderen es ihr gleichtaten. Edith und ein weiteres Dienstmädchen räumten rasch die Aperitifgläser weg. Wein wurde eingeschenkt, Toasts ausgebracht – auf Thierrys neues Buch, auf Inès' Vortragsreise durch die USA, jemand fügte ein Willkommen auf das englische Mädchen hinzu. Tory rührte den Wein kaum an. Sie konnte an nichts anderes denken als an den Horror, jeden Abend bei den de Courcys sitzen zu müssen. Um Himmels willen, bitte nicht!

Inès beugte sich zu ihr herüber und legte die Hand auf ihren Arm. »Sie müssen das nicht jeden Abend tun, das verspreche ich«, sagte sie nachsichtig lächelnd. Tony wurde glutrot. Wie um alles in der Welt hatte sie ihre Gedanken erraten? Die Frau auf der anderen Seite sah Tory an.

»Spricht sie Französisch?«, fragte sie grob.

»*Oui … enfin, un peu.* Sie hilft Thierry mit dem neuen Buch.«

»Wirklich?«, fragte die Frau und zog die Augenbrauen hoch.

»Es ist alles geregelt«, erklärte Inès hastig, um die offenkundige Überraschung der Frau zu dämpfen. »Es ist ein sehr gutes Arrangement. Tory sieht ein bisschen etwas von Paris – und den Franzosen natürlich –, und wir haben die Freude eines jungen Gasts im Haus! Ah, *Chérie* …« Sie blickte zu ihrem Mann auf, der hinter ihrem Stuhl stand. »Würdest du Edith bitten, den ersten Gang aufzutragen?«

Thierry nickte und drehte sich um, wobei er eine Sekunde lang Torys Blick auffing. Sie hatte einen bestimmten Ausdruck in seinem Gesicht entdeckt … Ärger? Aber bevor sie genauer hinsehen konnte, war er schon wieder verschwunden. Inès wandte sich erneut an sie. »Sie sind doch hoffentlich keine Vegetarierin?«, fragte sie leise, als wäre das eine Krankheit. Tory schüttelte den Kopf. Inès tat so, als wäre sie zutiefst erleichtert. »Gott sei Dank«, sagte sie. »Bei euch jungen Leuten weiß man ja nie.« Ihr Tonfall war zugleich herablassend und anmaßend. Tory erwiderte nichts. Sie war erst kurze Zeit bei den de Courcys und spürte bereits, dass es unterschwellige Strömungen gab, die sie nicht ganz einordnen konnte.

31

Estelle stöckelte auf zwölf Zentimeter hohen Absätzen in die Lobby des Hilton-Hotels. Sie sah gut, nein, eigentlich umwerfend aus, das wusste sie. Und das wusste auch jedes männliche Wesen über vierzehn. Selbst die Pagen hielten einen Moment inne, um ihr nachzusehen. Diese Absätze, ein kurzer marineblauer Rock und eine weiße Bluse, die weit genug aufgeknöpft war, um die schwarze Spitze ihres BHs ab und zu aufblitzen zu lassen. Ihr seidiges Haar glänzte und wippte auf ihren Schultern, sie war perfekt geschminkt, die Nägel sorgfältig lackiert. An einem Arm trug sie locker Caitlins neue, glänzende rote Ledertasche. Sie und Caitlin hatten gute drei Stunden auf ihren Auftritt verwendet, und das sah man auch. »Geh einfach in die Bar«, hatte ihr Caitlin geraten. »Da gabelst du sofort jemanden auf. Du wirst schon sehen. Es ist total simpel.« Sie beide zusammen, das würde nicht funktionieren, meinte Caitlin und betrachtete sie durch eine Rauchwolke. Sie waren übereingekommen, an verschiedenen Abenden zu arbeiten. London war nicht Harare – hier gab es Gesetze gegen das, was sie in den letzten beiden Jahren getan hatte. Caitlin reichte Estelle den Joint, »damit du in Stimmung kommst«, wie sie kichernd meinte, und sah sie beifällig von oben bis unten an. Gleich darauf spürte Estelle die Wirkung des scharf schmeckenden Rauchs, wärmend und beruhigend. Als es Zeit war zu gehen, sah Caitlin sie vom Sofa aus an und pfiff. »Hau sie um, mach sie fertig, und nimm alles Geld, was du kriegen kannst«, sagte sie grinsend. »Und weck mich auf, wenn du zurückkommst.«

Estelle lachte. Sie mochte Caitlin. Sie war zäh, genau wie sie selbst. Kaum eine Woche nachdem sie eines Sonntagabends zu ihr hinaufgegangen war, hatte sie in der unteren Wohnung ihre Sachen gepackt und war bei ihr eingezogen. »Wir teilen alles fifty-fifty«, hatte Caitlin erklärt, »einschließlich der Drogen.« Sie grinste. »Ich zieh ab und zu gern einen durch. Du auch?« Estelle nickte nur, zu beeindruckt, um etwas zu sagen. Caitlin war einfach zu gut, um wahr zu sein.

Amanda und Rebecca hatten zumindest in einem recht gehabt – Caitlin war tatsächlich eine Prostituierte, aber eindeutig von der gehobenen Sorte. Im zarten Alter von siebzehn war sie von Leeds nach London gekommen, in der Hoffnung, Model oder Schauspielerin zu werden, was natürlich nicht funktioniert hatte. Sie ließ sich mit den falschen Leuten ein, rauchte gelegentlich Marihuana, nahm schließlich regelmäßig Koks in den Clubs, die sie mit ihren neuen Freunden besuchte, und ein paar Monate später war sie völlig pleite und hatte kein Dach mehr über dem Kopf. Eines der Mädchen aus ihrem Bekanntenkreis stellte sie ein paar Männern vor – und damit war sie dabei. Nach drei Jahren in diesem Geschäft hatte sie genügend gespart, um die Miete für sechs Monate im Voraus zu bezahlen, ab und zu Ferien zu machen und jede Woche zum Friseur und zur Maniküre zu gehen. Nicht ganz das, was sie sich bei ihrem Umzug nach London vorgestellt habe, sagte sie unbeschwert, aber besser, als für ein Pfund die Stunde bei McDonald's zu schuften.

Caitlin sah Estelle neidisch an. »Du hast so ein verdammtes Glück«, sagte sie. »Du könntest glatt Model oder so was werden. Ehrlich.« Estelle lächelte ihr matt zu. Eine Modelkarriere erschien ihr ungefähr so wahrscheinlich wie die Rückkehr nach Arcadia – und die stand schlichtweg gar nicht zur Debatte. Caitlin kennenzulernen war das Beste, was ihr nach ihrer Ankunft in London passiert war. Es lag an ihr, was sie daraus machte. Sie hatte ja nicht vor, für immer Prostituierte zu bleiben. Es war eine vorübergehende Maßnahme, eine Notlösung. Etwas, was sie nur tat, um sich auf Glanzvolleres vorzubereiten.

Eine Frau saß allein in einer Ecke der Bar und musterte sie, als sie vorbeiging. Es war das dritte oder vierte Mal, dass Estelle sie hier sah. Sie war Ende vierzig, Anfang fünfzig – schwer zu sagen – und sehr gut gekleidet, ein langes, tief ausgeschnittenes Leinenkleid mit Kroko-Stilettos und passender Tasche. Sie trank Tee und blätterte gemächlich einen Stapel Illustrierte durch. Sie sah reich, gepflegt und unabhängig aus. Genau so, wie Estelle eines Tages aussehen wollte: als könnte sie es sich leisten, im Hilton zu wohnen, wenn sie wollte. Estelle suchte sich einen Platz in ihrer Nähe.

»Madam?« Einer der aufgeblasenen Kellner tauchte vor ihr auf. Sie fragte sich, ob es der gleiche war, der sie vor ein paar Wochen bedient hatte, als sie zum ersten Mal hier gewesen war. Er hatte eindeutig etwas Snobistisches an sich. »Möchten Sie etwas bestellen?«

Estelle ließ langsam den Blick über ihn gleiten. Arrogantes Arschloch. »Ich nehme … Tee.« Sie blickte auf die Karte zurück und stutzte: 7 Pfund fünfzig für eine Kanne Tee und ein Scone? Mist, zu spät.

»Sehr wohl, Madam«, erwiderte er höhnisch grinsend, weil er ihre Gedanken gelesen hatte, und drehte sich auf dem Absatz um. Estelle lehnte sich in dem Ledersessel zurück und nahm ihre Zigaretten aus der Tasche. Als sie eine anzünden wollte, stellte sie fest, dass ihr Feuerzeug nicht funktionierte. Sie wollte gerade dem Kellner winken, als die Frau sich vorbeugte.

»Brauchen Sie Feuer?«, fragte sie. Ihre Stimme klang tief und heiser.

»Oh, danke.« Estelle beugte sich vor, und die Hand der Frau berührte sie kurz, als sie die Zigarette anzündete. Schöne Nägel, bemerkte Estelle, und ein großer funkelnder Diamant.

»Gern geschehen.« Sie sah Estelle offen an. Estelle spürte, wie ihr heiß wurde. Es lag etwas Seltsames in ihrem Blick. *Flirtete* sie etwa mit ihr?

»Ihr Tee, Madam.« Der Kellner tauchte wieder auf.

»Stellen Sie ihn einfach ab«, erwiderte Estelle knapp. Sie hatte endgültig genug von seinem hochnäsigen Getue.

»Sehr wohl, Madam.«

»Die Scones sind einfach köstlich«, sagte die Frau und lächelte sie freundlich an. »Ich bin Mrs Devereaux«, stellte sie sich vor und streckte die Hand aus. »Wohnen Sie hier im Hotel?«

»Äh … nein. Ich bin gerade … vorbeigekommen.« Estelle streckte ebenfalls die Hand aus. »Ich bin Estelle.«

»Hübscher Name. Passt zu Ihnen.« Es folgte eine kurze Pause, dann beugte sich Mrs Devereaux erneut vor. Ihr Lächeln war immer noch freundlich. »Gehen Sie hier anschaffen?«, fragte sie leise und sah sie direkt an.

Estelle starrte sie verständnislos an. Sie hatte keine Ahnung, was sie antworten sollte. »Ich … ich bin nicht sicher, ob ich verstehe …«, stammelte sie und hätte beinahe ihren Tee verschüttet.

»Ich glaube, Sie wissen, was ich meine.« Mrs Devereaux sah sie weiterhin freundlich an. »Ich habe Sie neulich abends hier gesehen. Und am Abend davor. Keine Sorge. Ich verpfeife Sie nicht.«

Estelle war puterrot geworden. »Ich …«

»Kommen Sie in meine Suite«, sagte Mrs Devereaux, ohne auf Estelles Verlegenheit zu achten. »Wenn Sie Ihren Tee getrunken haben, natürlich. Suite 1300.« Sie lächelte Estelle erneut an und stand auf. »Es wird sich für Sie lohnen, das verspreche ich. Sie sind viel zu umwerfend, um es auf diese Weise zu machen.«

Estelle konnte Mrs Devereaux nur mit offenem Mund nachsehen, als sie über den Marmorboden davonstöckelte. Ihr Magen hatte sich vor Angst und Scham verkrampft. War es wirklich so offensichtlich?

»Nur für diejenigen, die wissen, wonach sie Ausschau halten«, sagte Mrs Deveraux zwanzig Minuten später, als Estelle in dem zweifellos prächtigsten, elegantesten und teuersten Zimmer saß, das sie je betreten hatte. »Wie lange machen Sie das schon?«

Estelle räusperte sich. »Etwa einen Monat«, antwortete sie. Zum ersten Mal in ihrem Leben war sie völlig verunsichert. »Ich habe eine Freundin … die macht es seit Ewigkeiten. Sie arbeitet hauptsächlich im Dorchester.«

»Wie alt sind Sie?«

»Einundzwanzig«, log Estelle. Mrs Devereaux lächelte. »Fast«, fügte sie hinzu. Sie merkte, dass sie der Frau nichts vormachen konnte.

»Ich muss sagen, Estelle, dass Sie außerordentlich hübsch sind.« Nachdenklich betrachtete sie sie durch eine Rauchwolke. »Viel zu schön, um von der Straße hereinzulaufen. Hören Sie, das kommt vielleicht ein bisschen plötzlich, und Sie fragen sich vermutlich, wer zum Teufel ich bin.« Ihre Stimme klang mit einem Mal ernst. »Ich führe ein sehr erfolgreiches Geschäft. Ich habe zwölf Mädchen in meinem Katalog und fünfundzwanzig weitere, die unbedingt aufgenommen werden möchten. Wir verdienen eine Menge Geld, wie ich Ihnen nicht verheimlichen möchte. Nach der Art, wie Sie sich kleiden, und nachdem Sie hier arbeiten, nehme ich an, dass Sie ebenfalls am Geldverdienen interessiert sind. Stimmt's?« Estelle nickte eifrig. »Gut. Sie haben Ehrgeiz. Das gefällt mir.« Sie stand auf. »In unserem Geschäft gibt es verschiedene Stufen, Estelle. Sie befinden sich offensichtlich etwas oberhalb des Straßenstrichs, aber Sie werden nie das Geld verdienen, das Sie meiner Ansicht nach gern verdienen möchten. Ich nehme kaum jemand Neuen auf. Die meisten Mädchen, die für mich arbeiten, sind schon von Anfang an bei mir. Mir gefällt, wie Sie aussehen – ich bezweifle, dass Sie einen wohlhabenden Hintergrund haben, aber Sie haben Klasse *und* Sie sind bildhübsch. Was ich beides mag. Aber keine Sorge, Estelle«, fügte sie lächelnd hinzu. »Ich interessiere mich für *Geld,* nicht für Mädchen. Entspannen Sie sich.«

Estelle griff mit zitternden Fingern nach einer Zigarette. »Worüber reden wir eigentlich?«, fragte sie.

»Ich kümmere mich um die Bedürfnisse eines bestimmten Typs von Männern«, antwortete Mrs Devereaux und ging zum Fenster. Sie blickte auf den Verkehr hinab, der auf der Park Lane vorbeirauschte, und drehte sich dann wieder zu Estelle um. »Ich bin sehr diskret und *äußerst* exklusiv, und meine Klienten wissen das. Ich liefere den bestmöglichen Service und die bestmöglichen Mädchen. Wenn ich mich entschließe, Sie aufzunehmen – und es heißt immer noch ›wenn‹ –, bekommen Sie eine eigene Wohnung, einen eigenen Fahrer, Ihre Rechnungen werden bezahlt … alles. Kurzum, Estelle, Sie werden alles haben, wovon Sie immer geträumt haben.«

Estelle starrte sie an. »Wo ist der Haken?«, fragte sie.

»Es gibt keinen. Ich bekomme fünfzig Prozent von Ihren Einkünften. Ich kümmere mich um alles – Bargeld, Ausgaben, Reisen, alles. Sie stehen vierundzwanzig Stunden am Tag zur Verfügung, sieben Tage die Woche, dreihundertfünfundsechzig Tage im Jahr. Einige der mächtigsten Männer der Welt werden Ihnen aus der Hand fressen. Sie fliegen immer erste Klasse, werden wie eine Königliche Hoheit behandelt … wie gesagt, Sie werden alles haben, wovon Sie je geträumt haben.«

»Und alles, was ich tun muss, ist …«

»Was immer der Kunde wünscht. Keine Sorge, sie sind alle vollkommen normal, von der einen oder anderen Vorliebe mal abgesehen. Nichts Schlimmes, das versichere ich Ihnen. Die meisten von ihnen sind verheiratet. Sie sind einfach stinkreich.«

Estelle stieß eine Rauchwolke aus. »Wann kann ich anfangen?«

Mrs Devereaux schmunzelte. »Rufen Sie diese Nummer an«, sagte sie und reichte ihr eine kleine goldgeprägte Karte. »Machen Sie einen Termin bei Dr. Bowens. Wenn ich die Resultate bekomme, rufe ich Sie an. Haben Sie eine Telefonnummer?«

Estelle nahm die Karte. Es war eine Adresse in der Harley Street. »Wie bezahle ich das?«, fragte sie und dachte, dass da doch ein Haken sein musste. Es klang einfach zu schön.

»Gar nicht. Sie gehen einfach zu dem Termin und warten dann auf meinen Anruf. Das ist alles.«

Estelle sah sie an. Alles an der Frau atmete Reichtum, von ihren makellosen Schuhen bis hin zu den Diamantsteckern, die in ihren Ohren blitzten. Sie hatte dichtes rotbraunes Haar, das zu einem perfekten Bob geschnitten war, und trug außer den Ohrsteckern und dem Diamantring keinen Schmuck. Nur eine Cartier-Uhr. Ja, sie sah aus, als hätte sie das große Los gezogen. Estelle blickte wieder auf die Karte. Was hatte sie schon zu verlieren? Sie stand auf. »Danke«, sagte sie. Sie war unsicher, ob sie ihr die Hand geben sollte.

»Rufen Sie diese Nummer an, Estelle. – Ach, noch etwas.« Mrs Devereaux sah sie an. »So nett Caitlin auch ist, behalten Sie die Sache für sich, ja?« Estelle war verblüfft. Wie …? »Ich habe Sie eine Weile lang beobachtet, meine Liebe. Es gibt nicht viel, was ich nicht herausfinde. Das werden Sie bald feststellen.«

32

Caryn holte tief Luft, kämpfte die Enttäuschung in sich nieder und öffnete die Tür. In dem vollgestopften kleinen Büro herrschte das reinste Chaos. Telefone klingelten, Faxe summten, der Kopierer surrte. Ein halbes Dutzend Mädchen führte Telefonate.

»Setzen Sie sich!«, rief ihr jemand zu. Sie sah auf die Stuhlreihe hinter ihr, alles war besetzt. Daher reihte sie sich in die Schlange der Mädchen ein, die an der Wand warteten. Langsam rückten sie zu dem Schreibtisch vor, wo eine herrisch wirkende junge Frau in dunklem Kostüm Fragen stellte. Manche wurden sofort weggeschickt, andere gebeten zu warten, und wieder andere wurden für eine Art Test zu einer Reihe Computer am Ende des Büros geführt. Caryn biss sich nervös auf die Lippe. In den letzten drei Wochen hatte sie es mit Tippen versucht, ohne es darin zur Meisterschaft zu bringen. Das hatte sie bereits am Telefon gesagt, dennoch hatte man sie hergebeten.

Sie war dran. »Name?«, fragte die Frau Kaugummi kauend, während sie einen Rolodex durchblätterte und mit unglaublich langen roten Fingernägeln eine Nummer ins Telefon tippte.

»Caryn Middleton. Ich habe gestern angerufen und mit jemandem namens Vanessa gesprochen.«

»Van!«, rief die Frau nach hinten.

»Was?«, rief eine Stimme aus dem winzigen Büro an der Treppe.

»Jemand für dich. Carol? Karen?«

»Schick sie rein.«

Eine halbe Stunde später war sie mit schwirrendem Kopf auf dem Weg zu ihrem ersten Job. Vanessa hatte sie zum Schreibpool der Standard-Life-Versicherung in der Fenchurch Street geschickt, gleich um die Ecke der Zeitarbeitsfirma. »Mir gefällt Ihre Sprechweise«, sagte sie zwinkernd. »Irgendwie vornehm. Das Tippen lernen Sie schon noch, so intelligent wie Sie sind. *Vier* Einsen … eine kleine Schlaumeierin, was?« Caryn blickte zu Boden.

Sie ging die Stufen zu dem grauen Gebäude hinauf und reihte sich unbemerkt in den Strom der Menschen ein, die durch die riesige Drehtür gingen. Sie wurde in eine höhlenartige Halle gespült, wo Hunderte von Schritten über den Marmorboden klackten, während Männer und Frauen, schwarz oder grau gekleidet, mit starrer Miene vorübereilten. Niemand sprach, niemand blieb stehen, um eine Tür aufzuhalten, niemand lächelte oder suchte den Blick eines anderen. Sie drückte das Papier an sich, das ihr Vanessa gegeben hatte, und ging zu den Fahrstühlen. Sechs Monate lang hatte sie von einem Zimmer in einem gelben Backsteingebäude mit Kletterrosen und knarrenden Holzböden geträumt, von Diskussionen, die bis in die Nacht dauerten, und von sommerlichen Kahnfahrten auf dem Fluss. *Schluss damit!*, sagte sie sich streng. Sie straffte die Schultern, drängte sich durch die Menge zum Lift und sah noch einmal auf den Zettel. *3. Stock. Mrs Banks, Personalbüro.* Entschlossen drückte sie auf »3«.

33

Jeden Morgen wachte Tory beim ersten Lichtstrahl auf und lauschte auf die Tauben auf ihrem kleinen Balkon und das gelegentliche Hupen aus der Ferne. Meist blieb sie noch ein paar Minuten liegen, genoss die Stille, immer noch verblüfft über die Tatsache, dass niemand sie rief … sie war absolut und vollkommen allein. Manchmal machte sie sich Kaffee, den sie an dem kleinen Tisch beim Fenster trank, rauchte eine Zigarette, lehnte sich zurück und sah den Rauchwölkchen nach. Dann duschte sie und machte sich für die Arbeit fertig.

Thierry de Courcys sonniges Arbeitszimmer befand sich im hinteren Teil der riesigen Wohnung. Pariser Wohnungen waren anders, größer, ausgedehnter, geräumiger. Verglichen damit kam ihr das Häuschen in der Hortensia Road winzig und vollgestopft, geradezu spießig und schäbig vor. Alles im Haus der de Courcys war sorgfältig ausgesucht, angefangen von den wundervollen alten Parkettböden bis hin zu dem geschmackvollen Mix aus antiken und modernen Möbeln. Thierry saß gewöhnlich schon bei der Arbeit, wenn sie herunterkam. Sein schöner Schreibtisch mit der lederbezogenen Arbeitsplatte stand vor dem Fenster, das auf den Innenhof hinausging. Die bis zum Boden reichenden Fenster standen meist offen, und zuweilen wehte der Duft der Zitrusbäume herein. Torys Schreibtisch stand abgewandt auf der gegenüberliegenden Seite, sodass sie beide in fast völligem Schweigen und ohne sich gegenseitig zu stören arbeiten konnten. Gelegentlich klingelte das Telefon, und Tierry verfiel in ein rasend schnelles Französisch, dem Tory nicht folgen konnte, obwohl sie in der Schule fast zehn Jahre lang Französischunterricht gehabt hatte.

Ihre Arbeit war einfach. Sie musste die Übersetzung seines Manuskripts auf Fehler durchsehen, ehe der Text in den Computer übertragen wurde. Thierry schrieb mit der Hand, und sie beobachtete, wie sein Stift über die weißen Blätter glitt. Der Inhalt ergab nicht viel Sinn für sie. Sie verstand nichts von Philosophie, aber es hatte etwas Beruhigendes, Zeile für Zeile, Seite für Seite den Vorgaben eines anderen zu folgen. Sie konnte nicht besonders schnell tippen, was Thierry jedoch nicht aufzufallen schien. Er machte nur vage Angaben über den Ablieferungstermin des Manuskripts. Aus den Bemerkungen, die sie von Inès aufgeschnappt hatte, war es eher darum gegangen, für Tory einen Job zu finden, als dass ihr Mann jemanden gebraucht hätte. Aber das kümmerte sie nicht. Sie wünschte sich nur einen abgeschiedenen Winkel, wo sie etwas tun konnte und nicht nachdenken musste. Mit dem Arrangement schienen alle zufrieden zu sein.

Obwohl er sich alle Mühe gab, es zu verbergen, fühlte sich Thierry anfangs von Torys Anwesenheit in seinem Arbeitszimmer gestört. Die ganze Sache war natürlich Inès' Idee gewesen. Seine Einwände waren schnell abgetan worden. Wie er so egoistisch sein könne? Ob er die geringste Vorstellung habe, was das Mädchen durchgemacht habe? Was die Familie durchgemacht habe? »Wenn sie nun deine Tochter wäre?«, fragte Inès wütend. »Oder deine Schwester?«

Thierry schüttelte ungeduldig den Kopf, er hatte weder eine Tochter noch eine Schwester. »Das ist nicht der Punkt«, erwiderte er scharf. »Du kennst diesen Mann kaum. Es tut mir leid, was seinem Kind passiert ist, aber … einen ganzen Sommer? In *meinem* Arbeitszimmer?«

»Was sind ein paar Monate verglichen mit dem Rest des Lebens dieses armen Mädchens?«, schrie Inès.

»Nichts, aber ich verstehe nicht, warum das unser Problem ist. *Mein* Problem«, verbesserte er sich. »Fährst du nicht in die Staaten, sobald wir aus Biarritz zurück sind?«

»Ach, um Himmels willen, Thierry. Versuch doch zur Abwechslung auch mal an jemand anders zu denken«, sagte Inès ärgerlich. Sie nahm ihre Tasche und ihre Autoschlüssel. »Wenn sie dich so sehr stört, dann setz sie doch in den anderen Raum, oder nach oben. Ganz einfach.« Danach war sie natürlich verschwunden.

Und jetzt saß er neben Tory und sah jedes Mal, wenn er den Kopf drehte, ihren dichten, langen Pferdeschwanz. Obwohl die Tische umgestellt worden waren, *war* ihre Gegenwart eine Ablenkung. Warum, wusste er nicht genau. Es hatte eigentlich gar nichts mit ihr zu tun … es war nicht so schlimm, wie er befürchtet hatte. Sie war ruhig und aufmerksam, machte ihre Arbeit auf eine distanzierte, leicht gelangweilte Weise. Nach einer Weile stellte er zu seiner Überraschung fest, dass er es mochte. Er war so sehr daran gewöhnt, dass auf jede seiner Äußerungen mit übertriebenen Lobhudeleien reagiert wurde, dass ihm diese *englische* Zurückhaltung recht reizvoll erschien. Heute Morgen zum Beispiel. Sie hatte ruhig getippt, nur ab und zu hörte man das Rascheln des Papiers, wenn sie eine Seite umblätterte. Dann hatte sie innegehalten, und eine wachsende Stille trat ein, die irgendwie lauter war als Worte. Er drehte sich um und sah sie fragend an. Sie wurde rot, ein Anblick, der ihm gefiel. »Ist irgendwas?«, fragte er ernst und sah sie über den Rand seiner Brille hinweg an.

»Ich dachte nur …«, antwortete sie, nahm ein Blatt von dem Stapel vor ihr, stand auf und reichte es ihm. Er roch den zarten Parfümduft an ihren Händen. »Dieses Wort hier … wo Sie ›Verbundenheit‹ schreiben – ich finde, es liest sich besser, wenn man stattdessen ›Nähe‹ sagen würde. ›Distanz und Nähe‹.«

Er runzelte die Stirn und überlegte. »›Die zentrale Frage der Gegenwart oder Abwesenheit Gottes, die zirkuläre Bewegung zwischen Distanz und Verbundenheit, zwischen Geheimnis und Klarheit ist der Kern der christlichen Bemühung.‹« Er dachte einen Moment nach und gab ihr das Blatt zurück. »Ja, Sie haben recht«, gab er zu. »›Nähe‹ ist besser. Es klingt besser.« Er sah sie kurz an. »Danke.« Dann wandte er sich wieder seinen Papieren zu. Inès hatte gesagt, das Mädchen sei nicht sonderlich schlau – völliger Blödsinn. Er hörte, wie sie wieder zu ihrem Platz zurückging.

Plötzlich stand er auf. Genau das war es, weshalb er niemanden in seinem Arbeitszimmer wollte. Sie war in sein Denken eingedrungen, und jetzt wurde er sie nicht mehr los. Es war nicht die Schuld des armen Mädchens. Es war bloß typisch für Inès, Situationen herbeizuführen, die jeden an den Rand seiner Möglichkeiten brachten, und dann abzuhauen. »Ich gehe einen Moment raus«, murmelte er. Sie nickte, sah aber nicht auf.

Zwei Wochen später, Anfang September, stand Tory am Fenster und beobachtete, wie der silberne Citroën um die Ecke verschwand. Sie atmete erleichtert auf. Allein. Sie war vollkommen allein. Unten in der Wohnung der de Courcys waren die Fensterläden geschlossen und über die Möbel Tücher gebreitet. Nie hatte sie derart aufwendige Vorbereitungen wegen zwei Wochen Ferien gesehen. Inès und Thierry fuhren vierzehn Tage in ihre Villa in Biarritz, dann würde Inès nach Boston fliegen, wo sie einen Vortrag halten und anschließend mit dem Rektor und dessen Familie die Ferien in den Hamptons verbringen würde. Es war alles so anders wie in der Welt, in der Torys Vater lebte – alles, woran sie sich an die Sommer in Fulham erinnerte, war das Klappern seiner Schreibmaschine und die strikte Anweisung, dass er unter keinen Umständen gestört werden dürfe. Sie und Susie hatten im Sommer weniger von ihm gesehen als während des Semesters.

Sie lehnte sich ans Balkongitter, streckte die Arme über den Kopf und hielt das Gesicht in die Sonne. Ja, nach Paris zu kommen war eine gute Idee gewesen, egal, wie langweilig sie die Arbeit auch manchmal fand. Die bedrückende Last der Enttäuschung ihrer Eltern war von ihr abgefallen, und sie spürte eine Unbeschwertheit, die sie überraschte. Nicht dass sie Susie nicht mehr vermisste. Aber im Lauf der letzten Wochen hatte sich etwas verändert. Der Gedanke an Susie löste nicht mehr einen so quälenden Schmerz aus. Anstatt sich ständig Susies letzte Momente vorzustellen, begann sie, sich an andere Dinge zu erinnern. An ihr Lachen, an ihre Scherze. Wie ihr Haar aussah, wenn sie aus der Dusche kam. Sie ertappte sich sogar ein oder zwei Mal, wie sie lächeln musste, wenn ihr etwas Unerwartetes einfiel. Langsam begann sich die dunkle Wolke, die sich seit Susies

Tod über sie gesenkt hatte, zu lichten. Manchmal dachte sie sogar liebevoll an ihren Vater. Ja, es war richtig gewesen, nach Paris zu gehen.

34

Caryn lauschte Michael Baxters monotoner Stimme mit dem affektierten Oberklassenakzent und hätte sich am liebsten den Kopfhörer abgerissen und aus dem Fenster gestürzt. Seit knapp einem Monat – dem längsten ihres Lebens – machte sie jetzt diesen Job. Während der acht Stunden, die sie an ihrem Schreibtisch saß, stand die Zeit praktisch still, die Zeiger der Wanduhr krochen geradezu quälend langsam voran, bis es endlich fünf war. Jetzt war noch nicht einmal Mittag. Sie seufzte. In einem hatte Vanessa recht behalten, dachte sie, während ihre Finger schnell über die Tasten glitten. Tippen war nicht sonderlich schwierig, sie hatte es schnell gelernt. Tatsächlich war die ganze Arbeit lächerlich einfach. Reinkommen, hinsetzen, Kopfhörer auf, Computer anstellen, zuhören, tippen. Zugegeben, da war der lächerliche Akzent von Michael Baxter, aber darüber amüsierte sie sich inzwischen. Wie gern hätte sie mit jemandem darüber gelacht, aber unter den Zeitarbeitern und Festangestellten gab es niemanden, der ihr nah genug stand. Sie war die Letzte in einer langen Reihe von Aushilfskräften, die für Michael Baxter arbeiteten, stand am tiefsten auf der Karriereleiter und war es sicherlich nicht wert, dass ihr jemand Aufmerksamkeit schenkte.

Sie tippte noch ein paar Minuten weiter, dann riss sie die Kopfhörer herunter. Erst einmal hatte sie genug von seiner Stimme. Sie schob den Stuhl zurück und ging zum

Waschraum. Selbst aufs Klo zu gehen war eine willkommene Abwechslung.

Als sie sich im Spiegel ansah, erkannte sie sich kaum. Sie sah grässlich aus … firmenüblich eben. Schwarze Jacke, schwarzer Rock, weiße Bluse und flache schwarze Schuhe. Alles von ihrem ersten Wochenlohn gekauft. Das trugen alle Typistinnen bei Standard Life – und auch die Fondsmanagerinnen, von denen es allerdings sehr wenige gab. Im Fondsmanagement herrschten korpulente Männer mit roten Gesichtern und schlechtem Haarschnitt. Und alle starrten ihr auf den Busen, wenn sie mit ihr redeten, oder gaben ihr einen Klaps auf den Hintern, wenn sich die Möglichkeit bot. Für Michael Baxter war sie sicherlich nichts anderes als ein Paar Beine, die zwischen seinem Schreibtisch und der Kaffeemaschine hin und her eilten.

Die Tür ging auf, und jemand kam herein. Sie kannte die Frau, eine der älteren Persönlichen Assistentinnen auf ihrem Stockwerk. Caryn lächelte sie zögernd an. Die Frau ignorierte sie und ging in die freie Kabine. Caryn seufzte. Auch das hatte sie inzwischen gelernt. Die Regeln. PAs redeten nicht mit Typistinnen. Caryn hatte St Augustine für den Gipfel an Arroganz gehalten, aber das war, bevor sie in der City zu arbeiten anfing.

35

Nic ging die Stufen der Universität hinauf, genoss die Kühle des Portikus und stieß dann die schwere Holztür zur Bibliothek auf. Ihre Tasche war schwer. Sie kam gerade aus einer Vorlesung des berühmten Frank Kermode, und seine Worte hallten noch in ihr nach. »Englisch sollte kein leicht zugängliches Fach sein. Der Zugang sollte nur denjenigen vorbehalten sein, die sich dafür eignen. Vergessen Sie nicht, einer der großen Vorzüge beim Studium des Englischen ist, dass man gezwungen ist, viele fachübergreifende Dinge zu lesen. Sie mögen keine nähere Bekanntschaft mit Hegel gemacht haben, aber Sie müssen etwas über Hegel wissen. Oder über Hobbes, Aristoteles oder Roland Barthes. In gewisser Hinsicht sind wir vielleicht alle Stümper. Aber zum Teil ist die Zivilisation auf intelligente Stümper angewiesen.«

Es war höchst unwahrscheinlich, dass Professor Kermode unter den aufgeregten Gesichtern der Erstsemester Nic Harte überhaupt sehen konnte, aber sie hatte das Gefühl, er habe nur zu ihr allein gesprochen. Nach Jims verächtlichen Bemerkungen über ihren Wunsch, Englisch zu studieren – offenbar habe sie nicht genügend Verstand oder Fantasie für etwas anderes –, waren Professor Kermodes Worte Balsam für ihren verletzten Stolz. *Englisch? Wozu zum Teufel? Keine meiner Töchter lungert noch mal drei Jahre herum, um zu lernen, was sie verdammt noch mal längst wissen sollte. Heiliger Himmel! Hab ich nicht schon genug für deine beschissene Erziehung ausgegeben?*

Sie lief die kurze Treppe zur Bibliothek hinauf und spürte, wie ihre Wangen heiß wurden. Mit einem zumindest hatte er recht. *Keine meiner Töchter.* Dieses Detail hatte sie geändert, bevor sie mit dem Studium anfing. Sie hatte den Mädchennamen ihrer Mutter angenommen. Aus Nicola Harte war Nicola Parker geworden. Bei der Einschreibung hatte sie erklärt, Harte sei ihr Mittelname. Jemand müsse einen Fehler gemacht haben. Der Mann zuckte die Achseln und gab »Parker« ein. Nic Parker. Und nach kaum einer Woche an der Uni wusste sie endlich auch, was sie den Rest ihres Lebens machen wollte. Sie wollte Journalistin werden, obwohl sie nicht hätte sagen können, warum. Sie *wusste* es einfach.

Aber trotz ihrer Begeisterung gab es ihr jedes Mal einen Stich, wenn sie an Caryn dachte, die auf die Freude, an der Universität zu sein, verzichten musste. Caryn tat so, als sei das nicht schlimm. Sie könne immer noch an die Uni gehen, später, nach … nach was? Nic musste sich zurückhalten, diese Frage herauszuschreien. Caryn täuschte sich. Es *war* schlimm. Sie versuchte sich vorzustellen, was *sie* an Caryns Stelle tun würde, aber ihr war noch nie eine Entscheidung abverlangt worden, die nur im Entferntesten an Caryns Opfer herangereicht hätte.

Als sie nach ihrem ersten Besuch bei Caryn zu Hause heimging, war sie beschämt. Caryn hatte Mumm. Sie war die mutigste Person, die sie kannte. Nic konnte ein Auto reparieren, eine Antilope schießen und jedes Pferd reiten, aber sie begriff plötzlich, dass es hier um eine andere Art von Mut ging. Tiefer, schwieriger und viel wertvoller. Caryn hatte ihn. Vielleicht auch Tory, nach dem, was ihrer Schwester passiert war. Das war eine andere Art von Leben. Und Nic, die alles hatte, was man mit Geld kaufen konnte, war darauf nicht vorbereitet. Sie konnte nicht behaupten, nur der Gedanke an Caryn hätte sie dazu bewogen, Journalistin zu werden, aber nun konnte sie sich nicht mehr vorstellen, nach Simbabwe zurückzukehren und, wie Shaun es ausdrückte, an irgendwelchen schicken Pools zu warten, bis jemand sie aufgabelte. Obwohl dies vermutlich durchaus Jims Vorstellungen entsprochen hätte. Aber Nic war eisern geblieben. Und Jim hatte schließlich, wenn auch mit einem gewissen Spott, nachgegeben. Und jetzt, nach einer Woche in einem Zimmer, das kaum größer war als der Schuhschrank am Eaton Square, lebte auch sie ihr eigenes Leben.

36

Nach fast einem Monat in Paris fand Tory sich allmählich zurecht. Sie wusste, welche Busse wohin fuhren, wo man die besten Croissants, den besten Käse kaufte und wie man in die wichtigen Museen und Galerien kam. Nachdem sie Saskia kennengelernt hatte, eine junge deutsche Au-pair, die am Ende der Straße wohnte, konnte sie auch jemanden anrufen, wenn ihr nach einem Kaffee oder einem Spaziergang den Fluss entlang war. Ihr liebster Platz war der Blumenmarkt an der Place Louis Lépine auf der Ile de la Cité. Der Zauber der Stadt übte seine Wirkung aus, und sie begann sich zu Hause zu fühlen.

Mitte September kam Thierry zurück, ohne seine Frau. Er saß bereits am Schreibtisch, als sie am folgenden Morgen hereinkam. Er sah gebräunt und entspannt aus, die Falte zwischen seinen Augen war verschwunden, und hinter seiner ernsten Miene war sogar ein Anflug von Lächeln zu entdecken, vor allem wenn er sie ansah. Rasch wandte sie sich ab, weil sie spürte, wie sie rot wurde. Er war doch viel zu alt, um attraktiv zu sein, oder? Erschrocken stellte sie fest, dass sie auf die Haartolle sah, die ihm in die Stirn fiel, und sie die Farbe seiner Augen in dem gebräunten Gesicht mochte.

»Hatten Sie eine erholsame Zeit?«, fragte er.

»Ja, danke«, antwortete sie und blickte noch immer starr auf ihre Fingernägel. »Äh … hatten Sie schöne Ferien?«

»*Oui.*«

Das war's. Er zog einen Stapel Papiere zu sich heran. Der Übersetzer hatte das Manuskript fast fertig, und er musste umfangreiches Material durchsehen. Schweigend arbeiteten sie ein paar Minuten. Dann sah er plötzlich auf, und ihre Blicke trafen sich. Sie wurde puterrot, senkte schnell den Kopf und starrte auf den Satz, den sie gerade getippt hatte. »Der Wechsel zwischen Redseligkeit und Schweigen ist charakteristisch für jüdisch-christliche Religionen. Zuweilen erstrahlt das Wort Gottes in hellem Licht – das Wunder der Erleuchtung. Zu anderen Zeiten herrschen Dunkelheit und Geheimnis vor.« Na schön, obwohl sie nicht gerade eine Geistesgröße war, sprachen diese Worte sie an. *Erleuchtung und Dunkelheit. Klarheit und Rätsel.* Thierry de Courcy war ganz sicher ein Rätsel. Sie seufzte. Was war los mit ihr?

»Irgendwas nicht in Ordnung?«, fragte er.

Tory wagte nicht, aufzublicken. »Nein, nichts. Es ist nur, nun … es ist interessant … was Sie geschrieben haben«, sagte sie matt.

Er antwortete nicht, aber sie spürte, dass er sie ansah. Sie musste sich zwingen weiterzuarbeiten. Schließlich hörte sie, wie er den Stuhl zurückschob und aufstand. Sie tippte weiter, plötzlich am ganzen Körper angespannt. Er kam zu ihrem Schreibtisch herüber, stellte sich zu ihrem Entsetzen neben sie und verfolgte auf dem Bildschirm, was sie schrieb. »Interessieren Sie sich für Religion?«, fragte er unvermittelt.

»Ich? O nein …«, rief sie verlegen. Eigentlich verstand sie die Frage nicht so recht. War sie religiös? »Ich meine, nicht wirklich«, verbesserte sie sich schnell.

»Aha.« Er blieb noch einen Moment stehen, dann ging er wieder.

Ihr Gesicht brannte. Sie kam sich wie eine Idiotin vor. Den Rest des Vormittags sagte sie nichts mehr. Kurz vor Mittag stand er auf, zog sein Jackett an und ging wortlos hinaus. Sie beobachtete, wie sich die Tür hinter ihm schloss, und legte entnervt die Hand ans Gesicht. Sie war verwirrt über das, was ihr an ihm auffiel: die Farbe seiner Haare, die Beschaffenheit der Haut in seinem Nacken, die Form seiner Hände. Mein Gott. Er könnte ihr Vater sein. Wann war das bloß geschehen?

37

Die Euphorie nach dem Treffen mit Mrs Devereaux dauerte nicht lang. Gleich am nächsten Tag hatte Estelle einen Termin bei Dr. Bowens in der Harley Street gemacht. Die Schwester zog die Nadel aus ihrem Arm, verschloss das Röhrchen mit dem entnommenen Blut – fertig. Mrs Devereaux würde die Resultate in ein paar Tagen bekommen. In einem Zustand freudiger Erwartung war Estelle nach Hause gegangen. Eine Woche verging ohne einen Anruf von ihr, dann noch eine. Nach der dritten Woche fragte sie sich, ob sie das Ganze bloß geträumt hatte. Seit ihrem Treffen hatte sie nicht mehr gearbeitet, und ihre Ersparnisse gingen erneut zur Neige – es war an der Zeit, den Traum aufzugeben und sich wieder an die Arbeit zu machen. Außerdem war Caitlin auch nicht blöde.

»Was ist los?«, fragte sie am Ende der zweiten Woche. »Du bist seit Ewigkeiten nicht mehr aus dem Haus gegangen. Bist du krank?«

»Nein«, erwiderte Estelle achselzuckend. »Ich hab einfach keine Lust.«

»Dann krieg ganz schnell wieder welche«, erwiderte Caitlin und ließ ihre Tasche zuschnappen. »Du schuldest mir noch Geld für letzte Woche. Und nächste Woche ist die Miete fällig.«

»Ich weiß, ich weiß … morgen fang ich wieder an.«

»Es ist mir egal, wann du anfängst, meine Liebe. Sieh einfach zu, dass du deinen Anteil bezahlst.«

»Hör zu, ich sagte, dass du dein Geld kriegst, okay?«

»Jetzt flipp nicht gleich aus. Was ist dir denn über die Leber gelaufen?« Caitlin verdrehte die Augen. »Bis später.« Sie verschwand und hinterließ eine Parfümwolke. Estelle stöhnte und lehnte sich in die Kissen zurück. Mit einem Schlag war sie wieder auf dem Boden der Tatsachen gelandet. Was hatte sie denn gedacht? Sie wusste doch besser als jede andere, dass einem nichts in den Schoß fiel. Nichts war so gut, wie es sich anhörte, das hatte sie ihr Leben lang erfahren müssen. Angefangen mit ihrem Vater, der nie zu Besuch kam, bis hin zu der Zukunft, die ihr Gloria immer versprochen hatte … nichts davon hatte geklappt. Träume wurden einfach nicht wahr. Enttäuscht nahm sie ein Kissen und biss fest hinein. Warum war sie nur so dumm gewesen? Sie hatte fast einen Monat an Einkünften verloren, indem sie herumsaß und den ganzen Tag auf den Anruf wartete. Mrs Devereaux würde *nie* anrufen. Wann würde sie das endlich begreifen?

Das Telefon klingelte. Bestimmt einer von Caitlins Kunden. Warum konnte sie sich eigentlich keinen Anrufbeantworter anschaffen? Nach dem fünften Klingelton nahm sie ab und bellte »Hallo?« in der Hörer.

»Das ist doch keine Art, sich am Telefon zu melden«, sagte eine sanfte Frauenstimme tadelnd. »Das können Sie doch sicher freundlicher.«

Estelle war wie vom Donner gerührt. »Mrs Devereaux?«

»Wie geht es Ihnen, meine Liebe?«

»G-gut. Ich …«

»Können Sie morgen früh zu mir kommen?«, fragte Mrs Devereaux in lebhaftem Tonfall. »Um neun. Kommen Sie nicht zu spät. Ich kann Unpünktlichkeit nicht ausstehen.« Sie erklärte nicht, warum es fast einen Monat gedauert hatte, bis sie anrief.

»Ins … Hilton?«, fragte Estelle stotternd.

»Wohin sonst?« Mrs Devereaux lachte leise und legte auf. Estelle klopfte das Herz bis zum Hals. Sie lehnte sich zurück, und ihre Gedanken überschlugen sich.

»Das Geschäft ist gut gelaufen.« Das war alles, was Mrs Devereaux am nächsten Morgen sagte, als Estelle – die ausnahmsweise einmal pünktlich gekommen war – zu fragen wagte, warum sie mit dem Anruf so lange gebraucht habe. »Ich möchte Sie mit jemandem bekannt machen«, fuhr sie rasch fort und nahm eine Zigarette aus ihrem Silberetui. »Mit jemand *ganz* Besonderem. Ich glaube, er wird Sie mögen. Sie treffen ihn in seinem Club. Aber zuerst brauchen Sie etwas zum Anziehen.« Sie stand auf und musterte Estelle kritisch. »Und außerdem einen guten Haarschnitt. Ich bringe Sie zu Nicky. Ein paar Highlights könnten vielleicht auch nicht schaden. Fingernägel?«, fragte sie, bevor Estelle den Mund aufmachen konnte. Estelle streckte schweigend die Hände aus. »Nicht schlecht. Wir machen dann auch noch eine schnelle Maniküre.« Sie drückte ihre Zigarette aus. »Also? Worauf warten Sie? Ich habe nicht ewig Zeit. Ich treffe noch zwei weitere Mädchen. Gehen wir.« Estelle sprang auf und folgte Mrs Devereaux völlig verwirrt. Wo zum Teufel gingen sie hin?

Sie trat aus der kleinen Umkleidekabine und drehte sich langsam. Selbst den Verkäuferinnen blieb die Luft weg. Das schulterfreie Kleid, das aus Tausenden von winzigen Stücken silberner und schwarzer Seide zusammengenäht war, schmiegte sich eng an ihren Busen und die schlanken Hüften, bevor es weiter unten aufsprang und glitzernd ihre Füße umspielte. Barfuß stand sie da, unfähig zu atmen. Nie in ihrem Leben hatte sie so etwas Herrliches gesehen. Mrs Devereaux betrachtete sie nachdenklich. Es war das dritte Kleid, das Estelle anprobiert hatte. Die anderen beiden waren mit einer schnellen Geste abgetan worden.

»Ja, das ist gut«, murmelte Mrs Devereaux schließlich zu der Einkaufsberaterin, die neben ihr stand. Zwei Verkäuferinnen eilten herbei. Als der Reißverschluss an ihrem Rücken aufging, konnte Estelle endlich wieder Luft holen. Sie wagte nicht, nach dem Preis zu fragen. Mrs Devereaux sah Stapel von Unterwäsche durch, die die Verkäuferinnen vor ihr ausgebreitet hatten, und wählte ein paar der schmalsten weißen Slips aus, die Estelle je gesehen hatte. Fünf Minuten später folgte sie, eine Tüte mit einem Paar schwarzer Lederpumps an sich gedrückt, Mrs Devereaux aus dem Laden. Noch immer sprachlos, kletterte Estelle hinter Mrs Devereaux in den glänzenden schwarzen Jaguar. In weniger als vierundzwanzig Stunden war ihr ganzes Leben auf den Kopf gestellt worden.

Wenn sie je Zweifel gehabt hatte an dem, was ihr Mrs Devereaux erzählt hatte, dann waren die in der exklusiven Boutique an der Bond Street endgültig zerstreut worden. Mrs Devereaux war nicht nur *bekannt*, sie wurde offensichtlich auch respektiert. All die Liebenswürdigkeiten und die übertriebenen Schmeicheleien, die sie beobachtet hatte, waren der Beweis dafür, dass Mrs Devereaux eine Menge Geld besaß, ganz egal, wer sie war und woher sie es hatte. Und wenn Estelle etwas davon abhaben wollte, musste sie lernen, liebenswürdig zu sein und genau das zu tun, was diese Frau wollte. Und *so* schlecht hörte sich das gar nicht an, dachte sie, als der Wagen leise abfuhr. Mein Gott, sie hatte viel Schlimmeres getan – *ohne* ein herrliches schwarzsilbernes Kleid, das sicher ein Vermögen kostete, und die passenden Schuhe dazu. Ob sie das Kleid behalten durfte? Und was hatte Mrs Devereaux über eine eigene Wohnung und einen Fahrer gesagt? Sie drückte die Tüte an die Brust. Zum ersten Mal in ihrem »professionellen« Leben freute sie sich auf den kommenden Abend.

38

»Wie sind Sie darauf gekommen, nach Paris zu gehen?«

Tory blickte überrascht auf. Thierry sah sie an, er hatte die Brille abgenommen. »Das war nicht meine Idee, sondern die meines Vaters«, antwortete sie und hoffte, dass ihr Gesicht nicht so rot war, wie es sich anfühlte. »Er und Inès dachten, es wäre gut … nach dem, was passiert war.«

»Was meinen Sie damit?«

Sie sah ihn unsicher an. »Sie wissen doch, dass meine Schwester gestorben ist?«, sagte sie, und ihre Kehle schnürte sich plötzlich zu.

»Ja, das weiß ich. Aber das ist doch nicht das Einzige, was man über Sie wissen muss, oder?«

Das kam völlig unerwartet. »N-nein, wahrscheinlich nicht«, murmelte Tory. »Aus diesem Blickwinkel habe ich es noch nie betrachtet.«

»Das sollten Sie vielleicht.« Es war keine Frage. Tory starrte ihn an. Zu ihrem Entsetzen spürte sie, dass ihr die Tränen kamen. Sie wandte sich wieder dem Bildschirm zu, entschlossen, in seiner Gegenwart nicht zu weinen. Ohne es zu wissen, hatte er einen wunden Punkt berührt. Wenn sie nicht die Schwester einer Ermordeten war, wer war sie dann? Und warum war sie manchmal so wütend auf Susie? Der Bildschirm verschwamm vor ihr. Sie wischte sich die Wangen ab und spürte plötzlich seine Hand auf ihrer Schulter. Sie erstarrte. Er drehte sie langsam zu sich um. »*Ça va*«, sagte er leise. »Scht.«

»Ich …« Sie rang um Worte.

»Ich weiß. Hier.« Er zog ein Taschentuch heraus und reichte es ihr. »Ist schon gut. Weinen Sie nur. Aber nicht um sie. Für sie ist es vorbei. Sie selbst … Sie müssen Ihr Leben weiterführen.«

»A-aber wie?«, schluchzte Tory. Ihr war, als müsste ihr das Herz zerspringen. »Ich kann nicht vergessen … es *geht* nicht.«

Er ging in die Hocke, bis sein Gesicht auf gleicher Höhe mit dem ihren war, legte ihr die Hände auf die Knie und blickte zu ihr auf. Tory war verblüfft – Thierry de Courcy lag beinahe vor ihr auf den Knien. Er hob eine Hand und wischte eine Haarsträhne weg, die an ihrer Wange klebte … seine Finger streichelten sie … und dann küsste er sie. Erst ganz keusch, als zielte er auf Wange oder Stirn, aber dann wandte sie ihm das Gesicht zu. Sie wollte kein Kind für ihn sein, sondern eine Frau. Er zögerte einen Moment, dann erhob er sich und zog sie mit sich. Sie spürte, wie sein Griff fester wurde – nicht mehr sanft und tröstend, sondern drängend und voller Verlangen. Wie war das nur passiert? Das fragte sie sich, während er ihre Bluse aufknöpfte und sie sein Hemd. Er schlug mit dem Fuß die Tür zu und vergaß auch nicht, den Schlüssel umzudrehen, bevor er ihr auf die allerdirekteste Art zeigte, dass die Sache mit ihrer Schwester nicht das Einzige war, was man über sie wissen musste. Ganz und gar nicht.

Teil 3

39

London, England, Juli 1997

Es fiel ihr schwer, sich nicht im Spiegel anzustarren, während die Stylistin mit konzentrierter Miene an ihr arbeitete. Der Berg aus braunem Haar auf dem Boden wurde immer größer, das Haar auf ihrem Kopf immer kürzer. Als die Schere schließlich innehielt, erkannte sie sich kaum noch.

»Sieht toll aus«, sagte die Stylistin fröhlich.

Nic schluckte. Solange sie denken konnte, hatte sie glattes langes Haar gehabt. Viele ihrer Angewohnheiten hingen damit zusammen: Die Enden zu zwirbeln, wenn sie nervös war, oder die Strähnen um den kleinen Finger zu wickeln, während sie las. Erneut blickte sie auf die Fremde im Spiegel. »Es sieht … anders aus«, sagte sie schließlich.

»Natürlich – das ist ja der Sinn der Sache! Sie werden sich schon daran gewöhnen. Es steht Ihnen, wirklich.«

Nic hob die Hand an den Kopf. »Ich habe mein Haar noch nie kurz getragen.«

»Aber es passt zu Ihnen. Sie haben die Wangenknochen dafür, Süße. Ich wünschte, *ich* hätte solche.« Die Stylistin nahm ihr den Umhang ab. »Eine ganz neue Person.«

Eine Viertelstunde später trat Nic auf die Straße hinaus und fasste sich immer wieder an ihren entblößten Nacken. Sie genoss das ungewohnte Gefühl der Leichtigkeit und sah sich im Vorbeigehen in den Schaufenstern an. In ein paar Stunden würde sie Caryn und Tory treffen – was würden sie dazu sagen? Sie spürte ein nervöses Flattern im Magen. Vorher musste sie allerdings noch ihrem Vater und Molly gegenübertreten. Noch immer bebte das Haus von dem Riesenkrach, den die Einladung zu ihrer Abschlussfeier ausgelöst hatte. Natürlich. Der Umschlag, der durch den Briefkastenschlitz segelte, war an Nicola Parker adressiert gewesen. Molly hatte ihn auf dem Weg in die Küche aufgehoben und Jim gezeigt. Und daraufhin brach die Hölle los. Sie benutzte den Mädchennamen ihrer Mutter … na und? Zum ersten Mal in ihrem Leben widersprach sie ihrem Vater und dachte schon, er würde sie schlagen. Molly hatte sich eingemischt, Nic ins Fernsehzimmer geschoben und versucht, ihren Mann zu beruhigen. *Verwöhntes, undankbares Balg!* Auf dem Weg in sein Arbeitszimmer hörte sie ihn Schimpfwörter brüllen, und dann schlug er die Tür so fest zu, dass die Wanduhr aus der Halterung fiel.

Für den Rest des Tages blieb es still im Haus. Jim ließ sich nicht blicken, und Nic verbrachte die meiste Zeit in ihrem Zimmer. Der tiefe Groll in ihrem Innern ließ nicht nach. Wie konnte er es wagen, ihr so etwas an den Kopf zu werfen? *Verwöhnt?* Sie war stolz darauf, dass sie nicht mehr von ihm genommen hatte, als sie unbedingt zum Überleben brauchte. Drei Jahre lang hatte sie sich kaputtgearbeitet, in einer Studentenbude gehaust und wie alle ihre Kommilitoninnen als Kellnerin gearbeitet, obwohl sie in größter Bequemlichkeit am Eaton Square hätte leben können. Aber das wollte sie nicht. Sie wollte es auf die harte Tour schaffen, um zu beweisen – wenn auch nur sich selbst –, dass sie mehr war als bloß die Tochter von Jim Harte. Drei Jahre lang hatte sie bei den unregelmäßigen Familientreffen in London, Studgrove oder Harare den Mund gehalten und nichts aus ihrem Leben erzählt. Niemand erkundigte sich, wie sie vorankam, ob es ihr Spaß machte oder was sie nach ihrem Abschluss machen wollte. Shaun und Patrick waren so sehr mit den Skandalen beschäftigt, die RhoMine fast wöchentlich heimsuchten, dass ihnen wenig Zeit und Energie für ihre jüngere Schwester blieb. Die nackte Wahrheit war, dass sich *niemand* um sie kümmerte. Am wenigsten ihr Vater. Nic hatte sich damit abgefunden, sich nie beklagt, kein einziges Mal – wie konnte er dann wagen, sie *verwöhnt* zu nennen?

Als sie jetzt zum Eaton Square kam, sah sie Jims großen silbernen BMW vor dem Haus stehen. Daneben parkte ein schnittiger schwarzer Wagen. Zweifellos ein Besucher. Sie sperrte die Tür auf und trat leise ein. Niemand schien im Haus zu sein. Sie warf einen Blick ins Esszimmer. Ein Blumenarrangement stand auf dem glänzenden Mahagonitisch, auf dem ein paar Wassertropfen zu sehen waren. Also musste vor Kurzem noch jemand hier gewesen sein. Sie hörte gedämpfte Stimmen aus dem Arbeitszimmer ihres Vaters im ersten Stock. Sie stieg die Treppe hinauf und wollte gerade ein Stockwerk höher in ihr Zimmer gehen, als sie jemanden sprechen hörte.

»Sie können ihn nicht einfach dort lassen«, sagte ein Mann mit ärgerlich erhobener Stimme. »Sie müssen ihn da rausholen.«

»Wie denn? Was soll ich denn tun?«, fragte ihr Vater gereizt. »Eine Armee einmarschieren lassen?«

»Er hat das für *Sie* getan, Harte. Sie sind für ihn verantwortlich, Sie haben ihn hingeschickt, Sie holen ihn raus. Ich möchte Simon Carters Blut nicht an meinen Händen haben.« Nic lief ein kalter Schauer über den Rücken.

»Er ist erwachsen. Er wusste, worauf er sich einlässt.« Diesen Tonfall ihres Vaters kannte sie. Die Sache war für ihn erledigt.

»Mein *Gott*, Jim! Haben Sie denn gar kein Gewissen? Wie alt ist der Mann? Dreißig? Harold hat recht. Sie können ihn nicht einfach seinem Schicksal überlassen«, sagte jemand anders angewidert.

»Meine Herren«, sagte Jim forsch und setzte sich über die Einwände hinweg. »Haben wir eine Vereinbarung oder nicht?« Ein paar Minuten herrschte Schweigen. Nic spürte, wie sich die Haare in ihrem Nacken aufrichteten.

»Aber …«, begann jemand anders.

»Jetzt reicht's!«, schrie ihr Vater plötzlich. »Kapiert ihr das nicht, ihr Idioten? Wir haben jetzt *alle* AK-47-Gewehre. Die Frage ist bloß – wer schießt zuerst? Ich habe nicht vor, mich zurückzuziehen, nicht nach so langer Zeit. Carter weiß, was er zu tun hat. Er hat es schon mal gemacht, und er wird's wieder tun. Er kann auf sich selbst aufpassen. Und jetzt noch einmal: Haben wir eine Vereinbarung oder nicht?«

Nic hatte keine Ahnung, worum das Gespräch sich drehte, aber es war sicher nicht für ihre Ohren bestimmt. Schnell lief sie die Treppe hinauf.

Zum hundertsten Mal an diesem Nachmittag sah Caryn auf die Uhr. Noch eineinhalb Stunden. Die Minuten krochen noch langsamer als sonst dahin. Sie konnte es nicht mehr *erwarten*, endlich wegzukommen. Es war der 14. August und einer der heißesten Tage im Jahr. Sie, Nic und Tory wollten sich in ihrem Lieblingslokal treffen, dem Blushes auf der King's Road. Seit mehreren Monaten hatte sie Nic nicht mehr gesehen, die mit ihrer Abschlussprüfung und einem kurzfristig anberaumten Besuch in Simbabwe beschäftigt gewesen war. Und Tory war jetzt seit fast drei Jahren weg. Sie hatte zwar aus Paris geschrieben, aber das

Treffen zweimal verpasst. Irgendetwas stimmte da nicht, vermuteten Caryn und Nic, aber sie wussten nicht, wie sie das Thema brieflich anschneiden sollten.

Erneut sah sie auf die Uhr. In ein paar Stunden würde sie ihre Freundinnen sehen, und in ihrem Bauch kribbelte es vor Aufregung. Für die beiden hatte sich so viel verändert, für sie selbst hingegen recht wenig. Na ja, das stimmte nicht ganz. Seit fast einem Jahr arbeitete sie jetzt bei der Metropol-Lebensversicherung, immer noch im Schreib-Pool und immer noch ohne Festanstellung, aber sie hatte sich inzwischen mit der Arbeit abgefunden, auch wenn sie ihr nicht sonderlich viel Spaß machte. Zumindest waren die Kolleginnen freundlicher als bei ihren vorhergehenden Jobs. Brian machte sich gut in der Schule und hatte sich trotz aller Widrigkeiten zu einem fröhlichen, aufgeweckten Jungen entwickelt. Das war die Hauptsache, sagte sie sich. Und in weniger als einem Jahr würde Owen aus dem Gefängnis kommen. Dann war im Haushalt der Middletons alles wieder normal, soweit das eben möglich war. Nur Alice würde sich nie ändern.

Tory drehte ihr Haar zusammen und steckte es auf dem Kopf mit einer Spange fest. Sie sah sich von der Seite im Spiegel an. Zu erwachsen? Zu französisch? Dunkelblaue Jeans, hellblaue Bluse mit aufgekrempelten Ärmeln und flache schwarze Sandalen. Und die silberne Halskette, die Thierry ihr geschenkt hatte. Mein Gott, sie traf doch bloß Caryn und Nic – wozu das Getue, was sie anziehen sollte? Aber sie war inzwischen gewohnt, sich sorgfältig anzukleiden, Thierry tat es ebenfalls und hatte sie natürlich dazu angehalten. Früher hatte sie nie extravagante Unterwäsche getragen. Aber er mochte es, wenn sie unter Jeans seidene, mit

Spitze besetzte Shorts anhatte oder einen Spitzen-BH unter einer einfachen Bluse trug – er liebe das Unerwartete, hatte er erklärt. Und mit der Zeit hatte es ihr auch gefallen. Das musste sich auch noch ändern. Aber noch nicht gleich.

Sie sah auf die Uhr. Es war fast Zeit zu gehen. Sie hatte ein mulmiges Gefühl. So sehr sie sich freute, Nic und Caryn zu sehen, so sehr fürchtete sie sich auch davor. Vor allem Nic würde sich nicht einfach abspeisen lassen, sondern alles wissen wollen. Wie konnte sie erklären, dass sie noch nicht bereit war, darüber zu reden? Dass selbst der Gedanke daran den gleichen Schmerz auslöste wie der an Susie? Manchmal kam es ihr vor, als wäre das, was geschehen war, nur eine Fortsetzung dessen, was nach Susis Tod passiert war. Sie zwang sich, nicht weiter darüber nachzugrübeln. Irgendwann würde die Erwähnung seines Namens keinen schmerzhaften Stich mehr auslösen, aber im Moment war es besser, alles wegzuschieben. Thierry war wieder bei Inès, wo er hingehörte – und damit hatte es sich.

Sie nahm ihren Schlüssel. Viel drängender als die Erinnerungen an Paris war es, eine eigene Wohnung zu finden. Nach drei Jahren Selbstständigkeit erwies sich das Zusammenleben mit ihren Eltern als unerträglich. Schnell lief sie die Treppe hinunter, bevor ihre Mutter fragen konnte, wohin sie ging.

»*Nic!*« Bei Caryns lautem Aufschrei hätte der Kellner fast sein Tablett fallen lassen.

»Dein *Haar*!« Tory blieb der Mund offen stehen, bevor sie realisierte, dass er mit halb gekauten Erdnüssen gefüllt war. Sie klappte ihn schnell wieder zu.

Grinsend kam Nic auf sie zu. »Gefällt's euch?« Sie drehte sich im Kreis.

»Es ist *toll*«, rief Caryn und stand auf, um sie zu umarmen. »Du siehst umwerfend aus!«

»Wann hast du's machen lassen?«, fragte Tory und schluckte schnell die Nüsse hinunter.

»Vor ungefähr zwei Stunden. O Gott, es ist so *schön*, euch zu sehen!« Nic drückte beide gleichzeitig an sich. »Ich hab euch so *verflucht* vermisst!«

»Achte auf deine Ausdrucksweise!« Caryn machte sich los. Obwohl die Bar nicht voll war, standen sie im Zentrum der Aufmerksamkeit.

»Warum? Es stimmt doch.« Nic umarmte sie erneut. »Wie geht's euch beiden?« Sie sah Tory prüfend an. »Du siehst so verdammt *kultiviert* aus! Ich möchte alles wissen, ja? Jedes kleinste Detail!«

Tory wurde puterrot. Inzwischen starrten sie alle in Bar an. »Scht!«, sagte Tory und legte den Finger auf den Mund. »Alle schauen schon!«

»Na und?« Nic ließ sich auf den Sitz neben sie plumpsen und streifte ihre Jacke ab. »Ich hoffe, ihnen gefällt, was sie sehen. Also, was trinken wir?« Sie drehte sich zu dem Kellner um, der plötzlich neben ihr aufgetaucht war. Bei Nic Harte wusste man gleich, dass sie die Befehle gab. »Und bevor ihr überhaupt anfangt … das geht heute auf mich. Champagner?« Caryn und Tory lächelten sich an. Nun, warum nicht? Heute war ein besonderes Datum. Der 14. August. Ein ganz spezieller Festtag.

»Also?« Nic sah die beiden mit glänzenden Augen an. »Wer fängt an?«

»Womit?«, fragte Tory ruhig.

»Mit allem. Ich hab euch seit Ewigkeiten nicht mehr gesehen. Und wenn du denkst, eine schnell hingekritzelte

Postkarte würde reichen«, sie warf Tory einen bedeutungsvollen Blick zu, »hast du dich getäuscht. Ich will alles wissen. Jede Einzelheit.«

Tory lächelte schwach. »Es gibt nichts zu erzählen«, antwortete sie vorsichtig. Sie hielt ihr Champagnerglas zwischen den Fingern. »Es ist vorbei.«

Nic starrte sie an. »Aber …«

»Aber nichts. Er ist wieder zu seiner Frau zurück.«

»Mein Gott, Tory, du kannst doch nicht …«

»Nic …« Caryn legte ihr die Hand auf den Arm und sah sie warnend an. »Wie steht's mit dir? Hast du schon deine Ergebnisse?«

Nic zögerte. Die Atmosphäre hatte sich mit einem Mal verändert, und sie spürte die große Kluft, die sie zuweilen von ihren besten Freundinnen trennte. Der lächerliche Streit wegen ihres Namens und dass ihr Vater sie ein verwöhntes Balg genannt hatte … was war das schon verglichen mit den Opfern, die Caryn abverlangt wurden, oder dem, was Tory durchmachte, nachdem der Mann, den sie liebte, wieder zu seiner Frau zurückgekehrt war? Sie schüttelte den Kopf. Warum hatten sie sich nur in so unterschiedliche Richtungen entwickelt? Und wie immer war sie diejenige, die am wenigsten darauf vorbereitet war – sie, die doch alles hatte, was man mit Geld kaufen konnte.

40

Nach einer unruhigen Nacht wachte Tory am nächsten Morgen mit einem leichten Kater auf. Sie brauchte ein paar Sekunden, um sich klarzumachen, wo sie war. Nicht mehr in dem Zimmer mit den blassgrünen Läden und dem Blick über Hausdächer, sondern in London. Zu Hause. Sie stand auf und wäre fast über den Stapel Broschüren gestolpert, die seit ihrer Ankunft vor einer Woche hier lagen. Sie hob eine davon auf, *Celia Fry-Schule für Floristik*. Auf der ersten Seite stand: »Willkommen in der wundervollen Welt von Celia Fry. Schöne Blumen, gutes Essen und eleganter Lebensstil sind unser Fach.« Ihre Eltern würden einen Anfall bekommen. Drei Monate lang, zweimal die Woche, einen Kurs für *Blumenarrangieren*. Sie konnte ihre Mutter förmlich hören. *Blumen?*

Was ihre Eltern stattdessen für sie ausgesucht hatten, war alles andere als nach ihrem Geschmack. Schon beim bloßen Gedanken an die Uni wurde ihr schlecht. Unter den sorgfältig am Frühstückstisch ausgelegten Prospekten und Kursbeschreibungen war nichts, was sie auch nur im Entferntesten interessierte. »Altgriechisch?«, hatte ihr Vater eines Morgens hoffnungsvoll gefragt. »Wie wär's mit mittelalterlicher Geschichte? Moderne Sprachen? Anthropologie?« Nein, das sei alles nichts, hatte Tory achselzuckend geantwortet. Sie sei noch nicht sicher … sie würde darüber nachdenken. Als sie aufstand, hatte sie die Panik in den Augen ihrer Eltern gesehen: Was sollte nur aus ihr werden?

Inès hatte sie auf den Gedanken gebracht. Sie hatte die Sträuße frischer Iris und Wicken gesehen, die Tory vom nahen Markt mitbrachte. Eines Morgens hatte sie, aus Freundlichkeit vielleicht, Tory gebeten, den riesigen Strauß zusammenzustellen, der immer auf dem Esstisch stand. Anfangs hatte sich Tory nicht getraut, irgendetwas Neues auszuprobieren. Inès verabscheute »Arrangements«, wie sie es nannte, und die großen Rosen- oder Geraniensträuße in der Wohnung waren immer sehr schlicht. Doch beim dritten oder vierten Mal kam Tory mit Armen voller blasslila

Wicken und zartgelben Nelken zurück, mischte beides, gab Zweige von dunkelrot blühendem Rosmarin hinzu, und das Ergebnis war hübsch. Selbst Inès musste zugeben, dass der Empfangsraum jetzt frischer wirkte als mit ihren imposanten Gebinden. Danach war Tory geradezu süchtig geworden. Sie genoss die wöchentlichen Besuche auf dem Blumenmarkt und lernte bald die Namen von neuen Gewächsen, wie man die verschiedenen Rosensorten auseinanderhielt, welche Blüten gut hielten und welche schnell welkten … sie hätte den ganzen Tag zwischen den Ständen verbringen können.

Erneut sah sie die Broschüre an und seufzte. Einmal in der Woche auf den Markt zu gehen und einen einzelnen Strauß zusammenzustellen war etwas ganz anderes, als Blumenbinden zum Beruf zu machen. Wie konnte sie ihre Eltern je überzeugen, dass dies ihr Herzenswunsch war?

Sie hörte ihre Mutter unten herumgehen. Ihre Unterhaltungen waren höflich, aber angespannt. Auch wenn Tory wenig von Paris erzählte, wussten sie natürlich Bescheid. Nachdem Inès alles herausgefunden und sie zur Abreise aufgefordert hatte, war jedem klar, was geschehen war. Aber sie sagte nichts, ihre Eltern sagten nichts, und so blieb die bedrückende Atmosphäre zwischen ihnen bestehen.

Sie seufzte und nahm die Broschüre wieder in die Hand. Warum den Stein nicht ins Rollen bringen, dachte sie, als sie die Treppe hinunterging. Sie hatte das Gefühl, dass ihr eine lange Auseinandersetzung bevorstand.

»*Blumen arrangieren?*« Ihre Mutter griff sich an den Hals. Tory hätte genauso gut Stricken oder Makramé sagen können. Selbst Kochen wäre respektabler gewesen. »Du meinst *Blumen* arrangieren? Als *Beruf*?«

»Mum, so ist das nicht. Es ist ein richtiger Kurs. Man … bekommt ein Diplom …«

»Für Blumenbinden?« Ihre Mutter lachte bitter.

»Ja. Nein. Es ist mehr als das. Es ist so was wie … Gärtnerei. Man lernt alles über Pflanzen, Bodenerhaltung, Umwelt und so. Man macht einen richtigen Abschluss.«

»Einen Abschluss? In wie viel … in drei Monaten? Also komm, Tory. Was wird dein Vater dazu sagen?«

»Was geht ihn das an? Es ist *meine* Entscheidung. Ich will das machen«, antwortete Tory aufgeregt.

»Nicht, wenn *wir* dafür bezahlen sollen«, erwiderte ihre Mutter. Sie sahen sich an. Beide waren sich bewusst, dass ein richtiger Streit sie auf gefährliches, unerprobtes Eis führen würde. Scheiß drauf, dachte Tory wütend. Was habe ich schon zu verlieren?

»Warum lasst ihr mich nie machen, was *ich* machen will?«, fragte sie. »*Nie* hört ihr auf das, was ich zu sagen habe. Es geht immer bloß darum, was *ihr* für richtig und passend für mich haltet.«

Ihre Mutter starrte sie verblüfft an. »Was *wir* wollen? Dein Dad und ich? Wir wollen nur, dass du aufhörst, so zu tun, als hättest nur du Gefühle«, stieß sie ärgerlich hervor, »und dich reinkniest wie wir auch …«

»Reinknien? In was denn?«, schrie Tory.

»Ins *Leben*! Glaubst du denn, ich wäre nicht auch gern geflüchtet, ich wäre nicht auch gern nach Paris abgehauen, wie du es getan hast?« Sie wischte sich wütend die Tränen weg. »Aber Wegrennen hat dir ja nicht gereicht … nein, dir reicht ja nie etwas. Du hast uns auch noch Schande machen müssen. Was meinst du, wie wir uns gefühlt haben?«

Tory starrte sie fassungslos an. »Wovon redest du?«, fragte sie, und Angst stieg in ihr auf.

»Du weißt genau, wovon ich rede«, antwortete ihre Mutter und wandte sich ab. Mit bebenden Schultern ging sie zum Spülbecken. »Er ist genauso alt wie dein Vater, um Himmels willen. Wie konntest du nur? Es ist *widerwärtig*, Tory. Einem verheirateten Mann nachzulaufen. Du … du *widerst mich an.*«

Tory kniff die Augen zusammen. Wie eine Woge überschwemmte sie ein Gefühl der Scham. Sie wollte etwas sagen, wusste aber, dass es nie mehr so sein würde wie zuvor. »*Ich* widere *dich* an? Nein, es ist umgekehrt, Mum. Zumindest *lebe* ich noch. Zumindest bin ich noch in der Lage, etwas zu fühlen, mit jemandem zu schlafen. Wen interessiert schon, ob er verheiratet ist? Er kann es wenigstens noch! Und das ist mehr, als *du* kannst, oder? Wie lange ist es her, dass …«

»Halt den Mund!« Bleich vor Zorn drehte sich ihre Mutter zu ihr um. »Wie kannst du es wagen, so mit mir zu sprechen?«

»Aber es stimmt doch, oder?« Tory schluchzte inzwischen und konnte sich nicht mehr zurückhalten. »Das ist es doch, was du nicht aushältst. Ich bin noch am Leben, und sie nicht mehr. Du erträgst es nicht, dass nicht *ich* diejenige war, die überfallen wurde. Das ist es, was du dir jeden beschissenen Tag wünschst, seit es passiert ist!«

Plötzlich war ein Luftzug zu spüren, als die Haustür aufging. »Gilly?« Es war ihr Vater. Die beiden Frauen starrten einander an, beide bleich vor Angst. »Gilly?«, rief ihr Vater erneut und betrat die Küche. Tory schluckte. Es gab nichts mehr zu sagen. Sie drängte sich an ihm vorbei, ignorierte seinen irritierten Blick und griff nach ihrer Tasche. Sie musste fort. Fort von allem, was schon immer in ihr rumort hatte und was sie plötzlich nicht mehr unterdrücken konnte. Aber es war die Wahrheit. Alles, was sie ihrer Mutter an den Kopf geworfen hatte, stimmte, und es gab nichts, was Gillian Spiller zu ihrer Verteidigung hätte sagen können. Und das Schlimmste war, dass sie es auch gar nicht versucht hatte.

41

Estelle nahm den seidenweichen Pinsel und puderte gedankenverloren ihr Gesicht. Im Hintergrund sang Roberta Flack »Killing me softly …«. Das war eine passende Metapher für das, was sie anstellen würde mit Hans Berndt, dem Schweizer Banker, der im vergangenen Jahr einer ihrer Stammkunden geworden war. Sie blickte in den Spiegel. Sie sah *toll* aus. Dunkle glitzernde Augen, ein Hauch grüner Lidschatten, der die türkisfarbenen Flecken in ihrer Iris betonte. Die Lippen sorgfältig mit einem Stift umrahmt und mit Gloss ausgefüllt, ein Hauch Rouge auf ihren hohen Wangenknochen. Sie tupfte sich die Lippen ab, befestigte die Diamantohrstecker, die Hans ihr gekauft hatte, und stand leicht schwankend auf. Sie hatte am Nachmittag ein oder zwei Joints geraucht, dann ein Glas Weißwein in der Badewanne, und auf ihrem Nachttisch lag die kleine weiße Tablette am üblichen Platz. Noch einmal prüfte sie sorgfältig ihr Spiegelbild. Das hautenge Kleid aus leuchtend orangefarbener Seide passte wie angegossen – sie sah traumhaft aus. Sie *fühlte* sich auch so, dabei hatte sie die Tablette noch gar nicht genommen. Das alles hatte sie Jody zu verdanken. Jody, dem frischen, strahlenden Mädchen aus dem Mittleren Westen, das nebenan wohnte. Jody, die aussah, als könnte sie kein Wässerchen trüben, und die nach fast fünf Jahren Mrs Devereaux' Top-Verdienerin war. Jody war ihre beste Freundin geworden.

Sie ging zum Nachttisch hinüber und schob die Tablette unter die Zunge. Erregt wartete sie auf den Kick. Zuerst fühlte es sich an wie ein Guss kaltes Wasser … dann wurde es wärmer, Wohlgefühl breitete sich aus. Innerhalb von zehn Minuten war ihre Welt verwandelt. Sie fühlte sich hinreißend, sie sah hinreißend aus, sie würde eine umwerfende Nacht haben. Im Gegensatz zu Koks, das sie vor ein paar Jahren mit Caitlin ausprobiert hatte, schien es bei Ecstasy keine Schattenseite zu geben. Alles wirkte weicher, sinnlicher, löste sich auf. Jody nannte es die Liebesdroge, und nach ihren ersten Versuchen wusste Estelle, warum. Und das Gute an Ecstasy sei, erklärte Jody, dass niemand etwas davon merke. Mrs Devereaux jedenfalls merkte nichts. Nicht dass sie blind gewesen wäre … sie wusste genau, dass ihre Mädchen Joints rauchten und gelegentlich Koks nahmen. Aber wenn die Drogenprobleme eines Mädchens außer Kontrolle gerieten, war es draußen. Ganz einfach. Estelle war jetzt seit fast drei Jahren bei Mrs Devereaux und hatte in dieser Zeit viele Mädchen kommen und gehen sehen. An einer kleinen Tablette jedoch, die die Welt lieblicher erscheinen ließ, konnte Estelle nichts Falsches finden.

Sie ging ins Wohnzimmer. In exakt fünf Minuten würde Rolf, der Fahrer, sie abholen. Hans hatte sie für drei Tage gebucht, und in dieser Zeit würde sie in seiner Suite im Lancaster wohnen. Heute Abend begleitete sie ihn in die Oper und danach zu einem Geschäftsessen mit japanischen Bankern. Hans war in Ordnung, alles in allem. Ein ruhiger, schweigsamer Mensch mit ziemlich konventionellen Vorlieben, der sie ganz gut behandelte. In den acht Monaten, die sie sich kannten, hatte er ihr eine Reihe teurer Geschenke gemacht und immer Komplimente über ihr Aussehen. Von sich selbst erzählte er nichts. Sie wusste nur, dass er unglaublich reich und natürlich verheiratet war. Trotzdem bezahlte er für die Gesellschaft ungewöhnlich schöner Frauen, wenn ihm danach zumute war. Und Estelle war eben ungewöhnlich attraktiv.

Leise ertönte eine Autohupe. Sie nahm ihre Tasche, machte das Licht aus und schloss die Tür. Die Apartments, in denen sechs der zwanzig Mädchen von Mrs Devereaux wohnten, waren winzig und keine Luxuswohnungen. Aber es war die Adresse, die zählte, wie Mrs Devereaux ständig betonte. Jermyn Street 24. Eine Adresse in *Mayfair*. Manchmal, wenn Estelle an dem kleinen Küchenfenster stand und auf den Platz hinabsah, musste sie sich kneifen. Sie hatte es geschafft. Sie lebte im besten Teil von London, Lichtjahre entfernt von der beengten Welt in Arcadia und dem Schock nach ihrer Ankunft. Männer, die ein Vermögen für ihre Gesellschaft bezahlten, führten sie in die besten Restaurants aus. Die Tatsache, dass sie dafür die Beine breit machen musste, war eigentlich ein geringer Preis dafür. In Harare hatte sie das für weitaus weniger getan. Dafür musste sie sich nicht schämen. Wenn sie an das Geld dachte, das sie Gloria jeden Monat schickte. Jedes Mal fünfhundert Pfund, ausnahmslos. Ihre Briefe las sie kaum. Zu süßlich und zu abwegig. Sie war nicht ganz sicher, was Gloria glaubte. Dass sie als Model oder Schauspielerin arbeitete … irgendwas in der Art, womit sie bei ihren Christlichen Soldaten angeben konnte. Trotz der Droge, deren Wirkung langsam einsetzte, zog Estelle eine Grimasse. Sie hasste es, an Gloria und Thandie zu denken, denn das versetzte ihr manchmal einen Stich, der ihr den Atem nahm. Viel besser, sich auf das zu konzentrieren, was vor ihr lag. Ein Abend in der Oper.

»Estelle …« Hans erhob sich, als sie in die Lobby trat. Zwei Männer waren bei ihm, ein Japaner und ein Europäer oder Amerikaner. Er küsste sie auf beide Wangen. »Du siehst reizend aus, meine Liebe. Darf ich dir Mr Moritako und M'sieur Roche vorstellen?«

Mr Moritako verbeugte sich tief. Estelle zögerte. Wie benahm man sich mit Japanern? Sollte sie sich auch verbeugen? Sie neigte ein wenig den Kopf. Es schien richtig zu sein. Mr Moritako lächelte, als er sich aufrichtete. Mr Roche lächelte ebenfalls, als sie die Hand ausstreckte. Wenn er erkannte, was sie war, ließ er sich nichts anmerken.

»Enchanté, Mademoiselle«, sagte er liebenswürdig und hob ihre Hand an die Lippen. Estelle unterdrückte den Impuls zu kichern. Sie neigte wieder den Kopf.

Hans nahm ihren Arm. »Mr Moritako wird uns in die Oper begleiten, meine Liebe. Möchtest du einen Drink? Ein Glas Wein vielleicht?« Er war auf eine angenehm altmodische Art aufmerksam und fürsorglich. Ein Kellner erschien.

»Einen trockenen Martini«, sagte Estelle knapp, als sie sich neben Hans setzte und die wohlwollenden Blicke der Männer registrierte, als sie die Beine übereinanderschlug. Sie hatte inzwischen begriffen, wofür jemand wie Hans bezahlte: Er wollte anderen zeigen, was er sich leisten konnte. Hans war ein durchschnittlich aussehender Mann in mittleren Jahren. Normalerweise nicht der Typ, auf den ein Mädchen wie Estelle fliegen würde. Aber er war reich, fabelhaft reich. Das machte den Unterschied. Einmal hatte er zu ihr gesagt, dass es oft lustvoller sei, eine Frau für Sex zu bezahlen, als der Akt selbst. Er erwarte nicht, dass sie das verstehe – aber sie verstand es. Bei Sex ging es oft um Macht, und auch Estelle interessierte sich für Macht. Geld war ein Weg zur Macht, Sex und Schönheit ein anderer. Sie besaß Letzteres. Bald würde sie auch Geld haben und damit die Macht, die sie wollte.

42

Guter Blumenschmuck sollte auf den ersten Blick anziehend und gleichzeitig unangestrengt und natürlich wirken. Tory zögerte einen Moment und unterstrich dann die Wörter »unangestrengt« und »natürlich«. Verstohlen sah sie sich unter ihren Mitschülern um. Sie waren acht im Kurs, sieben ältere Frauen in Tweed-Röcken, Strickjacken und vernünftigem Schuhwerk – und Tory. Sie sah auf ihren gestreiften Pulli, die alten Jeans und ihre Doc-Martens-Schuhe hinab und fragte sich, was die anderen von ihr dachten. Abgesehen von dem »hallo«, mit dem sie sich am ersten Tag begrüßt hatten, ließ man sie in Ruhe. Es war wieder wie in St Augustine, sie gehörte nicht dazu. Aber das machte ihr nichts aus. Sie konnte noch immer kaum glauben, dass sie hier war, dass sie schon in der zweiten Woche die Celia-Fry-Schule für Floristik besuchte. Eigentlich hatte sie mit einem Riesenkrach mit ihrem Vater gerechnet, aber der war ausgeblieben. Ein paar Tage nach dem Streit mit ihrer Mutter war sie eines Abends heimgekommen, und auf dem Esstisch lag ein Scheck über die volle Höhe der Unterrichtsgebühren. Ihr Vater sah von der Zeitung auf, murmelte, dass er nur ihr Glück wolle, ihre Mutter sagte gar nichts. Sie hatte den Scheck eingesteckt und war tränenüberströmt in ihr Zimmer gegangen. Eine Woche später schrieb sie sich für den Kurs ein.

Es war nicht so leicht, wie es sich angehört hatte. Jedenfalls ging es nicht bloß darum, eine Rose ins Wasser zu stellen oder zu entscheiden, welches Blattgrün man wohin steckte. Es war ein Wochenendkurs und so anstrengend und so dicht mit Informationen vollgepackt, dass ihr am ersten Wochenende der Kopf rauchte. Es gab Stunden über Geschichte und Gartenbau, Lektionen zu Farbe und Textur, ein Seminar über Linné und sein extrem kompliziertes Klassifizierungssystem. Es gab Gespräche über Klima, einheimische und fremde Pflanzen, tropische Pflanzen … Stunden über formale Aspekte wie Linie, Symmetrie, Balance und Proportion. Die Liste der Dinge, die sie lernen musste, bevor sie überhaupt eine Blume zu sehen bekam, war erschreckend. Aber sie war vom ersten Tag an *begeistert*.

Nach dem dritten Wochenende fand sie einen Halbtags-Job in einem Blumenladen auf der Fulham Road, nicht weit von zu Hause. Der Lohn war so gering, dass sie nicht bei ihren Eltern ausziehen konnte, zumindest jetzt noch nicht. Aber sie war die meiste Zeit fort, und nach einem Monat hatte sie ihre Auszugspläne fast vergessen, so sehr war sie in ihre Arbeit versunken. Und dann stellte sie fest, dass die anderen Frauen im Kurs keineswegs so übel waren, wie sie befürchtet hatte.

43

Caryn blickte sich ängstlich um. Es war ein schwerer Fehler gewesen, Nic ihre Büronummer zu geben. Sie schien sich nicht klarzumachen, dass Caryn arbeiten musste. Seit zehn Minuten redete sie auf sie ein und fand gar kein Ende mehr. »Nic?«, flüsterte sie in den Hörer. »Nic. Ich muss auflegen. Ich bin bei der *Arbeit*.«

»Meinst du, ich soll ihn fragen?« Nic klang unsicher.

»Ja. Nein. Hör zu, ich mach jetzt Schluss. Ich ruf dich heute Abend an, okay?« Nervös blickte sie sich um, ob jemand etwas mitbekommen hatte, und seufzte tief. Sie wusste nicht, wie lange sie den Job bei der Met-Life noch ertrug. Seit über einem Jahr war sie jetzt hier, aber seit sie ständig anderen Ratschläge erteilte, hatte etwas in ihr zu nagen begonnen. Wenn sie so verdammt gut war, das Leben anderer zurechtzurücken, sollte sie endlich bei sich selbst anfangen. Mit einem neuen Job. Ja, es war an der Zeit, sich neu zu orientieren. Sie musste etwas Anspruchsvolleres finden, als im Kopfhörer irgendwelchen Schnöseln zu lauschen und ihnen Tee zu kochen. Sonst würde sie buchstäblich verrückt werden.

»Ich wusste, dass Ihnen das zum Hals raushängen würde«, sagte Vanessa am darauffolgenden Freitag fröhlich. »Ehrlich gesagt, erstaunt es mich, dass Sie so lange durchgehalten haben. *Ich* hätte das nicht gekonnt. Also, was suchen Sie als Nächstes?«

»Ich weiß nicht«, antwortete Caryn zögernd. »Ein bisschen was … Kreativeres?« Sie hielt den Atem an.

»Was *Kreatives*? Gütiger Himmel … wir sind in der City, nicht im verrückten West End. Aber ich könnte Sie nach Soho schicken … in der Wardour Street sitzen die ganzen TV- und Filmleute. Soll ich die Zweigstelle in Soho anrufen und sehen, was dort angeboten wird?« Caryn nickte eifrig. Das hörte sich weitaus interessanter an. Warum hatte sie Vanessa nicht schon früher darum gebeten? »Es tut mir wirklich leid, Sie gehen zu lassen«, fügte Vanessa hinzu, als sie nach dem Hörer griff. »Sie haben mir gutes Geld eingebracht, wissen Sie.«

»Danke«, erwiderte Caryn aufrichtig.

Zehn Minuten später war es getan. Sie sollte sich am Montagmorgen bei Jackie in der Zweigstelle nahe des Soho Square melden. Sie spürte ein leichtes Kribbeln im Bauch, wie sie es seit Jahren nicht mehr gespürt hatte. Ja, es war an der Zeit, etwas Neues zu beginnen.

Nic holte tief Luft, als sie die Tür von Jims Arbeitszimmer aufmachte. Er saß am Schreibtisch, einen Berg Papiere vor sich und eine brennende Zigarre im Aschenbecher. Der scharfe, durchdringende Geruch erfüllte den Raum. Er blickte auf. Nics Knie begannen zu zittern. Es lag etwas im Ausdruck ihres Vaters, was auch selbstbewusste Menschen verunsicherte.

»Was gibt's?«, fragte er knapp.

»Ich … ich kann ein anderes Mal wiederkommen, wenn du beschäftigt bist …«, antwortete Nic zögernd.

»Was gibt's?«, fragte er erneut, bereits gereizt.

»Ich wollte nur … ich dachte daran …«, stammelte sie.

»Zum Teufel, jetzt spuck's schon aus … *was*?«

»Was ich später machen soll … wenn ich fertig bin …«

»Fertig womit?«

»Mit dem College. Ich meine, ich würde mir gern einen Job suchen und …«

»Einen Job? Wozu denn das um alles in der Welt?« Sein Tonfall und seine Miene wirkten geringschätzig. Nic spürte, wie sie die Geduld verlor. Trieb er sie bewusst auf die Palme?

»Ich möchte mir den Lebensunterhalt selbst verdienen«, antwortete sie und bemühte sich, nicht wehleidig zu klingen. »Ich habe meinen Abschluss gemacht – es ist an der Zeit, mir einen Job zu suchen. Ich dachte nur …«

»Dass ich dir helfe, einen zu finden. Nachdem du mit deiner Familie gebrochen hast?«

»Ich habe nicht mit dir gebrochen!«, stieß Nic wütend hervor. »Ich wollte bloß nicht, dass jeder weiß, wer ich bin.«

»Warum? Wir sind dir wohl nicht gut genug, was? Jetzt, wo du einen schicken College-Abschluss hast, hast du beschlossen …«

»Ich habe überhaupt nichts beschlossen!«, brach es aus Nic heraus. »Ich wollte bloß nicht, dass die Leute denken, ich verlasse mich auf deinen Namen, das ist alles. Ich wollte es selbst schaffen und verstehe immer noch nicht, was so schlimm daran ist!«

»Aber warum *diesen* Namen? Warum *ihren* Namen?« Es war praktisch das erste Mal, dass er sich auf ihre Mutter bezog. Ihr kamen die Tränen. »Hättest du nicht einen anderen benutzen können, verdammt?«

Es folgte ein Moment peinlicher Stille. Die Zigarre glühte zwischen seinen Fingern, aber er machte keine Anstalten, daran zu ziehen. Nic wartete auf irgendein Zeichen, eine Geste, ein Wort von ihm – es kam nichts. Er senkte den Blick und wandte sich wieder seinen Akten zu. Sie war entlassen. Unsicher blieb sie noch eine Weile an der Tür stehen und hoffte, er würde aufblicken. Das tat er nicht. Leise ging sie hinaus.

Jim fluchte in sich hinein, sobald die Tür sich geschlossen hatte. Er hatte nicht so grob sein wollen, konnte aber nicht anders. Er hatte es versucht – mein Gott, wie sehr hatte er es versucht –, aber es half nichts. Alles an ihr erinnerte ihn an Sarah. Er holte tief Luft, um sich zu beruhigen. Nic konnte nichts dafür, armes Mädchen. Er wusste, wie sehr er sie verletzte, wie sein Zorn ihr wehtat. Aber er konnte nicht anders. Immer wenn er sie ansah, sah er Sarahs Gesicht in diesen letzten schrecklichen Momenten. Das Schlimmste war, dass es schwieriger wurde, nicht leichter. Wer hatte gesagt, die Zeit heile alle Wunden? Wohl jemand, der nicht alle Umstände in Rechnung stellte. Vor allem seine nicht.

Teil 4

44

London, England, November 1998

Tory war allein in dem kleinen Blumengeschäft in Chelsea. Sie leerte die Kübel aus und brachte den Abfall nach draußen. Ungeduldig wischte sie sich das Haar aus dem Gesicht, trotz der Kälte draußen schwitzte sie. Sie war seit acht Uhr morgens auf den Beinen und inzwischen todmüde. Jetzt war es fast sechs und an der Zeit, zu schließen und heimzugehen. Katie, die zweimal die Woche nach der Schule half, war wegen einer Erkältung früher gegangen. Sie hatten eine arbeitsreiche Woche hinter sich, zwei Hochzeiten, einige Weihnachtsfeiern und eine Eilbestellung in letzter Minute vom Kinderkrankenhaus an der Great Ormond Street – *etwas Fröhliches für die Rezeption.* Obendrein machten Jim und Catherine, die Besitzer, Urlaub in Spanien.

Tory war eigentlich ganz dankbar für die Ruhe und die Chance, alle Aufträge selbst zu erledigen. So sehr sie Catherines Fähigkeiten als Floristin auch bewunderte, freute sie sich über die Gelegenheit, etwas auszuprobieren. Die beiden Hochzeiten waren ein Erfolg gewesen, das wusste sie. Eine Brautmutter hatte zum Dank eine Flasche Champagner und einen *sehr* großzügigen Scheck geschickt. Tory war recht stolz auf sich. Unerwartet waren ihnen die Päonien und Wicken ausgegangen, die die Brautmutter ausgesucht hatte, und Tory hatte sie durch eine schlichtere, elegantere Palette aus Winterfarben ersetzt – weißen Flieder, weiße »Bianca«-Rosen und cremefarbene, an den Rändern grün gefärbte Kohlblätter. Die Änderung in letzter Minute war offensichtlich gut angekommen.

Sie wollte gerade das Licht ausschalten, als jemand ans Schaufenster klopfte. Sie sah auf die Uhr, Viertel nach sechs. Sie hatte schon geschlossen. Ein junger Mann stand draußen, rot vor Kälte und mit einem panischen Ausdruck im Gesicht, der ihr ein Lächeln entlockte. Durch die Glasscheibe deutete sie auf ihre Uhr. Er machte eine flehentliche Geste. Er war jung, gut aussehend … und verzweifelt. Sie schüttelte gespielt genervt den Kopf und öffnete die Tür.

»Ich weiß, ich weiß …«, entschuldigte er sich. »Sie schließen um sechs. Aber ich bin den ganzen Weg gerannt …«

»Wir *haben* schon geschlossen …«, erwiderte sie nachgiebig. »Was brauchen Sie?«

»Irgendwas für meine Freundin. Wir sind jetzt seit drei Monaten zusammen.« Er grinste plötzlich. »Nicht allzu lange, ich weiß. Aber ich führe sie heute zum Abendessen aus, und ein Freund meinte, ich sollte ihr ein paar Blumen mitbringen … einen Strauß Rosen, irgendwas, was Sie gerade haben.«

»Ich habe die hier.« Tory deutete auf die blutroten Milano-Rosen, die sich gerade zu öffnen begannen. »Oder die Coolwaters, die riechen köstlich. Daraus könnte ich Ihnen einen Strauß binden.«

»Ja, die sehen gut aus. Egal. Wie Sie meinen.«

»Oder wie wär's mit denen?«, sagte sie plötzlich, griff nach einem großen Strauß Veilchen und lachte ein wenig verlegen. »Heute Morgen habe ich etwas in einer Fachzeitschrift gelesen. Wussten Sie, dass Napoleon Josephine jedes Jahr ein Veilchenbukett schickte? Als er ins Exil ging, pflückte er ein paar Blütenblätter von ihrem Grab in Frankreich und gab sie in ein Medaillon. Er starb mit diesem Medaillon um den Hals.« Sie lächelte ihn an. »Nicht ganz, was man sich vorstellt, wenn man an Napoleon denkt, nicht?«

»Äh, nein, vermutlich nicht.« Der junge Mann sah sie unsicher an.

»Ein echter Romantiker offensichtlich.«

»Ja, ich nehme sie. Ich werde ihr die Geschichte erzählen. Danke. Sie haben mir den Abend gerettet!« Kurz darauf ging er pfeifend die Straße hinunter. Tory sah ihm nach, und in ihrem Kopf begann es zu arbeiten. Vier Bund Veilchen kosteten weitaus weniger als ein Dutzend roter Rosen, aber der zufriedene Ausdruck auf seinem Gesicht machte dies mehr als wett. Ein Blumenstrauß zauberte immer ein Lächeln auf das Gesicht eines Kunden – und doch wussten nur wenige Menschen über Blumen Bescheid. Etwa die Geschichte, die sie gerade erzählt hatte: wenn nun jeder Strauß, den sie verkaufte, mit einer kleinen Geschichte versehen würde? Blumen mit einer Geschichte. Blumen mit Historie. Ihr Herz begann zu klopfen. Blumen mit einer Story. Blühende Storys. *Blooming Stories.* Sie griff nach ihrer Tasche, schaltete das Licht aus und die Alarmanlage ein und rannte die ganze Sloane Street entlang bis zur U-Bahn.

45

Caryn blickte zu dem Gebäude hinauf, dann wieder auf den Zettel in ihrer Hand und zögerte. Charlotte Road 13, gleich östlich von der Liverpool Street, wirkte eher verlassen und nicht wie der Sitz eines angesagten Filmproduzenten. War sie falsch? Sie trat zurück und warf erneut einen Blick auf das Gebäude. Offensichtlich handelte es sich um ein ehemaliges Lagerhaus. Neben der Tür gab es eine rostige Klingel. Sie drückte vorsichtig darauf. Ein paar Sekunden später hörte sie zu ihrer Überraschung ein leises

Klicken. Sie drückte die verrottete Holztür auf und trat ein. Die winzige Diele war feucht und dunkel, eine Treppe führte nach oben. Caryn hielt sich am Geländer fest und stieg hinauf.

Warum um alles in der Welt hatte sie sich von Jackie überreden lassen, sich um eine Festanstellung zu bewerben? Sie mochte Zeitarbeit. Es gefiel ihr, dass sie nach einer Woche Kündigungszeit gehen konnte, wenn sie keine Lust mehr hatte. Nach dem Trott bei der Met-Life wollte sie den gleichen Fehler nicht noch einmal machen. In den letzten drei Jahren war sie nicht einen Tag ohne Job gewesen. Also warum hatte sie sich überreden lassen? Selbst Jackie gab zu, dass sie einer ihrer besten Zeitarbeitskräfte normalerweise keine Festanstellung vorschlagen würde, aber die Stellenausschreibung sei aus Versehen auf ihrem Schreibtisch gelandet, und sie habe sofort an Caryn gedacht. »Das passt genau auf dich. Schau's dir einfach mal an. Kann ja nicht schaden.« Skeptisch nahm Caryn das Blatt entgegen. *Persönliche Assistentin des Direktors. Topaktuelle Filmproduktion. Trendiges East-End-Büro.* »So was machst du doch mit links«, sagte Jackie und lächelte fast wehmütig. »Jetzt gib dir einen Ruck, du kannst nicht ewig Zeitarbeit machen. Und es ist doch ganz in der Nähe deiner Wohnung, oder?«

Da war sie nun und stieg die Treppe eines Gebäudes hinauf, das nach Jahren der Vernachlässigung roch. Sicher, es war nicht weit von ihrer Wohnung, aber es gab gute Gründe, weshalb in dieser Gegend so wenige Jobs angeboten wurden. Sie ging um die letzte Kehre und nahm plötzlich den Geruch nach Farbe wahr. An einer frisch gestrichenen Tür hing ein kleines Schild: *Crystal Vision Films.* Also gab es die Firma zumindest. Sie öffnete die Tür und betrat eine andere Welt.

Die offenen Büros erstreckten sich über die ganze Länge des riesigen, lichtdurchfluteten Raums. Über die Schieferdächer konnte sie direkt auf die graugrünen Stahl- und Glasgebäude der City sehen. Die Empfangsdame mit dem glänzenden Haar sah sie erwartungsvoll an. Caryn schluckte. In dem blassgrünen Cardigan und einem hautengen Jeansrock mit schimmerndem Kroko-Gürtel wirkte die Frau eher wie ein glamouröses Model als wie eine Rezeptionistin. Roter Lippenstift, rote Fingernägel. Caryn in ihrem schlichten schwarzen Kostüm, mit weißer Bluse und flachen Schuhen, wäre am liebsten geflüchtet.

»Hi«, sagte das umwerfende Wesen und öffnete den schönen roten Mund. »Kann ich Ihnen helfen?«

»Äh, hi. Ich … ich bin wegen der Stelle als Persönliche Assistentin hier. Ich habe einen Termin bei Mr Keane. Um zehn?«, stammelte Caryn. War Jackie verrückt? Hier passte sie doch *nie* rein.

»Ah, richtig. Rowlands PA? Fan-*tastisch*. Setzen Sie sich, Süße. Er ist noch nicht da. Aber es dauert sicher nicht mehr lange.« Sie hielt einen Moment inne und lächelte. Perfekte Zähne. »Eine Tasse Tee?«

»Nein, danke. Könnte ich … gibt's hier eine Toilette?«

»Ja, sicher. Gleich die Tür dort rechts.« Sie deutete den Gang hinunter. Caryn eilte davon. Sie erhaschte den Blick auf etwa ein Dutzend Leute, die in dem minimalistisch dekorierten Raum mit rohen Backsteinwänden und schneeweißen Schreibtischen hinter Bildschirmen saßen. Nein – *eindeutig* kein Ort für sie. Sie schloss die Tür und ging zum Spiegel. Ängstlich prüfte sie ihr Gesicht – es wirkte blass, müde und fahl. Das absolute Gegenteil von dem sonnigen, selbstsicheren Wesen an der Rezeption. *Niemals* würde sie den Job kriegen. Sie war hier genauso fehl am Platz wie damals in St Augustine. Die unangenehme Erinnerung machte sie noch nervöser. Sie spritzte sich ein bisschen Wasser ins Gesicht, zog ihren Pferdeschwanz fest und schnitt eine Grimasse. Sie sollte bei der Zeitarbeit bleiben – das konnte sie am besten.

Sie öffnete die Tür, ging nach links und fiel prompt über ein Fahrrad, das jemand an die Wand gelehnt hatte. Die Rezeptionistin stieß einen kleinen Schrei aus und eilte herbei. »Ach Gott, es tut mir so leid! Das ist Rowlands Rad. Ich hab ihm *gesagt*, er soll's nicht hier abstellen. Alles in Ordnung mit Ihnen?«

»Ja, ja, danke.« Hochrot im Gesicht rappelte Caryn sich auf. Alle blickten neugierig in ihre Richtung. »Nein, ist schon gut … ehrlich«, versuchte sie die Frau zu beruhigen, die sich hinunterbeugte, um Caryns Beine zu inspizieren.

»Nein, schauen Sie, Sie haben sich die Strumpfhosen zerrissen.« Sie deutete auf Caryns Knie. »Ich gebe Ihnen Geld für neue. Rowland, du Idiot! Schau, was du gemacht hast. Das arme Mädchen ist gerade erst reingekommen!« Caryn wollte das Angebot gerade ablehnen, als ein Kopf mit blitzend blauen Augen, gebräuntem Gesicht und einem Schopf dunkler Locken vor ihr auftauchte. Offenbar Rowland.

»O Mist … das tut mir wirklich leid«, sagte er und sah auf ihr Knie. »Alles meine Schuld. *Mea culpa.* Ihnen fehlt doch nichts? Keine Schnitte oder Prellungen?«

»O nein, nein. Alles bestens. Bestimmt. Sie brauchen mir wirklich …«

»Aber natürlich müssen wir das!«, sagte Rowland entschieden. »Charlie, sei ein Schatz und besorg dem Mädchen neue Strumpfhosen. Wie heißen Sie übrigens?«

»Caryn, Sir.«

»Sir?« Er zog die Augenbrauen hoch. Seine Augen blitzten noch immer, und Caryn spürte ein Flattern im Bauch. Er hatte etwas an sich, das sie zurücklächeln ließ. »Rowland reicht vollkommen. Also, kommen Sie mit, Caryn. Sie sind die Fünfte, die wir uns seit gestern ansehen, aber ich denke, wir schulden Ihnen den Job!« Er grinste sie an. Das Flattern wurde stärker. Sie folgte ihm den Gang entlang.

Rowland öffnete die Tür zu seinem Büro. »Setzen Sie sich. Ich sehe mal, ob ich in dem Durcheinander Ihre Bewerbung finde.« Er deutete auf den Schreibtisch, der mit Papierstapeln bedeckt war. Das ganze Büro wirkte zwar chaotisch, aber auf eine wundervoll kreative Weise. An der Backsteinwand hing ein großes, rot gerahmtes Poster, unter einem Bild der britischen Königskrone stand: »Ruhig bleiben und weitermachen«. Gut aussehend, hip, trendig *und* witzig. So jemanden hatte sie noch nie kennengelernt. Er wühlte auf seinem Schreibtisch herum, bis er ihre Unterlagen fand. »St Augustine?«, murmelte er. »In Chelsea?«

»Äh, ja.«

»Vier Einsen?« Erneut zog er die Augenbrauen hoch.

»Äh, ja.«

»Aber keinen Uni-Abschluss?«

»Äh, nein.«

»Wie das?«

»Darüber … möchte ich lieber nicht sprechen«, stammelte Caryn, erneut hochrot im Gesicht.

Rowland sah sie eindringlich an. »In Ordnung. Also, wann können Sie anfangen?«

Caryn blinzelte. »Anfangen?«

»Ja. Wann können Sie mit der Arbeit anfangen?«

»Äh … heißt das, ich habe den Job?«

»Offensichtlich ja«, antwortete Rowland trocken.

Sie war wie erstarrt. Er übte eine höchst ungewöhnliche

Wirkung auf sie aus. »Montag?«, fragte sie schnell. Das gäbe ihr zwei Tage, um eine passende Garderobe zu finden. Sie konnte unmöglich in ihren schlichten Röcken und Blusen in dieses Büro kommen. Und wie immer würde Nic ihre Rettung sein.

»Montag ist gut. Punkt neun. Charlie kann Ihnen erklären, was Sie zu tun haben.« Er reichte ihr die Unterlagen zurück. »Sie haben ausgezeichnete Referenzen. *Und* vier Einsen. Sie machen diesen lächerlichen Job mit links. Also …« Er stand auf und beendete damit das Gespräch. Hastig erhob sich auch Caryn.

»Danke«, murmelte sie.

»Gut. Dann bis Montag. Und vergessen Sie Ihre Strumpfhosen nicht.« Er warf einen Blick auf ihre Beine. Wieder dieses Flattern im Bauch. Sie ging schnell zur Tür und hoffte inständig, dass man ihr die Verwirrung, in die er sie gestürzt hatte, nicht ansah. Sie dankte Charlie, nahm die Strumpfhosen und lief die Treppe hinunter. Sie war nicht sicher, ob sie sich über den neuen Job freuen sollte oder nicht. Doch irgendwo im Hinterkopf spürte sie eindeutig einen Freudefunken, der jedes Mal aufblitzte, wenn sie an Rowland Keane dachte.

Nachdem Tory und Caryn am nächsten Sonntag gegangen waren – Caryn mit mindestens vier neuen Outfits unterm Arm –, machte Nic sich eine Tasse Tee und nahm sie mit ins Wohnzimmer. Mit schlechtem Gewissen sah sie sich in der Wohnung um. Jim hatte ihr eines Nachmittags, etwa ein Jahr nach ihrem Abschluss, fast beiläufig die Schlüssel zugeworfen. In seiner typisch lässigen Art erklärte er ihr, dass er aus Steuergründen eine weitere Immobilie in London kaufen musste … wenn sie die Wohnung nicht haben wolle, könne Jessica sie mit achtzehn übernehmen. *Sie* habe keine so blöden Ideen, wie auf die Uni zu gehen. *Also, willst du sie oder nicht?* Nic, die es nach zwei Jahren gründlich satthatte, sich eine schäbige Wohnung mit zwei Kommilitoninnen zu teilen, war weich geworden, hatte die hübsche Dreizimmerwohnung in Primrose Hill genommen und es seitdem bereut. Jim verpasste keine Gelegenheit, sie an seine Großzügigkeit zu erinnern. Dazu kam noch, dass es nicht leicht war, einen ordentlichen Job zu finden. Die ersten beide Jahre nach dem College hatte sie eine Reihe schlecht bezahlter Jobs bei Zeitungen gemacht, die ihr keineswegs die Türen in die Welt des Journalismus öffneten, weil sie hauptsächlich Tee kochte und Toner in den Fotokopierer füllte. Dann fand sie eine Stelle bei einem kleinen Lokalblatt, das etwa sechs Monate nach ihrem Eintritt pleiteging. Und jetzt war sie seit einem halben Jahr das am schlechtesten bezahlte Redaktionsmitglied bei *Gossip*!, einem Promi-Magazin, das Geld machte, indem es immer schauerlichere Geschichten über Berühmtheiten brachte, die in der Publikumsgunst sanken oder bereits durchgefallen waren. Jim musste dazu natürlich seinen Kommentar abgeben – *Drei Jahre auf der Uni, und das ist alles, was du zuwege bringst?* –, aber aus Stolz gab sie nicht auf. Aus Stolz und weil sie nichts anderes auftun konnte. Doch zu schwach zu sein, um dem Angebot einer kostenlosen Wohnung zu widerstehen, war eine Sache … seine hingeworfenen Bemerkungen, er könne ihr, wenn sie wolle, einen »richtigen« Job verschaffen, etwas ganz anderes. Neuerdings zeigte Jim ungewöhnliches Interesse an den Medien. Aus Gründen, die sie sich nicht erklären konnte, hatte er plötzlich den Wunsch, eine Zeitung zu besitzen – irgendeine Zeitung. Wenn Murdoch und Maxwell das konnten, hatte sie ihn einmal sagen hören, warum dann nicht auch er? Sie musste sich auf die Zunge beißen, um nichts zu erwidern.

Für Caryn lagen die Dinge anders, dachte Nic voll Zuneigung und Bewunderung. Ihre häuslichen Verhältnisse waren heillos, aber seit sie St Augustine verlassen hatten, war von Caryn nie ein Wort der Klage zu hören gewesen. Im letzten Jahr hatte dann ihr jüngster Bruder, wie damals Caryn, ein Stipendium bekommen, für die Westminster-Schule. Nic dachte daran, wie sie die beiden nach dem ersten Besuch in seiner neuen Schule in das Restaurant an der Sydney Street eingeladen hatte. Brian war ein sonniger, gut aussehender Junge, ohne Caryns Ängste, aber mit der gleichen Entschlossenheit. Tory meinte, dies sei Caryns Verdienst, der es trotz aller Widrigkeiten gelungen sei, ihm ein Zuhause zu schaffen. Was für liebevolle und stolze Blicke die beiden Geschwister einander zugeworfen hatten! Noch nie hatte sie jemand so angesehen.

Nic stand auf und fühlte sich merkwürdig verstimmt. Das alte Gefühl der Unzulänglichkeit, das sie manchmal in Caryns Gegenwart befiel, hatte sie wieder gepackt. Sie, die so viel hatte, hatte so wenig erreicht. Caryn hingegen … *oh, Schluss damit*, tadelte sie sich. Es gab nichts Schlimmeres als ein reiches Mädchen, das in Selbstmitleid ertrank. Wenn sie nicht viel erreicht hatte, lag dies allein an ihr selbst. Sie ging zu ihrem Computer und schaltete ihn an. Zoë, ihre schreckliche Chefin, hatte ihr um halb sechs am Freitagabend widerstrebend einen Auftrag gegeben. Bidina O'Connor – deren Name auf Gälisch »kleine Bridget« bedeutete, wie ihr die irische PR-Frau unnützerweise erklärt hatte – war heute Morgen ins Nervenkrankenhaus eingeliefert worden. *Na und*?, war Nics erste Reaktion gewesen, bevor ihr einfiel, dass sie sich dafür interessieren sollte.

Sie hatte einen winzigen Artikel in der Feature-Abteilung bekommen.

»Ich kann Sie jederzeit zu den TV-Kritiken versetzen«, drohte Zoë, als Nic nicht die Begeisterung zeigte, die Zoë von jungen Redaktionsmitgliedern erwartete. »Oder soll ich Ihnen sagen, auf Wiedersehen und viel Glück bei Ihrem *nächsten* Job?« Nic wurde rot vor Zorn und Verlegenheit, schaffte es aber, den Mund zu halten. Sie hasste Zoë Williams-Dent mehr als irgendjemanden sonst auf der Welt. Aber sie war entschlossen durchzuhalten, die Karriereleiter hinaufzuklettern, bis sie schließlich »ernsthafte Sachen« machen konnte. Unglücklicherweise wollten dies alle anderen Journalistinnen bei *Gossip!* auch. Es gab bereits ziemliches Gedränge auf dieser Leiter. Nicola Parker hatte ungefähr so viel Aussichten, beim *Economist* oder beim *Guardian* angestellt zu werden wie Tory. Und das wollte etwas heißen. Soweit sie wusste, hatte Tory noch nie eine Zeitung in die Hand genommen.

Bidina O'Connor, deren Name auf Gälisch übrigens »kleine Bridget« heißt – obwohl nach ihrer Gewichtszunahme von 15 Kilo nichts mehr an ihr »klein« ist –, ist heute Morgen unter heftigem Blitzlichtgewitter ins Priory-Krankenhaus eingeliefert worden. Nic sah den Satz an, den sie gerade geschrieben hatte, und stöhnte. Wie sollte sie sich mit solchen Sätzen je aus dem Sumpf der Boulevardpresse herauskämpfen?

46

Tory folgte ihrem Vater ins Restaurant. Luigi's war eine kleine, familienbetriebene Trattoria gleich um die Ecke der Hortensia Road. Sie war überrascht, als er es vorschlug. Es war das Lieblingslokal der Spillers gewesen … früher einmal. »Das ist der einzige Ort, den ich kenne, auf den deine Mutter nicht käme«, sagte er wehmütig, als sie sich setzten. Giuseppe, ihr alter Kellner, war entzückt, wenn auch ein wenig verwundert, sie nach so langer Zeit wiederzusehen.

»Also, was ist das für eine *Idee*, die du da hast?«, fragte ihr Vater ruhig und schenkte Wein für sie beide ein. Er lehnte sich zurück, sah sie an und wartete.

Tory holte tief Luft. Sie hatte ihre Rede so oft geübt, dass sie ihre eigene Stimme wie aus großer Entfernung hörte. Sie zeigte ihm den kleinen Ordner, der alles enthielt, was sie sich in den letzten Wochen ausgedacht hatte. Obwohl sie hastig sprach, brauchte sie fast zehn Minuten, und als sie fertig war, schnaufte sie wie nach einem Dauerlauf. Die Miene ihres Vaters war schwer zu deuten. »Hört sich das verrückt an?«, fragte sie ängstlich.

»Verrückt? Nein, nicht verrückt. Es ist nur einfach …«, er machte eine Pause und hielt den Stiel seines Weinglases zwischen Daumen und Zeigefinger. »Nun, es ist nicht gerade das, was wir erwartet haben, Tory. Ich meine, was ist mit der Universität? Du hast gesagt, nach Paris würdest du es dir überlegen und …«

»Dad! Ich *will* nicht auf die Universität«, antwortete Tory bereits leicht frustriert. »Warum könnt du und Mum das nicht akzeptieren? Nicht jeder muss studieren, weißt du.«

»Ich weiß. Es ist nur, nachdem Susie nicht mehr da ist …«

»Könnten wir *einmal* Susie aus dem Spiel lassen?«, sagte Tory verbittert. »Nur dies *eine Mal?* Es geht um *mich*, Dad.«

Ihr Vater sah sie überrascht an. »Tory, es gibt doch keinen Grund, sich aufzuregen, ich sage ja bloß …«

»Was *sagst* du denn, Dad? Dass es nicht zählt, was *ich* mit meinem Leben machen will – solange es dich und Mum glücklich macht?«

»Nein, natürlich nicht! Es ist nur, dass diese Idee von dir … das ist ein unglaublich großer Schritt. Eine große Unternehmung. Du bist doch erst Anfang zwanzig …«

»Dad, ich bin vierundzwanzig. Kein Teenager mehr!«

»Ja, aber einen *Laden* zu führen?« Es hörte sich an, als wollte sie ein Bordell eröffnen.

»Es ist ein Geschäft, Dad. Mein eigenes Geschäft. Ich habe die ganze Zeit für andere Leute gearbeitet, und ich kenne die Branche in- und auswendig! Ich weiß, dass es funktionieren wird, ich weiß es einfach.«

»Aber woher um alles in der Welt willst du das Geld nehmen, um einen Laden zu kaufen?«

»Darum mache ich mir keine Sorgen«, antwortete Tory überzeugter, als sie war. »Ich kann das Geld auftreiben. Ich möchte nur …« Sie hielt inne.

»Was möchtest du denn?«, fragte er, diesmal liebevoller.

»Ich möchte …« Tory blickte weg, weil ihr plötzlich die Tränen kamen. »Ich möchte einfach deine *Unterstützung*, Dad. Das ist alles. Dein Geld brauche ich dafür nicht. Ich …«

»Tory«, unterbrach sie ihr Vater. »Hör auf. Ich hab's verstanden, ja?« Er legte seine Hand auf die ihre. Alarmiert stellte sie fest, dass sie zitterte. »Ich habe gehört, was du gesagt hast. Gib mir … gib mir nur etwas Zeit, mich darauf einzustellen, das ist alles. Ich *weiß*, dass es schwer für dich war. Ich sehe dich an, und mir wird bewusst, was wir alles versäumt haben nach … nach Susies Tod. Bestimmt hattest du das Gefühl, wir hätten dich vergessen, aber das stimmt nicht. Ich versichere dir, das ist nicht wahr. Also, darf ich mir das genauer ansehen? Nicht beim Essen?«

Tory nickte zögernd. Die Beziehung zu ihrer Mutter hatte sich seit dem Streit nach ihrer Rückkehr aus Paris nie mehr ganz erholt, und sie ertrug den Gedanken nicht, das Gleiche könnte mit ihrem Vater passieren. Sie wischte sich mit dem Handrücken die Wangen ab und griff nach ihrem Weinglas. Es war wirklich sehr schwer, dachte sie bedrückt, als sie den letzten Tropfen trank. So sehr sie sich auch bemühte, so zu tun, als kümmerte sie die Zustimmung ihrer Eltern nicht, war das Gegenteil der Fall. Sie wollte, dass sie stolz auf sie waren und nicht enttäuscht, weil sie nicht so war wie Susie.

»Ich muss deine Mutter darauf vorbereiten«, sagte ihr Vater. Seine Hand lag noch immer auf der ihren, die nun nicht mehr zitterte. Er lachte kurz auf. »Du weißt ja, wie sie ist.«

Tory nickte bedrückt. »Ja, das weiß ich.«

»Es sieht vielleicht nicht immer so aus, aber du bedeutest ihr alles. Uns beiden.« Tory schluckte. Sie konnte nicht sprechen. »Also«, sagte er schnell, räusperte sich und wechselte das Thema. »Was nimmst du als Vorspeise? Wie wär's mit dem Prosciutto?«

»Susie mochte den gern«, flüsterte Tory.

Er drückte kurz ihre Hand. »Ja, das stimmt. Sie hat immer die Melone übrig gelassen.« Tory lächelte ihm durch einen Tränenschleier zu. Zum ersten Mal seit Susies Tod war es ihnen gelungen, sich gemeinsam an die Vergangenheit zu erinnern.

47

Am Montagmorgen machte sich Caryn auf den Weg zu ihrer neuen Arbeitsstelle. Sie trug Nics Hose, ihre eigene schlichte weiße Bluse mit einem glänzenden schwarzen Ledergürtel, und, auf Brians kennerhaften Rat hin, ein Paar unechte Kroko-Stilettos. In letzter Minute hatte er sie zum Sonntagsmarkt in der Petticoat Lane geschleppt und die Schuhe ausgesucht. Dann musterte er sie von oben bis unten und erklärte, sie sehe »top« aus. Charlie an der Rezeption schien das ebenso zu sehen.

»Hi«, sagte sie mit einem strahlenden Lächeln. »Hübsche Schuhe!«

Caryn erwiderte ihr Lächeln. »Die? Oh, danke«, sagte sie leichthin. »Mir gefallen Ihre Ohrringe.« Und weil sie glaubte, das Kompliment wäre ein wenig zu schwach, fügte sie schnell hinzu: »Sie stehen Ihnen wirklich gut.«

»Ach, die alten Dinger?« Charlie griff sich ans Ohr. »Danke. Der Gürtel ist auch hübsch.«

Hinter ihnen hustete jemand diskret. Caryn drehte sich um. Rowland stand hinter ihnen. Keine der beiden hatte ihn die Treppe heraufkommen hören. »Also, meine Damen, sind wir so weit? Caryn, kommen Sie bitte mit.«

Caryn wurde rot. Sie rannte ihm praktisch hinterher, als er durch die Büros marschierte. Es war neun Uhr, und es saßen erst wenige Leute an ihren Schreibtischen. Sie blickten auf, als die beiden vorbeigingen.

Er ließ ihr den Vortritt, als sie sein Büro erreichten. »Warum müssen Frauen bloß immer dieses lächerliche gegenseitige Bewunderungsritual absolvieren, wenn sie aufeinandertreffen?«, murmelte er und schloss die Tür. Er sah sie nachdenklich an, als erwartete er eine Antwort.

Caryn zögerte. »Um sich zu schützen«, antwortete sie nach einer Weile. »Verstehen Sie, man macht lieber ein Kompliment, ehe das Gegenüber einen brüskiert. Männer tun das auch …« Sie brach ab und fragte sich, ob sie zu weit gegangen war. Es war schließlich ihr erster Tag – mein Gott, ihre erste *Stunde*!

Er sah sie an und zog leicht spöttisch die Augenbrauen hoch. »Ach, wirklich? Machen sie das?« Sein Tonfall schien das Gegenteil auszudrücken. Caryn wurde noch röter. »Also, fangen wir lieber an.« Er blickte auf ihre Hände. »Haben Sie nichts zum Schreiben dabei? Ich dachte, ich erkläre Ihnen Ihre Aufgaben lieber selber.«

»O ja … ja, natürlich«, stammelte sie. Sie hatte noch nicht einmal ihren Mantel ausgezogen. »Äh, wo ist mein Arbeitsplatz?«, fragte sie und sah sich um. Bitte, lieber Gott, bloß nicht hier drinnen.

»Hat Ihnen den Charlie nicht gezeigt?«, fragte er überrascht.

Sie schüttelte den Kopf. »Nein, sie war mit anderen Dingen beschäftigt«, platzte es nervös aus ihr heraus. Rowland sah sie verständnislos an. »Äh, mit dem gegenseitigen Bewunderungsritual …«, fügte sie kleinlaut hinzu. Einen Moment lang sah es, als würde er ihr den Kopf abreißen, aber dann lächelte er, ein langsames, wissendes, sexy Lächeln, das sein ganzes Gesicht veränderte. Caryn wurden die Knie weich.

»Aha, Sie haben Sinn für Humor«, sagte er wie zu sich selbst. »Den werden Sie brauchen, wenn Sie hier arbeiten. Sie sitzen dort draußen, an dem Tisch hinter der Tür. Ich arbeite meistens hier drinnen, außer wenn ich auf Reisen bin oder wir am Drehort sind. Das hier«, er reichte ihr ein paar beschriebene Blätter, »hat Ihre Vorgängerin angefertigt. Darauf stehen die meisten Dinge, die man von Ihnen erwartet.«

»Warum ist sie gegangen?«, fragte Caryn. »Nur aus … Interesse?«

Er sah sie an, und um seine Mundwinkel spielte ein Lächeln. »Kein Sinn für Humor«, sagte er schließlich und setzte sich an seinen Schreibtisch. Also, wenn Sie keine weiteren Fragen haben …«

»Nein, nein.«

»Großartig.«

Caryn blickte auf das Blatt. *Tägliche Aufgaben. 1.) Rowlands Kaffee holen. Milch, kein Zucker. 2.) Die Post öffnen.* »Also, ich … ich mach mich wohl besser an die Arbeit«, sagte sie. »Ich hole Ihren Kaffee.«

»Braves Mädchen. Um elf ist eine Mitarbeiter-Konferenz. Da stelle ich Sie dem Rest des Teams vor.«

Immer noch rot im Gesicht, verließ sie sein Büro. *Braves Mädchen?* Trotz all seines Sexappeals, dem breiten Lächeln, bei dem einem das Herz stehen blieb, und dem supertrendigen Büro konnte sie jetzt schon sehen, dass dieser Job verglichen mit ihrem letzten keine großartige Verbesserung war. Kaffee machen, Post öffnen, Telefon beantworten – sie war wieder mal der Packesel für alle. Und das für jemanden, der es fast nach Oxbridge geschafft hätte. Es war zum Heulen.

48

Ganz Manhattan war in ein strahlendes Lichtermeer getaucht. In den Straßen drängten sich zu später Stunde noch die Massen, die an den letzten Tagen vor Weihnachten in die Kaufhäuser strömten. Ein großer, breitschultriger Mann mit zerzaustem schmutzigblondem Haar, ohne Mütze und Handschuhe, kam aus der U-Bahn an der Canal Street, ging schnell die Straße hinauf und rannte dann trotz des Seesacks, der ihm gegen die Schenkel schlug, die letzten paar Hundert Meter bis zur Ecke Hudson und Charlton Street. Als er die Hausnummer gefunden hatte, drückte er ungeduldig auf den Klingelknopf und schaute zum achten Stock des dunklen, fabrikartigen Gebäudes hinauf. Ein paar Sekunden später hörte er das Quietschen eines aufgehenden Fensters. Ein Mann streckte den Kopf heraus. »Simon?«

»Ja. Mach auf, Mann. Hier ist's eiskalt!«

»Warte. Ich werf die Schlüssel runter. Der Lift ist kaputt, glaube ich.«

»Mist.« Der blonde Mann zog eine Grimasse. Kurz darauf landeten die Schlüssel klirrend auf dem Gehsteig, der bereits von einer Schneeschicht bedeckt war. Ein paar Minuten später öffnete er, etwas außer Atem vom Treppensteigen, die Tür der Wohnung und trat in einen großen Raum. Es stand fast nichts darin außer einem großen Kühlschrank in einer Ecke und einer abgeschabten Ledercouch und einem Fernseher in der anderen. Mehrere Aktenschränke ragten wie Wächter in der Mitte des Lofts auf. Er grinste.

»Simon … endlich.« Der Mann, der den Schlüssel hinuntergeworfen hatte, wandte sich vom Fenster ab.

»Mat.« Simon trat auf ihn zu, und sie packten einander fest an den Unterarmen. »Lange nicht gesehen, Mann.«

»Stimmt.«

»Wie steht's?« Sie grinsten sich an und ließen los.

»Kann nicht klagen. Und bei dir? Alles okay?«

»Ja. Mir geht's gut. Bin gerade zurück.«

»Aus …?«

»Äh, Genf.« Simon ging zu einem der Fenster, warf einen Blick auf die Straße und drehte sich um. »Das ist es also? Das ist dein Zuhause? Ein bisschen … *leer*, Mann.«

Mat zuckte die Achseln. »Mir gefällt's so.«

»Das denke ich mir.«

Mat sah ihn fragend an, sagte aber nichts. Er riss die Kühlschranktür auf. »Bier?«

»Ja, danke.« Simon ging zum Sofa und ließ sich gähnend nieder. Er legte den Kopf zurück und spürte, wie ihn die Müdigkeit überkam. Er hatte vierundzwanzig Stunden nicht geschlafen. Am nächsten Morgen würde er nach Johannesburg fliegen und dabei erneut den Kontinent überqueren, den er gerade erst verlassen hatte.

»Du siehst müde aus«, sagte Mat und reichte ihm das Bier. Es war sowohl eine Feststellung wie eine Frage.

Simon öffnete die Augen. Er wusste, dass er dank Mats zurückhaltender Art erst antworten musste, wenn ihm danach war.

»Ja. Ein langer Monat. Viele Reisen.«

Mat schwieg einen Moment. Er tat nicht so, als ob er Simon *nicht* genau ansehen würde. Das war eine weitere Eigenschaft von Mat: Er verstellte sich nicht. »Du musst ein bisschen langsamer machen, Mann«, sagte er nach einer Weile.

Simon grinste und schloss wieder die Augen. »Ach, komm. Und wer sagt das? Wann bist *du* das letzte Mal vor ein Uhr morgens heimgekommen? Oder hast dir ein Wochenende freigenommen?«

»Heute Abend zum Beispiel.« Mat trank einen Schluck Bier. »Also läuft das Geschäft gut?«, fragte er auf seine ruhige, bedächtige Art.

»Ja. Letzten Monat haben ein paar neue Minen aufgemacht. Es geht voran. Wird aber auch Zeit. Der Krieg hat das ganze Land in die Knie gezwungen.«

»Ist es gefährlich?«

»Ja, an manchen Orten. Aber ich bin die meiste Zeit oben im Norden, weit weg von Maputo. Manche Orte sind so entlegen, dass man dort gar nichts merkt vom Krieg. Aber, hey, Afrika ist eben gefährlich. Wenn's das nicht wäre, wär's nicht Afrika, stimmt's?«

»Erspar mir den Mist.« Mat grinste und stand auf. »Ich bin nicht einer deiner Geldgeber.« Er öffnete einen der Aktenschränke in der Mitte des Raums. »Da wir gerade von Geldgebern sprechen, hast du das hier gesehen?« Er warf Simon eine Zeitung zu. »Vom Sonntag. Ich hab sie für dich aufgehoben. Bist du ihm je begegnet?«

Simon schlug die Zeitung auf. Gleichmütig starrte ihm Jim Harte entgegen. Der übliche kleine Schauder der Abneigung überlief ihn. »Nein, nie«, antwortete er und reichte sie zurück.

»Komisch. Ich hätte gedacht, ihr beide müsstet euch über den Weg gelaufen sein. Guter Artikel übrigens. Ich darf nicht vergessen, ihn Dad zu zeigen.« Mat faltete die Zeitung zusammen.

»Wie geht's ihm?«, fragte Simon vorsichtig. Er wusste, dass seine Hände leicht zitterten.

»Sie haben nach dir gefragt«, sagte Mat und stand vom Sofa auf. »Mum ist sauer auf dich. Du hast seit Wochen nicht angerufen.«

»Ach, ich war unterwegs«, antwortete Simon matt. »Du weißt doch, wie es ist.

»Du weißt, wie *sie* sind«, sagte Mat nachsichtig. Es folgte ein kurzes Schweigen. »Ist alles okay, Mann?«, fragte er dann ruhig.

Simon schloss die Augen wieder. »Ja, alles bestens. Ich bin bloß müde.«

»Was sagt deine Freundin dazu? Zu dem ewigen Herumfahren?«

»Keine Ahnung. Hab keine. Und deine?«

»Hab auch keine.«

»Also hat sich da nichts geändert.« Simon öffnete die Augen. Mat grinste.

»Nein.« Sie begannen zu lachen. Simon spürte, wie die Anspannung langsam von ihm abfiel. Diese Wirkung hatte Mat immer auf ihn, er brachte ihn wieder zu sich. Simon ließ sich noch tiefer in die Couch sinken. »Ich hol dir eine Decke«, sagte Mat. »Du kannst dich ja nicht mehr auf den Beinen halten. Wann geht dein Flug?«

»Um elf«, murmelte Simon und spürte, wie ihn der Schlaf überkam.

»Das schaffst du leicht von hier. Geh du zuerst ins Badezimmer«, rief Mat, als er den Raum durchquerte. »Ich suche dir ein Paar Boxershorts. Du schläfst doch immer noch in Boxers?«

Simon war zu müde, um zu antworten.

Kurz darauf stand er im Badezimmer und putzte sich mit Mats Zahnbürste die Zähne. Es war nicht das erste Mal, dass sie sich eine Zahnbürste teilten.

Eine Minute später kam Mat herein und hielt ihm ein Paar karierte Boxershorts hin. Einen Moment lang zeigte der Spiegel sie beide. Gleiche Größe, gleiches Gewicht, gleicher Körperbau. Sie standen sich näher als viele Brüder und waren praktisch zusammen groß geworden. Sie hatten im selben Haus gewohnt, im selben Bett geschlafen, das gleiche Essen gegessen und sich gemeinsam durchgeschlagen. Sie hätten tatsächlich Brüder sein können, abgesehen von einer einzigen Kleinigkeit – Simon war weiß, Mat schwarz. Sie waren keine biologischen Brüder, und ihre Geschichte war höchst ungewöhnlich. Simon Carter. Mat Ndava. Zwei Hälften einer afrikanischen Geschichte. Beide aus Simbabwe, aber aus gänzlich verschiedenen Welten.

Simons Eltern waren Farmer – arm, glücklos und vermutlich sehr stur. Angelockt von dem Versprechen auf Land und leicht zu verdienendes Geld waren sie in den Fünfzigerjahren aus Lancashire nach Rhodesien gekommen und hatten außerhalb der Stadt Chiredzi, am Ufer des Runde-Flusses und nahe der Grenze zu Mosambik, dreißig Hektar Land gekauft. Fünfzehn Jahre lang versuchten sie es mit Viehzucht, Tabak-, Baumwoll-, Tee-, Weizen- und Maisanbau – nichts davon klappte. Das Land war vollkommen ungeeignet für ihre Form der Landwirtschaft, und als Simon acht war, hatte er sich bereits daran gewöhnt, eines der letzten Pferde zu satteln, über die staubigen Hügel zu einer Nachbarfarm zu reiten und um Essen zu bitten. Die weißen Farmer der Gegend hatten Mitleid mit den Carters, vor allem mit dem kleinen Simon. Wie ein verdammter *Nigger* wuchs er auf, flüsterten sie untereinander. Ein Nigger, ja, aber er hatte weit weniger zu essen und niemanden, der sich um ihn kümmerte, murmelten die Frauen. Man hätte seine Mutter erschießen sollen.

Das war jedoch nicht ganz richtig. Er hatte sehr wohl jemanden, auch wenn die weißen Nachbarn ihn nicht unbedingt passend gefunden hätten. Matari Ndava. Mat, wie ihn jeder nannte. Mats Vater, Gordon Ndava, besaß den größten Konzessionsladen in Chiredzi. Im Rahmen der Möglichkeiten, die ihm gegeben waren, war er einer der reichsten Männer der Gegend. Er war geschäftlich oft unterwegs, und während er wieder einmal fort war, brachte Matari, sein einziger Sohn, einen Freund mit nach Hause. Einen *weißen* Freund. Sie hätten sich ein paar Wochen zuvor unten am Fluss kennengelernt, erklärte Mat. Simon bringe ihm Schwimmen bei. Patience Ndava fiel auf, dass der weiße Freund ihres Sohnes hungriger und schmutziger war als jedes andere Kind im Township. Er aß die Schale mit *sadza* und wildem Spinat, die sie ihm vorsetzte, mit großem Appetit und ließ sich mehrmals nachgeben. Er war ein *mukiwa*, ein weißer Junge, aber ein sehr ungewöhnlicher. Er sprach genauso gut Shona wie Englisch und schien sich in ihrem Haus mit dem endlosen Strom neugieriger Freunde und Verwandter vollkommen heimisch zu fühlen – ein *mukiwa*, ja, aber einer, für den die Unterschiede zwischen Schwarz und Weiß nicht existierten. Patience war er ein Rätsel, aber Mat war hingerissen von ihm. Andererseits war klar, dass sich jemand um Simon Carter kümmern musste – Patience war schockiert darüber, wie seine Eltern ihn vernachlässigten. Wochen- und monatelang bekam er nur zu essen, wenn sie ihm etwas vorsetzte. Sie gewöhnte sich daran, ihn nach der Schule durch die überfüllten Straßen von Mkwasine, der Township der Schwarzen, laufen zu sehen, in seiner Schuluniform, die sie geflickt hatte. Mkwasine war damals praktisch sein Zuhause. Ohne Patience und Mat wäre der Junge verhungert.

Entgegen aller Wahrscheinlichkeit wurden Mat und Simon im Lauf der nächsten Jahre unzertrennlich. Während der Unabhängigkeitskrieg von Tag zu Tag blutiger wurde, verschwanden die beiden einfach in ihrer eigenen Welt, wo die Frage, die das Land zerriss, keine Rolle spielte. Sie waren damals längst Brüder, unabhängig von ihrer unterschiedlichen Hautfabe. Als die Unabhängigkeit kam und Rhodesien schließlich zusammenbrach, gingen die beiden Carters, die nicht mit den Schwarzen leben wollten, aufeinander los. Der vierzehnjährige Simon war in Mkwasine, als die Nachricht im Radio kam. Wieder einmal eine Tragödie unter Weißen – nur dass diesmal ein Farmer seine Frau und die Hunde erschossen und dann die Waffe auf sich selbst gerichtet hatte. Wäre Simon zu Hause gewesen, wäre er mit ihnen gestorben.

Niemand wusste, was mit dem Vierzehnjährigen geschehen sollte, der während der vergangenen fünf Jahre mehr oder weniger bei den Ndavas gelebt hatte. Er hatte keine Verwandten. Es gefiel ihm, wo er war. Was konnte man tun? Gordon Ndava bezahlte den Beitrag für die kleine, bisher nur Weißen vorbehaltene Schule in Chiredzi und schickte nun, da es erlaubt war, Mat ebenfalls dorthin. Im folgenden Jahr wechselten sie aufs Internat nach Harare. Als sie sechzehn waren, entschloss er sich, sie nach England ins Internat zu schicken. Zwar belohnte ZANU, die Befreiungspartei, diejenigen, die sich am Kampf beteiligt hatten, aber Gordon blieb argwöhnisch. Simbabwes Vergangenheit war ein einziger blutiger Machtkampf gewesen, und er hatte keinen Grund anzunehmen, dass die Zukunft anders ausssehen würde. Bereits damals machte er Notfallpläne. Gordon war Shona, seine Frau Ndebele. Sie wollten beide nicht an einem Ort leben, wo sie möglicherweise plötzlich gegnerischen Lagern angehörten. Ein Jahr nachdem die Jungen ins Lancing College eingetreten waren, zog die Familie nach London um.

Gordon war ein geschickter Geschäftsmann mit weitreichenden Verbindungen, er wurde immer reicher. Als Mat und Simon an die Universität kamen, lebten die Ndavas in einem großen, bequemen Haus in Hampstead. Ernestine und Adele, die beiden jüngeren Töchter, waren in Bedales. Mat, der intelligentere der beiden Jungen, studierte in Cambridge Geschichte, Simon machte sein Diplom in Geologie am Imperial College. *Das sind meine beiden Söhne*, stellte Gordon die jungen Männer Besuchern vor, wenn sie in den Ferien zu Hause waren. Er weidete sich an der Überraschung und manchmal sogar an ihrem Argwohn … ob die beiden wohl *schwul* seien? Nein, nein, klärte er sie auf. Worauf Entschuldigungen und Bewunderung folgten – manchmal auch Neid. *Was für eine wundervolle Geschichte!*

Gordons Haltung war entschieden. »Wie du weißt«, erklärte er Simon gleich nach dem Tod seiner Eltern, »haben wir in unserer Sprache kein Wort für ›Halbbruder‹ oder ›Pflegesohn‹. Du bist jetzt mein Sohn.« Das sei die afrikanische Art.

Mat brauchte eine Weile, bis er einschlief, doch das leise Schnarchen auf der anderen Seite des Raums zeigte ihm, dass Simon damit keine Probleme hatte. Mat hingegen lag noch fast eine Stunde wach, ohne den Grund dafür herauszufinden. Irgendetwas machte ihm Sorgen. Simon wirkte nervös, nicht nur müde. Wenn er sich unbeobachtet glaubte, zeichnete sich nicht Erschöpfung in seiner Miene ab, sondern ein wachsamer Argwohn, den Mat schon lange nicht mehr an ihm gesehen hatte. Etwas stimmte nicht. Er kannte Simon besser als irgendjemand sonst. Es bedrückte ihn, dass er nicht wusste, wie er ihm helfen sollte.

Am nächsten Morgen blieb keine Zeit zu einem Gespräch. Sie wachten beide spät auf, duschten schnell und verließen gemeinsam das Apartment. »Ich rufe in ein paar Tagen an«, rief Simon, als er mit seinem Seesack zur U-Bahn rannte. Im letzten Moment drehte er sich um, grinste Mat kurz, aber irgendwie bedrückt an und verschwand dann in der Menge. Mat schüttelte den Kopf. Ja, hier war ganz eindeutig etwas nicht in Ordnung. Nachdenklich biss er sich auf die Unterlippe. Zweifellos würde Simon ihn einweihen, wenn er dazu bereit war. In der Zwischenzeit blieb ihm nichts anderes übrig, als zu warten. Seinen üblichen doppelten Espresso vom CoffeeShop an der Ecke brauchte er heute ganz besonders dringend.

»Hi, Mat«, strahlte ihn die Rezeptionistin an, als er am nächsten Morgen durch die Eingangshalle ging.

»Oh, *hi*, Mat« – Gladstones Persönliche Assistentin.

»Hallo, Mat, wie geht's?« – Monica, die Kanzleiassistentin.

»Alles klar, Bro?« – Derrick, der Harvard-Referendar, der zu ihm immer wie ein Rapper sprach, obwohl Mat keine Ahnung hatte, warum.

»Oh, *hi*, Mr Ndava« – die aufgekratzte Blondine, die den Fotokopierer bediente und deren Namen er sich nie merken konnte. Er lächelte allen zu. Als er endlich bei seinem Büro angekommen war, hatte er fast zwei Dutzend Leute begrüßt. Seufzend schloss er die Tür hinter sich. Als er Simon davon erzählt hatte, meinte dieser nur: »Es ist eben schwer, immer der Lieblingsneger zu sein.« Mat zog eine Grimasse. Nun, so konnte man es auch sagen.

Er ging zu seinem Schreibtisch und war wie jeden Morgen über die Aussicht verblüfft. Er befand sich im 56. Stockwerk von 1600 West Barclay, ein paar Straßen vom World Trade Center entfernt, mit Blick auf die City Hall, die aus dieser schwindelerregenden Höhe und unter den

Titanen der Firmen- und Finanzgebäude geradezu winzig wirkte. Fasziniert beobachtete er, wie sich der Morgennebel über Manhattan langsam auflöste. Die Wolkendecke befand sich unter ihm, etwa auf Höhe des 13. Stockwerks. Es war seltsam hier oben, zwischen diesem Teppich aus feinem Nebel und dem strahlend leuchtenden Blau über ihm. Manhattan. Wie sehr er es liebte.

Er wandte sich vom Fenster ab und blickte auf seinen Schreibtisch, der mit einer dicken Schicht von Papieren bedeckt war. Memos, Briefe, Berichte, Ausdrucke, Zettel und ausgerissene Zeitungsartikel, die er lesen wollte, Entwürfe seiner aktuellen Geschichte, Druckfahnen seiner letzten. Wer ihn davor sah, fragte sich angesichts dieses Chaos, wie dieser – zugegeben *außerordentlich* gut aussehende und charismatische – Mann als das »neue Gesicht des Afrika-Journalismus« bezeichnet werden konnte.

Niemand konnte nachvollziehen, dass in diesem Durcheinander Methode herrschte. Mat Ndava war einunddreißig und kletterte auf der Karriereleiter stetig weiter nach oben. Geschichte in Cambridge hatte er mit Bestnote abgeschlossen, aber nach einer kurzen Tätigkeit als Berater für eine große Investmentbank sattelte er völlig um und wurde Journalist, weil er immer schon schreiben wollte. Ein unbezahltes Praktikum beim neu gegründeten Londoner Magazin *African Economist* machte sich bezahlt, denn er lernte alles Notwendige über den Beruf und ging dann zur *Financial Times*, wo er sich mit seinen scharfen, bissigen Beiträgen und der Fähigkeit, den Tatsachen auf den Grund zu gehen, einen Namen machte. Eine zufällige Begegnung mit Robert Barron, dem kanadischen Medien-Mogul, verschaffte ihm ein Jahr lang einen Job in Toronto, und von dort aus engagierte ihn *World Economic Digest*, sein jetziger

Arbeitgeber. Zehn Jahre nach seinem Cambridge-Examen machte er das, was er für seine Berufung hielt. Wie viele Menschen konnten das schon von sich sagen? Er liebte seinen Job, und er liebte New York. Was Chuck Lauer, sein Boss bei *WED*, an seinem ersten Arbeitstag zu ihm gesagt hatte, würde er nie vergessen: »Willkommen in Manhattan. Sie müssen drei Dinge finden: ein Apartment, einen Fitness-Club und ein paar gute Restaurants in der Nähe Ihrer Wohnung. In Manhattan gilt ein Backrohr übrigens als Extra-Stauraum.« Mat verstand die Bemerkung richtig: Er war vor allem zum *Arbeiten* hier.

Er las den Artikel, an dem er gerade arbeitete, noch einmal durch, um Rhythmus und Ton zu prüfen.

Aktien-Markt für die Reichen und Gelangweilten. Gefällt Ihnen der zweite Teil der folgenden Gleichung: Hohes Risiko = Hoher Gewinn? Hier ein kurzes Rätsel, um herauszufinden, wie gut Sie die globalen Märkte kennen. In welcher Region haben die Börsen in den letzten vier Jahren am besten abgeschnitten? In Asien mit seinen Tiger-Staaten und mit China, das sich allmählich vom Kommunismus befreit? In Südamerika, das für Anleger plötzlich wieder attraktiv wurde? Knapp daneben. Die Antwort lautet tatsächlich: In Afrika. Hätten Sie in den ersten acht Monaten dieses Jahres einen Gewinn von 109 % in US-Dollar machen wollen, dann hätten Sie in Malawi investieren sollen. Wenn Sie genug Mumm haben, sind das die Börsen, wo Sie das ganz große Geld verdienen können. Und selbst wenn Sie dabei Ihr letztes Hemd verlieren, bleibt Ihnen immer noch eine unschlagbare Geschichte für sämtliche Dinnerpartys.

Er tippte nachdenklich mit dem Stift an die Zähne. Nicht schlecht. Aber da fehlte noch etwas, etwas Schärferes. Er begann wie wild zu tippen.

49

Leonie Frith, die über fünfzigjährige, überaus tüchtige Redaktionsassistentin, blickte auf, als eine Gruppe junger Journalisten an ihrem Tisch vorbeiging, ganz eindeutig auf dem Weg zu einem der berüchtigten Freitagabend-Besäufnisse in der Sky-Bar im 59. Stock. Mat war nicht unter ihnen.

Sie wartete, bis die Gruppe fort war, und ging dann zu Mats Büro hinüber. Er starrte auf das Blatt vor sich und hörte sie nicht hereinkommen. »Gehst du nicht mit den anderen?«, fragte sie und warf mit hochgezogenen Augenbrauen einen Blick auf das übliche Chaos auf seinem Schreibtisch.

»Nur, wenn du auch mitkommst«, antwortete Mat, ohne sie anzusehen. Sein Tonfall sagte ihr, dass er grinste.

»Ach, ich bin doch viel zu alt für solche Kapriolen«, erwiderte sie entschieden.

»Na, und was für Kapriolen wären das denn, Frith?«, fragte er und drehte sich zu ihr um.

»Ach, hör doch auf. Brauchst du noch irgendwas heute Abend? Ich schließe jetzt nämlich ab.«

»Nein, danke, Frith. Schönes Wochenende.«

»Dir auch.«

Sie ging zurück zu ihrem Schreibtisch, schlüpfte in Mantel und Schal und zog die Handschuhe an. Sie waren ein Weihnachtsgeschenk. Von Mat. Burgunderfarbenes Kalbsleder, eine Farbe, die sie mochte. Sie war ziemlich überwältigt gewesen, als er sie ihr schenkte, obwohl sie es sich nicht anmerken ließ. Mit einem Scherz überspielte sie ihre Verlegenheit: »Ach Gott, wenn ich zwanzig Jahre jünger wäre!«

Er hatte keinen Moment gezögert. »O Mann. Dann wären wir beide in Schwierigkeiten.« Sie wusste nicht recht, was sie darauf antworten sollte. Daher murmelte sie bloß:

»Danke, sehr lieb von dir«, und ging später, als sie sich unbeobachtet fühlte, auf die Toilette, um dort zu weinen. Sie war einundfünfzig Jahre alt. Alleinstehend und ohne Kinder. Ihr Leben war nicht ganz so verlaufen, wie sie es sich vorgestellt hatte – aber bei wem war das schon so? Mit Mitte zwanzig war sie ihrem amerikanischen Liebhaber in die USA gefolgt, wo sie feststellen musste, dass er bereits verheiratet war und seine Frau nicht verlassen würde. Aber er wollte, dass sie blieb, und daher blieb sie. Sie arbeitete in der City und wohnte in einem hübschen kleinen Apartment in Manhattan, und er fuhr jedes Wochenende nach Hause nach New Jersey. So lebten sie fünfzehn Jahre lang, bis er unerwartet an einem Herzschlag starb. Ihr erschien es undenkbar, wieder nach Battersea zurückzukehren, wo sie aufgewachsen war. Sie fand einen Job bei *WED* und arbeitete sich langsam zur leitenden Angestellten hoch. Vor fünf Jahren war sie in die Reportageabteilung versetzt worden, und dort lernte sie Mat kennen.

Anfangs hatte sie ihm nicht über den Weg getraut. Erst sechsundzwanzig, ein Cambridge-Diplom und ein hervorragendes Zeugnis von der *Financial Times* in der Tasche, dazu drei Sprachen und den schönsten Körper, den sie je bei einem Mann gesehen hatte – sie kannte diesen Typ. Mr Supererfolgreich. Jung genug, um ihr Sohn zu sein. Am Anfang kamen sie nicht gut miteinander zurecht. Sie verhielt sich frostig und ziemlich abweisend, er war vorsichtig. Aber er hatte untadelige Manieren, ein angenehmes Lächeln und die Geduld und Ruhe, um jeden Sturm auszuhalten, was ihr sehr gefiel. Und sie waren beide irgendwie englisch. Zumindest schien er sie auf eine Weise zu verstehen, wie es die meisten Amerikaner nicht konnten oder nicht wollten.

Nachdem sie sechs Monate zusammengearbeitet hatten, konnte sie sich nicht mehr erinnern, wie es ohne ihn gewesen war. Nach einem Jahr war sie, Leonie Frith, damals achtundvierzig und auf ihre etwas herbe Weise recht attraktiv, ein *kleines bisschen* verliebt in Mat Ndava, obwohl sie lieber *gestorben* wäre, als es zuzugeben. Und das war vier Jahre her. Sie schüttelte ärgerlich den Kopf. Aber verdammt, er war einfach furchtbar nett.

50

»Wo zum Teufel ist der Toningenieur?«, fragte Rowland wütend. Niemand antwortete. Es war halb zehn am Freitagabend, und alle sechs, die um ihn herumstanden, einschließlich Caryn, arbeiteten schon seit acht Uhr morgens. Alle waren müde und gereizt. Besonders Rowland.

»Hör zu«, meinte die Produktionsassistentin. »Warum rufen wir am Montagmorgen nicht Anita Godwin an und erklären ihr, dass das Demo sich verzögert. Wir könnten am Montag …«

»Wir werden sie am Montagmorgen *nicht* anrufen und auch nichts erklären, weil es nämlich keine Verzögerung geben wird«, erwiderte Rowland sarkastisch. »Aber wenn du heimgehen willst, Süße, dann nur zu. Du brauchst dir dann aber nicht die Mühe machen wiederzukommen.« Die Assistentin wurde puterrot.

»Wo wohnt der Toningenieur denn?«, fragte Caryn plötzlich.

»In Bermondsey«, antwortete jemand bedrückt.

»Könnte ich nicht hinfahren und nachschauen, ob er zu Hause ist?«, schlug Caryn vor, ohne Rowland anzusehen.

»Ich meine, er muss doch irgendwann nach Hause kommen, selbst wenn Freitagabend ist.«

»Was, jetzt sofort?« Mark, einer der Drehbuchautoren, starrte sie an.

»Warum nicht? Ich werde hier am wenigsten gebraucht«, sagte Caryn nüchtern. »Also kann ich genauso gut zu seiner Wohnung fahren und auf ihn warten. Sobald ich das Band habe, bringe ich es her.«

Ein paar Augenblicke lang herrschte Schweigen, dann blickte Rowland auf. »Ja. Gut. Das ist der vernünftigste Vorschlag, den ich den ganzen Abend gehört habe. Nehmen Sie sich etwas Bargeld aus Charlies Schreibtisch.«

»Ich bin so bald wie möglich wieder zurück«, sagte Caryn und schlüpfte hinaus, um ihren Mantel zu holen. Insgeheim war sie erleichtert, der angespannten Atmosphäre zu entkommen. Rowland hatte gerade entdeckt, dass der Toningenieur, den sie für die Dokumentation für Channel 4 engagiert hatten, mit der einzigen Audiokopie in der Tasche weggegangen war. Seitdem warteten sie darauf, dass er sich auf ihre Nachricht hin meldete.

Fünf Minuten später saß sie in einem Taxi Richtung Bermondsey. Sie sah auf die Adresse, die man ihr gegeben hatte. George Row, gleich bei der Jamaica Road. Sie lehnte sich zurück und seufzte. Im Gegensatz zu ihrer ursprünglichen Annahme war es ein Riesenunterschied, ob man als PA in der City oder in Soho oder für Rowland Keane arbeitete. Endlose Überstunden nämlich. Aber es war aufregend. Es gefiel ihr, wie eine Produktion Gestalt annahm, trotz – oder gerade wegen – der Unsicherheiten und dem Stress. In zwei kurzen Monaten hatte sie eine Menge über die Abläufe gelernt, obwohl sie eigentlich nur tippte, Ablage machte, Telefon beantwortete und Kaffee kochte. Heute

Abend tat sie zum ersten Mal etwas außerhalb ihres üblichen Arbeitsbereichs – noch dazu auf ihren eigenen Vorschlag hin. Aber immer noch besser, als herumzustehen und zuzusehen, wie sich Rowlands Gesicht immer mehr verdüsterte. Es war ein ungemein wichtiger Film. Sie hatte jemanden sagen hören, Anita Godwin gebe Leuten immer nur eine einzige Chance. Umso wichtiger war es, dass sie die Bänder ins Studio zurückbrachte, selbst wenn sie dafür die ganze Nacht warten musste.

George Row bestand aus hübschen Reihenhäusern. Sie klingelte bei Nummer 38 und wartete. Drinnen war es dunkel, offensichtlich war niemand daheim. Sie blickte die Straße hinunter. An der Ecke befand sich ein Pub. Sie zögerte. Ziemlich unwahrscheinlich … dort war er bestimmt nicht. Sie zog den Gürtel ihres Mantels enger, bat den Taxifahrer zu warten und ging schnell zu der Kneipe.

Im Innern war es verraucht und laut, aber nicht überfüllt. Sie beugte sich über die Bar und winkte den Barmann zu sich. »Ich suche nach jemandem namens John Hastings«, rief sie über den Lärm der Jukebox hinweg. »Er wohnt hier in der Nähe. Ist er vielleicht zufällig hier?«

»Wer?«

»John Hastings.«

»Ah, John. Ja, der ist dort drüben. Am Fenster. Der Typ in der grünen Lederjacke.«

Caryn hätte ihn küssen können. Sie eilte hinüber.

Fünfzehn Minuten später saß sie mit den Bändern in der Tasche wieder im Taxi. Als sie an einem Getränkeladen vorbeikamen, ließ sie anhalten und kaufte zwei Flaschen Rotwein, bevor sie nach Shoreditch weiterfuhren.

»Sie ist da!« Mark blickte auf, als sie hereinkam. »Und sie hat die verdammten Bänder!« Alle johlten vor Freude.

»Und sie hat Rotwein dabei!«, rief eine der Recherche-Mitarbeiterinnen begeistert.

»Du bist eine Heldin!«, sagte jemand anders, der ihr ehrerbietig die Bänder abnahm. »War er daheim? Wir haben ihn alle fünf Minuten angerufen, seit du fort bist, aber er hat nicht abgenommen.«

»Nein, er war nicht daheim, sondern im Pub«, antwortete Caryn lächelnd.

»Was für einem Pub?«, fragte Rowland.

»Am Ende der Straße. Ich hab's einfach versucht, und dort war er.«

»Gut gemacht, Mädchen«, murmelte Rowland und legte eines der Bänder ein. »Gebt ihr ein Glas Wein. Sie hat es sich wahrlich verdient.«

Caryn wurde ganz warm vor Stolz. Sie nahm ein Glas von Mark entgegen, der die Flasche bewundernd hochhielt.

»Gute Wahl, gute Idee. Alles in allem ein prima Mädchen«, sagte er lachend. Die Atmosphäre hatte sich völlig verändert. Sie beendeten die Schneidearbeit, tranken den Wein und machten Pläne, am nächsten Freitag auszugehen und die Fertigstellung zu feiern.

»Gegen sieben, passt dir das, Caryn?«, rief jemand, als sie in ihre Mäntel schlüpften. »Nächste Woche?«

»Wem? Mir?« Caryn blickte auf. Wurde sie gefragt, ob sie mitkommen wollte?

»Ja. Um sieben? Im Cantaloupe.«

»Ja«, antwortete Caryn glücklich. »Ja, das wäre schön.«

»Cool. Also dann bis Montag.«

»Ja, bis Montag.« Immer noch lächelnd drehte sie sich um, um ihre Tasche zu nehmen, und sah Rowland, der mit den Schlüsseln in der Hand in der Tür seines Büros stand.

»Ich fahre Sie heim«, sagte er und zog sein Jackett an. »Das ist das Mindeste, was ich tun kann. Wo wohnen Sie?«

Caryn sank der Mut. Sie konnte Rowland unmöglich sehen lassen, wo sie wohnte. »O nein … machen Sie sich keine Mühe«, antwortete sie schnell. »Ich wohne ganz in der Nähe. Ich kann mir ein Taxi nehmen, ehrlich.«

»Wo wohnen Sie?«, wiederholte er und ignorierte ihren Einwand.

»Milton Gardens«, sagte sie zögernd, in der Hoffnung, dass er nicht wusste, wo das war. Er hatte keine Ahnung. »Es geht gleich von der Kingsland Road ab.« Sie konnte ihn immer noch dazu bringen, sie an der Ecke aussteigen zu lassen. Lieber würde sie *sterben*, als ihn die Siedlung sehen zu lassen.

»Kommen Sie, es ist zwei Uhr morgens. Nicht zu glauben, dass wir den ganzen Tag hier waren.«

Sie nahm ihren Mantel und folgte ihm zur Tür. Schweigend gingen sie nach unten. Rowlands Auto, ein schicker silberner Audi, stand vor dem Haus. »Hören Sie, sind Sie sicher, dass Sie mich heimfahren wollen? Ich kann doch ein Taxi nehmen.«

»Caryn, steigen Sie einfach ein, ja?«

»Welches Haus ist es?«, fragte er, als er in die Nuttall Street einbog. Glücklicherweise hatte er eine CD eingelegt, und sie musste keine Konversation machen. Es war eine bezaubernde Musik, und als sie vor dem ersten Wohnblock anhielten, fühlte sie sich wie in einer anderen Welt. Nach der langen Arbeit, der wahnsinnigen Taxifahrt, dem Wein und der Heimfahrt mit ihm war sie völlig aus dem Gleichgewicht.

Sie deutete vage in Richtung der Wohnungen. »Hier ist gut«, sagte sie und nahm ihre Tasche.

»Ja, aber wo denn? Ich lasse Sie doch nicht an der Ecke aussteigen. Nicht um diese Uhrzeit.«

»Da drüben.« Sie deutete auf den riesigen Block von Milton Gardens. Kommentarlos schwenkte er in die halbkreisförmige Einfahrt ein. »Ist schon in Ordnung«, sagte sie und merkte, wie sie rot wurde. »Danke fürs Heimbringen.«

»Gute Nacht, Caryn. Ich pass nur noch auf, dass Sie sicher reinkommen.«

»O nein … nein, Sie müssen nicht warten. Es ist schon spät und …«

»Mein Gott, Mädchen. Jetzt gehen Sie schon. Sie sind wirklich das eigensinnigste …« Er schüttelte den Kopf. »Gehen Sie rein.«

Sie verfluchte sich und ihre Unbeholfenheit. An der Eingangstür drehte sie sich um. Er wartete immer noch. Sie winkte ihm kurz zu und machte dann die Tür zum Treppenhaus auf. Wie üblich war der Aufzug kaputt.

51

Jemand hustete an der Tür. Tory blickte auf. Ihr Vater stand da mit einem seltsamen Gesichtsausdruck und ihrem Ordner in der Hand. Sie schluckte. Er räusperte sich und trat ein. Einen Moment lang starrten sie sich an, und ihr Herz klopfte bis zum Hals. Dann legte er den Ordner auf den Tisch neben all die Stapel von Papieren, an denen sie die vergangenen zwei Wochen gearbeitet hatte.

»Ich finde«, sagte er langsam, ohne die Augen von ihr abzuwenden, »das ist brillant.«

Unendliche Erleichterung überkam sie. Sie war froh,

dass sie bereits saß, und blickte auf das Blatt mit ihren Berechnungen hinab. »Ehrlich? Das sagst du nicht nur so?«

»Nein, Liebling. Ich verstehe nichts von Blumen, aber ich weiß eine ganze Menge über Historisches, und du hast ein paar sehr interessante Fakten ausgegraben.« Er ließ sich auf ihrem Bett nieder. Tory starrte ihn an. Es war lange her, seit sie zuletzt so etwas wie Begeisterung in seiner Stimme gehört hatte. »Also«, fuhr er fort und breitete die Papiere aus, die sie ihm gegeben hatte. Er hatte sich Notizen darauf gemacht. Sie war plötzlich tief gerührt. »Ich habe selbst ein paar Nachforschungen angestellt«, begann er bescheiden und zog ein weiteres Blatt voller Notizen hervor. »Tulpen. Hast du gewusst, dass sie Gegenstand der ersten großen kapitalistischen Spekulation waren? Das würde zwar heute niemanden mehr dazu bewegen, einen Strauß zu kaufen, aber es gibt ein paar interessante Details über Gewicht und Größe der Zwiebeln, ganz zu schweigen von den Kreuzungstechniken, die an der Wende zum siebzehnten Jahrhundert entwickelt wurden …« Er klang wieder wie der selbstsichere Professor, der mit seinem Thema vertraut war. Tory lehnte sich zurück und hörte zu. So hatte sie ihn seit Susies Tod nicht mehr sprechen hören.

Drei Wochen später stand sie in der Tür eines Ladens in der Margaret Street, einer schmalen Gasse, die parallel zur nördlichen Seite der Oxford Street verlief. Er war klein und schmutzig, und man brauchte viel Fantasie, um sich das, wovon sie seit sechs Monaten träumte, darin vorzustellen, aber die Lage war ausgezeichnet und der Preis extrem günstig. Sechstausend Pfund im Jahr. Der begeisterte Makler hätte den Vertrag am liebsten sofort abgeschlossen. Der Besitzer lebe in Australien und werde so bald nicht zurückkommen – wenn sie den Laden also haben wolle, gehöre er ihr. Tory packte die Angst. Mit der zweijährigen Mietvorauszahlung und den Renovierungskosten hätte sie mit fünfundzwanzig schon über zwanzigtausend Pfund Schulden. Der Gedanke war schrecklich ernüchternd. Ihr Vater jedoch blieb überraschend ruhig. Das sei zwar eine Menge Geld … aber wofür habe man schließlich Eltern? Wenn er und Tory Partner würden, wäre sie für die Blumen und den kreativen Teil des Geschäfts zuständig, und er würde die historische Forschung übernehmen – und den finanziellen Teil. Er war genauso begeistert wie sie selbst. Ihre Mutter erwartungsgemäß etwas weniger, aber das störte Tory nicht. Sie würden es machen! *Sie würden es wirklich machen!*

Am 23. Oktober wurde der Vertrag unterzeichnet, und sie bekam die Schlüssel ausgehändigt. Am folgenden Abend feierten sie in dem unrenovierten Laden eine kleine Party, zu der sie Nic und Caryn und ihr Vater ein paar Kollegen von der Universität einlud. Einige hielten ihn eindeutig für verrückt, aber andere drückten ihr fast neidisch die Hand und wünschten alles Gute. Es wurde einen Moment still, als John sein Glas erhob und alle bat, dies im Gedenken an Susie ebenfalls zu tun. Eine großartige Tochter, sagte er mit belegter Stimme, die sie jeden Tag vermissten. Einige Frauen schnäuzten sich oder unterdrückten ein Schluchzen. Aber das sei auch ein Toast auf seine andere großartige Tochter, die das Richtige getan habe. Sie habe ihn aus den Labyrinthen der Mittelalterlichen Geschichte gerettet und ihm einen Weg aufgezeigt, mit seinem Wissen etwas *Nützliches* anzufangen. Er grinste sie an. »Hört, hört«, sagte jemand.

»Auf Tory und ihre *Bloomin' Stories*«, schloss er und hob sein Glas. Tory lächelte ihn unter Tränen an.

Aber das war der leichte Teil gewesen, dachte sie ein paar Wochen später wehmütig. Damit hatte die *richtige* Arbeit erst angefangen. Einen Moment lang stützte sie sich auf den Staubsauger und sah sich um. Drei Wochen lang hatten sie Wände eingerissen, Durchbrüche geschlagen und geputzt … und es sah immer noch aus wie auf einer Baustelle. Der Laden hatte drei Räume, einen größeren, der auf die Straße hinausging, ein Büro und ein Lager im Untergeschoss sowie eine Toilette in dem schmalen Flur. Der obere Raum hatte Zugang zu einem kleinen Hof, was ideal war für Sommerblumen. Die Bausubstanz der Räumlichkeiten war in Ordnung, aber alles andere musste von Grund auf erneuert werden.

Ende November arbeiteten alle in fieberhafter Geschwindigkeit. Jeder Tag, den Bloomin' Stories nicht geöffnet hatte, war ein Tag ohne Einkünfte. Selbst ihre Mutter krempelte die Ärmel hoch. Weihnachten nahte. Tory wollte allerspätestens eine Woche vor Weihnachten eröffnen. Während die Handwerker eifrig renovierten, vergrub sich John Spiller in der Universitätsbibliothek. Jeden Abend hinterließ er Tory Notizen, die er eigenhändig getippt hatte.

Im mittelalterlichen England bestanden Brautsträuße ursprünglich aus Kräutern und Knoblauchzwiebeln. Verschiedene Kräuter hatten verschiedene Bedeutungen. Dill galt als Kraut der Lust. Wenn eine Braut bei der Trauung einen Strauß aus Dill und Knoblauch trug, würde sie nur ihren Ehemann begehren.

Mitte Dezember schließlich stand Tory in ihrem Laden und sah sich beglückt um. Die Rückwand des Raums hatten sie in rohem Backstein belassen, die anderen Wände waren cremeweiß verputzt, was einen geradezu magischen

Effekt erzeugte. Die weißen Wände reflektierten das Licht und ließen die vorher so düsteren Räume heller wirken. Auf einer Seite stand in blassem Lila *Bloomin' Stories* in einem eleganten Schriftzug. Die ganze Vorderfront des Ladens war abgerissen und durch eine opake Glasscheibe ersetzt worden, in die ebenfalls der Name eingeätzt war. Ein riesiger Eichentisch für den Verkaufsraum wurde geliefert, gemeinsam mit den Regalen und den Arbeitswerkzeugen. Scheren, Klebebänder, Draht und Klebstoff – alles wurde in tiefen Schubladen hinter dem Tisch verstaut. Nachdem sie drei Jahre lang in dem Durcheinander bei Catherine gearbeitet hatte, wollte sie es nun anders machen. An manchen Abenden war der Laden voller Handwerker, Geschrei und Hämmern, aber Tory wollte einfach nicht nach Hause gehen.

52

Es war noch immer ungewohnt. Ganz besonders jetzt gerade. Von einem hübschen jungen Mann in einer sauberen weißen Uniform geweckt zu werden, der mitten in der Karibik auf der Marmorterrasse einer Hotel-Suite den Frühstückstisch deckte – selbst nach fünf Jahren fiel es ihr noch schwer zu glauben, dass dies die Wirklichkeit war. Dass sie es geschafft hatte.

Durch die Musselin-Vorhänge um das Bett wehte der Duft von frischem Kaffee herein. Mit schmerzendem Kopf vom Champagner am Abend zuvor rappelte Estelle sich auf und blickte durch den großen Raum. Der hübsche Kellner auf der Marmorterrasse hatte seine Vorbereitungen beendet und zog sich diskret zurück. François war fort – wahrscheinlich bereits auf dem Golfplatz. Sie schlug die Laken zurück. Nackt ging sie in hochhackigen Pantoffeln zum Badezimmer, das so groß war wie ihr Wohnzimmer in London. Sie schloss kurz die Augen. Sie und François wohnten jetzt seit drei Tagen hier, und noch immer war sie überwältigt von der schieren Pracht des Hotels. Es hätte sie nicht überraschen sollen, denn *alles*, was François machte, war elegant, prächtig und teuer. Das war der Hauptgrund, weshalb sie ihn mochte.

Sie sah sich in einem der großen Spiegel an. An ihrer linken Schulter war ein kleiner blauer Fleck, wo François sie im Taumel von Kokain und Alkohol gebissen hatte. Sie konnte sich nicht mehr erinnern, wie viele *lines* sie geschnupft hatten, aber zum ersten Mal hatte sie vor ihm aufgehört. Eigentlich zog sie Ecstasy dem Kokain vor und rauchte so gut wie keine Joints. Bei Drogen, wie bei allem anderen, hatten sie einen kultivierten Geschmack, und sie erinnerte sich kaum noch an die verbotenen Joints mit Thandie oder die eine oder andere *line* mit … Cathy? Carol? Nein, Caitlin hatte sie geheißen.

Tatsächlich fiel es ihr überhaupt schwer, sich an etwas aus ihrem früheren Leben zu erinnern. Der köstliche Kick, der früher mit der ersten Tablette des Tages eingesetzt hatte, war inzwischen nicht mehr so prickelnd. In manchen Nächten war es ihr fast unmöglich, überhaupt etwas zu spüren, ganz zu schweigen von Begehren. Was sie allerdings nicht überraschte. Die Mehrzahl ihrer Kunden löste bei ihr kaum mehr ein Lächeln aus. Sie hatte sechs Stammkunden, die Mrs Devereaux für sie ausgesucht hatte. Reiche, ältere, übergewichtige Männer. Seit fast zwei Jahren war sie nun ihr exklusives Eigentum, und dank ihr führte sie die Art von Leben, von dem sie seit frühester Jugend geträumt hatte. Sie wusste nicht mehr, wann ihr Geschmack sich verfeinert hatte. Wenn sie darüber nachdachte – wie im Moment, am Frühstückstisch auf der Terrasse einer Luxusvilla in der Karibik, eine Zigarette in der einen und ein Glas Champagner in der anderen –, konnte sie kaum glauben, dass sie noch immer der Mensch war, der vor sechs Jahren mit einer Maschine der Air Zimbabwe und mit weniger Geld, als eine Nacht hier kostete, in London gelandet war. War es wirklich erst sechs Jahre her, dass sie und Thandie sich Nacht für Nacht fortgeschlichen hatten, um in den Bars von Harare nach reichen Südafrikanern Ausschau zu halten? Mein Gott, damals hatte sie es für praktisch nichts getan.

Jetzt – sie nahm einen Zug von ihrer Zigarette und sog den Rauch tief ein – machte sie »es« für tausend Dollar aufwärts. Plötzlich kicherte sie. Ja, das stimmte ungefähr. François hatte sie für drei Tage und drei Nächte gebucht. Sie hatte keine Ahnung, was der Hotelaufenthalt kostete. Von den Turks- und Caicos-Islands hatte sie noch nicht einmal die Namen gekannt, als er in der Suite des Claridge die Tickets aufs Bett warf.

Sie starrte über den riesigen Pool aufs Meer hinaus. Das Wasser war türkisfarben und ruhig, der Himmel von einem herrlich strahlenden Blau. Weißer Sandstrand erstreckte sich in perfektem Halbrund bis zum Horizont. In Terrakottakübeln blühten leuchtend bunte wilde Orchideen. Sie atmete tief ein und blickte auf ihren Teller, auf dem ein Stillleben aus geschnittenen Bananen, glänzenden Kiwis und Orangenschnitzen arrangiert war. Besser konnte das Leben nicht sein. Sie nahm ihre Gabel und spießte eine perfekt geformte Erdbeere auf.

53

Nic bestand darauf, eine Eröffnungsparty zu geben und sie auch zu bezahlen. Das sei ihr Geschenk zum neuen Geschäft, und davon lasse sie sich nicht abbringen. Die drei verbrachten einen sehr schönen Samstagnachmittag in einem nahe gelegenen Café und sprachen die Vorbereitungen durch. Einfache Kanapees, fantastische Weine und ein kleines Sträußchen für alle zum Mitnehmen (Nics Idee) sowie Rabatt-Gutscheine für spätere Einkäufe (Torys Idee). Wegen der Gästeliste gab es Streit – Tory wollte sie auf vierzig oder fünfzig Personen beschränken, Nic wollte sie auf alle ausdehnen, die sie kannten. Caryn träumte insgeheim davon, Rowland eine Einladung zu überreichen.

»Nic, das sind über dreihundert Leute!«, protestierte Tory, als die Liste fertig war. »Das kostet ein *Vermögen!*«

»Ach, hör endlich auf, dir wegen der Kosten Sorgen zu machen«, sagte Nic und verdrehte die Augen. »Lass mich das übernehmen. Ich seh mir die Rechnungen nicht mal an, sie werden gleich vom Konto meines Dads abgebucht. Was hat es denn für einen Sinn, einen Treuhandfonds zu haben, wenn ich ihn nicht mal ab und zu benutze? Und ihr kennt mich, ich gebe sein Geld sonst *nie* aus. Na ja, fast nie.«

»Aber wir kriegen doch keine dreihundert Leute rein!«

»Nein, aber es gibt die Außenflächen. Ich hab dir doch gesagt, die Catering-Firma bringt diese tollen Heizgeräte mit, also können wir zum Hof hin öffnen, und die Leute können sich dort aufhalten. Es dauert ja ohnehin nicht die ganze Nacht, oder?«

»Also gut, wenn du meinst«, sagte Tory.

»Ich bin mir absolut sicher«, erwiderte Nic entschieden.

»Was ist das?« Rowland blickte auf die Einladung, die Caryn ihm gerade gegeben hatte.

»Von einer Freundin von mir. Sie eröffnet gerade einen Blumenladen in der Margaret Street, gleich hinter der Oxford Street. Die Eröffnung ist nächsten Freitag … und ich habe mir gedacht, vielleicht hätten Sie Lust zu kommen.« Sie stand nervös an der Tür seines Büros.

Er drehte die Karte um. *»Bloomin' Stories * Astern. Es gibt über sechshundert Asternsorten. In der Antike glaubte man, der Geruch der verbrannten Blätter vertreibe Schlangen. Während dies vielleicht heute keine Anwendung mehr findet, könnte ein anderer Aspekt immer noch relevant sein. Astern zu schenken bedeutet: ›Ich bin mir nicht sicher, ob du mir treu warst.‹ Seien Sie also vorsichtig, wem Sie Astern schenken! Bloomin' Stories – die etwas anderen Blumensträuße!«*

»Interessante Idee«, sagte er und drehte die Karte zwischen den Fingern. »Nächsten Freitag?«

»Äh, ja. Es ist eine Art Cocktailparty. Ich dachte, statt ins Cantaloupe zu gehen …«

»Ja, warum nicht? Eine erste Weihnachtsparty. Hübsch. Astern, hm?« Er sah sie plötzlich an. »Sind Sie je untreu gewesen, Caryn?«

Caryn hätte fast die Papiere in ihrer Hand fallen lassen. »Äh … nein«, antwortete sie und wandte sich ab. Sie war glutrot geworden.

»War bloß so eine Frage«, sagte er ruhig, schob sich dann an ihr vorbei und verschwand. Sie *spürte* fast seinen Duft auf ihrer Haut. Dann ging sie zu ihrem Schreibtisch zurück, und ihr ganzer Körper vibrierte.

Zu Caryns Überraschung – und Freude – wollten alle kommen. Selbst die umwerfende *Ich-hab-jeden-Abend-ein-Date-*Charlie. »Wie *aufregend*!«, rief sie aus, als sie und Caryn an diesem Abend das Büro verließen. »Ich wünschte, *ich* hätte die Möglichkeit, ein eigenes Geschäft aufzumachen – das wäre viel besser als diese Tretmühle von neun bis fünf.«

»Sie wird eine Menge mehr schuften müssen als das«, antwortete Caryn lächelnd und hielt die Tür auf. »Wenn man nach den letzten Wochen geht, bestimmt vierundzwanzig Stunden täglich, um über die Runden zu kommen.«

»Ja, aber es gehört *ihr*. Ich würde alles darum geben, mein eigener Boss zu sein.«

»Ja, wie Rowland. Es muss ziemlich befriedigend sein, nicht wahr? Zu wissen, dass einem all das gehört.« Sie winkte kurz in Richtung des Büros beim Hinausgehen.

»Es gehört ihm aber gar nicht allein.«

»Was meinen Sie damit?«, fragte Caryn verwundert.

»Eigentlich gehört der Laden Katies Dad. Seinem Schwiegervater. Er ist derjenige, der unser Gehalt bezahlt, nicht Rowland. Die Firma wirft kein Geld ab. Zumindest noch nicht.«

»Sie machen Scherze. Ich dachte … ich dachte, Rowland ist echt erfolgreich. Er hat doch eine Auszeichnung gewonnen und alles.«

»Es braucht mehr als einen Dokumentarfilm, um erfolgreich zu sein. Es ist ein *schreckliches* Geschäft. Die Konkurrenz ist gnadenlos. Ich schätze, das ist der einzige Grund, weshalb er es mit ihr aushält. Sie ist ein absolutes Miststück! Haben Sie sie schon kennengelernt?«

»Nein. Mein Gott, ich hatte ja keine Ahnung.«

»Das wundert mich. Ein cleveres Ding wie Sie – ich dachte, das hätten Sie gleich rausgekriegt, als Sie hier anfingen. Oder …« Sie sah Caryn verschmitzt an. »Ist mir da irgendwas entgangen?«

»Was meinen Sie damit?«

»Ach, kommen Sie. Er steht auf Sie. Das sieht doch jeder.«

Caryn blieb wie angewurzelt stehen. »Jeder?«, fragte sie kleinlaut.

Charlie nickte entschieden. »Aber ja.«

»O Gott.«

Charlie musterte sie kurz. »Stehen Sie auch auf ihn?«

»Natürlich nicht«, erwiderte Caryn entschieden. »Er ist verheiratet.«

»Na und?«

Caryn wagte nicht zu antworten.

»Sehe ich gut aus?« Tory drehte sich besorgt um, um sich von hinten im Spiegel zu betrachten.

»Du siehst toll aus«, antworteten Nic und Caryn im Chor.

»Ich stopf dir ein Valium in den Mund, wenn du dich nicht beruhigst«, drohte Caryn.

»Oh, hast du welche?«, fragte Nic mit leuchtenden Augen. Beide kicherten.

»Das ist nicht komisch«, protestierte Tory, die immer noch versuchte, sich von hinten anzusehen. Sie zappelte in ihrem hautengen schwarzen Kleid herum. Auf den hochhackigen Absätzen konnte sie kaum gehen.

»Jetzt komm«, sagte Nic und spähte durch die Vorhänge. »Das Taxi ist da. Ja, ja, ihr seht beide toll aus. Drei Engel für Charlie«, fügte sie lachend hinzu. »Außer dass es keinen Charlie gibt.«

»Mir ist schlecht«, murmelte Tory.

»Ach was«, sagte Nic entschieden und schob sie in das wartende Taxi. »Und wenn *doch*, dann sag dem Fahrer bitte, er soll anhalten. Du kannst machen, was du willst, aber kotz nicht über mich.«

»Du bist gemein«, murmelte Tory. »Du scheinst das auch noch zu *genießen*.«

»Darauf kannst du Gift nehmen. Jetzt kommt, Mädels, lasst uns ein bisschen Spaß haben! Wann sind wir das letzte Mal gemeinsam irgendwo hingegangen?«

»Was ist, wenn es ein vollkommener Reinfall wird?« Tory sah sie ängstlich an.

»Ganz ausgeschlossen. Himmel, bei der Menge Champagner und Wein kann's doch bloß ein Erfolg werden. Entspann dich. Alles ist geregelt. Hab Vertrauen, ja?«

Tory lehnte sich in ihrem Sitz zurück. Nic hatte recht. Alles war bis ins letzte Detail geplant. Diese Seite an Nic war ihr völlig neu. Vollkommen ruhig und gelassen hatte sie mit der Präzision und Entschlossenheit eines Feldherrn die ganze Party organisiert. Selbst ihre Mutter, sonst die herrschsüchtigste Person im ganzen Viertel, fürchtete sich insgeheim vor ihr.

Torys Nerven waren bis zum Zerreißen angespannt. Sie sah sich im Laden um. Die Forschungen ihres Vaters zum traditionellen Weihnachtsschmuck hatten sich ausgezahlt. Statt dem üblichen Rot und Gold hatten sie sich für Immergrün, Silber und Weiß entschieden, und die Körbe, die von den Decken hingen, waren mit Pinienzapfen, Papyrus-Kronen und Amaryllis-Blättern ausgeschlagen. Weiße Tulpen, unterhalb der Blüten mit Silberdraht zusammengebunden, rotgelbe Leonidas-Rosen in großen, durchsichtigen Kugelvasen und weiße Lilien verliehen den Tischen ein wundervoll zartes Gepräge. Vom Hof wehte, wenn die Türen aufgingen, der Geruch von würzigem Glühwein herein. Dort standen auch Heizgeräte und hohe Altarkerzen, und kleine Papierlaternen flatterten in der Brise. Das Personal öffnete die Rotweinflaschen auf dem Eichentisch. Alles war für den Empfang der Gäste bereit. Sie wünschte, sie hätte kein so enges Kleid gewählt, sie bekam kaum Luft. Bestimmt würde etwas schiefgehen. Wie immer.

Um Viertel nach neun war die Party seit über einer Stunde in vollem Gang. Caryn stand bedrückt an einer Seite, trank ihr drittes Glas Rotwein und versuchte verzweifelt, nicht zur Tür zu starren. Charlie und ein paar ihrer Kollegen waren Punkt halb neun eingetroffen – aber nicht Rowland. Am anderen Ende des überfüllten Ladens konnte sie Nics Kopf in der Menge ausmachen. Sie wurde ständig von zwei Männern in schwarzen Jacketts verfolgt, die Caryn kaum auseinanderhalten konnte. Auch Tory fehlte es nicht an Bewunderern. Obwohl sie so nervös aussah, dass sie fast krank wirkte, war sie seit Beginn der Party von Männern umringt. Caryn hingegen hatte kaum ein Wort mit jemandem gewechselt. Sie fragte sich, ob sie sich etwas *zu* sehr bemüht hatte, stylisch zu wirken in ihrem blau-grünen Kleid aus irgendeinem seidigen Stoff (beim Preis von 14,99 Pfund war es vermutlich Polyester), den zu engen, zu hohen glänzend weißen Schuhen und der lächerlichen Unterarmtasche, die zu klein war, um irgendwas hineinzutun, und zu groß, um unauffällig zu sein. Brian, ihr Stilberater, hatte sie von oben bis unten angesehen und gegrinst. Seine Art, dachte sie, ihr zu sagen, dass sie gut aussah. Aber sobald sie zu Nic kam und Tory in eng anliegendem, eleganten Schwarz sah, geriet sie in Panik. Zu spät natürlich. Nic hatte taktvoll bemerkt, dass das Grün in ihrem Kleid ihre Augen zur Geltung bringe … Nics Art, ihr zu sagen, dass sie ein wenig danebengegriffen habe.

Da war sie nun, dachte sie unglücklich, falsch angezogen, unsicher und bereits ein wenig beschwipst, und wartete darauf, dass ein verheirateter Mann (ihr Boss) auftauchte und … Plötzlich sagte jemand neben ihr etwas. Ihr blieb vor Schreck fast das Herz stehen.

»Hallo.« Es war Rowland, der wundervoll zerzaust aussah und zwei Flaschen Bier in der Hand hielt. Er lächelte sie von oben her an. »Möchten Sie eines?«

Caryns Herzschlag kam ins Stolpern. »Danke«, antwortete sie und fragte sich, was sie mit ihrem Weinglas machen sollte. »Ich dachte nicht … ich habe nicht erwartet …«

»Dass ich noch auftauche?«, beendete er ihren Satz. Seine Augen blitzten. Rowland hatte etwas an sich, das sie zum Lächeln brachte, auch wenn er ernst blieb. *Wenn ein Engländer von den Göttern auf die Erde geschickt würde, dann er.* Diese Zeile von Nancy Mitford fiel ihr plötzlich ein. Es stimmte. Rowland gehörte zu einer Klasse von Engländern, über die Caryn bislang nur gelesen hatte. Extrem selbstbewusst, ohne arrogant zu sein, geistreich und witzig, charmant und locker im Umgang mit allen – ein Mensch, den jeder mochte, weil jeder selbst gern so wäre. Seine ungezwungen natürliche Art schien sogar den Putzfrauen gegenüber vollkommen aufrichtig zu sein. Er strahlte eine Wärme aus, die sie sehr anzog.

Mit zitternden Fingern nahm sie ihm die Flasche ab. »Danke.«

»Tolle Party«, sagte er und sah sich beifällig um. »Nette Freunde.« Er blickte in Torys Richtung. Sie sah wundervoll aus. Das Haar fiel ihr auf die Schultern, und das enge Kleid brachte ihren zarten, schlanken Körper zur Geltung. Sie sah sehr erwachsen aus, dachte Caryn und sah verstohlen auf ihr eigenes billiges, glänzendes Kleid und die albernen Kunstlederschuhe. Torys Vater, der sich ganz offensichtlich großartig fühlte, flitzte von einem Ende des Raumes zum anderen und konnte kaum eine Sekunde stillhalten. Ja, die Party war eindeutig ein Erfolg. Auch wenn sie selbst keiner war.

»Ja«, sagte sie, kippte den Kopf nach hinten und trank einen Schluck kaltes Bier. Fast trotzig nahm sie gleich noch einen. Sie schwankte ein wenig. Drei Gläser Wein und ein Bier taten allmählich ihre Wirkung.

»Huch«, murmelte Rowland und streckte die Hand aus, um sie zu stützen. »Sie müssen es nicht auf einmal runterkippen, wissen Sie.«

Sie lachte leise. Seine Hand blieb beschützend auf ihrem Rücken liegen. »Tut mir leid«, sagte sie und versteckte das Gesicht hinter der Flasche. »Ich sollte wohl langsamer machen.«

»Ich auch«, murmelte Rowland nahe an ihrem Ohr. »Sie riechen gut. Nach Blumen.«

»Ah, aber wissen Sie auch, nach welchen?«

Seine Augen verengten sich ein wenig, aber er nahm weder die Hand weg, noch bewegte er sich. »Flirten Sie mit mir?«

»Vielleicht.« Sie war überrascht über ihre Kühnheit. »Warum? Ist Ihnen das unangenehm?«

Sie spürte, wie er scharf einatmete. Er zog die Hand von ihrem Rücken weg und packte sie am Ellbogen. »Ja. Aber nicht aus den Gründen, die Sie annehmen.«

Sie schluckte, plötzlich unsicher, was er meinte. »Ich … ich glaube, ich muss auf die Toilette«, sagte sie und wandte sich ab. Ihr ganzer Körper zitterte vor Verlangen.

Sie spürte seinen Blick auf sich, als sie sich auf den Weg zur Treppe etwas schwankend durch die Menge schob. Krampfhaft hielt sie sich am Geländer fest und stieg mit klappernden Absätzen über die Metallstufen nach unten. Glücklicherweise war niemand in der Toilette, und sie ging mit immer noch heftig klopfendem Herzen hinein. Sie starrte sich im Spiegel an. Nichts an ihr hatte sich verändert. Die Wangen waren vielleicht ein bisschen gerötet, aber nichts verriet die Schwärme von Schmetterlingen in ihrem Bauch, die jedes Mal aufflatterten, wenn Rowland Keane auftauchte. Sie spritzte sich ein wenig Wasser ins Gesicht, achtete darauf, ihr Make-up nicht zu verschmieren, und tupfte sich trocken. So ist es besser, dachte sie, vom kalten Wasser ernüchtert. Sie lockerte ihr Haar, strich ihren Rock glatt und öffnete die Tür.

Sie brauchte ein paar Sekunden, um zu begreifen, dass die Person, mit der sie zusammenstieß, Rowland war und dass er sie entweder in der Toilette oder auf dem schmalen Gang küssen würde. Beides erschien ihr aus verschiedenen Gründen nicht der passende Ort zu sein, vor allem befürchtete sie, gesehen zu werden. Sie lehnte sich gegen Torys Bürotür, holte tief Luft und griff nach der Klinke. Die Tür ging sofort auf, drinnen war es dunkel. Heftig atmend machte sie hinter sich zu. Sie hörte eine heisere Stimme, ihre eigene. »Sperr ab.« Er griff hinter sie und drehte den Schlüssel um. Dann nahm er ihre Hand, hob sie über ihren Kopf und drückte ihren Arm gegen die Tür. Er begann sie zu küssen, und sie fühlte sich auf köstliche Art ausgeliefert, während seine Lippen über ihren Hals, ihre Wangen, ihren Mund strichen … und sich weiter nach unten bewegten. In der absoluten Dunkelheit des Büros mit den gedämpften Geräuschen der Party über ihnen zog er sie vorsichtig, Stück für Stück aus. Er streifte ihr mit beiden Händen das Kleid über die Schenkel und arbeitete sich dann mit dem Mund wieder an ihrem Körper nach oben. Ohne dass es ihr bewusst geworden wäre, hatte er sie zum Schreibtisch hinüber manövriert. Wie im Traum fühlte sie sich hochgehoben, die Kanten schnitten schmerzhaft in ihre bloßen Schenkel. Er schob sie nach hinten, dann packte er ihre Hüften und zog sie zu sich heran. Und dann vereinigte sich alles in einem einzigen Punkt ihres Körpers, während er schnell zu Ende führte, was lange zuvor begonnen hatte. Sie keuchte und spürte sein Erstaunen, das sich Sekunden später in noch heftigeren Stößen verlor, die ihr Tränen des Schmerzes – und der Erlösung – in die Augen trieben … Sie klammerte sich an ihn, ihr Kopf schlug gegen die Platte von Torys Schreibtisch, und ihre Hände verkrampften sich, während sie wartete, dass das quälende Beben in ihr nachließ.

»Aber warum hast du nichts gesagt?«, fragte Rowland leise ein paar Minuten später, als sie wieder sprechen konnten.

Caryn schwieg. Sie griff nach ihrem Kleid und begann es überzustreifen, weil sie sich plötzlich ihrer Nacktheit schämte. »Ich … was hätte ich denn sagen sollen?«, fragte sie und strich den Rock über den Beinen glatt.

»Mein Gott, Caryn. Es ist … ich meine, ich bin *geschmeichelt*, versteh mich nicht falsch. Aber ich hätte nie erwartet … du weißt schon. Ich dachte, du hättest eine ganze Menge Liebhaber.« Er zog seine Jeans hoch, knöpfte sie zu und suchte nach Zigaretten in seiner Tasche. Er zündete eine an. Das Licht flammte hart und unerwartet in der Dunkelheit auf. »Möchtest du eine?«

Sie schüttelte den Kopf. »Was … was kommt jetzt?«, fragte sie nach einer Weile.

»Was jetzt passiert? Nichts. Du gehst zuerst. Ich komme in ein paar Minuten nach.« Er stieß zufrieden einen Rauchring aus. »War es gut?«, fragte er plötzlich mit zärtlicher Stimme. Sie nickte verlegen. »Nächstes Mal wird es besser«, sagte er und griff an ihr Kinn. »Das erste Mal ist immer Mist.«

Caryn blieb wie angewurzelt stehen. Nächstes Mal? Es würde ein nächstes Mal geben? Alles andere war plötzlich ausgelöscht von der Woge der Erleichterung, die sie überkam.

54

»Findest du, wir sollten etwas sagen?« Nic sah Tory unsicher an, sobald Caryn den Raum verlassen hatte.

»Was denn?«

Nic blinzelte. Torys Tonfall klang ungewöhnlich scharf. »Ich weiß nicht. Dass sie … aufpassen soll?«

»Was genau meinst du mit aufpassen?«

»Tory, stimmt irgendwas nicht?«, fragte Nic verwundert.

Tory legte ihren Stift weg. Sie saßen in Nics Wohnzimmer. Caryn hatte auf einem Teppich am Boden Zeitung gelesen und dabei abwesend einen Fuß an den anderen gerieben. Dann war sie aufgestanden, um zu telefonieren. Tory zeichnete an der Skizze für ein Bukett, und Nic schrieb zum hundertsten Mal die wöchentlichen Horoskope um. Zoë machte sich offenbar einen Spaß daraus. »Sie vergnügt sich«, sagte Tory langsam. »Lass sie einfach in Ruhe.«

»Was ist denn los mit dir?«, fragte Nic mit gerunzelter Stirn. »Ich sage doch bloß …«

»Hör auf. Lass sie in Ruhe.«

Nic starrte sie an. »Was für eine Laus ist dir denn über die Leber gelaufen?«, fragte sie ärgerlich.

»Nicht jeder hat so viel Glück wie du, weißt du. Er ist ihr erster Freund. Wen kümmert es schon, dass er verheiratet ist?«

»Wovon *redest* du?«, fragte Nic und bekam Herzklopfen. »Ich habe nicht mehr Glück! Ich habe auch keinen Freund.«

»Es geht um Caryn«, erwiderte Tory, ohne aufzublicken. »Es dreht sich nicht alles immer um *dich*.«

»Das musst gerade du sagen!«, rief Nic aus und warf ihren Stift hin. »Gerade du!«

»Und was soll *das* jetzt heißen?«

»Was ist denn hier los?« Caryn stand plötzlich in der Tür. Weder Nic noch Tory hatten sie hereinkommen hören.

»Nichts«, sagte Nic knapp und nahm ihren Stift wieder auf.

Tory schwieg. Plötzlich erhob sie sich, packte ihren Stift und den Block ein und ging ohne ein weiteres Wort hinaus. Kurz darauf knallte die Haustür zu.

»Was um Himmels willen war denn *das*?«, fragte Caryn verwirrt. In all den Jahren, die sie sich kannten, hatte es nie einen solchen Streit gegeben. Sie hatten zwar gelegentlich Meinungsverschiedenheiten, aber nie etwas in dieser Art. »Was hast du zu ihr gesagt?«

»Nichts«, erwiderte Nic abwehrend. Sie starrte einen Moment auf ihren Notizblock und seufzte dann. »Nun, wenn du es schon wissen willst, wir haben deinetwegen gestritten. Zumindest hat es damit angefangen.«

»Meinetwegen? Was habe ich denn damit zu tun?«, fragte Caryn und wurde rot.

»Du weißt schon. Wegen dir und Rowland. Ich fand,

dass du vorsichtig sein solltest. Und dann wurde *sie* wütend, weil …«

»Ich *bin* vorsichtig«, unterbrach sie Caryn schnell.

Nic sah sie an. »Das dachte ich mir«, antwortete sie, »das bist du doch, nicht wahr?« Caryn nickte und wandte sich ab. Es folgte ein verlegenes Schweigen.

»Ich sollte lieber gehen«, sagte Caryn schließlich und nahm ihre Tasche. »Bis dann.«

Nachdem die beiden fort waren, saß Nic an ihrem Schreibtisch, verwirrt über die plötzliche Wendung der Dinge. Was zum Teufel hatte sie denn gesagt? Gerade noch hatten sie vollkommen harmonisch hier zusammengesessen, und im nächsten Moment schlugen Türen, und sie war allein. Was war denn passiert? Torys Geschäft lief nicht so gut, wie sie gehofft hatte. Das wussten sie alle. Sie hatte unterschätzt, wie mühsam die Anlaufzeit war. Und dann war auch noch letzte Woche mit einer Hochzeit etwas total schiefgegangen … nein, es war nicht leicht, das sah Nic ein. Aber Tory hatte es doch schließlich so gewollt? Nic hatte sie immer unterstützt und ihr geholfen, wo sie konnte. Geduldig hatte sie sich ihre Geschichten über welkende Blumen, verlorene Aufträge und Konkurrenten, die ihre Ideen klauten, angehört, und *das* war nun der Dank. Nic kochte vor Wut. Tory war einfach unfair. Nic war nicht egozentrisch, ganz und gar nicht. Eigentlich war es Tory, die während der vergangenen Monate nicht mehr über ihren Tellerrand hatte sehen können. Sie war jetzt stocksauer, vor allem aber war sie verletzt.

Erst nach Mitternacht schlief sie erschöpft und bedrückt ein.

Rowland bewegte sich kurz vor Mitternacht und weckte Caryn damit auf. Er gähnte, streckte sich auf die träge, zufriedene Art, die sie so gern mochte, und schwang die Beine aus dem Bett. Schnell zog er sich an. Caryn lag in den zerwühlten Laken, ihr blondes Haar übers Kissen gebreitet, und beobachtete schläfrig, wie er seinen kräftigen Körper, der noch vor Kurzem ihr gehört hatte, unter Kleidern verbarg. Er beugte sich hinunter und küsste sie auf die Nase. »Bis morgen«, flüsterte er. »Ich habe um zehn einen Termin mit BSkyB. Achtest du darauf, dass die Unterlagen dafür auf meinem Schreibtisch liegen?« Sie nickte. »Bleibst du hier?«, fragte er und nahm seine Tasche. »Tu's ruhig. Es ist ja bezahlt. Oder soll ich dich heimbringen?«

Sie schüttelte den Kopf. »Ich bleibe«, antwortete sie schnell. Sobald er fort war, würde sie ein Taxi nehmen.

»Braves Mädchen. Vergiss nicht, meine Notizen abzutippen, ja?«, fügte er hinzu, ehe sich die Tür schloss. Dann war er weg. Der Raum war stiller ohne ihn. Sie lauschte dem Geräusch ihres Atems und dem steten Schlag ihres Herzens. Sie war einsam, stellte sie fest. Abgesehen von einem einzigen Wochenende, als Katie und die Kinder mit ihren Eltern in Paris waren, hatten sie nie mehr als vier zusammenhängende Stunden miteinander verbracht. Im Büro hatte man ihr zu verstehen gegeben, dass alle Bescheid wussten, trotzdem achteten sie peinlich genau darauf, den Schein zu wahren. Nie verließen sie gemeinsam das Büro, nie aßen sie zusammen zu Mittag, und es gab keine Berührungen, abgesehen von ein paar verstohlenen Zärtlichkeiten, die umso kostbarer waren, da sie immer unverhofft kamen. Zwar wusste sie tief im Innern, dass ihre Beziehung fast ausschließlich von Rowlands Bedingungen diktiert wurde, andererseits kümmerte sie das nicht. Er war aufmerksam. Er hinterließ ihr kleine Nachrichten unter der Tastatur, schenkte ihr ab und zu ein Parfüm, das er mochte, oder eine CD, die ihr gefallen hatte. Als sie zum ersten Mal in dem kleinen Hotel in Soho waren, lag ein Strauß Tulpen auf ihrem Kopfkissen, als sie aus der Dusche kam. Kleine Zärtlichkeiten, für die sie äußerst dankbar war. Er zeigte seine Gefühle nicht übermäßig offen, vor allem nicht in der Öffentlichkeit, aber sie hatte so wenig Erfahrung und war gerührt.

Nic hatte sie einmal gefragt, ob sie denn jemals an die Zukunft denke – ob er seine Frau und die Kinder irgendwann verlassen würde. Sie konnte nicht recht erklären, warum sie das nicht tat. Es gelang ihr nicht, darüber nachzudenken, was in sechs Monaten oder einem Jahr sein würde. So einfach war das. Bei Rowland ging es nur um die Gegenwart, den gestohlenen Augenblick im Jetzt – nicht um die Zukunft. Er hatte so eine Art, sich von ihr abzuwenden, wenn sie es wagte, das Thema anzusprechen, ein unterdrücktes Gähnen, das ohne Worte ausdrückte, dass mehr von ihm nicht zu erwarten war. Sie hatte schnell aufgehört, Fragen zu stellen.

Sie stand auf, duschte und nahm ihre Tasche. Zehn Minuten später saß sie im Taxi. In ihrem eigenen Zimmer, mit den vertrauten Geräuschen vor dem Fenster und der eigenen Bettdecke über dem Kopf, war es irgendwie leichter, so zu tun, als hätten sie eine Beziehung und nicht bloß eine Affäre. Eine Affäre, das sagte schon das Wort, konnte nicht halten.

55

Nic war noch immer verstimmt, als sie am nächsten Morgen zur Arbeit ging. Sie hatte sich kaum hingesetzt, als das Telefon klingelte. Es war Zoë. »Um fünf in meinem Büro. Ich habe etwas für Sie.«

Nic legte mit klopfendem Herzen auf. Wo würde man sie jetzt hinschicken?

Sie starrte Zoë verwirrt an. »Geschichten, die das Leben schreibt? Ich? Ich weiß nicht …« Sie zögerte. Ging es nicht bei allen Geschichten um das Leben?

Zoë sah sie ärgerlich an. »Geschichten, die aus dem *Leben* gegriffen sind – vom Tellerwäscher zum Millionär, Alltagsprobleme, der Tod eines Kindes, Überwindung von Not und Missgeschick … kommen Sie, Nic. Ich gebe Ihnen eine Riesenchance. Ständig maulen Sie über die Aufträge, die Sie bekommen. Hier, gehen Sie das mal durch«, sagte sie gereizt und deutete auf einen Stapel alter Magazin-Ausgaben. »Lesen Sie Davinia Irvines Kolumnen. Das ist genau, was ich will. Schreiben Sie mir bis morgen Mittag eine ordentliche Geschichte. Sie muss nicht *wahr* sein.«

Nic nahm den Stapel, zog sich hastig zurück und las so viele Kolumnen von Davinia Irvine, wie sie ertragen konnte. Vom Tellerwäscher zum Millionär? Sie kannte keinen, der das geschafft hatte. Tod eines Kindes? Überwindung von Not und Missgeschick? Tragödie? Verzweifelt nagte sie an ihrem Stift. Nichts dergleichen war ihr jemals passiert und auch nicht jemandem, den sie kannte. Und dann fiel es ihr ein. Tory. Warum war sie nicht gleich darauf gekommen? Torys Geschichte! Was für einen Artikel würde das ergeben! Da war alles drin. Tragödie, Verzweiflung,

Trauer, Hoffnung … alles, was man brauchte. Sie sprang auf, packte ihr Notizbuch und rannte die zwei Treppen hinunter ins Archiv, wo die jungen Rechercheure arbeiteten. Einen von ihnen bat sie, ihr alles zum Fall Susie Spiller herauszusuchen.

Drei Stunden später bekam sie einen Ordner mit mehr als einem Dutzend Zeitungsartikel über den Mord an einer siebzehnjährigen Schülerin, die allein am Regent's Canal in Camden entlanggegangen war.

Es war nach Mitternacht, als sie schließlich die letzten Worte tippte und stolz die Blätter aus dem Drucker zog. *Flower Power. Die heilende Kraft von Blumen.* Sie war natürlich nicht bei Susies Begräbnis gewesen, aber ein Reporter der *Sunday Times*. Es war ihr schließlich sogar gelungen, die weißen Callas-Lilien zu identifizieren, die auf Susies Grab lagen. Dank der Karten von Bloomin' Stories wusste sie, dass Lilien einst das Symbol von Keuschheit und Fruchtbarkeit waren, im antiken Griechenland aber auch auf die Gräber von Kindern gelegt wurden. *Nur eines der vielen faszinierenden Dinge, die man lernt, wenn man einen Strauß kauft in diesem höchst ungewöhnlichen Blumenladen, geboren aus Tory Spillers eigener Geschichte von Triumph und Verzweiflung.* Bei dem Satz stiegen ihr Tränen in die Augen. Bestimmt würde Tory jetzt begreifen, wie viel sie ihr bedeutete?

Sie druckte den Artikel ein letztes Mal aus und steckte die beiden Blätter in den Ordner. Zoë würde ihn bereits um neun Uhr auf dem Schreibtisch haben.

Als Zoë fertig gelesen hatte, blickte sie auf und sah Nic ungläubig an. »Das ist brillant«, sagte sie entschieden. »Wirklich. Genau, was ich wollte. Wir bringen es am Montag.«

Nic war wie vom Donner gerührt. Zum ersten Mal fehlten ihr die Worte. Ihr halbes Leben hatte sie darauf gewartet, dass jemand das zu ihr sagte. Brillant. Großartig. Das köstliche Gefühl der Zufriedenheit, das schon letzten Abend eingesetzt hatte, breitete sich in ihrem ganzen Körper aus. Sie senkte den Kopf. »Das Schreiben hat mir Spaß gemacht«, murmelte sie.

»Schicken Sie heute Nachmittag einen Fotografen hin. Bloß ein paar Aufnahmen von außen. Dieses Foto hier ist toll«, sagte Zoë und deutete auf die Kopie eines Bildes von Tory, das Nic beigefügt hatte. »Woher haben Sie das? Haben Sie die Rechte daran?«

Nic zögerte. Irgendetwas sagte ihr, dass es in diesem Moment nicht günstig wäre, ihre Freundschaft mit Tory zuzugeben. Sie hatte Gewissensbisse, weil sie das nicht von Anfang an gesagt hatte. Aber es war ja keine *Lüge*, wenn man nicht gleich mit der ganzen Wahrheit herausrückte. Doch wenn Zoë klar wurde, dass sie seit der Schulzeit befreundet waren, dann sähe es aus, als hätte sie sich nicht besonders angestrengt, um diese Geschichte aufzutreiben. Sie schluckte. »Ach, ich hab es gefunden. In … einer der Zeitungen.«

»Okay. Lassen Sie die Geschichte von Paul oder sonst jemandem überprüfen, bevor wir sie bringen. Gute Arbeit, Nic. Hier habe ich noch was für Sie.« Sie legte eine Mappe auf ihren Schreibtisch. »Machen Sie so schnell wie möglich ein Interview mit dieser Frau. Sie hat am Montagabend in der Lotterie gewonnen. Sie ist Friseurin oder so was, will aber ihren Job nicht aufgeben. Verrückt, würde ich sagen. Aber das gibt eine gute Story. Sie lebt in Liverpool, fahren Sie so schnell wie möglich hin.«

Nic sprach insgeheim ein Dankgebet und rannte fast,

als sie das Büro verließ. Endlich. Sie hatte den Durchbruch geschafft. Endlich.

Tory erzählte Caryn an diesem Abend beiläufig am Telefon, dass ein Fotograf am Nachmittag ein paar Bilder von der Ladenfront geschossen habe. Aber da keine von beiden mit Nic gesprochen hatte, wussten sie nicht, warum. Tory hatte gerade drei Kunden im Geschäft gehabt – was selten war –, und als sie den Fotografen schließlich fragen wollte, war er schon weg.

»Es war kein Tourist?«, fragte Caryn wenig interessiert. Sie war mit den Gedanken anderswo. Es war Dienstag, und Rowland hatte erwähnt, er werde später, nach dem Abendessen mit seiner Familie, wieder ins Büro kommen. Jetzt war es schon halb neun, und sie überlegte, ob sie heimgehen oder mit der Ablage weitermachen sollte. Oder warten. Natürlich.

»Nun, er hatte ein paar Kameras um den Hals«, sagte Tory. »Er hat nicht wie ein Tourist ausgesehen. Aber wer weiß? Wo bist du? Immer noch bei der Arbeit?«

»Äh, ja. Ich mache gerade Schluss.« Caryn wurde puterrot. »Wie spät ist es denn?«

»Fast neun«, erwiderte Tory trocken. »Bist du sicher, dass er noch kommt?«

»Wer? Ach, du meinst Rowland? Nein, nein ... Ich hatte nur noch was zu erledigen. Ich gehe gleich.« Es entstand eine kurze Pause. Caryn musste daran denken, dass Tory das alles kannte, auch wenn sie nie darüber sprach. Die meisten Abende bis neun im Büro zu bleiben, nur für den Fall, dass Rowland anrufen und sagen würde, er käme noch, sich alle Wochenenden freizuhalten *nur für den Fall* – ja, Tory hatte das alles schon erlebt. Sie sah aus dem Fenster in den langsam dunkler werdenden Himmel. Die Bars entlang der Charlotte Road, die in den letzten Wochen aufgemacht hatten, füllten sich. Im Großraumbüro saßen noch ein paar Rechercheure bei der Arbeit. Mark, der Drehbuchautor, telefonierte. Sie fragte sich manchmal, ob Rowland sie immer zu seiner Verfügung halten wollte, indem er ständig vage Verabredungen machte. Aber sie verwarf den Gedanken gleich wieder – nein, es war nicht sein Fehler. Er war verheiratet, er hatte Verpflichtungen. Sie sollte sich freuen, dass er jede freie Minute mit ihr verbringen wollte, und nicht eingeschnappt sein. Sie nahm ihre Tasche und verabschiedete sich von den anderen, die noch arbeiteten.

Als sie die Treppe hinunterging, dämmerte ihr, dass es immer schwieriger wurde, nicht leichter. Ja, sie *war* sauer. Wieder hatte sie einen Abend vor dem Telefon verbracht, während er wahrscheinlich gar nicht die Absicht hatte, ins Büro zurückzukommen. *Und wessen Fehler ist das, du dumme Kuh?* Sie konnte Tory und Nic förmlich hören.

Das Telefon schrillte laut in dem leeren Laden. Tory stand auf, fast erleichtert, etwas zu tun zu haben. Den ganzen Tag war kein einziger Kunde gekommen. Es war ihre Mutter. »Ich schätze«, stieß sie atemlos hervor, »dass du das für einen Witz hältst?«

»Was ist denn?«, fragte Tory und verdrehte die Augen.

»Wie konntest du bloß?«

»Wie konnte ich *was*?«

»Ich hab dieses Mädchen nie gemocht«, sagte ihre Mutter nachdrücklich. »Egal, wie sie sich nennt – Harte, Parker … ich hab sie nie leiden können. Sich vorzustellen …«

»Wovon zum Teufel redest du?«, unterbrach Tory sie aufrichtig verwundert. »Was hat Nic gemacht?«

»Als wüsstest du das nicht! Du musst sie darauf gebracht haben. Ich kann nicht glauben, dass du und dein Vater …«

»Wovon redest du, zum Teufel?«, schrie Tory ins Telefon. »Was ist denn los?«

»Es steht in diesem Magazin. Stell dir vor, ich musste es von Belinda Taylor erfahren! *Gossip!* oder wie es heißt. Billig, bösartig …«

Tory knallte den Hörer auf, packte ihre Tasche und rannte aus dem Laden. An der Ecke war ein Zeitungsgeschäft. Schnell suchte sie die Regale ab, zog eine Ausgabe heraus und warf das Geld auf den Ladentisch. Mit klopfendem Herzen schlug sie die Illustrierte auf. Sie hatte sie noch nie gelesen, und von den abfälligen Bemerkungen, die Nic immer machte, wusste sie nur, dass gewöhnlich nur geschmacklose Geschichten über geschmacklose Stars drinstanden, je knalliger, desto besser. Ihr war absolut schleierhaft, warum Nic bei *Gossip*! blieb, wenn sie es so verachtete, aber sie und Caryn hatten aufgegeben, danach zu fragen. Tatsächlich standen genau solche Geschichten in dem Blatt … ein Spice Girl, das ohne Unterwäsche erwischt worden war, eine TV-Moderatorin mit dem Ehemann einer anderen … der übliche Mist. Und in der Mitte des Magazins sah sie es. Susies Gesicht starrte sie an. Das gleiche Bild war in den Nachrichten und in der Presse gewesen. Ihr war, als hätte sie einen Schlag in die Magengrube bekommen. *Flower Power. Von Nic Parker.*

So hatte sie sich noch nie gefühlt. Nicht einmal, als Simba beim Anblick der Schwarzen Mamba scheute und sie aus dem Sattel fiel. Nicht einmal vor ihrem Vater. Keine ihrer früheren Ängste kamen dieser Mischung aus eisiger Kälte und innerem Beben auch nur nahe, während sie Caryns Stimme lauschte.

»Aber ich … ich wollte doch nicht … ich dachte nicht …«, stammelte sie.

»Das tust du nie, Nic. Du stürmst einfach drauflos. Wie *konntest* du bloß – ohne ihr etwas zu sagen?«

»Ich … ich weiß nicht«, stieß Nic mühsam hervor. Ihr kamen die Tränen. »Ich dachte nicht, dass … Zoë hat mich wegen einer Geschichte gedrängt, und ich dachte …«

»Hör zu, wir reden später weiter«, unterbrach sie Caryn. »Ich bin bei der Arbeit. Ich ruf dich wieder an.«

»A-aber was soll ich tun?«, fragte Nic keuchend.

»Ich weiß nicht. Lass sie einfach eine Zeit lang in Ruhe. Sie … kriegt sich schon wieder ein.«

»Das wird sie nicht.« Nic begann zu weinen. »Du kennst sie doch. Sie kriegt sich nicht wieder ein …«

»Ich mach jetzt Schluss. Ich ruf dich heute Abend an.«

Caryn legte auf und versuchte, sich auf ihre Arbeit zu konzentrieren. Noch nie hatte sie Tory so wütend gesehen – und das war sonst gar nicht ihre Art, im Gegensatz zu Nic, die wie ein Wirbelsturm alles niederfegte. Aber Tory war zu Recht wütend. Nic schien nicht zu verstehen, dass sie eine Grenze überschritten hatte, und Tory weigerte sich, mit ihr zu reden. Die Tatsache, dass der Artikel einen plötzlichen Kundenansturm auf ihren Laden ausgelöst hatte, machte alles nur noch schlimmer. Tory konnte es nicht ertragen, dass sie von einer billigen, rührseligen Geschichte über ihre ermordete Schwester profitierte, in der behauptet wurde, Blumen hätten geholfen, die Sache wieder einzurenken.

»Caryn?« Sie fuhr auf ihrem Stuhl herum. Rowland stand mit düsterer Miene in seiner Bürotür. Er klang ungeduldig, als hätte er nicht zum ersten Mal versucht, sie auf sich aufmerksam zu machen.

»Tut mir leid … ich war einen Moment lang anderswo«, sagte sie und fragte sich, wo das Problem lag.

»Sie werden nicht bezahlt, um anderswo zu sein, Caryn«, erwiderte er scharf. Jemand kicherte im Hintergrund. »Das hier muss noch heute Nachmittag raus, nicht erst morgen oder übermorgen. *Heute.*« Sie nahm ihm die Unterlagen ab, bis ins Innerste getroffen.

»Ich erledige das sofort«, murmelte sie und ging in den Empfangsbereich hinüber. Sie war verwirrt und gleichzeitig verletzt und wütend. Er hätte bloß Charlie um einen Kurier bitten müssen. Wer da wohl gekichert hatte? Plötzlich fiel ihr auf, dass sie seit Ewigkeiten nicht mehr mit den anderen ausgegangen war. Rowland nahm selten an den freitäglichen Treffen teil, und sie achtete bloß darauf, ständig verfügbar zu sein, falls er anrufen oder vorbeikommen sollte. Deshalb fand sie immer eine Ausrede, um nicht mitgehen zu müssen. Der Gedanke beschämte sie, als sie Charlie das Paket reichte.

»Äh – Rowland fragt, ob du einen Kurier anrufen könntest?«, murmelte sie.

»Ja, ich hab's gehört. Warum ist er nicht gleich zu mir gekommen?«, fragte Charlie und sah sie scharf an. Caryn wusste nicht, was sie sagen sollte. Charlie warf ihr einen eindringlichen Blick zu. »Ist alles in Ordnung?«

»Mir geht's gut. Warum?«

»Nichts. Na schön. Ich kümmere mich darum«, erwiderte sie und nahm den Umschlag. »Du kannst *Seiner Königlichen Hoheit* ausrichten, dass jemand das noch vor der Mittagszeit abholen wird.« Plötzlich begriff sie, dass Charlie ihr etwas zu sagen versuchte, aber sie wusste nicht, was. Sie ging wieder zu ihrem Schreibtisch zurück. Alles drohte über ihr zusammenzustürzen – Rowland, Tory, Nic … und jetzt Charlie. Ein stummer Tadel von jemandem, dessen Meinung eigentlich nicht zählte. Aber tatsächlich nahm die Anzahl der Menschen, deren Meinung zählte, stetig ab.

56

Tory brauchte Wochen, um sich zu beruhigen. Nic gab sich alle Mühe. Stundenlang stand sie vor dem Laden und nahm all ihren Mut zusammen, aber sie schaffte es nicht, hineinzugehen. In ihrer Verzweiflung kaufte sie schließlich einen riesigen Strauß Alstromeria-Lilien und legte ihn mit einer Karte auf die Schwelle vor Torys Haus. *Die peruanischen Lilien sind nach dem schwedischen Botaniker Baron Klas von Alstroemer benannt, sie symbolisieren Freundschaft und Hingabe. Es tut mir so leid, bitte verzeih mir – Nic.* Mit heftig klopfendem Herzen rannte sie den ganzen Weg zurück zur U-Bahn. Die Vorstellung, ihre beste Freundin so sehr verletzt zu haben, dass sie nie wieder mit ihr sprechen wollte, war ihr unerträglich. Als sie schließlich glaubte, die Funkstille zwischen ihnen keinen Tag länger auszuhalten, rief Tory an.

»Hallo, ich bin's.« Nic gab es einen Stich. Aufgeregt umklammerte sie den Hörer. »Möchtest du mich heute Abend auf einen Drink treffen?«

Nic kamen die Tränen. »Ja«, flüsterte sie. »Ja, bitte.«

»Hör zu«, begann Tory, sobald sie mit ihren Gläsern an ihrem Tisch saßen. »Ich muss dir das sagen, Nic. Ich war total sauer über das, was du getan hast. Ich weiß nicht, wann ich zum letzten Mal so verletzt worden bin. Nein, lass mich ausreden«, fügte sie hinzu und schüttelte den Kopf, als Nic protestieren wollte. »Ich schätze, ich war ... auf seltsame Weise immer eifersüchtig auf dich.«

»Warum?«, fragte Nic tonlos. Sie wusste warum.

Tory zuckte die Achseln. »Für dich scheint alles so verdammt einfach zu sein. Die arme Caryn zum Beispiel rackert sich ab in dem miesen Job bei diesem Arschloch Rowland, der sie total ausnutzt ...«

»Aber warum schickt sie ihn nicht einfach in die Wüste?«

»So einfach ist das nicht. Das ist es ja, was mich so aufgeregt hat. Du denkst, alles sei einfach. Du kennst bloß Schwarz oder Weiß. Caryn hatte noch nie einen Freund.« Sie hielt inne und blickte aus dem Fenster. »Ich habe diesen Laden zum Teil deswegen aufgemacht, um von meinen Eltern wegzukommen. Missversteh mich nicht, es ist schön, mit meinem Dad zusammenzuarbeiten, und es hat uns beiden geholfen. Aber es ist schwierig. Ich weiß nicht, ob ich mir mehr zugemutet habe, als ich schaffen kann. Ich sehe meinem Vater doch an, dass er sich Sorgen macht. Wir kriegen nicht so viele Bestellungen, wie wir sollten. Und dann kommst du an und schlägst Kapital aus dem Ganzen, ganz egoistisch. Bloß um einen guten Aufmacher zu kriegen, oder wie ihr das nennt. Es hat mich einfach angekotzt. Du benutzt die Trauer anderer Leute, um dich selbst besser zu fühlen.«

Nic stieß langsam die Luft aus. Egal von welcher Seite man es auch betrachtete, es war ein ziemlich harter Schlag. Eine Weile sagte sie gar nichts. Mit niemandem hatte sie je über solche Dinge gesprochen. »Ich weiß, dass es wahrscheinlich so aussieht«, begann sie vorsichtig. »Als hätte ich ein leichtes und perfektes Leben, in dem nie etwas schiefgeht, bloß weil mein Dad reich ist ...«

»Ich habe nicht gesagt, dass es perfekt ist, Nic. Kein Leben ist das. Ich meine nur, dass du alles aus deiner Perspektive siehst … wie die Welt für *dich* ist. Du versuchst nie, sie aus dem Blickwinkel eines anderen zu betrachten.«

»Aber tut das nicht jeder?«, fragte Nic ehrlich erstaunt.

»Ja, aber manchmal muss man sich überlegen, wie es für den anderen ist, bevor man den Mund aufmacht.«

Nic blickte auf ihre Hände hinab. »Es tut mir leid«, sagte sie wieder. »Ich hätte den Artikel nicht schreiben sollen.«

»Nein, das trifft die Sache nicht. Der Artikel war gut fürs Geschäft – unser Umsatz hat sich in den letzten drei Wochen verdreifacht. Aber du hättest mit mir reden sollen, *bevor* du ihn geschrieben hast, nicht danach. Das ist alles.«

Nic nickte und suchte in ihrer Tasche nach Zigaretten. Wenn sie je eine gebraucht hatte, dann jetzt. Sie bot auch Tory eine an. »Hast du … hast du … mir verziehen?«, fragte sie mit Tränen in den Augen.

Tory seufzte. »Ja. Was sollte ich denn sonst tun? Ihr beiden seid praktisch meine einzigen Freundinnen.«

»Mir geht es genauso.«

»Traurig, nicht?« Tory leerte ihr Glas. »Noch eins?«, fragte sie, und allmählich kam wieder Glanz in ihre grünen Augen. Nic stimmte erleichtert zu und hielt ihr Glas hoch.

»Ein großes, bitte.« Sie fühlte sich, als wäre sie der Todesstrafe entkommen.

57

Die private Beziehung zu Rowland und ihre gemeinsame Arbeit begannen sich allmählich auf ungute Weise zu vermischen. Wenn alles gut lief – ein paar Stunden unkomplizierter Sex pro Woche, der allerdings, wie Caryn sich ehrlicherweise eingestehen musste, immer nichtssagender wurde –, gab es in der Arbeit eine kleine Belohnung. Eine Aufgabe etwa, die eine Spur anspruchsvoller war als die üblichen Routinearbeiten. »Hör dir das mal an«, sagte er etwa und warf ihr ein Band zu. »Das ist der Soundtrack des Films über die Friedenstruppen in Bosnien. Sag mir deine Meinung. Ist es vielleicht ein bisschen zu übertrieben dramatisch?« Dann verbrachte sie die nächsten Stunden damit, die verschiedenen Bänder zu vergleichen. Oder: »Caryn. Komm einen Moment her. Was hältst du von diesem Dialog? Zu forciert?« Worauf ein Gespräch mit dem Drehbuchautor in dessen Büro folgte, in das sie ab und zu einbezogen wurde.

Wenn es aber *nicht* gut gelaufen war – was oft nichts mit ihr zu tun hatte –, ignorierte er sie. Einmal hatte er versucht, sie zu Oralsex zu überreden, und sie hatte sich peinlich berührt geweigert. Danach musste sie eine Woche lang Briefe tippen, die er normalerweise selbst geschrieben hätte. Am Dienstagabend darauf machte sie in dem Hotel in Soho kommentarlos, was er verlangte. Zwei Tage später nahm er sie zu einer Produktionssitzung in die City mit und führte sie hinterher zum Essen aus. Obwohl sie begriff, was vor sich ging, schien sie außerstande, es zu beenden. Sie versuchte Nic und Tory zu erklären, was Rowland für sie bedeutete, warum sie sich nicht überwinden konnte, ihn zu verlassen. Sie hörten ihr zu, schüttelten aber den Kopf. Nic erklärte, er sei ein widerlicher Typ, der Caryns momentane Schwäche ausnutze. Caryn verneinte. Das stimme nicht. Und wie unzuverlässig Rowland auch sein mochte und wie sehr er sie manipulierte, es sei immer noch besser als das, was sie vorher gehabt habe.

»Was soll das heißen? Was *hattest* du denn vorher?«, fragte Tory überrascht.

Caryn sah sie an und öffnete die Hände. »Nichts. Alles ist besser als das.«

Aber stimmte das wirklich? Ein paar Wochen später verkündete Charlie, dass sie gehen werde. Sie habe einen neuen Job bei einem Filmemacher mit einer Reihe von Studios oben am Hoxton Square. Und statt Empfangsdame würde sie Assistentin der Büroleitung werden. Ein ziemlicher Schritt nach oben, wie sie Caryn beim Lunch erklärte. Caryn stellte sich vor, wie sie in ihren schicken Klamotten und mit Kopfhörern auf den Ohren am Set herummarschierte, mit dem Regisseur redete und mit Befehlen um sich warf. Charlie kicherte. »So wird's bestimmt nicht sein. Ich bin bloß die Assistentin von dem Typen, der das tut, aber ich mache keinen Telefondienst mehr und hole nicht mehr Rowlands blöden Kaffee – tut mir leid. Alles ist besser als das!« Caryn schwieg. Sie hatte absolut recht.

»Braucht man denn keine … Qualifikation oder Erfahrung für so einen Job?«, fragte sie, als ihr Kaffee kam.

Charlie beugte sich verschwörerisch vor. »Ich hab ihnen gesagt, ich hätte einen Abschluss«, gestand sie kichernd. »Aber das finden die nie raus.«

»Aber in was denn?«, fragte Caryn ehrlich schockiert.

»In Spanisch. Meine Mum ist Spanierin, obwohl man das nicht denken würde, oder?«, erwiderte sie und griff an ihr hellbraunes Haar. »Ich heiße eigentlich Carla. Aber wie auch immer, nach dem miesen Büro-Job fange ich jetzt eine richtige Karriere an, und wenn ich dafür ein bisschen lügen muss … dann tu ich's eben. Ich hab's satt, bloß zu tippen und das Telefon abzunehmen, du nicht?«

Caryn nickte bedrückt. Das war nicht das Einzige, was sie satthatte – auf Zehenspitzen um Rowland herumzuschleichen, je nachdem, welche Laune er gerade hatte, sich zu heimlichen Treffen fortzustehlen und dabei ihr eigenes Leben aus dem Blick zu verlieren hing ihr mindestens genauso sehr zum Hals heraus. »Ich werde dich vermissen«, sagte sie plötzlich und rührte in ihrem Kaffee.

»Ich dich auch. Aber ich bin ja nicht weit weg«, antwortete Charlie fröhlich. »Wir können doch immer zusammen mittagessen gehen.« Caryn nickte, wusste aber, dass es wahrscheinlich nicht dazu kommen würde. Für Charlie fing jetzt ein neues Leben an, und in ein paar Monaten würden sie nichts mehr gemeinsam haben. »Hör zu, Caryn …«, begann Charlie ungewohnt zögernd. »Ich sollte das nicht sagen, aber …« Sie biss sich auf die Lippe.

»Was?«, fragte Caryn unsicher.

»Rowland hat meine Nachfolgerin eingestellt. Gestern hat er das Einstellungsgespräch mit ihr geführt. Sie ist … sie ist wahnsinnig hübsch, und heute Morgen habe ich gehört, wie er und Mark über sie gesprochen haben. Ich weiß, es geht mich eigentlich nichts an, aber …« Sie hielt inne und verzog das Gesicht.

Caryn sah sie an. »Ja?«

Ein gequälter Ausdruck trat auf Charlies Gesicht. »Da … da läuft eine Wette. Zwischen den beiden. Caryn, warte doch …« Sie streckte die Hand aus, um sie zurückzuhalten.

Aber es war schon zu spät. Caryn warf einen Zehner auf den Tisch, packte ihre Tasche und lief hinaus. Sie spürte eine solche Enge in der Brust, dass sie kaum Luft bekam.

Sie brauchte zehn Minuten, um ihren Kündigungsbrief zu schreiben, und weitere zehn, um die Kraft aufzubringen, ihn auf Rowlands Schreibtisch zu legen. Als er am späten

Nachmittag nach einem erfolgreichen Deal mit der BBC ins Büro kam und vor Wichtigkeit fast platzte, wich sie seinem Blick aus. Kurz darauf kam er mit ihrem Brief in der Hand aus seinem Büro. Ohne etwas zu sagen, sah er sie an, aber sie kannte ihn gut genug, um zu wissen, dass das Blitzen in seinen Augen weder Ärger noch Schmerz oder Enttäuschung war. Es war Erleichterung. Fast sechs Monate hatte es gedauert, jetzt war es nicht mehr prickelnd und machte keinen Spaß mehr. Es wurde Zeit, etwas anderes anzufangen. Und dank Charlie hatte sie auch schon eine Idee.

Teil 5

58

New York, USA, Dezember 2002

Während sie warteten, bis der Wein serviert wurde – eine 1992er Flasche Montepulciano aus den Abruzzen, wo die Vorfahren von Richard DiAngelo gelebt hatten –, griff der ältere Mann in seine Aktentasche und warf drei braune Umschläge auf den Tisch. Draußen schlug nasser Schnee gegen die Scheiben, der Himmel war düster. In den Geschäften herrschte ein lebhaftes weihnachtliches Treiben. Mat blickte auf die Umschläge. »Was ist das?«, fragte er verwundert.

DiAngelo zuckte die Achseln. »Lesen Sie selbst. Wir reden am Montag darüber. Ach, und behalten Sie es für sich«, fügte er in einem Nachsatz hinzu. »Für den Augenblick.« Mat zog die Augenbrauen hoch, sagte aber nichts. Er steckte die Umschläge in seine Aktenmappe. Während des Essens plauderten sie über andere Dinge. Der Bericht, oder der Grund, warum sich DiAngelo mit ihm zum Abendessen verabredet hatte, wurde nicht wieder erwähnt.

Am nächsten Morgen nach dem Frühstück setzte er sich mit einer Tasse Kaffee auf die abgenutzte Ledercouch und begann den Bericht zu lesen. Der erste Umschlag enthielt einen Stapel Papiere mit der Überschrift »Hintergrund«. Es handelte sich um einen Abriss der gegenwärtigen ökonomischen Weltlage – über die Mat ohnehin Bescheid wusste. Die Märkte rund um die Welt reagierten zunehmend sensibel auf wirtschaftliche Einbrüche und Erschütterungen. Vor allem die asiatischen Märkte waren ungewöhnlich unbeständig. Investoren hatten immer mehr Angst, ihre Aktivitäten und Anlagen auf nur eine Region zu konzentrieren.

In Südamerika gab es Anzeichen für eine Rezession – die Leute suchten nach anderen Märkten, anderen Chancen. Er überflog den Bericht, machte sich ein paar Notizen und öffnete den zweiten Umschlag. Er war weniger umfangreich und enthielt einige seiner eigenen Berichte über aufstrebende Märkte in Afrika. Er runzelte die Stirn. Warum gab ihm DiAngelo das zu lesen? Über das wirtschaftliche Potenzial seines eigenen Kontinents wusste wohl kaum einer besser Bescheid als Mat Ndava. Er lehnte sich zurück, griff nach dem dritten Umschlag, schlitzte ihn auf und las die Überschrift. *Baseline International: Firmenprofil.* Er runzelte erneut die Stirn. Von dieser Firma hatte er noch nie gehört. Als er am Ende der ersten Seite angelangt war, spürte er, wie sein Herz schneller klopfte.

Eine Stunde später, nachdem er die Seiten zum zweiten Mal durchgelesen hatte, legte er sie weg. Auf der letzten Seite war eine Notiz angeheftet. Er riss sie ab und las sie. Dann blieb er eine Weile in Gedanken versunken sitzen.

Zwanzig Minuten später stand er auf, ging in sein Schlafzimmer und kam mit einer Sporttasche zurück. Er warf seinen Mantel über, rannte die acht Stockwerke hinunter und hielt ein Taxi an. Es schneite noch immer, aber die Straßen waren geräumt worden. Es war nicht weit bis zu dem Fitnessclub auf dem Riverside Drive. Er stieg aus, bezahlte den Fahrer und lief schnell die Stufen hinauf.

Der Pool im Untergeschoss des Clubs war fast leer. Seine Oberfläche schimmerte in dem gedämpften grünblauen Licht. Ruhig atmend stand er am Rand des Beckens und wartete, bis er ganz entspannt war. Dann glitt er ins Wasser und genoss den Moment des Eintauchens, bei dem er kaum eine Welle verursachte.

Eine Stunde später verließ er den Fitnessclub und klappte den Kragen hoch gegen den beißenden Wind. Sein Kopf war klar, der leichte Kopfschmerz, den der Bericht ausgelöst hatte, verschwunden. Es hatte zu schneien aufgehört, er ging zu Fuß und genoss die körperliche Ausgeglichenheit, die das Schwimmen wiederhergestellt hatte. DiAngelos Notiz fiel ihm wieder ein. Er steckte die Hand in die Tasche und zog den zusammengefalteten Zettel heraus. *Finden Sie im Lauf der nächsten zwei Monate alles über Jim Harte heraus. Übermitteln Sie Ihre Ergebnisse ausschließlich an mich. Grüße, DiAngelo.* Das Wort »alles« war zweimal unterstrichen. Er steckte den Zettel wieder ein und ging weiter.

59

Estelle ließ einige Parfümtropfen zwischen ihren Brüsten hinabrinnen und tupfte dann schnell etwas davon auf die Handgelenke. Sie erhob sich leicht schwankend und rückte das zu enge Mieder ihres Abendkleids zurecht. Ihr war schwindlig – die Nachwehen des Alkohols in der vergangenen Nacht –, und sie konnte sich kaum konzentrieren. Wann hatte sie das Temazepam genommen? Letzte Nacht? Am frühen Morgen? Sie wusste es nicht mehr. Es fiel ihr immer schwerer, sich etwas zu merken. Vielleicht lag es an den Tabletten. Sie konnte schlecht einschlafen, vor allem nach einer Arbeitsnacht. Manchmal lag sie im Bett, warf sich herum, und ihre Gedanken wanderten ziellos umher. Dinge fielen ihr ein, an die sie tagsüber nie dachte – das hübsche kleine Township-Haus in Arcadia, der Geruch nach Fett, wenn Gloria morgens Eier briet, der Tisch im

Wohnzimmer mit der pinkfarbenen Decke und die grünen Kissen mit den abgenutzten Fransen. Je mehr sie sich bemühte, nicht mehr daran zu denken, desto mehr Erinnerungen überfluteten sie. Sue-Ann, die hinreißende Rothaarige aus Chicago, die im Apartment über ihr wohnte, hatte ihr die Schlaftabletten gegeben. Aber sie wollte nicht nur schlafen können, sondern vergessen. Alles. Sue-Ann war unbekümmert und offen. Ohne Temazepam könne sie überhaupt nicht mehr leben, gestand sie Estelle kichernd. *Nichts leichter als das – nimm eine Viertelstunde vor dem Zubettgehen eine … und du bist weg bis zum nächsten Morgen.* Sue-Ann hatte recht. Es fiel ihr immer schwerer, sich an etwas zu erinnern. Aber das wollte sie doch, oder?

Estelle nahm ihre Goldlamé-Tasche und rückte noch einmal ihr Oberteil zurecht. Sie sollte sich mit einem neuen Kunden treffen, jemand, bei dem es sich lohne, ihn zu behalten, sagte Mrs Deveraux energisch am Telefon. »Ich möchte, dass du absolut erstklassig aussiehst, Estelle. Er wurde uns von einem sehr lieben Freund vorgestellt, und ich habe ihm etwas Besonderes versprochen. Er möchte zwei von euch, Liebste.«

Estelle zuckte die Achseln. Das hatte sie schon gemacht. »Was immer er will, richtig?«

»Braves Mädchen. Ich denke, ich schicke Jody mit – ihr beide seht zusammen umwerfend aus. Es ist eine private Party, aber du bist natürlich nicht verpflichtet, irgendeinen der anderen Gäste zu bedienen. Lass mich wissen, wenn jemand nachgefragt hat.«

»Ja.«

»Bis dann, Liebste.«

Sie sah auf die Uhr. Fünf Minuten vor acht. Sie nahm ihre Pelzstola und ihre Tasche und ging zur Tür. Perko, der Fahrer, der Rolfs Stelle eingenommen hatte, kam immer zu früh, nie zu spät. Und tatsächlich blinkten die Rücklichter des Mercedes bereits im Dunkeln. Sie sperrte ab und ging ein wenig unsicher über das Kopfsteinpflaster.

»Guten Abend, Estelle«, murmelte Perko, als sie auf den Rücksitz glitt.

»Hi, Perko«, antwortete Estelle und bemühte sich, freundlich zu klingen. Sie mochte ihn. Manchmal überlegte sie, ob er sich wohl fragte, was sie machte. Was sie *alle* machten. Sein Job war, etwa ein Dutzend Mädchen, die in Mrs Deveraux' Diensten standen, von einem Auftrag zum nächsten zu befördern. Er machte nie eine Bemerkung, kein einziges Mal. Er war ein gut aussehender junger Mann, zurückhaltend und ruhig und immer höflich. Er sei aus Serbien, sagte er ihr einmal. Aus Belgrad. Sie hatte nur eine verschwommene Vorstellung, wo das lag. »Wir holen erst Jody ab«, sagte er und fuhr auf die Park Lane hinaus. »Und dann weiter direkt nach St John's Wood. Es herrscht ziemlicher Verkehr … wir sollten um neun dort sein.«

»Gut.« Sie lehnte sich zurück und sah aus dem Fenster.

»Sie wirken ein wenig traurig«, sagte er unerwartet, als er um Marble Arch herumfuhr.

Estelle blinzelte. Er sagte doch sonst nie etwas, schon gar nicht, welchen Eindruck sie machte. Sie seufzte. »Ja … ein bisschen. Ich weiß nicht. Ich bin müde, denke ich.«

»Aha.«

Sie blickte aus dem Fenster auf den Einkaufstrubel in der Oxford Street. »Es ist fast Weihnachten«, sagte sie plötzlich. »Schon wieder.«

»Haben Sie Familie, Estelle?«, fragte er, wieder zu ihrer Überraschung.

Sie zögerte einen Moment. »Nein.«

»Das ist schade. Weihnachten ist ein Familienfest.«

»Und Sie?«, fragte sie und nahm eine Zigarette aus der Tasche. Seine Fragen – und die seltsame Stimmung, die sie befallen hatte – machten sie nervös.

»Nein. Auch nicht.«

»Na, dann sollten wir zusammen feiern. Wir Waisenkinder.«

»Waisenkinder?« Manchmal verstand er ein Wort nicht.

Estelle zwang sich zu einem Lächeln. »Kinder ohne Eltern.«

»Ah. Aber wir sind keine Kinder.« Ihre Blicke trafen sich im Rückspiegel. Er lächelte ein wenig.

Estelle blickte weg. Sie konnte sich nicht zu einer Antwort überwinden.

»Hallo, Süße.« Jody öffnete die Autotür und schlüpfte neben sie. »Du riechst göttlich.« Sie grinste Estelle an. »Nicht wahr?«, fragte sie Perko gedehnt.

»Absolut.«

»Hier.« Sie öffnete ihre Tasche und holte einen Joint heraus. »Zieh mal. Du siehst aus, als könntest du's brauchen. Kopf hoch. Das wird ein totaler Spaß! Mrs Devereaux hat gesagt, er sei *wahnsinnig* reich.«

Estelle nahm den Joint, erwiderte aber nichts. Plötzlich schien ihr das alles mit »Spaß« gar nichts mehr zu tun zu haben. Außerdem war es endlos lange her, seit sie zum letzten Mal welchen gehabt hatte.

Der neue Kunde erwies sich als ein korpulenter Mann in mittleren Jahren mit leicht ergrautem Haar und altmodischen, etwas übertriebenen Umgangsformen. Sein Akzent war schwer einzuschätzen. Er küsste ihnen beiden die Hände und sah sie abschätzend von oben bis unten an. »Sehr hübsch«, murmelte er, als er das Hausmädchen anwies, ihre Mäntel zu nehmen. »Ganz außerordentlich hübsch.« Er führte sie in ein großes Wohnzimmer, ausgestattet mit viel Gold, weichen Sitzmöbeln und prächtigen Kandelabern. Es roch nach Zigarrenrauch. Zwei Männer erhoben sich, als die Mädchen eintraten. Drinks wurden gebracht, Zigaretten angezündet, Höflichkeiten ausgetauscht. Estelle und Jody schlüpften übergangslos und routiniert in ihre Rollen: Sie plauderten zwanglos und charmant, streckten ab und zu geschickt ein Bein aus, beugten sich weiter vor als notwendig, um sich Feuer geben zu lassen … und bald war die Atmosphäre sexuell aufgeladen. Estelle fing Jodys Blick auf – sie verständigten sich wortlos, dass Jody den ersten Schritt tun würde. Sie trug ein burgunderfarbenes Seidenkleid mit schenkelhohen Schlitzen. Jeden Moment würde sie aufstehen, anmutig den Kragen aufhaken und es fallen lassen. Vom Kunden hing ab, was als Nächstes geschah. Estelle lächelte in einer Wolke aus Zigarettenrauch in sich hinein. Die Männer fraßen ihnen aus der Hand.

Plötzlich klopfte es. »Ah, unser letzter Gast.« Der Kunde, der sie eingelassen hatte, sprang auf. »Wunderbar, wunderbar … jetzt können wir anfangen. Zieh dich aus«, sagte er zu Estelle und eilte so schnell er auf seinen kurzen dicken Beinen konnte zur Tür. Estelle erhaschte einen Blick auf einen großen grauhaarigen Mann im Anzug, der den Kopf abwandte, als er die Tür hinter sich zuschlug.

Jim packte heftiger Ärger, sobald er die Mädchen sah. Warum hielten Araber das immer für nötig? Ein Afrikaner hätte das nie getan. Bei den Tausenden von Abschlüssen, die er auf dem Kontinent schon getätigt hatte, war es immer nur um *Geld* gegangen. Einfach und sauber. Nicht um Frauen und bestimmt nicht um Huren. Er war nach St John's Wood gekommen, um den Vertragsabschluss zu feiern, nicht um von ein paar Nutten bedient zu werden. Bevor er die Tür zuwarf, hatte er einen kurzen Blick auf eine der Frauen geworfen. Sicher, sie war schön, aber dennoch.

Estelle spürte, dass hinter der geschlossenen Tür etwas vor sich ging. Obwohl sie ihn nur kurz gesehen hatte, wusste sie, dass der neue Gast verärgert war. Sie kannte sich aus mit Männern, konnte ihre Miene schnell deuten. Deswegen war sie so gut in ihrem Job. Sie wusste sofort, was ihre Kunden wollten, wie sie es wollten … wen sie in ihr sehen wollten. Plötzlich stand sie auf, ging zum Fenster und war sich bewusst, dass ihr vier Augenpaare folgten. Sie blickte in den Garten hinab. Die Bäume waren kahl, ihre dürren Äste zeichneten sich im gelben Lichtschein der Straßenlaternen ab. Sie hörte Stimmen im Gang.

»Sie verstehen mich nicht«, sagte der Neuankömmling. In seiner Stimme schwang unterdrückte Wut mit, die sie erregte. »Ich bin nicht interessiert.«

»Aber … aber sie sind doch so *schön* …«, winselte der Kunde. »Kommen Sie herein … ein Weihnachtsgeschenk.« Die Tür ging wieder auf, als er den Mann in den Raum locken wollte.

»Khoury«, zischte der Mann zornig. »Wenn ich Sex will, würde ich mir nie eine Hure nehmen.« Es folgte ein kurzes

Schweigen, dann hörte sie eine andere Tür, die aufgerissen und zugeschlagen wurde.

Kurz darauf trat Khoury mit rotem Gesicht wieder ins Zimmer. Er schnippte mit den Fingern in ihre Richtung. »Zieh dich aus«, befahl er. »Komm her.« Estelle hakte ihr Kleid auf, als sie den Raum durchquerte. Dann sagte er in einer Sprache, die sie nicht verstand, etwas zu seinem Freund. Sie kniete sich vor ihn nieder, wie er es befahl, und spürte plötzlich, wie ihr die Tränen kamen. Der verächtliche Satz hallte in ihr nach. *Wenn ich Sex will, würde ich mir nie eine Hure nehmen.* Khoury packte ihr Haar und drückte ihr Gesicht wütend in seinen Schoß. Er war vor seinen Freunden in Verlegenheit gebracht worden, und jemand musste dafür bezahlen. Man brauchte kein Genie zu sein, um sich auszurechnen, wer.

60

Er brauchte ein paar Sekunden, um sich klarzumachen, wo er war. Er schwitzte stark. Ein seltsam zischendes Geräusch kam von oben und im Abstand von etwa einer Minute ein Luftzug. Ein Ventilator, der über seinem Bett rotierte. Er war wieder zu Hause. In Afrika. Er schlug das zerknitterte Laken zurück und stand auf. Nackt durchquerte er das Zimmer und öffnete die Fensterläden. Über dem Meer brauten sich Sturmwolken zusammen, sie zeichneten sich bedrohlich schwarz am Horizont ab. Der Wind peitschte über den wogenden Ozean und fegte durch die labyrinthischen Gassen um das Hotel. Die losen Blechdächer der Häuser begannen gegeneinanderzuschlagen. In der Straße unter ihm rannten panische Hühner umher. Gegenüber packten die Röstbananen-Verkäufer ihre Pfannen ein und warfen die nicht verkaufte Ware in große blau-weiß gestreifte Plastiksäcke. Innerhalb von Minuten war die Straße leer. Nur die flatternden Plastikplanen an den Seiten der Stände blieben zurück. Dann ertönte ein Knall, ein bebendes Grollen, und der Himmel explodierte. Der Baum vor seinem Haus ächzte knarrend, als der Sturm zunahm und die ersten dicken Tropfen fielen. Innerhalb von Minuten war der dumpfe, heiße Geruch der Erde verschwunden. Die Regenzeit hatte begonnen. Spät in diesem Jahr.

Er zog das Fenster zu. In einer Ecke tropfte es bereits von der Decke. Dabei befand er sich angeblich in einem Fünf-Sterne-Hotel. Er holte das Handtuch aus seiner Tasche und ging in die Dusche. Zeit, in die Gänge zu kommen.

Zehn Minuten später stieg er mit nassem Haar die Treppe hinunter in die Hotelhalle. In dem locker sitzenden Khaki-Anzug, einem weißen Hemd mit offenem Kragen und einer teuren Aktentasche wirkte er wie einer der betuchten Touristen, die früher einmal die Strände von Freetown bevölkert hatten. Als er auf sie zuging, bemerkte die Rezeptionistin, dass er groß war, gut über eins achtzig, und durchtrainiert aussah. Seine Bewegungen waren schnell und präzise, sein Akzent leicht britisch, allerdings mit einem weiteren, schwer einzuordnenden Beiklang. Sie hätte das ohnehin nicht gekonnt – für sie war er einfach ein reicher, gut aussehender Weißer, wie man sie in der Gegend von Freetown nicht mehr oft zu Gesicht bekam. Doch als er sein Zimmer bar bezahlte, fiel ihr auf, dass seine Hände kräftig und seine Fingernägel sauber waren. Er schien ein netter Mann zu sein.

»Kommen Sie heute Abend nicht wieder?«, fragte sie, während sie die Banknoten zählte.

»Nein.«

»Hat Ihnen Ihr Aufenthalt gefallen?«

»Ja, danke.«

»Kann ich noch etwas für Sie tun?«, fragte sie schüchtern.

»Danke, nein.« Er schob ihr den Schlüssel zu. »Ein anderes Mal vielleicht«, sagte er und ging. Sie fragte sich kurz, wer er war. In letzter Zeit war Freetown voll mit Männern in Anzügen, die Sonnenbrillen trugen.

Im Innern des klimatisierten Wagens nahm Simon einen Stapel Papiere aus seiner Aktentasche. Er blätterte sie schnell durch, um sich auf die bevorstehende Besprechung vorzubereiten. Die Fahrt von Freetown bis Kono dauerte mindestens vier Stunden und führte durch unwirtliches Buschland. Als sie in die Hügel um die Hauptstadt hinauffuhren, schwankte und holperte der Land Cruiser über die schlechte Straße. Bei seinem letzten Besuch waren, wenn sie durch die Dörfer kamen, lachende, winkende Kinderscharen hinter dem Wagen hergelaufen. Jetzt nicht mehr. Niemand lachte mehr in Sierra Leone, am wenigsten die Kinder. Er blickte auf die üppige Landschaft hinaus und spürte den kalten Stahl seiner Waffe am Rücken. Er versuchte, sich zu entspannen. Er hatte die Pläne in der Aktentasche, eine Waffe bei sich und eine Reihe Instruktionen von Jim Harte – alles, was er brauchte, um den Job zu erledigen und die Verträge unterschreiben zu lassen.

Nachdem sie einige Zeit später eine Brücke überquert hatten, die auf beiden Seiten von ernsten jungen Männern mit Gewehren über der Schulter bewacht wurde, fuhren sie durch das letzte Waldstück. Dann breitete sich Grasland vor ihnen aus. Ein paar Hundert Meter entfernt stand ein altes Armeegebäude. Der Fahrer stellte den Motor ab, und sie blieben in völliger Stille sitzen.

»Wir warten«, sagte der Bodyguard auf die unausgesprochene Frage. Simon zuckte die Achseln. Solange er rechtzeitig wieder in Freetown war, um am Abend seinen Flug nach London zu erwischen, machte es ihm nichts aus. Er hatte keine Lust, auch nur eine Stunde länger als nötig an diesem feuchten, heißen Ort zu verbringen, wo man Freund und Feind nicht mehr unterscheiden konnte. Plötzlich kam eine Gestalt aus dem Gebäude, die Arme locker um die Waffe über seiner Schulter gelegt. Der Fahrer ließ das Fenster herunter und rief ihm etwas zu. Eine Sekunde später kam die Antwort.

»Kommen Sie.«

»Also los.«

Sie öffneten die Türen und stiegen aus. Die Hitze war unglaublich, wie ein Feuerofen, der einem die Feuchtigkeit direkt aus den Poren saugte. Selbst durch sein Jackett hindurch spürte er, wie das Metall seiner Waffe warm wurde. Sie überquerten die staubige Lichtung. Es war still. Auf einer Bank auf der Veranda lag eine schlafende Gestalt, trotz der Hitze bis auf die Fußsohlen in Tücher gewickelt. Sie gingen die Stufen hinauf, wo im Schatten des Haupteingangs zwei junge Männer warteten. Sie wurden hineingeführt. Die Dunkelheit im Innern traf sie so unvermutet, als tauchten sie in Tinte ein. Es dauerte eine Weile, bis sich ihre Augen daran gewöhnt hatten. In der Mitte des Raums stand ein alter Schultisch mit vier Stühlen darum. Auf einem saß rittlings, eine Zigarette im Mund, der Mann, um dessentwillen Simon fünftausend

Meilen zurückgelegt hatte. Er musterte Simon bedächtig von oben bis unten.

»Schön, dass Sie den weiten Weg auf sich genommen haben, Mr Carter«, sagte er und entblößte eine Reihe weißer gerader Zähne.

Simon nickte. »Scheußliche Fahrt.«

»Wollen wir hoffen, dass es sich für Sie gelohnt hat.« Simon antwortete nicht. Er legte die Aktentasche auf den Tisch. *Darf ich?*, fragte er mit einer Geste. Der Mann nickte. Hinter sich, im Dunkeln, spürte Simon die Aufmerksamkeit der anderen im Raum. Er zog den ersten Stapel Papiere aus dem Umschlag und überreichte ihn. Der Mann schnippte mit den Fingern, und der Lichtstrahl einer Batterielampe flammte auf. Schweigend las er und blätterte mit angefeuchtetem Zeigefinger die Seiten um. Trotz der Dunkelheit war es brütend heiß in dem Gebäude. Simon spürte, wie ihm der Schweiß den Rücken hinablief. Sehnsüchtig dachte er an das feuchte, neblige Land um Hartes Haus in Gloucestershire, das er letzte Woche verlassen hatte. So fern wie ein anderer Planet.

»Alles okay?«, fragte er den Mann kurz darauf.

»Ja. Es ist in Ordnung. Unterschreiben wir beide?«

»Ja.« Simon holte einen Stift aus der Tasche. *Schön langsam* – er zog ihn heraus und hielt ihn hoch. Jemand lachte. Er reichte ihn seinem Gegenüber und ließ ihn zuerst unterschreiben.

Zehn Minuten später war alles erledigt. Die unterschriebenen Dokumente waren in seinem Besitz. Man schüttelte sich die Hand, und er ging zurück zum Wagen. Fünfzehn Minuten später überquerten sie den vom Regen angeschwollenen Fluss und tauchten kurz darauf wieder in den Wald ein. Mit etwas Glück würde er in ein paar Stunden am Flughafen von Lunghi sein und abfliegen. Als wäre er nie hier gewesen. Wie um sein Glück zu beschwören, berührte er leicht die Aktenmappe und schloss die Augen.

61

Caryn sah auf ihre Uhr und gähnte mit offenem Mund, dass ihr Tränen in die Augen traten. Es war Silvester, zwei Uhr morgens – und sie war allein. Nic hatte sie zu einer Party nach Chelsea eingeladen, aber sie hatte abgelehnt. Sie wollte ihr erstes Silvester in den *eigenen* vier Wänden allein verbringen, ihre *eigene* Musik hören, ihre *eigenen* Pläne machen. Von draußen konnte sie das Knallen der Feuerwerkskörper und die Rufe betrunkener Partygänger hören. Sie saß drinnen in ihrer neuen, fast leeren Wohnung. Immer wieder blickte sie auf die frisch gestrichenen Wände, die abgezogenen Dielen, die Einbauküche an einer Wand des Wohnzimmers und ihre wenigen Möbelstücke: ein abgenutztes Sofa, das ihr ein Freund von Brian gegeben hatte, ein Schreibtisch von Nic, zwei Stühle, ein Bücherregal und ein paar Stücke aus der Wohnung in Baberton. Nicht viel, aber *alles gehörte ihr*.

Sie streckte die Arme über den Kopf und gähnte erneut. Sie konnte es immer noch nicht recht fassen. Ihre eigene Wohnung. Gekauft, wenn auch noch nicht ganz bezahlt. Nic und Tory hielten sie für verrückt – eine *Hypothek?* Im zarten Alter von fünfundzwanzig? Aber Caryn blieb eisern. Sie hatte nie etwas von Wert besessen und bestimmt nie etwas im Wert von 56 000 Pfund. Aber wie ihr der nette junge Mann bei der Baugesellschaft erklärt hatte, waren 56 000 Pfund über dreißig Jahre verteilt keine so große Summe für ein Ein-Zimmer-Apartment gleich bei der Charlotte Street. Solange sie ihre monatlichen Raten bezahlte, konnte es ihr keiner mehr wegnehmen. Sie wusste nicht, wie sie ihren Freundinnen erklären sollte, das allein dies mehr wert war als der Kaufpreis. Brian war inzwischen fünfzehn – alt genug, um für sich selbst zu sorgen. Kein Wunder, dass der Vorschlag, sie solle ausziehen, von ihm gekommen war. Owen war inzwischen wieder zu Hause, und Alice war wie immer – ihr ging es weder besser noch schlechter. »Ich und Owen kümmern uns um sie«, sagte Brian. »Du hast das lange genug getan.«

Sie stand auf und ging zum Fenster. Das Jahr, das gerade zu Ende ging, hatte ziemliche Veränderungen mit sich gebracht – eine neue Wohnung, einen neuen Job, neue Verantwortung. Sechs Monate nachdem sie bei Lighthouse Productions angefangen hatte, war sie befördert worden. Sechs Monate später noch einmal. Und heute, nach eineinhalb Jahren, war sie Direktionsassistentin und für fast alles verantwortlich – angefangen von den täglichen Drehplänen, wenn sie im Studio drehten, bis hin zur Beschaffung von tausend Extras in kürzester Zeit. Sie *liebte* ihren Job, und alle bei Lighthouse schienen sie zu mögen. Ihre Chefs, Martin Gilman und Rupesh Patel, waren Schulfreunde, und die Firma unterschied sich ganz grundlegend von Crystal Vision. Keine trendigen Büroräume im East End, keine weißen Computer und keine langbeinigen Rezeptionistinnen in Prada-Klamotten. Die Atmosphäre bei Lighthouse war professionell und absolut bodenständig. Eine Firma, die qualitativ hochwertige Kino- und TV-Filme produzierte.

Sechs Leute arbeiteten in dem schäbigen kleinen Lagerhaus an der St Anne's Road. Neben Martin und Rupesh gab es Gita, die Location-Managerin, Dave, den Toningenieur, und Jeff, den Produktionsleiter. Gita war Deutsche, eine zähe, hocheffiziente Kraft, vor der Caryn sich insgeheim ein wenig fürchtete. Jeff war New Yorker – blitzschnell, ungeduldig und völlig in seiner Arbeit aufgehend. Dave war ein intelligenter Eigenbrötler und sehr nett. Als sie anfing, gab er ihr deutlich zu verstehen, wie sehr er sie mochte, aber von Beziehungen am Arbeitsplatz hatte sie genug. Sie hatte ihn auf freundliche Weise abgewiesen, ebenso wie Katie, die Teilzeitkraft, die alles übernahm, was Caryn nicht schaffte. Hier gab es auch keine subtilen Unterscheidungen zwischen den einzelnen Angestellten, auf die Rowland so sehr gesetzt hatte. Was vermutlich auf Martins ungewöhnlichen Lebenslauf zurückzuführen war – erst Oxford, dann die Armee, dann eine Handelsbank. Mit Mitte dreißig wusste er dann, was er wirklich für den Rest seines Lebens machen wollte. Er schlug alle Vorsicht in den Wind und fing noch einmal ganz von vorne an. Er hatte noch immer den Teamgeist eines ehemaligen Soldaten, ein zäher, stämmiger Mann, der aussah, als wäre er mit einem Rugby-Ball in der Hand auf die Welt gekommen.

Ganz anders der nette, witzige Rupesh mit seinen verträumten braunen Augen hinter den Brillengläsern. Er hatte Grafikdesign studiert und dann den »Ton entdeckt«, wie er sagte. Er hatte praktisch jedes Studium und jeden Kurs absolviert, der im Bereich der Tonproduktion möglich war, und hinter dem Flair des verträumten Künstlers verbarg sich ein technisches Können, das alle Toningenieure, die sie bisher kennengelernt hatte, weit in den Schatten stellte.

In ihren kühnsten Träumen hätte sie sich nicht vorstellen können, dass sie eineinhalb Jahre nachdem sie von Rowland weggegangen war, an dieser Stelle sein würde. Sie herrschte Kameraleute an, plädierte bei Auftraggebern für mehr Zeit, verhandelte mit Behörden, achtete darauf, dass alles pünktlich abgeliefert und das Budget nicht überschritten wurde. Manchmal konnte sie es selbst kaum glauben: *Das ist mein Leben. Das ist jetzt mein Leben.*

62

Simon traf kurz nach elf Uhr abends ein. Die Party war in vollem Gang, die Musik und das Gelächter wurden immer wieder von dem Geräusch knallender Champagnerkorken übertönt. Er bahnte sich den Weg durch den überfüllten Flur in die Küche. Nach sechs Wochen Regenwald, umgeben von nervösen Soldaten und Massen von Insekten, waren die geschäftigen Straßen und die feuchte Kälte in London ein willkommener Schock.

»Etwas zu trinken?«, fragte jemand und hielt eine Flasche Rotwein hoch. Er sah auf die andere Seite des Tisches. Eine junge Frau mit kurzen dunklen Haaren und in einem engen roten Kleid warf ihm einen koketten Blick zu. »Bist du ein Freund von Maddie?«, fragte sie mit betörendem Lächeln.

»Danke.« Er nahm ein Glas Wein entgegen. »Nein, das bin ich nicht.«

»Wen kennst du dann hier?« Sie trank einen Schluck Wein und sah ihn an. Ihr Blick war kühn, raubtierhaft.

Simon seufzte. Nach einer Woche in Freetown hatte er genug von Raubtieren. »Alison Graeme«, antwortete er knapp.

»Ach, du bist einer von Allys Jungs«, sagte sie und rückte näher.

»Nein, nur ein Freund.«

»Ach du liebe Güte. Nur ein Freund …« Er unterdrückte den Drang, sie wegzustoßen.

»Simon. *Si*-mon!«, rief jemand vom anderen Ende des Raums. Es war Alison. Er drängte sich an der betrunkenen Frau vorbei und ging zu Alison hinüber.

»Simon«, sagte sie lachend. »Du bist doch noch gekommen! Hätte ich nicht gedacht.«

»Ja. Tut mir leid, dass ich so spät dran bin. Ich bin gerade erst zurückgekommen.« Er küsste sie auf die Wangen.

»Immerhin noch vor Mitternacht, mein Lieber. Komm, ich möchte dich ein paar Leuten vorstellen. Wie lange bleibst du in der Stadt? Und wo ist dein *hinreißender* Bruder?«

»In New York. Ich treffe ihn nächste Woche. Ich bin bloß ein paar Tage hier.«

»Wie schade. Sag ihm, dass wir ihn alle vermissen«, sagte Alison und schlängelte sich durch die Menge. »Es ist ja *Ewigkeiten* her. Oh, hal-*lo!*« Sie blieb bei einer Gruppe Leute stehen, die sich trotz des Lärms zu unterhalten versuchten. »Simon, das ist Jamie. Jamie, Simon ist einer meiner ältesten Freunde«, flötete sie. »Von der Universität. Und das ist Nic … sie ist auch …«

»Ally«, unterbrach sie jemand und fasste sie um die Taille. Als Ally weggezerrt wurde, schüttelte Simon lächelnd den Kopf und wandte sich wieder der Person zu, die sie ihm zuletzt vorgestellt hatte.

Doch sie war schneller. »Hallo, ich bin Nic. Leider habe ich Ihren Namen nicht verstanden.«

Er starrte die Frau an. Sie war vielleicht einen halben Kopf kleiner als er, schlank, glänzendes schulterlanges Haar, wundervoll geformte Augenbrauen über schrägen dunklen Augen und ausgeprägten Wangenknochen. Sie trug Schwarz.

Ihr Haar rieselte über ihre Schultern, als sie es zurückwarf. Er konnte es fast in seinen Händen spüren. Ihr Händedruck war fest. »Simon«, antwortete er und hatte sich schnell wieder gefangen.

»Offensichtlich mit Ally befreundet«, sagte sie lächelnd.

»Ja.« Er zögerte. »Und Sie?«

»Ich auch. Komisch, ich habe Sie nie auf ihren Partys gesehen.«

»Ich ... ich arbeite im Ausland«, erwiderte er und versuchte, sie nicht anzustarren. Sein Mund fühlte sich plötzlich trocken an. »Ich ... ich brauche noch etwas zu trinken. Was darf ich Ihnen bringen?«

»Ein Glas Rotwein, bitte.«

»Bin gleich wieder da.« Er ging zur Küche. Die Frau von vorhin küsste auf der Schwelle jemand anderen.

»Prost«, sagte er, als er zurückkam, und reichte Nic ein Glas. Er trank einen Schluck. Nachdem er sechs Wochen lang nichts anderes als lauwarmes Bier bekommen hatte, fand er den Wein köstlich.

»Prost«, sagte sie, stieß mit ihm an und sah auf ihre Uhr. »Noch zehn Minuten. Sie haben es gerade noch rechtzeitig geschafft.«

»Ja. Ich hab verschlafen. Bin gerade erst zurückgekommen.«

»Aus ...?«

Bevor er antworten konnte, tauchte Alison wieder auf und unterbrach sie. »Kommt mit, ihr beiden! Wir sehen uns das Feuerwerk vom Dach aus an!«

»Wir sollten lieber tun, was der Boss sagt«, meinte Nic lächelnd. Er hielt die Luft an. Zähne wie Perlen und ein strahlendes Lächeln, das ihr Gesicht aufleuchten ließ. Sie war umwerfend.

Sie stiegen mit dem Rest der Gruppe auf die Dachterrasse, von der aus man die Themse sehen konnte. Überall knallte Feuerwerk, der ganze Himmel war in bunte Farben und Licht getaucht. Alle begannen rückwärts zu zählen. *Zehn. Neun. Acht.* Er blickte auf Nic hinab. Sie hielt das Glas an die Lippen. *Sieben. Sechs. Fünf.* Sie sah offen zu ihm auf, und er spürte, wie sich plötzlich etwas in ihm löste. Er beugte sich hinunter, und mit einer Kühnheit, die ihn selbst überraschte, küsste er sie. »Gutes neues Jahr«, murmelte er und löste sich sofort wieder. Ihre Lippen waren warm und weich. Er musste sich beherrschen, um sie nicht gleich noch einmal zu küssen. Ihr Gesichtsausdruck war schwer zu deuten. Er hielt den Atem an.

»Gutes neues Jahr«, antwortete sie leise. Sie starrten sich an. »Wie wär's mit Champagner?«, fragte er, um die Spannung zu lösen.

Sie nickte. »Das wäre schön«, sagte sie mit belegter Stimme. Etwas klang darin, kein ausgeprägter Akzent, aber etwas, das ihm sofort vertraut vorkam und doch unerklärlich erschien. Er berührte ihren Arm über dem Ellbogen. Er wollte mehr über sie erfahren – was ungewöhnlich für ihn war.

Simon brauchte eine Weile, um sich durch die Menge in die Küche zurückzukämpfen. Er war schon fast am Kühlschrank, als sich eine Hand um seine Taille legte. Es war Alison. Sie grinste ihn an. »Aha! Hab ich dich erwischt«, rief sie über den Lärm hinweg.

»Wobei?«, fragte er lächelnd.

»Mit Nic Harte rumzuknutschen«, antwortete sie lachend. »Ich hätte wissen sollen, dass ihr zwei aufeinander fliegen würdet. Pass auf, sie ist ziemlich unwiderstehlich. Und immerhin Jim Hartes Tochter.«

Simon spürte, wie ihm das Blut aus dem Gesicht wich. Er starrte sie an. »Jim Harte? Bist du sicher?«

»Klar bin ich sicher. Ich kenne sie seit Jahren. Komisch, ich hätte gedacht, dass ihr beide … was ist denn los?«

»Al.« Simon versuchte, ruhig zu sprechen. »Tu mir bitte einen Gefallen.« Er packte sie am Arm und zerrte sie in den Gang hinaus.

Sie sah ihn an. Das Lächeln war aus ihrem Gesicht verschwunden. »Sicher. Was denn?«

»Ich muss weg. Wenn Nic … wenn sie nach mir fragt, sag einfach, du hättest keine Ahnung, wo ich sei.« Er zögerte. »Hör zu, ich weiß, es ist viel verlangt, aber würdest du bitte sagen, du wüsstest nichts über mich? Sag ihr nicht, woher ich stamme. Bitte. Es hat nichts mit ihr zu tun. Ich kann dir im Moment nicht mehr sagen. Es ist zu kompliziert.«

Alison sah ihn ruhig an. »Na, schön. Ich sag nichts. Aber ist alles in Ordnung mit dir? Du siehst nicht aus …«

»Ich bin in Ordnung. Bestimmt. Ich gehe jetzt lieber. Ich ruf dich an, wenn ich wieder in der Stadt bin.« Er umarmte sie schnell und hoffte inständig, Nic Harte nicht mehr zu begegnen, bevor er zur Tür hinaus war. Er nahm seinen Mantel und seinen Schal und stahl sich hinaus. Draußen lehnte er sich einen Moment lang gegen die Wand und holte tief Luft. Sein Herz raste. Er hatte gerade Jim Hartes Tochter geküsst. Mein Gott. Das war ein Ding!

63

Bloomin' Stories füllte ihr ganzes Leben aus. Aber selbst nach über eineinhalb Jahren hatte sie den Laden immer noch nicht im Griff. Bei jedem Auftrag für eine Hochzeit oder Firmenfeier passierte irgendein Unglück. Wenn sie nur an die Eröffnung der Private-Banking-Sparte der Midland Bank dachte – ein komplettes Desaster. Wochenlang hatte sie sich auf das Ereignis vorbereitet, hatte kräftige, herbstliche Farben, Braun-, Rot- und Goldtöne geplant und unter beträchtlichen Kosten zweihundert Cambria »Plush«-Orchideen aus Thailand einfliegen lassen. Den ganzen Abend hatten sie damit verbracht, sie kunstvoll in herrlichen cremefarbenen Porzellanvasen im Raum zu verteilen. Als sie kurz nach Mitternacht das Licht löschte, sah alles wundervoll aus. Mr Threlfall, der Bankier ihres Vaters und ihr Auftraggeber, war spätabends noch schnell vorbeigekommen. »Sehr eindrucksvoll«, lautete sein Kommentar. Die sonst so strenge Eingangshalle des eleganten Gebäudes an der Fenchurch Street wirkte völlig verwandelt.

Um halb zehn am folgenden Morgen rief Mr Threlfall sie mit Panik in der Stimme an. Während der Nacht war die Klimaanlage ausgefallen und jede einzelne Blüte verwelkt. Anstelle der üppigen bunten Pflanzen gab es nur noch gelbe Blätter, tote Blüten und kahle Stängel. Die Präsentation war auf zehn Uhr angesetzt. *Diesen* Kunden hatte sie verloren.

Eine Woche später kam der Mann vom Finanzamt.

Jemand hüstelte diskret. Tory blickte auf und zwang ihre Gedanken wieder in die Gegenwart zurück. Vor ihr stand ein junger Mann mit einem großen Strauß Rittersporn. Auf den ersten Blick gefiel ihr sein liebenswertes Gesicht. Er hatte kurzes dunkelbraunes Haar, auf schicke Weise leicht zerzaust, wie es die um die dreißigjährigen Banker aus der City derzeit trugen. Sein Anzug war gut geschnitten, und unter einem Rest Ferienbräune waren Bartstoppeln zu sehen. Sie rief sich zur Ordnung. Vermutlich kaufte er bloß ein paar Blumen für seine Frau oder Freundin.

»Hallo«, sagte sie leichthin, band einen Strauß Dahlien mit Bast zusammen und setzte ihr professionelles Lächeln auf. »Was kann ich für Sie tun?«

Er grinste. »*Oui* … ja. Ich möchte Blumen. Das ist doch ein Blumenladen, *non*?« Seine Stimme war tief und volltönend. Er war Franzose. Sein Akzent brachte plötzlich so viele Erinnerungen zurück, dass ihr die Knie weich wurden. Sie war froh, dass sie saß.

»Ja. Ganz recht.«

»Also … ja. Ich möchte ein paar Blumen. Die hier, denke ich. Ich habe sie aus dem Kübel draußen genommen. Ist das in Ordnung?«

Sie zwang sich zu einer möglichst beiläufigen Antwort. »Für jemand Bestimmtes?«

»Ah. *Pourquoi?*«

»Ach, nichts … es ist nur, dass wir immer eine kleine Geschichte zu den Blumen liefern. Auf einer Karte.« Sie zog eine der Karten heran. »Wie die hier.«

Er nahm die Karte entgegen. *Verbenen. In viktorianischer Zeit schlang man weiße Verbenen um den Hals eines kranken Kindes, in der Hoffnung auf Heilung.* Er gab sie zurück. »Ah, das ist sehr hübsch. Und was bedeuten diese Blumen?« Er deutete auf den Rittersporn.

Tory blätterte schnell den Kartenstapel durch. »Der botanische Gattungsname ›Delphinium‹ bedeutet ›kleiner Delphin‹ auf Griechisch«, las sie vor. »Wegen der Form der Blüte.« Es folgte ein kurzes beklommenes Schweigen.

»Hmm. Kleiner Delphin … *non* … sie ist kein Delphin«, sagte er mit einem Lächeln. Tory spürte einen Stich heftiger Enttäuschung. Also waren sie tatsächlich für seine

Frau oder Freundin. »Zu …« Er suchte nach dem richtigen Wort.

»Üppig?«

»*Oui, c'est ca.* Etwas *plus simple.*« Es gefiel ihr, wie er Französisch und Englisch vermischte. Ihr Puls raste.

Sie stand auf und ging zu dem Tisch, auf dem sie ihre Ware ausstellte. »Die sind hübsch«, sagte sie und nahm einen Strauß noch feuchter Rosen heraus. »Sie duften herrlich und halten über eine Woche.«

»Ah, *oui*, das ist es. *Parfait.*«

Sie packte sie schnell ein und suchte die passende Karte dazu. *Blühe, mein Liebling, blühe, frei von Tadel und Zweck, sei eine Rose, nur um Rose zu sein, für mich ist's genug, wenn die Blume erblüht.* Sie runzelte die Stirn. Wo um alles in der Welt hatte ihr Vater das denn gefunden? »Hier, das ist die Karte, die zu dieser Rosensorte gehört«, sagte sie und reichte sie ihm. »Es ist ein Gedicht. Von D. H. Lawrence.«

»Ah. *Wenn ich der Mond wäre, wüsste ich, worauf ich schiene.*« Tory sah ihn verständnislos an. »Auch von D. H. Lawrence. Aus einem Roman.« Sie musste lachen. Sein Gesicht war so ernst, als er es sagte. Sie wurde mit einem so herzlichen Lächeln belohnt, dass sie fast einen Schritt zurückwich.

»Ich … ich wässere sie bloß noch mal«, stammelte sie, »dauert nur einen Moment.«

Fünf Minuten später war er fort. Tory stand an ihrem Tisch und starrte ihm nach. Ach was … sie riss sich aus ihrer Träumerei. Er hatte bloß Blumen für seine Freundin gekauft. Sinnlos, einen Gedanken an ihn zu verschwenden, es gab wichtigere Dinge. Die Frage etwa, wann sie je kostendeckend arbeiten würde, von Profit machen ganz zu schweigen. Es war schwieriger, als sie gedacht hatte. Doch jedes

Mal, wenn sie am liebsten das Handtuch geworfen und aufgegeben hätte, dachte sie an den Gesichtsausdruck ihres Vaters am Tag der Vertragsunterzeichnung – voll Stolz, Angst und nervöser Erwartung. Und dazu noch etwas anderes, was seit der Nacht, in der Susie nicht mehr heimkam, verschwunden gewesen war. Hoffnung. Und darum konnte sie nicht aufhören. Weil sie hoffte, dass eines Tages der Schmerz nachlassen und das Leben weitergehen würde. Und was noch mehr war: Heute hatte sie sich zum ersten Mal zu jemandem hingezogen gefühlt, der nichts mit Susie, der Vergangenheit oder mit ihren Anstrengungen, ihr zu entkommen, zu tun hatte. Wie schade, dass er schon jemand anderem gehörte.

Nach seinem dritten Besuch in drei Tagen fiel endlich der Groschen. Der junge Franzose kaufte die Blumen nicht für seine Frau oder Freundin, sondern kam in den Laden, um *sie* zu sehen. Tory wusste nicht, was sie sagen sollte.

»Sagen Sie Ja«, bat er sie einfach. »Bloß ein Abendessen, das ist alles. Das verspreche ich Ihnen. Sonst will ich nichts. *Rien.*«

»Darum geht es nicht.« Tory musste lachen.

»Worum dann?«

Sie zögerte. »Ich kenne Sie nicht.«

»*Et alors?* Wie wollen Sie mich kennenlernen, wenn Sie nicht mit mir ausgehen?«

Na toll. Sie war völlig durcheinander. Es stimmte natürlich. Sie holte tief Luft. »Okay, *j'accepte*«, sagte sie schließlich. »Gehen wir essen.«

Er war entzückt. »Sie sprechen meine Sprache! Wunderbar. *Impeccable.*«

»Kaum. Ein paar Brocken«, antwortete sie lachend.

»Das reicht. Für den Anfang. Ich bringe Ihnen *alles* bei«, erklärte er auf die überschwängliche gallische Art, an die sie sich nur zu gut erinnerte. »Ich heiße übrigens Luc, Loic eigentlich. Aber Sie können mich Luc nennen.«

»Tory. Victoria eigentlich. Aber Sie können mich Tory nennen.«

»Sehen Sie. Schon haben wir etwas gemeinsam.«

Beim Essen am folgenden Abend fand sie heraus, dass er tatsächlich Banker war. Er arbeitete bei Credit Suisse, seine zweite Stelle in der City. Er stammte aus einem kleinen Dorf in der Nähe von Bordeaux, und seine Eltern waren Bauern. Die Blumen waren für seine Mutter gewesen. »Nur für den Fall, dass Sie sich gefragt haben. Sie hatte Geburtstag und war zum ersten Mal in London.«

»Ich? O nein …«, log sie. Und wurde dann puterrot.

Er war galant genug, das zu übersehen. »Ich glaube, ihr hätten die anderen besser gefallen … wie haben Sie sie genannt?«

»Rittersporn.«

»*Oui*. Die Rosen waren ein bisschen … *de trop*. Sie hat sich wegen des Preises Sorgen gemacht.«

»Sie hätten mir sagen sollen, dass die Blumen für Ihre Mutter sind«, antwortete Tory und versteckte sich hinter ihrem Weinglas.

»Aber dann hätten Sie nicht über mich nachgedacht.«

»Das habe ich nicht.«

»Ah, *oui*.«

Bei ihrer zweiten Verabredung am folgenden Wochenende fand sie noch ein bisschen mehr heraus. Er war einunddreißig und lebte allein in einer kleinen Wohnung in Battersea.

Er war ein begeisterter Fußballfan und hatte zwei ernsthafte Beziehungen hinter sich. »Möchten Sie nichts darüber wissen?«, erkundigte er sich, als sie keine weitere Frage stellte.

»Nein. Nicht unbedingt. Warum?«

»Aber *alle* Frauen wollen das wissen. Was mit der letzten war und so weiter.«

»Ich nicht.«

»*Vraiment?* Aber ich möchte etwas über Sie wissen.«

»Sie wissen schon etwas über mich«, erwiderte sie vorsichtig.

»Ja, aber keine Einzelheiten.«

»Die Einzelheiten sind nicht wichtig«, antwortete sie und ließ zu, dass er ihr zögernd über die Wange strich.

»Natürlich sind sie wichtig. Wie soll ich Sie sonst kennenlernen? Ich meine … ich weiß, dass Sie ein erfolgreiches Geschäft haben, dass Sie klug und talentiert sind und *très belle* natürlich. Aber sonst?«

Tory schwieg. Darauf war sie nicht vorbereitet. Seine Unbeschwertheit hatte sie angezogen, wahrscheinlich, weil sie ihr selbst abging. Aber sich nach ein paar Treffen schon so sehr zu öffnen wie er, das konnte sie nicht. Sie war nicht sicher, ob Luc mit ihren schwierigen Seiten, wie sie es nannte, umgehen konnte.

»Nun«, sagte sie langsam, »da gibt's nicht viel zu erzählen. Ich bin in London aufgewachsen, in Fulham … ganz in der Nähe, wo Sie jetzt wohnen. Ich lebe immer noch bei meinen Eltern. Ich sollte ausziehen, ich weiß. Aber das ist nicht leicht.« Sie schwieg einen Moment. Dann holte sie tief Luft. »Ich hatte eine Schwester. Sie wurde ermordet, als ich sechzehn war. Ich verstehe mich nicht gut mit meiner Mutter. Manchmal denke ich, es wäre ihr lieber, meine Schwester wäre noch am Leben, nicht ich. Das sind ein paar der Einzelheiten, wie Sie es nennen.« Sie hob den Kopf und sah ihn fast trotzig an. In Lucs sonst so offenem, fröhlichen Gesicht stand so viel Schmerz, dass es fast komisch wirkte. »Nun«, murmelte sie und senkte den Kopf wieder über ihren Teller, »Sie haben gefragt.« Viele Männer wären abgeschreckt gewesen, Luc jedoch offenbar nicht.

Schweigend verließen sie das Restaurant. Instinktiv schien er zu wissen, dass sie den nächsten Schritt tun musste. »Wohin möchten Sie?«, fragte er und ließ den Wagen an.

Tory holte wieder tief Luft. »Nach Battersea?«, fragte sie fast schüchtern. Die Hand, die ihr Knie berührte, war warm. Er küsste sie, und das war ein Versprechen auf das, was kommen würde.

Er war ganz still, während er sie liebte, als könnte ihn nichts auf der Welt von ihr ablenken. Er war auch zärtlich. Tory hielt während des ganzen Liebesakts die Augen geöffnet, wie um nicht zu vergessen, wer er war. Natürlich musste sie an Thierry denken, als er ihr auf Französisch Zärtlichkeiten zuflüsterte. Aber Luc war nicht wie Thierry. Der war ein geschickter, erfahrener Liebhaber gewesen, hatte aber niemals offen oder spontan reagiert. Der Mann, der nun neben ihr lag, war ganz anders. Nachdem er erschöpft in ihre Arme gesunken war, überkam sie ein köstliches, heißes Gefühl. So nahe war sie einem Orgasmus noch nie gekommen. Aber das machte ihr nichts aus. Sie genoss das Gefühl, gehalten, liebkost, geliebt zu werden. Luc besaß Wärme – viel Wärme –, und er gab sie weiter. Neben ihm hob und senkte sich ihre Brust im gleichen Rhythmus wie seine Atemzüge. Er räusperte sich leise, und seine Hand zuckte ein wenig, als könnte er nicht ganz zur Ruhe kommen, und sie legte ihre Hand auf die seine. Sie fühlte, wie er lächelte. Flüchtig dachte sie an Caryn und Nic. Was sie wohl dazu sagen würden?

64

Caryn setzte sich mit ihrer Teetasse aufs Sofa. Es war fast neun Uhr abends, und draußen regnete es. Das machte es ein bisschen leichter, immer noch zu arbeiten, statt … nun, was sonst? Sie lächelte wehmütig in sich hinein. Nic jammerte immer noch über das unerklärliche Verschwinden eines Mannes, den sie bei einer Silvesterparty kennengelernt hatte, und Tory war völlig in Anspruch genommen von jemandem, der in ihren Laden gekommen war – sie selbst hatte immer noch niemanden getroffen, und deshalb saß sie an einem Freitagabend zu Hause und arbeitete.

Sie seufzte und nahm die Unterlagen in die Hand, die ihr Martin auf den Schreibtisch gelegt hatte. Er wollte ein Stück verfilmen, das an einem Theater in Soho herausgekommen war. Das Budget war winzig. Sie konnten kein Bühnenbild bauen, dachte Caryn und machte eine Notiz an den Rand. Man müsste nach passenden Drehorten suchen. Sie spürte eine gewisse Aufregung. Sie war eigentlich nicht für Locations oder Casting verantwortlich, aber für die Vorbereitungen, was ihr sehr gefiel. Sie blätterte das Arbeitsskript durch und begann, sich verschiedene Szenarien vorzustellen. Das Stück handelte von der Partnersuche in London – vier verschiedene Paare mit sehr unterschiedlichen Problemen –, und es interessierte sie sofort. Vieles davon hätte aus ihrem eigenen Leben stammen können – abgesehen von der Tatsache, dass sie sich mit niemandem traf.

Sie begann, die einzelnen Aufgaben aufzulisten. Die Einladungen zum Casting, die Drehorte, Drehbuchautoren, Techniker, Proben … in den kommenden Wochen würden sie und Martin eng zusammenarbeiten, um die wichtigsten Entscheidungen zu treffen, damit die Dreharbeiten so schnell wie möglich beginnen konnten. Martin verließ sich inzwischen vollständig auf sie. Caryn könne Probleme vorausahnen, meinte er, was Zeit sparte – und natürlich, zu seiner großen Freude, auch Geld.

65

Mat legte die einzelnen Blätter sorgfältig vor sich zurecht, um die verschiedenen Stationen des Lebens, das er während der letzten Monate untersucht hatte, nicht durcheinanderzubringen. Was als zweimonatige Recherche geplant war, hatte schließlich ein halbes Jahr in Anspruch genommen. Eigentlich war er erstaunt, dass er dafür so lange freigestellt worden war. Aber je tiefer er eindrang, umso neugieriger wurde er, und gegen Ende hätte er beim besten Willen nicht mehr aufhören können. DiAngelo war geduldig. *Besorgen Sie mir einfach alles, was es über ihn gibt*, sagte er immer wieder. *Es ist mir egal, wie lange es dauert.* Was würde DiAngelo mit den Informationen anfangen? Er hatte es abgelehnt, Mat während seiner Nachforschungen zu treffen, sondern nur ohne mit der Wimper zu zucken alle Spesenbelege abgezeichnet. Und Mat war tatsächlich fast überall gewesen, in New York, London, Harare, Johannesburg, Kinshasa, Lomé, Freetown und auf den Kapverden. Aber es hatte sich gelohnt.

Die Tür zum Konferenzraum ging auf, und DiAngelo

trat ein, gefolgt von zwei Männern, von denen er einen kannte. »Mat, schön, Sie zu sehen«, sagte DiAngelo herzlich. »Ich habe ein paar Herren dazugebeten«, fuhr er fort. »Don McCormack haben Sie, glaube ich, noch nicht kennengelernt, und Winston Freedland. *Sir* Winston, sollte ich sagen. Ihr Briten und eure verdammten Titel.« Er lächelte. Mat versuchte, sein Erstaunen zu verbergen. Was machte Winston Freedland hier? Er war der Besitzer einer Reihe britischer Zeitungen, darunter die *FT*, die größte Konkurrentin von *World Economic Digest.* Was ging hier vor? »Ich erkläre Ihnen später alles«, sagte DiAngelo, als er Mats fragenden Gesichtsausdruck sah. »Aber wir können ganz offen sprechen. Halten Sie nichts zurück.«

»Kein Problem.«

Mat stand auf, räusperte sich und schaltete den Overhead-Projektor an. Er drehte sich zu den drei Männern um. »Der Bericht hat drei Teile. Erstens der Hintergrund von RhoMine, den Sie wohl zum größten Teil bereits kennen. Dann werde ich kurz über die geopolitische Lage Südafrikas sprechen, und zuletzt stelle ich Ihnen das ausführliche Dossier über Jim Harte vor. Sie erhalten natürlich Kopien vor dem Ende des Meetings.«

Sir Winston beugte sich vor. Sein massiger Körper war in einen der komfortableren Sessel gezwängt, wo er allerdings nicht bequem zu sitzen schien. Seine dicken Finger spielten mit einem Stift, aber die blauen Augen waren wach und aufmerksam. Er galt zwar als Bonvivant, wie Mat wusste, aber bestimmt würde ihm kaum etwas entgehen. »Machen Sie es kurz, Junge«, sagte er etwas herablassend. »Ich muss mein Flugzeug erwischen.«

Mat ignorierte ihn. Wie viele Wirtschaftsmagnaten ließ sich auch Sir Winston kaum eine Gelegenheit entgehen, andere an seine Stellung zu erinnern. DiAngelo unterdrückte nur mühsam ein gereiztes Seufzen. »Ein Teil von Hartes Erfolg«, fuhr Mat locker fort, »war natürlich die Umwandlung eines relativ unbedeutenden Minenunternehmens in den globalen Konzern, der RhoMine heute ist. Vieles in diesem Bericht konnte man bereits in der Presse lesen, vor allem nachdem er versucht hat, den Londoner *Telegraph* zu kaufen. Sie alle wissen bestimmt, dass die britischen Behörden Harte in den vergangenen Jahren Steuerhinterziehung und Geldwäsche vorgeworfen haben.« Mat hielt inne. »Er ist ein bemerkenswert vielschichtiger Mann. Anfangs war ich der Meinung, seine Lebensgeschichte entspräche mehr oder weniger den bekannten Fakten.« Er sah die Männer vor sich an. Es herrschte spürbare Spannung im Raum. »Aber Jim Hartes offizieller Lebenslauf könnte von der Wahrheit nicht weiter entfernt sein. Sein geschäftliches Gebaren – der Vorwurf der Steuerhinterziehung einmal ausgenommen – ist tatsächlich relativ klar und simpel, aber nur – und das ist der interessante Punkt –, wenn man den Mann hinter der Firma versteht.«

»Was soll das heißen?«, fragte McCormack verwundert. »Öl, Mangan, Bauxit, Diamanten … Autohandel und ein paar Banken … das ist doch völlig wahllos. Warum so viele Unternehmen, die nichts miteinander zu tun haben?«

»Nun, da hätten wir's. Oberflächlich gesehen scheint er ein durchschnittlicher Typ zu sein. Ja, er hat mehr Geld als die meisten, aber er ist mutig und zäh. Mitglied in allen wichtigen Clubs. Häuser in England und Simbabwe, in den Alpen und auf den Bahamas …«

»Worauf wollen Sie hinaus, Mat?«, fragte DiAngelo leicht ungeduldig.

Mat hob die Hand. »Lassen Sie mich ausreden. Harte

gibt sich ein bestimmtes Image. Aber dieser Mann ist er gar nicht. Folgendes *glauben* wir zu wissen: Er ist Brite, Anfang der 1930er Jahre geboren, ging mit neunzehn nach Rhodesien und arbeitete für britische Firmen, bis er im Alter von einundzwanzig Kanyemba kaufte, seine erste Mine. 1970 heiratete er in London eine Engländerin, Jane Gough-Miller, die Tochter von Lord Gough-Miller. Mit ihr hatte er zwei Söhne, die jetzt in verschiedenen Bereichen seines Konzerns arbeiten. Der älteste, Patrick, heiratete vor ein paar Jahren Sir James Barclays Tochter Annette. Jane Gough-Miller starb ein paar Jahre später – angeblich hat sie Selbstmord begangen, obwohl das nicht bewiesen wurde. Kurz nach ihrem Tod heiratete er Sarah Parker, eine Schulfreundin von Jane aus Internatszeiten. Sie hatten eine Tochter, Nicola, die jetzt Mitte zwanzig ist. Sarah Parker starb 1977 bei einem Jagdunfall in der Nähe ihres Hauses in Chinhoyi.« Er sah, dass die drei Männer schnelle Blicke austauschten. »Wieder gab es Gerüchte – er habe eine Affäre gehabt, *sie* habe eine Affäre gehabt … aber wiederum wurde nichts bewiesen.«

»Beides Frauen aus guten Familien. Und beide tot?« McCormack zog eine Augenbraue hoch.

»Wie gesagt, es gab Gerüchte, aber keinerlei Beweise. 1986 heiratete er seine dritte Frau, Molly Crenshaw. Er und Molly haben eine kleine Tochter, die in England die Schule besucht. Wie ich eingangs sagte, das ist, was wir wissen.« Er sah die drei Männer an, die ihm gespannt zuhörten. »Das herauszufinden, was ich Ihnen jetzt erzählen möchte, hat länger gedauert, als ich dachte. Aber ich denke, wir können ein ganz gutes Bild von dem zeichnen, was wir *nicht* wissen.«

»Sie sagen ›wir‹«, unterbrach ihn McCormack. »Ich dachte, Sie hätten allein daran gearbeitet?«

»Soweit *WED* daran beteiligt ist, habe ich allein gearbeitet«, antwortete Mat. »Aber diese Menge an Informationen kann man nicht allein sammeln.«

»Und es besteht kein Risiko, dass diese Nachforschungen zu uns zurückverfolgt werden können?«, erkundigte sich DiAngelo, offenbar mehr um McCormack zu beruhigen als aus eigener Besorgnis. Die drei Männer vor ihm waren von ganz anderer Art als derjenige, dem er in den letzten sechs Monaten auf der Spur gewesen war. Keiner von ihnen hatte das Zeug zum Kämpfer, nicht einmal DiAngelo. Gute Gehälter und Boni hatten sie über die Jahre verweichlicht, sie bequem und dick werden lassen. Sie waren nicht mehr hungrig. Jim Harte war anders, und Mat wusste, warum. Er hatte im wahrsten Sinn des Wortes hungrig begonnen.

Er schaltete den Projektor ein und dimmte das Licht. Verwunderte Blicke auf die Leinwand. Es war eine Karte von Westafrika. Mat deutete auf eine kleine Inselgruppe vor der Küste von Senegal. »Die Kapverdischen Inseln. Von Alvise Cadamosto im 15. Jahrhundert für die Portugiesen entdeckt. Sie sind sowohl geografisch wie kulturell interessant. Eine Zwischenstation für den Sklavenhandel im 18. und 19. Jahrhundert und später für die Südafrikanische Fluggesellschaft auf dem Weg nach Europa. Wie Sie wissen, durfte die SAA den afrikanischen Luftraum nicht überfliegen.«

Erneut fragte DiAngelo gereizt: »Worauf wollen Sie hinaus, Mat?«

»Ich liefere Ihnen nur ein bisschen Hintergrund«, erwiderte Mat ruhig.

»Aber wofür?«

»Für Jim Hartes Geburtsort. Denn dies, meine Herren, ist sein Geburtsort. Ich glaube, dass hier der Schlüssel liegt für die meisten Entscheidungen, die er je getroffen hat.«

Es herrschte Schweigen im Raum. »Die Kapverden?«, murmelte McCormack. »Das ist lächerlich. Er ist *Engländer*. Zumindest Rhodesier.«

»Nein, weder noch. Jim Hartes wirklicher Name ist James Habib.« Die drei staunten noch mehr. »Er wurde als Sohn einer anglo-deutschen Mutter und eines libanesischen Vaters in einem Internierungslager auf der Insel Sao Antao auf den Kapverden geboren. Die Habibs waren auf dem Weg von Swakopmund in Deutsch-Südwestafrika nach Düsseldorf, als der Zweite Weltkrieg ausbrach. Sie befanden sich an Bord der *Mandelstam*, die vor der Küste Senegals in Seenot geriet. In Rettungsbooten kamen sie nach Banjul, das natürlich britisch war, darum brachte man sie zur Île St Louis nördlich von Dakar. Dort hatten die Franzosen während des Ersten Weltkriegs ein Internierungslager errichtet. Als in Frankreich das Vichy-Regime an die Macht kam, wurden sie auf die Kapverden gebracht. Auf dem Schiff nach Sao Antao kam James Habib zur Welt. Die ersten acht Lebensjahre verbrachte er in Mindelo, der zweitgrößten Stadt der Insel. Nachdem beide Eltern gestorben waren und der Junge mehr oder weniger von den Lagerkommandanten aufgezogen worden war, schickte man ihn 1948, drei Jahre nach Ende des Krieges, nach Portsmouth zu einem Onkel mütterlicherseits.«

»Das ist absolut *ungewöhnlich*«, sagte Sir Winston und lehnte sich zurück. »Warum weiß man nichts darüber?«

»Nun, wenn Sie mir eine Spekulation erlauben: Ich vermute, weil wir ihn anders sehen wollen. Ich meine, die Informationen sind zugänglich, wenn jemand sich die Mühe macht, nachzuforschen.«

»Was wollen Sie damit sagen?«

»Sie erinnern sich doch alle an die Aufregung über die Al-

Rahmani-Brüder?« Alle nickten. »Als sie zum ersten Mal in London auftauchten, nahm man an, sie hätten Geld. Eine alte ägyptische Reeder-Dynastie, teure Häuser auf der ganzen Welt und dergleichen. Weshalb sie überall wohlgelitten waren. Als herauskam, dass ihr Vater Ziegenhirte war, war der Schock groß. Später stellte sich heraus, dass die Brüder nie gelogen hatten, sie hatten nie behauptet, in Eton gewesen zu sein oder aus einer steinreichen Familie zu stammen. Es waren alles nur Gerüchte, Vermutungen und was Leute eben glauben wollten. Ich denke, Jim Harte ist ein weiteres Beispiel dafür. Er *sieht aus* wie ein englischer Landedelmann, er *spricht* so, er hat das Geld … und wir alle haben uns den Rest selbst ausgemalt.«

»Wollen Sie damit sagen«, fragte Sir Winston, »dass Jim Harte nichts anderes ist als ein nach oben gekommener arabischer Flüchtling? Dass alles Schwindel ist?«

Mat zuckte innerlich zusammen. »Nein, ganz und gar nicht. Ich sage nur, dass er nicht viel zu verlieren hatte. Er ist ein Einzelgänger, immer schon gewesen, seit früher Jugend auf sich allein gestellt. *Und* er ist ein Chamäleon. Er spricht sechs Sprachen, offensichtlich alle gleich gut. Dank seines Großvaters mütterlicherseits besitzt er einen britischen Pass, aber er fühlte sich nie einer Gemeinschaft, einer Nation zugehörig. Soweit ich feststellen konnte, sprach er mit seiner Mutter deutsch, mit seinem Vater arabisch, mit den Behörden französisch und mit den Leuten portugiesisch. Ich schätze, dass es in England ziemlich starke antideutsche Ressentiments gab, als er in den 1940er Jahren hier eintraf …«

»Ihre Annahme ist völlig richtig«, unterbrach Sir Winston und warf DiAngelo einen bewundernden Blick zu.

»Daher vermute ich, dass er die Herkunft seiner Eltern verschwieg. Er wurde schließlich zu demjenigen, den die

Leute in ihm sehen wollten. Ein junger Engländer. Und so hat er es sein ganzes Leben lang gehalten. Vielleicht sogar unbewusst.«

»Und Sie glauben, das ist der Grund für seinen immensen Erfolg im südlichen Afrika?«

»Nun, soweit ich sehen konnte, trifft er ungewöhnlich kluge Entscheidungen. Er wird von keinerlei Ideologien behindert. Er war einer der ersten Weißen, die in den 1970er Jahren die Befreiungsfront ZANU unterstützt haben, als noch niemand ihr eine Chance gab. Er stand mit allen in Verbindung – mit Mugabe, Nkomo, Muzorewa … mit allen. Er hat ein unglaubliches Gespür für Gewinner, eine Fähigkeit, die man vermutlich in einem Internierungslager entwickelt. Er teilt die Welt ganz klar ein – Profit oder Verlust. Sonst nichts. Religion, Nationalität, Rasse – so etwas bedeutet jemandem, der nie irgendwo dazugehört hat, wahrscheinlich nicht viel.«

»Und seine Familie? Sie sagten, seine Söhne führen einen Teil seines Unternehmens. Was wissen wir über sie?«

»Harte hält Details über seine Familie absolut unter Verschluss, daher konnten wir nicht viel in Erfahrung bringen. Der älteste, Patrick, führt das Handelsunternehmen, das die gesamte Region mit Fahrzeugen beliefert. Es ist nicht hundertprozentig klar, wie Harte die Rechte dafür bekommen hat, aber wenn ich das herausfinden soll, brauche ich noch ein paar Monate. Der zweite Sohn führt das Safari-Geschäft – lukrativ, aber strategisch vermutlich nicht wichtig.«

»Er hat eine erwachsene Tochter, sagten Sie?«

»Ja, Nicola. Ich habe ein paar Fotos von den Söhnen gefunden, aber nichts über die Tochter. Ich denke, man darf annehmen, dass sie keinen direkten Einfluss bei RhoMine hat.«

»Das glaube ich alles nicht«, stieß Sir Winston hervor.

»Alles, was ich Ihnen gesagt habe, steht in dem Bericht«, sagte Mat. »Es gibt nur noch eines, was ich nicht lösen konnte, und ich muss zugeben, das bereitet mir einige Sorge.«

»Was ist das?«, fragte DiAngelo scharf.

»Es hat mit Diamanten zu tun. Wie Sie in dem Bericht lesen werden, waren Diamanten der Hauptgrund für den Profit von RhoMine. Harte gehören die drei größten Minen in Simbabwe und noch ein paar mehr in Sambia, aber es gibt ein Unternehmen, das *meiner* Ansicht nach mit RhoMine verbunden ist und in Sierra Leone zu arbeiten begonnen hat. Normalerweise wäre nichts Besonderes daran, abgesehen von der Tatsache, dass die Mine – Kono – mitten im Territorium der RUF, der Revolutionary United Front, liegt. Ich will über Sierra Leone gar nicht viel erklären – das können wir ein anderes Mal machen –, aber das Land wird von Rebellen kontrolliert, und das bedeutet, dass der Westen keine Diamanten aus diesem Gebiet kaufen sollte. Für die Sicherheit der Mine sorgt eine Firma namens Baseline International, die auf den Cayman Islands als Tochtergesellschaft von Global Strategies geführt wird. Diese wiederum ist die Betreiberin der Beira-Öl-Pipeline, und die Pipeline gehört ...«

»RhoMine«, warf Don McCormack ein.

Mat nickte. »Der Konflikt in Sierra Leone nimmt an Schärfe zu, und jemand erzielt hohe Gewinne, indem er die Steine außer Landes bringt. Auf den ersten Blick sinkt der Wert von Diamanten, je mehr Steine auf den Markt geworfen werden ... was für De Beers und alle anderen, einschließlich RhoMine, schlecht wäre. Andererseits ist Sierra Leone ein sehr reiches Land, und Diamanten sind nicht seine einzigen wertvollen Rohstoffe. *Wenn* Harte damit zu tun hat – und ich sage deutlich, wenn –, heißt das, er unterstützt die RUF. Und Harte – das habe ich in den letzten sechs Monaten gesehen – unterstützt keine Verlierer. Darüber sollten Sie vielleicht nachdenken, meine Herren. Schönen Tag noch.«

66

»Estelle? Du hörst mir nicht zu!«, sagte Mrs Devereaux ärgerlich.

Estelle fuhr aus ihrem Tagtraum hoch. »Tut mir leid. Ich … ich hab bloß nachgedacht …«, murmelte sie.

»Du wirst nicht fürs *Denken* bezahlt, Estelle, sondern, um es mal ganz klar zu sagen, fürs Ficken. Und das hast du in letzter Zeit nicht oft genug getan. Ich kann nicht ständig Kunden abweisen, meine Teuerste. Fabien hat schon zwei Mal diese Woche angerufen, und ich musste ihm Tamsin geben. Um Himmels willen!« Sie sah Estelle eindringlich an. »Was ist denn los mit dir?«

Zu ihrem Entsetzen spürte Estelle, wie ihr plötzlich die Tränen kamen. Sie wischte sie schnell weg. Es war das Wort »Teuerste«. So hatte Gloria sie immer genannt. Seit Jahren hatte sie nicht mehr mit ihrer Mutter gesprochen. Erneut kamen ihr die Tränen. »Ich … ich …« Sie sprang auf, lief ins Badezimmer am Ende der Suite, schloss die Tür und begann zu schluchzen. Was war bloß los mit ihr? Das war doch überhaupt nicht ihre Art. Aber seit dem Abend, als Mr Khourys Besucher sie verächtlich als Hure bezeichnet hatte, war sie ins Grübeln gekommen. Über das, was aus ihrem Leben geworden war, über die Männer, mit denen sie ins Bett ging. Es genügte plötzlich nicht mehr, dass sie es mit

Energie und Entschlossenheit geschafft hatte, aus Arcadia ins schnelllebige London zu kommen, und es kam ihr erbärmlich vor, für reiche Männer die Beine breit zu machen. Schmutzig statt smart. Dabei hatte sie doch alles – tolle Wohnung, Chauffeur, Klamotten, Schuhe, Schmuck. Sie begleitete die Männer an Ferienorte, über die sie früher nur in Zeitschriften gelesen hatte. Sie flog mit Privatjets, wohnte in Villen mit Privatstränden. Warum reichte das nicht mehr? Sie hatte es doch geschafft? Also warum diese schreckliche, quälende Leere? Sie holte tief Luft und versuchte sich zu beruhigen. Mrs Devereaux war besorgt, und bald würde ihre Sorge in Ärger umschlagen. Estelle konnte nicht ständig Jobs ablehnen, sie musste sich zusammenreißen. Sie hatte keine andere Wahl.

Sally Devereaux sah Estelle eindringlich an, als sie aus dem Badezimmer kam. Was war los mit ihr? Hatte sie sich verliebt? Das passierte ab und zu, obwohl sie ihr Bestes tat, das zu unterbinden.

»Bist du etwa schwanger?«, fragte sie.

Das Mädchen wirkte aufrichtig erstaunt. »Nein, natürlich nicht.«

»Also, was ist es dann?« Sie hatte keine Lust, länger um den heißen Brei zu reden.

Estelle zögerte. Sie blickte Sally mit ihren unglaublichen blaugrünen Augen an und seufzte. »Ich … ich … habe Heimweh, glaube ich«, antwortete sie schließlich und spielte nervös mit den Fingern. Sally war überrascht. Nie hatte Estelle etwas von ihrem Zuhause erwähnt.

»Woher kommst du denn?«, fragte sie nicht gänzlich ohne Anteilnahme. Schließlich war das Mädchen erst Anfang zwanzig.

»Aus Simbabwe«, antwortete Estelle nach einer Weile. Sally blieb der Mund offen stehen. Sie hätte auch ›auf dem Mond‹ sagen können.

»Deine Eltern leben in *Simbabwe*?«

»Nur meine Mum«, antwortete Estelle und schnäuzte sich.

»Was ist mit deinem Vater?«

Estelle zuckte bemüht gleichgültig die Achseln. »Er … er ist vor meiner Geburt weggegangen. Er lebt hier in England, glaube ich.«

»Ich verstehe. Du hast ihn nie kennengelernt?«

»Nein. Als ich jünger war, dachte ich, ich könnte ihn vielleicht finden.« Sie drehte nervös an dem Ring an ihrem Finger.

»Und warum unternimmst du dann nichts?«

Estelle sah sie verblüfft an. »Was denn?«

»Ach, Estelle. Hier geht's doch nicht um Astrophysik.« Sally ging zur Kommode, holte Zigaretten aus ihrer Dior-Handtasche und zündete sich eine an. »Jeder kann gefunden werden. Das ist nicht das Problem. Wenn dich das wirklich so bedrückt, helfe ich dir. Du bist eines meiner besten Mädchen, Estelle … du dummes Ding. Jetzt fang nicht wieder an zu heulen. Ich kann Heulsusen nicht ausstehen.« Sie sah Estelle ruhig an. »Deinen Vater zu *finden* ist nicht das Problem.«

»Was dann?«

»Was danach passiert. Wenn du ihn gefunden hast.«

»Nun … nichts«, erwiderte Estelle und spielte noch immer mit dem Ring.

»Wohl kaum«, antwortete Sally trocken. »Du hast dir über zwanzig Jahre lang Vorstellungen von einem Mann gemacht, den du nie kennengelernt hast, der vermutlich nie an dich *gedacht* hat … das tut weh, meine Liebe. Was ist, wenn sich herausstellt, dass …«

»Dann weiß ich zumindest Bescheid«, unterbrach sie Estelle trotzig. »Zumindest würde ich mich nicht ständig fragen …«

»Also gut«, schnitt ihr Sally das Wort ab. Sie ging zu der Kommode neben dem Fenster, zog eine Schublade auf und nahm eine kleine Silberdose heraus. »Hier«, sagte sie und blätterte ein paar Geschäftskarten durch. »Ruf Phil Johnson an. Sag ihm, du kommst von mir. Sein Honorar ziehe ich von deinen Einkünften ab. Also halt dich ran, meine Liebe, und fang wieder an, Geld zu verdienen. Mach, wofür ich dich bezahle … und was du so verdammt gut kannst«, fügte sie lächelnd hinzu. »Im Moment kostest du nur, Schätzchen, und du weißt, wie sehr ich es hasse, mehr auszugeben, als reinkommt.«

Nachdem Estelle eine Woche lang fast jede Nacht gearbeitet hatte, saß sie einem Mann gegenüber, der eher wie ein Familiendoktor aussah als ein Privatdetektiv. Er hatte die Fingerspitzen aneinandergelegt und lauschte ihrer etwas zusammenhanglosen Geschichte.

»Also …«, begann er schließlich gedehnt. »Dieser Basil Mackenzie hat Ihrer Aussage nach in den 1960er Jahren in Rhodesien gearbeitet. Aber Sie wissen nicht, für wen?«

Estelle schüttelte den Kopf. »Ich weiß nur, dass er Minen-Ingenieur war.«

»Ich verstehe.« Er zog eine Schublade auf und nahm einen Block heraus. »War er Schotte?«

Estelle zuckte die Achseln. »Soweit ich weiß, schon.«

»Nicht viel, um damit was anzufangen.« Er blickte auf die Kopie der Geburtsurkunde, die sie ihm gegeben hatte.

Mutter: Gloria Cecilia Turner. Vater: Basil James Mackenzie. Datum und Ort der Geburt: 13. Februar 1978, Salisbury, Rhodesien. »Also gut. Geben Sie mir etwa einen Monat. Ich muss verschiedene Dinge überprüfen, möglicherweise in Archiven stöbern. Dass Sie nicht wissen, für wen er gearbeitet hat, ist nicht so schlimm. Es gab damals nicht so viele Minen-Unternehmen in Rhodesien. Lassen Sie mich nur machen.«

Estelle stand auf. Sie bemerkte, wie sein Blick über ihren schlanken Körper glitt. Sie zog ihre Lederhandschuhe an und nahm ihre Gucci-Tasche. »Danke, Mr Johnson«, sagte sie. Die Spannung in ihr löste sich langsam. Aus irgendeinem Grund vertraute sie ihm.

»Gern geschehen, Miss Mackenzie. Ich denke, ich finde, wonach Sie suchen.«

»Ich auch.«

Als sie in dieser Nacht auf Fabien saß, war sie Mrs Devereaux unendlich dankbar. Sie war so voller Hoffnung, dass sie endlich Antwort bekommen würde auf die Frage, die sie seit Wochen quälte, dass sie den armen Mann auf eine Weise vögelte wie nie zuvor. Nach einer Dreiviertelstunde der intensivsten Lust, die sie beide je erlebt hatten, lag sie nach ihrem ersten Orgasmus neben ihm und zitterte noch immer am ganzen Körper.

67

»Was ist das?« Tory nahm den Umschlag und sah Luc fragend an.

»Mach auf und sieh nach«, antwortete er und schob sich

ein Stück Paprika, das sie gerade geschnitten hatte, in den Mund.

Sie riss den Umschlag auf. Ein Ticket der Air France fiel heraus. CDG-MHE. Erste Klasse. »Mahé? Wo zum Teufel ist Mahé?«

»Auf den Seychellen.«

»Du machst wohl Scherze.«

»Jamais.«

Der Ring lag wohlverwahrt in einem Etui in der Innentasche seines Jacketts. Es folgte ein etwas unangenehmer Moment, als er durch die Metalldetektoren am Flughafen ging und gebeten wurde, seine Taschen auszuleeren. Tory war vor ihm durchgegangen und schlenderte in Richtung der Duty-free-Shops. Der Sicherheitsbeamte verhielt sich glücklicherweise sehr diskret. »Viel Glück, mein Junge«, sagte er zwinkernd, als Luc das Etui wieder einsteckte.

»J'espère«, antwortete er und ging weiter. »Hoffnung« war eher ein schwacher Ausdruck für das Gefühl, das ihn bei dem Gedanken an sein Vorhaben packte. Vierzehn Tage lang hatte er nach dem richtigen Ring gesucht und nach endlosen Verkaufsgesprächen jedes Mal wieder wie betäubt den Laden verlassen. Solitär, Brillant-, Smaragdschliff, Baguettes … bislang hatte er geglaubt, bei Diamanten sei die Größe ausschlaggebend. Jetzt begriff er, dass dies nur ein Merkmal unter vielen war. Schließlich entschied er sich für einen Barion-Schliff, einen wundervollen rechteckigen Stein mit zweiundsechzig Facetten. Die Verkäuferin hatte erklärt, er habe den gleichen feurigen Glanz wie ein traditioneller Brillant, aber eine modernere Ausstrahlung.

Ein paar Stunden später sah er durchs Fenster in die schwarze Nacht hinaus. Sie befanden sich irgendwo über dem Persischen Golf. Torys Kopf lag schwer auf seiner Schulter, sie schlief tief und fest. Es war vollkommen still in ihrem Abteil. Er streckte seine langen Beine vorsichtig aus, um Tory nicht aufzuwecken, und sah sich um. Es war ein sehr langer Weg gewesen von dem Bauernhof im Périgord bis zum Erster-Klasse-Flug ins »letzte Paradies auf Erden«, wie es in der Broschüre hieß. Als einziger Sohn eines Geflügelbauern hatte er ein Stipendium für eine angesehene Katholische Knabenschule bekommen und alles hinter sich gelassen: den Bauernhof, den kleinen See am Fuß des Hügels, wo er sich in den Ferien mit den anderen Bauernjungen prügelte, die auf die Dorfschule gingen. Nach dem Lycée war er nach Paris auf die École Polytechnique gegangen, und danach zu einem europäischen MBA-Programm bei FNAC. Jetzt, mit einunddreißig, verdiente er in einem Jahr mehr als seine Eltern in zwanzig Jahren, und die Frau, die neben ihm schlief, hatte keinerlei Ähnlichkeit mit den Frauen, mit denen er aufgewachsen war. Ja, es war ein weiter Weg gewesen.

Die Villa mit ihrem Holzzschindeldach und den leicht nach oben gebogenen Dachecken erinnerte an indonesischen Baustil, und die Veranda, von hellgrünen und gelben Stützen getragen, stand auf einer steil ins Meer abfallenden Klippe.

»Willkommen im Desroches Resort«, sagte Pras, der Hotelmanager, und führte sie hinein. Im Innern war die Villa nicht weniger imposant – dunkle Holzpanele, dazu weiß gestärktes Leinen, leuchtend bunte Seidenkissen und Gemälde an den Wänden. »Wenn Sie etwas brauchen«, sagte Pras, »klingeln Sie einfach. Der Koch kommt gleich vorbei, um das Wochenmenü mit Ihnen zu besprechen. Auf der Veranda gibt es Handtücher und Kosmetika, und der Pool steht exklusiv zu Ihrer Verfügung.« Er lächelte sie an, verbeugte sich tief und verschwand. Tory brachte immer noch kein Wort heraus. Sie ging nach draußen, und tatsächlich befand sich direkt unter der Veranda ein tiefblauer großer Pool mit Blick aufs Meer.

»Das …«, sie wandte sich mit gerunzelter Stirn zu Luc um, »ist für uns? Nur für uns zwei?«

»*Oui.*« Luc strahlte sie an. »Ich hoffe, es gefällt dir.«

Nach drei herrlichen Tagen, in denen sie schnorchelten, schwammen und am Pool schliefen, konnte sich Tory kaum noch an London und den Geruch der modrigen Blätter im Hof hinter dem Laden erinnern.

Sie nahm ihr Weinglas und sagte: »Weißt du, ich könnte für den Rest meines Lebens hierbleiben.« Unter ihnen fuhr gerade ein Kanu vorbei. Die beiden Insassen, die abwechselnd die Paddel eintauchten, zeichneten sich schwarz vor der Sonne ab. Eine Weile sah sie ihnen zu, dann drehte sie sich wieder zu Luc um. Ein seltsamer Ausdruck lag auf seinem Gesicht, und er klapperte mit etwas in seiner Hand. »Was ist los?«

Vorsichtig nahm er ihr das Weinglas aus der Hand. »Was du gerade über das Leben gesagt hast«, begann er mit leicht belegter Stimme, »da gibt es etwas, was ich dich fragen möchte. *Maintenant.*« Er brach plötzlich ab.

Tory sah ihn verwundert an. »Was denn?«, fragte sie. Er war doch sonst nicht um Worte verlegen.

»Die Sache ist die«, antwortete er, stand plötzlich auf und ging neben ihr auf die Knie. Tory sah ihn verblüfft an. »Ich … *voilà* …« Er öffnete die Hand und präsentierte die kleine Samtschatulle. Ihr Herz begann schneller zu schlagen. »Und …«, fuhr er fort und zog einen zerknitterten Zettel aus der Tasche. Er faltete ihn auf und begann mit feierlicher Stimme vorzulesen. *»Im alten Ägypten glaubte man, die Ader der Liebe verlaufe vom Ringfinger direkt zum Herzen. An diesen Finger einen Diamanten mit seiner anhaltenden Kraft zu stecken wurde als höchste Form der Vereinigung von Liebe und Ewigkeit angesehen.«* Er blickte zu ihr auf und zögerte einen Moment. Dann stieß er plötzlich hervor: »Willst du mich heiraten?«

Tory starrte ihn an. Sie machte den Mund auf, bekam aber nichts heraus. Sie sah auf den Ring – ein wundervoller Stein in einem schlichten Platinreif – und dann auf Luc, dessen Stirn nervös gerunzelt war. Sie schluckte. Ihre Gedanken überschlugen sich. Sie kannten sich doch erst seit drei Monaten – da heiratete man doch noch nicht! Der Diamant blitzte, und sie streckte so vorsichtig, als könnte er beißen, die Hand nach ihm aus. Aus dem Augenwinkel sah sie den grünlich blauen Pool, in dem sich das Feuer der im Garten und am Strand verteilten Kohlebecken spiegelte. Luc hatte sich so viel Mühe gegeben. Die Tickets und den Ring gekauft, die Ferien bezahlt … ohne dass sie etwas mitbekommen hatte. Er kniete immer noch neben ihr. Sie musste etwas sagen. Schnell. Ablehnen konnte sie wohl kaum. Luc war wunderbar. Er war charmant, liebenswert und lustig – was wollte sie mehr? All dies raste ihr durch den Kopf, als sie den Ring aus der Schatulle nahm, an den Finger steckte und die Lichtreflexe darin bewunderte. Dann beugte sie sich hinab, nahm sein gequältes Gesicht zwischen die Hände und küsste ihn. Das Wort aus ihrem Mund hörte sich an, als hätte es jemand anders gesagt. »Ja.«

Viel später, als die Villa in Dunkelheit gehüllt und Tory schließlich an seiner Brust eingeschlafen war, lag Luc noch wach und lauschte dem Gesang der Zikaden und dem Schwappen der Wellen. Der Abend war die reinste Achterbahnfahrt gewesen. Als er neben ihr kniete, hatte er ein paar schreckliche Minuten lang befürchtet, sie würde ablehnen. Tatsächlich war ihm nie in den Sinn gekommen, sie könnte anders als entzückt reagieren, ein bisschen überrascht vielleicht, ein bisschen emotional … aber den verwirrten Ausdruck, als er den Ring präsentierte, hatte er nicht erwartet. Er war tief erschrocken. Auf ihrem Gesicht zeichneten sich widersprüchliche Gefühle ab – Angst, Verblüffung, Unsicherheit. Nachdem sie »ja« gesagt hatte, beruhigten sich ihre Züge wieder, und sie blickte wieder so gelassen und aufmerksam, wie er sie kannte. Aber das plötzliche Aufschimmern von etwas anderem hatte ihn verstört. Wenn eine Frau den Antrag angenommen hatte, konnte man ja schließlich nicht nachfragen: Bist du sicher? Das ging doch nicht. Hinterher natürlich, als sie den Ausdruck auf *seinem* Gesicht gesehen hatte, war sie sehr bemüht gewesen, die Dinge wieder ins Lot zu bringen. Er habe sie eben einfach überrumpelt. Natürlich wolle sie ihn heiraten. Sie hatte die gute Stimmung wieder hergestellt, und sie waren ins Bett gegangen, wo sie sich liebten mit einer überraschenden Hemmungslosigkeit, die ihm die Tränen in die Augen trieb. Ihr jedoch nicht.

Er veränderte seine Lage, sodass sie jetzt neben und nicht mehr auf ihm lag, und schlang die Arme um sie. Sie fuhr kurz zusammen und sank wieder in Schlaf. Im Mondlicht sah er den Diamanten an ihrem Finger blitzen. Er begann, die glatte Haut an ihrer Schulter zu streicheln und spürte, wie seine Erregung stärker wurde beim Gedanken an seinen

Antrag. Vorsichtig schob er die Hand in die Spalte zwischen ihrem Arm und ihrer Hüfte, ließ sie tiefer gleiten, und seine Finger gruben sich in das seidig weiche Fleisch zwischen ihren Beinen. Sie war jetzt wach und drehte sich zu ihm um. »Tory«, murmelte er, als sie ihn auf sich, in sich zog. *»Je t'aime.«* Ihre Antwort ging unter, als er den Kopf beugte und ihren Mund mit dem seinen verschloss.

68

Caryn starrte auf den Stapel der Bewerbungen. Drei Abende lang hatte sie die unpassenden oder völlig unbrauchbaren aussortiert, und jetzt waren es noch fünfzig. Am Ende des Tages durften es nur noch zwanzig sein. Acht Schauspieler wurden gebraucht. Vier Paare. Das Casting war auf Samstagmorgen festgesetzt. Heute war Dienstag. Am Mittwochmorgen musste sie die zwanzig Besten haben. Alles lag in ihrer Hand. Sie war nervös – schließlich machte sie diese Arbeit zum ersten Mal –, aber Martin hatte sie ihr ohne mit der Wimper zu zucken übertragen. *Er* glaubte offensichtlich, dass sie es schaffte.

Eine Woche später begannen die Dreharbeiten. Martin hatte neun Drehtage festgelegt und einen zusätzlichen Tag für die Außenaufnahmen. Wie immer war das Geld knapp, und es durfte nichts verschwendet werden. Caryn war inzwischen so oft an jedem der vier Drehorte gewesen, dass sie sich dort wie zu Hause fühlte. Es gab das schicke Loft in der Nähe des Hoxton Square für Paar Nummer eins, Matt und Naomi. Die vollgestopfte, schlampige Einzimmerwohnung auf der Finchley Road für Bertram und Denise,

Paar Nummer zwei, die weiträumigen Gartenanlagen des Greenwich Observatoriums und ein winziges Café in Greenwich für Paar Nummer drei, Sue und Joe, und schließlich die Wohnung des Yuppie-Duos Jane und Dave im 22. Stock des Barbican-Gebäudes. Martins Wunschliste war ungewöhnlich lang. Es gab eine Menge Sex in dem Film, und er wollte alles perfekt hinkriegen. Sie hatten sich entschieden, für verschiedene Szenen verschiedene Linsen zu benutzen. Caryn war am Morgen noch im Geräteverleih gewesen, um sicherzustellen, dass das nötige Equipment vorhanden war. Die Assistenten hetzten mit Sonys, Canons, Arri-Kameras und Stativen beladen von Drehort zu Drehort, und Caryn war immer dabei. Sie schnappte Fachausdrücke auf und lernte eifrig dazu. Es war wahnsinnig aufregend. Sogar Katie wurde eingespannt und rannte in Secondhand-Shops und Kaufhäuser, um genau die Requisiten aufzutreiben, die Martin haben wollte. Er war geradezu fanatisch, was die Details anbelangte: Wenn etwa bei der erfolgreichen Anwältin Jane Blumen in der Vase standen, mussten es die *richtigen* Blumen sein. Caryn holte sich bei Tory Rat, und Martin, der sich selten beeindrucken ließ, war beeindruckt.

»Um Himmels willen, Meredith … ihr habt einen *Streit*«, konnte sie ihn eine der Schauspielerinnen anschreien hören. »Du musst ihm ja nicht unbedingt was an den Kopf werfen, aber ich brauche mehr Emotionen! Jetzt komm schon, du bist wütend auf ihn, ja? Denk daran, was er *getan* hat!«

Caryn lächelte und ging zum Set zurück. Noch zwei Drehtage, dann begannen sie mit dem Schneiden. Rupesh arbeitete an der Filmmusik. Es gab ein paar Einspielungen mit klassischer Musik, für die sie die Rechte besorgen musste, und dann hatten sie es hoffentlich geschafft. Nächste

Woche feierten sie in einer Bar in Soho eine Abschlussparty mit den Schauspielern und der Crew … und dann würden sie sich ans nächste Projekt machen.

»Sag, dass du kommst. Bitte«, flehte Nic sie an.

»Aber ich hab doch nichts anzuziehen«, wandte Caryn ein und klemmte das Telefon zwischen Kinn und Schulter, um weitertippen zu können. »Ich war noch nie auf einer solchen Party und …«

»Ein Grund mehr, mitzukommen. Außerdem kannst du anziehen, was du willst. Du hast doch ein Kleines Schwarzes. Das hab ich schon an dir gesehen.«

»Ein was?«

»Ein schwarzes Kleid. Ach, sag doch Ja …. Tory kommt nicht. Seit sie verlobt ist …«

»Nic, ich *kann* nicht. Wir sind mitten in der Produktion«, unterbrach sie Caryn. »Ich arbeite rund um die Uhr. Ich muss zwei neue Locations finden, es gibt Vorsprechtermine für Schauspieler. Im Moment ist es einfach ziemlich hektisch. Ein anderes Mal, ehrlich.«

»Bitte. Für mich? Es ist doch nur ein Abend.«

»Also gut«, willigte Caryn seufzend ein. Wenn Nic etwas wirklich wollte, ließ sie sich nicht abwimmeln.

»Gott sei Dank! Ich hatte schon Angst, ich müsste allein hingehen. Es ist erst nächsten Samstag. Du hast noch genügend Zeit, dich darauf einzurichten.«

»Ich dachte, Zoë kommt mit?«

»Das ist genauso, als wenn ich allein hinginge. Sie lässt sich doch nicht herab, mit mir zu reden. Nicht, wenn sie von Millionären und Models umgeben ist.«

»O Nic, das hört sich aber wahnsinnig glamourös an«, erwiderte Caryn zweifelnd.

»So wird's nicht. Ich hol dich ab – gegen sieben, okay?«
»Also gut.«
»Es wird lustig, das verspreche ich.«

Nic legte erleichtert auf. Sie hatte für die Eröffnung des neuen De-Beers-Ladens auf der Bond Street tatsächlich zwei Einladungen bekommen – eine für Nicola Harte, wegen ihrer Verbindung zu RhoMine, die andere für Nicola Parker, weil sie in der Redaktion von *Gossip*! saß. Sie hasste es, allein auf Partys herumzustehen. Zoë ging natürlich hin. »Das wird ein Arbeitseinsatz für uns«, sagte sie, »passen Sie auf, wer da ist, was geklatscht wird, schnappen Sie die Neuigkeiten auf. Dafür sind wir berühmt, meine Liebe«, flötete sie und griff zu ihrem Rolodex, um die Adressen von Stilberatern und persönlichen Einkaufshelfern herauszusuchen. Für *Zoë* würde es kein Arbeitseinsatz werden, das stand fest.

Von einer plötzlichen Unruhe gepackt, machte sich Nic eine Tasse Kaffee. Caryns Job hörte sich aufregend an, dachte sie mit einem Anflug von Neid. Sie erinnerte sich noch, wie besorgt Caryn bei der Bewerbung gewesen war, weil sie kein Uni-Diplom hatte. Man würde sie doch wieder bloß Kaffee kochen lassen. Warum sollte sie nicht einfach eines erfinden? Tory und Nic waren vollkommen überrascht. Caryn Middleton, die ehrlichste Person, die sie kannten. Und sie wollte *lügen*? Aber es war richtig gewesen, wie Nic jetzt einsah. Außerdem war Caryn ohnehin klüger als alle, die Nic kannte. Wenn sie dadurch den Job bekam – bewältigen konnte sie ihn allemal. Also hatten sie die Köpfe zusammengesteckt und sich ein obskures Soziologie-Diplom an der UCL ausgedacht. Und Caryn hatte ihre Sache so gut gemacht, dass sie inzwischen schon das zweite Mal befördert worden war. Man musste die Wahrheit eben zuweilen ein bisschen zurechtbiegen, um weiterzukommen. Und wer wusste das besser als sie, schließlich war sie eine Harte. Jim Hartes ganzes Vermögen gründete darauf, dass er es mit der Wahrheit nicht so peinlich genau nahm.

69

Nachdem er so intensiv an seinem Bericht gearbeitet hatte, empfand Mat die Zeit danach als entsetzlich öde. DiAngelo hatte ihn zum Nichtstun verurteilt. Er saß an seinem Schreibtisch und musste zusehen, wie andere mit tollen Geschichten herauskamen. Es war frustrierend. Offiziell hatte er immer noch seinen »Sonderauftrag«, obwohl es damit keinen Schritt weiterging. Er fand es schrecklich, nichts zu tun, und wurde unausstehlich. Selbst Leonie hätte es lieber gesehen, er wäre zu Hause geblieben.

»Nehmen Sie Urlaub«, sagte DiAngelo nach der zweiten Woche. Sein Tonfall verriet, dass dies kein Vorschlag war.

Mat sah ihn argwöhnisch an. »Wie lange?«

»Ach, zwei oder drei Wochen. Sie haben es sich verdient und werden ihn brauchen. Wenn wir mit Plan A weitermachen, werden Sie eine Menge zu tun kriegen.«

»Plan A?«

»Ja, wir arbeiten daran. Und es wird keinen Plan B geben.«

»Okay, Boss.«

Damit hatte er drei Wochen frei und konnte verreisen, wohin er wollte. Aber nachdem er die letzten zehn Jahre fast ausschließlich gearbeitet hatte, gab es nicht viele Leute, mit denen er ein paar Tage oder gar drei Wochen verbringen konnte. Er überlegte. Eigentlich gab es nur eine Möglichkeit. So sehr es ihm auch gegen den Strich ging, in die Stadt zurückzukehren, die so viele schlechte Erinnerungen für ihn barg. Schließlich wusste er nicht, ob die Person, wegen der er die Stadt verlassen hatte, noch dort war. Aber sie hatte sich bestimmt inzwischen anderweitig orientiert. Und es gab noch andere Leute in London. Er würde seine Eltern und seine Schwestern besuchen und mit Simon ausgehen, falls er in der Stadt war. Tatsächlich hatte er keine Ahnung, wo Simon sich gerade aufhielt – ihr letztes Telefonat war schon ein paar Wochen her, damals war er irgendwo im Kongo gewesen. Aber Simon hörte seine Nachrichten ziemlich regelmäßig ab, und Mat hatte die Schlüssel zu seiner Wohnung in Battersea. Er nahm den Hörer ab, wählte Simons Nummer und hinterließ eine Nachricht.

Gegen vier Uhr morgens rief Simon zurück, und das schrille Klingeln riss Mat aus dem Schlaf. Er tastete nach dem Telefon. »Simon? Es ist vier Uhr morgens!«, knurrte er.

»Tut mir leid, Bruder. Hab gerade deine Nachricht gehört. Ich bin noch mindestens ein paar Wochen hier. Komm her. Ich kann noch immer nicht glauben, dass du tatsächlich Urlaub nimmst. Was ist passiert? Haben sie dich gefeuert?«

»Zu früh gefreut. Nein, ich hab Ferien, das ist alles. Morgen früh besorg ich mir ein Ticket. Am Samstag sollte ich da sein.« Sein Mund war trocken, vermutlich von dem Whisky, den er vor dem Schlafengehen getrunken hatte.

»Prima, Mann.«

»Ich hab die Schlüssel – du wohnst doch noch dort?«

»Ab und zu.« Er hörte Simon leise lachen, als er auflegte. Er drehte sich um. Es war seltsam friedlich in der Dunkelheit. Acht Stockwerke tiefer konnte er vage den frühmorgendlichen Verkehr hören. Das Rattern der Müllwagen, Hupen von Taxis und ab und zu ein paar Rufe. Ja, ein paar Wochen London wären schön. Die Augen fielen ihm wieder zu, und kurz darauf war er eingeschlafen.

Am nächsten Morgen brauchte er kaum eine halbe Stunde zum Packen. Er ging im Büro vorbei, um ein paar Sachen abzuholen, und am Spätnachmittag saß er im Taxi auf dem Weg zum JFK. Dort angekommen, ging er zur VIP-Lounge. Die vielen Flüge in den letzten Monaten hatten ihm eine Menge Bonusmeilen eingebracht, von denen er jetzt profitieren konnte. Er bestellte Kaffee und griff nach einer Zeitung. Allmählich fiel ein Teil der Anspannung der letzten Wochen von ihm ab. Trotz seiner Bedenken, nach London zu fahren, freute er sich darauf, seine Familie wiederzusehen und ein bisschen Freizeit zu genießen. Zwanzig Tage ohne Meetings, Interviews, Abgabetermine … unglaublich.

London war genau so, wie er es in Erinnerung hatte. Während das Taxi im sommerlichen Morgendunst Richtung Innenstadt fuhr, lehnte er sich zurück und hörte mit halbem Ohr der Sendung auf Radio Four zu. Die Ruhe tat ihm gut. New York war ständig hektisch, die Straßen eine Kampfzone zwischen Autos, Fahrrädern und Fußgängern. London hingegen war friedlich und gelassen. Schon der Blick aus dem Autofenster beruhigte ihn. Als ihn das Taxi vor Simons Haus absetzte, war es noch nicht einmal acht. Mat sperrte auf. Noch immer hing der Geruch von frischer Farbe in der Luft. Er lief die Treppe hinauf und klopfte, bevor er die Tür öffnete. Keine Antwort. Die Wohnung war genauso hübsch, wie er sie in Erinnerung hatte. An der Wohnzimmertür hing ein Regenmantel, schmutzige Laufschuhe standen im

Gang, es roch nach Kaffee und verbranntem Toast. Simon musste gerade erst weggegangen sein. Mat warf seine Tasche auf das Gästebett und ging in den Wohnraum. Neben dem durchgesessenen Sofa stapelten sich Zeitungen und Illustrierte. In der Spüle in der Ecke stand schmutziges Geschirr, und auf dem Esstisch lag noch ein Stück Toast auf einem Teller. Er hatte plötzlich Hunger. Er setzte sich aufs Sofa und nahm ein Buch, das dort lag. Einer der Krimis, die Simon gern las. Er legte ihn weg. Seit fast zehn Jahren hatte er keinen Roman mehr gelesen. Er schloss die Augen. Obwohl er auf dem Flug praktisch ständig geschlafen hatte, war er müde.

Er fuhr hoch. Eine Tür war zugefallen. Einen Moment lang blieb er benommen liegen, dann flog die Wohnzimmertür auf.

»Du bist da!« Simon schlug Mat leicht auf den Arm – ihre übliche Begrüßung. »Ich bin nur schnell rausgegangen, um Milch und Zeitungen zu kaufen.«

»Gerade angekommen«, sagte Mat und rappelte sich hoch. »Ich hab den Toast gerochen und mir gedacht, dass du nicht weit sein kannst.«

»Gehen wir frühstücken. Es gibt ein Café um die Ecke.«

»Klingt gut.«

Zehn Minuten später saßen sie am Fluss und warteten auf ihre Bestellung.

»Also, was gibt's Neues?«, fragte Mat. Trotz seiner Bräune wirkte Simon erschöpft. Und irgendwie sogar noch mehr auf der Hut als bei ihrem letzten Treffen in New York.

Simon zuckte die Achseln und zündete sich eine Zigarette an. Langsam stieß er den Rauch aus. »Nicht viel.«

»Wohin hat man dich geschickt in letzter Zeit?«

»Ach, hierhin und dorthin«, antwortete Simon vage und wandte den Blick ab. Mat wollte nicht in ihn dringen. Was Simon beruflich machte, hatte er ohnehin nie ganz verstanden. Er hatte als Analyst angefangen, der in Bodenproben nach bestimmten Mineralspuren suchte, die auf Ölvorkommen hinwiesen. So weit war Mat die Sache klar. Der Job wurde gut bezahlt, Simon schien erfolgreich zu sein und schnell aufzusteigen. Aber dann verlegte er sich von der Ölsuche aufs Minengeschäft und war seitdem viel unterwegs, jeden Monat in einem anderen Land. Dabei machte er im Grunde noch immer dieselbe Arbeit – Bodenproben daraufhin zu untersuchen, ob sie einen Profit versprachen oder nicht.

»Und wie steht's mit dir?«, wollte Simon wissen, um von sich selbst abzulenken.

»Ach, das Jahr hat ziemlich verrückt angefangen«, antwortete Mat und rührte in seinem Kaffee. »Ich habe was ganz anderes getan als sonst. Mich mit Recherchen beschäftigt, statt Reportagen zu machen.«

»Worüber?«

Mat zögerte. »Das bleibt aber unter uns, okay?«

»Na klar.«

»Ich hab mir den Chef von RhoMine, Jim Harte, näher angesehen. Interessanter Mann. Ich hab ihn nie kennengelernt, würde es aber gern. Ich hätte nie gedacht, dass ich das einmal über einen Typen sagen würde.« Er sah Simon an, der wie gelähmt wirkte. »Was ist los?«

»Ja? Ach, nichts. Ich hab bloß … gerade an was anderes gedacht.«

Mat zögerte. »Simon, stimmt irgendwas nicht?«

Simon wandte den Blick ab und schüttelte den Kopf. »Nein, alles in Ordnung.«

»Bist du sicher? Du wirkst ein bisschen bedrückt«, sagte Mat vorsichtig.

»Nein, wirklich. Du weißt ja, wie es ist. Die verdammten Weiber.«

»Jemand Bestimmtes?«, fragte Mat überrascht. Das war doch sonst nicht Simons Art, sich von einer Frau fertigmachen zu lassen. Das war eher seine Spezialität.

»Nein. Sie … ist mit einem anderen zusammen. Aber es ist schon okay. Schließlich gibt's noch mehr Frauen auf der Welt«, erwiderte Simon mit ausdrucksloser Miene.

»Völlig richtig«, murmelte Mat. Plötzlich spürte er eine tiefe Zuneigung. Soweit er sich erinnern konnte, hatte sich Simon nie so hoffnungslos verliebt wie er. Tanja. Selbst jetzt noch gab es ihm einen heftigen Stich bei ihrem Namen. Er riss sich zusammen. Simon würde darüber hinwegkommen. Notgedrungen.

70

Caryn zog den Gürtel ihres Wickelkleids fest und sah nervös in den Spiegel. Vor einer Woche hatte sie sich die Haare schneiden lassen und war sich noch immer nicht sicher, ob es gut aussah. Seit ihrem zehnten Lebensjahr hatte sie keinen Pony mehr getragen. »Steht Ihnen«, sagte die Stylistin immer wieder, »ehrlich.« Aber Caryn war nicht überzeugt. Ihr kleines herzförmiges Gesicht starrte ihr aus dem Spiegel entgegen. Statt ihr »Kleines Schwarzes« anzuziehen, hatte sie sich ein neues Kleid gekauft. Es war blassblau, aus einem weichen, fließenden Stoff, und hatte Falten am Ausschnitt und an den Ärmeln. Sorgfältig befestigte sie ein Paar Ohrringe und trat zurück. Sie wirkte erwachsen. Elegant und mondän, trotz des Ponys. Sie nahm ihre Tasche. In ein paar Minuten kam Nic. Warum, fragte sie sich zum hundertsten Mal, hatte sie sich überreden lassen, mitzugehen? Die Einweihungsparty eines neuen Schmuckladens war doch überhaupt nicht ihr Ding.

Nic trug natürlich Schwarz. Sie sah aus wie die reiche Erbin, die sie war, obwohl sie Caryn für eine solche Feststellung vermutlich geohrfeigt hätte. Ihr dunkles Haar war in der Mitte gescheitelt, sie trug riesige Silberreifen in den Ohren und eine dünne Silberkette, die in ihrem Ausschnitt verschwand. »Du siehst toll aus«, sagte Caryn, als sie neben ihr auf den Rücksitz glitt. Ausnahmsweise nahm Nic den Wagen und den Chauffeur ihres Vaters in Anspruch – diesmal war es ein silberner, nagelneu riechender Mercedes. Dass Nic keinen Freund hatte, konnten Tory und Caryn absolut nicht verstehen. Sie war sagenhaft reich, wunderschön und zudem noch *nett* … eine wirklich seltene Mischung. Sie hatte unzählige Verabredungen, aber wenn man sie fragte, zuckte sie bloß die Achseln und murmelte, dass es »nicht so ganz gepasst« habe. Caryn fragte sich, wo das Problem lag. Obwohl sie selbst nicht besser war. Seit Rowland war sie ein oder zwei Mal mit netten, harmlosen jungen Männern ausgegangen, die sie bei Geschäftsfeiern kennengelernt hatte, und einmal mit einem Schauspieler, der beim Vorsprechen abgelehnt worden war. Aber nie war etwas daraus geworden. Tief in ihrem Innern war sie sich ihrer Gefühle Männern gegenüber immer noch nicht sicher. Sie schwankte zwischen hilfloser Abwehr, wie damals bei Dave Humphreys, und hilflosem Verlangen wie bei Rowland. Kein Wunder, dass sie keinen Freund hatte.

»Warum so bedrückt?«, fragte Nic, als sie an der amerikanischen Botschaft vorbei zum Grosvenor Square fuhren. »Du hast praktisch noch kein Wort gesagt.«

Caryn seufzte. Nic war manchmal schrecklich hellsichtig. »Ach, nichts«, antwortete sie ein wenig abwehrend. »Ich hab bloß nachgedacht.«

»Das lässt du jetzt sein. Wir gehen aus und vergnügen uns. Du siehst klasse aus«, erwiderte Nic lachend. »Den Pony finde ich übrigens hübsch.«

»Wirklich?« Caryn griff an ihr Haar. »Ich bin mir immer noch nicht sicher.«

»Heute Abend zählen wir die Köpfe, und dann entscheidest du dich.«

»Köpfe zählen?«

»Wie viele Köpfe sich umdrehen, wenn du vorbeigehst.« Sie beugte sich zu dem Fahrer vor. »Danke, Carl, hier ist gut. Ich glaube nicht, dass Sie noch näher rankommen.« Sie warf einen Blick auf Caryns Schuhe. »Kannst du in denen gehen?«

Caryn lachte. »Keine Ahnung. Ich hab sie gerade erst gekauft.«

»Dann komm«, sagte Nic und öffnete die Tür. »Und ich hab gedacht, ich schleppe dich gegen deinen Willen mit. Aber siehe da, neuer Haarschnitt, neues Kleid, neue Schuhe … du hast dich die ganze Woche darauf gefreut, gib's zu!«

Caryn stolperte hinter ihr her, unfähig zu widersprechen.

»Wo ist denn diese Party eigentlich?«, fragte Mat Simon und nahm sein Jackett.

»New Bond Street. Jetzt komm schon, Mann. Das wird bestimmt lustig. Massenweise Supermodels.«

»Und das soll ein Anreiz für mich sein?«

»Wann bist du das letzte Mal mit einem Supermodel ausgegangen?«, fragte Simon und klappte den Hemdkragen über das Revers seiner Jacke.

»Ich hatte noch nicht das Vergnügen«, antwortete Mat.

»Also, dann mal was Neues. Los, komm.«

Mat lachte kurz und etwas genervt auf und folgte ihm. Er hatte sich einen neuen Anzug kaufen müssen, weil er keine passende Kleidung mitgebracht hatte. Armani. Schwarz mit einem dünnen Wollpulli darunter. Er sah Simon an. In seinem beigefarbenen Leinenanzug sah er aus wie der Marlboro-Mann. Mat grinste verhalten. Eigentlich freute er sich auf die Party. Es war lange her, dass er einen vergnügten Abend gehabt hatte.

Es dauerte eine Weile, bis sich ihre Augen an das gedämpfte Licht gewöhnt hatten. In der Mitte des Raums stand doch tatsächlich ein Springbrunnen. Das beruhigende Geräusch des plätschernden Wassers vermischte sich angenehm mit dem sanften Jazz und dem Gemurmel der Stimmen. Riesige Schwarz-Weiß-Fotos der mit Diamanten behängten Iman hingen von der Decke. Mat sah Hugh Grant und seine schöne Freundin Liz, in einer Ecke stand Kirsten Scott-Thomas, die genauso umwerfend aussah wie immer, in einer anderen Samuel L. Jackson, Tom Cruise, Nicole Kidman … Simon hatte recht. Prominente und Supermodels zuhauf. Er zog eine Augenbraue hoch, als ein weiteres exquisites Geschöpf in schimmerndem Weiß mit einem Tablett voller Getränke auf sie zukam. »Wie hast du überhaupt eine Einladung gekriegt?«, fragte er Simon leise, als er ein Glas nahm.

»Tatsächlich treffe ich mich heute Abend hier mit jemandem«, gab Simon ein wenig schuldbewusst zu. »Aber es dauert nicht lange.«

Mat sah ihn an. Was für eine Art Treffen konnte er an einem solchen Ort haben? Und warum hatte er nichts davon gesagt? Irgendwas stimmte nicht, das spürte er. Wie aufs Stichwort tauchte neben ihnen ein fülliger Mann auf, begleitet von zwei weiteren Männern, die Mat sofort als Bodyguards identifizierte.

»Mr Carter?«

Simon drehte sich um. »Mr Khoury.« Er nickte ihm kurz zu und drehte sich dann wieder zu Mat um. »Bin gleich wieder zurück. Vergnüg dich inzwischen«, sagte er, vermied es allerdings, ihm in die Augen zu sehen. Mat blieb leicht verärgert zurück.

»Mat! Mat Ndava!«, rief jemand hinter ihm. Er drehte sich um. Ein bärtiger Mann in einem schlecht sitzenden Anzug strahlte ihn an.

»Rick. Rick Burnett. Wir haben vor ein paar Jahren bei der *Financial Times* zusammengearbeitet … Sag nicht, das hättest du vergessen?«

Mat sah ihn verdutzt an. Er hatte es vergessen. »Hi, tut mir leid, ich hab dich nicht gleich erkannt«, log er.

»Ja, das liegt am Bart. Was machst du denn so? Hab neulich deinen Artikel über Bokassa gelesen. Verdammt gut. Du sitzt in New York, ja?«

Mat nickte und ließ sich auf die Unterhaltung ein, obwohl seine Gedanken bei Simons seltsamer Verabredung waren.

»Ist das Hugh Grant?«, rief Caryn aus, die ihre Aufregung nicht mehr zügeln konnte.

»Mhm. Und da ist Liz.« Nic deutete auf sie. »Und da drüben ist Juliette Binoche. Ooh! Da ist Iman … Gott, sieht sie nicht *unglaublich* aus?«

Caryn starrte sie an. Iman trug ein Schmuckstück um den Hals, das vermutlich so viel wert war wie das Bruttoinlandsprodukt eines kleineren Staates. Die Repräsentanten von De Beers und einige Bodyguards schwirrten wie Schmetterlinge um sie herum. »Sie ist so wahnsinnig *dünn*!«, hauchte sie.

»Das sind sie alle. Ich frage mich, wo Zoë ist … Wenn ich mich nicht zeige, wirft sie mir vor, alles Mögliche verpasst zu haben.«

»Champagner, meine Damen?« Ein hübscher Kellner in einem weiß gestärkten Hemd balancierte ein Tablett vor ihnen. »Viel Spaß noch«, murmelte er und ließ den Blick einen Moment auf Caryn ruhen, bevor er wegging.

»Siehst du?«, sagte Nic triumphierend. »Ich sagte doch, dass die Frisur dir steht!« Caryn versteckte ihr Gesicht hinter dem Champagnerkelch. »Oh, da ist Zoë. Ich geh nur schnell rüber und sag Hallo. Wartest du einen Moment auf mich?«

»Beeil dich. Lass mich bloß hier nicht allein!«

Nic drehte sich um und rempelte dabei einen Gast an, dessen Glas zu Boden fiel. Sie fluchte und wurde puterrot. Die Scherben wurden von einem herbeieilenden Kellner schnell aufgefegt, der eine feuchte Serviette reichte und sich um alles kümmerte. Immer noch hochrot im Gesicht entschuldigte sich Nic überschwänglich und ging zu Zoë hinüber, die unglücklicherweise mit Marianne French zusammenstand, der ultra-schicken Redakteurin von *Glamour*.

»Waren Sie der Grund für dieses Durcheinander, Liebste?«, fragte Zoë mit honigsüßer Stimme.

Nic funkelte sie an. Seit wann war sie ihre »Liebste«? »Äh, ja«, erwiderte sie knapp.

»Das liegt sicher an den Schuhen«, meinte Zoë und sah auf Nics Füße. »Macht nichts, Liebste. Sie brauchen bloß ein bisschen Übung.«

Nic wollte etwas antworten, als plötzlich ein atemberaubend schöner Mann in ihrem Blickfeld auftauchte. Sie riss die Augen auf. Er wirkte unglaublich sexy, während er geschmeidig in Richtung Ausgang stolzierte.

Zoë und Marianne waren offensichtlich derselben Meinung. »Hmm«, sagte Zoë gedehnt und folgte Nics Blick. »Wer ist denn das?«

Nic drehte sich zu ihr um. »Keine Ahnung«, antwortete sie knapp. Auf keinen Fall wollte sie mit Zoë um seine Aufmerksamkeit buhlen.

»Göttlich«, hauchte Marianne. Die beiden Frauen zwinkerten sich zu. Sie wirkten ziemlich lächerlich.

»Ja, nun … ich wollte bloß Hallo sagen«, erklärte Nic und deutete in Caryns Richtung. »Ich habe eine Freundin dabei …«

»Ach, keine Verabredung? Machen Sie sich nichts draus. Aber sorgen Sie dafür, dass Sie genügend Klatsch aufschnappen. Mariannes Mädchen arbeiten unten. Also, nicht einschlafen, ja?«

Nic murmelte etwas Unverständliches und machte sich davon.

Nachdem Mat sich von Rick Burnett losgeeist hatte, fiel ihm auf dem Weg zur Toilette ein großes dunkelhaariges, absolut umwerfendes Geschöpf auf, das neben einer Frau in einem scheußlichen purpurfarbenen Kleid stand. Auch sie bemerkte ihn – er spürte im Vorbeigehen ihren Blick auf sich. Zu seiner Enttäuschung war sie verschwunden, als er kurz darauf zurückkam. Er sah sich nach ihr um und entdeckte sie in der Ecke, im Gespräch mit einer zierlichen Blondine. Während er noch überlegte, was er als Nächstes tun sollte, ging die Blonde weg, offensichtlich in Richtung Toilette. Er grinste. Normalerweise machte er das ja nicht, aber … Ach was. Er hatte Ferien. Und Simon war nirgendwo aufzutreiben. Er nahm ein Glas Champagner und ging hinüber.

»Model oder Freundin?«, fragte er und bemerkte verblüfft, dass er Herzklopfen bekam. Sie war tatsächlich umwerfend. Groß, fast so groß wie er. Er blickte auf ihre Füße hinab – High Heels. Sehr sexy.

»Wie bitte?« Sie sah ihn direkt an, ihr Ausdruck war schwer zu deuten. Bildete er es sich ein, oder spielte ein Lächeln um ihre Mundwinkel?

»Ich hab mich nur gefragt, ob Sie Model sind«, sagte er und grinste insgeheim über seine alberne Anmache. Sie trug schließlich keinen Juwelenschmuck. »Oder die Freundin von jemandem. Tut mir leid … normalerweise mache ich so was nicht.«

»Und was machen Sie?« Sie legte einen Arm um ihre Taille und hob ihr Champagnerglas. Es spielte eindeutig ein Lächeln um ihren Mund. Sie war zum Flirten aufgelegt. Das gefiel ihm.

»Ich versuche, Sie anzuquatschen.« Er konnte auch gleich ehrlich sein. Sie sah aus, als käme ihr das entgegen. »Aber Sie haben meine Frage nicht beantwortet«, fuhr er fort und sah sie direkt an.

»Weder noch«, erwiderte sie und leerte ihr Glas.

Er beobachtete sie. »Noch eins?«, fragte er amüsiert.

»Warum nicht?«

»Bin gleich wieder da. Gehen Sie nicht weg.«

»Dann beeilen Sie sich.«

Sie beobachtete, wie er wegging, um einen Kellner zu finden, und ließ ihn nicht aus den Augen. Seine Haut hatte die Farbe von dunkler Bitterschokolade. Er hatte dichte Brauen, mandelförmige Augen, hohe Wangenknochen und einen wunderschönen Mund. *Bleib cool, Nic.* Sein Akzent klang englisch mit einem Anflug von Amerikanisch darin. Hoffentlich blieb Caryn noch ein bisschen länger in der Toilette.

»Hier, bitte«, sagte er, als er mit einem gefüllten Glas zurückkam. »Ich heiße übrigens Mat.«

»Nic.«

»Also, was machen Sie nun?«, fragte er und nahm einen Schluck von seinem Champagner. »Wenn Sie kein Model sind.«

»So wenig wie möglich«, antwortete sie lachend. »Ich arbeite für eine Illustrierte. Eigentlich bin ich zum Arbeiten hier. Da drüben steht meine Chefin«, fügte sie hinzu und deutete mit ihrem Glas in Zoës Richtung. Zoë hatte sie beide bemerkt, wie sie mit einiger Befriedigung registrierte.

»Ah«, murmelte er. »Ein … ungewöhnliches Kleid, finden Sie nicht?«

»Es ist von Miyake.«

»Und es soll so aussehen?«

»Also …«

»Nein, sagen Sie nichts, ich möchte nicht für unhöfliche Bemerkungen über die Chefin verantwortlich sein.«

»Und Sie?«

»Was und ich?«

»Sind Sie Model oder der Freund von jemandem?«

Er lachte. »Weder noch, obwohl ich vermute, dass Sie nur freundlich sein wollen.« Er wollte fortfahren, als plötzlich Caryn auftauchte. Nic spürte, wie sie rot wurde. Caryn sah die beiden an, und ihre Pupillen weiteten sich ein bisschen.

»Ah, da bist du ja«, sagte Nic schnell, um ihre Verlegenheit zu kaschieren. »Das ist Mat, nicht wahr?« Sie wusste genau, wie er hieß.

»Und Sie sind … Nic?« Seine Augen lächelten. Ihm entging nichts.

»Ja, und das ist Caryn.«

»Hi, Caryn.« Sie schüttelten sich die Hand. Es folgte ein kurzes, verlegenes Schweigen. »Nun, ich lasse Sie beide dann wieder allein«, sagte er und sah sie direkt an. »Freut mich, dass ich Sie kennengelernt habe.«

»Ah ja … mich auch.« Sie wollte ihn bitten zu bleiben, wusste aber nicht wie.

Er wandte sich zum Gehen, zögerte und drehte sich wieder um. »Hören Sie«, sagte er leise. »Wie ich schon sagte, ich mache so was normalerweise nicht, aber ich bin ein paar Tage in London … und wenn Sie Lust auf einen Kaffee oder einen Drink haben, rufen Sie mich an.« Er zog eine Karte heraus, schrieb eine Nummer darauf und reichte sie ihr.

Sie spürte, wie ihre Wangen plötzlich brannten. Sie nahm die Karte, drehte sie um und verkniff sich ein Lächeln. »Darf ich?«, fragte sie mit Blick auf seinen Stift. Ein wenig überrascht gab er ihn ihr. Sie schrieb ihre Nummer auf die Rückseite der Karte und reichte sie zurück. »Ihr Ball – jetzt sind Sie am Zug.« Sie zwinkerte ihm zu und ging weg. Caryn folgte ihr schnell. Er sah ihr lächelnd nach, das wusste sie. Das *fühlte* sie.

Simon bemühte sich so angestrengt, seine Gesichtszüge unter Kontrolle zu halten, dass es fast wehtat. Als er hereinkam, hatte er Mat im Gespräch mit zwei Frauen gesehen. Er wollte schon zu ihnen hinübergehen, da drehte eine von ihnen den Kopf, und er erkannte sie. Sofort machte er kehrt, von maßlosem Zorn gepackt. Gerade *sie*! Er hätte *wissen* müssen, dass sie hier sein würde. Und warum zum Teufel redete Mat mit ihr? Simon lachte auf, das lag ja wohl auf der Hand. Sie war hinreißend. Genau deshalb hatte auch er mit ihr geredet – und sie geküsst. Er stand am Eingang und beobachtete sie. Mat reichte ihr etwas – eine Karte. Nic Harte nahm sie, schrieb etwas darauf und gab sie zurück. Ihre Nummer zweifellos. Mat steckte sie ein. Er ertrug es kaum hinzusehen. Kurz darauf gingen die beiden Frauen weg. Als klar war, dass sie nicht zurückkommen würden, trat er vor und tippte Mat leicht auf die Schulter.

Mat drehte sich um und grinste ihn an. »Ah, da bist du ja wieder. Wie war dein Treffen?«

»Ja, gut. Hör zu, ich fühle mich nicht so besonders«, log er. Er griff sich an die Stirn. »Kopfschmerzen. Bleib nur, wenn du willst, aber ich gehe heim. Tut mir leid, dass ich dir den Abend verderbe.«

»Ach was. Komm, wir gehen. Hier ist ohnehin nicht viel los«, antwortete Mat mit besorgter Miene. Simon musste sich abwenden. Sie bahnten sich den Weg durch den Raum und die Menge vor dem Eingang. Ein paar Blitzlichter flammten auf, aber sie waren nicht auf sie gerichtet. Mat lief voraus und hielt ein Taxi an. Als sie wegfuhren, begann Simons Kopf tatsächlich zu hämmern. Nic Harte wiederzusehen trieb ihm das Blut in die Schläfen. Und der Anblick von Mat, der mit ihr redete, hatte noch etwas anderes ausgelöst. Etwas, das er nie für möglich gehalten hätte.

71

Er hörte die Toilettenspülung und dann das Rauschen der Dusche. Mats Jackett hing über der Lehne eines Stuhls. Ohne zu zögern griff Simon in die Tasche, zog die Karte heraus und steckte sie in seine Brieftasche. Er sah auf die Uhr, fast Mitternacht. Er goss sich ein Glas Wasser ein und schluckte zwei Aspirin. Dann löschte er die Lichter, ging in sein Schlafzimmer und versuchte, nicht daran zu denken. Nebenan hörte er, wie sich Mat zum Schlafen fertig machte. Die Dielen knarrten. Er hörte, wie die Schranktür auf- und zugemacht wurde, das leise Piepsen, als Mat den Hörer abnahm, vermutlich, um seine Nachrichten in New York abzuhören. Sein Herz schlug schneller, als er hörte, wie Mat den Raum durchquerte und ins Wohnzimmer ging. Ging er zu seinem Jackett? Ein paar Minuten lang war nichts zu hören, dann klappte leise die Tür zu … Stille. Er legte sich hin und wartete ungeduldig, dass die Wirkung des Aspirins einsetzte. Sein Herz schlug ruhig.

Mat lag ebenfalls wach und fragte sich verzweifelt, was mit der Karte passiert war. Er erinnerte sich genau, dass er sie in die Innenseite seines Jacketts gesteckt hatte. Hatte er sie irgendwo hingelegt? Aber mitten in der Nacht konnte er kaum die Wohnung durchwühlen, vor allem, da es Simon nicht gut ging. Aber er war außer sich. Er verlor doch sonst nichts, vor allem nicht so etwas. Auf dem Heimweg im Taxi hatte er sie ein paar Mal berührt, als Erinnerung an einen unerwartet schönen Abend. Zuerst hatte ihm ihr Anblick gefallen und dann sie selbst. Sie war erstaunlich cool. *Ihr Ball – jetzt sind Sie am Zug.* Beim Weggehen hatte sie nicht einmal zurückgeblickt. Wie viele Frauen schafften das? Und jetzt hatte er die Karte verlegt. Er zog eine Grimasse. Die erste Frau seit Jahren, die ihn interessierte, und er verlor ihre Nummer. Er wusste nicht einmal ihren Nachnamen. Wie sollte er sie wiederfinden? Nein, die Karte musste irgendwo in der Wohnung sein. Er *musste* die verdammte Karte wiederfinden.

»Geht's dir besser?«, fragte er, als Simon am nächsten Morgen aus seinem Zimmer kam.

»Ja. Keine Ahnung, woher das kam. Aber es ist weg. Gut geschlafen?« Simon warf schnell einen Blick zum Esstisch hinüber. Mats Jackett war verschwunden.

»Nicht wirklich. Stell dir vor … ich hab gestern auf der Party mit jemandem geredet. Sie hat mir ihre Nummer gegeben, auf der Rückseite meiner Karte. Und jetzt kann ich das verdammte Ding nicht mehr finden.« Er lachte ungeduldig auf. »Ich bin sogar heute Morgen rausgegangen und hab nachgesehen, ob ich sie vor dem Haus verloren habe. Sie muss mir irgendwie im Taxi abhandengekommen sein.«

»Ärgerlich«, erwiderte Simon betont beiläufig. »Aber es gibt noch jede Menge anderer Frauen. Wie du immer sagst«, fügte er hastig hinzu, als er Mats gerunzelte Stirn sah.

Mat nickte abwesend. Er goss sich Kaffee ein und ging mit dem Bündel Zeitungen, das er gekauft hatte, zum Fenster. Es würde ein schweigsamer Morgen werden, erkannte Simon. Wenn Mat außer sich war, zog er sich zurück. Simon seufzte. Er hätte es nicht tun sollen, aus vielerlei Gründen nicht. Genau wie damals, als sie noch Kinder waren, hasste er es, Mat wütend zu sehen. Umso mehr, wenn er selbst der Grund dafür war. Ein paarmal hatten sie einen Streit auf gute alte Männerart mit Fäusten ausgetragen. Danach schämten sie sich beide, und es dauerte nur ein paar Minuten, bis – Mat zumindest – das Gleichgewicht wiederfand. Bei Simon dauerte es etwas länger, zugegeben. Aber die letzte Prügelei war viele Jahre her, Jahre, in denen sie nie über etwas anderes gestritten hatten als über Politik, worüber ja alle stritten. Über Mugabe etwa waren sie nie gleicher Meinung, aber das war kein Problem. Mat war Fußballfan, Simon interessierte sich mehr für Rugby, was ebenfalls in Ordnung war. Glücklicherweise hatten sie sich bisher nie für das gleiche Mädchen interessiert. Simon war immer von einer kleinen Schar Schönheiten umgeben, Mat jedoch war vorsichtiger, was sein Herz anbelangte.

Und dann wurde es ihm von Tanja Petrowitsch gebrochen, der Tochter des russischen Botschafters, die er im Internat in England kennengelernt hatte. Fast sieben Jahre waren sie zusammen, die ganze Studienzeit hindurch. Aber sie hatte ihren Eltern nie davon erzählt. Und als es sich nicht mehr vermeiden ließ, verließ sie ihn, für einen Engländer, der in der gleichen Bank wie sie arbeitete und ihren Eltern genehm war. Kurz darauf zog Mat nach New York, und die ganze Sache war Geschichte. Das behauptete Mat zumindest. Gestern Abend hatte sein Bruder zum ersten Mal wieder Interesse für eine Frau gezeigt.

Simon wandte sich vom Fenster ab und nahm seine Jacke. »Ich hol nur schnell Zigaretten«, sagte er und wich Mats Blick aus. Er fühlte sich wie der letzte Dreck. Wie konnte er seinem Bruder nur so etwas antun?

72

Estelle saß mit zusammengepressten Knien auf ihrem Stuhl, die Hände fest im Schoß gefaltet. Ihr Diamantring, ein Geschenk eines ihrer vernarrten älteren Kunden, drückte ihr in die Handfläche, während sie wartete, bis Phil Johnson sie in sein Büro bat. Er brauche einen Monat, hatte er gesagt, inzwischen waren aber fast drei vergangen. Die Anspannung war immer unerträglicher geworden. Die Sekretärin lächelte sie mitfühlend an. »Er ist gleich so weit«, sagte sie.

Estelle hätte keine Antwort herausgebracht, selbst wenn sie gewollt hätte. Ihre Kehle war wie ausgedörrt, ihre Magennerven flatterten. Als sie es schließlich nicht länger aushielt, ging die Tür auf, und eine große Frau in einem geblümten Kostüm kam heraus, dicht gefolgt von Phil Johnson.

»Ah, Miss Mackenzie. Nur noch einen Moment«, sagte er und begleitete die Frau zur Tür. »Gehen Sie doch schon hinein. Eine Tasse Tee?« Estelle schüttelte ungeduldig den Kopf. Sie stand auf und rannte fast in sein Büro. »Setzen Sie sich, setzen Sie sich«, bat er sie, nachdem er hinter ihr die Tür geschlossen hatte. Er ließ sich ihr gegenüber nieder und sah sie nachdenklich an. Estelle klopfte das Herz bis zum Hals. Aus seiner Miene war nicht abzulesen, ob er gute Nachrichten für sie hatte oder nicht. Obwohl *jede* Nachricht gut wäre, dachte sie schnell.

»Haben Sie …«

Er hob die Hand, um sie zurückzuhalten. »Eins nach dem anderen«, sagte er und zupfte an seinem Bart. Er zog eine Schublade auf und nahm einen braunen Umschlag heraus. »Ich muss Ihnen ein paar Fragen stellen …«

»Sagen Sie mir einfach, ob Sie ihn gefunden haben«, unterbrach ihn Estelle.

Er seufzte. »Das habe ich. Es ist allerdings … sagen wir mal, etwas komplizierter.«

»Wer ist er? Lebt er noch?«

»Durchaus.« Johnson legte die Hand ans Kinn. »Ich habe Basil Mackenzie gefunden. Er wohnt in Oxford …«

»Kann ich ihn treffen?«, fragte Estelle aufgeregt.

Er schüttelte den Kopf. »Das würde ich Ihnen nicht raten, Estelle.« Er biss sich auf die Unterlippe. »Basil Mackenzie ist zwar am Leben, aber er ist nicht Ihr Vater.«

Estelle starrte ihn mit aufgerissenen Augen an. »Nein?«

»Zugegeben, ich habe ihn nicht gebeten, einer DNA-Analyse zuzustimmen, aber ich glaube, er sagt die Wahrheit. Nein, er ist nicht Ihr Vater, fürchte ich.«

Ihre Lippe zitterte. »Wer ist es dann?«

Er zögerte. Dann sagte er einen Namen.

Estelle stockte der Atem. »Das kann nicht sein«, stieß sie schließlich hervor. »Das ist … nicht möglich. Er ist nicht mein Vater!«

»Auf Ihrer Geburtsurkunde ist Basil Mackenzie als Vater eingetragen. Aber es handelt sich um eine Kopie. Als ich das Original anforderte – deshalb hat es ein bisschen gedauert –, kam etwas anderes heraus. Sie wurden vor 1980 in Simbabwe geboren, meine Liebe, was bedeutet, dass alle Geburten, Heiraten und Todesfälle vom Kolonialbüro aufgenommen und im Somerset House hier in London aufbewahrt werden.« Er öffnete eine Akte und nahm ein Blatt heraus. »Das ist eine Kopie des Originals im Somerset House. Sie stimmen mir wohl zu, dass sie nicht mit Ihrer Kopie übereinstimmt. Der Name des Vaters wurde geändert. Das, meine Liebe«, fügte er hinzu und deutete auf das Blatt auf dem Tisch, »ist Ihr Vater.«

Estelle starrte auf die Geburtsurkunde. Ihre Finger begannen zu zittern. »Sind Sie absolut sicher?«, fragte sie, und ihre Stimme klang eisig vor Zorn.

Phil nickte. »So sicher, wie ich nur sein kann.«

Sie schwieg. Dann nahm sie die neue Kopie und hielt sie hoch. »Kann ich die behalten?«

»Sicher. Mrs Devereaux hat die Rechnung beglichen, also gehört alles Ihnen. Oh, und das auch noch.« Er reichte ihr die Kopie zurück, die er von ihr bekommen hatte.

»Verbrennen Sie die«, erwiderte Estelle entschieden und erhob sich. Sie faltete ihre neue Geburtsurkunde zusammen und steckte sie in ihre Tasche. »Danke für Ihre Hilfe«, sagte sie leise.

Er schien etwas antworten zu wollen, schwieg jedoch. Sie öffnete die Tür und ging so aufrecht sie konnte den Gang hinunter, ohne auf den verblüfften Blick der Sekretärin zu achten. Sie dachte nur eines: Warum hatte Gloria sie belogen?

73

Wie schnell sich alles änderte. Noch vor einer Woche war sie voller Optimismus gewesen. Purem, überbordendem Optimismus, der sie jeden Morgen mit einem Lächeln aufstehen und den vor ihr liegenden Tag in den schönsten Farben erstrahlen ließ. Plötzlich schien alles möglich zu sein. Auf dem Heimweg nach der Party hatte sie beglückt in sich hineingelächelt. Es war nichts passiert – er hatte sie bloß um ihre Nummer gebeten. Und doch … Sie konnte es weder Caryn noch sich selbst erklären. Mat. Sie kannte nicht einmal seinen Nachnamen. Aber den würde sie bald erfahren. Er würde anrufen. Sie würden sich treffen, und sie würde herauskriegen, woran es lag, dass er sie so durcheinandergebracht hatte.

Aber er rief nicht an. Die gleichen Gefühle, die sie in so schwindelerregende Höhen getragen hatten, ließen sie grausam und hart auf dem Boden der Tatsachen aufschlagen. Als am vierten Tag nach der Party klar war, dass er nicht anrufen würde, war Nic am Boden zerstört. Und wütend auf sich selbst. Sie hatte doch nicht mehr als *fünf Minuten* mit dem Mann verbracht, sie kannte ihn kaum. Ein Glas Champagner, ein paar Minuten albernes Geplänkel und ein paar flirtende Blicke, dann der Austausch von Telefonnummern … aber warum hatte sie sich so cool geben müssen? Ihr Ball! Er hatte den verdammten Ball *fallen lassen*. Warum, ach, warum nur hatte sie ihm den Ball überhaupt zugespielt?

Sie saß an ihrem Schreibtisch und versuchte, sich auf die Arbeit zu konzentrieren, die bereits einen Tag überfällig war. Zoës Bettgeschichten-Kolumne im *Tatler*, ihrem Schwester-Magazin, wurde jede Woche begeistert gelesen von Prominenten und solchen, die es werden wollten – nur wenige im Pressebetrieb wären daraufgekommen, dass sie tatsächlich von einer ihrer Untergebenen stammte. Nic hasste diese Arbeit, vor allem hasste sie es, so schreiben zu müssen wie Zoë: schneidend scharfe Witze und verletzend bösartige Sprüche. Eigentlich hatte sie kaum bemerkt, wer auf dieser verdammten Party gewesen war. Sie versuchte sich zu erinnern, was Liz Hurley getragen hatte – sehr wenig vermutlich. Sie seufzte. Ihr Leben war eine Serie von Fragen – *warum* nur hatte sie sich breitschlagen lassen, die Kolumne zu schreiben? *Warum* ging sie nicht einfach weg von *Gossip*! und suchte sich eine größere Herausforderung? *Warum* zeigte sie so wenig Willensstärke? Und *warum* hatte sie ihm die Karte zurückgegeben, ohne seinen Namen überhaupt zu lesen? Weil sie die Coole spielen musste. Plötzlich klingelte das Telefon und riss sie aus den tristen Grübeleien. Sie holte ein paarmal tief Luft, bevor sie abnahm. Bitte, lass es ihn sein. *Bitte.*

»Hallo?«

»Hallo, ich bin's nur.« Es war Caryn. »Alles okay mit dir?«

»Ja.« Enttäuschung packte sie. Es folgte ein kurzes Schweigen, bevor sie »nein« sagte.

»Was ist denn los?«

»Er hat nicht angerufen«, klagte Nic, unfähig, sich zusammenzureißen.

»Ach, Nic. Hör zu, warum gehen wir nicht essen? Nur du und ich …«

»Aber wenn er doch noch anruft?«

»Nic, du hast einen Anrufbeantworter. Er hinterlässt eine Nachricht, wenn er interessiert ist. Und wenn nicht, vergiss ihn. Du kennst doch die Regeln. Also lass uns ausgehen.«

»Okay«, seufzte Nic. Ein Abendessen würde sie zumindest ablenken von der größten Enttäuschung ihres Lebens. »Wohin?«

»Ins Mezzo«, antwortete Caryn entschieden. »Und zieh dir was Hübsches an. Du brauchst eine Aufmunterung.«

Nic legte auf. Caryn hatte recht. Sie sollte ihn vergessen. Was stimmte nicht mit ihr? Die beiden einzigen Männer, die ihr in den letzten zwei Jahren gefallen hatten, waren Nieten gewesen. Es war einfach nicht fair. Zum hundertsten Mal schaute sie zum Telefon. Nein, er würde nicht anrufen. Dessen war sie sich sicher. Wahrscheinlich würde sie ihn nie mehr wiedersehen.

Teil 6

74

London, England 2004

Tory schob den Stapel Rechnungen und Quittungen beiseite und stand auf. Es war ein schöner Samstagmorgen, aber sie saß wie gewöhnlich drinnen und prüfte ihre Finanzen. Sie hatte das ganze Wochenende für sich – Luc war auf einer Geschäftsreise. Wann hatte sie das letzte Mal einen Vormittag für sich gehabt? Der Laden kostete sie fast jede freie Minute, und die wenige Zeit, die blieb, verbrachte sie mit Luc. Was ihren Vater anbelangte, war ihre Mutter eisern: Werktags ja, am Wochenende nein. Also kam er samstags selten in den Laden. Sie ging zum Fenster und blickte auf den Canonbury Square hinunter. Es war ein herrlicher Junimorgen. Blauer Himmel, Sonnenschein. Sie verzog das Gesicht. Wie lange war ihr letzter Einkaufsbummel her?

Zehn Minuten später lief sie die Treppe hinunter, warf das kleine Tor hinter sich zu und ging die Upper Street hinauf. Sie liebte ihre neue Wohnung. Seit einem halben Jahr lebte sie jetzt hier, im 5. Stock ohne Lift und mit etwas schiefen Böden, aber ihr gefiel das. Luc hatte ihr bei den Formalitäten geholfen; wenn er sie nicht unterstützt hätte, würde sie immer noch bei ihren Eltern leben. Was wohl passierte, wenn sie verheiratet waren? Sein Antrag war inzwischen über ein Jahr her – und seitdem waren sie auch nicht mehr in Ferien gewesen. Die Hochzeit musste ein paar Mal verschoben werden. Lucs Mutter starb unerwartet, er wurde befördert, der Laden lief etwas besser … sie arbeiteten beide so viel, dass keine Zeit blieb, in Ruhe etwas zu planen. Aber das würden sie bald tun, *mussten* sie bald tun, bloß eben jetzt nicht.

Sie besorgte sich einen Kaffee in dem kleinen italienischen Café an der Ecke, schlenderte im Sonnenschein weiter und blieb ab und zu stehen, um sich Schaufenster anzuschauen. Es war Ewigkeiten her, dass sie sich Klamotten gekauft hatte. Kurz entschlossen ging sie ins Jigsaw.

Zwanzig Minuten später kam sie mit einem cremefarbenen Leinenmantel, einem getupften Seidenschal und einem Paar herrlich unpraktischer hochhackiger Sandaletten heraus. Wann um alles in der Welt sollte sie die denn tragen? Durch Seitenstraßen ging sie zum Canonbury Square zurück, bewunderte die eleganten Stadthäuser und genoss die Sonnenwärme im Gesicht. Gerade als sie die Alwyne Villas hinaufging, kam jemand die Stufen eines Hauses herunter. Sie lächelte immer noch in sich hinein, als ihre Blicke sich trafen, sodass er wahrscheinlich glaubte, sie lächele *ihn* an. Sie wandte sich schnell ab und ging weiter, hatte aber plötzlich ein seltsam ungutes Gefühl. Ein kalter Schauer lief ihr über den Rücken, und ihre Nackenhaare sträubten sich. Dann fuhr sie herum. »Rob?«

»Tory?« Wie angewurzelt blieb er stehen. Sein Gesicht war bleich.

»Was machst du hier?«, fragte sie, und nach dem Kälteschauer wurde ihr plötzlich heiß.

Er strich sich übers Gesicht. »Ich wohne hier. Da oben.« Er deutete auf das Haus, aus dem er gerade gekommen war. »Ich bin seit ein paar Wochen wieder da. Was machst *du* hier?«

»Ich … ich wohne auch in der Gegend. Gleich oben an der Straße.«

»Du machst Witze. Mein Gott, Tory! Wie geht's dir?«

Sie musterte ihn. Er sah fast noch genauso aus wie früher, nur etwas fülliger, das Hochaufgeschossene, leicht unbeholfen Schlaksige hatte er verloren. Das dunkelbraune Haar war kurz geschnitten und wurde an den Schläfen schon grau, die grau-blauen Augen waren noch dieselben. Sein Gesicht wirkte härter, kantiger, als sie es in Erinnerung hatte. Aber sie hatte ihn auch zehn Jahre nicht mehr gesehen. Zuletzt hatte sie gehört, dass er in Peru lebte.

Und jetzt war er zurück. »Mir … mir geht's gut. Schön, dich zu sehen«, sagte sie zögernd, weil sie nicht sicher war, ob sie ihn umarmen sollte.

»Ja, ich freu mich auch, dich zu sehen«, erwiderte Rob, der immer noch wie betäubt wirkte.

Tory biss sich auf die Lippe. »Möchtest du auf einen Tee mitkommen? Hast du Zeit?«

Er schluckte. »Sicher. Warum nicht? Tut mir leid. Ich komme noch immer nicht drüber weg. Du siehst so … anders aus. So erwachsen.«

»Nun, es ist eine Weile her«, antwortete Tory. »Du siehst aber noch ganz genauso aus.«

»Ja, ich schätze schon.« Sie sahen sich unsicher an.

»Komm mit. Ich setze Wasser auf«, sagte Tory und nahm ihre Tüten in die andere Hand.

Schweigend überquerten sie die Straße, beide verblüfft über das unerwartete Zusammentreffen.

»Hübsches Haus«, sagte Rob, als sie durch den Vorgarten gingen. »Wirklich hübsch.«

Tory nickte. »Ja, ich mag es. Es ist ruhig.« Sie öffnete die Haustür und ging voraus die fünf Stockwerke hoch. »Tut mir leid, es ist ziemlich weit oben.« Ehe sie die Wohnungstür öffnete, sagte sie: »Pass auf deinen Kopf auf.« Rob war über eins achtzig.

»Wow, Tory, das ist ja toll!«

»Das Wohnzimmer ist dort«, antwortete sie und versuchte nicht allzu selbstgefällig zu klingen. Die Wohnung war nicht besonders groß, aber ganz nach ihrem Geschmack eingerichtet. »Setz dich. Ich bin gleich wieder da.«

»Die sind schön«, sagte Rob und sah auf die dunklen, stachligen Blumen auf dem Esstisch. »Wie heißen die?«

»Eigentlich sind das Sonnenblumen«, antwortete Tory verlegen. »Ich hab die Blütenblätter abgezupft, als sie welk wurden. Ich finde die Samenstände aber genauso hübsch.« Rob wirkte beeindruckt. Tory spürte, wie ihre Anspannung nachließ und sich freudige Wärme in ihrem ganzen Körper ausbreitete. »Ich kann es immer noch nicht fassen«, sagte sie. »Dass du hier stehst. In meinem Wohnzimmer.«

»Ich weiß«, erwiderte Rob mit einem zaghaften Lächeln. »Es fühlt sich verrückt an. Fast so, als wäre ich eigentlich nicht hier. Ergibt das einen Sinn?«

Tory nickte. »Ja, seltsamerweise tut es das.« Sie drehte sich um und ging in die Küche. »Wie magst du deinen Tee?«, rief sie und wusste es plötzlich. *Mit Milch, ohne Zucker.* Die Erinnerung überkam sie ganz unvermittelt. Sie zu dritt in der Küche in der Hortensia Road. Susie schob die Keksdose von sich weg. Sie war immer auf Diät. Tory wäre fast umgesunken vor Schmerz.

»Alles okay?«, fragte Rob, der plötzlich in der Tür stand. Seine Stimme klang heiser.

Tory nickte. »Es geht gleich wieder«, stieß sie hervor. »Es … es ist nur plötzlich so über mich gekommen.« Dann spürte sie seine Hand in ihrem Nacken. Sie war kühl, obwohl seine Finger ein wenig zitterten, als sie über ihren obersten Rückenwirbel strichen. Es war merkwürdig beruhigend, und so verharrten sie eine Weile, ohne zu sprechen, bis der Schmerz nachließ und Tory wieder normal atmen konnte. Ein paar Minuten später war sie in der Lage, Tee zu machen, und schaffte es sogar, ein paar Kekse auf einen Teller zu legen. Sie folgte ihm ins Wohnzimmer, und der Schmerz verflüchtigte sich immer mehr.

Eine Weile lang erzählten sie sich, was sie in der Zwischenzeit gemacht hatten. Er sei Fotograf, sagte er. Darauf war er durch seine Reisen gekommen. Er hatte ein Buch über Vietnam herausgebracht, eines der ersten Reisebücher über das Land, das sich unerwartet gut verkauft hatte. Danach bekam er einen Auftrag für ein Buch über Chile und dann für eines über Peru. Im Moment arbeitete er an einem Buch über Buenos Aires. Er hatte sich eine Wohnung in London gemietet, als eine Art Zwischenstation für seine Reisen. Er fand es schön, ab und zu an einem gewohnten Ort zu sein. Lange Zeit hatte er nicht nach London zurückkommen wollen, es immer wieder aufgeschoben. »Ich … ich wollte einfach nicht«, sagte er und blickte auf seine Hände hinab. »Aber jetzt, wo ich da bin, ist es gar nicht so übel. Und wie steht's mit dir?« Er blickte zu ihr auf.

»Ach, ich? Also …« Sie hielt inne. Sie wusste nicht, wie sie ihr Geschäft beschreiben sollte, ohne angeberisch zu klingen. »Ich hab einen eigenen Laden aufgemacht. Einen Blumenladen. Mein Dad und ich führen ihn gemeinsam.«

Er schwieg eine Weile. »Ich hab immer gewusst, dass du etwas Besonderes machen würdest«, sagte er schließlich. »Du warst immer die künstlerisch Begabte …«

»Ich? Nein, das stimmt doch nicht«, unterbrach sie ihn.

»Doch, du hast es bloß nicht gewusst.« Er sah sie einen Moment lang an, dann stand er auf. »Danke für den Tee«, sagte er und nahm seine Jacke. »Es war schön, dich wiederzusehen.«

»Dich auch.« Sie schauten sich einen Augenblick lang an, dann beugte er sich vor und küsste sie auf die Wange.

»Pass auf dich auf«, fügte er hinzu und zog sein Jackett an. Sie nickte, weil sie nichts zu sagen wagte. Dann war er fort.

75

Estelle sah auf die beiden Kostüme, die die Verkäuferin für sie herausgelegt hatte. Sie zögerte. Die schwarz-weiße Hahnentritt-Jacke und der kurze Rock waren klassisches Chanel … zu langweilig. Das andere – von Dior, weißes Leinen, knielanger Rock, dunkelblaue Paspelierung am langgezogenen Revers – war das Richtige. »Das da«, sagte sie bestimmt. Es hatte Klasse.

»Sehr wohl, Madam«, sagte die Verkäuferin und wickelte es umständlich ein.

Estelle sah in den Spiegel. Dank der regelmäßigen Besuche im Sonnenstudio war ihre Haut etwas dunkler geworden. Sie wollte absolut hervorragend aussehen. Ihr Magen kribbelte vor Aufregung. Unglaublich, dass es fast ein Jahr gedauert hatte, das Treffen zu vereinbaren, das am nächsten Tag stattfinden sollte. Ohne Mrs Devereaux' Hilfe hätte sie es nie geschafft. Männer wie Jim Harte trafen sich nicht einfach mit Leuten, die sie nicht kannten, ganz zu schweigen von einer jungen Frau, die nicht sagen wollte, worum es ging. Zweimal war ein Termin vereinbart und dann in letzter Minute abgesagt worden. Es gab ihr einen Stich. Seit Monaten dachte sie an nichts anderes, hatte sich immer wieder vorgestellt, was sie sagen würden, was *er* sagen würde – die Tränen, das Lachen, die Umarmungen … alles.

Tief in ihrem Innern hatte sie immer gewusst, dass sie für Größeres bestimmt war als das miese, kleinkarierte Leben, das Gloria ihr zu bieten hatte. Jetzt wusste sie, warum. Sie war anders. Sie war eine Harte. Mackenzie? Das scheußliche Anhängsel würde sie so schnell wie möglich loswerden. *Warum* nur hatte Gloria sie angelogen?

In einer glänzenden weißen Schachtel brachte ihr die Verkäuferin das Kostüm. Estelle gelang es nur mit Mühe, ihre Aufregung zu beherrschen. Bald würden *alle* ihre Kleider aus Läden wie diesem kommen. Sie sah den abschätzenden Blick der Verkäuferin auf ihre endlos langen Beine, ihre schmale Taille, ihr langes glänzendes Haar. Sicher fragte sie sich, wer sie war. Nun, nach dem morgigen Tag würden es alle wissen. Vielleicht würde es in den Zeitungen stehen? Wurde vielleicht sogar in den Nachrichten gebracht? »Schicken Sie es mir einfach heute Nachmittag«, sagte sie von oben herab und nahm ihre Tasche. »Es geht auf Mrs Devereaux' Konto.« Sechshundert Pfund für Designer-Klamotten. Bald würde sie dreimal so teure Sachen tragen. Und zwar jeden verdammten Tag.

»Natürlich, Madam.« Falls die Verkäuferin Sally Devereaux' Hintergrund kannte, ließ sie es sich nicht anmerken.

In einer Wolke aus Parfüm rauschte Estelle aus dem Laden. Sie ging die New Bond Street hinauf zu Christian Billington, ihrem Friseur. Dort wollte sie sich die Strähnchen auffrischen, Maniküre, Pediküre und eine Entspannungsmassage machen lassen. Und danach würde sie zu Hause ein ausgiebiges Duftbad nehmen und sich auf den nächsten Tag vorbereiten. Auf das wichtigste Treffen in ihrem ganzen Leben.

»Ah, Jim …« Mrs Callaghan hielt ihn auf, als er durch die Tür trat. »Vergessen Sie nicht, Sie haben einen Termin um drei.«

Jim sah sie ärgerlich an. »Mit wem?«

Sie blickte in seinen Terminkalender. »Mit einer Miss Mackenzie. Eine Mrs Sally Devereaux hat ihn vereinbart. Sie haben zugestimmt, erinnern Sie sich?«

Jim seufzte. Er hatte keine Ahnung. Wer zum Teufel war Sally Devereaux? Er sah auf die Uhr. »In einer Stunde bin ich zurück«, antwortete er und nahm Mantel und Hut. »Sagen Sie ihr, sie soll warten, wenn es etwas dauert. Worum geht's überhaupt?«

Mrs Callaghan zuckte die Achseln. »Das hat Mrs Devereaux nicht gesagt. Aber sie hat sich seit Monaten um diesen Termin bemüht. Sie haben bereits zweimal abgesagt.«

»Also gut. Dann bis später.« Er öffnete die Tür und dachte bereits an etwas anderes. Er war ungewöhnlich nervös. Niemand ahnte etwas – am wenigsten seine Partner und Aktionäre –, aber es standen Schwierigkeiten bevor. Wie immer hatte es ganz harmlos angefangen. Mehrere Jahre lang hatte RhoMine über eine ehemalige Mine in Ost-Guinea nahe der Grenze zu Sierra Leone einen höchst profitablen Schmuggel von illegalen Diamanten betrieben. Beamte wurden bestochen, Verkehrswege eingerichtet, Flugrouten organisiert. Fast drei Jahre lang erzielten sie in diesem unbekannten Winkel des Kontinents Rekordgewinne. Gewöhnlich wurden die Steine im Schutz der Nacht aus Sierra Leone ausgeflogen und landeten eine Stunde später in der Elfenbeinküste, wo sie umgepackt, neu etikettiert und verladen wurden, um schließlich unter Angabe irgendeines Herkunftsorts nach Brüssel oder Neu Delhi zu gelangen. Mittels verschachtelter Beteiligungen kontrollierte

RhoMine mehr als sechzig Prozent der Anteile an Consolidated Mines, den offiziellen Besitzern der Kanyati-Mine in Guinea. Allen war damit gedient, von den bestochenen Regierungsmitgliedern bis hin zu den Idioten, die zu viel für einen Diamanten hinblätterten. Und solange die Profite sprudelten und die Aktienkurse von RhoMine stiegen, waren alle zufrieden.

Aber durch den kürzlichen Putsch in Sierra Leone waren ein paar Arschlöcher an hohen Stellen gierig geworden und wollten einen größeren Anteil an den Gewinnen. Es kostete Jim ein Vermögen an Bestechungsgeldern und Flugbenzin, um Geldkoffer an Orte zu transportieren, von denen er noch nie gehört hatte. Und als hätte er nicht schon genug Ärger, hatten die verdammten Vereinten Nationen Sanktionen über das Land verhängt. Jetzt war es schon kompliziert, überhaupt noch eine Flugroute zu finden. Manning, Ogilvy und Mathers hatten es allmählich satt … und er inzwischen auch. Es war einfach zu mühsam. Andererseits lieferten die Minen einige der schönsten afrikanischen Diamanten, und Jim war Pragmatiker. Über kurz oder lang würde Sierra Leone fallen. Er hatte schließlich nicht umsonst die RUF unterstützt. Der Umsturz im März hatte zu einem unsicheren Machtbündnis zwischen der RUF und dem neu gebildeten Revolutionsrat der Armee geführt. Jim schüttelte den Kopf. Wann würden sie es endlich begreifen, dass Revolutionen schlecht fürs Geschäft waren? In der britischen Presse waren Gerüchte aufgetaucht, was natürlich zur Folge hatte, dass die Aktienkurse sanken und das Vertrauen der Investoren abnahm. Kein gutes Klima für seine neueste Unternehmung – Kupfer. Ein paar Geschäftsleute, die immer mehr Profit herausschlagen wollten, versuchten ihn mit ein paar Minen zu ködern. Und wer stand hinter ihnen? Klaasens. Er hatte ja gewusst, dass er es wieder mit ihm zu tun bekommen würde. *Ist das Ihre Art, Geschäfte zu betreiben, Mr Harte?*, hatte er ihn vor fast zwanzig Jahren mit höhnischem Grinsen gefragt. Das Arschloch. Ja, genau *so* betrieb er sie.

Er öffnete die Tür des kleinen italienischen Restaurants in der Gutter Lane. *Gossen*gasse. Wie passend. Genau dorthin würde er Klaasens bringen, wenn sich sein Verdacht bestätigte. »Gordon«, sagte er und streckte die Hand aus. »Schön, dass Sie gekommen sind.«

76

Estelle saß vor dem Büro des Mannes, der die Macht besaß, ihr Leben auf den Kopf zu stellen, und musste warten. Der Dragoner von einer Sekretärin, die sie eingelassen hatte, glotzte sie ständig an, als traute sie ihren Augen nicht. Sollte sie doch. Hatte die alte Schachtel überhaupt eine Vorstellung, wie viel sie für das Kostüm hinblättern musste?

»Er weiß doch, dass ich komme, oder?«, fragte sie nach zwanzig Minuten.

»O natürlich. Es wird nicht mehr lange dauern«, antwortete die Frau, die ihre Neugier kaum verbergen konnte. »Er sagte, Sie sollen warten.« Estelle schwieg. Sie hatte ein flaues Gefühl im Magen, und ihre Handflächen waren feucht.

Zehn oder fünfzehn Minuten später – sie hatte das Zeitgefühl verloren – hörte sie Schritte im Gang und eine männliche Stimme. Ihr wurde noch flauer. »Ah«, sagte der Dragoner und hob den Kopf. »Ich glaube, da ist er.«

Die Tür ging auf, und ein großer, braun gebrannter Mann kam herein. Er starrte sie mit gerunzelter Stirn an, und ein ungläubiger Ausdruck wanderte über sein Gesicht. Estelle hatte das Gefühl, ihr würde tatsächlich schlecht. Die Sekretärin blickte von einem zum anderen, es war fast komisch. Estelle starrte in das Gesicht, das sie im Lauf des vergangenen Jahres so oft auf Fotos studiert hatte, um nach Ähnlichkeiten zu suchen. Wie war es möglich, dass sie ihn nicht erkannt hatte? *Wenn ich Sex will, würde ich mir nie eine Hure nehmen*, Scham und Entsetzen packten sie. Das Dior-Kostüm, die Parfümwolke, das sorgfältige Make-up und die Kroko-Tasche kamen ihr plötzlich wie eine Maskerade vor. Sie machte den Mund auf, aber sie bekam nichts heraus.

Jim war der Erste, der sich wieder fing. Er öffnete die Tür zu seinem Büro und ignorierte Mrs Callaghans Blicke. »Miss Mackenzie?« Mit einer ungeduldigen Geste forderte er sie auf einzutreten. Sie erhob sich etwas unsicher. Er schloss die Tür und drehte sich zu ihr um. Eine Verwechslung war nicht möglich. Sie war die Hure, die Khoury vor etwa einem Jahr angeschleppt hatte. Was zum Teufel machte sie in seinem Büro? Er setzte sich hinter seinen Schreibtisch. Schön war sie zweifellos – die schönste Frau, die er seit Langem gesehen hatte. »Was kann ich für Sie tun, Miss Mackenzie?«, fragte er höflich.

Sie sah ihn einen Moment lang an und deutete dann auf den Stuhl. »Darf ich?«

»Bitte.« Er wünschte, sie käme zur Sache.

Sie setzte sich, öffnete die Tasche und nahm eine Schachtel Zigaretten und einen braunen Umschlag heraus. Ohne ein Wort zu sagen, schob sie ihm den Umschlag zu. Dann nahm sie eine Zigarette aus der Packung und zündete sie an. Sie blickte auf den Umschlag. Er machte keine Anstalten, ihn zu öffnen. »Wollen Sie ihn nicht aufmachen?«, fragte sie.

Er runzelte die Stirn. Irgendetwas in ihrer Stimme irritierte ihn … ein Akzent? Er schüttelte den Kopf.

»Nicht bevor Sie mir sagen, was das Ganze soll.«

Sie bemühte sich, etwas zu verbergen, das sah er. Die Zigarette, der direkte, aber unsichere Blick, die Art, wie sie die schlanken Beine überkreuzte … sie spielte auf Zeit. Als er schließlich glaubte, den Blick ihrer grünen Augen nicht länger auszuhalten, öffnete sie den Mund. Ein einziger Satz kam heraus.

Ein Schauer überlief ihn. Jim bewegte den Kopf, als wollte er seine Ohren freibekommen. »Was zum Teufel haben Sie gesagt?«

Sie wirkte etwas bestürzt, blieb aber ruhig, das musste er ihr zugutehalten. »Ich bin Ihre Tochter.« Ihr Lächeln war nicht unschuldig. Jim spürte, wie etwas in ihm zuschnappte. Plötzlich packte ihn maßlose Wut.

»Wovon reden Sie, zum Teufel?«

»Es steht alles hier drin«, antwortete sie und deutete mit der brennenden Zigarette auf den Umschlag. »Das ist meine Geburtsurkunde. Ich habe das Original. Es steht alles dort drin. Meine Mutter ist Gloria Turner. Sie hat für Sie gearbeitet in ….«

»Raus!«, stieß Jim heiser hervor. »Das soll wohl ein Witz sein. Raus! Auf der Stelle.«

»Ich mache keine Witze«, sagte das Mädchen und drückte die Zigarette aus. Ihre Stimme zitterte. »Das schwöre ich. Ich habe einen Privatdetektiv angeheuert. Das ist meine Geburtsurkunde. Es ist das Original. Ich …«

Jim nahm den Umschlag, riss ihn auf und nahm das

Blatt heraus, ohne es anzusehen. Den Blick immer noch auf sie gerichtet, ging er zum Reißwolf hinüber, der kurz darauf zu rattern begann. Die Frau war blass geworden. Sie verlor allmählich die Beherrschung. Als das Papier in tausend Stücke zerrissen war, stellte er den Reißwolf ab. Er ging zu seinem Schreibtisch zurück und nahm den Hörer ab. »Hören Sie zu, Sie kleine Hure.« Seine Stimme klang eisig. »Wenn Sie nicht sofort verschwinden, rufe ich die Polizei und lasse Sie festnehmen. Wissen Sie überhaupt, wer ich bin?«

Sie starrte ihn an. Ihre Gelassenheit war wie weggeblasen. »Sie sind mein Vater«, erwiderte sie mit zitternder Stimme.

»Sie hören mir wohl nicht zu. Ich habe zwei Töchter, und Sie sind keine davon. Ich weiß nicht, wer Sie sind. Ich habe nie von einer Gloria gehört, und ich warne Sie: Wenn Sie nicht aus meinem Büro verschwunden sind, bevor ich zu Ende gewählt habe, verbringen Sie ein paar Nächte an einem Ort, den Sie eigentlich nicht kennenlernen möchten. Also, nehmen Sie Ihren dreckigen Umschlag und Ihre Zigaretten, und verlassen Sie mein Büro. *Raus!*«

Sie trat einen Schritt zurück, völlig verdattert von seinem Wutausbruch. »Ich …«

»RAUS!«

Sie öffnete die Tür und ergriff die Flucht.

»Wer um alles in der Welt war denn das?«, fragte Mrs Callaghan, als er die Tür öffnete. Er hatte ganze fünf Minuten gebraucht, bis er wieder normal atmen konnte.

»Kümmern Sie sich um Ihre eigenen Angelegenheiten«, zischte Jim und packte seinen Mantel. Zitternd knallte er die Bürotür hinter sich zu und lief die ganzen vierzehn

Stockwerke zu Fuß hinunter. Sein Bentley parkte an der Ecke.

»Sir?«, fragte der Fahrer.

»Nach Studgrove«, bellte Jim. »Sofort.«

Estelle rannte die ganze Cheapside hinunter, ohne auf die Passanten zu achten, die der vorbeihastenden Frau in weißem Kostüm, auf High Heels und mit flatterndem Haar verblüfft nachsahen. Sie rannte, bis sie nicht mehr konnte, und wäre hingefallen, wenn ein Herr mit Bowler sie nicht gerade noch aufgefangen hätte. »Hey!«, rief er aus. »Vorsicht. Sonst werden Sie noch überfahren …«

Sie weinte und rang nach Atem. »Lassen Sie mich los«, keuchte sie. »Lassen Sie mich in Ruhe!«

»Beruhigen Sie sich. *Bitte!*«, erwiderte er besorgt. »Sie wären beinahe vor dem Bus gelandet!« Estelle taumelte gegen ihn, ihre Kroko-Tasche fiel in eine Pfütze. Der Herr hob sie auf und trocknete sie mit seinem Taschentuch ab. »Ach je. Ihre Tasche. Sie ist ganz nass!«

»Das … macht nichts.« Estelle bekam fast nichts heraus. »L-lassen Sie mich … in Ruhe, bitte …«

Inzwischen hatte sich eine kleine Gruppe von Leuten um sie versammelt. »Ist sie in Ordnung?«, fragte jemand. Estelle überkam plötzlich eine große Müdigkeit.

»Ihr geht's gut«, sagte der Herr, der merkte, dass sie einfach zu erschöpft war, um zu reden. »Sie steht ganz offensichtlich unter Schock. Sie muss nach Hause, denke ich.«

»Die Tasche«, flüsterte jemand. »Ist die von Chanel?«

Estelle lehnte an der Hauswand. Ihr war so schwindlig, als wäre ihr der Boden unter den Füßen weggezogen worden. Sie ließ sich in ein Taxi helfen, hörte sich selbst, wie sie dem Fahrer ihre Adresse gab, und schaffte es sogar noch, sich umzudrehen, und dem Herrn mit dem Bowler zu danken. Er stand am Straßenrand und winkte ihr nach, als wäre sie eine Freundin. Sie schloss die Augen.

Heute Morgen, als sie sich anzog, um Jim Harte zu treffen, war sie voller Hoffnung gewesen. Das ganze Leben schien voll der schönsten Möglichkeiten. Jetzt war alles anders.

77

Auf dem Weg nach Studgrove spürte Jim, wie es in seiner Brust immer enger wurde. Natürlich hatte er es gewusst – sobald sie den Mund aufmachte und er den Akzent seiner Wahlheimat hörte, war etwas in seinem Innern eingerastet. Sie war kaum ein Jahr alt gewesen, als er sie zum letzten Mal gesehen hatte. Warum hatte er sie in Khourys Haus nicht erkannt? Bittere Galle stieg in ihm auf. Ihr Seidenkleid – war es rot oder lila gewesen? –, das gleich über ihrem unglaublichen Körper nach unten gleiten sollte. Ihm wurde schlecht. Er ließ das Fenster herunter und holte tief Luft. Estelle Mackenzie war seine Tochter. Unwillkürlich stieg die Erinnerung an die letzte Begegnung mit Gloria in ihm auf.

Er war damals achtunddreißig gewesen, Gloria, das hübsche dunkelhäutige Mädchen, das bei ihnen arbeitete, kaum zwanzig. Er wusste nicht mehr, wann sie ihm aufgefallen war. Sie ging vollkommen ruhig ihrer Arbeit nach und machte alles, was Sarah ihr auftrug. Sarah war hoffnungslos, was die Haushaltsführung anbelangte. Sie schaffte es nicht, das Personal unter Kontrolle zu halten, das log, betrog und klaute, weil es ihr mit ihrer Schulmädchenart nicht gelang, ihm Respekt beizubringen. Aber Gloria war anders. Gottesfürchtig und anständig, aus einer der alten farbigen Familien, sie kannte die Bibel und ihren Platz, und es gab keinerlei Schwierigkeiten mit ihr. Bis zu jener Nacht, als er betrunken und schlecht gelaunt nach einem Besuch bei Janes Eltern nach Hause gekommen war. Sie glaubten immer noch, er habe etwas mit ihrem Tod zu tun, und nichts konnte sie vom Gegenteil überzeugen.

Auf dem Heimweg hatte er voller Wut bei Dirk Tennissen haltgemacht. Nach drei Whiskys war er widerstrebend nach Avonlea weitergefahren. Sarah war längst im Bett, Gloria stand in der Küche und machte ein Sandwich für ihn und goss ihm ein Glas Whisky ein. Es war nicht ihre Schuld gewesen.

Geräuschlos kam sie herein mit seinem Drink in der Hand. Das Feuer brannte. Es war Juli und der Boden draußen gefroren. Es erinnerte ihn ein bisschen an England. Er streckte die Hand aus. Seine Finger berührten die ihren, und plötzlich durchzuckte ihn der Gedanke, dass er alles mit ihr machen könnte. Er war praktisch ihr Besitzer, zum Teufel.

Er leerte das Glas in einem Zug. »Gib mir noch eines«, knurrte er, immer noch aufgewühlt von dem Besuch. Sie brachte ihm einen weiteren Whisky, und erneut berührten sich ihre Finger. »Zieh deine Bluse aus«, sagte er mit einer Mischung aus Aggression und Begierde. Sie gehorchte schweigend. Sie tat alles schweigend.

Als er mit ihr fertig war, stand sie ruhig auf, knöpfte ihre Bluse zu und schlüpfte hinaus. Er fand es seltsam tröstlich. Danach besuchte er sie ein oder zwei Mal im Monat. Immer hinten in den Dienstbotenquartieren. Sie sprachen sehr wenig. Das dunkelhäutige Mädchen hatte eine würdevolle Haltung, die sie nie verließ, selbst wenn er Dinge von ihr verlangte, die Sarah vor Abscheu hätten erbleichen lassen. So ging es ein paar Monate lang … Und dann sagte sie ihm, sie erwarte ein Kind. Aber sie verlange nichts von ihm. Sie könne ihm nur eine Weile nicht mehr zur Verfügung stehen. Bis das Kind geboren sei. Er müsse sich keine Sorgen machen. Seine Frau werde nichts erfahren. Sie werde es zu ihren Eltern in den Süden bringen.

Doch als es so weit war, ertrug sie es nicht, sich von dem Kind zu trennen. Es blieb, meist außer Sichtweite, in den Quartieren. Damals kamen und gingen so viele Dienstboten, und Sarah wäre nie in ihre Unterkünfte gegangen. Es sei schmutzig dort, sagte sie. Aber sie putzen dein Haus, wollte Jim ihr entgegenschleudern. Tag für Tag vertraust du ihnen deine Tochter an. Sie ist immer dort drüben … Aber er sagte nichts, weil er Angst hatte.

Und dann kam die schreckliche Nacht, als Gloria mit dem Baby in der Küche war und Sarah früher nach Hause kam. Nic war damals etwa zwei. Bei bestimmtem Licht war nicht zu verkennen, wer als Vater des Babys infrage kam. Sarah wusste es auf der Stelle. Als er heimkam, hörte er Geschrei. Sarah warf Dinge nach Gloria, alles Mögliche … Töpfe, Teller, Salzstreuer, Kupferpfannen. Und Gloria stand regungslos da und ließ alles über sich ergehen. Als Sarah ihn kommen sah, rannte sie nach oben, in Richtung seines Arbeitszimmers, wo er seine Waffen aufbewahrte. Er wollte sie aufhalten, aber sie entkam ihm. Nic lag in ihrem Bettchen am Fuß der Treppe und schrie aus Leibeskräften. Glücklicherweise waren die Jungs übers Wochenende bei einem Freund. Sarah rannte weiter die Treppe hoch, er erwischte sie am Fußgelenk. Sie taumelte gegen das Geländer, drehte sich um und versuchte ihn abzuschütteln. Nic schrie immer noch, Gloria beobachtete die Szene schweigend. Als er Sarahs anderen Fuß fassen wollte, passierte es. Ein ächzendes Ge-

räusch ertönte, als das hölzerne Geländer brach, und sie stürzte mit dem Kopf voran auf den Steinboden hinab. Solange er lebte, würde er hören, wie es klang, als ihr Kopf aufschlug. Als ihr Schädel brach. Gloria drehte sich um, drückte das Kind an sich und ging hinaus. Er blieb zurück, während Sarahs Blut sich auf dem Boden ausbreitete und in die Ritzen sickerte. In der Küche herrschte absolute Stille. Er warf einen Blick auf Nic in ihrem Bettchen – auch sie war still geworden. Aber in ihren Augen lag ein Ausdruck, den er nie mehr vergessen konnte. Sie wusste Bescheid. Sie wusste, wer es getan hatte. Seitdem konnte er ihren Anblick nicht mehr ertragen.

Und Gloria? Sie rang ihm damals etwas ab. Basil Mackenzie, einer seiner Mineningenieure, erklärte sich bereit, sich als Kindsvater eintragen zu lassen. Das war ihn teuer zu stehen gekommen. Und wie es aussah, würde es ihn noch mehr kosten. Er hatte keine Ahnung, was das Mädchen wusste, das nach all den Jahren aufgetaucht war.

78

Luc redete mit ihr. Sein Mund bewegte sich, und sie spürte seinen Blick, aber ihre Gedanken waren weit weg. Es war gerade zwei Wochen her, dass sie Rob zufällig begegnet war, und er ging ihr nicht mehr aus dem Kopf.

Sie zwang sich, Luc zuzuhören. »Tut mir leid … was?«

»Welchen?«, fragte er übertrieben geduldig und raschelte mit der Zeitung.

Tory verstand gar nichts. »Wie? Ich habe nicht zugehört.«

»Film. Welchen Film willst du sehen?«

»Ach, ich weiß nicht … welchen du willst.« Sie würde

ohnehin nicht viel Aufmerksamkeit dafür aufbringen können. In ihrem Kopf war ein schreckliches Durcheinander. Ständig dachte sie an Susie und Rob, an sich selbst und Rob. Es war ein wirres Kaleidoskop an Bildern – Rob bei ihrem ersten Treffen: ein schlaksiger, ziemlich pickliger Teenager, den Susie eines Tages aus der Schule mitbrachte. *Das ist Rob.* Susie war dreizehn, viel zu jung für einen Freund, meinten ihre Eltern. Aber Rob kam einfach immer wieder, bis keiner sich mehr vorstellen konnte, wie es ohne ihn war. Als Susie fünfzehn war, fanden alle, die beiden seien füreinander wie geschaffen. Der große, dunkelhaarige, gut aussehende Rob und die zierliche, hübsche Susie. Das perfekte Paar. Als sie anfingen, miteinander zu schlafen, war Tory die Erste, die es erfuhr. Susie erzählte ihr alles. Für Tory war Rob der große Bruder, den sie nicht hatte. Er half ihr bei den Hausaufgaben, schenkte ihr ein Feuerzeug, als sie heimlich zu rauchen anfing, und gab ihr Ratschläge zu den Jungs, die sich allmählich für sie interessierten. Er riet ihr, die Finger von James Taylor zu lassen, Matt Cramer hingegen sei okay. Sie vertraute ihm so sehr, dass sie ihm Dinge gestand, die sie noch nicht einmal Susie erzählte. Doch als es passiert war, verschwand er mit einem Schlag aus ihrem Leben. Und jetzt war er wieder da.

Sie stand auf und ging schnell hinaus. Die Erinnerungen drohten sie zu überwältigen, und sie wollte nicht, dass Luc es merkte. Er blickte auf, als sie vorbeiging, war aber so beschäftigt, einen Film auszusuchen, dass er gar nicht auf sie achtete.

79

Sie starrte zu dem Haus hinauf. Seit einer Woche ging sie jeden Tag auf dem Weg zur Arbeit daran vorbei und trödelte herum in der Hoffnung, ihn vielleicht kurz zu Gesicht zu kriegen. Aber nichts. Sie war nicht einmal sicher, ob er sich in der Stadt aufhielt. Vielleicht war er auf Reisen. In Peru oder einem anderen exotischen Land. Sie wusste, in welcher Wohnung er wohnte, sein Name stand auf dem Klingelschild. *Rob Holden.* Aber sie konnte doch nicht einfach bei ihm hereinschneien? Hinter den Jalousien bewegte sich nichts. Es war Viertel nach neun, fast fünfzehn Minuten hatte sie hier gestanden. Ihr Vater würde sauer sein. Am Wochenende standen zwei Hochzeiten an, die sie planen mussten.

Schluss damit, sagte sie streng zu sich selbst. Hör einfach damit auf. Aber das war leichter gesagt als getan. Jedes Mal, wenn sie an Rob Holden dachte, brach etwas Süßes und Schmerzliches in ihr auf, und das konnte sie genauso wenig kontrollieren wie ihre überbordenden Fantasien.

»Ich weiß, ich weiß …« Tory hob abwehrend die Hände, als sie in den Laden trat. »Tut mir leid. Ich hab verschlafen.«

Paula, die Vormittagsaushilfe, blickte auf. »Ach, ist schon gut. Wir haben noch nicht richtig angefangen. Da ist Besuch für dich unten. Dein Vater ist bei ihm.«

»Wer ist es?«, fragte Tory seufzend.

»Keine Ahnung. Aber dein Dad kennt ihn. Irgendein Rob oder Bob.«

Tory erstarrte. »Rob?«

»Ja, ich glaube. Sie sind vor zwanzig Minuten runtergegangen. Soll ich dir Kaffee machen? Alles in Ordnung? Du wirkst ein bisschen blass.«

»Nein, nein, mir geht's gut. Ich geh runter«, antwortete Tory matt. Ihre Hände waren kalt. Sie rannte die Treppe hinab.

»Tory … endlich!« Ihr Vater erhob sich. An seinen roten Augen sah sie, dass er geweint hatte. Sie hatte Angst, ihn anzusehen, weil sie befürchtete, selbst in Tränen auszubrechen – wenn auch aus einem anderen Grund. »Schau mal, wer da ist! Nicht zu glauben. Er ist gerade hereingekommen – was für ein Zufall! Ich kann's nicht fassen!« Sie schluckte. Rob hatte ihm offensichtlich nicht gesagt, dass sie sich getroffen hatten.

»Tory.« Rob stand auf. Er zögerte und küsste sie dann auf beide Wangen, während er ihre Unterarme festhielt. Diesmal war die Berührung warm. Zwischen ihnen lief etwas ab, das nichts mit der Trauer und der Erinnerung an Susie zu tun hatte.

»Rob«, sagte sie, erstaunt über ihr Täuschungsmanöver. »Ich glaub's nicht! Wie schön, dich zu sehen. Wie geht's dir?«

»Wirklich gut«, antwortete er ruhig, und sie begriff, dass er es auch so meinte.

»Ich habe Rob am Freitag zum Essen eingeladen«, sagte ihr Vater, der sich diskret schnäuzte. »Warum bringst du nicht Luc mit? Wir machen einen richtigen … *Familienabend*«, fügte er hinzu und stockte bei dem letzten Wort.

Tory zuckte innerlich zusammen. »Ich … ich werde ihn fragen«, sagte sie leise.

»Wer ist Luc?« Robs Stimme klang angestrengt, fand sie.

»Ach, das ist Torys Verlobter. Reizender Mann, wirklich.

Wir hätten uns keinen netteren wünschen können, nicht wahr, Tory? Er wird dir gefallen, da bin ich mir sicher. Ach, Gilly wird sich *wahnsinnig* freuen, dich zu sehen, Rob. Nicht, Tory?«

Tory hörte nicht zu. Ihre Gedanken eilten voraus. Luc war der Letzte, den sie mitbringen wollte. Tatsächlich – und es wurde ihr ganz schlecht bei dem Gedanken – wollte sie Luc im Moment überhaupt nicht sehen. Seit sie Rob wiedergetroffen hatte, gab es nur noch einen für sie. Es war alles so schnell gegangen. Und doch fühlte es sich an, als hätte sie die ganze Zeit auf ihn gewartet.

»Aber wo ist Luc?«, rief ihre Mutter, als sie die Tür aufmachte und nur Tory vor sich stehen sah. Tory seufzte. Es war der Lieblingsspruch ihrer Mutter. *»Was? Nur du?«*

»Er ist in Zürich, Mum. Es tut ihm leid. Schön, dich zu sehen«, fügte sie leicht sarkastisch hinzu. Sie trat ein und legte den Strauß aus Flieder, Pfingstrosen und weißen Hyazinthen auf den Tisch. Ihr intensiver Duft erfüllte die Luft. Gilly entging ihr Sarkasmus.

»Dich auch, Liebling«, antwortete sie automatisch. »Wie schade«, fuhr sie fort und trocknete ihre Hände an der Schürze ab. »Wir haben uns so darauf gefreut, ihn zu sehen.«

»Das nächste Mal.«

»Dad macht gerade eine Flasche Wein auf. Rob ist noch nicht da. Wir haben doch um acht gesagt, oder?«

»Er kommt doch immer zu spät, weißt du nicht …« Tory unterbrach sich. Ihre Mutter zuckte zurück, als wäre sie geschlagen worden. »Tut mir leid«, sagte Tory ruhig. »Ich hab nicht nachgedacht. Ich schau mal, ob Dad Hilfe braucht.« Sie floh aus der Küche.

Ihr Vater hantierte mit einer Weinflasche, als sie eintrat.

Er wirkte plötzlich müde und alt. Schlechtes Gewissen überkam sie. Sie war so sehr auf sich bezogen gewesen in letzter Zeit, dass sie sonst nichts mehr wahrgenommen hatte. »Lass mich das machen«, sagte sie schnell.

»Nein, nein … es geht schon … ach, herrje!« Er taumelte, und ein paar Tropfen Wein spritzten auf den Teppich.

»Keine Sorge, ich hole Salz«, sagte Tory und drehte sich um. In dem Moment klingelte es an der Tür. Es gab ihr einen Stich.

»Ich mach schon auf!«, rief ihre Mutter und eilte den Gang hinunter.

Man hörte, wie die Tür aufging, ein leises Keuchen ihrer Mutter, die ihr Schluchzen unterdrückte, dann Stille. Tory wartete unsicher, bis sie Schritte hörte, die langsam auf sie zukamen.

Und dann stand er plötzlich in der Tür. Sein Schweigen wirkte lauter als alles, was er hätte sagen können. Er schien auf etwas zu warten, auf irgendein Zeichen von ihnen. Wie er in das Wohnzimmer treten sollte, das er einmal besser gekannt hatte als sein eigenes. Wie er ein Glas Wein nehmen sollte, genau so, wie er es Hunderte von Malen getan hatte … Aber alles war jetzt anders und nicht nur deswegen, weil Susie nicht mehr da war.

Tory war sicher, dass Rob ihr die Gefühle im Gesicht ablesen konnte, aber so war es offensichtlich nicht. Auf ein Zeichen ihres Vaters trat er ein, ohne sie anzusehen, nicht einmal, als er sie begrüßte. Torys Enttäuschung wurde immer größer. Er redete mit ihren Eltern, aber nicht mit ihr. Nicht ein einziges Mal. Er sprach sie nur an, wenn er dazu gezwungen wurde, aber seine Gedanken waren anderswo. Sie schien nicht zu existieren. Welche Beziehung sich auch zwischen ihnen hergestellt hatte an dem Tag, als sie sich zufällig trafen, er hatte sie abgebrochen – genau so, wie er nach Susies Tod den Kontakt zu ihnen allen abgebrochen hatte. Aber warum war er in den Laden gekommen? Was machte er hier im Haus ihrer Eltern?

Die Atmosphäre im Wagen war so angespannt, dass es knisterte. Tory schaltete automatisch und versuchte, an etwas anderes zu denken. Sie war wütend und verletzt, und hätte ihre Mutter sie nicht praktisch gezwungen, ihn im Auto mitzunehmen – *Aber ihr wohnt doch so nah beisammen. Das ist doch großartig!* –, wäre sie einfach davongedüst und hätte ihn stehen lassen. War ihre Mutter nicht nur blöd, sondern auch noch *blind*? Wenn er nicht so verdammt unglücklich ausgesehen hätte, hätte sie ihn an der nächsten U-Bahn-Station abgesetzt.

»Wann geht's bei dir wieder los?«, fragte sie schließlich, als sie es nicht mehr aushielt.

»Was?«

»Du hast doch gesagt, dass du bald wieder wegfährst.«

»Ach ja. Nach Marokko. Ich mache was über Fez.«

»Ah.« Tory war nicht ganz sicher, wo Fez lag. »Das muss interessant sein«, fügte sie nach einer Weile hinzu.

»Ja.«

Sie holte tief Luft. Was war los mit ihm? Es schien, als wäre er sauer auf sie – aber weswegen? Sie waren fast vor seiner Haustür angekommen. Sie hielt an, den Fuß auf die Kupplung gedrückt, um gleich weiterzufahren, sobald sich die Tür hinter ihm geschlossen hatte.

Er stieg aus. »Hör zu …«, begann er, aber Tory ließ ihn nicht ausreden.

»Nein, *du* hörst zu, Rob«, sagte sie ärgerlich, während ihr Fuß mit der Kupplung spielte. Der Wagen rollte leicht zurück. »Ich weiß nicht, warum du sauer auf mich bist. Hab ich irgendwas getan? Wenn du mich nicht mehr sehen willst, ist das in Ordnung. *Ich* hab dich nicht gebeten, in den verdammten Laden zu kommen. *Ich* hab dich nicht zum Essen eingeladen. Es tut mir leid, dass wir uns neulich getroffen haben, und noch mehr leid tut es mir, dass wir Nachbarn sind. Aber keine Sorge, ich klopf nicht an deine Tür. Du brauchst …«

»Tory …«

»Nein, ich bin noch nicht fertig. Das war der beschissenste und peinlichste Abend in meinem ganzen *Leben* … mit meinen Eltern und dir dazusitzen, während du tust, als könntest du meinen Anblick nicht ertragen. Weißt du was, Rob Holden, ich kann *deinen* Anblick auch nicht ertragen. Ich wünschte, ich wäre dir nicht zufällig über den Weg gelaufen. Ich wünschte, wir hätten uns überhaupt nie *kennengelernt*!« Damit ließ sie die Kupplung los, und der Wagen schoss nach vorn. Er hatte keine andere Wahl, als zurückzuspringen. Sie fuhr die Straße entlang, wendete und suchte einen Parkplatz. Dann marschierte sie die Canonbury Lane hinauf und bog nach links in die Alwyne Villas ein. Und dort stand Rob vor dem Gartentor.

»Hör zu, Tory«, sagte er, als sie auf ihn zuging.

»Lass mich in Ruhe!«, zischte sie.

Er packte sie am Ellbogen. »Nein … du hast alles missverstanden!«, stieß er hervor.

Sie versuchte, sich loszureißen. Es folgte eine kurze, ziemlich peinliche Rangelei, und plötzlich drückte er sie an seine Brust. Sie hatte keine Zeit nachzudenken oder zu protestieren. Alles schien in Zeitlupe zu geschehen. Die Hand, die ihr Handgelenk festhielt, löste sich. Tory spürte, wie sie über ihren Arm strich, und der schmerzhafte

Griff verwandelte sich in eine Liebkosung. Sie wollte etwas sagen, bekam aber nichts heraus, als er sich vorbeugte und sie küsste.

Sie wollte nicht darüber nachdenken. Nicht über den Wahnsinn, der sie beide vom Gehsteig draußen in ihr Haus und hierher gebracht hatte. Nicht jetzt … Rob, der seine Bewegungen auf ihr unterbrach und fragte: *Was ist los?* Wie es zu dieser hemmungslosen Lust gekommen war, wusste sie nicht. Sie erinnerte sich nur noch an den Augenblick, als sich der unerträgliche Zorn in ihr auflöste und sich mit einer anderen Leidenschaft vermischte, die sie schon immer in sich getragen hatte. Sie sah sein Gesicht über ihr, die vor Erregung verzerrten Züge, und hatte das köstliche Gefühl, ihr sei Zugang gestattet worden zu einem geheimen Ort, den er vor allen anderen verborgen hielt. Sie wandte das Gesicht ab aus Angst, er könnte ihre Tränen sehen.

Sie beobachtete, wie seine Zunge über den Rand des Papiers strich und geschickt die selbst gedrehte Zigarette versiegelte. Er trug Lucs Bademantel, der das dunkelbraune Haar auf seiner Brust und die blasse, zarte Haut darunter sehen ließ. Sie zog einen Stuhl heran, setzte sich und schaute ihm zu, wie er den Rauch zum halb geöffneten Küchenfenster hinausblies. Es gab tausend Fragen, die sie ihm stellen, tausend Dinge, die sie ihm sagen wollte. Vor allem: *Was jetzt? Was passiert als Nächstes?*

»Was haben wir …«

»Ich weiß nicht, Tory«, unterbrach er sie schnell. »Ich kann's dir nicht sagen. Ich brauch Zeit zum Nachdenken.«

»Aber ich …«

»Nicht.« Er nahm ihre Hand. »Ich weiß nicht, was ist«,

sagte er und drückte seine Zigarette aus. »Und ich möchte auch gar nicht fragen. Ich muss meinen Kopf klarkriegen. Mir geht so viel darin herum«, sagte er leise und tippte sich an die Stirn. »Im Moment kann ich nur daran denken, wann ich dich wiedersehe.« Tory fühlte sich unendlich erleichtert. Ihr Atem ging schneller, ihr ganzer Körper wurde von Verlangen gepackt. Seine Hand glitt in den weiten Ärmel ihres Morgenrocks und strich über ihre Schulter. Er rückte seinen Stuhl näher, fuhr mit der zärtlichen Erkundung ihres Schlüsselbeins fort und strich über die dünne Silberkette auf ihrer Brust. Dann schob er sie zur Seite und umschloss ihren Busen. Sie stand auf, warf ihren Morgenrock ab und kniete sich vor ihm nieder. Jetzt strichen ihre Hände über die harten Muskeln seiner Schenkel. Sie beugte sich vor und spürte, wie sein ganzer Körper erzitterte, als sie ihn in den Mund nahm. Auch sie wollte nicht an morgen denken, nicht einmal an den nächsten Augenblick. Sie wollte nur das Gefühl absoluter Ruhe genießen, das sich endlich über sie gesenkt hatte – aber jederzeit wieder verschwunden sein konnte. Es war ein höchst erregender Schwebezustand. Nichts zählte, außer dem Gefühl seiner Hand in ihrem Haar und dem langsamen, rhythmischen Erschauern seines Körpers. »Tory.« Sein Aufstöhnen zerriss die Stille wie ein Schlusspunkt nach allem, was vorangegangen war. Obwohl es natürlich erst der Anfang war. Aber wovon?

80

Noch immer spürte sie eine prickelnde Erregung, wenn sie die Stufen des Art-déco-Gebäudes in Camden, wo *Art-Weekly* seinen Sitz hatte, hinaufstieg und bei der Sicherheitskontrolle ihren Ausweis zückte. *Nic Parker. Assistentin der Feature-Redaktion.* Sie wusste praktisch nichts über Kunst, aber egal. Sie hatte so lange bei *Gossip*! gearbeitet und Trivialitäten am Fließband produziert, dass sie vergessen hatte, wie sich Stolz auf die eigene Arbeit anfühlte. Einen Artikel abzuliefern und wirklich ernst zu nehmen, was ihre Redakteurin dachte. Wie üblich war es eine nächtliche Unterhaltung mit Caryn gewesen, die den Umschwung bewirkte. Nic hatte ihr von ihrer Absicht erzählt, *Gossip*! zu verlassen und sich bei *ArtWeekly* zu bewerben. »Du hältst das doch nicht für verrückt, oder?«, hatte sie nervös gefragt.

Caryn zog eine Augenbraue hoch. »Verrückt? Nein, natürlich nicht. Das einzig Verrückte dabei ist, dass du so lange dafür gebraucht hast.«

Nic sah aus dem Fenster. »Ich weiß.« Sie spielte eine Weile mit ihrer Kaffeetasse. »Ich ... ich kann es nicht erklären. Ich weiß nicht, warum ...«

»Du hattest Angst. Angst zu versagen«, sagte Caryn ruhig. »Ich weiß, wie sich das anfühlt, glaub mir.«

»Wirklich? Wenn ich dich und Tory ansehe ... ihr habt richtige Karrieren, ein richtiges Leben. Ich dagegen komme mir die meiste Zeit wie eine totale Versagerin vor. Ich weiß noch nicht mal, was ich bei *Gossip*! eigentlich tue.« Sie lachte verlegen.

»Mach's einfach, Nic. Bewirb dich, hol dir den Job.«

Und sie bekam die Stelle. Artikel über Kunst zu schreiben war nicht ganz das, was sie sich vorgestellt hatte, als sie mit Journalismus anfing, aber zu ihrer Überraschung war sie gut darin. Sonst schien allerdings keiner überrascht zu sein. Sie hatte mitbekommen, wie der stellvertretende Redakteur sagte, der Ton der Reportagen habe sich erstaunlich verändert, seit Nic Parker den Job übernommen habe. Sie besitze die richtige Mischung aus Lockerheit und Entschlossenheit. Sie habe den Dreh heraus, die Künstler beim Interview zu entwaffnen, und liefere genau die Einzelheiten, die die Leser interessierten. Nic Parker bringe Menschlichkeit in die Artikel, was sie gut lesbar und zugleich vergnüglich mache. Er müsse aufpassen, dass sie ihm seinen eigenen Job nicht streitig mache. Nic, die kein Lob kannte, war sprachlos. Dummerweise fiel ihr, wenn jemand etwas Freundliches sagte, immer Mats Gesicht ein. Wirklich lächerlich. Es war fast ein Jahr her, dass sie fünf Minuten mit ihm geredet hatte. Aber damals hatte in seinen Augen so viel Wertschätzung gelegen, die nichts mit ihrem Kleid oder ihrem tiefen Dekolleté zu tun hatte. Und irgendwie wurde sie das Gefühl nicht los, dass ihm gefallen würde, welche Wendung ihr Leben seit diesem Treffen genommen hatte.

Verrückt. Lächerlich. Sie wusste nicht einmal, was er machte. Er konnte genauso gut ein Stümper sein wie sie, ein Leichtgewicht. Aber irgendwie bezweifelte sie dies. *Sie* war das Leichtgewicht, nicht er. Aber das änderte sich jetzt. Es war auch an der Zeit.

81

»Ah, du bist da, Tory! Da ist etwas mit Kurier gekommen«, rief Paula, als sie die Treppe zum Büro hinunterging. »Es liegt auf deinem Schreibtisch.«

Tory öffnete die Tür und fragte sich, was es sein konnte. Etwas von Rob? Sie nahm den Umschlag und riss ihn auf. Es war nicht von Rob, sondern eine neue Bestellung. Einen

Moment lang starrte sie verblüfft auf das Blatt. Sie stammte vom Chefredakteur bei *GQ*, dem neuen Männermagazin. Das Magazin verlieh im Royal Opera House den Preis für den »Mann des Jahres«, und Bloomin' Stories sollte den Blumenschmuck liefern. Sie hätte begeistert sein sollen, den Auftrag konnten sie wahrhaft gebrauchen. Aber ihre Gedanken waren einfach nicht bei der Sache. Vor sechs Monaten hatte sie zum ersten Mal mit Rob geschlafen, und trotz der Schuldgefühle konnte sie kaum an etwas anderes denken. Die drängende Frage, was sie da eigentlich machten und wie lange es dauern würde, hing wie ein Damoklesschwert über jeder Begegnung. Aber sie konnte nicht von ihm lassen. Wenn sie sich liebten, wirkte sein Gesicht so offen, dass sie manchmal glaubte, sie könne durch ihn hindurchsehen, durch all die Barrieren und Schichten, die er zu seinem Schutz errichtet hatte. Aber jedes Mal, wenn er zu ihr kam, musste die erste Schicht aufs Neue durchstoßen werden. Das hatte sie auf Anhieb erkannt. Erst verhielt er sich distanziert und unnahbar, und am Ende gestattete er ihr den Zugang zu einem Bereich, den er sonst behütet und verborgen hielt. In diesen Momenten fühlte sie sich vollkommen im Reinen mit sich. Doch hinterher machte er wieder zu und schloss sie aus. Wenn sie diese Beobachtung anzusprechen versuchte, igelte er sich noch mehr ein. Aber je mehr er sich zurückzog, desto mehr setzte sie ihm nach. Dass er selten da war, machte die Sache nicht einfacher. Wochenlang verschwand er nach Peru, Hongkong oder L.A., um dann ohne Vorwarnung wieder aufzutauchen. Dann musste sie alle Hebel in Bewegung setzen, damit sie sich sehen konnten. Sie hatte niemandem davon erzählt, was alles noch schwerer machte. Es gab Tage, da glaubte sie, ihr Kopf müsste platzen.

Und dann gab es natürlich noch Luc. Er merkte, dass etwas nicht stimmte, sagte aber nichts. Es war schier unmöglich, dass er es nicht wusste. Er musste es ihr doch ansehen? Außerdem trug sie den Ring, den er ihr geschenkt hatte, nur noch selten, weil er angeblich zu wertvoll, zu schwer, zu besonders sei … alles Ausreden, um das Blitzen des Steins nicht sehen zu müssen. Und nach achtzehn Monaten Verlobungszeit redeten sie kaum mehr von der Hochzeit. Wie konnte er also nicht Bescheid wissen?

Sie sah auf den Bildschirm, der vor ihren Augen verschwamm, und schnäuzte sich. Ihr Vater konnte jeden Moment kommen, er durfte nicht merken, dass sie heulte. Ein freundliches Wort von ihm, und sie würde mit allem herausplatzen. Sechs Monate alles unter Verschluss zu halten, nachts wachzuliegen und kaum zu atmen aus Angst, Luc könnte aufwachen, forderte allmählich seinen Preis.

Sie griff wieder nach dem Brief von *GQ* und zwang sich zur Konzentration. Die Veranstaltung würde in weniger als einem Monat stattfinden. Sie musste antworten, ein Angebot machen und die Blumen bestellen, alles innerhalb der nächsten Tage. Sie holte tief Luft und legte los.

82

Caryn schrieb schnell mit, während Martin das neue Projekt skizzierte – ein Dokumentarfilm über Diamanten. Er war richtig in Fahrt und voller Begeisterung über die Aussicht, Mittel aufzutreiben, zu reisen und Kontakte herzustellen. Caryn lächelte. Der Beginn eines neuen Projekts war immer aufregend. Schließlich hielt er inne. »Also – was meinst du?« Erwartungsvoll sah er Caryn an.

»Ich finde es toll. Allerdings viele Reisen. Das wird teuer.«

»Das sind solche Projekte immer. Aber ich glaube, wir können das Geld dafür auftreiben. Du glaubst doch nicht, dass das Thema zu entlegen ist, oder? Ich meine, wir reden von Orten, von denen die meisten Leute kaum je gehört haben – Sierra Leone, Kongo, Angola.«

Caryn überlegte sich die Frage genau. Sie wusste, wie viel Rupesh und Martin von ihrer Meinung hielten. »Nein«, erwiderte sie bedächtig, »aber es würde vielleicht helfen, die Geschichte von jemandem erzählen zu lassen, mit dem die Zuschauer sich identifizieren können … du weißt schon, so eine Art Indiana Jones. Das klingt vielleicht ein bisschen abgegriffen, aber ich denke an einen charismatischen Menschen, einen Abenteurer-Typen. Verstehst du, worauf ich hinauswill?«

»Ja, sicher«, erwiderte Martin und nickte. »Superidee. Es muss ja kein Prominenter sein – ganz im Gegenteil. Das macht die Sache glaubwürdiger. Aber jemand, der den Zuschauern das Gefühl gibt, ihm vertrauen zu können. Ja, das gefällt mir. Caryn, du bist ein Genie.«

»Es ist deine Idee, Martin, nicht meine.«

»Mann, kannst du denn nie ein Kompliment annehmen?«, fragte Martin grinsend. »Also, lass uns loslegen. Ich muss mit ein paar Drehbuchautoren reden. Kannst du nachsehen, wer auf unserer Liste steht? Dann machen wir ein Meeting. Gib mir ein paar Tage für den Entwurf, und wir sehen, ob mir jemand einfällt. Für mich nimmt die Sache bereits Gestalt an. Ich glaube, das könnte ein Knüller werden.«

Rupesh und Caryn sahen sich grinsend an. Wenn Martin in Topform war, konnte es keiner mit ihm aufnehmen.

»Okay«, sagte Caryn und stand auf. »Ich setze das Meeting auf Freitag an. Rupesh, hast du einen Moment? Ich muss das Budget für *Stormchasers* noch mal durchgehen, bevor die Buchprüfer am Donnerstag kommen.«

»Komme gleich, Boss.«

Caryn lächelte. Diese Bezeichnung gab ihr immer einen angenehmen Kick, auch wenn sie nicht stimmte.

Ein paar Tage später jedoch wünschte sie, sie hätte ihre Meinung für sich behalten. »Ich kann das nicht«, sagte sie und schüttelte den Kopf. »Ich kann einfach nicht. Ich hab keinerlei Erfahrung. Ich …«

»Was redest du denn da, Caryn. Natürlich kannst du das. Es ist doch bloß eine Vorbesprechung. Ich kenne den Typen nicht. Er ist der Freund einer Freundin, wäre aber offensichtlich perfekt. Er ist Mineningenieur und arbeitet in sämtlichen Ländern, die wir untersuchen. Du brauchst ihn bloß zu überreden, die Sache zu machen. Das ist alles.«

»Aber warum ich? Ich hab doch so was noch nie gemacht!«

»Wann hat dich das je abgehalten?«, fragte Martin und schob eigensinnig das Kinn nach vorn. Caryn kannte den Ausdruck. »Neunzig Prozent von dem, was du tust, hast du vorher noch nie getan. Also unterhalt dich mit ihm und flirte, wenn's sein muss. Bring ihn einfach dazu, sich mit mir zu treffen. Ursprünglich war das doch deine Idee, oder?«

Caryn gab sich geschlagen. »Also gut. Ich treffe mich mit ihm. Aber ich warne euch … ich bin nicht gut in solchen Dingen. Wahrscheinlich wirft er einen Blick auf mich und …«

»Und was?«

»Nichts«, antwortete sie zögernd. Auf keinen Fall wollte sie sich auf einen Streit mit Martin einlassen – den er natürlich gewinnen würde. »Also schön. Ich mach's. Aber ich kann nichts versprechen.«

»Wer ist es denn?«, fragte Nic später am Abend.

»Ich weiß nicht. Irgendein Typ namens Charlie. Er ist Mineningenieur, was auch immer das heißt. Ich soll ihn morgen Abend im Dorchester treffen und ihn für das Projekt gewinnen. Wie um alles in der Welt soll ich das denn anstellen? Ich bin doch bloß die Büroleiterin!«

»Ach, sei doch kein solcher Angsthase. Hast du mir nicht erst neulich gesagt, ich sollte nicht ständig den Schwanz einziehen?«

»Wieder etwas, was ich nicht hätte sagen sollen«, murmelte Caryn und lächelte in sich hinein.

»Das Wichtigste ist natürlich, was du anziehen wirst«, sagte Nic.

»Es ist ein Geschäftstreffen, kein Date!«

»Das macht doch keinen Unterschied. Warum meinst du denn, hat Martin *dich* gebeten hinzugehen?«

»Was meinst du damit? Du glaubst doch nicht …«

»Zutrauen würde ich ihm das schon«, sagte Nic.

»Woher weißt du das? Du kennst ihn doch gar nicht!«

»Ah, aber ich kenne den Typus«, erwiderte Nic trocken. »Das liegt bei mir in der Familie.«

Am folgenden Dienstag saß sie in einem schwarzen Leinenkleid und einem roten Schal – Martins Idee, damit er sie schneller erkennen konnte – in der Lobby des Dorchester-Hotels. Es war fast vier, aber er war noch nicht aufgetaucht. Gerade als sie ein zweites Getränk bestellen wollte, bemerkte sie einen Mann, der halb verdeckt von Vorhängen seitlich von ihr saß. Sie wusste sofort, dass er es war. Er beobachtete sie. Wie lange war er schon da, und warum hatte sie ihn nicht gesehen? Er stand auf und kam zu ihr herüber.

»Caryn Middleton?«, fragte er. Caryn lächelte nervös. Er ließ sich neben ihr nieder und streckte die Hand aus.

»Hallo. Ja, ich bin Caryn. Danke, dass Sie gekommen sind«, sagte sie in der Hoffnung, professioneller zu klingen, als sie sich fühlte. Charlie war jünger, als sie erwartet hatte – und sah auch weitaus besser aus. Er musterte sie mit gerunzelter Stirn.

»Sind wir uns schon einmal begegnet?«, fragte er.

Caryn schüttelte den Kopf. Daran hätte sie sich bestimmt erinnert. »Nein, ich glaube nicht. Ich würde mich sicher an Sie erinnern.« Sie wurde sofort rot. »Ich meine … nein, wir sind uns noch nicht begegnet.« Er sah sie einen Moment lang an, suchte dann in seiner Tasche nach Zigaretten und bot ihr eine an. Sie lehnte ab. Er zündete sich eine an und blickte fragend auf ihr leeres Glas. »Noch einen?« Caryn nickte. Ein Kellner näherte sich lautlos. Charlie war ein Mann, den Kellner nicht übersahen. »Zwei Bloody Marys«, sagte er und wandte sich dann wieder zu ihr. »Also … was ist das für ein Projekt, über das Sie mit mir sprechen wollen?«

»Ja, richtig. Ich habe einen Entwurf mitgebracht.« Sie öffnete ihre Aktentasche.

Er schüttelte den Kopf. »Geben Sie mir einfach einen kurzen Überblick. In Ihren Worten.«

Sie sah ihn an. Sein Tonfall klang gleichgültig, aber seine Haltung drückte nichts Lässiges aus. Sie fragte sich, wann sie schon einmal einen so wachsamen, fast argwöhnischen Ausdruck bei jemandem gesehen hatte. Sie holte tief Luft und begann das Projekt zu beschreiben, ohne Martins hastig hingekritzelte Notiz zu vergessen. *Du musst ihn verführen – nicht wortwörtlich natürlich, aber mit dem Projekt. Er ist die perfekte Besetzung dafür. Ich zähle auf dich.*

Während sie sprach, musterte er sie diskret. Sie hatte irgendetwas Vertrautes an sich, obwohl er nicht sagen konnte, warum. Sie war zierlich, hatte dichtes blondes Haar, das sich um ihren Hals kräuselte. Er sah auf ihre Beine. High Heels, hübsches Kleid. Nett. Kein Wunder, dass man sie geschickt hatte. Schöne, gut geformte Lippen, nicht zu viel Lippenstift. Blaue Augen. Schon als er sie vor ihrem leeren Glas sitzen sah, hatte er sie sympathisch gefunden. Sie war nervös. Das gefiel ihm, ohne dass er wusste, wieso. Und sie war jung. Verdammt … er hatte sie doch schon irgendwo gesehen. Ungeduldig runzelte er die Stirn. Er vergaß doch sonst kein Gesicht. Vor allem kein so hübsches. Sie hatte zu reden aufgehört und lehnte sich erschöpft zurück. Wahrscheinlich war sie die ganze Nacht aufgeblieben, um die Sätze auswendig zu lernen. »Also eine riskante Sache.« Das war eine Feststellung, keine Frage. »Was ist für mich drin?«

Caryn sah ihn unsicher an. Er vergeudete keine Zeit. »Geld?«, bot sie an.

»Wie viel?«

Sie zögerte und nannte dann eine Summe. Er lachte leise. »Zu wenig?«, fragte sie besorgt.

»Bei Weitem«, antwortete er lächelnd. Er trank einen Schluck und beugte sich dann vor. »Sie drehen an Orten, wo wir vielleicht nicht mehr lebend rauskommen. Ich bewundere Ihren Mut – es ist ein interessantes Thema, aber wir reden hier nicht von Club-Med-Anlagen, wissen Sie. Und ganz sicher würde ich es nicht für die Summe tun, die Sie mir anbieten. Nein, das Geld interessiert mich nicht.«

»Was dann?«

Er zündete eine weitere Zigarette an und spielte auf Zeit. Es machte ihm Spaß, sie anzuschauen. Er hatte den Eindruck, dass sie unter Druck gut arbeitete. »Machen Sie mir ein Angebot.«

Sie wurde wieder rot. »Was für ein Angebot?«

»Denken Sie sich was aus. Was ich vielleicht haben möchte.«

Sie starrte ihn an. Sie wirkte verlegen und leicht verwirrt. »Ich weiß nicht. Ich hab keine Ahnung, was Sie haben möchten«, stammelte sie.

Es folgte eine kurze Pause, die er auskostete. »Wollen mal sehen«, sagte er, von sich selbst überrascht. »Trinken Sie heute Abend etwas mit mir. Ich hab noch ein paar Dinge zu erledigen, dann treffen wir uns irgendwo.« Sie war sprachlos. »Ich nehme das als ›Ja‹. Gegen acht?« Er stand auf. Sie rappelte sich hoch. Selbst mit ihren Absätzen reichte sie ihm kaum bis zur Schulter. »Haben Sie ein Handy?«

»Äh, ja. Wollen Sie … die Nummer?«

»Das wäre schön.« Er notierte sie. »Wo könnten wir uns treffen?«

»Im Outsider«, platzte sie heraus. »Eine Bar an der Ecke Holland Park und Ladbroke Grove. Ich wohne in der Nähe.«

»Wie günstig. Dann treffen wir uns dort. Ich rufe Sie an, falls ich mich verspäte.« Er zwinkerte ihr zu, als er wegging.

Sobald er zur Tür hinaus war, rief sie Martin an. »Er will mich später auf einen Drink treffen«, sagte sie und hoffte, er merkte ihr die Aufregung nicht an. Dass sie Charlie ihre Telefonnummer gegeben hatte, verriet sie Martin nicht.

»Wie wirkt er? Interessiert?«

»Hm, schwer zu sagen … aber ich denke schon.«

»Gut gemacht. Wo triffst du ihn?«

»Im Outsider«, antwortete sie und hoffte, er wollte nicht dazukommen. Was nicht der Fall war.

»Cool. Also, du hast ja meine Nummer. Wenn du irgendwann den Eindruck hast, es läuft nicht so, wie du es willst, ruf mich an. Ich möchte nicht, dass du dich unter Druck fühlst, Caryn.«

»Dafür ist es ein bisschen zu spät«, sagte sie indigniert.

»Du weißt, was ich meine. Pass auf dich auf, ja? Soweit ich gehört habe, ist er ein ziemlich raffinierter Typ.«

»Danke«, murmelte sie und legte auf. Typisch Martin – zuerst tut er so, als wäre es die wichtigste Sache ihres ganzen Berufslebens, und dann bat er sie aufzupassen. Natürlich war der Mann, zu dem er sie geschickt hatte, ein raffinierter Typ. Warum wollte er sie später treffen? Warum hatte er nicht gleich Ja oder Nein gesagt? Aber wichtiger noch … warum hatte sie sich darauf eingelassen?

83

Estelle lag auf ihrem Bett und rauchte eine Zigarette nach der anderen. Die beruhigende Wirkung des Joints ließ allmählich nach, aber auf das Koks, das ihr Jody freundlicherweise hinterlassen hatte, hatte sie keine Lust. Sie musste nachdenken, und nicht darüber, wie sie bedröhnt genug wurde, um das zu tun, was Mrs Devereaux von ihr verlangte.

Sie hatte ein paar Monate gebraucht, um über den Schock hinwegzukommen. *Ich habe zwei Töchter, und glauben Sie mir, Sie sind keine davon. Ich weiß nicht, wer Sie sind, verdammt.* Er log natürlich. Sie hatte das winzige, kaum wahrnehmbare Zucken in seinen Augenwinkeln gesehen. Sie kannte es, weil sie es unbewusst selbst machte. Ein Merkmal, an das er natürlich nicht gedacht hatte, als er seine Gene so leichtfertig weitergab. Sie drückte die Zigarette aus und schwang die Beine aus dem Bett. Ihr Kopf war ganz klar. Sie wusste genau, wie sie vorgehen musste. Sie würde nicht daran kaputtgehen, wie Mrs Devereaux befürchtet hatte. Im Gegenteil, Jim Hartes Ablehnung hatte sie in ihrem Entschluss nur noch bestärkt. Mrs Devereaux hatte sie unterschätzt. Genau wie Jim Harte. Wenn er glaubte, sie würde klein beigeben, bloß weil er sich schämte oder weil es ihm zu peinlich war, dass eine Beziehung zu seinem Dienstmädchen *Konsequenzen* gehabt hatte, dann täuschte er sich. Er würde dafür bezahlen. Und wie! Unbändige Rachegefühle ließen ihren ganzen Körper erbeben. Sie war nicht die sanfte Gloria. Außerdem war sie schlauer, als er dachte. Ihn offen anzugreifen wäre ein Fehler und würde vermutlich mit ihrer Vernichtung enden. Nein, sie musste ihn durch etwas anderes treffen. *Ich habe zwei Töchter.* Wo könnte man besser ansetzen?

Sie nahm den Hörer ab. Bevor sie weitere Schritte unternahm, musste sie ein paar Dinge in Erfahrung bringen. Und diesmal wusste sie genau, wen sie anrufen musste.

84

Es lag nicht nur an seinem guten Aussehen und ganz bestimmt nicht an seiner Konversation – denn gesagt hatte er nicht viel, sondern das Reden auf geschickte Weise ihr überlassen. Nein, es lag daran, dass er über eine körperliche Anziehungskraft verfügte, wie sie es noch bei keinem Mann erlebt hatte. Sein sonnengebleichtes, zerzaustes Haar, die Art, wie er mit der Hand hindurchstrich, die tiefen Linien, die das Lächeln in sein Gesicht gegraben hatte. Dennoch schien er sich der Macht seiner Ausstrahlung nicht bewusst zu sein. Er wirkte eher rau als glatt – ganz anders als Rowland mit seinen mondän geschliffenen Umgangsformen.

»Sie erinnern mich an jemanden«, sagte sie kühn nach dem dritten Wein. Er sah sie über den Rand seines Glases hinweg an.

»Wirklich?«, murmelte er zweifelnd.

»Ja, es ist wahr. Sie kennen ihn wahrscheinlich nicht – es ist der Vater meiner besten Freundin.«

»Und wer ist das?«, fragte er mit neckendem Tonfall.

»Jim Harte. Ich hab ihn nie wirklich kennengelernt, aber … Was ist denn?« Er sah aus, als wollte er seinen Wein ausspucken.

»Nichts.« Er fing sich schnell wieder. »Bloß ein … merkwürdiger Vergleich, das ist alles.« Sein Gesicht hatte einen Ausdruck angenommen, den sie noch nicht an ihm gesehen hatte. Sie bemühte sich ihn zu deuten. Wachsamkeit? Misstrauen? Ja, das war es. Er sah sie misstrauisch an.

»Kennen Sie ihn?«, fragte sie zögernd.

»Nein.« Er kippte den Rest seines Weins hinunter und stand schnell auf. »Hören Sie, es tut mir leid, Sie so plötzlich zu verlassen«, sagte er und nahm seine Jacke von der

Stuhllehne. »Aber mir ist gerade eingefallen, dass ich noch woandershin muss.« Die Enttäuschung traf sie wie ein Schlag. Sie blickte zu Boden. »Ich … ich rufe Sie an. Wegen des Projekts. Ich habe ja Ihre Handynummer.«

Caryn brachte noch immer nichts heraus. Sie wagte nicht, ihn anzusehen. Er berührte sie leicht an der Schulter, stellte sein leeres Glas ab und verschwand. Einfach so.

Ihre Augen brannten. Sie schob ihr halb leeres Glas von sich weg, stand auf und nahm ihren Mantel. Was war denn passiert?, fragte sie sich verwirrt. Hatte er sie die ganze Zeit bloß hingehalten? Und sie, blöd wie sie war, war darauf hereingefallen? Sie verließ das Lokal. Ein leichter Sommerregen hatte eingesetzt. Von ihm war nichts zu sehen. *Es ist deine eigene Schuld*, sagte sie sich immer wieder, als sie den Hügel hinaufging. *Dein eigener blöder Fehler.*

Er lief den Holland Park hinunter, wütend auf sich, weil er sie nicht erkannt hatte. *Natürlich.* Sie hatte bei der DeBeers-Party neben Nic Harte gestanden. Er war so geschockt gewesen, Mat bei Nic zu sehen, dass er ihre Freundin gar nicht richtig wahrgenommen hatte. Idiot! Er schlug den Kragen hoch gegen den leichten Sprühregen. Noch immer sah er ihr kleines herzförmiges Gesicht vor sich, ihre dunklen Wimpern, die sich vor der porzellanhellen Haut abzeichneten. Sie hatte natürlich versucht, es zu verbergen, aber sein abrupter Aufbruch hatte sie geschockt. Er wollte sich ja nicht schmeicheln, aber sie war enttäuscht. Sonst hätte sie sich gar nicht darauf eingelassen, mit ihm auszugehen. Sie hätte wissen sollen, dass er sie mochte. Zum ersten Mal seit langer Zeit fühlte er sich hin- und hergerissen. Als er das Holiday Inn am Kreisverkehr erreichte, wurde seine Atmung langsam wieder normal. Was machte es schon, wenn sie mit Nic Harte befreundet war? Sie wusste seinen Namen nicht – zumindest nicht seinen richtigen. Wahrscheinlich nahm sie an, dass er mehr über Jim Harte wusste, als er zugeben wollte. Aber Harte zu kennen war bei seinem Beruf nichts Außergewöhnliches. Er stand am Straßenrand und griff fast unwillkürlich nach dem Handy in seiner Tasche. Ein Taxi fuhr vorbei, das gelbe Licht der Scheinwerfer reflektierte sich in den Regentropfen. Fast hätte er die linke Hand gehoben, aber seine rechte fingerte immer noch am Handy herum. Er zog es heraus, starrte es einen Moment an, dann drückte er auf den grünen Knopf. Caryns Nummer war die letzte, die er gewählt hatte. Als der Klingelton ertönte, bekam er Herzklopfen.

Caryn war schon fast bei ihrer Haustür, als das Telefon in ihrer Tasche klingelte. Sie meldete sich.

»Ich bin's. Charlie. Tut mir leid wegen eben«, sagte er übergangslos. »Hören Sie, ich weiß, das kommt vielleicht ein bisschen plötzlich, aber sind Sie auf dem Heimweg? Kann ich zu Ihnen kommen?«

Die Frage war nicht misszuverstehen. Sie zögerte. Worauf ließ sie sich da ein? Sie holte tief Luft. »Okay«, sagte sie schließlich und wusste im gleichen Moment, dass sie eine unsichtbare Grenze überschritten hatte.

»Wo wohnen Sie?«

»St. Charles Square. Zwei Straßen von der U-Bahn-Station. Nummer 42. Oberste Wohnung.« Sie schluckte. »Charlie, ich mache so was normalerweise nicht …«

»Ich auch nicht. Bis in zehn Minuten.«

Er stand in der Wohnzimmertür und wirkte überraschend nervös. Inzwischen schlug heftiger Regen gegen die Fenster. Sie wusste nicht, was sie tun sollte, also öffnete sie den

Schrank und holte eine Flasche Brandy heraus. »Etwas zu trinken?«

Er zuckte die Achseln. Warum nicht?

Sie holte Gläser und spülte sie aus. Als sie sich umdrehte, um ein Geschirrtuch zu nehmen, spürte sie seine Hände auf ihren Schultern. Er drehte sie zu sich um, nahm ihr die Gläser aus der Hand und stellte sie vorsichtig ab.

»Ich …«, begann Caryn, am ganzen Körper zitternd.

»Schscht.« Die Hände bewegten sich von ihren Schultern zu ihrem Hals, strichen über die empfindliche Mulde und glitten weiter nach unten. Caryn war, als müsste sie schmelzen. Seine Finger fühlten sich rau an auf ihrer Haut. Sie wanderten über den dünnen Stoff ihrer Bluse, öffneten geschickt ein paar Knöpfe, und dann spürte sie die Wärme seiner Berührung unter den Kleidern, der Spitzenunterwäsche … sie keuchte. Seine Lippen waren drängend, seine Zunge überraschend weich. Er hob sie mühelos hoch, und ihre Beine legten sich um seine Taille. Sie konnte nicht fassen, was passierte, konnte nicht protestieren – nicht einmal denken. Alles, was im Moment zählte, war das köstliche Begehren.

Er saß im Bett und rauchte, als Caryn aus dem Badezimmer kam. »Es macht dir doch nichts aus, oder?«, fragte er und deutete auf den Rauch. Sie schüttelte den Kopf. Was sollte sie tun? Neben ihm ins Bett kriechen? Er löste das Problem für sie. »Komm her«, sagte er und zupfte an dem Handtuch, das sie um sich geschlungen hatte. Langsam wickelte er sie aus, drehte sie herum, bis das Handtuch zu Boden fiel. Sie ließ sich neben ihm nieder. Ihre Blicke trafen sich. Er grinste, und plötzlich entspannte sie sich. Sie war seltsam angerührt von seinem gebräunten, wettergegerbten

Körper mit dem dunklen Haar auf der Brust. An manchen Stellen hatte er Narben. Überrascht über ihre Kühnheit, fuhr sie mit dem Finger die Kerbe auf seiner Wange nach, die bis zum linken Auge reichte. Sie sagte nichts, aber er fühlte sich genötigt, es ihr zu erklären: »Eine Rauferei. Vor langer Zeit. Als ich ein Kind war.«

»Ich kann mir gar nicht vorstellen, wie du als Kind warst«, sagte sie, verwundert über die lockere Intimität, die plötzlich zwischen ihnen herrschte. Es war verwirrend. Genau wie er selbst. Rätselhaft. Flüchtig fragte sie sich, was Nic dazu sagen würde.

»Was ist komisch?«, fragte er.

»Nichts. Also, es ist …« Sie kicherte. »Ich weiß nicht, ob du dir das vorstellen kannst, aber ich habe so was noch nie getan«, sagte sie und verbarg das Gesicht im Kissen. Sie war feuerrot geworden.

»Du hast noch nie Sex gehabt?«

»Nein, *das* meine ich natürlich nicht. Ich meine, wir haben uns doch gerade erst kennengelernt.«

»Und?«, fragte er neckend.

»Ich weiß nicht … Es ging doch sehr schnell, findest du nicht? Ein bisschen plötzlich.«

»Find ich eigentlich nicht.«

Sie drehte sich zu ihm um. »Du heißt gar nicht Charlie, stimmt's?«, sagte sie einer Eingebung folgend.

Er blies eine Rauchwolke aus, bevor er antwortete. »Nein, so heiße ich nicht.«

»Und wie heißt du dann?«

Er nahm einen weiteren Zug und sah sie an. Der Ausdruck in seinen grünen Augen war nicht zu deuten. »Je weniger du weißt, desto besser«, antwortete er nach einer Weile.

»Warum?«

Er drückte seine Zigarette aus und drehte sich zu ihr um. »Weniger kompliziert.« Mit dem Fingerrücken strich er ihr über die Wange. Caryn schwieg, berührt von der ungewohnten Zärtlichkeit. Sie wusste nicht, was sie darauf antworten – oder was sie davon halten sollte.

85

Rache. Der Gedanke verzehrte sie. Es war das Letzte, woran sie beim Einschlafen dachte, und das Erste, womit sie am Morgen aufwachte. Aber es rettete sie auch. Es dauerte eine Weile, die beiden Harte-Töchter aufzuspüren. Die *legitimen* Töchter. Die jüngere, Jessica, war zu jung, um nützlich zu sein. Eine fünfzehnjährige Schülerin in irgendeinem englischen Internat. Nein, es war die ältere, die sie interessierte. Phil Johnson lieferte ihr die Fakten. Sie arbeitete unter dem Mädchennamen ihrer Mutter – Nic Parker. Sie war eineinhalb Jahre älter als Estelle, hatte in London Englisch studiert und einige Jahre als Kolumnistin bei *Gossip*! gearbeitet, aber kürzlich gekündigt. Jetzt war sie Feature-Redakteurin bei *ArtWeekly* und besuchte einen Kurs am Institut für Journalismus. Sie war alleinstehend und wohnte in einer Wohnung in Primrose Hill, die Harte ihr gekauft hatte. Sie hatte zwei enge Freundinnen – die eine Produktionsassistentin bei einer Filmfirma in Westlondon, die andere Besitzerin eines mäßig erfolgreichen Blumenladens in der Nähe der Oxford Street. Er könne noch mehr herausfinden. Sie müsse nur sagen, was sie wolle.

Estelle legte den Bericht beiseite und war wie elektrisiert. Sie wusste nun, wo Nic Harte wohnte, wo sie arbeitete, wer ihre Freunde waren. Das war ein Anfang. Sie zündete sich einen Joint an und sah dem Rauch nach, der sich zur Decke hinaufkräuselte, während sie über ihre nächsten Schritte nachdachte. Sie musste sehr, sehr vorsichtig sein. Sie hatte die Wut in Jim Hartes Augen gesehen und instinktiv verstanden, dass er nicht zögern würde, sich einer Person zu entledigen, die ihm Ärger oder – schlimmer noch – Schande machen wollte. Er würde sie vernichten, ohne mit der Wimper zu zucken. Das Wenige, was sie über ihn wusste, genügte ihr, um zu begreifen: Sie würde sich die Finger verbrennen. Genau wie sie selbst würde er bei all seinen Unternehmungen bis zum Äußersten gehen. Aber er hatte eine gleichwertige Gegnerin gefunden. Sie drückte den Joint aus und stand auf. Der Anblick seines Gesichts, als er vor ihren Augen die Geburtsurkunde zerriss, fiel ihr plötzlich wieder ein, und sie ballte unwillkürlich die Fäuste. Der *Mistkerl.* Gott, dafür würde er bezahlen.

86

»Hätten Sie vielleicht Feuer, bitte?«

Nic blickte auf. Ein Mädchen stand vor ihr – ein sehr hübsches Mädchen in engen weißen Jeans, hochhackigen Sandalen und einem geblümten, sommerlichen Top. Nicht der Typ, der sonst in der Studenten-Cafeteria herumhing. »Äh, klar … sicher«, antwortete sie schnell. Sie fischte ein Feuerzeug aus ihrer Tasche und hielt es hoch. Das Mädchen beugte sich hinunter, umschloss ihre Hand – lange, schmale Finger, die Nägel in dunklem Burgunderrot lackiert … *eindeutig* nicht die durchschnittliche Journalistik-Studentin.

»Danke«, sagte sie und richtete sich auf. Sie trug ein Paket unter dem Arm. Es sah schwer aus. Sie blickte sich um, offensichtlich suchte sie etwas. »Seit einer halben Stunde suche ich hier herum – ich glaube, die Adresse stimmt nicht. Das ist doch die Southampton Road, oder?«

»Nein, Southampton *Row*. Southampton Road ist ein bisschen weiter oben, gleich bei den Gerichtsgebäuden. Wen suchen Sie denn?«, fragte Nic lächelnd.

Das Mädchen blickte auf das Paket. »Das Eastman Dentallabor.« Sie tippte mit einem langen roten Fingernagel darauf. »Fragen Sie mich nicht, was da drin ist … es wiegt eine Tonne.«

»Oh, ich weiß … das ist an der Ecke, neben dem ITN-Gebäude.«

Das Mädchen sah sie verständnislos an. »Ich kenne mich hier überhaupt nicht aus«, sagte sie und stieß eine Rauchwolke aus. »Ich bin neu in London. Die haben wirklich die falsche Person losgeschickt.«

»Woher kommen Sie denn?«, fragte Nic. Das Mädchen hatte einen leichten, irgendwie vertraut klingenden Akzent.

»Sambia. Im Süden von Afrika.« Sie lächelte und schüttelte den Kopf. »Ich weiß, was Sie sagen wollen – ich sehe nicht so aus. Ich bin seit fast einem Monat hier und bekomme das ständig zu hören!«

Nic lächelte sie aufrichtig erfreut an. »Was für ein Zufall. Ich bin aus Simbabwe! Das höre ich auch andauernd.«

»Sie sind aus *Simbabwe*! Wow! Ich muss es irgendwie erraten haben, nicht? Eine Landsmännin aus Afrika!«

Nic spürte plötzlich große Sympathie für die schöne Fremde. Es war lange her, dass jemand sie als Afrikanerin bezeichnet hatte. »Ich heiße übrigens Nic«, sagte sie und streckte die Hand aus.

»Estelle.« Sie schob das Paket unter den Arm und schüttelte ihre Hand.

»Hier.« Nic schob ihre Tasche auf den nächsten Stuhl, um ihr Platz zu machen. »Sind Sie in Ferien hier?«

Estelle schüttelte den Kopf. »Sie wissen ja, wie es ist«, antwortete sie und senkte die Stimme. »Ich bin mit einem Touristenvisum hergekommen. Wie wir alle, nicht? Aber ich jobbe so herum. Und Sie?« Sie lächelte Nic verschwörerisch an.

»Nun, meine Mutter war Engländerin«, erwiderte Nic halb entschuldigend. »Ich habe einen britischen Pass.«

»Ah. Da haben Sie Glück. Nic? Ist das kein Jungenname?«

»Eigentlich heiße ich Nicola. Aber so nennt mich niemand.« Sie warf einen Blick auf Estelles Sandaletten. »Die sind hübsch«, sagte sie bewundernd. »Aber ein bisschen unpraktisch, um stundenlang damit rumzulaufen.«

»Ich weiß.« Estelle folgte ihrem Blick. »Aber ich denke, ich brauche so viel Übung, wie ich kriegen kann.«

»Übung?«

»Ich möchte Model werden.« Estelle lachte kurz auf. »Sie wissen ja, wie es zu Hause ist«, fuhr sie fort und erinnerte Nic an eine Welt, die sie längst hinter sich gelassen hatte. »Jeder sagt, es sei kinderleicht, du schaffst das, du kommst ganz groß raus … den ganzen Mist eben. Sobald man hier ist, sieht alles ganz anders aus. Ich kann Ihnen gar nicht sagen, wie viele Leute mich enttäuscht haben.«

Nic spürte sofort Mitgefühl. »Ich weiß, was Sie meinen«, sagte sie eifrig, obwohl das nicht ganz stimmte. »Aber ich könnte Ihnen ein paar Kontakte verschaffen, wenn Sie wollen. Falls Sie welche brauchen«, fügte sie schnell hinzu, um nicht herablassend zu erscheinen. »Ich habe früher für

Gossip! gearbeitet. Ich kenne ein paar wirklich gute Fotografen.«

Estelle richtete ihre großen blaugrünen Augen auf sie. »Wirklich? Das würden Sie tun? Meinen Sie das ehrlich?«

»Natürlich würde ich das.« Nic wurde rot. »Das ist keine große Sache, ehrlich.«

»Mein Gott, das ist wahnsinnig nett von Ihnen. Wer sagt denn, wir Afrikaner halten nicht zusammen? Ich gebe Ihnen meine Nummer. Hier …« Sie holte ihr Handy aus der Tasche. »Wie ist Ihre? Ich rufe Sie an, und Sie können sie dann speichern.«

»Gute Idee.«

»Wow. Heute ist wirklich mein Glückstag«, sagte Estelle und klappte ihr Handy zu. Sie stand auf, trat die halb gerauchte Zigarette aus und nahm ihr Paket. »Ich muss mich jetzt wieder auf die Socken machen. Schön, dass ich Sie kennengelernt habe, Nic. Nochmals vielen Dank.«

»Oh, hat mich auch gefreut. Ich rufe Sie bestimmt an, versprochen. Ich weiß auch schon einen Fotografen, der perfekt für Sie wäre«, antwortete Nic.

»Das wäre toll.« Sie wandte sich zum Gehen.

»Hoffentlich finden Sie die Adresse«, rief ihr Nic nach. Ihr fiel auf, dass alle Blicke Estelle folgten, als sie mit klackenden Absätzen hinausging. Was für Beine!

Estelle lächelte zufrieden, als sie das Institut verließ und das Paket in den nächsten Abfall warf. Es war leicht gewesen. Kinderleicht sogar. Mein Gott, wenn sie gewusst hätte, wie einfach es war, Informationen aus Leuten rauszuholen, hätte sie es selbst gemacht, statt Phil Johnson dafür zu bezahlen. Ein einziger Anruf bei *ArtWeekly*, und sie wusste, wann Nic Parker ihren Kurs am Institut für Journalismus besuchte, und nach zwei Anrufen am Institut kannte sie die Kurszeiten. Dann ging sie an dem Tag, an dem Nicola Parker nicht dort war, ins Institut, um herauszufinden, wo und wie sie die zufällige Begegnung einfädeln sollte. Es hätte nicht simpler sein können.

Auch ihre Telefonnummer zu kriegen war leichter, als sie gedacht hatte. Lächerlich eigentlich. Ein Blick in ihr Gesicht, und Estelle wusste, wie sie mit ihr umgehen musste. Afrikanerin? Du meine Güte, dachte Estelle und grinste. Nicola Harte war ungefähr so sehr Afrikanerin wie sie selbst. Mit der schrecklichen Armut, die Afrika für sie bedeutete, wollte sie nichts zu tun haben. Armes, reiches Mädchen Nicola Harte, das unbedingt gemocht werden wollte. Sie hatte fast Mitleid mit ihr. Fast. Der Familie Harte auf den Leib zu rücken stellte sich als viel interessanter heraus, als sie erwartet hatte. Es machte sogar Spaß. *Ich könnte Ihnen ein paar Kontakte verschaffen, wenn Sie wollen.* Sie biss die Zähne aufeinander. Lady Mildtätigkeit. Glaubte sie etwa, Estelle wäre nicht in der Lage, es selbst zu schaffen? *Das ist keine große Sache.* Doch, es ist eine große Sache, Nicola Harte. Zuzusehen, wie du untergehst, ist tatsächlich kaum zu überbieten. Du und der Rest deiner Familie. Sie bog um die Ecke und hielt ein Taxi an. Stundenlang rumlaufen? Wohl kaum. Der Taxifahrer glotzte sie wie üblich lüstern an. Sie riss die Tür auf und stieg ein. Schritt eins war getan.

Nic hielt tatsächlich Wort. Sie rief eine Reihe Fotografen an, die sie aus ihrer Zeit bei *Gossip*! kannte, und am Wochenende hatte sie eine Liste mit fünf oder sechs Kontakten. Am folgenden Montag wählte sie Estelles Nummer und war ein wenig enttäuscht, als sich der Anrufbeantworter meldete. Sie hinterließ eine Nachricht. Seltsamerweise war sie froh, ihr nicht ihren richtigen Namen verraten zu haben. Natürlich würde sie Jim Harte kennen ... jeder im südlichen Afrika kannte den Namen Harte. Aber sie wollte nicht, dass Estelle irgendwelche falschen Vermutungen über sie anstellte. Sich in England mit jemandem anzufreunden war etwas ganz anderes als zu Hause in Simbabwe. Zum ersten Mal in ihrem Leben waren die beiden Welten aufeinandergeprallt.

Es gab ihr einen kleinen Stich, als sie feststellte, dass sie mit keinem mehr Kontakt hatte, der sie von früher kannte. Seit Jahren nun war dieser Teil ihres Lebens abgeschlossen, begraben, tot. Sie hatte sich als Nicola Parker erfolgreich neu erfunden. Caryn und Tory wussten natürlich, wer sie war, aber auch nur recht oberflächlich. Keine von beiden war je in Afrika gewesen, geschweige denn in Simbabwe oder auf einem der Anwesen der Hartes. Für sie war Afrika und die Rolle, die Jim Harte dort spielte, nicht mehr als der schattenhafte Hintergrund von Nics Leben. Das Seltsame dabei war, dachte Nic, dass sie es selbst so empfand. Estelles unverhofftes Auftauchen war wie ein Echo aus einer fernen Vergangenheit. Kein Wunder, dass Nic sich darüber freute. Durch Estelle fand sie den Weg zurück zu ihren Wurzeln.

87

Mit klopfendem Herzen fuhr Mat hinauf in den 57. Stock. Über ein Jahr lang wartete er nun schon auf die Erklärung, warum er von seinem regulären Job abgezogen und stattdessen auf Jim Hartes Vergangenheit angesetzt worden war.

In mieser Stimmung wegen der verlorenen Visitenkarte war er aus London zurückgekehrt und musste feststellen, dass ihn die gleichen Männer, die ihn zuerst angespornt hatten, immer noch hinhielten. DiAngelo gab sich zugeknöpft. Der Zeitpunkt sei ungünstig, er sei nicht sicher, welche Pläne Sir Winston habe, es gebe rechtliche Probleme, die gelöst werden müssten ... Zunehmend ungeduldig hörte er sich die immer neuen Ausreden an. Als er schließlich merkte, wie vergeblich sein Nachfragen war, schob er die ganze Sache beiseite und versuchte, mit seiner üblichen Arbeit weiterzumachen. Doch jetzt sollte sich schon wieder alles ändern.

Als er eine halbe Stunde später DiAngelos Büro verließ, schwirrte ihm der Kopf. Ihm blieben sechs Wochen. Bis dann sollte er den Artikel abliefern, der Jim Harte zu Fall brachte. Die Anweisung stammte direkt von Sir Winston Freedland selbst. In sechs Wochen fand die Jahresversammlung von RhoMine statt. Mats Artikel sollte ein paar Tage vorher erscheinen. Die Aktienkurse würden in den Keller rasen, und für Harte wäre das Spiel vorbei. Es sei an der Zeit, ihn zu stürzen. Das waren Sir Winstons Worte. Unfähig, einen klaren Gedanken zu fassen, fuhr Mat hinunter zu seinem Büro.

Er brauchte knapp einen Monat für einen ersten Entwurf, den er DiAngelo bei einem gemeinsamen Abendessen zeigte. DiAngelo las ihn schweigend durch und reichte ihn zurück. *Weiter so*, sagte er. »Und stellen Sie sicher, dass alles stimmt. Er macht Sie fertig, wenn irgendwas falsch ist. Sie kriegen keine zweite Chance.« Mat erwiderte nichts. DiAngelo hatte recht. Im Lauf seiner Untersuchungen hatte er immer wieder festgestellt, dass sich Jim Harte über das Gesetz erhaben fühlte. Aber trotz seiner Abneigung gegen ihn erstaunte ihn die Chuzpe des Mannes – er hatte eine marode, unbedeutende Mine in Rhodesien übernommen und sie in weniger als dreißig Jahren zu einem der größten Konzerne des Kontinents ausgebaut. Das hatte ihn reich gemacht, wenn auch nicht unbedingt beliebt. Mat vermutete zu Recht, dass Harte sich genügend Feinde gemacht hatte, die ihn zu Fall bringen wollten. Aber es gab genauso viele Leute, deren Interessen so eng mit dem Schicksal von RhoMine verbunden waren, dass sie seine Zerstörung nicht zulassen würden. Irgendwo zwischen diesen beiden Lagern fand Harte Schutz. Wer war er überhaupt? Engländer? Araber? Deutscher? Geschäftsmann, Gauner, Dieb? Oder einfach nur ein unglaublich geschickter, gerissener Mensch? In Afrika Geschäfte zu machen, das wusste Mat, war nichts für Weichlinge. Vor allem nicht, wenn man sie in dem Maßstab betrieb wie Jim Harte.

Zwei Wochen später war es geschafft. Wieder fuhr er mit dem Aufzug nach oben, wieder raste sein Herz. »Ah, Mat«, sagte DiAngelo, als er eintrat. »Schön, Sie zu sehen. Sir Winston stößt gleich zu uns.« Mat nickte nur. Seine Kehle war zu trocken, er bekam kein Wort heraus. Leonie brachte Kaffee und Bagels. Sie wirkte etwas angespannt, als spürte auch sie, welches Drama hier gleich seinen Anfang nehmen würde. Sie stellte das Tablett ab und zog sich leise zurück. Kurz darauf erschien Sir Winston. »Guten Morgen, Richard. Mr Ndava.« Er sprach den Namen flüssig aus. »Also, fangen wir an. Sie haben sicher etwas für mich.« Er rieb sich erwartungsvoll die Hände.

Mat zog den sechsseitigen Artikel aus dem Ordner und schob ihn über den Tisch. »Der sechste Entwurf. Wir hoffen, die Sache schon ziemlich auf den Kopf getroffen zu haben.«

Die Stille im Raum, während Sir Winston schnell den Artikel las, war von den Kaugeräuschen der beiden älteren Männer durchsetzt, die Lachs-Bagels aßen und Kaffee dazu tranken. Mat brachte nichts hinunter. Als Sir Winston fertig war, legte er die sechs Seiten wieder sorgfältig zusammen. Er nahm seine Brille ab, rieb sich den Nasenrücken und sagte: »Das wird reichen. Abschaum der Erde. Typischer Araber, wenn Sie mich fragen. Man kann ihnen nicht über den Weg trauen.«

Mat zuckte innerlich zusammen. Das war weder richtig noch relevant. Plötzlich erfasste ihn heftige Abneigung gegen den überheblichen, rotgesichtigen Mann vor ihm, dessen dicker Leib in teures Tuch und eine Wolke Zigarrenrauch gehüllt war. Sir Winstons Titel war ererbt, nicht verdient. Zehn Minuten im realen Dschungel der Geschäftswelt, und er wäre erledigt. »An manchen Stellen ist er vielleicht ein bisschen aggressiv«, sagte er vorsichtig und wich Sir Winstons Blick aus, um die leise Verachtung in seinen Augen zu verbergen. »Aber ansonsten halte ich den Ton für angemessen.«

»Absolut. Je härter, desto besser. Ich möchte ihn am Montag in zwei Wochen bringen – zwei Tage vor der Jahresversammlung.« Er lächelte. Mat war verblüfft von der Gehässigkeit in seiner Miene. Offensichtlich hatten sich die Wege der beiden Männer schon einmal gekreuzt, und bei dieser Begegnung hatte Sir Winston möglicherweise den Kürzeren gezogen. »Ich möchte, dass jeder einzelne Aktionär mit nur einem Gedanken in die Versammlung geht – ihn loszuwerden. Dieser schmierige Bastard muss weg.«

»Also, sind wir uns einig?«, fragte DiAngelo. »Wir geben den Artikel so in Druck?«

»Das machen wir.« Sir Winston erhob sich ächzend. Er hielt die Blätter noch in der Hand, als Leonie seinen Hut und Mantel holte. DiAngelo half ihm hinein. »Stecken Sie ihn mir hier hinein«, befahl Sir Winston und deutete auf seine Aktenmappe. DiAngelo warf Mat einen fragenden Blick zu, und Mat nickte fast unmerklich. Formal gesehen gehörte der Artikel Sir Winston, obwohl es höflicher gewesen wäre, wenn er Mat gefragt hätte. Aber Höflichkeit zählte nicht gerade zu Sir Winstons Stärken. »Guten Tag, meine Herren«, sagte er und wurde, auf seinen Stock gestützt, hinausgeführt. Es herrschte verblüfftes und erleichtertes Schweigen. DiAngelo war der Erste, der sich wieder fing.

»Das ist ziemlich gut gelaufen, finden Sie nicht?«, fragte er.

Mat zuckte die Achseln. »Es ist getan. Das ist die Hauptsache.«

»Ja, aber nicht für Sie. Ich brauche Sie diese und nächste Woche in London. Ich möchte, dass Sie über die Reaktion bei der Jahresversammlung bei RhoMine berichten.«

Mat zog eine Augenbraue hoch. »Hinein in die Höhle des Löwen«, murmelte er. DiAngelo grinste.

»Lieber Sie als ich. Aber Sie können auf sich aufpassen, schätze ich. Vermutlich besser als ich. Außerdem kennen Sie sich dort aus. Ich kann die Stadt nicht ausstehen. Beschissenes Essen. Scheußliches Wetter.«

Mat lächelte. »Man gewöhnt sich daran«, erwiderte er diplomatisch.

»Wirklich?« DiAngelos Gesichtsausdruck war ein bisschen spöttisch. »Gute Arbeit, Mat. Das steigert Ihren Marktwert.«

»Bieten Sie mir eine Gehaltserhöhung an?«

»Sie sollten doch wissen, dass ich etwas so Unbedachtes nie tun würde.«

»Ich weiß.« Mat nahm seine Tasche und seine Notizen. »Also nach London. Ich melde mich, wenn ich angekommen bin.«

88

Tory stieg vorsichtig aus dem Taxi aus – in ihrem engen Shift-Kleid und den unglaublich hohen Stilettos musste sie sich konzentrieren, um überhaupt stehen zu können. Vielleicht waren die Schuhe ein Fehler gewesen? Nics Idee natürlich. »Du kannst doch in solchen Tretern nicht zur *GQ*-Preisverleihung gehen«, hatte sie gesagt und ein Paar nach dem anderen abgelehnt, das Tory aus dem Schrank zog. »Was ist bloß los mit dir?« Tory schüttelte ungeduldig den Kopf, sie wollte die ganze Sache einfach schnell hinter sich bringen. Seit fünf Uhr früh war sie mit drei Hilfskräften auf den Beinen gewesen, um die Blumen ins Royal Opera House zu schaffen und die Gestecke zu binden – Schuhe waren wirklich ihre letzte Sorge. Nic hingegen war völlig aufgeregt. Weil Tory sich nicht vorstellen konnte, Luc einen Abend lang die Verliebte vorzuspielen, hatte sie Nic gebeten mitzukommen. Sie musste allerdings ein paar Stunden vor Beginn dort sein, um sicherzustellen, dass mit den Blumen alles in Ordnung war. Nic würde später nachkommen.

Sie ging die Stufen zu dem prächtigen Ballsaal im ersten Stock hinauf und öffnete die Tür. Obwohl sie seit dem frühen Morgen hier gewesen war und der Saal keine Überraschung mehr für sie bot, hielt sie die Luft an, als sie die Arrangements sah. Architektonisch streng wirkende Formen, die die Linien des Raumes aufnahmen und verblüffende Schattenspiele auf die Seidenbahnen zauberten, die eigens dafür aufgehängt worden waren. Sie hatte mit einem der besten Bühnenbildner des Opernhauses zusammengearbeitet, und das Resultat war fantastisch.

»Sieht echt gut aus«, säuselte Mark Ennis, der Chefredakteur von *GQ*, der mit einer Gästeliste in der einen und einem Markerstift in der anderen Hand vorbeieilte. Er sah völlig erledigt aus, eben wie jemand, der eine große Veranstaltung organisieren musste. Tory freute sich über sein Lob.

»Toll, Tory, Liebes«, flötete Diana Etherton, eine der Koordinatorinnen. »Die Farben sind einfach *göttlich*!« Sie zog ein Clipboard unter dem Arm heraus. »Es geht um die Sitzordnung«, sagte sie wichtigtuerisch. »Wie schade, dass Ihr reizender Verlobter nicht kommen kann. Aber Sie bringen ja eine Freundin mit, also werden Sie nicht allein sein. Ich habe Sie neben Pippa Grainger platziert – von *Elle*. Sie erinnern sich doch an Pippa, oder?«

Die Antwort wurde Tory erspart, weil Diana zu einer weitaus wichtigeren Person davonsegelte. Sie sah auf die Uhr. Noch fast eine Stunde. Sie würde einen kleinen Spaziergang machen und eine Zigarette rauchen, um ihre Nerven zu beruhigen. Im Hinausgehen zwickte sie noch hier und dort einen Stängel ab und schob ein paar Blüten zurecht.

Auf der Terrasse fand sie ein Plätzchen entfernt von den vielen Technikern, die dabei waren, Licht, Tonanlage und Mikros zu prüfen. Schwer zu glauben, dass in weniger als einer Stunde Persönlichkeiten wie Ewan McGregor und David Beckham über den roten Teppich gehen würden.

Sie zündete sich eine Zigarette an und starrte bedrückt auf den Boden. Es war ihr bislang größter Auftrag, nicht nur in finanzieller Hinsicht. Die Artikel in der Presse, die Kontakte, die sich daraus ergeben würden, waren genau das, was Bloomin' Stories brauchte. Und nach den bisherigen Reaktionen zu schließen, hatte sie es geschafft. Sie hätte sich freuen sollen. Es hätte der aufregendste Abend ihres Lebens sein sollen. Aber so war es nicht. Seit fast zwei Wochen hatte sie nichts von Rob gehört. Nach Jahren der Unentschlossenheit war sie endlich angekommen – sie hatte eine Wohnung, ein erfolgreiches Geschäft, einen liebevollen Verlobten und einen hochkarätigen Ring, der zu Hause in der Schublade lag … und doch konnte sie nur daran denken, wann Rob anrufen würde. Sie war besessen von ihm. Und früher oder später würde alles ein entsetzliches Ende nehmen.

89

Das Taxi setzte ihn so nahe wie möglich am Opernhaus ab. Mat stieg aus, kämpfte sich durch die Scharen von Fotografen und verfluchte DiAngelo, als er die Stufen hinaufstieg. In letzter Minute hatte man ihn gebeten – nein, ihm war *befohlen* worden –, an der Feier teilzunehmen. Die Journalistin, die bei *WED* eigentlich die Gesellschaftsthemen betreute, hatte sich krankgemeldet. Von Minute zu Minute wurde er ärgerlicher. Die Preisverleihung interessierte ihn nicht die Bohne. Aber was hätte er, dachte er bei sich, als er in den überfüllten Ballsaal geführt wurde, am Freitagabend in London sonst unternehmen sollen? Simon war nicht in der Stadt.

Er zeigte dem spärlich bekleideten Mädchen, das die Gäste an die Tische führte, seine Einladungskarte. »Matari N… N… Indava?«, bemühte sie sich, seinen Namen auszusprechen. Er nickte.

»Das bin ich.«

»Super. Sie sitzen an Tisch vierundzwanzig dort drüben in der Ecke. Viel Spaß heute Abend!«

Er bahnte sich den Weg übers Parkett. Alle waren in Party-Laune. Nach der langen Zeit, die er einsam am Schreibtisch verbracht hatte, fand er den Lärm ein wenig lästig. Er warf einen kurzen Blick auf seine Tischnachbarn und setzte sich. Ein buntes Gemisch. Keiner schien den anderen zu kennen. Zu seiner Linken saß eine hübsche Brünette in einem Kleid, das aus dem Atelier eines Spraykünstlers zu stammen schien, zu seiner Rechten eine Frau in einem gelben Kleid, das zum Blumenschmuck passte, wenn auch zu sonst nichts. Er richtete sich auf einen langen öden Abend ein und war nicht zum ersten Mal froh, dass Society- und Lifestyle-Berichte nicht zu seinem Aufgabengebiet zählten. Er sah sich um. Es war fast obszön. Allein das, was der Blumenschmuck kostete, hätte ausgereicht, die Staatsschulden eines kleineren Dritte-Welt-Landes zu begleichen. Er schaute auf den lächerlichen, sechs oder sieben Meter breiten Baldachin über der Bühne, von dem Blattwerk und Blumen hingen. Hoffentlich fiel der Aufbau niemandem auf den Kopf.

Mann des Jahres. Frau des Jahres. Preis für das Lebenswerk. Elegantester Mann. GQ-Inspiration. Etwas fassungslos folgte er den Preisverleihungen. Was war der Unterschied zwischen dem *Armani-Mania-Mann des Jahres*, *GQs Elegantestem Mann* und dem *GQ-Inspiration-Mann*? War es eine Ehre, zu *GQs Politiker des Jahres* ernannt zu werden, wie

Jack Straw zu glauben schien? Nie hatte er jemanden glücklicher dreinblicken sehen. Er erkannte ein paar Redakteure, die ebenfalls für Preise nominiert waren. Sie schienen absolut entzückt, in dem heißen, überfüllten und unerträglich lauten Raum dicht an dicht mit Leuten zu sitzen, über die sie – gewöhnlich vernichtend – schrieben. Er konnte in aller Aufrichtigkeit sagen, dass er so etwas noch nie gesehen hatte.

»Was ist mit den Orchideen?«, fragte Nic Tory und deutete diskret auf die Mitte des Tischs. Die zarte Blüte des Venusschuhs in der grünen Vase neigte sich immer mehr der Tischplatte zu. Tory biss sich besorgt auf die Unterlippe.

»Ich weiß nicht«, gestand sie und blickte sich nervös um. Es war unglaublich. Im ganzen Raum ließen nacheinander alle Blumen die Köpfe hängen. Sie spürte, wie ihre Hände feucht wurden. Es war erst halb neun – die Veranstaltung sollte mindestens bis Mitternacht dauern. Aber die Blumen welkten so schnell, dass sie in der nächsten halben Stunde platt auf den Tischen liegen würden. Sie konnte das nicht verstehen. Sie hatte alles überprüft – Wasser, Feuchtigkeit, Temperatur … der Lieferant hatte versichert, sie würden weit über den Abend hinaus halten. Die Vase vor ihr sah wirklich erbärmlich aus – ein langer dünner Stängel, der unter dem Gewicht der Blüten abknickte, und die grün-weiß gestreiften Blumenkelche wurden langsam wächsern und gelb. Es betraf allerdings nur die Orchideen, die anderen Blumen sahen prächtig aus. Offensichtlich reagierten die Orchideen auf etwas, was sie nicht bedacht hatte. Sie bemühte sich, die aufsteigende Panik zu beherrschen. Wie konnte sie die Lage retten? Erneut blickte sie sich um. Etwa sechshundert Gäste, inzwischen wesentlich beschwipster als am Anfang … es gab nur eines, was sie tun konnte. Sie musste ohne viel Aufsehen versuchen, die Orchideen aus dem Tafelschmuck zu entfernen. Die Arrangements würden dann ein bisschen kahler, aber wenigstens *frisch* aussehen. Sie packte Nics Arm. Sie und Nic mussten in den nächsten fünfzehn Minuten jede einzelne welke Blüte herausziehen, sonst würden die Bilder in der morgigen Presse fatal aussehen. Die Moderatoren waren damit beschäftigt, Namenskarten aus Umschlägen zu ziehen, die Zuschauer waren wie gebannt. Niemand achtete auf den Blumenschmuck – sie mussten schnell handeln.

»Hilf mir«, zischte sie und schob leise ihren Stuhl zurück. »Wir müssen die Orchideen aus den Gestecken ziehen. Komm mit. Du übernimmst die Tische am Rand, ich die in der Mitte. Ich hole noch einen Kellner, um uns zu helfen. Lächle, wenn du es machst … sag irgendwas über Zigarettenrauch oder so was. Jetzt komm!«

Im Stimmengewirr, das auf die Verkündigung der Preisträger folgte, ging Nic schnell von Tisch zu Tisch und zog so diskret wie möglich die welken Blüten heraus. Niemand schenkte ihr sonderlich Beachtung. Sie warf rasch einen Blick auf Tory, die auf ihren zu hohen Absätzen unbeholfen herumstakste. Hätte sie ihr die bloß nicht eingeredet! »Huch, tut mir leid …« Ein paar Wassertropfen fielen auf den Schoß eines Gastes, als sie eine Blüte herauszog. »Tut mir wirklich leid. Hier …« Sie griff nach einer Serviette und spürte seinen Blick in ihrem Ausschnitt, als sie sich vorbeugte. So schnell wie möglich ging sie weiter.

Mat bemerkte eine Frau, die am Rand des Raumes entlangging und Blumen aus den Vasen zog, einen Kellner mit einem Plastiksack in ihrem Schlepptau. Offensichtlich war etwas schiefgegangen. Er sah auf die Blumen auf seinem Tisch – sie wirkten schlaff und welk. Er unterdrückte ein Grinsen. Genauso fühlte er sich selbst. Die Konversation mit der Frau in dem scheußlichen gelben Kleid in Gang zu halten erwies sich als einigermaßen schwierig. Sie redete viel, sagte aber nichts. Seine Blicke folgten der Blumenfrau – sie war groß, schlank und trug Schwarz. Sie sagte etwas zu dem Kellner, drehte sich dann um und kam auf die letzten Tische zu, zu denen auch seiner gehörte. Sie beugte sich vor, um eine Blume aus der Vase zu ziehen, und plötzlich sah er ihr Gesicht. Beinahe hätte er sich an seinem Getränk verschluckt. Das war doch nicht möglich! Nic? Er sprang abrupt auf, schnitt der Frau in dem gelben Kleid das Wort ab und durchquerte rasch den Raum. Sie *war* es. Und sie hatte ihn nicht gesehen. Die Spannung im Raum nahm zu, weil gerade ein besonders wichtiger Preis verkündet wurde. Verschwommen nahm er wahr, wie die beiden Moderatoren auf der Bühne umeinander herumtanzten, während sie die Umschläge öffneten. »Und der Preis geht an …« Alle hielten die Luft an, als sich Pierce Brosnan unter tosendem Applaus erhob. Nic hielt einen Moment inne, um auf die Bühne zu sehen, und Mat trat mit klopfendem Herzen auf sie zu. Da geschah es. Ein Geräusch wie ein Donnerschlag, ein schreckliches Quietschen und Ächzen, der ganze Baldachin geriet ins Schwanken … und Leute begannen von der Bühne wegzurennen. Brosnan sah sich verwirrt um, jemand rief: »*Vorsicht!* O *Gott*!« Dann krachte der ganze Aufbau einfach in sich zusammen.

Sie trafen sich im Foyer, wohin sie von gestressten Sicherheitsleuten und Organisatoren gescheucht wurden. In dem Durcheinander nach dem Einsturz des Baldachins waren die Stars hin- und hergerissen zwischen dem Drang, um ihr Leben zu rennen, und der Sorge, dabei vor der Kamera einen unvorteilhaften Anblick zu bieten. Nic kam durch die Tür, noch immer eine Orchidee in der Hand, sie sah eher besorgt als panisch aus. Er machte einen Schritt auf sie zu. Sie bemerkte ihn, blieb stehen und starrte ihn ungläubig an.

»Was zum Teufel … machen Sie hier?« Leute hasteten an ihr vorbei auf dem Weg zur Treppe.

»Nic. Mein Gott, ich *dachte* mir doch, dass Sie es sind.« Sie sah noch genauso aus, wie er sie in Erinnerung hatte: kühl, schön und ein wenig hochmütig, obwohl ihr Mund vor Erstaunen offen stand. Er schüttelte selbst den Kopf, als würde er seinen Augen nicht trauen.

»Was machen Sie hier?«, wiederholte sie.

»Ich bin gerade in die Stadt gekommen. Hören Sie, können wir irgendwo hingehen? Nur für ein paar Minuten. Ich schulde Ihnen eine Erklärung …«

»Sie müssen mir gar nichts erklären«, erwiderte Nic herablassend.

»Nein, wirklich. Ich … ich weiß, es hört sich armselig an, aber ich habe Ihre Karte verloren. Ehrlich. Die letzten sechs Monate habe ich mir das Gehirn zermartert, wo oder wie das passiert sein könnte. Ich hatte keine Ahnung, wie ich mit Ihnen Kontakt aufnehmen könnte. Ich weiß ja noch nicht mal Ihren Nachnamen!«

Nic sah ihn an und bemerkte weder den Lärm der Menschen, die aus dem Ballsaal strömten, noch die verzweifelten Versuche, den Baldachin von der Bühne zu hieven und die

Veranstaltung fortzuführen. Eigentlich wollte sie ihm sagen, er solle abhauen – so eine dämliche Geschichte! Aber sie tat es nicht. Sie sah ihm eindringlich in die Augen, er hielt ihrem Blick stand. Mit Erleichterung stellte sie fest, dass er die Wahrheit sagte. »Parker«, sagte sie langsam und zog dabei unwillkürlich die Mundwinkel hoch. »Nic Parker.«

Er streckte die Hand aus. »Es ist kaum der richtige Ort und die richtige Zeit«, antwortete er und deutete auf das Chaos um sie herum, »aber die Chance kann ich mir unmöglich entgehen lassen. Können wir irgendwohin gehen? Kann ich Sie irgendwohin bringen?« Durch die Lautsprecher kam die Aufforderung, in den Ballsaal zurückzukehren.

Sie schüttelte den Kopf. »Heute Abend nicht, fürchte ich. Meine beste Freundin ist dort drinnen. Sie hat mir geholfen, die hier loszuwerden.« Sie hielt die welke Orchidee hoch. »Oder eigentlich umgekehrt. Sie ist die Floristin. Es war ihr Baldachin, der herunterkam. Sie braucht mich jetzt.«

»Ach, alles halb so schlimm. Jede Zeitung ist am nächsten Tag schon Einwickelpapier für Fische«, sagte Mat mit einem Anflug von Lächeln. »Sagen Sie ihr das. Egal, wie schrecklich es im Moment auch aussieht.«

Nic nickte. »Es war ihr erster großer Auftrag«, sagte sie bitter. »Wie konnte so was nur passieren?«

»Also, wann sehen wir uns?«

»Am Freitag?«

»Sagen Sie mir einfach, wann und wo. Diesmal werde ich da sein. Versprochen.«

Nic überlegte. Sie nannte ihm ein kleines italienisches Restaurant am Ende ihrer Straße. »Sie wissen gar nicht, was für ein Glück Sie haben«, sagte sie und warf einen Blick in das Durcheinander hinter ihnen. Tory war inzwischen bestimmt völlig hysterisch. »Sie kriegen eine zweite Chance. Obwohl ich das normalerweise nicht mache.«

»Ich weiß.«

»Woher?«

Er zuckte die Achseln. »Ich weiß es eben. Sie sind nicht der Typ dafür. Aber Sie sind auch nicht berechenbar. Das gefällt mir so an Ihnen.« Er grinste sie an, drehte sich um und ging. Nic blieb im Foyer zurück und fragte sich, ob sie das alles nur geträumt hatte.

90

Er öffnete das Handschuhfach und nahm eine Waffe heraus. Eine Beretta 7,5 mm. Eine Schönheit: kühles, glattes Metall, mit Schalldämpfer. Es sollte ein schneller, sauberer Job sein. Seine Zielperson würde weniger als fünf Minuten unter der Dusche stehen. Er hatte höchstens drei Minuten, um reinzugehen, den Job zu erledigen und wieder abzuhauen. Er saß im Wagen und wartete auf den Anruf. Es war unerträglich heiß, Schweiß lief ihm den Rücken hinab. Er saß da, den ganzen Körper angespannt, in einer Hand die Waffe, in der anderen das Telefon. Draußen tönte der Abendgesang der Zikaden, und die Palmen raschelten, wenn eine Brise vom Ozean herüberwehte. Die Fenster waren heruntergelassen, der Duft von Limonenbäumen jenseits der Hecke strich ihm um die Nase. An seinem linken Ohr summte ein Moskito. Er schlug danach. Plötzlich vibrierte das Mobiltelefon in seiner Hand, blaues Licht erhellte einen Moment lang das Innere des Wagens, bevor er den Knopf drückte. Er hörte genau zu und schaltete es dann ab.

Kurz darauf sah er, wie das kleine Tor an der Seite des Hauses aufging. Geräuschlos stieg er aus, steckte die Waffe in den Hosenbund und verschwand durch das Tor. Er nickte dem Mann zu, der daneben stand, und ging mit leicht knirschenden Schritten über den Kiesweg. Wie angewiesen schlich er sich zum hinteren Teil des Hauses. Erneut stand eine Seitentür offen. Er trat ein, lauschte kurz, ob etwas sich rührte, und huschte dann lautlos die Treppe hinauf. Auf dem Absatz wandte er sich nach links und ging den Gang entlang zum Schlafzimmer. Die Tür war angelehnt, durch den Spalt konnte er das Geräusch von laufendem Wasser und das Summen der Klimaanlage hören. Er ging zum Badezimmer.

Es dauerte nur ein paar Sekunden. Seine Waffe machte ein zischendes Geräusch, die Kugel riss den Mann in der Dusche herum und warf ihn mit dumpfem Schlag gegen die Fliesenwand. Ein einziger, sauberer Schuss. Als er fiel, verfing sich sein Arm im Duschkopf und riss ihn aus der Aufhängung. Der Schlauch ringelte sich vor ihm ein und spritzte Wasser und Blut gegen den Plastikvorhang. Er steckte die Waffe in den Hosenbund und verließ das Haus genauso leise, wie er gekommen war.

Zehn Minuten später war er wieder auf der Autobahn und fuhr in Richtung Flughafen. Er verstaute Waffe und Mobiltelefon, parkte den Wagen am angegebenen Ort und nahm seine Tasche. Mit ein bisschen Glück würde er in einer Stunde in der Business Class Lounge sitzen und vor dem Abflug einen Gin Tonic trinken. Schnell ging er auf das Terminal zu und entspannte sich allmählich. In weniger als drei Minuten rein und raus, genau, wie er gesagt hatte. Schade, dass nicht alle seine Jobs so glatt verliefen.

»Also, wo ist er jetzt?«, fragte Martin gereizt.

Caryn schüttelte den Kopf. »Keine Ahnung.« Es stimmte. Nach einem flüchtigen Kuss hatte er ihre Wohnung kurz vor Morgengrauen verlassen – was sie Martin natürlich nicht erzählte. Seitdem hatte sie nichts mehr von ihm gehört. Er habe einiges zu »erledigen«, meinte er. Werde eine Weile lang weg sein. Kein Wort, ob er anrufen oder ob es bei der einen, der aufregendsten Nacht ihres Lebens bleiben würde … Für ihn war ein schnelles Abenteuer vermutlich nichts Besonderes. Wahrscheinlich hatte er es schon vergessen.

»Aber du solltest doch eine Reihe von Treffen vereinbaren, Caryn«, sagte Martin und fuhr sich ärgerlich durchs Haar. »Wir haben nichts. Nicht einen einzigen Satz auf Band.«

Caryn hob die Hand. »Er hat gesagt, er wird sich melden«, log sie. »Ich glaube, das erste Treffen war nur …«

»Nur was?« Er sah sie seltsam an.

»Ich weiß nicht … vielleicht wollte er bloß was über uns rauskriegen?«

»Über *dich* was rauskriegen ist wohl wahrscheinlicher«, murmelte Rupesh. Caryn spürte, wie sie rot anlief.

»Also gut. Wir sitzen in der Klemme. Müssen warten, bis er wieder auf uns zukommt. Aber wenn er bis Ende der Woche nicht angerufen hat, muss ich ein paar andere Kontakte probieren. Das Projekt ist zu wichtig, um es von jemandem vermasseln zu lassen.«

Caryn nickte. Sie wagte keine weitere Bemerkung. Was sie getan hatte, was so sehr gegen ihre Art, dass sie sich selbst nicht verstand. Sie nahm ihre Unterlagen, zog sich an ihren Schreibtisch zurück und verschanzte sich hinter dem Bildschirm. Sie hatte eine Menge Arbeit und konnte es sich nicht leisten, verträumt ins Leere zu starren. Auch wenn sie hin- und hergerissen war zwischen den angenehmen Erinnerungen an die Nacht und dem unerträglichen Schmerz, dass sie ihn vielleicht nie mehr wiedersehen würde. Sie hatte ihn nicht nur davonlaufen lassen, sondern auch noch das Projekt ruiniert. Um vier Uhr hatte Caryn es schließlich satt. Sie nahm ihren Mantel, erklärte, sie habe Kopfweh, und ging früher heim.

Es war still in der Wohnung, eine Wohltat bei dem Hämmern in ihrem Kopf. Sie warf einen Blick auf den Anrufbeantworter. Keine Nachricht. Sie kämpfte gegen die aufsteigenden Tränen an und setzte sich aufs Sofa. Es war noch nicht mal fünf. Ein endlos langer Abend lag vor ihr. In letzter Zeit war sie selten vor sieben Uhr nach Hause gekommen. Sie drückte auf die Fernbedienung. Bloß irgendwas, um sich abzulenken. Es lief noch das Kinderprogramm. Blicklos verfolgte sie den Abspann der *Teletubbies*, bevor sie sich hinlegte. Sie warf sich den Mantel über die Füße, und es dauerte nicht lang, bis sie eindöste.

Das Klingeln des Telefons zerriss die Stille. Mit klopfendem Herzen sprang sie auf. Ihr Mund war trocken, und ihr Kopf schmerzte. Sie sah auf die Uhr an der Wand. Zehn nach neun. Sie konnte doch nicht vier Stunden geschlafen haben?

»Ich bin's nur«, sagte Nic atemlos. »Hast du jemand anderen erwartet?«

»N-nein, ich bin nur … eingeschlafen.«

»Oh. Also ich habe die unglaublichste …« Plötzlich klingelte es.

»Warte einen Moment, da ist jemand an der Tür«, unterbrach sie Caryn und legte den Hörer weg. Wahrscheinlich hatte sich jemand in der Wohnung geirrt. Das passierte oft. Sie drückte auf den Schalter der Sprechanlage. »Wer ist da?«

»Ich. Kann ich raufkommen?«

Ihr Herzschlag setzte aus. Sie lief zum Telefon zurück. »Nic? Ich muss auflegen. Ich ruf dich später an«, stieß sie hervor und wartete die Antwort nicht ab. Sie warf den Hörer auf und eilte zur Tür. Auf dem Weg dorthin sah sie sich kurz im Spiegel … verschmierte Wimperntusche, ein dünner roter Striemen auf der Wange, wo eine Haarsträhne geklebt hatte. Das ließ sich nicht mehr ändern. Sie sah seinen Schatten durch die Milchglasscheibe und hastete die Treppe hinunter, um ihm aufzumachen.

Er stand auf der Türschwelle und blickte sie unsicher an. »Hi«, sagte er und fuhr sich durchs zerzauste Haar. Er wirkte weit weniger dreist und selbstsicher, als sie ihn in Erinnerung hatte.

»Hi.« Sie hielt sich, plötzlich beklommen, am Türrahmen fest.

»Ich bin zufällig vorbeigekommen«, sagte er, obwohl sie beide wussten, dass es gelogen war. »Passt es gerade nicht?«

Sie schüttelte den Kopf und versuchte, nicht zu breit zu lächeln. »Komm rein. Ich hab gerade … also, ich bin eingeschlafen.«

»Hab ich dich aufgeweckt?«

»Nein. Eine Freundin hat angerufen. Ich rufe sie später zurück.« Sie ging voraus ins Wohnzimmer. Dann standen sie in der Mitte des Raumes und sahen sich verlegen an.

»Ich mache …«

»Kann ich …«, sagten sie gleichzeitig. Er grinste.

»Ich stelle Wasser auf«, erklärte Caryn, bevor ihre flammend roten Wangen sie verrieten. Sie floh in die Küche.

Genau wie beim letzten Mal folgte er ihr. Sie stellte den Wasserkessel an und drehte sich um. Er starrte auf ein Foto, das an der Kühlschranktür hing. Es war im vorigen Sommer aufgenommen und zeigte sie mit Brian und Alice, ein bisschen steif vor dem Buckingham-Palast.

»Deine Familie?«, fragte er und sah sie kurz an.

Sie nickte. »Mein jüngerer Bruder und meine Mum.«

Er nahm das Foto ab und hielt es neben ihr Gesicht. »Du siehst aus wie sie.«

»Ja, nun …«, begann sie und brach ab. »Hast du welche?«

»Was?«

»Geschwister?«

»Nein. Niemanden«, antwortete er knapp mit einem Anflug von Bedauern in der Stimme.

Plötzlich pfiff der Kessel und zerriss die Spannung. »Tee oder Kaffee?«, fragte sie fröhlich.

Er hängte das Foto zurück und drehte sich wieder zu ihr um. »Keins von beidem.« Er trat auf sie zu, nahm ihr den Kessel ab und stellte ihn weg. Dann nahm er sie in die Arme, und sie spürte den Stoff seines Hemds auf der Haut. Es roch nach Sonne, Wärme und gutem Aftershave. Sie drückte den Kopf an seine Brust. Er hob ihr Kinn und zwang sie, ihn anzusehen. Seine Augen waren grün mit braunen Flecken darin, registrierte sie beiläufig, auf seinen Wangen stand ein Zweitagebart. Ein Laut kam aus seiner Kehle, als wollte er etwas sagen, aber sie stellte sich auf die Zehenspitzen, schlang die Arme um seinen Hals und zog ihn an sich. Eigentlich war sie auf sein übliches Ungestüm gefasst, aber seit er das Haus betreten hatte, strahlte er eine Verletzlichkeit aus, die sie vollkommen irritierte. Er hob sie hoch und trug sie ins Bett.

»Wo bist du gewesen?«, fragte Caryn plötzlich. Er war einen Moment lang weggedöst, ihre Stimme brachte ihn mit einem Schlag wieder zu sich. »Du bist ja ganz braun gebrannt.«

Er strich ihr mit dem Finger über den Rücken, dann über den Rippenbogen bis hin zu den vollen Brüsten. Er berührte die Nippel und spürte, wie sie steif wurden. Sie rückte ein wenig von ihm ab. Sie war kein Dummkopf. »Warst du im Ausland?«

Plötzlich war er hellwach. Er griff nach einer Zigarette, zündete sie an und sah den Rauchkringeln nach. Zögernd begann er zu erzählen. Über das Treffen in Freetown. Über seinen Entschluss, einen weiteren Auftrag anzunehmen. Über die Bezahlung.

Sie hörte zu, ohne ihn zu unterbrechen. Noch nie hatte er so mit jemandem gesprochen. »Du wirst in Schwierigkeiten kommen«, sagte sie, stützte sich auf und nahm einen langen Zug aus seiner Zigarette.

Er sah sie an, ihr blasses, leicht sommersprossiges Gesicht, die blauen Augen mit den dunklen Wimpern, die kleinen, aber vollen Brüste und ihren flachen Bauch, der halb unter den Laken verborgen war. Die seltene Mischung aus Zartheit und Kraft berührte ihn. Er drückte das Gesicht an ihren Hals und umarmte sie.

»Ich bin schon in Schwierigkeiten«, sagte er schließlich und küsste sie.

91

Es saß an der Bar, als sie hereinkam. Er wirkte anders – größer, als sie ihn in Erinnerung hatte. Der Schenkel, mit dem er sich am Barhocker abstützte, war muskulös und athletisch. Er trug Schwarz wie sie. Ein eleganter Mann, dachte sie. Kurz geschnittenes Haar, schmale Oberlippe, volle, sinnliche Unterlippe, kleiner Spitzbart. Pechschwarze Augen, dichte Brauen, die Haut in der Farbe von dunklem Kakao. Ein schönes Gesicht. Er lächelte, und seine Zähne blitzten.

»Nic.« Er glitt vom Hocker.

»Mat.« Sie stand vor ihm und hob die Hände. Beide lachten.

»Ich bin eine halbe Stunde früher gekommen«, sagte er und verzog den Mund. »Bloß um auf der sicheren Seite zu sein.«

»Gut so«, antwortete Nic und setzte sich neben ihn. Sie sahen einander an. Sie konnte es nicht erklären – er hatte eine bestimmte Unbeschwertheit und Lässigkeit, die sie unwillkürlich anzog. Sie verstanden sich auf Anhieb. Genau wie auf der Party.

»Was möchten Sie?«, fragte er und hielt sein Glas mit Rotwein hoch. »Guter Stoff. Ein Barolo. Ein '95er, glaube ich.«

Sie zog eine Grimasse. »Beeindruckend.«

»Nein, das steht auf der Flasche.«

Sie wurde rot. »Ich nehme dasselbe«, sagte sie zu dem Barmann. »Ein großes Glas.«

»Also«, begann Mat. »Da wären wir nun. Endlich.«

»Endlich. Ich hatte Sie eigentlich schon aufgegeben«, sagte sie und trank einen Schluck.

Er hob schuldbewusst die Hände. »Ich weiß, ich weiß. Mir ist immer noch nicht klar, wie ich die Karte verlieren konnte. Ich bin fast wahnsinnig geworden bei der Suche danach.«

»Und ich kann immer noch kaum glauben, dass wir uns zufällig wiedergetroffen haben. Um ein Haar wäre ich gar nicht zu dieser Veranstaltung gegangen. Ich war bloß dort, um Tory zu helfen.«

»Ach, die glücklose Floristin. Wie geht's ihr?«

Nic verzog das Gesicht. »Na ja, dem Selbstmord nahe am Morgen danach. Aber Sie hatten recht. Alles halb so schlimm. Was haben *Sie* eigentlich dort gemacht? Ich ... ich weiß überhaupt nichts über Sie. Was machen Sie eigentlich?«

»Ich bin Journalist. Ich arbeite für *WED*. Das ist ein Wirtschaftsmagazin mit Sitz in New York.«

Nic starrte ihn verblüfft an. »Sie machen Scherze.«

Mat schüttelte den Kopf. »Nein. Warum?«

»Ich bin auch Journalistin. Ich bin Feature-Redakteurin bei *Art Weekly*.«

Jetzt war Mat überrascht. Sie sahen sich an, Nic zum ersten Mal sprachlos. Glücklicherweise störte sie der Kellner. Ihr Tisch war bereit.

Sie gefiel ihm sogar noch besser als beim ersten Mal. Damals war sie ihm ein wenig reserviert, fast unnahbar vorgekommen. Jetzt hingegen wirkte sie vollkommen offen. Der Wein brachte eine kokette Unbeschwertheit hervor, sie lächelte bereitwilliger, ihre Wangen wurden rosig. Er konnte den Blick nicht von ihr wenden. Was ihr nicht entging und sie noch anziehender machte. Er spielte mit dem Stiel seines Glases, während sie redete. Sie erzählte ihm von ihrem Kurs am Institut für Journalismus. Anfangs sei sie sich wie in der Schule vorgekommen, alle seien aneinander vorbeigerannt, und sie habe geglaubt, die Einzige zu sein, die sich nicht auskannte. Er grinste. Genauso sei es ihm gegangen, sagte er, als er zum ersten Mal nach England kam.

»Sie sind kein Engländer?«

Er schüttelte den Kopf. »Nein, ich war hier in der Schule, aber ich komme aus Simbabwe. Was ist?« Sie hatte sich verschluckt.

Sie schüttelte den Kopf und griff nach einem Glas Wasser. »N-nichts«, stammelte sie. »Ich hab mich bloß verschluckt. Ist schon wieder gut.«

»Bestimmt?«

»Ja, alles in Ordnung.« Sie hustete. »Was sagten Sie?«

»Ich bin hier zur Schule gegangen, dann zur Universität, und dann hinüber in die Staaten. Dort lebe ich inzwischen seit fast zehn Jahren.«

»Gefällt Ihnen das Leben in Amerika?« Sie hatte sich inzwischen wieder erholt.

Er überlegte. »Früher schon«, antwortete er. »Als ich ankam. Sie wissen ja, wie New York ist – die Hektik, die Leute, das Getriebe. Aber jetzt, ich weiß nicht. Ich bin …« Er hielt inne, weil ihm plötzlich bewusst wurde, dass er schon lange nicht mehr so mit jemandem geredet hatte. »Ich habe eine bestimmte Unruhe in mir, glaube ich. Ich sollte anderswohin gehen. Etwas anderes machen. Tatsächlich habe ich …« Er unterbrach sich. Er hatte noch mit niemandem über die Arbeit gesprochen, die ihn während des letzten Jahres beschäftigt hatte – aus gutem Grund nicht. Es überraschte ihn, dass er überhaupt den Drang spürte, ihr davon zu erzählen. »Nein, es ist zu langweilig, über die Arbeit zu reden. Erzählen Sie mir von sich.«

Sie zuckte die Achseln. »Da gibt's nicht viel zu erzählen«, murmelte sie und beugte den Kopf über den Teller. Er war verwirrt. Mit einem Mal war es mit ihrer Offenheit vorbei, und er spürte wieder vorsichtige Zurückhaltung wie bei ihrer ersten Begegnung. Was wohl der Grund dafür war? Gab es etwas in ihrem Leben, worüber sie nicht sprechen mochte? Er beschloss, sie nicht zu drängen. Es war schließlich ihre erste Verabredung. Er musste erst in knapp zwei Wochen wieder nach New York zurück, also hatte er genügend Zeit, sie noch einmal zu treffen … vorausgesetzt natürlich, sie war dazu bereit. Eine ganz ungewohnte Nervosität packte ihn. Er wollte sie unbedingt wiedersehen. Sie war eine seltsame Mischung aus Zähigkeit und Zerbrechlichkeit, aus Zutrauen und Skepsis. Zuweilen wirkte ihr Gesicht so offen, dass er fast ihre Gedanken lesen konnte. Dann wieder glitt eine Maske darüber, und sie schien kontrolliert und auf der Hut. Vermutlich war sie verletzt worden, aber nicht auf die übliche Art. Nein, es schien etwas Tieferes zu sein. Er wollte unbedingt herausfinden, was es war.

Nic beugte den Kopf, weil er sie auf eine Weise beobachtete, die ihr unangenehm war. Warum hatte sie gelogen? Oder ihm zumindest nicht die ganze Wahrheit gesagt? Er war aus *Simbabwe*! Ausgerechnet! Wie sollte sie ihm sagen, wer *sie* war? Auf keinen Fall durfte dieses Treffen – egal, was daraus wurde – durch den Ruf ihres Vaters verdorben werden. Sie wollte, dass er sie mochte. Und sie hatte keine Ahnung, wie er reagieren würde, wenn er erfuhr, dass sie Jim Hartes Tochter war. Würde er die Flucht ergreifen oder ihr näherkommen wollen? Sie wollte das Risiko auch gar nicht eingehen. Später – falls es ein Später gab – würde sie es erklären. Aber jetzt nicht.

Es war schön, mit ihm zusammen zu sein. Wenn er spürte, dass er einen heiklen Punkt berührte, wechselte er das Thema und erzählte von seinem Leben in New York. Während er redete, fiel es ihr schwer, den Blick von ihm zu wenden. Am liebsten hätte sie die Hand ausgestreckt und ihn angefasst, nur um sicherzugehen, dass er wirklich real war.

Nachdem er sie nach Hause begleitet hatte, machte er zu ihrer großen Enttäuschung keinerlei Anstalten, sie zu küssen oder auch nur anzufassen. Sie selbst war zu schüchtern, um die Initiative zu ergreifen. Einen Moment lang standen sie mit den Händen in den Taschen unter der Straßenlampe.

»Es hat mir wirklich großen Spaß gemacht«, sagte sie und wünschte sich, er würde etwas *tun*. Sie wieder zum Ausgehen einladen, ihre Hand nehmen … ihre Wange berühren. Irgendetwas.

»Mir auch. Sind Sie …«

»Ja«, fiel sie ihm ins Wort. Sie sahen einander an und lachten. »Tut mir leid«, fügte sie hinzu. »Was wollten Sie sagen?«

»Sie scheinen es schon zu wissen«, antwortete er schmunzelnd. »Also? Haben Sie Zeit am Sonntag?«

»Nun, ich hab ja schon Ja gesagt«, erwiderte sie lachend. »Und ich habe Zeit. Was hatten Sie sich denn vorgestellt?«

»Alles. Nichts. Ich möchte Sie einfach nur wiedersehen.«

Sie sah auf ihre Stiefel hinab. »Ich Sie auch«, murmelte sie.

»Tut mir leid, ich hab Sie nicht verstanden.« Sie blickte zu ihm auf. Er lächelte immer noch. »Das war ein Scherz. Ich rufe Sie morgen an«, sagte er, hob die Hand und wischte ihr eine Haarsträhne aus dem Gesicht. Sie hatte das Gefühl, ihr ganzer Körper stünde in Flammen. »Bis dann«, sagte er und gab ihr einen flüchtigen Kuss auf die Wange. Sie sah ihm nach, wie er die Straße hinunterging. Noch nie hatte sie jemanden so begehrt wie ihn. In dem Moment hätte sie alles darum gegeben, seine Lippen oder seine Arme um ihre Taille zu spüren.

92

Tory lag um zwei Uhr nachmittags noch im Bett und konnte nicht aufhören zu weinen. Neben ihr häufte sich ein Berg zusammengeknüllter Taschentücher. Es war die schlimmste Woche ihres Lebens gewesen. Angefangen mit dem Fiasko im Royal Opera House bis zu dem Streit zwischen ihr und Luc am Abend zuvor. Ihr ganzes Leben ging zu Bruch. Sie konnte sich auf nichts mehr konzentrieren, und das fiel allmählich auf. Besser gesagt, es fiel schon seit einer Weile auf, wie Luc ihr an den Kopf geworfen hatte. Länger als sie glaubte. Wieder kamen ihr die Tränen, als sie an sein Gesicht dachte, bleich vor Angst und Schmerz. Er wusste, dass etwas nicht stimmte. Er *musste* es wissen.

Aber sie war so gefangen genommen von der Dreiecksgeschichte zwischen ihr, Luc und Rob, dass sie gar nicht mehr an die Katastrophe bei der *GQ*-Preisverleihung dachte. In dieser Nacht war sie, lange nachdem alles aufgeräumt und für die Show notdürftig wieder hergerichtet worden war, nach Hause gegangen, nur von dem einen Gedanken beseelt, Rob zu sehen. Als der Baldachin einstürzte, hatte sie nicht zuerst an ihr Geschäft und ihren Ruf gedacht, nicht einmal daran, ob jemand verletzt worden war. Ihr erster Gedanke galt Rob. Sie wünschte sich nichts mehr, als in seine Arme zu flüchten, bei ihm Schutz zu suchen. Bei Rob, nicht bei Luc. Nicht bei Nic, die den Rest des Abends bei ihr blieb. Die Belastung des Betrugs trieb sie langsam in den Wahnsinn. Kein Wunder, dass Luc wütend hinausgestürmt war. Was genau war eigentlich passiert?

Sie war in der Küche gewesen und hatte gekocht. Er kam von der Arbeit, warf seine Aktentasche auf den Boden in der Diele und trat mit einer Flasche ihres Lieblingsweins in die Küche. Sie hätte sich freuen sollen. Es war eine nette Geste, eine seiner typischen Aufmerksamkeiten. Er umarmte sie von hinten, zeigte ihr die Flasche und drückte ihr einen Kuss auf den Nacken. Doch dieser Kuss war zu viel. Sie zuckte zurück, als wäre sie geschlagen worden, und spürte, wie sich ihr ganzer Körper vor Abwehr anspannte. Sie wandte sich ab und trug die Pfanne mit den gebratenen Zwiebeln zum Spülbecken. Wie angewurzelt blieb er stehen, die Flasche in der Hand.

Ein paar Minuten lang herrschte Schweigen. Sie spürte die Spannung, die von ihm ausging, hatte aber zu große Angst, sich umzudrehen. Eigentlich war es komisch. Sie lehnte mit einer Pfanne halb garer Zwiebeln am Abwasch, unfähig sich zu rühren. Er stand da mit einem verletzten Ausdruck im Gesicht … aber was konnte sie machen? Es war ein Reflex gewesen, eine unwillkürliche Geste, die sie schließlich verriet. Alles an Luc brachte sie auf die Palme, und das Schlimmste daran war, dass er nichts dafür konnte. Es war, als wäre sie auf eine andere Frequenz gestimmt, und ihr Körper brachte dies zum Ausdruck. Seit Wochen hatten sie nicht mehr miteinander geschlafen. Schon der Gedanke daran flößte ihr Ekel ein, und das wusste Luc natürlich. Sie sah, wie sehr er sich bemühte, sie zu verstehen, wie er Ausreden für sie fand – sie sei müde, überarbeitet und gestresst wegen der Preisverleihung und allem, was schiefgegangen war. Es fühlte sich an, als würde sie allmählich wahnsinnig. Ein Kaleidoskop widerstreitender Gefühle – Lust, Ärger, Scham, Angst und heftiges Begehren … nur nicht nach ihm. Nicht nach dem Mann, den sie heiraten würde. »Ich verstehe das nicht«, sagte er und zog hilflos die Schultern hoch. »Ich verstehe es einfach nicht.«

Am Schluss war er hinausgestürmt. Aber er würde zurückkommen. Sie würde sich zwingen, sich zu entschuldigen, irgendeine Ausrede finden, er würde möglicherweise sogar ein bisschen weinen … und das trieb ihr vor Scham und Reue selbst die Tränen in die Augen. Sie ertrug es nicht, wenn er weinte. Sie würde ihn küssen, vielleicht sogar mit ihm schlafen, wenn sie sich dazu überwinden konnte. Dann würde der ganze Teufelskreis von vorn anfangen. Der einzige Mensch, der ihn beenden konnte, war Rob. Wenn er es verlangte, würde sie sofort alles hinwerfen. Die Verlobung auflösen, die Enttäuschung aller, vor allem ihrer Eltern, ertragen. Aber dann wüsste sie endlich, dass die Person, die ihr am meisten bedeutete, sie liebte. Sie begehrte. Doch tief in ihrem Innern, wo sie alles begraben hatte – auch das eine furchtbare Geheimnis, an das sie nicht einmal zu *denken* wagte –, wusste sie, dass es dazu nie kommen würde. Rob würde nicht bleiben. Er brachte es nicht einmal über sich, ihr zu sagen, wann sie sich das nächste Mal treffen würden. Rob konnte sich genauso wenig zu ihr bekennen, wie sie mit dem Geheimnis umgehen konnte, das sie fast umbrachte.

93

»Wohin fahren wir?«, fragte Nic aufgeregt. Er war wie versprochen um Punkt zehn Uhr gekommen, in einem dunkelblauen BMW-Sportwagen mit offenem Verdeck. Es war nicht gerade warm, aber die Sonne schien. Sie klatschte fast in die Hände vor Freude.

»Wir fahren zum Strand«, sagte er, als er auf die Hauptstraße einbog. »Es ist ziemlich weit, aber einer meiner Lieblingsplätze in England.«

»Wo denn?«

»In Norfolk.«

»Norfolk? Das ist ja *meilenweit* weg«, erwiderte sie glücklich. Sie wäre auch mit nach Wales gefahren, wenn er es vorgeschlagen hätte.

»Zwei Stunden«, sagte er und sah auf seine Uhr. »Wenn wir Glück haben, sind wir vor dem Mittagessen da. Hast du es warm genug?«

»Sicher.« Das stimmte. Glück wärmte auf eine ganz besondere Weise.

»Auf dem Rücksitz liegt eine Decke, wenn dir kalt sein sollte.«

»Nein, danke. Ist das dein Wagen?«

»Nein, er gehört meinem Bruder. Er ist im Moment nicht da.«

»Was macht er?«, fragte sie, plötzlich begierig, mehr über ihn zu erfahren.

»Er arbeitet für Shell. Im geologischen Bereich«, antwortete er und wechselte geschickt die Spuren, während sie Richtung King's Cross fuhren. »Er ist gewöhnlich in Übersee. Ich weiß eigentlich gar nicht genau, was er macht. Und wie steht's mit dir? Hast du Geschwister?«

»Wir sind vier«, sagte sie vorsichtig. »Zwei Brüder und eine jüngere Schwester.«

»Und was machen die?«, fragte er, ihre Frage imitierend.

»Meine Schwester geht noch zur Schule. Und meine Brüder … arbeiten für meinen Dad.«

»Und was macht er?«

»Er ist … Farmer«, antwortete sie und wandte sich ab. Das stimmte zumindest teilweise.

»Ah. Eine Farmerstochter. So siehst du allerdings nicht aus«, erwiderte er schmunzelnd.

»Ach? Und wie sehen die aus?« Sie spürte, wie er sie ansah, als sie vor einer Ampel warteten.

Er lachte. »Du hast mich erwischt. Um ehrlich zu sein, habe ich noch nie eine kennengelernt.«

Erneut spürte sie auf fast schmerzliche Weise die Macht seiner Anziehungskraft. Was für Frauen kannte er? »Also bin ich die erste«, murmelte sie. »Da hab ich aber Glück gehabt.«

Er berührte sie leicht am Knie. Sie war froh, dass sie bereits saß. »Ich auch.«

Vor Freude brachte sie nichts heraus.

Sie fuhren weiter Richtung Cambridge. Kurz darauf verließ er die M11, bog auf die A11 ein und dann in eine Reihe kleinerer Straßen, bis sie sah, dass sie Richtung Swaffham fuhren. In diesem Teil Englands war sie noch nie gewesen. Die Landschaft war flach und breitete sich im morgendlichen Sonnenschein vor ihnen aus. »Wo bringst du mich hin?«, fragte sie.

»Du wirst schon sehen. Wir sind früher ständig hierher gekommen, als ich in Cambridge war.«

Erneut wurde sie von einer unsinnigen Eifersucht gepackt. Wir? »Ist es schön dort?«, fragte sie vorsichtig und sah auf das Feld hinaus, auf dem sich das erste Grün zeigte. Bei einigen Bäumen trieben schon die ersten Blätter aus, andere zeichneten sich noch nackt und kahl vor der Landschaft ab.

»Es ist friedlich. Warte, bis du den Strand siehst.«

Sie parkten den Wagen an einem holprigen Weg, der in einem Dickicht aus Bäumen endete. Kein anderes Auto war zu sehen. Ein geschlossener Kiosk, der Eiscreme und Hotdogs verkaufte, stand verloren am Anfang eines Kieswegs. Sie sah sich um. Die Sonne schien, aber alles war in

Dunst gehüllt. Er nahm eine Decke und eine kleine Tasche aus dem Wagen. »Komm«, sagte er und streckte die Hand aus. Sie nahm seine Hand, und bei dem Gefühl kamen ihr fast die Tränen. Sie konnte sich nicht erinnern, wann jemand sie zum letzten Mal so festgehalten hatte.

Schweigend gingen sie den Weg entlang. Aus dem Kiesweg wurde ein Plankenweg, der durch das Dickicht führte. Nach einem leichten Abhang lag der Strand vor ihnen. Sie blieb stehen. Es war atemberaubend. Hinter einer Reihe grasbewachsener Dünen befand sich das Meer. So weit das Augen reichte, erstreckte sich zu beiden Seiten im Halbrund eine goldfarbene Sandfläche. Es herrschte gerade Ebbe, und Hunderte kleiner Rinnsale strömten in einen größeren Priel, der sich durch die Dünen gegraben hatte und vor ihnen in einen sumpfigen Teich mündete. »Komm«, sagte er wieder und zog sie weiter. »Das ist noch nicht die schönste Stelle.« Sie ließ sich mitziehen, wich den Rinnsalen aus, bis sie einen Bach erreichten, der etwas breiter und tiefer war als die anderen. Er drehte sich zu ihr um, als wollte er sie etwas fragen, aber sie hatte sich bereits hinuntergebeugt und krempelte die Jeans hoch. Dann streifte sie die Schuhe ab, watete vor ihm los und kreischte im kalten Wasser auf. Er sah ihr grinsend zu und folgte ihr.

»Ja, du bist wirklich ein Mädchen vom Land«, sagte er, als sie auf der anderen Seite angekommen waren. »Die meisten Mädchen hätten verlangt, getragen zu werden.«

»Du könntest mich gar nicht tragen«, antwortete Nic lachend.

»Ach ja?«

Sie sah ihn an. Ein Lächeln spielte um seine Mundwinkel, und auf seinem Gesicht lag ein spöttischer Ausdruck.

Sie zögerte einen Moment und rannte los, als er nach ihr greifen wollte. Mit wehendem Haar lief sie lachend zu den Dünen. Er holte sie schnell ein und schloss sie nach kurzem Zögern in die Arme. Seine Brust fühlte sich warm und stark an. Sie drückte das Gesicht an seinen Hals, und ihre Hände strichen über seinen Rücken. Sein Kuss war erst sanft, fast zaghaft. Sie öffnete den Mund und spürte, wie ein Schauer durch seinen ganzen Körper rann. Sie lieferte sich ihm vollkommen aus, er hätte sie um alles bitten können, und es wäre sein gewesen.

Er löste sich als Erster, um Luft zu holen. Vorsichtig umschloss er ihr Gesicht mit beiden Händen und drehte es behutsam in alle Richtungen, als wollte er jedes Detail an ihr aufnehmen. Eng umschlungen gingen sie weiter, kletterten die erste Reihe der Dünen hinauf und blickten von oben auf das leuchtend blaue Meer hinaus.

»Schöne Stelle?«, fragte er nahe an ihrem Ohr. Sie nickte. Er stellte die Tasche ab und breitete die Decke aus. Der Dunst begann sich zu lichten, und das zarte Blau des Himmels wurde sichtbar. Er holte eine Flasche Weißwein, zwei Plastikbecher und Sandwiches aus der Tasche. Sie begann zu lachen. So jemanden hatte sie noch nie kennengelernt. »Was ist so komisch?«, fragte er und klopfte auf den Boden neben sich.

Sie setzte sich mit angezogenen Beinen neben ihn, schlang die Arme um die Knie und sah ihn an. »Du denkst an alles«, antwortete sie immer noch lächelnd.

»Einmal Pfadfinder …«, erwiderte er, zog ein Taschenmesser heraus und klappte den Korkenzieher auf.

»Warst du wirklich Pfadfinder?«, fragte sie neugierig.

Er schüttelte den Kopf. »Nein. Aber Simon.«

»Wer ist Simon?«

Er goss den Wein ein. »Mein Bruder. Also nicht im biologischen Sinn. Er ist Waise. Seine Eltern sind gestorben, als er noch ziemlich klein war. Seitdem hat er bei uns gelebt, obwohl meine Eltern ihn nie offiziell adoptiert haben.«

»Das war nett von ihnen«, murmelte sie. »Wo sind sie jetzt?«

»In Hampstead«, antwortete er und lehnte sich zurück. »Mein Vater hat in den Achtzigerjahren in Simbabwe ziemlich viel Geld verdient, ist aber trotzdem weggegangen. Wir waren beide hier in der Schule, als er sich dazu entschlossen hat. Er ist einfach eines Tages aufgetaucht und sagte, wir würden nicht zurückgehen.«

»Ach, wirklich.« Jede andere Äußerung hätte mehr Erklärungen gefordert, als sie geben wollte. Kein Wunder, dass sie sich mit ihm so wohlfühlte. Sie teilten einen ähnlichen Hintergrund. »Du warst nie mehr dort?«

»Doch, natürlich. Ich fahre ziemlich oft hin, mein Dad auch. Er hat noch immer Geschäftsverbindungen dort, und ich fahre hin, um meine *gogo* zu besuchen.«

»Wo lebt deine *gogo* denn?«, fragte sie und merkte zu spät, dass sie sich verplappert hatte. Woher sollte sie wissen, was eine *gogo* war?

Er griff das natürlich sofort auf. »Du weißt, was eine *gogo* ist?«, fragte er und rollte sich auf den Bauch.

»Äh, ja. Eine Freundin von mir … stammt aus Simbabwe. Sie hat immer davon gesprochen.«

»Also bin ich nicht der erste Mensch aus Simbabwe, den du kennengelernt hast. Schade. Dabei hatte ich mich schon gefreut, dir das eine oder andere beizubringen.«

»Was denn?«, fragte sie flüsternd und streckte sich neben ihm aus. Er antwortete nicht, sondern drehte sich nur zu ihr um. Sie lagen auf der Decke, das hohe Gras schützte sie vor dem Wind, und sie begannen sich zu küssen, erst langsam, dann mit wachsender Leidenschaft. Der Strand war verlassen, nur gelegentlich war der Schrei einer Möwe zu hören, oder das Pfeifen des Winds. Diesmal war sie es, die sich von ihm löste und das Gesicht an seinem Hals verbarg. So lagen sie aneinandergeschmiegt da, ohne zu sprechen. Sie hatte das Gefühl, noch nie zuvor solchen Frieden erlebt zu haben.

Plötzlich unterbrach das schrille Klingeln eines Handys die Stille. Er fluchte leise und griff in seine Tasche. »Ich hätte nicht gedacht, dass es hier Empfang gibt«, murmelte er, als er es herauszog. »Richard?«, fragte er. Erleichterung überkam sie. Ein Mann. Er redete mit einem Mann. Plötzlich richtete er sich auf, und sein ganzer Körper spannte sich an. Sie beobachtete, wie er wegging und die Düne hinter ihnen hinaufstieg. Sie rollte sich auf den Rücken und starrte in den Himmel. Worum es bei dem Anruf wohl ging? Sie konnte ihn nicht mehr hören, nur noch das Geräusch des Windes, der über den Sand fegte.

Mat schaltete das Mobiltelefon ab und fluchte heftig. Einen Moment lang kauerte er sich nieder und versuchte, sich wieder zu beruhigen. Sobald er gesehen hatte, dass der Anruf von DiAngelo kam, wusste er, dass etwas schiefgelaufen war. Sonst hätte er ihn nicht am Sonntagnachmittag angerufen. Er nahm eine Handvoll Sand und ließ ihn durch die Finger rieseln. Jim Harte hatte Wind von der Sache bekommen. Klaassens, der Mann, den er vor vierzehn Tagen in Casablanca angerufen hatte, war tot. Er war aus kurzer Entfernung in der Dusche erschossen worden – vermutlich von einem Einbrecher. Die Leiche war erst vor Kurzem entdeckt worden, als man feststellte, dass seine Villa überflutet war. Die Behörden gingen jedoch davon aus, dass er schon seit einigen Tagen dort lag.

Er stand auf, und plötzlich fiel ihm wieder ein, wer auf der anderen Seite der Düne auf ihn wartete. Beim Gedanken an Nic gab es ihm einen Stich. Auf der Fahrt hierher war es ihm wieder aufgefallen: Sie schienen sich ohne Worte zu verstehen. Der einzige andere Mensch, mit dem er eine so innige Verbindung hatte, war Simon. Nic hatte tatsächlich etwas an sich, das ihn an Simon erinnerte, auch wenn er es nicht genau benennen konnte. Sie ging ihm unter die Haut wie noch niemand zuvor. Er steckte das Mobiltelefon ein, verfluchte DiAngelo, Jim Harte und den ganzen verdammten Zirkus und ging zurück zu ihr. Am Abend musste er wieder in London sein, um Sir Winston zu treffen. Klaassens war der Mann, der die Wahrheit aufgedeckt hatte, und jetzt war er tot. Ein Schauer lief ihm über den Rücken, aber nicht wegen der kühlen Nachmittagsbrise. Als er Nic mit geschlossenen Augen daliegen sah, die Hände über dem Kopf verschränkt, wusste er, dass er im Moment nichts mehr wollte, als ihr nahe zu sein. Seit Jahren hatte er kein solches Verlangen mehr gespürt. Nicht mehr seit Tanja.

Auf der langen Rückfahrt nach London schwiegen beide. Kurz vor Cambridge legte sich wieder Nebel über die Landschaft. DiAngelos Anruf hatte ihm den Tag verdorben, der einer der schönsten seines Lebens hätte werden sollen. Nic reagierte sensibel auf seine veränderte Stimmung und schien sich damit zufriedenzugeben, den CDs aus Simons Handschuhfach zu lauschen. Sie sah ihn nur lächelnd an, wenn er die Hand auf ihr Knie legte – die einzige Erinnerung an die intensiven Gefühle draußen am Strand. Ihre gelassene Großzügigkeit gefiel ihm. Tanja hätte vollkommen anders reagiert. Anfangs hatte er die Art, wie sie ihn verschlang, anziehend gefunden, weil er ihr leidenschaftliches Interesse an allem, was er sagte und tat, als Zeichen ihrer starken Gefühle missdeutete. Erst später – viel später – wurde ihm klar, dass sie einfach so war. Sie war auf eine Weise theatralisch, die er später als Quelle ihres Unglücks erkannte. Das Leben mit ihr war eine lange, manchmal lähmende, manchmal ekstatische Achterbahnfahrt.

Nic jedoch, das spürte er, war vollkommen anders. Wieder kam ihm der Gedanke, dass ihr Feingefühl ihn an Simon erinnerte. Beide waren wachsam, aber nicht übergriffig. Beide folgten wenn nötig ihrem Instinkt, vielleicht weil sie gewöhnt waren, den Launen anderer ausgeliefert zu sein. Simons biologischer Vater war ein schrecklicher Tyrann gewesen. Ob das auch bei Nic der Fall war? Er drückte ihren Schenkel fester. Sie reagierte, indem sie ihre Hand auf die seine legte. Leicht, nicht besitzergreifend.

Kurz vor fünf setzte er sie ab und entschuldigte sich, weil er ihr den Tag verdorben hatte. Sie lehnte sich an die Wagentür, ihr Haar noch wundervoll zerzaust vom Seewind, und berührte seinen Arm. »Sei nicht albern«, sagte sie ruhig. »Du hast gar nichts verdorben. Es war etwas ganz Besonderes.«

Er zögerte. »Ich hab in ein paar Stunden ein Meeting. Keine Ahnung, wie lange es dauert. Wenn es danach nicht zu spät ist, darf ich dich anrufen?«

Sie richtete sich auf und lächelte ihn schelmisch an. »Dein Ball«, sagte sie und erinnerte ihn an ihr erstes Treffen. »Du weißt, wo ich bin.«

Sir Winstons Londoner Wohnung befand sich im obersten Stockwerk eines schönen ockerfarbenen und weißen Gebäudes in der Nähe von St. James' Park. Nachdem er sich in Simons Wohnung schnell geduscht und rasiert hatte, kam er um sieben dort an. Ein Doorman mit steinernem Gesichtsausdruck fuhr im Lift mit ihm nach oben, ein Dienstmädchen ließ ihn ein und nahm ihm Tasche und Mantel ab. Von dem riesigen Wohnzimmer hatte man einen herrlichen Blick aufs Parlament und auf den Fluss. Er wurde ins Arbeitszimmer geführt, wo bereits zwei andere Männer saßen, die er nicht kannte. Alle drei hatten Gläser mit Whisky und Eis vor sich stehen.

»Ah, Mat. Da sind Sie ja. Tut mir leid, Sie am Sonntag zu stören. Richard sagte, Sie seien oben in Cambridge gewesen.« Sir Winston erhob sich von seinem Ledersofa und streckte die Hand aus. In der anderen hielt er eine dicke Zigarre. Der Raum stank geradezu nach Reichtum.

»Äh, ja, in der Nähe.«

»Sehr schön, sehr schön.« Er wandte sich an die anderen beiden Männer, die Mat neugierig ansahen. »Ich glaube, Sie kennen diesen Teil des Landes recht gut?«, fuhr er locker fort. Mat nickte. »Geschichte, King's College«, erklärte Sir Winston den anderen beiden und paffte seine Zigarre.

»Wirklich?« Einer der Männer blickte auf, ein erstaunter Ausdruck huschte über sein Gesicht. Mat ignorierte ihn.

»Und Sie sind …?«, der andere Mann sah Mat argwöhnisch an.

»Oh, ich hab Sie ja noch gar nicht vorgestellt«, sagte Sir Winston und stellte sein Glas ab. »Wie nachlässig von mir. Verzeihen Sie.« Mat schwieg. Sir Winston wusste ganz genau, dass er ihn nicht vorgestellt hatte. Ihm war nicht entgangen, wie sehr er den Ausdruck des Erstaunens auf den

Gesichtern seiner Gäste genossen hatte, als Mat durch die Tür gekommen war. »Mat ist der Verfasser des Berichts, den Sie gerade gelesen haben«, fuhr Sir Winston fort. »Er arbeitet für Richard DiAngelo in New York.«

»Oh. Ich verstehe. Exzellente Arbeit, Mat«, sagte der Mann mit den sandfarbenen Haaren. »Ich bin Barry French. Justitiar bei Matherby.«

»Firmenanwälte«, warf Sir Winston ein. »Und das ist Tom Roberts. Senior-Partner bei Shearson.« Mat schüttelte beiden die Hand.

»Setzen Sie sich, Mat«, sagte Sir Winston freundlich. »Whisky? Single oder blend?«

»Single bitte.«

»Sehr gut.« Er ging zur Konsole hinüber und schenkte ihm ein großes Glas ein. »Richard hat Sie informiert, denke ich.«

Mat nickte und nahm dankend sein Glas entgegen.

»Knifflige Lage«, sagte Sir Winston und hob sein Glas an die Lippen.

»Nicht unbedingt«, erwiderte Mat nach einer Weile. Die drei Männer sahen ihn erwartungsvoll an. »Ich meine, es ist ungewöhnlich für Harte – zumindest nach allem, was wir von ihm wissen. Offensichtlich ist er nervös geworden. Kann ich offen sprechen?«

Sir Winston nickte. »Vollkommen. Alles, was Sie hier von sich geben, bleibt absolut unter uns.«

»Harte hat Panik gekriegt. Klaassens hatte offensichtlich ins Schwarze getroffen, und Harte hat eindeutig Angst, dass alles auffliegen könnte. Was die Hauptversammlung anbelangt, war das aber ein dummer Fehler. Die Zeitungen werden voll davon sein – Spekulationen über eine Verbindung, selbst wenn nichts bewiesen werden kann. Wahnsinnig schlechtes Timing. Aber er hat es angeordnet. Fragt sich nur, warum?«

»Die Aktienkurse stürzen ins Bodenlose«, warf Roberts selbstgefällig ein. »Die Aktionäre sind nervös. Verständlicherweise, wenn Sie mich fragen.«

»Harte hat noch ein letztes Ass im Ärmel«, sagte Sir Winston gereizt. »Und das ist der Grund, weshalb ich Sie herbestellt habe.«

»Und das wäre …?«

»Der Herzog von Rothermere. Cousin zweiten Grades der Königin. Er gibt am Donnerstag eine Unterstützungserklärung für Harte ab. Nicholas Oliver von der *Times* hat mich heute Morgen angerufen. Sie haben vor, die ganze Geschichte so hinzudrehen, als wäre er das Opfer. Eine Art Hexenjagd. Vom Establishment eingefädelt. Wir hätten ihn immer auf dem Kieker gehabt, zumindest ist das seine Sichtweise. Aber wie auch immer, das verschafft ihm die Zeit, die er braucht. Die Mehrheit der Aktionäre ist so gierig und blöd, dass sie alles schlucken, was Rothermere ihnen auftischt. Er gehört schließlich zu den Royals.«

Es folgte Stille im Raum. Selbst Mat war überrascht. Wie zum Teufel war es Harte gelungen, den Kopf aus der Schlinge zu ziehen? Wie um alles in der Welt war er an den Herzog von Rothermere gekommen? Er begann zu ahnen, warum er zu dem Treffen gebeten worden war. Ein paar Minuten später wurde sein Verdacht bestätigt.

»Sie haben zehn Tage, Mat. Finden Sie heraus, was Harte gegen diesen Mistkerl Rothermere in der Hand hat, und lassen Sie es mich wissen. Ich bin die nächsten Wochen in meinem Haus in Kapstadt. Richard weiß, wie Sie mit mir in Verbindung treten können. Ich möchte, dass dieser Mann aufgehalten wird.«

94

Caryn wachte zuerst auf. Der Radiowecker, wie üblich auf die Morgennachrichten gestellt, riss sie aus dem Schlaf. Gerade als sie über den Mann neben ihr hinweggreifen wollte, hielt er ihre Hand fest. Also schlief er gar nicht? Sie sah ihn nervös an. Es war das fünfte Mal, dass er bei ihr übernachtete, und noch immer hatte sie sich nicht an seine Anwesenheit gewöhnt. Auch nicht an seine Berührungen, seinen Duft oder alles andere an diesem komplizierten, vielschichtigen Mann, der ihr immer noch nicht seinen wirklichen Namen gesagt hatte. Sie spürte, wie seine Hand über ihren Bauch strich und oberhalb ihres Schoßes innehielt, was heftige Erregung in ihr auslöste. Sie wartete, aber seine Hand bewegte sich nicht weiter. Die sonore Stimme des Nachrichtensprechers tönte über sie hinweg, aber sie hörte nicht wirklich zu. Dass sie so wenig über ihn wusste, machte sie wahnsinnig.

»*In einer Erklärung, die heute von der marokkanischen Polizei veröffentlicht wurde, wurde bestätigt, dass es sich bei der gestern gefundenen Leiche in einer gemieteten Villa in Casablanca tatsächlich um Herman Klaassens handelt, den Mann, der im Zentrum des Korruptions- und Betrugsverdachts gegen Jim Harte, den Vorstand von RhoMine, steht. Diese Verdachtsmomente drohen bei der Hauptversammlung am nächsten Montag zu einem Kampf um die Leitung des Unternehmens zu führen. Hartes Anwälte …*« Sie erstarrte und setzte sich auf. »Das ist Nics Vater«, sagte sie ungläubig und zog das Laken über ihre nackte Brust. »Ich wusste nicht, dass er in Schwierigkeiten steckt …«

»Leute wie er stecken immer in Schwierigkeiten«, murmelte Charlie verschlafen.

»Arme Nic«, sagte Caryn und ließ sich von ihm nach unten ziehen.

Seine Handfläche strich über ihre Brustwarze, die sofort hart wurde. Er ergriff ihren Arm und drehte sie, sodass sie auf ihm lag. Langsam drang er in sie ein, ohne den Blick von ihrem Gesicht zu wenden. »Gar nicht arm«, murmelte er und bewegte die Hüften. Seine Finger gruben sich in das Fleisch ihrer Hinterbacken, und sein Atem wurde schneller. »Sie kriegen genau, was sie verdienen«, flüsterte er, während er ein letztes Mal in sie stieß und sie beide gleichzeitig kamen.

Es dauerte eine Weile, bis sie wieder sprechen konnte. Etwas in seiner Stimme hatte sie beunruhigt, aber das war untergegangen in den Momenten der Lust. Jetzt spürte sie, dass irgendetwas nicht stimmte.

Kurz vor Mittag ging er. Sie gewöhnte sich allmählich an die Anzeichen des Abschieds, wenn er sich auf die Welt draußen einstellte. Der leidenschaftliche Liebhaber hatte nichts mit dem schweigsamen, konzentrierten Mann zu tun, der sich mit einem flüchtigen Kuss auf die Wange verabschiedete, ohne zu sagen, wann oder ob er überhaupt wiederkäme.

»Bleibst du … lange weg?«, fragte sie. Er band seine Stiefel zu und hielt inne.

»Vielleicht«, erwiderte er vorsichtig. »Schwer zu sagen. Warum?«

»Bloß so, aus Neugier.« Sie ahnte, dass es keine gute Idee wäre, ihn zu bedrängen. Wenn sie ihn nicht für immer vertreiben wollte.

»Ich ruf dich an«, sagte er und stand auf.

Sie nickte und versuchte verzweifelt, sich nichts anmerken zu lassen. »Bis dann«, sagte sie. Die Tür schnappte leise zu – dann war er fort. Sie trug das Frühstücksgeschirr in die Küche, stand an der Spüle und sah ihm nach, wie er, den Seesack über der Schulter, die Hände in den Taschen vergraben, die Straße überquerte und aus ihrem Blickfeld verschwand.

95

Nach ihrem ersten Treffen mit Nic Harte fiel es Estelle schwer, sich auf etwas anderes zu konzentrieren. Sie konnte immer noch nicht fassen, wie leicht es war. Unglaublicherweise war Nic geschmeichelt von ihrer Aufmerksamkeit. Im ersten Moment hatte Estelle starke Abneigung gegen sie empfunden, die aber schnell von einer seltsamen Verachtung abgelöst wurde. Überrascht stellte sie fest, dass Argwohn offenbar nicht zu den Eigenschaften von Jim Hartes Tochter – ihrer *Schwester* – gehörte. Abgesehen von der Bewunderung, an die sie gewöhnt war, wenn Frauen *sie* trafen, hatte sie in Nics Augen ein merkwürdiges Verlangen entdeckt, gemocht und akzeptiert zu werden. Warum wohl? Verwandtschaftliche Ähnlichkeiten konnte sie hingegen keine feststellen. Nic kam offensichtlich nach ihrer Mutter. Obwohl – sie runzelte die Stirn, während sie sich die Zähne putzte – vielleicht doch ein bestimmter Zug um die Augenpartie? Sie versuchte, sich Nics Gesicht ins Gedächtnis zu rufen. Sie hatte vor, Nic Harte nahezukommen. *Sehr* nahe. So nahe, dass sie die letzte Person sein würde, die Nic verdächtigte. Sie lächelte. Rache war ein schöneres und befriedigenderes Gefühl, als sie je erwartet hätte. Tatsächlich ließ es sich kaum von Liebe unterscheiden.

Sie ging hinüber zum Ankleidezimmer. Sie hatte eine

Verabredung zum Mittagessen mit Jean-Claude, einem neuen Kunden mit etwas ungewöhnlichen Vorlieben. Er schaute sie gern an. Das war alles. Estelle war das egal. Tatsächlich machte es ihr Spaß, sich anzuziehen, um ausgezogen und bewundert zu werden. Am Tag zuvor war sie bei Agent Provocateur shoppen gewesen und mit mehr Tüten herausgekommen, als eine Frau tragen konnte. Den ganzen Abend hatte sie damit verbracht, die exquisiten Neuerwerbungen einzuräumen. Einfach wundervoll. Das half ihr, den Druck in ihrer Brust zu lindern, der sie seit dem Besuch in Jim Hartes Büro quälte.

Für das heutige Treffen hatte sie ein rotes Korsett mit kleinen Rüschen am Busen und vierzehn Perlmuttknöpfchen ausgewählt. Jean-Claude würde eine Weile brauchen, um es aufzuknöpfen, dachte sie amüsiert. Rote Spitzenhöschen? Oder schwarze? Sie entschied sich für Schwarz. Sie prüfte ihre Rückansicht. Nicht die geringste Delle, obwohl sie nie einen Fuß in ein Fitness-Studio setzte. Schließlich ein paar halterlose Netzstrümpfe. Strapse hatte sie nie gemocht – all das Gefummel, wenn die Männer sie ihr ohnehin bloß ausziehen wollten. Sie beugte sich hinunter und zog ihre schwarzen Lieblingspumps heraus. Perfekt. Jean-Claude würde *sterben* … hoffentlich nicht wirklich.

Sie zog alles wieder aus und legte die Dessous sorgfältig aufs Bett. Noch Zeit für eine Dusche und ein echtes englisches Frühstück. Petko würde sie zum Ritz bringen. Mit etwas Glück war sie um vier wieder zurück von ihrem Einsatz, dann konnte sie überlegen, was sie als Nächstes tun würde. Seit ihrem letzten Treffen waren fast drei Wochen vergangen. Nic hatte kurz darauf angerufen, aber Estelle hatte bewusst nicht abgenommen. Sie würden sich zu *ihren* Bedingungen treffen, nicht zu Nics. Das war die erste Regel. Nic war inzwischen sicher enttäuscht und unsicher. Hatte sie zu früh angerufen? War Estelle beschäftigt? Warum hatte sie nicht zurückgerufen? Sie lächelte in sich hinein, als sie unter die Dusche ging. Nic Harte stellte sich die Fragen, und sie, Estelle Harte, hatte die Antworten. Estelle Harte. Laut wiederholte sie den Namen und kostete das Gefühl auf der Zunge aus.

Nic saß in der Cafeteria, ging scheinbar die Aufzeichnungen der Morgenvorlesung durch und konnte doch nur an Mat denken. Jemand setzte sich auf den Stuhl ihr gegenüber. Estelle. Nic war überrascht und freute sich, sie zu sehen. Estelle strahlte sie an.

»Hallo«, sagte sie leichthin, »wie steht's?«

Nic fühlte sich plötzlich sehr berührt von der Begrüßung. Genau dasselbe sagten Shaun und Patrick, wenn sie gelegentlich telefonierten. *Wie steht's?* »Oh, hallo«, antwortete sie und versuchte, sie nicht anzustarren oder zu übertrieben erfreut zu klingen. Estelle trug ein schulterfreies pinkfarbenes Seidentop, enge Jeans und hohe Absätze. An ihren Ohren baumelten Silberreife. Das Mädchen hatte *Stil.* »Hast du meine Nachricht bekommen?«, fragte sie seltsam nervös. Estelle sah sie nachsichtig an.

»Ja. Tut mir leid, dass ich nicht zurückgerufen habe. Ich musste umziehen. Ich habe bei Freunden gewohnt. Na ja, du weißt ja, wie es ist.«

»Ah. Wo wohnst du jetzt?«, fragte Nic verlegen. Hübsche Kleider zu tragen bedeutete nicht unbedingt, dass man eine Menge Geld hatte.

»Bei einem anderen Freund. Er ist übrigens Fotograf. Er macht ein paar Fotos von mir«, sagte sie glücklich und zündete sich eine Zigarette an. »Danke für die Nummern. Ich melde mich da mal. Wie auch immer, ich bin zufällig hier vorbeigekommen«, fügte sie hinzu und fuchtelte durch die Luft, um den Rauch zu verteilen. »Ich dachte, ich schau mal, ob du da bist.«

»Ah. Das ist nett von dir. Tatsächlich bin ich nur heute hier. Den Rest der Woche arbeite ich.«

»Ja? Wo arbeitest du denn? Bei einem Modemagazin oder so was, hast du letztes Mal gesagt, glaube ich.«

»Nein, bei *ArtWeekly*. Ich bin Feature-Redakteurin«, antwortete Nic etwas gehemmt. Es war noch immer ungewohnt für sie.

»Wow. Klingt toll. Hör zu, da fällt mir was ein. Was machst du am Freitagabend?«, fragte Estelle.

»Äh, nichts«, antwortete Nic.

»Wie wär's, wenn wir uns im 101 Club treffen würden?«

»Im 101 Club?«

Estelle sah sie verblüfft an. »Sag bloß, du weißt nicht, was der 101 Club ist. Bist du noch nie dort gewesen?«

»Nein …«

»Ich dachte, *jeder* aus Simbabwe kennt ihn.«

»Nein, ich glaube nicht.« Nic lachte verlegen. »Ich kenne nicht viele Leute aus Simbabwe in London, eigentlich niemanden.« Sie dachte an Mat, und ein angenehmer Schauer lief ihr über den Rücken. Vielleicht sollte sie ihn bitten mitzukommen.

»Du kennst niemanden aus Simbabwe? Du machst wohl Witze?«

»Nein. Wir … wir sind schon vor einer Weile weggegangen. Mein Dad bleibt ziemlich für sich …«, erklärte sie wenig überzeugend.

»Gott, da hast du aber was *verpasst*. Sie spielen die *beste* Musik. Tanzt du gern?«

»Na ja … ich denke schon.«

»Also gehen wir am Freitag hin. Es wird dir gefallen, da bin ich mir sicher.«

»Warum nicht?«, antwortete Nic und kam sich plötzlich ziemlich verwegen vor. »Wo war der noch mal?«

»Im Keller der High Commission.«

»Äh, wo ist das?«

Estelle starrte sie an. »Am Trafalgar Square. Neben dem Südafrika-Haus.«

»Aha. Kann ich … könnte ich jemanden mitbringen?«

»Klar. Wen denn?«

»Ach, bloß jemanden, den ich vor Kurzem kennengelernt habe. Er ist übrigens aus Simbabwe. Aber er lebt nicht in London.«

»Schwarz? Weiß?«

»Äh, schwarz.«

Estelle zog eine Augenbraue hoch, sagte aber nichts. »Also dann bis Freitag. Er wird's ziemlich cool finden. Treffen wir uns dort?«

»Klingt gut«, antwortete Nic und spürte, wie sich plötzlich ein angenehmes Gefühl in ihr ausbreitete. Mat wäre beeindruckt. Sie zögerte. »Könnte ich … könnte ich dich um einen Gefallen bitten?«

»Sicher, was denn?«

»Dieser Typ, den ich mitbringe. Er … er weiß nicht, wer ich bin. Könntest du … könntest du verschweigen, dass ich auch aus Simbabwe bin? Ich hab ihm noch nichts von mir erzählt.« Sie lachte nervös auf. »Das werde ich noch. Aber jetzt noch nicht.«

Estelle zuckte die Achseln. »Kein Problem. Es geht mich ja nichts an, was du ihm erzählst«, erwiderte sie beiläufig. »Sicher.«

»Danke.« Nic wusste nicht genau, was sie von Estelles Antwort halten sollte.

»Okay. Ich sollte mich lieber wieder auf den Weg machen.« Estelle drückte ihre Zigarette aus und stand auf. »Arbeitest du nicht?«, fragte Nic und erhob sich ebenfalls.

»Ach, nein. *Den* Job hab ich aufgegeben. Er war Mist. Bestimmt find ich bald was Besseres. Bis Freitag dann.« Sie winkte Nic zu und ging davon, gefolgt von den Blicken der übrigen Gäste, die auf ihren knackigen Hintern in den engen Jeans und ihre unglaublich langen Beine starrten.

Es wurde immer besser, dachte Estelle hocherfreut, als sie wegging. Ein Mann an ihrer Seite – eine ganz neue Bekanntschaft offensichtlich, und schon hatte sie etwas zu verheimlichen. Aber Nic Hartes Geheimnisse waren Estelles Waffen. Sie sah bereits vor sich, wie sie das Miststück an den Haken nahm. Der Typ, wer auch immer er sein mochte, konnte sich auf eine Überraschung gefasst machen. Zwischen Jim Harte und seiner Tochter bestand für Estelle fast kein Unterschied mehr. Eigentlich hatte sie ihn bestrafen wollen, ganz egal auf welche Weise, *er* war das Ziel gewesen, nicht Nic. Aber die Ausgangslage hatte sich verändert. Nic hatte etwas an sich – eine kühle Hochmütigkeit –, was sie total in Rage brachte. Wie sie mit ihrer teuren Ledertasche und ihren manikürten Fingernägeln in der Cafeteria saß … *sie* hatte nie tun müssen, was Estelle getan hatte. Sie hatte nie darben, sich nie Sorgen um ein Dach über dem Kopf oder genug Essen auf dem Tisch machen müssen. Sie besaß alles, was man mit Jim Hartes Geld kaufen konnte, während sie selbst gar nichts hatte. Nein, Nic Harte würde nie die Beine breit machen, nie ertragen müssen, wie dicke Finger an ihren Kleidern zerrten, auf ihre

Brüste sabberten … Estelle blieb stehen, weil sie plötzlich merkte, dass sie rannte. Langsamer ging sie weiter und wich den neugierigen Blicken der Passanten aus, bis sich ihr Atem wieder beruhigte.

96

Mat war beschäftigt, das hörte sie an seiner Stimme, als er anrief. Doch er hielt sich bedeckt, was seine Arbeit anbelangte. Er arbeite an einer wichtigen Sache, könne aber nicht viel darüber sagen. In ein paar Wochen sei er damit fertig. Es folgte eine kurze Pause. Ob sie mit ihm irgendwo hinfahren wolle, wenn seine Arbeit beendet sei? Ob sie sich freinehmen könne? Nic musste den Hörer an die Brust drücken, um nicht vor Freude loszujubeln.

Sie erzählte ihm vom 101 Club am Freitagabend und hörte ihn schmunzeln. »Ja … sicher. Bin seit Jahren nicht mehr dort gewesen. Wie hast *du* denn davon erfahren?«

»Ach, eine Freundin von mir geht ständig dorthin«, erwiderte sie leichthin und grinste in sich hinein. Estelle hatte recht. Er fand den Club cool. Dann gab es ihr plötzlich einen Stich. Estelle war bildhübsch – er würde doch nicht …?

»Treffen wir uns dort?«

»Ja, klingt gut. Um zehn?«

»Abgemacht.«

Kurz nachdem sie aufgelegt hatte, klingelte das Telefon erneut. Lächelnd nahm sie ab. »Vermisst du mich schon?«, fragte sie neckend.

»Nic?« Es war ihre Stiefmutter. Sie hätte fast den Hörer fallen lassen.

»Molly? Tut mir leid, ich dachte, es sei jemand anders.«

»Wer?«

»Das geht dich nichts an. Was möchtest du?«

Molly seufzte auf ihre albern theatralische Art. »*Ich* will gar nichts, Nicola. Es geht um deinen Vater. Er hat nächsten Montag eine wichtige Sitzung. Er bittet euch alle, am Morgen dieses Tages im Haus zu sein. Shaun und Patrick fliegen eigens her.«

»Nächsten Montag? Da kann ich nicht. Da bin ich im College.«

»Es ist keine Bitte«, erwiderte Molly und machte eine bedeutungsvolle Pause. »Und du solltest tadellos aussehen.«

»Warum?« Jim hatte sie nie gebeten, an irgendetwas teilzunehmen.

»Ich weiß nicht, warum«, antwortete Molly gereizt. »Wir müssen alle erscheinen. Jessica kommt aus der Schule her.«

Nic seufzte. »Na schön. Um welche Zeit?«

»Wir müssen um neun Uhr da sein.«

»Gut.« Sie legte auf, bevor Molly noch etwas hinzufügen konnte. Selbst nach neunzehn Jahren gab es immer noch niemanden, der sie so auf die Palme brachte wie ihre Stiefmutter. Sie ging ins Schlafzimmer. Tadellos aussehen? Was hieß das? Ein Kostüm?

Mat kam keinen Schritt voran. Als wäre eine Mauer errichtet um Edward Howard-Spencer-Stewart, den zwölften Herzog von Rothermere. Die unwichtigen Details – wer sein Vorgänger war, wie seine anderen Titel lauteten, welche Schule er besucht, wen er geheiratet hatte – waren leicht herauszufinden. Aber keinerlei Anhaltspunkte dafür, warum er mit Jim Harte eine Geschäftsbeziehung eingegangen war. Geld? Das bezweifelte Mat. Auf der letztjährigen Liste der reichsten Männer nahm der Herzog Platz neunundfünfzig ein. Natürlich konnte ihm die Verbindung zu RhoMine geholfen haben, auf diesen Platz zu kommen, aber das glaubte Mat nicht. Harte stand auf dieser Liste viel weiter unten. Es ergab keinen Sinn. Der Herzog von Rothermere war dreimal verheiratet gewesen. Aus zwei Ehen hatte er Kinder, ein Mädchen und zwei Jungen. Keines der Kinder schien in irgendeinem Zusammenhang mit den Hartes zu stehen. Es half ihm auch nicht weiter, dass Richard und Sir Winston ihn ständig am Telefon bedrängten. *Was haben Sie gefunden? Irgendeine Spur? Halten Sie sich ran, Mat – uns läuft die Zeit davon.* Jedes Mal, wenn er auflegte, war er noch ärgerlicher als zuvor. Aber was sollte er tun? Er fand einfach keine Verbindung.

Als er an seinem dritten Tag in der British Library die Protokolle einiger früherer Hauptversammlungen von RhoMine durchging, stach ihm etwas ins Auge. Er las das Protokoll zweimal durch, machte sich ein paar Notizen und nahm seine Tasche. Draußen rief er einen alten Kontaktmann an, einen seiner früheren Professoren in Cambridge. Um drei Uhr nachmittags fuhr er mit dem Zug Richtung Norden, um ihn zu treffen.

Professor Nathan Schmidt war noch genau so, wie er ihn in Erinnerung hatte. Ein bisschen älter und vollkommen weißhaarig inzwischen, aber das gleiche sanfte Lächeln, hinter dem sich ein brillanter Verstand verbarg. Er empfing Mat in seinen Räumen in Bodley's Court, einem der ältesten Teile des Colleges. Auch der Geruch dort war noch der gleiche, dachte Mat, als er dem Professor in dessen Arbeitszimmer folgte. Durch die Fenster sah man über den Rasen auf den Fluss.

»Tee, Matari?«, fragte Professor Schmidt und griff nach einer kleinen Messingglocke auf seinem Schreibtisch. Professor Schmidt hatte ihn nie Mat genannt. *Warum sollte ich? Es ist nicht Ihr Name.* Viele Nachmittage hatte er genau hier an diesem riesigen Schreibtisch verbracht, hatte zugehört, diskutiert, debattiert … und plötzlich fühlte er sich wieder wie mit zwanzig, voller Ehrfurcht für den Mann.

»Das wäre schön, Sir.«

»Also …«, begann Professor Schmidt, als die Sekretärin die Tür hinter sich geschlossen hatte. »Worum geht's hier eigentlich?« Er sprach noch immer mit dem Anflug eines Wiener Akzents, der Stadt, in der er geboren war.

Mat schilderte ihm kurz, wonach er suchte, und zog sein Notizheft aus der Tasche. »In den Protokollen der Hauptversammlungen von RhoMine in den Achtzigerjahren ist mir etwas aufgefallen – ein Kauf wurde erwähnt. Eine Kupfermine in Sambia. Wie es scheint, war Harte von dem Gutachten so überzeugt, dass er die beiden anderen Interessenten überbot. Aber er hatte das Geld nicht. Er ging zu Kleinwort, der Investmentbank, und schaffte es, ein Darlehen zu kriegen. Edward Howard-Spencer-Stewart saß damals im Aufsichtsrat der Bank. Er ist mit der Familie der Kleinworts nicht verwandt … und ich habe mich gefragt, ob das nicht seltsam ist? Ich erinnere mich noch an eine Ihrer Vorlesungen, in der Sie sagten, der Grund für den Erfolg der Rothschilds, Warburgs und Kleinworts liege darin, dass sie praktisch nie jemanden von außen aufnahmen. Es handle sich um die einzigen echten Familienbanken, die noch übrig seien. Deshalb ist mir das irgendwie komisch vorgekommen.«

Professor Schmidt nickte. »Richtig. Aber wenn ich mich recht erinnere, ist Spencer-Stewart mit einer Kleinwort verheiratet. Ich glaube, dass seine dritte Frau die älteste Tochter von Marguerite Herzog ist, einer Cousine zweiten oder dritten Grades von Nathaniel Kleinwort. Er hat den Sitz im Aufsichtsrat aufgrund dieser Heirat bekommen, schätze ich.«

Mat nickte. »Aber was hat Harte damit zu tun? Wie konnte er Stewart-Spencer überreden, ihn zu unterstützen, wenn keiner sonst es tat? Und wie schaffte er es, dafür keine Gegenleistung zu liefern?«

Professor Schmidt seufzte. »Es gibt immer einen Grund.« Er griff nach seiner Tasse. Seine Hand zitterte ein wenig, aber seine Stimme war fest und klar. »Wenn ich mich recht erinnere, stammte eine von Marguerites Töchtern aus einer früheren Ehe.« Er runzelte die Stirn und versuchte, sich die Einzelheiten ins Gedächtnis zu rufen. »Stewart-Spencer hat sie adoptiert, glaube ich, als er die Mutter heiratete. Ihr Name … es fällt mir gleich ein … ja, Molly Crenshaw. Ich glaube, sie hat nie seinen Namen angenommen. Zumindest nicht offiziell.«

»Jim Hartes jetzige Frau«, sagte Mat verblüfft.

»Ja, ja.« Professor Schmidt trank seinen Tee aus. »Sie macht wirklich guten Tee«, sagte er erfreut. »Sie ist neu.«

Mat grinste. In seinen früheren Tagen war Nathan Schmidt berüchtigt dafür, Sekretärinnen Teekannen nachzuschleudern. Er war sehr eigen, was seinen Tee anbelangte. Mat war froh, hergekommen zu sein. Die Beziehung zwischen dem Herzog von Rothermere und Jim Harte war noch vielschichtiger, das lag auf der Hand, aber zumindest wusste er jetzt, wodurch sie überhaupt zustande gekommen war. »Professor, ich kann Ihnen gar nicht genug danken«, sagte er und stand auf. »Und es war schön, Sie zu sehen.«

»Ah ja. Das letzte Mal, bevor ich den Löffel abgebe,

was?« Er schmunzelte und lehnte sich zurück. »Mir geht's genauso, Matari. Ich habe immer gehofft, Sie würden eines Tages in den Schoß der Universität zurückkehren, um zu unterrichten, vielleicht zu forschen. Ich fand immer, Sie verschleudern Ihre Talente dort draußen. In der *Geschäfts*welt.«

»Ach, es ist gar nicht so übel, Sir«, erwiderte Mat und nahm seine Jacke. »Auch dort gibt's interessante Augenblicke. Nächste Woche zum Beispiel.«

»Noch etwas, Matari.« Professor Schmidt blickte zu ihm auf. Seine blauen Augen blitzten. »Könnte relevant für Sie sein. Hartes zweite Frau, Sarah Parker, hatte einen Paten. Jemand mit sehr guten Verbindungen. Ich glaube, Sie haben ihn schon getroffen.«

»Wen?«

»Ihren Chef. Sir Winston Freedland. Ich habe ein Auge auf Sie gehalten, wie Sie sehen. Irgendwie habe ich das Gefühl, die ganze Sache könnte ziemlich unangenehm werden. Ich wünsche Ihnen eine gute Rückfahrt.«

Er schrieb fast fünfzehn Stunden, machte nur kurze Essenspausen und vertrat sich zwischendurch die Beine. Als er fertig war, schickte er den Entwurf per E-Mail direkt an DiAngelo. Dann ging er zu Bett, schlief fünfzehn Stunden und wachte am Freitagnachmittag etwas benommen, aber ausgeruht auf. Am Abend sollte er Nic treffen. Simon war fort und würde wohl am Wochenende zurückkommen. Wohin er gefahren war, wusste Mat nicht mehr.

Er verließ die Wohnung, kaufte Zeitungen, nahm in einem Café am Platz einen kleinen Imbiss und ruhte sich zum ersten Mal seit Monaten aus. Professor Schmidt hatte recht – die Dinge hatten eine unangenehme Wendung genommen. Seine frühere Bewunderung für Jim Harte war verschwunden. Stattdessen sah er jetzt einen absolut skrupellosen, berechnenden Menschen vor sich, der vor nichts haltzumachen schien. Mord, Betrug, Diebstahl – und auch seine drei Ehen verdankten sich nicht irgendwelchen romantischen Gefühlen, sondern waren aus verschiedenen anderen Gründen nützlich für ihn gewesen. Ja, die ganze Sache wurde ziemlich widerwärtig. Er aß sein Sandwich und stand auf. Er wusste nicht, welches Treffen ihn nervöser machte – sein Date mit Nic am Abend oder der Showdown am Montag im Ritz.

»Warum kommst du nicht mit?« Die Frage war ihm plötzlich herausgerutscht, und er wusste nicht, wer mehr überrascht war, Caryn oder er.

»Mit dir mitkommen?«, fragte Caryn steif.

»Ja. Ich bin nur ein paar Tage weg. Höchstens drei oder vier. Ich wette, du bist noch nie in Kapstadt gewesen …«

»Ich bin überhaupt noch nirgendwo gewesen außerhalb von England. Ich war noch nicht mal in Schottland.«

Er starrte sie an. »Was redest du da?«

»Ich bin noch nie geflogen. Ich war noch nirgendwo.«

»Und in den Ferien?«

Sie verzog das Gesicht. »Ich hatte nie welche.«

Er begann zu lachen. »Das ist … das ist unglaublich. Also in dem Fall *musst* du mitkommen. Ich kann nicht glauben, dass du noch nie im Ausland warst.«

»Ich … ich habe keinen Pass«, stammelte sie und wurde immer aufgeregter.

»Das ist kein Problem. Gib mir deine Unterlagen, und ich bitte jemanden, das zu erledigen.«

Caryn sah ihn verblüfft an. Einfach so. *Ich bitte jeman-*

den, das zu erledigen. Sie wusste, sie sollte die Sache langsamer angehen, sich schützen … aber wie schützte man sich gegen jemanden wie Charlie? Er war außergewöhnlich. Sie wusste praktisch nichts über ihn – nicht einmal seinen richtige Namen –, und doch hatte er etwas an sich, als könnte buchstäblich alles passieren, und sie wäre dennoch sicher. Nicht auf die Art, wie sie sich selbst absicherte natürlich. Durch sorgfältiges Planen und braves Sparen, um gegen alle Unwägbarkeiten des Lebens gewappnet zu sein.

Erst neulich hatte Brian angerufen, ob sie ihm für eine Fahrt mit Freunden nach Glastonbury hundert Pfund leihen könne. Sie war unendlich stolz, dass er sich immer an sie wenden konnte. Brian konnte auf sie zählen, Alice genauso … alle hingen von ihr ab, und ein Großteil ihrer Energie war darauf gerichtet, das Vertrauen ihrer Familie nie zu enttäuschen. Sie selbst hatte nie jemanden gehabt, auf den sie sich verlassen konnte. Für sie war das genauso unerreichbar gewesen, wie in Urlaub zu fahren – und jetzt lieferte ihr dieser Mann, mit dem sie die seltsamste, komplizierteste Beziehung ihres Lebens hatte, beides. Ohne irgendwelche Bedingungen. Ohne etwas zu fordern.

»Wie viel würde das denn kosten?«, fragte sie zaghaft.

Er lachte wieder. »Nichts, du Dummkopf. Ich würde dich wohl kaum auf eine Reise einladen und dich dann bezahlen lassen. Mein Gott, für wen hältst du mich denn?«

»Aber …«

»Hör zu, es ist wirklich nichts Besonderes«, sagte er gähnend. »Wenn du mitkommen willst, steht mein Angebot.« Er erhob sich. »Ich muss los. Ich hab in einer Stunde einen Termin. Am Mittwoch muss ich in Kapstadt sein. Wenn du mitwillst, sollten wir in die Gänge kommen.«

»Ich … ich komme mit«, antwortete Caryn und rappelte sich hoch. »Was brauchst du?«

»Deine Geburtsurkunde, denke ich. Ich bitte Jenny, dich anzurufen.«

Jenny? Bei dem Namen gab es ihr einen Stich. Wer war Jenny? »Okay«, sagte sie unsicher, obwohl sie ihre Ängste eigentlich nicht zeigen wollte.

Er lächelte, als hätte er ihre Gedanken gelesen. »Die Frau im Reisebüro. Sie erledigt diese Sachen für mich.« Er nahm seinen Rucksack und ging zur Tür. »Bis dann.«

Als er den Ladbroke Grove hinunterging, konnte er nicht glauben, was er gerade getan hatte. Er hatte Caryn gebeten, ihn zu begleiten. War er *vollkommen* verrückt geworden? Er schüttelte den Kopf. Alles ging drunter und drüber. Seine ganze Welt war ins Schlingern geraten. Mat hatte er gesagt, er sei für ein paar Wochen weg. Nach seinem letzten Job hätte er eigentlich in seine eigene Londoner Wohnung zurückkehren sollen. Aber er konnte Mat nicht gegenübertreten. Stattdessen war er in ein Hotel gezogen. Er schlief mit der Produktionsassistentin einer Firma, die einen Film über Blutdiamanten drehte. Niemand hatte die leiseste Ahnung, wer er wirklich war. Niemand bei dem Projekt kannte seinen richtigen Namen. Nicht einmal Caryn. Und das Schlimmste dabei war, dass er sie inzwischen wirklich mochte. Sogar sehr. Man konnte sich gut mit ihr unterhalten, sie war angenehm im Umgang, nicht neugierig, und schien sich mit dem zufriedenzugeben, was er ihr geben konnte. Aber was *konnte* er ihr geben? Was konnte er überhaupt jemandem geben? Erneut schüttelte er den Kopf. Er bewegte sich auf sehr dünnem Eis.

Er hielt ein Taxi an. In einer halben Stunde sollte er

Ogilvy, Hartes Anwalt, in seinem Club treffen, um die Einzelheiten seines neuesten Jobs zu besprechen. Er ahnte, dass ihm der Auftrag nicht gefallen würde.

Jenny brauchte weniger als achtundvierzig Stunden, um einen Pass zu beschaffen. Caryn starrte das Dokument mit dem dunkelroten Einband ungläubig an. Eine Woche freizubekommen war leicht – in den drei Jahren bei Lighthouse hatte sie eigentlich kaum Urlaub genommen. Hier und da ein paar Tage, aber nie eine ganze Woche. Die Dreharbeiten für *Blutdiamanten* würden am Sonntag mit Charlies Interview beendet sein. Martin war zufrieden, wie alles gelaufen war. Sie habe eine Pause verdient, sagte er. Wohin sie denn fahre? Caryn murmelte etwas von Spanien und eilte hinaus, bevor jemand nachfragen konnte. Charlie würde sie am Montag um fünf Uhr früh abholen, um acht ging der Flug. Am Morgen darauf würden sie in Kapstadt landen. Sie war so aufgeregt, dass sie nicht schlafen konnte. Er hatte sie gebeten, keinem etwas zu sagen, vor allem ihren besten Freunden nicht. Eigentlich sei es nicht erlaubt, eine Freundin mitzunehmen. Aber sie konnte es einfach nicht für sich behalten. Allerdings erzählte sie Nic, dass sie wegen ihrer Arbeit nach Kapstadt fahre. Nic war entsprechend beeindruckt und gab ihr eine lange Liste von Dingen, die sie unbedingt anschauen oder tun müsse. Tory war ebenfalls überwältigt und meinte, sie würde alles darum geben, mitkommen zu können. In der Mittagszeit rannte Caryn in die Geschäfte entlang der Nottinghill Road. Sie hatte noch nie Kleider für einen Urlaub gekauft – und am Ende der Mittagspause kam sie mit zwei Badeanzügen, drei langen Kaftankleidern, einer Jeans und mehreren T-Shirts zurück. »Aber jetzt ist dort Winter«, gab Nic zu bedenken, als sie am Nachmittag anrief. »Es wird eiskalt sein.«

Caryn weigerte sich zuzuhören. Egal ob Winter oder nicht, jedenfalls würde es bestimmt wärmer sein als hier, beharrte sie.

»Sag nicht, ich hätte dich nicht gewarnt«, erwiderte Nic trocken. »Wo wirst du wohnen?«

»Ähm, ich weiß nicht. Dafür ist Martin zuständig«, antwortete Caryn und wurde puterrot. Sie hasste es zu lügen.

»Schick uns eine Postkarte, ja? Und wünsch mir Glück.«

»Warum?«

»Für meine *Verabredung*! Ich treffe Mat heute Abend.«

»Ah ja. Viel Glück.« Sie legte auf und sah auf den Kalender auf ihrem Schreibtisch. In ein paar Stunden würde sie irgendwo außerhalb von Kapstadt am Strand liegen. Sie musste sich auf die Lippe beißen, um nicht laut zu jubeln.

Estelle streckte ein Bein aus der Badewanne und bewunderte seine Form. Wegen einer angeblichen Erkältung hatte sie ihrem Kunden abgesagt und lag nun seit fast einer Stunde im Bad, um sich auf den Abend vorzubereiten. Sie hatte vor, bei Nic und ihrer Verabredung gehörig dazwischenzufunken. Nichts allzu Offensichtliches, sie wollte Nic ja nicht in die Flucht schlagen. Nur ein kleiner Flirt – der Typ sollte sich an sie erinnern, wenn sie den nächsten Schritt unternahm. Ihre Pläne für die Harte-Familie mussten erst langsam reifen. Doch wenn es dann zum spektakulären Zusammenbruch kam, würde sie dabei sein. Sie spürte ein Kribbeln im Bauch vor lauter Vorfreude. Sie stieg aus der Wanne, hüllte sich in ihren flauschigen Bademantel und ging in den Ankleideraum. Nic Harte war keineswegs hässlich, also musste sie sich anstrengen, um doppelt so gut auszusehen wie sie.

Um halb zehn war sie fertig. Sie trug ein Paar ausgebleichte Jeans, ein langärmliges Top mit tiefem Ausschnitt, schwarze High Heels und eine eng anliegende schwarze Kette um den schlanken Hals. Ihr Haar war hochgesteckt, lange blonde Strähnen kringelten sich um ihr Gesicht und fielen über ihren Rücken hinab. Sie sah scharf aus. Nic Hartes Typ würde den Blick nicht von ihr wenden können. Allein das würde Nic den Abend ruinieren.

Sie nahm ihre Tasche, sprühte sich Mitsouko auf Hals und Ausschnitt und löschte das Licht. Dann rannte sie die Treppe hinunter, passte auf, dass niemand sie sah – offiziell lag sie ja im Bett – und stöckelte schnell davon. Kurz darauf saß sie im Taxi und fuhr Richtung Trafalgar Square.

Die Stimmung im Club kam gerade erst in Schwung, als sie sich durch die Menge zur Bar durchkämpfte. Viele Köpfe drehten sich nach ihr um. Der 101 Club war ein beliebter Treffpunkt für Afrikaner aus allen Teilen des Kontinents, aber sie selbst war nicht oft hier gewesen. Im Gegensatz zu dem, was sie Nic Harte gesagt hatte, stand für sie der Club für alles, was sie lieber vergessen wollte. Zu billig, zu laut … zu afrikanisch.

Sie sah auf ihre Uhr. Fast Viertel nach zehn. Nic Harte und ihr mysteriöser Typ aus Simbabwe würden jeden Moment auftauchen. Sie betupfte sich die Lippen mit Lipgloss und bestellte Cola mit Rum. Der Barmann schob ihr das Glas über die Theke und taxierte sie. Sie ignorierte ihn und drehte sich zur bereits dicht gefüllten Tanzfläche um. Auch die Musik kam langsam in Schwung. Alte Hits wurden gespielt – Makeba, Dibango, Yvonne Chaka-Chaka und Brenda Fassie. Sie nahm ein paar Schlucke von ihrem Drink, und der pulsierende Rhythmus fuhr ihr in die Glieder.

»Da *bist* du ja!«

Estelle fuhr herum und hätte sich fast verschluckt. Nic war tatsächlich gekommen, gemeinsam mit einem großen, *extrem* gut aussehenden Mann. »Hallo«, sagte sie. »Ich dachte schon, du würdest nicht kommen«, fügte sie hinzu und schenkte den beiden ihr strahlendstes Lächeln. Ärgerlich stellte sie sofort fest, dass der Mann nicht so beeindruckt war, wie er hätte sein sollen.

»Wir wurden an der Tür aufgehalten. Wie's scheint, will die ganze Welt hier rein.« Nic drehte sich um und sah den Mann neben ihr an. Trotz ihrer hohen Absätze überragte er sie beide um Haupteslänge. »Das ist Mat«, sagte sie, nicht ohne einen Anflug von Stolz. »Und das ist meine Freundin Estelle.« Estelle, die einen Riecher für solche Dinge hatte, erkannte auf Anhieb, wie sehr Nic hoffte, sie und Mat kämen miteinander zurecht.

»Hi, Mat«, sagte sie, schenkte ihm erneut ein Tausend-Watt-Lächeln und fragte sich, ob sie sich vielleicht geirrt hatte bei ihm.

»Hi.« Er streckte die Hand aus. Estelle ergriff sie, irritiert von dem winzigen Zucken in seinen Augen, das ihr sagte, dass sie sich nicht getäuscht hatte. Sie erkannte auf den ersten Blick, dass sie auf der Hut sein musste. Das ärgerte sie. Sein Händedruck war fest. Sie widerstand der Versuchung, seine Hand ein wenig länger festzuhalten als nötig. Sie musste ihn erobern. Langsam. Dennoch gefiel ihr die Herausforderung. Sie versprach ein besonderes Vergnügen.

»Was trinkst du?«, fragte sie Nic und sah dabei betont nicht Mat, sondern den Barmann an.

»Was hast denn du?«, fragte Nic.

Die Musik wurde langsamer, als sie von Highlife zu Makossa überging, was auf der Tanzfläche mit zustimmenden Rufen quittiert wurde. Es war ein aufregender, belebender Beat. Estelle begann sich danach zu bewegen und war sich bewusst, dass ihr mehrere Augenpaare interessiert folgten. Sie war eine gute Tänzerin, immer schon gewesen. Nic Harte würde sicherlich nicht mithalten können. »Cola mit Rum«, antwortete sie und hob die Arme über den Kopf. Jemand pfiff. Der Barmann sah kurz zu ihr herüber und murmelte etwas auf Shona. Sie lächelte in sich hinein.

Nic wandte sich an Mat. Sie war unsicher, bemerkte Estelle. Es war fast rührend. Das Mädchen, das alles hatte, konnte sich keinen Drink bestellen. Ein Mann trat auf Estelle zu und machte ihr ein Zeichen, auf die Tanzfläche zu kommen. Sie schüttelte lachend den Kopf. Sie spürte, wie ihr Haar sich löste und über ihre Schultern fiel. Erneut schüttelte sie es und ließ es über den Rücken fallen. Sie hatte Spaß. Doch als sie sich zu Nic und Mat umdrehte, hatten sie ihr den Rücken zugekehrt und redeten mit dicht zusammengesteckten Köpfen. Estelle fühlte sich, als hätte sie eine Ohrfeige bekommen. Abrupt hörte sie zu tanzen auf. Der Abend verlief nicht nach Plan – dabei hatte er noch nicht einmal richtig angefangen.

Später beobachtete Mat, wie Estelle Nic auf die Tanzfläche zog und die Aufmerksamkeit ganz offensichtlich genoss. Er wandte sich wieder dem Barmann zu. Sie unterhielten sich auf Shona, wozu er in letzter Zeit wenig Gelegenheit gehabt hatte. »Hübsche Mädchen«, sagte der Barmann und nickte in die Richtung der beiden.

Mat lächelte. »Ich kenne die Blonde nicht«, sagte er. »Sie ist aus Sambia, glaube ich.«

»Nein, sie ist aus Arcadia, Mann. Eine der wirklich Hellhäutigen. Vor ein paar Jahren ist sie immer mit einem Typen von zu Hause hergekommen ... wie hieß er noch mal? Marimba? Ja, Jonathan Marimba. Kennst du ihn?«

Mat schüttelte den Kopf und runzelte die Stirn. Er war sicher, dass Nic ihm gesagt hatte, sie sei aus Sambia. Er beobachtete die beiden beim Tanzen. Nic tanzte gut. Nichts von dem »Schau-mich-an«-Getue ihrer Freundin. Estelle hatte etwas an sich, das er nicht mochte. Sie war zu wachsam, zu lauernd – als wäre sie auf etwas aus. Jetzt hatte sie wieder auf diese alberne, aufreizende Art die Arme über den Kopf gehoben. Nic wirkte zwar etwas peinlich berührt, schien sich aber dennoch zu vergnügen. Vermutlich war der Club ein ganz fremdes Universum für sie. Er sah sich um. Es war schön, nach so vielen Jahren wieder im 101 zu sein. Es hatte sich nicht viel verändert, sondern war noch genauso dunkel und überfüllt wie früher. Angeblich gab es Tausende von Leuten aus Simbabwe in New York, aber er war nur wenigen begegnet. In London war das anders. Hier gab es mehr seiner Landsleute als irgendwo sonst. Simon hätte der Abend gefallen, dachte er plötzlich. Er grinste. Tatsächlich hätte ihm vermutlich auch Estelle gefallen. Sie war eher sein Typ. Hart, gefährlich und oberflächlich. Genau die Art Frau, die Simon mochte. Er sah wieder auf Nic. Mit einem Mal wollte er allein mit ihr sein, weg von der stampfenden Musik und von den Blicken dieses Mädchens, das sie ständig beobachtete. Warum nur?, fragte er sich.

»Wo hast du sie kennengelernt?«, wollte er wissen und strich mit der Hand über ihren Rücken. Ein leichter Schauer lief über ihre Haut. Sie lagen auf ihrem Bett, eine halb geleerte Bierflasche auf dem Nachttisch, die abgeworfenen Kleider auf dem Boden. Er war erschöpft. Es war fast zwei gewesen, als er sie endlich vom Club und dieser nervigen Estelle losgeeist hatte. Eigentlich war klar, dass er mit zu ihr gehen würde. Sie war beschwipst und unglaublich zärtlich. Er küsste sie auf dem Rücksitz des Taxis, ihr Mund war feucht und warm, ihr Atem roch noch ein wenig nach Whisky und Tequila. Sobald sie in ihrer Wohnung waren, sanken sie sofort auf den Wohnzimmerboden. Noch immer sah er ihr Gesicht mit den fest geschlossenen Augen vor sich, als sie kam und ihr ganzer Körper zitterte. Bei dem Gedanken bekam er wieder eine Erektion.

»Im Institut«, murmelte sie, an seinen Körper gepresst. Er umschloss das feste Fleisch ihrer Hinterbacken und strich über ihre Schenkel hinab. »Warum?«

»Kein besonderer Grund«, murmelte er und setzte die vorsichtige Erforschung ihres Körpers fort. »Der Barmann meinte, sie sei aus Simbabwe, nicht aus Sambia. Du hast doch gesagt, sie käme aus Sambia, oder?«

»Ja, das hat sie gesagt.« Sie zog den Kopf unter seinem Arm hervor und drehte sich um. »Komisch. Du hörst dich an wie Caryn. Sie mag sie auch nicht.«

Nic wachte zuerst auf, ihr Mund war trocken, und in ihrem Kopf hämmerte es. Vorsichtig drehte sie sich nach rechts und sah ihn an. Er schlief wie sie, auf dem Rücken, einen Arm mit geöffneten Handflächen weit weggestreckt. Ohne ihn aufzuwecken, zog sie die Beine von ihm weg, stand auf und nahm ihren Morgenrock von der Stuhllehne. Sie brauchte etwas zu trinken, ein Aspirin und musste ins Bad. Auf Zehenspitzen ging sie in die Küche und öffnete den Kühlschrank. Mit einem Glas und zwei

Tabletten in der Hand ging sie zum Fenster und sah hinaus. Der Bergahorn im Garten begann gerade auszuschlagen. Frühling lag in der Luft. Sie hielt das Glas an die Lippen, trank aber nicht. Tief in Gedanken stand sie da und kam immer wieder an den gleichen quälenden Punkt – sie musste ihm sagen, wer sie wirklich war. Was könnte schlimmstenfalls passieren? Sie hörte die Schritte hinter sich nicht, doch als er den Arm um ihre Taille legte und sie seinen warmen Atem am Ohr spürte, kam es ihr wie das Natürlichste der Welt vor, von ihm umarmt zu werden. Ja, dachte sie, sie sollte es sagen. *Ich bin auch aus Simbabwe. Mein Name ist Harte. Nicola Harte.* Aber sie tat es nicht.

97

Sie träumte. Alles an der Reise – angefangen von der Taxifahrt nach Heathrow bis hin zum Durchwinken bei den Kontrollen, als er ihre Pässe und eine goldene Karte zeigte, die alle Türen zu öffnen schien – war wie ein Traum. Der Flug hatte Verspätung, und er führte sie in eine Lounge, wo sie Champagner tranken und Caryn keinen der köstlichen Snacks essen konnte, aus Angst, ihr könnte schlecht werden. Noch nie in ihrem Leben war sie so aufgeregt gewesen. Er sah sie amüsiert an.

»Da wir die nächsten sechsundneunzig Stunden zusammen verbringen«, sagte er unerwartet und mit wie immer undurchdringlicher Miene, »sollte ich dir wohl lieber meinen Namen sagen.«

Sie blickte ihn mit aufgerissenen Augen an. Inzwischen hatte sich so sehr daran gewöhnt, ihn Charlie zu nennen, dass es ihr vielleicht schwerfallen würde, sich das wieder abzugewöhnen. »Wie ist er denn?«, fragte sie vorsichtig.

»Simon. Obwohl das nicht der Name ist, unter dem ich reise.« Er tippte auf den dunkelblauen Pass in seiner Hand. *Republik Südafrika.* Sie sah ihn nervös an.

»Ah.« Sie wusste nicht, was sie sagen sollte. Simon? Erneut sah sie ihn an. Ja, der passte besser zu ihm als Charlie. Aber war es wirklich sein richtiger Name?

»Ja.« Wieder schien er ihre Gedanken gelesen zu haben.

»Simon«, sagte sie, um den Klang zu testen. »Simon wie?«

Er schmunzelte. »Nur langsam. Ich kann ja nicht *alles* verraten. Noch nicht.« Es folgte ein kurzer Moment der Befangenheit. »Unser Flug wird aufgerufen«, sagte er plötzlich und stand auf. »Kommst du mit? Oder soll ich dich zurücklassen, nachdem du jetzt weißt, wer ich bin?«

»Ich glaube, ich werde nie wissen, wer du bist«, erwiderte Caryn ruhig und erhob sich ebenfalls. Sie ignorierte den Ausdruck in seinem Gesicht. »Ich bin bereit, Boss, wenn du es bist«, sagte sie freundlich. Sie merkte, dass er nicht wusste, wie er darauf reagieren sollte. In leicht unbehaglichem Schweigen gingen sie zum Gate.

Der Flug dauerte lang und bot erstaunlich wenig Abwechslung, wie sie fand. Die Sitze in der Business Class ließen sich vollkommen nach hinten klappen, und es fühlte sich ein bisschen wie in einem Hotelzimmer an, dachte sie, trotz der gelegentlichen Turbulenzen. Während einer besonders unruhigen Phase nahm sie Simons Hand. Er sah sie an, machte aber keine Bemerkung. Nach ein paar Minuten zog sie ihre Hand verlegen wieder zurück.

Nach dem Essen, bei dem sie vor Aufregung kaum etwas hinunterbrachte, nahm er seine Aktentasche auf den Schoß und begann in einem Stapel mitgebrachter Papiere zu lesen. Caryn döste in den folgenden Stunden, fuhr aber immer wieder hoch und wollte wissen, wo sie sich gerade befanden. »Vermutlich irgendwo über Ägypten«, murmelte Simon abwesend. Später überquerten sie den Sudan, Zaire, den Kongo. Noch später dann wurde aus einem kleinen rosafarbenen Fleck am Horizont ein flammend rotes Morgenrot. Sie zog das Rollo wieder herunter, und die Kabine war in Dunkelheit getaucht. Im Licht der Deckenbeleuchtung sah Simon aus, als hätte er nicht geschlafen. Mit stark gerunzelter Stirn las er immer noch die endlosen Stapel Papiere durch. Er blickte kurz auf, als sie zur Toilette ging, sagte aber nichts. Als sie gekämmt und mit gewaschenem Gesicht zurückkam, berührte er lediglich ihren Arm.

Die Maschine legte sich stark in die Kurve, als sie den Landeanflug auf Kapstadt begannen. Caryn zog das Rollo wieder hoch und drückte die Nase an die Scheibe. Nie hatte sie etwas so unglaublich Schönes gesehen. Simon deutete auf die majestätischen Gipfel der Zwölf Apostel, die sich scharf vor dem azurblauen Himmel abzeichneten. Er zeigte ihr andere markante Wahrzeichen der Stadt – den flachen Tafelberg, Lion's Head, Agulas Bay, Hout Bay, Muizenberg Bay. Sie hörte ihm staunend zu.

»Hast du schon einmal hier gelebt?«, fragte sie, als die Maschine zur Landung ansetzte. Er zuckte die Achseln.

»Gelegentlich«, antwortete er gelassen. »Lange her.«

Sie beschloss, nicht weiter in ihn zu dringen. Mit einem sanften Ruck setzte die Maschine auf der Rollbahn auf.

Sie waren unter den ersten Passagieren, die das Flugzeug verließen. Die Zollformalitäten nahmen erstaunlich wenig

Zeit in Anspruch, und Caryn trottete Simon einfach hinterher. Am Ausgang erwartete sie ein junger Schwarzer mit Sonnenbrille. Er und Simon nickten sich schweigend zu. Er führte sie zu einem schwarzen Range Rover mit abgedunkelten Scheiben. Am Steuer saß ein Mann mit blonden, kurz geschittenen Haaren, der sich kurz nach hinten drehte, als sie einstiegen. Er und Simon begrüßten sich in einer Sprache, die sie nicht verstand. »Wohin fahren wir?«, fragte sie Simon flüsternd.

»Jemanden treffen«, antwortete er und rieb seine Nasenwurzel. »Ich habe einen kurzen Termin, und du kannst ein bisschen schlafen, wenn du willst. Du siehst müde aus. Du hast auf dem Flug kaum geschlafen.«

Caryn blickte aus dem Fenster, seltsam berührt von seiner Fürsorge. Ein größerer Gegensatz als der Blick aus dem Flugzeug und der Anblick der Gegend um den Flughafen war kaum vorstellbar. Endlose Reihen schäbiger Baracken mit offenen Abwasserkanälen und Stacheldraht darum, winzige, windschiefe Hütten aus Altmetall und Plastikbahnen – *das* war Kapstadt? Sie reckte den Hals, als der Wagen vom Freeway abbog und in die Berge hinauffuhr. Hier wurden die Häuser größer, von mehr Grün umgeben. Kurz darauf hatten sie das Flachland hinter sich gelassen, und die Bucht breitete sich vor ihnen aus. Rechts von ihnen ragte der Berg auf, an dessen Fuß sich eine Reihe schöner Gebäude schmiegte – die Universität von Kapstadt. Dann ließen sie die Stadt hinter sich. Die Straße schlängelte sich durch ein weites Tal. Überall gab es Farmen, hübsche Alleen führten zu weiß getünchten Giebelhäusern. Es war eine ganz andere Welt als in der Umgebung des Flughafens. Sie bogen ab, und es ging einen steilen Hügel hinauf, wo tief herabhängende Äste den Wagen streiften. Bei einem kleinen Schild, auf dem »Goot Constantia« stand, bog der Fahrer links ab und kam mit quietschenden Bremsen zum Stehen. Ein bewaffneter Wächter öffnete den Schlagbaum, und sie fuhren auf einen knirschenden Kiesweg. Entlang des Weges stand weiteres Wachpersonal, alle trugen Sonnenbrillen und hielten ihre automatischen Gewehre auf Hüfthöhe. Caryn starrte sie an, sie blickten ausdruckslos zurück und rührten sich nicht. Mit wem auch immer Simon sich traf, er ließ sich nicht auf Überraschungsgäste ein. Sie hatte das Gefühl, dass ihre Bewegungen zudem von Leuten überwacht wurden, die selbst unsichtbar blieben.

Schließlich hielten sie vor einem hübschen Farmhaus an. Die bewaffneten Sicherheitsleute schienen nicht hierher zu passen. Die Kletterrosen über dem kleinen Eingangstor bildeten einen Baldachin, große, leise rauschende Bäume spendeten Schatten, in der Ferne bellten Hunde.

»Komm mit«, sagte Simon und öffnete seine Tür. »Wir sind da.« Sie kletterte nach ihm aus dem Wagen. Schnell wurde ihr Gepäck ausgeladen, und sie folgte den beiden Männern ins Farmhaus.

»Hallo, Simon.« Ein Mann trat ihnen entgegen, um sie zu begrüßen. Beim Anblick von Caryn zog er fragend die Augenbrauen hoch.

»Eine Freundin«, erklärte Simon knapp. »Ist er da?«

»Ja. Geh gleich durch. Er erwartet dich.« Erneut sah er Caryn an. »Ist sie …?«

»Ja«, unterbrach ihn Simon. »Hol jemanden, der ihr den Weg zeigt, bitte.« Der Mann drehte sich um. »Wir sehen uns später«, sagte Simon zu ihr.

Caryn nickte stumm. Kurz darauf erschien ein junges Mädchen. »Bitte kommen Sie mit mir«, forderte sie sie auf und sagte in einer fremden Sprache etwas zu dem Mann, der ihr Gepäck trug. Caryn folgte ihr durch die Küche und über einen hübschen, gepflasterten Hof zu einem Nebengebäude. Sie öffnete eine schwere Holztür, und sie traten ins Haus. Caryn blickte sich erstaunt um. Es gab eine kleine blau-weiße Küche mit einem großen Holztisch und Stühlen, einen Wohnraum mit offenem Kamin und einer Tür, die vermutlich ins Badezimmer führte. »Bitte lassen Sie mich wissen, wenn Sie etwas brauchen«, sagte das Mädchen und ging zur Eingangstür. »Abendessen ist um acht.« Und bevor Caryn noch etwas fragen konnte, war sie schon verschwunden.

Caryn stand in der Küche. Sie fühlte sich plötzlich müde und erschöpft an diesem fremden Ort. War das ein Hotel? Eine Art Gästehaus? Wen traf Simon hier? Sie öffnete die Tür zum Schlafzimmer und sah auf das große Himmelbett. Sie musste sich hinlegen. Sie streifte die Schuhe ab, sank auf die weiche Steppdecke und zog die Decke vom Fußende über die Schultern. Es war sehr kühl in dem abgedunkelten Raum. Sie hatte gedacht, Afrika wäre heiß. Die Sonne schien zwar, aber im Schatten war es kaum wärmer als im Frühsommer in London. Sie schloss die Augen. Kaum zu glauben, dass sie noch vor weniger als vierundzwanzig Stunden in ihrer Londoner Wohnung gewesen war. Aus der Ferne hörte sie Hunde bellen und das Geräusch eines Traktors. Ein Vogel zwitscherte vor dem Fenster. Sie schlief ein.

Der Mann musterte ihn diskret über den Rand seiner Kaffeetasse hinweg – eine seltsam feminin wirkende, geblümte Porzellantasse, die nicht zu ihm passte. Dabei spreizte er geziert den kleinen Finger ab. Die Geste machte Simon unglaublich nervös. Er wollte den Job erledigen und so schnell wie möglich wieder abhauen. Er hatte keine Zeit für das affektierte Getue dieses Typen.

»Danny wird Sie hin- und wieder zurückbringen«, sagte er, und der metallisch kehlige Klang seiner Stimme tat Simon in den Ohren weh. »Das sollte nicht mehr als ein paar Stunden in Anspruch nehmen. Ich höre, Sie haben jemanden mitgebracht?«

»Ja.« Simon lieferte keine näheren Erklärungen.

Der Mann lächelte. »Das ist gut, Simon«, sagte er wohlwollend. »Wurde ja auch höchste Zeit, meiner Meinung nach.«

»Tatsächlich?« Simon erhob sich halb. Er hatte nicht die geringste Lust, mit dem Mann, den er nur als »Colonel« kannte, über Caryn zu diskutieren.

»Ja. Sie sollten sich auf den Weg machen. Haben Sie alles, was Sie brauchen?« Simon nickte. »*Goed.* Ich glaube nicht, dass wir uns noch einmal sehen. Ich fahre heute Nachmittag nach Maputo. Genießen Sie Ihren Aufenthalt, Simon. Danny schickt mir eine Nachricht, wenn es erledigt ist.« Simon nickte erneut und ging zur Tür. »Ach, und Simon …«, rief ihm der Colonel nach. Die Hand bereits auf der Klinke, drehte er sich noch einmal um. »Nicht zu sauber diesmal, ja? Das letzte Mal war's ein bisschen *zu* professionell, wenn Sie wissen, was ich meine.«

Simon ging hinaus und schloss die Tür leise hinter sich. Dann ging er durch die Küche zum Gästehaus. Der Gedanke an Caryn trieb seinen Puls in die Höhe. Was dachte sie? Er öffnete die Schlafzimmertür und sah sie mit angezogenen Beinen auf der Seite liegen, ihr dichtes blondes Haar auf dem Kissen ausgebreitet. Er schloss die Tür, ging leise ins Badezimmer und duschte. Unter dem starken Wasserstrahl fiel die Anspannung von ihm ab. Er trocknete sich ab, schlang das Handtuch um die Taille und ging ins Schlafzimmer zurück. Sie hatte sich nicht gerührt. Er hob die Decke und glitt mit klopfendem Herzen neben sie ins Bett. Ihr kleiner fester Körper bot die Versicherung, dass alles gut werden würde. Er legte die Arme um sie und atmete tief den Duft ihres Haars ein. Sie bewegte sich, drehte sich zu ihm um und zog ihn an sich. Schnell und wortlos drang er in sie ein, und sie stöhnte vor Lust. Die seltsame Leere, die ihn sein Leben lang erfüllt hatte, war plötzlich verschwunden. Endlich war er sicher vor der grauenvollen Angst, die inzwischen sein ganzes Dasein erfasste. Der Sex mit ihr war wild und ungestüm, er gab sich der Lust hin und wappnete sich gegen das, was vor ihm lag. Das würde sein letzter Job sein, dachte er und beobachtete ihr Gesicht. Sein allerletzter.

98

Das Klingeln seines Handys riss ihn aus dem Schlaf. Er fluchte, warf die Decke zurück und taumelte ins Wohnzimmer. Er rieb sich die Augen und sah auf die Uhr: Kurz nach sechs. Wer zum Teufel rief um diese Zeit an?

»Mat?« Es war Leonie Frith, die Redaktionsassistentin seiner Abteilung. Von einer schlimmen Vorahnung gepackt, lief ihm ein Schauer über den Rücken.

»Frith? Was ist los?«

»Ach Mat, tut mir leid, ich wusste nicht … ich wollte nicht anrufen, aber …«

»Was ist passiert?«

Sie holte tief Luft, und er spürte ihre Angst. »Ich bin gefeuert worden, Mat. Heute Morgen. Man hat mich ausgesperrt.«

»Wer hat dich gefeuert? Wovon redest du?«

»DiAngelo.« Sie begann zu weinen. »Er hat mir gesagt, ich solle sofort gehen. Er hat mich aus meinem Büro ausgesperrt. Ich bin in der Eingangshalle …«

»Leonie«, unterbrach Mat sie erregt. »Wo ist DiAngelo? Kannst du ihn mir ans Telefon holen?«

»Er … er nimmt meine Anrufe nicht entgegen«, sagte Leonie schluchzend. »Er ist in seinem Büro mit den anderen Managern und …«

»Leonie, wann hast du zum letzten Mal ein Back-up gemacht?«, unterbrach Mat sie erneut.

»Am Freitag. Ich hab die Disketten mit heimgenommen, wie immer.«

»Frith, hör zu«, sagte er eindringlich. »Geh nach Hause, hol diese Disketten, und bring sie sofort zu meiner Bank. Du hast die Schlüssel zum Schließfach. Leg die Disketten hinein, geh wieder heim und warte auf mich. Ich nehme die nächste Maschine.«

»Mat …« Ihre Stimme zitterte.

»Keine Panik, Frith. Du musst dafür sorgen, dass diese Disketten in die Bank kommen. Wir reden später. Mach dir keine Sorgen. Wir regeln das schon.« Er legte auf, stand einen Moment am Fenster und beobachtete, wie über dem Park der Morgen anbrach. Plötzlich war alles wesentlich komplizierter. Warum hatte er das nicht kommen sehen? Er hatte Harte doch von Anfang an misstraut. Nach dem Gespräch mit Professor Schmidt war er überrascht gewesen, wie wenig im Vorfeld des Showdowns von Hartes Seite unternommen worden war. Jetzt wusste er warum. Es würde keinen Showdown geben. Deshalb war Harte so ruhig geblieben – er hatte einen Präventivschlag geplant. Aber nicht einmal Harte war so schnell. Jemand musste ihn über den Artikel informiert haben. Dafür kam nur eine Person infrage. Die gleiche, die Leonie aus ihrem Büro ausgesperrt hatte. DiAngelo. Er hätte enttäuscht sein sollen, war es aber nicht. Ihn überraschte gar nichts mehr. Vielleicht weil ihm die üblen Machenschaften des Big Business schon zu lange vertraut waren.

Er wandte sich ab und ging ins Badezimmer. Plötzlich hatte er das Bedürfnis, Nic anzurufen. Sie war die Einzige, deren Stimme er hören wollte. Aber nein, besser nicht. Sie musste bis zum Abend einen Artikel fertig schreiben. Er würde sie später anrufen, wenn er sein Ticket bestellt hatte. Merkwürdig ruhig stellte er sich unter die Dusche.

Nic knöpfte ihren Rock zu und strich ihn glatt. Bevor sie die Jacke anzog, warf sie einen Blick in den Spiegel. Sie sah sehr gediegen und geschäftsmäßig aus – das war es doch, was Molly wollte? Ihr Haar war zu einem ordentlichen Pferdeschwanz gebunden, das Kostüm schick, dazu würde sie ein Paar rote Sandaletten anziehen … perfekt. Sie nahm Tasche und Schlüssel und schloss die Tür. Ihr war schleierhaft, warum sie an den Eaton Square kommen sollte, aber wenigstens würde sie Shaun und Patrick wiedersehen. Und Jessica natürlich. Sie stieg in ihren Wagen. Mit etwas Glück war sie vor der Zeit da. Sie fuhr aus der Parklücke und reihte sich in den Morgenverkehr ein.

Sie musste auf der Elizabeth Street parken und ein paar Minuten bis zum Haus zu Fuß gehen. Ungewöhnlich viele Autos waren in Zweierreihen am Eaton Square und in den angrenzenden Straßen abgestellt. Als sie um die Ecke bog, erschrak sie. Mindestens ein Dutzend Fotografen standen vor dem Haus oder lehnten rauchend an den Gittern. Neugierig sahen sie ihr nach, als sie die Stufen zum Eingang hinauflief. Nicht zum ersten Mal war sie dankbar, dass ihr Vater seine Familie immer aus der Presse herausgehalten hatte. Keiner der Fotografen wusste, wer sie war. Sie öffnete die Tür und fragte sich, was das ganze Theater sollte. Sie hörte ihren Vater Anweisungen ins Telefon brüllen, während er gleichzeitig Molly etwas zurief. Sie eilte ins Wohnzimmer im ersten Stock hinauf.

»Jessica!« Auf dem Sofa saß ihre Halbschwester, immer noch in Schuluniform. »Wann bist du gekommen?«, fragte sie und umarmte sie.

»Vor etwa einer Stunde. Manning hat mich von der Schule hergefahren. Ich hab das Hockeytraining versäumt. Was ist denn eigentlich los?«, fragte Jessica mit aufgerissenen Augen.

Nic schüttelte den Kopf. »Ich hab keine Ahnung.« Sie sah sich um. »Sind Shaun und Patrick hier?«

»Ja. Sie sind oben.«

»Ich bin gleich wieder zurück«, versprach Nic und lief zu den Schlafzimmern im zweiten Stock hinauf. Mit grimmiger Miene kam Shaun aus seinem Zimmer heraus. »Was ist los?«, fragte Nic und gab ihm schnell einen Kuss.

»Presseerklärung«, erwiderte Shaun knapp und hielt einen Stapel Papiere hoch. »Dad möchte uns bei sich haben, wenn er sie abgibt.«

Nic bekam Herzklopfen. »Warum?«

Er zuckte die Achseln. »Weiß nicht. Er hat bloß gesagt, es sei wichtig, dass wir alle hier wären.«

»Aber was haben *wir* damit zu tun?«, wandte Nic ein.

»Nun, mit dir nichts, aber Shaun und ich sitzen im Vorstand, wie du weißt.«

»Aber …«

»Ah, da *bist* du ja!«, rief Molly und kam mit Lockenwicklern im Haar die Treppe herunter. »Ich dachte, du wolltest früher kommen?«

»Jetzt bin ich doch hier, oder?«, antwortete Nic gereizt. »Würde mir vielleicht mal jemand erklären, was hier los ist?«

»Dein Dad hat gerade die Riverbrook-Gruppe gekauft«, antwortete Molly, offensichtlich schadenfroh, weil Nic nichts davon wusste. »Hat er dir nichts davon gesagt?«

Nic starrte sie an. Die Riverbrook-Gruppe? »Die *Sunday Times*? Den *Daily Star*?«, fragte sie ungläubig.

»Hm. Die größte Zeitungs- und Illustriertengruppe der Welt. Ist das nicht *aufregend*?«, sagte Molly und tat so, als würde sie solche Zeitungen tatsächlich lesen.

»Aber warum?«, fragte Nic immer noch ungläubig. Was ihr Vater über die Leitung eines Medienimperiums wusste, passte auf eine Briefmarke. Er *hasste* die Presse.

»Frag mich nicht«, antwortete Molly leichthin und stieg die Treppe hinunter.

Nic wandte sich an Shaun. »Warum in aller Welt hat sich Dad Zeitungen gekauft?«

»Damit er kontrollieren kann, was geschrieben wird, du Dummkopf«, antwortete Patrick nachsichtig, der gerade aus seinem Zimmer kam. Er umarmte Nic. »Gerade du solltest das doch verstehen. Irgendein bekannter, aus Simbabwe stammender Journalist hat in New York eine Menge Mist über ihn verzapft. Letzte Woche ist ihm eine Kopie von diesem Artikel in die Finger gekommen. Es war die einzige Möglichkeit, ihn vor der Veröffentlichung zu stoppen. Wir haben ihn nicht gelesen, aber Ogilvy meint, er würde RhoMine vernichten, wenn er je herauskäme. Nicht, dass ein wahres Wort daran wäre. Der Journalist ist offensichtlich gekauft worden. Die Hauptversammlung wurde abgesagt, aber die Presseerklärung wird die Aktienkurse hochtreiben, was allen ein bisschen Zeit verschafft.«

Nic hörte ihm zu, und in ihrem Kopf überschlugen sich die Gedanken. »Ein aus Simbabwe stammender Journalist?«, fragte sie.

»Ja. Ein Mat Irgendwer …«

Nics Knie wurden weich. »Mat?«, fragte sie leise.

»Ja. Matari Ndava. Er arbeitet für *WED*. Das heißt, er hat dort gearbeitet. Heute Morgen hat man ihn gefeuert. He, wo läufst du denn hin?«

Nic antwortete nicht. In heller Aufregung rannte sie die Treppe hinunter, wo ihr Jim entgegenkam, mit Ogilvy im Schlepptau.

»Wo zum Teufel willst du hin?«, knurrte er, als sie vorbeihastete.

»Ich … ich hab was vergessen«, stammelte sie und wurde feuerrot.

»Das muss warten. Die Hälfte der Weltpresse steht draußen. Ich werde eine Erklärung abgeben …«

Nic holte tief Luft. »Nein«, erwiderte sie so ruhig sie konnte und griff nach dem Geländer. »Du wirst ohne mich auskommen müssen.«

»Zum Teufel, nein …« Jim streckte zornig die Hand aus, um sie aufzuhalten, aber es war zu spät.

Sie trat durch die Tür. Die Pressemeute reagierte einen Moment lang verblüfft, dann klickten die Kameras. Nic bahnte sich den Weg durch die Leute auf den Stufen. »Wer ist das?«, hörte sie jemanden fragen. »Keine Ahnung. Ich glaube, das ist die Tochter …«, rief ein anderer. »Wo ist Harte? Was geht vor sich?«

Mit klappernden Absätzen und heftig klopfendem Herzen lief sie die Straße hinunter, ohne darauf zu achten, was hinter ihr geschah. Sie riss ihre Wagentür auf und warf die Tasche hinein. Ein paar Fotografen folgten ihr. Sie ließ den Motor an und entkam ihnen knapp, als sie mit quietschenden Reifen losbrauste. Sie suchte in ihrer Tasche nach ihrem Handy – sie musste unbedingt mit Mat sprechen. Unbeholfen wählte sie die Nummer und betete, dass kein Polizist sie erwischte. Seine Mailbox meldete sich. Fast hätte sie das Handy weggeschleudert. Sie bog in die Park Lane, fuhr in Richtung Marble Arch und schaffte es nicht, einen klaren Gedanken zu fassen. Mat hatte einen Artikel über ihren Vater geschrieben? Hatte er sich deshalb an sie herangemacht? War *das* der Grund, weshalb sie zusammen waren?

99

Aufgrund des Zeitunterschieds zwischen London und New York landete Mat kurz vor sechs Uhr abends und nahm ein Taxi zu seiner Wohnung. Er war angespannt, aber vollkommen klar im Kopf. Harte hatte die Kampfansage abgewehrt, aber selbst *er* musste wissen, dass es letztlich keine Möglichkeit gab, die Geschichte aus den Zeitungen herauszuhalten. Er spielte auf Zeit, das war offensichtlich. Sir Winston hatte die Riverbrook-Gruppe sicher nicht ganz widerstandslos verkauft – er mochte zwar müde und angeschlagen sein, aber der alte Löwe würde nicht zulassen, dass sein Lebenswerk in die Hände eines Menschen wie Harte geriet, der ein Schmierenblatt nicht von einer seriösen Zeitung unterscheiden konnte. Nein, Harte musste sich auf eine schwere Schlacht gefasst machen, und das wusste er. Das *musste* er wissen. Harte war nicht der Typ, der sich auf so etwas einließ, ohne sich über den Ausgang einigermaßen im Klaren zu sein. Und dies war eine Schlacht, die er nicht gewinnen konnte – zumindest nicht so leicht. Also warum hatte er sie dann angezettelt?

Er stieg die Treppe hinauf und öffnete seine Wohnungstür. In seinen fast leeren Räumen fiel die Anspannung von ihm ab. Er hörte seine Mailbox ab – immer noch nichts von Nic, trotz der vielen Nachrichten, die er auf ihrer hinterlassen hatte. Sie musste ihr Handy abgestellt haben, genau wie er manchmal, wenn er arbeitete. Er verzog das Gesicht. In London war es jetzt nach Mitternacht. Warum hatte sie nicht zurückgerufen? Er warf seine Tasche auf die Couch und ging ins Badezimmer.

Nach einer kurzen Dusche und einer Tasse starkem Kaffee, zog er das Telefon zu sich. Er musste herausfinden, was für ein Schaden entstanden war und was er als Nächstes tun konnte. Frith war zu Hause, sie nahm sofort ab. Natürlich war sie außer sich – sie hatte schließlich fast zehn Jahre lang bei *WED* gearbeitet –, hatte aber getan, worum er sie gebeten hatte, und seine gesamte Arbeit des letzten Jahres ins Schließfach seiner Bank gebracht. Sie verabredeten sich zum Frühstück am nächsten Morgen.

Er legte auf und schaltete den Fernseher an, um sich von der Frage abzulenken, warum Nic nicht angerufen hatte. Wie erwartet, löste die Übernahme der Riverbrook-Gruppe durch RhoMine Schockwellen in der Medienwelt aus. Er zappte durch die Wirtschaftskanäle und suchte nach einer genaueren Analyse der Lage und ihres möglichen

Ausgangs. CNN brachte ein Bild von Hartes Londoner Haus. Er hielt inne. *»Heute Morgen versammelten sich Reporter am Eaton Square, Jim Hartes Londoner Wohnsitz«,* sagte der Nachrichtensprecher. *»Um zehn Uhr Lokalzeit wurde eine Erklärung von Harte erwartet …«* Es gab einen Schuss auf die Eingangstür, die von einer großen jungen Frau geöffnet wurde, die schützend die Hand vors Gesicht hob. Er starrte auf den Fernsehschirm. *»Nicola Harte, Jim Hartes älteste Tochter, eilte aus dem Familiensitz, kurz bevor Jim Harte und seine Anwälte …«* Ihm war, als hätte ihm jemand einen Schlag in die Magengrube versetzt. Nicola Harte. Nic. Mein Gott. Natürlich.

100

Caryn hob die Hand, um die Augen gegen den blendend weißen Sand zu beschatten. Der Strand war fast leer. Die Dünen hinter ihnen reichten bis zur Straße, und jenseits davon begannen die schäbigen Hütten des Townships. Sie befänden sich am Rand des Kontinents, sagte Simon und deutete auf den Gebirgsstreifen, der ins Blau aufragte. »Am Ende von Afrika. Weiter unten liegt die Antarktis.« Sie sah in die Richtung, in die er deutete. Es war schwer zu fassen. Ladbroke Grove hätte auch auf dem Mond sein können, so fern war ihr in den drei Tagen, die sie hier verbracht hatten, die Heimat gerückt. Am folgenden Abend sollten sie zurückfliegen. Sie zitterte, weil es sie in dem geliehenen Pullover und den Shorts plötzlich fröstelte.

Ein Mann mit einem großen schwarzen Hund joggte vorbei. Sie sah den beiden nach. Der Mann beugte sich hinunter, hob einen Stock auf und warf ihn ins Wasser. Der

Hund jagte fröhlich hinterher. Im Gehen sah sie auf ihre Fußspuren hinab, die vom Wasser schnell wieder ausgelöscht wurden. »Warum sind wir hierhergekommen?«, fragte sie plötzlich. »Warum hast du mich mitgenommen?«

Simon antwortete eine Weile nicht. Er ging weiter, die Hände tief in den Taschen vergraben, mit einem konzentrierten Ausdruck im Gesicht. Sie sah ihn an – das wettergegerbte Gesicht, die sonnenverbrannte Haut mit den ewigen dunkelblonden Bartstoppeln. Sie blickte auf den mit Narben übersäten, abgehärteten Körper, den ihre Hände so gut kannten, und in die braungrünen Augen, die ständig nach etwas zu suchen schienen, was sie nicht sehen konnte. Er berührte sie auf eine Weise, die sie nicht in Worte fassen konnte. Wenn sie es dennoch versuchte, merkte sie sofort, wie er sich schnell zurückzog. Auf ihre Zärtlichkeiten reagierte er scheu, fast ärgerlich, und schien nicht mehr von ihr zu wollen, als er zu geben bereit war: sehr wenig. Die meiste Zeit gab er sich verschlossen, abwehrend, auf der Hut. Das berührte sie umso mehr. Sie wollte natürlich mehr wissen. »Warum hast du mich mitgenommen?«, fragte sie noch einmal und beobachtete argwöhnisch, ob er sich wieder einigelte.

Zu ihrer Überraschung tat er dies nicht. »Ich weiß nicht«, antwortete er schließlich und nahm einen Stein, den er übers Wasser hüpfen ließ. »Ich … ich hab's einfach getan.«

»Freust du dich, dass ich mitgekommen bin?«, hakte sie nach.

»Freust du dich?«, gab er die Frage zurück.

Sie blickte aufs Meer hinaus. »Natürlich. Wer würde das nicht? Es ist unglaublich hier. So unglaublich schön.«

»Es gab einen Fluss, wo Mat und ich aufgewachsen

sind …«, sagte er plötzlich, brach ab und strich sich durchs Haar.

»Wer ist Mat?«, fragte Caryn überrascht von der unerwarteten Offenheit.

Er drehte sich um und sah sie an. In seinen Augen lag ein seltsam abwesender Ausdruck. Wie es aussah, wollte er unbedingt etwas erzählen, hielt sich aber zurück. »Das ist eine lange Geschichte«, sagte er schließlich. »Die erzähle ich dir ein anderes Mal.«

Erzähl's mir jetzt!, wollte Caryn schreien. Aber sie wusste, was passierte, wenn sie versuchte, die Mauer zu überwinden, die er zwischen ihnen aufgerichtet hatte. Sie beugte sich hinunter und hob auch ein paar Steine auf. Sie wandten sich beide dem Meer zu. In ein paar Minuten würden sie zu ihrem Leihwagen zurückgehen und über die Cape Flats zum Flughafen fahren. Um sieben Uhr abends wären sie fort und würden die Nacht hindurch nach Europa zurückfliegen. Und was dann?

In den drei Tagen hatte sich zwischen ihnen etwas verändert, das sie nicht genau benennen konnte. Simon legte inzwischen eine Aufmerksamkeit an den Tag, die sich von seiner üblichen beiläufigen Art stark unterschied. Sie wusste nicht, ob sie sich darüber freuen sollte. Er war ruhig, wie immer, aber ein oder zwei Mal hatte sie ihn dabei ertappt, wie er sie ansah, wenn er sich unbeobachtet glaubte. In seinen Augen lag eine Intensität, die ihr vorher nicht aufgefallen war. Hatte das mit ihr zu tun? Oder mit dem Grund ihres Aufenthalts hier? Natürlich erklärte er ihr nicht, warum sie hergekommen waren. Abgesehen von der knappen Stunde, die er nach ihrer Ankunft mit dem Mann verbrachte, den er als »Colonel« bezeichnete, war er nur zwei oder drei Mal fort gewesen. Am zweiten Tag holten ihn die beiden Männer ab, die sie am Flughafen erwartet hatten, und er blieb den ganzen Morgen weg. Gegen Mittag kam er zurück und fand sie auf der Koppel hinter den Weinbergen, wo sie sich die Araber-Pferde des Colonels ansah. Er sagte nichts, aber etwas an der Art, wie er sie anblickte, gab ihr zu verstehen, dass er sich freute, wieder da zu sein, neben ihr in der Winterluft zu stehen und die Pferde zu beobachten.

Den folgenden Tag hatten sie an der Uferpromenade in der Stadt verbracht, nicht anders als Hunderte anderer Touristen, die auf und ab flanierten, Wein tranken und im Schatten des Tafelbergs Meeresfrüchte aßen. Und heute Morgen hatte er sie dann am Tokai Beach abgesetzt und ihr gesagt, er sei in etwa einer Stunde wieder zurück. Und jetzt gingen sie zum Wagen zurück, und er hatte ihr immer noch nicht erklärt, warum sie hergekommen waren. Sie seufzte. Wahrscheinlich würde das auch nicht passieren.

Er sah auf seine Uhr. »Wir müssen los«, sagte er und hob einen letzten Stein auf. Er sah ihn einen Moment lang an und steckte ihn dann in die Hosentasche. »Um diese Tageszeit herrscht dichter Verkehr.« Sie nickte. Plötzlich ergriff sie seine Hand. Er erstarrte kurz, zog sie aber nicht weg. Wie ein ganz normales Paar gingen sie Hand in Hand auf die Hütten am Rand des Strandes zu.

Der Wagen roch stark nach Alkohol und saurem Schweiß, als sie die Tür öffnete. Sie rümpfte die Nase.

»Tut mir leid«, sagte er und ließ die Fenster runter, als er den Motor anließ. »Ich musste jemanden mitnehmen.« Die kühle Luft strömte herein, als sie zur Ausfahrt fuhren. »In ein paar Minuten riecht man nichts mehr.«

»Was war denn das für ein Fahrgast?«, fragte sie kichernd

und drückte ein Taschentuch auf die Nase. Er antwortete nicht. Sie wandte sich ab, sah auf den Strand hinaus und wünschte, sie hätte eine Kamera dabei. »Danke, dass du mich mitgenommen hast«, murmelte sie, als sie auf die Hauptstraße einbogen. »Es war unglaublich.«

»Hat es dir gefallen?«

Sie schwieg eine Weile. »Es war sehr schön«, antwortete sie vorsichtig.

»Aber?«

Sie drehte sich zu ihm um. »Aber es ist ein bisschen …« Sie hielt inne. »Ich weiß nicht … es ist irgendwie *unwirklich*.« Sie sah wieder aus dem Fenster. »Ich meine, all das hier«, fügte sie mit einer weit ausholenden Geste hinzu. »Und dann gibt's das.« Sie deutete auf die Kinderschar, die auf den Wagen zugerannt kam, als sie an einer Ampel hielten. »Und die Bilder von den Häusern in der Umgebung des Flughafens gehen mir nicht aus dem Kopf. Das ist einfach *extrem*. Ich meine, ich bin arm. Mein Gott, du solltest sehen, wo ich aufgewachsen bin. Aber das hier … ist anders. Ich glaube nicht, dass ich hier leben könnte. Es ist einfach zu viel. Und es ist nicht in Ordnung.«

»Du bist ein scharfsichtiges kleines Ding, was?«, sagte Simon, als er wieder anfuhr.

»Klein?«, fragte Caryn indigniert.

»Nein, so meine ich das nicht.«

»Was meinst du dann?«

Er schwieg eine Weile. »Du überraschst mich manchmal«, erwiderte er. »Das ist alles. Du verstehst Dinge, die die meisten Leute nicht verstehen. Oder nicht verstehen wollen. Wenn ich dich ansehe, sehe ich eine sehr korrekte, sehr gesittete Person. Auf eine Art *englisch*, wie ich es immer sein wollte …«

»Du bist kein Engländer?«, fragte Caryn überrascht.

»Nein.«

»Wo bist du dann her? Von hier?«

Er schüttelte den Kopf. »Nein. Ich bin aus Simbabwe.«

»Simbabwe?«

»Ja. Wie deine Freundin Nic Harte.«

»Nic? Kennst du sie?«, fragte sie ungläubig.

»Nicht direkt«, erwiderte er zögernd. »Hör zu, ich weiß, das kommt alles ein bisschen plötzlich und hört sich wahrscheinlich verrückt an. Können wir später darüber reden? In London?«

»Aber du kannst so was doch nicht einfach nebenbei einstreuen, Simon. Das ist nicht *fair*«, sagte Caryn und spürte, wie sie plötzlich wütend wurde.

»Was hat denn das mit Fairness zu tun?«

»Alles. Du kannst nicht nach Lust und Laune irgendwelche Informationen, irgendwelche Brocken fallen lassen«, fügte sie aufgebracht hinzu. »Es ist einfach ...«

»Was?« Ein warnender Unterton lag in seiner Stimme.

Caryn biss sich auf die Lippe. Sie war jetzt seit sechs Wochen mit Simon zusammen – wenn man es so nennen wollte – und zeigte ihm zum ersten Mal, was sie wirklich dachte. Na schön. Mochte doch alles in die Brüche gehen. »Du erzählst mir nie etwas über dich. Bis vor ein paar Tagen wusste ich noch nicht einmal deinen Namen. Vielleicht machst du das immer so. Mit Frauen, meine ich. Aber *ich* kann das nicht. Ich ertrage die Geheimniskrämerei und diese Art nicht ...«, sie schluckte, »... wie du alles unter Kontrolle hältst. Es ist nicht ...«

»Was willst du? Was bist du gewöhnt?«

Caryn nickte. »Es fühlt sich irgendwie nicht richtig an. Als würdest du bloß ...« Sie brach ab, weil sie wusste, dass sie ihn auf ein Gebiet zerrte, wo er nicht sein wollte. »Spielen«, sagte sie schließlich. »Mit mir spielen. Mit uns.«

»Mit uns?« Es lag aufrichtiges Erstaunen in seiner Stimme.

Sie sah wieder aus dem Fenster. Es war hoffnungslos. Er würde sie nie an sich heranlassen, nie aus der Deckung kommen. »Vergiss es«, sagte sie und schüttelte den Kopf. »Vergiss, dass ich überhaupt etwas gesagt habe.«

»Gut.«

»Okay.«

Und das war's. Ein unbehagliches Schweigen breitete sich zwischen ihnen aus, und Caryn war entschlossen, ihm nicht zu zeigen, wie viel es sie gekostet hatte, ihn überhaupt darauf anzusprechen. Mit einer Gelassenheit, die sie selbst überraschte, brachte sie die Passformalitäten hinter sich und beschloss, die alberne Beziehung zu beenden, sobald sie in London waren. Es war eigentlich gar keine Beziehung. Wie sie überhaupt mit einem Mann, dessen Namen sie nicht einmal kannte, nach Südafrika fahren konnte, ging über ihren Horizont. Was machte sie da eigentlich? Es würde bloß zu Schwierigkeiten führen. Dies schien ohnehin das Ergebnis ihrer Erfahrungen mit Männern zu sein. Rowland. Simon. Was war los mit ihr? Sie kaufte sich am Zeitungsstand ein paar Illustrierte und ein Taschenbuch, bevor sie abflogen. Wenn sie schon nicht mit ihm sprach, hatte sie während des langen Heimflugs wenigstens etwas zu lesen.

Wie in London führte Simon sie in die Businessclass-Lounge, bis ihr Flug aufgerufen wurde. Falls er ihre desinteressierte Art bemerkte, ließ er sich nichts anmerken. *Na schön. Dann spielen wir eben beide dieses Spielchen*, dachte sie und beantwortete seine Frage, ob sie etwas zu trinken wolle, mit übertriebener Höflichkeit.

Er brachte zwei Gläser Wein. »Bist du sicher, dass du nichts essen willst?«, fragte er. »Es wird eine Weile dauern, bevor wir im Flugzeug was kriegen.«

»Nein, danke, ich möchte nichts«, antwortete sie und zog die Illustrierten aus ihrer Tasche.

Er blickte auf sie hinab. Sie zwang sich weiterzulesen. Ab und zu hatte er etwas Unschuldiges an sich, dem sie nicht widerstehen konnte. Wie jetzt etwa. Sie sah, wie unsicher er wurde. Ihre Kälte hatte ihn überrumpelt. Aber es wäre ein Fehler aufzublicken, sich geschlagen zu geben. Am ganzen Körper angespannt vor Anstrengung, ihn zu ignorieren, blätterte sie die Seite um. Er setzte sich neben sie. »Hör zu«, sagte er plötzlich. »Es tut mir leid, ich hätte nichts sagen sollen …«

»Ist schon gut«, antwortete sie leichthin und sah ihn an. »Wirklich.«

Daraufhin schien er sich noch unwohler zu fühlen. »Es ist … es ist kompliziert.«

»Simon«, sagte sie und hob abwehrend die Illustrierte. »Es ist gut. Ich hab's dir gesagt. Du musst mir nichts erklären. Ich meine, es ist ja nicht so, dass wir eine Beziehung hätten. Es ist bloß eine Affäre. Nichts Ernstes. Das hast du selbst gesagt.«

»Das ist es nicht«, erwiderte er leise. Er schien mit etwas zu kämpfen. »Es ist nicht, was du denkst«, fügte er hinzu und brach ab. Dann sprach er plötzlich weiter. »Es gibt Vieles, das ich dir gern sagen würde. Das ich dir sagen *sollte*. Aber das kann ich im Moment nicht. Es gibt nicht den geringsten Grund, warum du mir glauben solltest, das weiß ich. Ich werde dir sagen, was los ist. Bloß nicht hier und jetzt.«

Caryn schluckte. Da war sie wieder. Die fast schmerzliche Verletzlichkeit, die ihr schon früher an ihm aufgefallen war. Aber sie wagte nicht, darauf einzugehen. Er sah den Ausdruck in ihren Augen, und um die Situation zu retten, beugte er sich zu ihr und küsste sie.

101

Mit wachsender Ungläubigkeit verfolgte Estelle die Sechs-Uhr-Nachrichten. *Jim Harte, der umstrittene Geschäftsmann aus Simbabwe, hat in einer aufsehenerregenden Übernahme die Riverbrook-Gruppe an sich gebracht, zu deren Medienholding die* Sunday Times *gehört. Der frühere Besitzer von Riverbrook, Sir Winston Freedland, ist vor Kurzem an einem Herzanfall gestorben, nachdem er von bewaffneten Einbrechern in seinem Ferienwohnsitz in Wynberg, Kapstadt überrascht worden war. Sir Winstons Tod macht den Weg frei für Harte und sein Team …* Sie starrte auf den Bildschirm. *Seit der gestrigen Ankündigung sind die Aktien von RhoMine erheblich gestiegen …* Man sah ein Bild von Jim Harte, der vor seinem prächtigen Londoner Haus stand. Er hätte nicht selbstgefälliger aussehen können. Er dankte allen, die an den Verhandlungen während der vergangenen Wochen beteiligt waren, und drückte der Familie des Verstorbenen sein tiefes Beileid aus.

Ärgerlich schaltete sie den Fernseher aus. Die Dinge liefen *überhaupt* nicht nach Plan. Jim Harte litt nicht. Stattdessen schien es ihm besser zu gehen denn je. Als stolzer Besitzer einer Reihe von Zeitungen stand er in der Tür seines schönen Hauses am Eaton Square, den Arm um seine Ehefrau gelegt, und lächelte breit. Seine Tochter, das Miststück, war gefilmt worden, wie sie die Stufen hinablief. *Sie,*

Estelle, hätte dort sein sollen. *Sie* hätte mit auf das Bild der glücklichen Familie gehört. Sie war ein Teil dieser Familie. Sie hätte dort stehen und in die Kameras lächeln sollen anstatt hier im Dunkeln zu sitzen und zuzusehen, wie alle anderen immer noch prominenter wurden. Maßlose Wut packte sie. Sie musste die Dinge rascher vorantreiben. Sie treffen, während ihr Glücksstern am Steigen war. Das würde den Fall umso bitterer machen. Aber sie musste sich beeilen, die Hartes in die Knie zu zwingen. Sie biss sich vor Aufregung in die Lippe und zuckte zusammen beim metallischen Geschmack ihres Bluts. Sie spürte keine Schmerzen.

Mat saß im Dunkeln und hielt das Telefon in der Hand. Mitternacht in New York, Morgengrauen in London. Sechs Nachrichten, alle von einer immer verzweifelter klingenden Nic. In Gedanken versunken, legte er das Handy an die Lippen. Sie war Jim Hartes Tochter. Warum hatte sie das verheimlicht? Immer wieder ließ er die Gespräche mit ihr im Kopf abspielen. Er hätte darauf kommen sollen, sie hatte genügend Hinweise gegeben. Dass sie ihm nie ihren vollen Namen gesagt hatte, die Tatsache, dass sie so viel über Simbabwe wusste … sogar den Ausdruck *gogo* kannte sie. Sie hatte die ganze Zeit gewusst, wer er war. Er hatte nichts vor ihr verborgen. Sie hatte behauptet, eine Farmerstochter zu sein. Die Tochter eines *englischen* Farmers. Warum?

Er blickte wieder auf das Handy. Er musste mit Simon sprechen, dem einzigen Menschen, der ihn verstehen konnte. Aber er hatte keine Ahnung, wo Simon sich befand. Seit über einem Monat hatte er nicht mit ihm gesprochen. Wieder ein Zeichen, wie vollständig er den Kopf verloren hatte. Früher waren keine vierzehn Tage vergangen, in denen sie sich nicht nacheinander erkundigt hatten. Er wählte Simons Handynummer. Es überraschte ihn nicht, dass sich sofort die Mailbox meldete. Er hinterließ eine kurze Nachricht und stand auf. Es bedurfte seiner ganzen Selbstdisziplin, nicht wieder zum Telefon zu greifen. Doch wenn er im Lauf der Jahre eines gelernt hatte, dann abzuwarten. Was er tun und wie er reagieren sollte, würde ihm schon noch einfallen. Im Moment sehnte er sich nur nach Ruhe. Er brachte es nicht über sich, mit Nic zu sprechen. Vollständig angekleidet legte er sich aufs Bett. Einzuschlafen würde nicht leicht sein, das wusste er. Er hatte das beunruhigende Gefühl zu fallen, in etwas hineinzustürzen, was er nicht benennen konnte. Zum ersten Mal seit langer Zeit war er sich seiner selbst nicht mehr sicher. Nic hatte ihn verwirrt. Absichtlich? Aber so tief war sie doch sicher nicht gesunken? Er schloss die Augen und wartete auf den Schlaf, der seine Zweifel auslöschte.

Wie geplant, traf er am nächsten Morgen Leonie. Sie wartete bereits im Restaurant auf ihn und sah erschöpft aus. Er setzte sich ihr gegenüber, und sofort packte ihn Ärger. »Ich weiß nicht, was ich sagen soll«, begann er und schüttelte den Kopf. »Warum du in die Sache mit hineingezogen werden musstest …«

»Ich hätte ohnehin gekündigt«, unterbrach sie ihn rasch. »Ich wäre nicht geblieben.«

»Danke, Frith«, antwortete er. »Ich schätze deine Loyalität. Wirklich. Aber es ist nicht fair. Die Sache hatte nichts mit dir zu tun.«

»Ich glaube, Richard wusste immer, wem meine Loyalität galt«, sagte Leonie gequält. »Ich kann mir nicht vorstellen, zu bleiben, wenn du nicht mehr da bist. Ich meine, die anderen sind wirklich nett, aber du und ich … wir verstehen uns eben, nicht?«

Mat lächelte. Leonie Frith war bestimmt keine Frau, die ihre Gefühle offen zur Schau stellte. Es stimmte. Sie kamen tatsächlich gut miteinander aus. Und er konnte sich seinen Arbeitsalltag auch nicht ohne sie vorstellen. »Also, was sollen wir tun? Ich nehme das …«, er deutete auf den Umschlag mit Disketten, den sie mitgebracht hatte, »direkt mit nach London. Mark Davies wird darüber hocherfreut sein.«

»Er ist doch schon seit Jahren hinter dir her«, sagte Leonie lächelnd. »Natürlich wird er darüber hocherfreut sein. Aber auch über dich.«

Mat nickte langsam. »Aber was ich nicht verstehe: Harte muss doch klar sein, dass ich das Material einer anderen Zeitung anbieten werde. Er hat vielleicht ein paar Tage Zeit gewonnen, die Aktienkurse sind gestiegen, aber ich bin überzeugt, dass noch was nachkommt.«

»Als da wäre?«

Er zuckte die Achseln. »Keine Ahnung. Ich wünschte, ich wüsste es. Dann könnte ich reagieren.« Die Bedienung erschien. Er war völlig ausgehungert, stellte er fest. Sie bestellten, dann wandte er sich wieder Leonie zu. »Hör zu, das Material zu Davies beim *Observer* zu bringen ist gut und schön, er bietet mir vermutlich auch einen Job an, aber was ist mit dir? Es ist viel verlangt, Frith, das weiß ich. Schließlich hast du dein ganzes Leben hier …

»Ich komme mit dir«, sagte sie entschieden. »Das ist es ja. Ich habe hier *kein* Leben.« Sie blickte auf ihre Hände hinab. »Nach Norms Tod gab es eigentlich nur die Arbeit für mich. Und wenn du nicht mehr da bist … wäre es nicht mehr das Gleiche. Ich bin kein junges Mädchen mehr, Mat. Vielleicht ist es auch für mich an der Zeit, wieder nach Hause zu gehen. Und wenn mich dort ein Job erwartet, umso besser. Aber ich würde es auch so schaffen. Du brauchst dir keine Sorgen um mich zu machen.«

Mat sah sie an. Er verspürte eine große Zuneigung zu der kratzbürstigen älteren Frau, die fast zehn Jahre lang an seiner Seite gearbeitet hatte. Er streckte die Hand aus, berührte ihren Unterarm und war ziemlich überrascht über seine Kühnheit. Sie starrte auf seine Hand, dann schob sie ihren Stuhl zurück, murmelte etwas von der Toilette und rannte fast hinaus. Er war gerührt. Eine Stunde später ging er mit wesentlich klarerem Kopf in sein Apartment zurück. Zumindest in einer Hinsicht wusste er, was er zu tun hatte. Er brauchte Zeit zum Nachdenken.

Nic legte das Telefon weg und bemühte sich, nicht zu weinen. Fast sechsunddreißig Stunden waren vergangen, seit sie aus dem Haus ihres Vaters gelaufen war. Sie hatte an nichts anderes gedacht, als Mat zu erreichen, bevor er die Nachricht auf andere Weise erfuhr. Es war ihr nicht gelungen. Die Tatsache, dass er sie nicht zurückrief, war der Beweis. Sie starrte auf den Boden. Sie musste etwas tun. Sie *musste* Mat dazu bringen, mit ihr zu reden. Sie musste ihm erklären, warum sie gelogen hatte. Aber wie? Plötzlich klingelte ihr Telefon. Sie griff mit beiden Händen danach und hätte es fast fallen lassen. Es war nicht Mat, sondern Estelle.

»Was ist los?«, fragte Estelle sofort besorgt. »Du hörst dich an, als hättest du geweint.«

Nic konnte die Tränen nicht mehr zurückhalten. »Ich hab was wirklich Blödes gemacht«, platzte sie heraus, ohne darauf zu achten, was Estelle denken mochte.

»Was denn? Was ist passiert?«

»Es geht um Mat. Ach Gott. Es tut mir leid, Estelle. Ich weiß nicht, warum ich dich damit vollquatsche. Du hast vermutlich tausend andere …«

»Hey, ist schon okay. Erzähl mir, was passiert ist.« Estelle klang so aufrichtig besorgt, dass Nic erneut die Tränen kamen. Innerhalb kürzester Zeit hatte sie ihr die ganze Geschichte erzählt. »Was soll ich bloß machen?,« fragte sie und griff mit zitternder Hand nach einer Zigarette. »Er ruft mich nicht zurück. Wahrscheinlich hasst er mich jetzt. Er hasst meinen Vater, das weiß ich. Ich ja auch. Ich hätte offen zu ihm sein sollen. Genauso wie zu *dir*, aber ich …«

»Wo wohnt Mat?«, unterbrach sie Estelle. »Normalerweise, meine ich.«

»Ich weiß nicht. In New York, denke ich. Ich weiß noch nicht mal, ob er noch dort ist. Ich hab mindestens zwanzig Nachrichten hinterlassen, aber …«

»Wie heißt er mit Nachnamen?«

»Ndava. Matari Ndava.«

»Vielleicht kann ich helfen«, sagte Estelle plötzlich ganz aufgeregt. »Leg auf. Ich melde mich wieder.«

»Wie …?« Nics Herz machte einen Sprung. Aber die Leitung war schon tot.

Drei Stunden später – die längsten in Nics ganzem Leben – rief Estelle zurück. Sie hörte sich triumphierend an. »247 West Jay Street. Achter Stock. Er ist in New York. Gestern angekommen.«

»Wie zum Teufel hast du das rausgekriegt?«, fragte Nic total verblüfft.

»Ach, ich hab so meine Möglichkeiten«, erwiderte Estelle kichernd. »Ein Freund von mir kennt ihn. Sie waren zusammen auf der Uni oder so was. Wie auch immer, der Punkt ist – er ist in New York. Wann fliegst du los?«

»Fliegen?«

Estelle seufzte. »Nic. Worauf wartest du? Wenn er den Hörer nicht abnimmt … dann solltest du lieber den Arsch hochkriegen, bevor ihn sich eine andere angelt.«

»Findest du wirklich, dass ich hinfliegen sollte?«, fragte Nic aufgeregt.

»Na klar. Blöde Frage!«

»Jetzt?«

»Ja, sicher. Also, wie kann ich dir helfen?«

»Ach, Estelle.« Nic begann wieder zu weinen. »Ich weiß nicht, wie ich dir danken soll …«

»Sei nicht albern. Hör zu, ich weiß, wir haben uns gerade erst kennengelernt, aber du bist wirklich ein ganz besonderer Mensch, Nic. Das weiß ich. Wir werden die besten Freundinnen. Das spüre ich. Du wirst schon sehen. Jetzt gib mir deine Adresse. Ich komme vorbei. Besorg dir ein Ticket. Ich helfe dir beim Packen.«

»Was für eine *hübsche* Wohnung!«, rief Estelle aus, als sie hereinkam. »Wirklich total süß.«

Nic blickte von dem kleinen Koffer auf, in den sie gerade Kleider stopfte. Das Ticket war furchtbar teuer, aber sie hatte einen Platz in einer Maschine, die um acht Uhr abends flog. »Hier ist alles ein bisschen durcheinander«, murmelte sie verlegen. »Ich hatte keine Zeit, aufzuräumen …«

»Ach, ich wette, du hast eine Putzfrau«, antwortete Estelle lachend. »Eine reiche Erbin wie du.«

Nic sah sie irritiert an. In Estelles Stimme schwang etwas mit, was ihr früher nicht aufgefallen war. Das war der Grund, warum sie nie sagen wollte, wer sie wirklich war.

Bei dem Namen Harte stellten sich alle einen luxuriösen Lebensstil vor, den sie immer sorgfältig vermieden hatte. »Nein, ich …«

»Ach, ich mache bloß Scherze«, antwortete Estelle lächelnd. »Ich wette, deine Freundinnen sind *total* eifersüchtig. Also, was trägst du auf dem Flug? Wollen mal sehen. – Nein, das ist eindeutig out«, erklärte Estelle und nahm eine Bluse aus Nics Hand. »Und *das* geht gar nicht.«

»Aber …«, protestierte Nic verwirrt.

»Mädchen, willst du ihn zurück oder nicht?«

Eine Stunde später war sie fertig. Estelle hatte alles übernommen. Ihre Garderobe ausgesucht, ein Taxi gerufen, Caryns und Torys Nummer aufgeschrieben mit dem Versprechen, sie anzurufen und ihnen zu sagen, dass Nic ein paar Tage weg sei. Am folgenden Morgen würde sie auch bei *ArtWeekly* anrufen und ihnen ausrichten, dass es einen Notfall in der Familie gegeben habe. »Wer kümmert sich um deine Pflanzen?«, fragte sie, als sie die Treppe hinuntergingen. »Soll ich das machen?«

»Ach, nein«, wehrte Nic ab. »Das wäre wirklich zu viel verlangt, Estelle. Ich kann doch nicht …«

»Sicher kannst du das. Mir macht das gar nichts aus. Ehrlich. Ich hab nicht viel zu tun tagsüber. Ich arbeite im Moment nicht. Das macht überhaupt keine Mühe.«

»Bist du sicher? Aber ich will dir wirklich keine Umstände machen. Ich weiß noch nicht mal, wo du wohnst. Vielleicht hast du einen furchtbar weiten Weg bis hierher.«

»O nein. Ich wohne bei einem Freund. Es ist nicht weit, keine Sorge. Du hast genug um die Ohren. Gib mir einfach die Schlüssel, und ich kümmere mich um alles, während du fort bist.«

Nic kamen erneut die Tränen. »Ich weiß, ich sag immer wieder dasselbe«, erwiderte sie und reichte dem Taxifahrer ihren Koffer, »aber nochmals vielen Dank, ja?«

»Wie ich schon sagte – wofür hat man Freunde?« Estelle grinste. Sie klopfte aufs Dach des Wagens. »Bringen Sie diese Frau nach Heathrow, aber auf dem schnellsten Weg!«

Der Fahrer raste los und bog mit quietschenden Reifen um die Ecke. Nic blickte zurück, aber Estelle war verschwunden. Sie lehnte sich in ihrem Sitz zurück und bekam plötzlich Herzklopfen bei dem Gedanken, was sie erwartete. Sie konnte an nichts anderes denken als an Mat. Ihn zu sehen. Es ihm zu erklären. Bei ihm zu sein. Alles andere – Familie, Arbeit, sogar Tory und Caryn – trat in den Hintergrund.

Estelle stand in der Tür von Nics Wohnzimmer und ballte die Fäuste vor Wut. Es war tatsächlich ein Saustall, aber die verstreuten Kleider und Bücher kündeten dennoch von Reichtum und lässiger Eleganz. Sie blickte auf die bequemen Sofas, den hellen Esstisch und die gepolsterten Stühle, die Bücherregale, den teuren Fernseher und die Stereoanlage in der Ecke, auf ein Paar abgestreifter High Heels, weiße Armanijeans und ein Hermès-Tuch über einer Stuhllehne. Das ganze Zeug. Geschenkt. Für nichts. Nur weil sie Jim Hartes Tochter war. Estelle hatte für ihre kleine Luxusabsteige bezahlt – mein Gott, sie bezahlte immer noch dafür –, nichts hatte sie umsonst gekriegt. All die Jahre mit jedem, den Mrs Devereaux ihr zuschob, bis endlos in die Nacht ficken zu müssen. Sie war nicht wie Pandora oder Marie, zwei der Mädchen, die klug genug gewesen waren, ihr Geld zu sparen und auszusteigen. Pandora führte jetzt einen exklusiven Wäscheladen in Knightsbridge, finanziert von einem Kunden, der eine Schwäche für sie hatte. Estelle sah sie gelegentlich, wenn sie dort einkaufte, und war fasziniert von Pandoras Unabhängigkeit.

Sie hatte in den Jahren bei Mrs Devereaux viel Geld verdient, aber nichts davon gespart. Ihre Schränke waren vollgestopft mit Kleidern, Schuhen, Handtaschen, Kosmetikprodukten und Schmuck … lauter Sachen, die nach dem Kauf praktisch wertlos wurden. Nics Reichtum war anders, das sah sie auf Anhieb. Bewusst zurückhaltend, wertvoll, beständig. Ihre Wohnung war voller Dinge, die Estelle in den Häusern anderer Leute bewunderte: Fotos in schweren Silberrahmen, die Nic im Ballettkostüm zeigten, mit einer Rosette nach einem Reiterwettbewerb, bei der Siegerehrung eines Schwimmwettbewerbs in ihrer exklusiven Schule in Harare. Sie ging zu der antiken Kommode hinüber und nahm ein Foto in die Hand. Es zeigte eine Frau, die sie nicht kannte, aber Nic ein wenig ähnelte. Sie drehte es um. Es gab keine Aufschrift. Nics Mutter vielleicht? Sie stellte das Bild zurück. Es gab ein Foto von Jim Harte, auf einem Pferd sitzend. Estelle starrte es an. Er sah aus wie einer der Filmstars in den Fünfziger- und Sechzigerjahren … groß, aufrecht, stolz. Sie schob es abrupt von sich weg.

Sie ging ins Schlafzimmer. Das Bett war nicht gemacht. Sie blickte auf die weißen Laken und den achtlos zu Boden geworfenen seidenen Morgenrock. Nics Frisierkommode war fast leer, im Gegensatz zu ihrer eigenen. Es gab keine Cremetöpfe von Chanel und Yves Saint Laurent, keine Zaubermittelchen oder Wässerchen, die strahlende Schönheit versprachen. Nur eine Dose Niveacreme und ein offener Lippenstift. Von Body Shop. Igitt. Sie legte ihn naserümpfend zurück. Dann zog sie eine Schublade auf, in der ein paar Schmuckstücke lagen – nichts, was Estelle je tragen würde. Billig, aber auffällig. Eindeutig nicht Estelles Stil.

Es machte ihr Spaß, durch die Wohnung ihrer Halbschwester zu gehen. Im zweiten Zimmer, Nics Arbeitszimmer, standen mehr Bücher, als Estelle je in einer Wohnung gesehen hatte. Sie sah die Titel durch … nichts von Interesse. Nics Laptop stand immer noch aufgeklappt auf dem Schreibtisch. Sie zog eine Schublade auf, in der mehrere große Notizbücher lagen. Sie nahm eines heraus. Tagebücher. Sie riss die Augen auf. Auf dem Buchrücken stand 1996. Es gab noch mindestens ein Dutzend weitere, alle ordentlich beschriftet. 1985, 1986, 1987. Sie nahm eines nach dem anderen heraus und trug sie ins Wohnzimmer. Bei 1981 begann sie zu lesen. Das Leben des Mädchens, das sie mehr als sonst jemanden auf der Welt hasste, breitete sich vor ihr aus.

Plötzlich klingelte das Telefon und zerriss die Stille. Estelle hätte fast das Tagebuch fallen lassen. Benommen blickte sie auf. Die Uhr an der Wand zeigte Viertel vor neun. Sie erschrak. Sie hatte fast fünf Stunden gelesen. Ihren Termin heute Abend hatte sie völlig vergessen. Panisch sprang sie auf, als sich eine männliche Stimme auf dem Anrufbeantworter meldete. »Nic? Hier ist Mat. Ich fliege nach London zurück. Wir müssen reden. Ich komme morgen um die Mittagszeit vorbei. Deine Nachrichten habe ich erhalten, aber ich brauchte Zeit zum Nachdenken. Bis morgen dann.« Er legte auf. Estelle lief in die Küche, packte ihre Tasche und zog ihr Handy heraus. Sie drückte Petkos Nummer, sagte ihm, dass sie sich eine halbe Stunde verspäte, und rannte zur Tür hinaus. Sie sollte um zehn einen Kunden in einem Restaurant in Mayfair treffen. Falls sie zu spät käme, wäre Mrs Devereaux außer sich. Auf der Regent's Park Road hielt sie ein Taxi an und stieg schwitzend ein. Ihr Herz raste. Wenn Mat nach London zurückkam, würde auch Nic sich bald wieder auf den Heimweg machen. Und bevor sie zurückkehrte, musste Estelle noch etwas erledigen.

Mat las den Entwurf ein letztes Mal durch, machte ein paar Notizen an den Rand und steckte alles in einen Umschlag. Er stand auf, trug sein Geschirr in die Küche und wusch es ab, während er im Geist noch einmal die Dinge durchging, die er vor dem Abflug erledigen musste. Er sah sich um – die Wohnung war ohnehin fast leer. Er räumte die Schränke aus und packte alles in ein paar Kartons. Mrs Saitowitz aus der Wohnung im zweiten Stock würde den Ersatzschlüssel bekommen. Am nächsten Tag würde Jerry, ein Freund aus Harvard, für ein paar Monate hier einziehen, bis Mat entschieden hatte, was er tun wollte. Er hatte weniger als vierundzwanzig Stunden gebraucht, um sein New Yorker Leben wegzupacken. Vielleicht ein Zeichen dafür, wie provisorisch es immer gewesen war. Er trocknete sich die Hände ab und sah auf die Uhr. Fast fünf. Noch genügend Zeit für eine Dusche. Simon hatte sich gemeldet. Er war wieder in London und würde ihn am nächsten Morgen in Heathrow abholen. Er holte tief Luft. Was er Nic sagen wollte, musste von Angesicht zu Angesicht geschehen. Alles andere wäre feige. Und das war er nicht.

Eine halbe Stunde später war er fertig. Er hörte, wie unten das Taxi hupte. Er nahm seinen Koffer, schrieb schnell eine Nachricht für Jerry und öffnete die Tür. Ein letzter Blick? Nein, er machte die Tür fest hinter sich zu. Dann ging er zu Mrs Saitowitz' Wohnung hinunter.

»Sie gehen schon?«, fragte Mrs Saitowitz, als sie öffnete. Wie immer hing eine Zigarette zwischen ihren Lippen.

»Ja, Mrs Saitowitz«, antwortete er lächelnd. »Danke, dass Sie die Schlüssel nehmen. Jerry kommt morgen hier an, schätze ich.«

»Ich bin da«, antwortete sie und nahm ihm die Schlüssel ab. Sie zog ihren bunten Hausmantel enger um sich. »Guten Flug.«

»Danke nochmals.«

»Gern geschehen.« Sie schloss die Tür. Er lief die Treppe hinunter und öffnete die Haustür. Das Taxi wartete. Er warf sein Gepäck in den Kofferraum, stieg ein und nannte dem Fahrer sein Ziel. Er lehnte sich zurück. Es war schwer zu glauben, dass er nur sechsunddreißig Stunden nachdem er hier angekommen war, wieder zurückflog.

Nic starrte das Gebäude an. »Ja, das ist es«, sagte sie und steckte den Zettel wieder ein. Dann zog sie ein paar Geldscheine heraus. »Können Sie bitte warten? Ich muss erst nachsehen, ob er da ist.«

»Sie zahlen, Lady«, erwiderte der Taxifahrer. »Wie Sie wollen.«

Sie stieg aus. Es war brütend heiß in New York, selbst um sieben Uhr abends noch. Schweiß lief ihr den Rücken hinab, allerdings mehr vor Aufregung als wegen der Hitze. Ihr war ganz flau im Magen. Auf dem Flug hierher hatte sie kein Auge zugetan.

Sie lief über die Straße und suchte am Hauseingang nach einem Klingelschild. Es gab keines. Sie trat zurück und blickte die Fassade hinauf. Sein Apartment befand sich im achten Stock. So laut sie konnte, klopfte sie gegen die Eingangstür und wartete. Nichts passierte. Sie klopfte erneut. Der Taxifahrer sah misstrauisch zu ihr herüber. Sie war kurz davor, eine Sandale auszuziehen und damit gegen die Tür zu hämmern, als sie hörte, wie sich knarrend ein Fenster öffnete.

»Die Klingel ist kaputt, Süße. Wen suchen Sie denn?« Eine rothaarige Frau mit einer Zigarette im Mund blickte herunter.

Dankbar sah Nic hinauf. »Mat Ndava«, rief sie nervös. »Ich glaube, er wohnt im achten Stock.«

»Den haben Sie gerade verpasst. Er ist auf dem Weg nach London. Ich dachte, Sie kämen morgen. Sind Sie Jerry?«

Nic wurde schwindlig. Sie starrte zu der Frau hinauf. »Nach London?«, krächzte sie.

Die Frau nickte. »Alles in Ordnung mit Ihnen?« Nic trat von der Tür zurück. In ihrem Kopf drehte sich alles. Sie legte die Hand auf den Mund aus Angst, sich tatsächlich übergeben zu müssen. »Alles okay mit Ihnen?«, fragte die Frau erneut.

Nic zwang sich, wieder nach oben zu sehen. Sie nickte. »Alles okay. Es ist … es ist nur, dass ich gerade aus London gekommen bin«, antwortete sie den Tränen nahe. »Ich hab während der letzten Tage versucht, ihn zu erreichen, und ich dachte … ich dachte …« Sie brach ab, weil sie wusste, dass sie in Tränen ausbrechen würde, wenn sie weitersprach. »Ich muss weiter«, fügte sie schnell hinzu. »Danke.«

»Kein Problem.« Das Fenster schloss sich knarrend. Völlig am Boden zerstört, ging Nic über die Straße zum Taxi zurück. Was jetzt?

»Wohin, Lady?«, fragte der Fahrer und ließ den Motor an.

»Zurück zum Flughafen«, antwortete sie, die Tränen unterdrückend. Sie würde den nächsten Flug nach Hause nehmen. Mat würde sie doch sicher anrufen, wenn er nach London zurückgeflogen war?

Eine Stunde später ging sie mit verweintem Gesicht vom Ticketschalter weg und bat jemanden, ihr den Weg zum nächsten Hotel zu zeigen. Vor Samstagmorgen gab es keinen Flug mehr. In zwei Tagen. Einen Moment lang dachte sie sogar daran, ihren Vater anzurufen, um ihn zu fragen, ob Manning sie abholen könnte – aber sie hatte seit Montag, als sie aus seinem Haus gelaufen war, nicht mehr mit ihm gesprochen. Wahrscheinlich würde er nicht im Traum daran denken, ihr den Jet nach New York zu schicken.

Sie ging in die Lobby des Airport-Hiltons und nahm eine Suite, weil um neun Uhr abends nichts anderes frei war. Ohne auszupacken, legte sie sich angezogen aufs Bett und weinte sich in den Schlaf.

Den ganzen endlosen Abend über, den sie eingequetscht zwischen zwei dicken Geschäftsleuten verbrachte, war Estelle mit den Gedanken anderswo. Einer hatte die Hand auf ihr Knie gelegt, der andere starrte in ihren Ausschnitt. Sie trank Champagner und ging weder auf ihre Interessen noch auf ihr belangloses Geschwätz ein. Ihr gingen andere Dinge durch den Kopf. Nics Tagebücher, die mit größter Gewissenhaftigkeit jedes Detail während der vergangenen zwanzig Jahre beschrieben, hatten ihr einen ausführlichen Einblick in ein Leben gegeben, das ihres hätte sein sollen. Die Ballettstunden, die Ponys, die Sonntagnachmittage am Pool in Avonlea. Die Reisen im Privatflugzeug, Shopping in New York, Skifahren in Gstaad, Winter auf den Bahamas. Was machte es da schon aus, wenn ihre Stiefmutter gemein zu ihr war? Der pure Luxus des Ganzen hob die kleine Beeinträchtigung wohl mehr als auf. Während sie und Gloria in Arcadia lebten, wo es nur sonntags Fleisch gab. Gloria ging jeden Morgen die sechs Meilen zu Fuß zur Arbeit, während Nic und ihre Stiefmutter im Privatflugzeug und in Limousinen durch die Welt kutschiert wurden. Estelle kochte innerlich.

Sie spürte, wie die Hand ihres Kunden weiter ihren Schenkel hinaufglitt. Sie wollte nichts anderes, als diesen Typ in sein Hotelzimmer zurückexpedieren, ihn dumm und blöd zu ficken oder zu lutschen, je nachdem, was er bevorzugte, und sich dann von Petko nach Primrose Hill zurückbringen lassen. Sie hatte etwas zu erledigen. Und was diese beiden Freundinnen von Nic betraf … erneut packte sie die Wut. Sie sollten lieber auch aufpassen. Sie hatte gelesen, was Nic geschrieben hatte. Caryn hielt sie also für eine falsche Schlange? Sie hatte ja nicht die geringste Ahnung.

102

Er war mehr als überrascht, das Mädchen aus dem 101 Club in Nics Wohnung zu sehen. Es war Mittag, sie trug ein seidenes Nachthemd, das Nic gehörte, und ihre Brustwarzen zeichneten sich deutlich unter dem dünnen Stoff ab. Sie erwartete ihn oben an der Treppe, die Arme provozierend über dem Kopf verschränkt.

»Ich … tut mir leid. Ich dachte … Ist Nic zu Hause?«, fragte er verwirrt. Was zum Teufel machte sie hier? In Nics Nachthemd?

»Oh, hi, Mat«, sagte sie kumpelhaft. »Nein. Sie ist übers Wochenende fort. Anfang nächster Woche ist sie wieder da, denke ich. Ich bin gerade aufgestanden …«, sie gähnte leicht. »Ich wollte eben Kaffee machen …« Sie trat beiseite, ihr Körper zeichnete sich im Licht des Fensters hinter ihr ab. »Möchtest du welchen?«

»Nein, danke«, antwortete er knapp. »Ich … ich werde dann Anfang nächster Woche wieder vorbeikommen.« Er wandte sich zum Gehen.

»Soll ich ihr sagen, dass sie dich anrufen soll? Sie haben nicht gesagt, wohin sie fahren …«

»Sie …?« Er blieb stehen.

Sie legte die Hand auf den Mund. »David. Ihr Freund. Hast du ihn an dem Abend im Club nicht kennengelernt? Oops.« Sie lächelte süß. »Hab ich was Falsches gesagt?«

Er starrte sie an. »David?«, wiederholte er hohl.

Sie setzte eine Miene auf, als könnte sie kein Wässerchen trüben. »Vergiss, dass ich was gesagt habe«, fügte sie gedehnt hinzu. »Bist du sicher, dass du keinen Kaffee willst?«

»Ziemlich sicher.« Er drehte sich um und hastete die Treppe hinunter. Unten riss er die Tür auf und knallte sie hinter sich zu. *David. Ihr Freund. Hast du ihn im Club nicht kennengelernt?* Also hatte sich sein Verdacht, was Nic anbelangte, bestätigt. Er war erschrocken, wie weh dies tat.

Estelle sah ihm nach, und ein zufriedenes Lächeln spielte um ihren Mund. Seinen Augen hatte sie angesehen, dass ihn ihr vermeintlicher Versprecher bis ins Mark getroffen hatte. Er würde nicht zurückkommen, dessen war sie sicher. Sie kannte ihre Landsleute. Der hier war stolz. Auch arrogant. Das sah sie an seiner Haltung, an seinem wachsamen, leicht reservierten Blick. Jetzt musste sie nur noch dafür sorgen, dass Nic ihm nicht nachlief, und sie hatte auch schon eine Idee, wie sie das anstellen würde. Sie schlang ihr Haar zum Pferdeschwanz, zog Nics Nachthemd aus und öffnete eine der Schubladen. Sie fand ein Paar Sweatpants und ein T-Shirt und zog beides an. Höchste Zeit, sich ans Putzen zu machen – gerade hatte sie eine Nachricht von Nic bekommen, dass sie am nächsten Tag zurückkommen werde. Alles sollte tipptopp sein, wenn sie eintraf, und wenn ihr Gloria eines beigebracht hatte, dann, wie man ein Haus auf Hochglanz brachte.

Drei Stunden später blitzte alles. Kein Stäubchen lag auf dem Boden, alle Kissen waren aufgeschüttelt. Selbst die Küchentücher waren gewaschen und gebügelt. Nic würde Liebeskummer haben, aber sie war ganz sicher dankbar. Und genau das wollte Estelle. Ihre Aufgabe in den nächsten Wochen würde darin bestehen, dafür zu sorgen, dass sich bei Nic nichts änderte. Estelle war die beste Freundin, die sie je gehabt hatte. Die zwei anderen Miststücke hatten ausgespielt – von jetzt an würde das ihre Rolle sein. Sie zog die Kleider aus und ging nackt zur Dusche. Aus ihrem eigenen Make-up-Beutel nahm sie eine Flasche parfümiertes Duschgel. So schön Nics Wohnung auch war mit der Hochdruckdusche und den flauschigen weißen Handtüchern, bei Kosmetikartikeln aus der Drogerie war bei Estelle Schluss.

Nach einem anstrengenden sechsstündigen Flug traf Nic am Sonntag um sieben Uhr morgens in Heathrow ein. Sie hatte auf dem Flug wieder kein Auge zugetan und hatte Magenkrämpfe vor Nervosität und dunkle Ränder um die Augen. Sie nahm von Heathrow ein Taxi und lehnte sich vollkommen erschöpft zurück. Nüchtern betrachtet, war es absoluter Blödsinn gewesen, so überhastet nach New York zu fliegen. London wirkte feucht und neblig nach der Hitze und dem blauen Himmel in New York, aber das graue

Einerlei passte genau zu ihrer Stimmung. Eine Stunde später stand sie vor ihrer Tür. Sie nahm ihre Tasche aus dem Kofferraum, bezahlte den Fahrer und überquerte bedrückt die Straße.

103

Jim legte den Hörer auf, goss sich ein Glas Lagavulin, seinen Lieblingswhisky, ein und ging zum Schreibtisch hinüber. Er trank in kleinen Schlucken, genoss den scharfen, torfigen Geschmack und spürte, wie sich Wärme in seinem ganzen Körper ausbreitete. Er setzte sich, stellte das Glas ab und stützte das Kinn auf. Freedland war tot. Die einflussreichsten englischen Zeitungen befanden sich unter seiner Kontrolle. Die Aktienkurse von RhoMine standen höher als je zuvor. Zumindest auf dem Papier war er mehrere Milliarden wert. Nicht schlecht für ein bitterarmes Waisenkind, das 1948 in Portsmouth angekommen war, mit nichts in der Tasche als dem Empfehlungsbrief an einen Onkel, den er nie zuvor gesehen hatte.

Er griff wieder nach dem Glas. Während der ganzen vierstündigen Hauptversammlung hatte er schweigend dagesessen und zugehört, wie Ogilvy und Butcher die finanzielle Lage von RhoMine schönredeten. Steigende Aktienkurse, starke Kapitalreserven, hervorragende Zukunftsaussichten. Das war es, was die Leute hören wollten. In Zeiten wie diesen, dachte er, rechtfertigte der Zweck die Mittel. Er lachte kurz auf. Irgendwann während der Versammlung hatte jemand das Thema Korruption angesprochen – es ging um die großen Barreserven, die RhoMine auf einem Schweizer Konto für diesen Zweck bereithielt und die nach Hartes

Meinung für Geschäfte in Afrika unerlässlich waren. Wenn das je herauskäme … der Mann drehte sich um und sah Jim mit zusammengekniffenen Augen an. Jim unterdrückte den Drang, über den Tisch zu greifen und ihn am Revers zu packen. Korruption? Der Idiot hatte ja keine Ahnung. Jeder Einzelne am Tisch war korrupt. *Einschließlich dir selbst, du fettes Arschloch.*

Er seufzte. Das war der Unterschied zwischen ihnen und ihm. *Er* wusste, was es kostete. Jede Transaktion enthielt, und sei es noch so versteckt, eine kleine Vergütung für diejenigen, die sie zum Abschluss brachten. Ohne das lief rein gar nichts. An einigen Orten wurde es ganz offen abgewickelt – etwa beim Deal über die Kupferminen in Mosambik. Anderswo, wie beim Kauf von Riverbrook, herrschte höchste Geheimhaltung, Memos wurden geschreddert, es ging um Nummernkonten und heimliche Absprachen. Dennoch war es Korruption. In gewisser Weise mochte er Afrika lieber. In Afrika wurde ohne Scheu darüber gesprochen, bei jeder Unterhaltung, jeder Konferenz. In England hatte er zehn Jahre gebraucht, um herauszukriegen, wie er es anstellen und wann und wo die Geldübergabe stattfinden sollte. Gelegentlich jedoch, wie jetzt, drohte ein Spielverderber den glatten Gang der Dinge aufzuhalten. Dieser verdammte junge Reporter Mat Ndava war ein solcher Spielverderber.

Jim hatte bereits vor einiger Zeit bemerkt, dass da jemand Fragen stellte und Informationen über seine Person ausgrub, die er immer sorgfältig unter Verschluss gehalten hatte. Es hatte eine Weile gedauert, herauszufinden, für wen der Mann arbeitete und warum er so interessiert war. Am Schluss war es natürlich wieder nur um Geld gegangen. Dieser erbärmliche DiAngelo rückte nur zu gern heraus, was er zusammengetragen hatte, aber DiAngelos Boss war ein anderes Kaliber. Er erwies sich als einer der wenigen Männer, die Harte nicht kaufen konnte, zu welchem Preis auch immer. Winston Freedland. Sarahs Taufpate. War das zu *fassen*? Sarahs Familie hatte sich nie mit der Erklärung für ihren Tod zufriedengegeben – von Anfang an hatte sie Fragen gestellt. Natürlich war nichts bewiesen worden, aber die britische Presse hatte die Geschichte endlos breitgetreten. Ein weiterer Grund, dem alten Sturkopf den Tod zu wünschen. Die Briten hatten nie vergessen, wie Freedland ihn damals angegriffen hatte. Wem ihre Sympathien dabei galten, war nicht schwer zu ergründen. Freedland war schließlich einer der Ihren. Eton, Cambridge, die City. Der übliche Weg, den junge Männer einer bestimmten Klasse einschlugen. Jim gehörte nicht zu dieser Klasse – er würde nie dazugehören. Er war Außenseiter, und daran würde sich nie etwas ändern. Aber Freedland war tot, und er, Jim Harte, lebte.

Langsam trank er seinen Whisky aus. DiAngelo zu kaufen hatte ihm die nötige Zeit verschafft, die Akquisition von Riverbrook durchzudrücken, mehr allerdings nicht. Ndava würde die Geschichte irgendwo anders veröffentlichen. Er war ein kluger, ehrgeiziger junger Mann. Undenkbar, dass er die Kopien seiner Arbeit nicht aufgehoben hatte und dass er nicht genau in diesem Augenblick überlegte, wem er sie geben sollte. Jim stellte sein Glas ab. Aber Matari Ndava, so schlau er auch sein mochte, war noch nie jemandem wie Jim Harte begegnet. Er hob den Hörer ab und wählte eine Nummer.

»Gordon? Hier ist Jim. Ich muss mit Ihnen reden. Es geht um Ihren Sohn …«

104

Martin nahm noch ein paar Veränderungen am Schlussbild vor und lehnte sich dann gähnend in seinem Stuhl zurück. Es war fast neun Uhr, und zu dritt sahen sie sich die Muster des einstündigen Dokumentarfilms an. Rupesh hatte Kopfhörer auf, Caryn saß neben ihm, war mit den Gedanken jedoch ganz woanders. Sie beobachtete, wie auf dem Bildschirm Simons Gesicht langsam verschwand und der Abspann abrollte.

»Also, was meint ihr?«, fragte Martin. »Caryn?«

Caryn fuhr zusammen. »Wie bitte?«

»Was ist los mit dir?«, fragte Martin ärgerlich. »Du bist völlig abwesend, seitdem du aus dem Urlaub zurück bist. Das nächste Mal, wenn du um Urlaub bittest, sag ich Nein.«

»Tut mir leid«, erwiderte Caryn schuldbewusst. »Es ist schon spät, das ist alles …«

»Ja, aber je schneller ihr mir eure Meinung sagt, desto früher können wir heimgehen«, sagte er gereizt. »Diese letzte Einstellung – ist die gut?«

»Ich finde sie gut«, antwortete Caryn matt. »Sie ist toll.« Sie stand auf und war sich bewusst, dass Martins Blick auf ihr ruhte. »Ich muss nach Hause, Martin. Ich bin erledigt.«

»Okay. Wir machen das morgen früh fertig. Ich möchte, dass es noch vor Mittag zur BBC rübergeht.«

Caryn nickte, zu müde, um zu antworten. Sie nahm ihre Tasche vom Schreibtisch und zog ihr Handy heraus – vier Anrufe, drei von Nic. Der vierte war von Simon. Morgen früh müsse er einen Freund in Heathrow abholen. Er werde sich später wieder melden.

Langsam klappte sie das Handy zu. Auf der Reise nach Kapstadt war zwischen ihr und Simon etwas passiert. Sie wusste nicht, was es ausgelöst hatte, aber ihre Beziehung war plötzlich intensiver geworden. Mit einem Mal fiel ihr die erste Begegnung im Dorchester wieder ein, als er so lässig und nonchalant durch die Hotelhalle gegangen war und alle Frauen ihm nachsahen. Es war schwer, diesen Mann mit dem argwöhnischen, geplagten Menschen in Zusammenhang zu bringen, der jeden Morgen vor Sonnenaufgang aus ihrem Bett kroch oder ohne Vorwarnung Flüge um die halbe Welt aus der Tasche zauberte. Simon war ihr ein Rätsel. Sie wusste praktisch nichts über ihn, außer ein paar hingeworfenen Bemerkungen, dass er in Afrika aufgewachsen war, eine Weile in London gelebt und keine Familie hatte. Und dennoch, trotz seiner Verschwiegenheit gab es Momente, in denen er sich ganz plötzlich und unerwartet öffnete. Sie hatte niemandem von ihm erzählt, weder Nic noch Tory hatten ihn je zu Gesicht bekommen. Nie gingen sie zusammen irgendwohin, wo man sie hätte sehen können. Ein paarmal war ihr der Gedanke gekommen, ob er vielleicht verheiratet war. Aber tief in ihrem Innern wusste sie, dass seine Ausflüchte nicht mit so konventionellen Dingen wie einer Ehe zu tun hatten. Er hatte andere Gründe, sich zu verstecken. Sie warf einen Blick in den Konferenzraum. Martin und Rupesh saßen noch immer vor dem Bildschirm. Sie seufzte. Sie hatte irgendwie die Lust an der Arbeit verloren. Sie wollte bloß nach Hause und warten. Auf seinen Anruf.

Kurz vor Mitternacht klingelte er. Caryn stieg aus dem Bett und eilte zur Tür. Sein Mund war warm und schmeckte nach Whisky. »Du hast getrunken«, murmelte sie. Er antwortete nicht, sondern küsste sie wieder. Seine andere Hand glitt unter ihr Nachthemd, seine Finger strichen über ihre Haut, und sie bekam Gänsehaut an den Armen. Er zog sie an sich, sie spürte seine Erektion. Auch sie begehrte ihn. Sie zog seinen Kopf an sich, ihre Lippen strichen über die Bartstoppeln auf seinen Wangen. Sie konnte einfach nicht genug kriegen von ihm. Es endete wie immer auf dem Wohnzimmerboden.

Als sie danach schläfrig im Bett lagen und sein Gesicht von dem geisterhaft blauen Licht des Weckers beleuchtet wurde, streichelte er die zarte Haut an ihren Leisten und drehte sich zu ihr um. »Was wäre«, begann er langsam, »wenn ich dich bitten würde, mit mir fortzugehen? Für eine Weile, meine ich?«

Caryn riss die Augen auf. »Wohin?«

»Irgendwohin.«

»Von London weg, meinst du?«

Er nickte. »Ja. Für eine Weile.«

Sie schwieg. »Ich kann nicht einfach weg«, antwortete sie schließlich zögernd. »Ich meine, ich habe einen Job … wie sollte ich das machen?«

»Du meinst wegen Geld?«

»Ja. Ich habe … ich habe immer gearbeitet …«

»Ich habe Geld, Caryn. Das ist kein Problem.«

»Für mich schon, Simon. Ich hatte nie welches. Alles, was ich habe, habe ich mir erarbeitet. Außerdem gibt's noch meine Familie. Meinen Bruder. Und meine Mum.«

»Wo sind die?«, fragte er ruhig. »Du redest nie über sie.«

»Du erzählst mir ja auch nichts von dir«, erwiderte sie und stützte sich auf die Ellbogen auf.

»Da gibt's nichts zu erzählen«, antwortete er gleichmütig und drückte seine Zigarette aus. Dann sah er sie an. »Könntest du weggehen?«

»Wohin denn?«, fragte sie ruhig.

»Wohin möchtest du denn gern?«

»Irgendwohin, wo es warm ist. Wo du aufgewachsen bist? Ich wollte immer schon nach Simbabwe. Weißt du, wie Nic davon erzählt …«

»Nein, nicht nach Afrika. Mit Afrika bin ich fertig«, unterbrach er sie. Er griff nach einer weiteren Zigarette. »Irgendwohin, aber nicht nach Afrika.«

»Ich weiß nicht. Ich war ja noch nirgendwo. Abgesehen von Kapstadt. Und Colchester. Und *da* will ich bestimmt nicht hin«, antwortete sie lächelnd.

»Heißt das dann ›ja‹?«

Caryn holte tief Luft. Als sie antwortete, klangen ihre Worte, als hätte sie jemand anders gesagt. »Ja. Ich gehe mit dir.«

Er brach frühmorgens auf, als das erste fahle Licht durch die Jalousien drang. Er küsste sie und nahm seine Sachen. Wie üblich verließ er sie ohne ein Wort. Caryn hörte, wie die Haustür leise zufiel, seine Schritte auf den Stufen. Und dann war er fort. Gähnend streckte sie die Arme über den Kopf. Es war halb sechs. Sie drehte sich um, streckte die Beine aus und stieß dabei etwas aus dem Bett. Verwundert tastete sie danach. Es war seine Brieftasche. Sie musste ihm aus der Hosentasche gefallen sein, als er sich anzog.

Sie schaltete das Licht an und starrte sie an. Das braune Leder war an manchen Stellen abgenutzt, offensichtlich besaß er sie schon lange. Ihr Herz klopfte bis zum Hals. Sie klappte sie auf. Auf der linken Seite befand sich die übliche Kreditkartensammlung. Sie zog eine heraus. Eine Platinumkarte von American Express. *Simon Carter. Mitglied seit 1988.* Eine Visa-Karte auf denselben Namen. Auf der rechten Seite steckten eine Reihe von Visitenkarten. Sie zögerte. Es war falsch von ihr, in seinen Sachen zu schnüffeln. Aber er erzählte so wenig von sich. Gerade hatte sie zugestimmt, mit ihm fortzugehen, dabei kannte sie nicht einmal seinen Familiennamen. Nun, jetzt kannte sie ihn. *Simon Carter.* Irgendwie war ihr, als hätte sie den Namen schon einmal gehört. Aber wo? Sie klappte die Brieftasche erneut auf. Etwa hundert Pfund. Ein paar US-Dollar, eine Zwanzig-Rand-Note von der Kapstadt-Reise und – sie nahm den Schein heraus und sah ihn genau an – fünfzig maltesische Lira. Hatte er in Malta gearbeitet? Ferien gemacht? Hinter einem der Zwanzig-Dollar-Scheine steckte eine Visitenkarte. *Matari Ndava. Chefreporter, WED.* Eine New Yorker Nummer. Die Haare in ihrem Nacken stellten sich auf. Sie drehte die Karte um. Nic: 0207 284 2312. Es war Nics Handschrift. Sie kannte sie so gut wie ihre eigene. Plötzlich erinnerte sie sich, wo sie Simon Carters Namen schon einmal gehört hatte. Sie schluckte und war plötzlich hellwach. Nichts ergab einen Sinn.

Simon starrte Caryn an. Sie weinte, ihr Gesicht war rot und geschwollen von stundenlangem Schluchzen, und zum ersten Mal in seinem Leben wusste er nicht, was er tun sollte. Er seufzte. Vor drei Tagen hatte er seine Brieftasche in ihrer Wohnung vergessen – *wie dumm!* –, und obwohl sie sie ihm wortlos zurückgegeben hatte, war ihm klar, dass es Anschuldigungen geben würde. Natürlich hatte sie hineingesehen. Hatte er sie vielleicht absichtlich liegen lassen, um auf diese Weise etwas ans Licht zu bringen, das er nicht anzusprechen wagte? Er fuhr mit der Hand durchs Haar. »Hör zu, Caryn. Ich hab dir schon einmal gesagt … es ist kompliziert.«

»Was ist kompliziert? Sag mir einfach die Wahrheit, Simon. Wer *bist* du?« Ärgerlich wischte sie sich die Tränen weg.

Er schob die Hände in die Taschen. So wütend hatte er sie noch nie erlebt, aber das war gleichzeitig seltsam tröstlich. *Er war ihr wichtig.* Seit Jahren hatte er niemanden mehr kennengelernt, der sich so leidenschaftlich für ihn interessierte. Absurd, aber wahr. Er hielt die Welt gern auf Abstand. Ihn verstörten nicht nur ihre Fragen, sondern mehr noch die Antworten, die sie in ihm auslösten. Er wandte sich ab und ging zum Fenster. Er wollte etwas sagen, sich verteidigen, brachte aber nichts heraus. Er blickte auf die Straße hinab, auf die ältere Frau, die ihren fetten Dachshund über den Bürgersteig zerrte. In ihm rumorte etwas, was er nicht abschütteln konnte, und eine längst vergessene Erinnerung drängte sich ihm auf. Er konnte Caryns rauen Atem hören und seinen eigenen Herzschlag.

Mit einem Mal war er wieder zehn Jahre alt. Er radelte den Weg zum Farmhaus hinunter, seine Reifen wirbelten den roten Staub des unfruchtbaren Ortes auf, an dem seine Eltern sich niedergelassen hatten. *Mukiwa! Mukiwa!* Eine Gruppe Kinder jagte halbherzig neben ihm her, bis ihre dürren Beine müde wurden. *Weißer Junge.* So nannten sie ihn – so nannte ihn jeder, angefangen von Moses, dem Wanderarbeiter, den sein Vater manchmal anstellte, bis hin zu den Wachen des neuen Armeelagers außerhalb von Filabusi. *Mukiwa.* Weißer Junge in Afrika. Es war ein Ndebele-Wort, das alle benutzten, um Leute wie ihn zu beschreiben, selbst die Shona. Die Tatsache, dass dieser *mukiwa* so gut Shona sprach wie jeder andere, machte keinen Unterschied. Der einzige Mensch, der ihn nicht so nannte, war

Mat. Mat nannte ihn Simon und redete mit ihm, als wäre zwischen ihnen kein Unterschied.

Sein Haar war noch nass vom Schwimmen im Fluss. Er brachte Mat Schwimmen bei, vielleicht das Einzige, was er konnte und Mat nicht. Zumindest noch nicht. In seiner Schule in Nyanga, der Schule für Weiße, gab es natürlich ein Schwimmbecken. In der Dorfschule gab es das nicht. Aber das war nicht der einzige Unterschied zwischen ihnen. Mr Ndava, Mats Vater, war reich. Simons Vater, Douglas Carter, nicht. Eine Umkehrung der üblichen Rollen. Mats Mutter, Mrs Ndava, war warm und weich und hatte immer etwas zu essen für ihn. Seine eigene Mutter kümmerte sich kaum um ihn, ihr war nur Cookie, ihr verdammter Hund, wichtig und woher die nächste Flasche Brandy kam. Simon hasste den Hund. Ein kurzbeiniger, fetter Dachshund. Er hatte Mat nie mit zu sich nach Hause genommen. Er hätte sich – wie sollte er es sagen? Geschämt? Gefürchtet? Geschämt für den Schmutz und das Elend, in dem sie lebten. Gefürchtet vor dem, was seine Eltern sagen würden. Mat war der einzige Mensch auf der Welt, für den er so etwas wie Zuneigung empfand. Er hasste seine Eltern, den Hund und das Farmhaus mit der abblätternden Farbe, dem Boden, der nie gewischt wurde, und den Schränken, die nichts enthielten, was nicht in Flaschen abgefüllt war. Er hasste es, wie sein Vater das karge Geld abzählte, wenn er auf dem Markt ein paar Feldfrüchte losgeworden war. Wenn er mit leeren Händen zurückkam, war es Simon, der seine Wut als Erster zu spüren bekam. Wenn Mrs Ndava ihn sah, klickte sie mit der Zunge und strich selbst gemachte Salbe auf seine Wunden. Während der Behandlung blieb er starr sitzen, weil er solchen Kontakt nicht gewöhnt war.

Er hatte es im Radio gehört. Vor seinem inneren Auge

sah er den Hund vor sich, wahrscheinlich aufgerissen wie eine geplatzte Wurst. Ihm war übel geworden, im Hof spie er die *sazda* und das scharfe Ziegengulasch aus. Aber es war auch eine Erleichterung.

Er wandte sich vom Fenster ab. Caryn stand in der Küchentür, die Arme schützend um sich geschlungen, und die Belastung der letzten Tage war ihr deutlich ins Gesicht geschrieben. Sie berührte ihn auf eine Weise, die er nicht beschreiben konnte. Er streckte die Hand nach ihr aus und spürte eine so große Spannung in sich aufkommen, dass ihm schwindelte. Er küsste sie heftig. Dann begann er zu reden.

Sie sah ihn an, nachdem er sich endlich entspannt hatte und eingeschlafen war. Sie hatten fast sechs Stunden geredet, wie sie mit Blick auf den Wecker feststellte. Draußen war es dunkel. Eine heftige Woge der Zuneigung überkam sie für den Mann, der sie noch im Schlaf umschlungen hielt, als hätte er Angst, sie wäre fort, wenn er aufwachte. Sie schloss die Augen, aber seine Stimme ging ihr nicht aus dem Kopf. Sie sah alles vor sich – das heruntergekommene Farmhaus, die leeren Schüsseln, die Flaschen. Das war auch ihre Kindheit. Sie kannte das beängstigende Gefühl, am Abgrund zu stehen, wenn eine Telefonrechnung nicht beglichen oder die Miete nicht bezahlt worden war. Dennoch war seine Welt eine völlig andere. Simon war der ewige Außenseiter. Er gehörte nie so zu den Ndavas wie Mat, und ihr Familienleben war so verschieden von der Kultur, aus der *er* stammte. Die Grundsätze, die die Ndavas zusammenhielten – Pflicht, Respekt, Bewunderung – standen im Widerspruch zu der Familie, nach der er sich sehnte. Eine fröhliche, Kuchen backende Mutter und ein ruhiger, Pfeife rauchender Vater, der einen am Sonntag zum Fischen mitnahm … das war das Familienbild, das er aus englischen Jugendromanen oder von seinen weißen Schulfreunden kannte. Patience Ndava aber war politisch engagiert und streng, sie kochte, sorgte für seine Kleidung und redete mit ihm, aber als Mutter entsprach sie nicht seinen kindlichen Träumen. Mat schien solche Träume nicht zu haben. Er war auf eine Art glücklich mit seinen Eltern, wie Simon es nie sein konnte. Zwischen ihren beiden Welten klaffte ein tiefer Abgrund, den auch ihre Freundschaft nicht schließen konnte. Es war nicht sein Fehler, und sicher nicht der der Ndavas. Sie liebten ihn, wie sie ihren Sohn liebten. *Du bist mein Sohn. Und damit hat es sich.* Mit diesem Spruch im Ohr war er aufgewachsen, und er stimmte. Aber das reichte nicht.

Er zuckte im Schlaf, und ein leises gurgelndes Geräusch kam aus seiner Kehle, als er sich bewegte. Caryn beugte sich hinunter und küsste ihn aufs Haar. Sie war nicht sicher, wie es nun weitergehen würde. Zwischen Simon, Mat, Nic und ihrem Vater gab es Verstrickungen, von denen sie keine Ahnung hatte. Alles war so weit entfernt von ihrem eigenen Leben, von der Welt, in der sie aufgewachsen war. Im Moment schien es zu reichen, wenn sie bei ihm war, ihn festhielt und einfach nur zuhörte. Doch für wie lange? Selbst sie, die absolut keine Erfahrung hatte mit den Schlichen und Tricks des internationalen Big Business, begriff, dass alles weitaus komplizierter war, als sie sich vorstellen konnte. Hier ging es auch nicht um Beichte und Vergebung. Was geschehen war – was Simon getan hatte –, ging weit darüber hinaus. Sie legte sich neben ihn. Sie fühlte sich völlig leer und wusste keine Antwort und keinen Rat. Im Dunkeln lag sie da, und ihr Atem wurde immer schneller. Was er beschrieben hatte, war tatsächlich eine ganz andere Welt. Vielleicht war das der entscheidende Punkt?

105

Völlig aufgewühlt verließ Mat das Haus seiner Eltern. Noch nie zuvor war er gegenüber seinem Vater – oder seiner Mutter – laut geworden. Das war nicht üblich bei ihnen. Es gab Meinungsverschiedenheiten, ja, aber die wurden nie offen ausgetragen. Doch als Gordon ihn gebeten – nein, *ihm befohlen* – hatte, die Geschichte fallen zu lassen, hatte er die Beherrschung verloren. Etwas platzte in ihm, und von da an gab es kein Halten mehr.

Er riss die Wagentür auf und stieg ein. Das Herz klopfte ihm bis zum Hals. Er raste davon, dass der Kies hinter ihm aufspritzte, aber es war ihm egal, was sein Vater oder die Nachbarn dachten. Er fuhr in Richtung Battersea. Dort war der einzige Mensch, mit dem er im Moment sprechen konnte. Simon. Hoffentlich war er zu Hause. Am Morgen seiner Ankunft hatte er ihn kurz gesehen, aber seitdem war er seltsamerweise verschwunden. Was wohl dahintersteckte? Eine Frau vielleicht? Simon ließ nichts heraus.

Eine halbe Stunde später hielt er vor der Wohnung. Noch immer außer sich, lief er, zwei Stufen auf einmal nehmend, die Treppe hinauf. Ihm gingen die Worte seines Vaters nicht aus dem Kopf: *Ich arbeite für Harte, Matari. Ich arbeite schon lange Zeit für ihn.* Leise Musik spielte hinter der Tür. Erleichtert sperrte er die Tür auf. Simon lag auf der Couch, eine gefaltete Zeitung auf der Brust. Langsam schlug er die Augen auf, als Mat eintrat.

»Bruder«, sagte Mat und warf die Wagenschlüssel auf den Tisch. »Schön, dich zu sehen.« Dann ging er in die Küche und holte eine Flasche Wasser aus dem Kühlschrank. Er schraubte den Verschluss auf, trank direkt aus der Flasche und wischte mit dem Handrücken den Mund ab. Wieder im Zimmer fragte er mit gerunzelter Stirn: »Ist irgendwas?« Ein seltsamer Ausdruck lag auf Simons Gesicht. Eine merkwürdige Ruhe, die er schon lange nicht mehr an ihm gesehen hatte. Simon schüttelte den Kopf. Mat stellte die Flasche ab und ging zur Couch. Er ließ sich in einen Sessel fallen und blickte Simon argwöhnisch an. Irgendetwas war passiert. Simon setzte sich auf und griff nach seinen Zigaretten. Langsam zündete er eine an und inhalierte tief.

»Du wirkst durcheinander«, sagte er schließlich, ohne Mat direkt anzusehen.

Mat nickte, immer noch mit gerunzelter Stirn. Plötzlich hatte er das Gefühl, weit weg zu sein, aus großer Entfernung auf seinen Bruder zu blicken. Er ließ sich Zeit mit der Antwort. »Ich war gerade bei Dad«, sagte er schließlich und seufzte tief auf. »Er … wir hatten Streit.«

Simon sah ihn durch eine Rauchwolke hindurch an. »Worüber?«, fragte er vorsichtig.

Mat zögerte und legte die Hand an den Kopf, eine merkwürdig feminine Geste der Verlegenheit. »Mist, ich weiß noch nicht mal, wie ich's sagen soll. Die ganze Zeit …« Er brach wütend ab und stand auf. »Was glaubst du, wie Dad sein Geld gemacht hat?«

Simon wich seinem Blick aus. »Willst du es wirklich wissen?«, fragte er ruhig.

Mat starrte ihn an. »Sag nicht, du hast es gewusst? Du hast über ihn und Harte Bescheid gewusst? Sag mir das nicht, *Bruder.* Sag das nicht. *Bitte.*«

»Mat …« Simons Stimme klang gequält. »Ich glaube … ich muss dir was erzählen.« Plötzlich stand er auf und ging in die Küche. Mat hörte, wie er den Schrank aufmachte, wie ein Glas klirrte und Eiswürfel hineinfielen. Kurz darauf kam er mit einem Drink in der Hand zurück. Whisky offensichtlich. Er nahm einen Schluck und entblößte die Zähne, als ihm die scharfe Flüssigkeit die Kehle hinabrann. »Ich war nicht ganz ehrlich zu dir«, sagte er und starrte auf seinen Drink.

»Sag nicht«, erwiderte Mat mit einem nervösen Lachen, »dass du auch für dieses Arschloch arbeitest.«

Simon riss die Augen auf. Es folgte eine kurze Pause, dann brach eine Welt für Mat zusammen. Simon nickte. »Das war die Lüge, Mat. Doch, das tue ich.«

Teil 7

106

Los Angeles, USA, 2006

Caryn fädelte sich vorsichtig in den Verkehr auf der Sepulveda ein, bog nach links auf den Manhattan Beach Boulevard und dann noch einmal nach links auf den Highland Boulevard. Sie fuhr langsam und vorsichtig und achtete darauf, alles so zu machen, wie Simon es ihr gesagt hatte. *Blinker raus, in den Rückspiegel schauen, auf den Wagen vor dir aufpassen. Wenn du jemandem hinten reinfährst, bist immer du schuld.* Es gab so viel zu beachten. Die Fahrprüfung hatte sie zwar endlich bestanden, fühlte sich aber immer noch nicht sicher genug, um sich weiter als ein paar Straßen vom Haus zu entfernen.

Sie hielt vor dem weißen, mit Schindeln verkleideten Haus, das einen direkten Blick aufs Meer hatte, und stellte den Motor ab. Sie starrte zu dem Haus hinauf. Selbst nach vier Monaten konnte sie immer noch nicht recht fassen, dass *sie* dort wohnte. Mit Simon. Tatsächlich fand sie die meisten Dinge in ihrem jetzigen Leben schwer zu begreifen. Nie hätte sie gedacht, dass sie jemals den Mut aufbringen würde, Alice und Brian zu verlassen. Am Ende war es Brian gewesen, der sie dazu überredete. »Jetzt komm«, hatte er vor einem Monat in London zu ihr gesagt, »genieß endlich das Leben, Car. Ich kümmere mich schon um alles.« Sie ließ den Blick nach rechts und links schweifen. Die Häuser in Manhattan Beach waren sehr hübsch, eine bunt zusammengewürfelte Mischung aus holzverkleideten Stadthäusern in Weiß, Pink, Blau und Zitronengelb. So weit entfernt von Baberton House, wie man sich nur vorstellen konnte. Sie öffnete die Wagentür.

Die kühle, salzhaltige Winterluft strich über ihre Haut. Sie machte den Kofferraum auf und nahm die braunen Einkaufstüten heraus. Durch die schmale Gasse zwischen den Häusern konnte sie aufs Meer sehen, das am Horizont mit dem Himmel verschmolz. Kalifornien war tatsächlich ein Traum. Ein Übermaß an Schönheit und gutem Leben, und das gute Leben war jetzt auch ihres. Sie stieß das Tor auf und schleppte die Tüten die Treppe hinauf. Das Haus war auf drei Ebenen gebaut: unten eine Garage, in der Simons Wagen stand – ein großer schwarzer SUV, den zu fahren sie sich nie trauen würde –, eine Außentreppe hinauf zum Eingang, hinter dem sich eine große sonnige Küche, ein Ess- und ein Wohnzimmer befanden, und schließlich, über eine Wendeltreppe erreichbar, zwei Schlafzimmer und eine große Terrasse mit Blick aufs Meer. In den ersten Wochen war sie wie in Trance darin herumspaziert, unfähig, ihr Glück zu fassen. Es gehöre einem Freund, der für ein oder zwei Jahre in Australien sei, sagte Simon. Es war nicht möbliert, und sie verbrachten mehrere Tage damit, auf der Melrose Avenue nach Einrichtungsgegenständen zu suchen. Aber es war ihres, wenn auch nur gemietet.

Sie öffnete die Tür. Simon telefonierte draußen auf der Terrasse. Sie lächelte ihm durch die Scheibe zu und begann die Lebensmittel auszupacken. Auch daran konnte sie sich nicht gewöhnen. Immer hatte sie für alles gearbeitet, hatte nicht einmal einen Kredit aufgenommen aus Angst, ihn nicht zurückzahlen zu können – und jetzt führte sie ein Leben, wie sie es bisher nur bei Nic gesehen hatte. Geld bedeutete Nic sehr wenig. »Weil du immer welches gehabt hast«, erwiderte Caryn jedes Mal, wenn die Sprache darauf kam. Nic hatte nie einen Traum begraben müssen, weil es am Geld mangelte. Um ihre lockere Selbstsicherheit beneidete sie Caryn immer noch. Das größte Wagnis, das sie selbst je eingegangen war, bestand darin, mit einem Mann, von dem sie niemandem erzählen durfte, ans andere Ende der Welt zu ziehen. Aber es gab Nächte, in denen sie schweißgebadet hochschreckte.

Vieles an Simon war ihr immer noch ein Rätsel. Was für Geschäfte er eigentlich machte, wohin seine Reisen gingen, in welcher Beziehung er stand zu Leuten wie etwa dem Mann in Kapstadt, den sie damals besucht hatten. Aber wenn sie mit ihm zusammenbleiben wollte, durfte sie keine Fragen stellen. Und mit ihm zusammen sein, das wollte sie. Sie spürte eine tiefe Verbundenheit mit ihm, die sie nicht erklären konnte. Trotz all seiner Weltläufigkeit und der geheimen Quelle seines Reichtums wusste Simon ganz genau, was es hieß, arm zu sein. Es war kein Scherz gewesen, als sie zu ihm sagte, er erinnere sie an Jim Harte – ein Mann ohne Vergangenheit, der bereit war, alles zu tun, um seine Zukunft abzusichern. Ein Leben ohne Simon konnte sie sich nicht mehr vorstellen. Aber sie zahlte einen hohen Preis dafür – der Streit mit Nic, als sie sagte, sie gehe weg, war nur der Anfang. Würde sie es wirklich ertragen, auch noch alles andere zu verlieren?

Knirschend ging die Schiebetür hinter ihr auf. »Was gibt's?«, fragte sie und wusste, dass sie wahrscheinlich keine Antwort bekam, als er die Arme um sie legte. Sie hatte recht. Er hielt sie fest und vergrub das Gesicht in ihrem Haar. Zuweilen schien es ihr, als wäre er von ihrem Zusammenleben noch mehr überrascht als sie. Manchmal hielt er sie fest, als hätte er Angst, sie wieder loszulassen. Das gefiel ihr und auch wieder nicht. Denn obwohl er sie so brauchte, gab es Seiten an Simon Carter, über die sie möglicherweise gar nicht so genau Bescheid wissen wollte.

107

Tory betrat ihr Büro und machte die Tür fest hinter sich zu. Von oben konnte sie hören, wie die Mädchen die Kübel ausleerten, mit frischem Wasser füllten, die Ware nach draußen stellten und den Abfall des vorigen Tages zusammenkehrten. Sie lehnte sich an den Schreibtisch, holte tief Luft, und ihre Finger tasteten automatisch nach der kleinen Schachtel in ihrer Jackentasche. Nachdem sie eine Woche lang mit einem metallischen Geschmack im Mund aufgewacht war und sich mehrmals übergeben musste, brauchte sie eigentlich keinen Test mehr, um zu wissen, dass sie schwanger war. Sie schloss kurz die Augen. Was für ein furchtbarer Schlamassel! In ihrem Kopf drehte sich alles.

Zu sagen, es hätte zu einem schlechteren Zeitpunkt passieren können, war die Untertreibung des Jahrhunderts. Bloomin' Stories eröffnete gerade einen zweiten Laden auf der Marylebone Road. Trotz – oder vielleicht gerade wegen – des Unglücks bei der *GQ*-Preisverleihung letztes Jahr hatte sich dank der Publicity ihr Umsatz fast verdoppelt. Der Laden warf mehr ab, wurde bekannter und die Bestellungen flatterten nur so herein. In den letzten vier Monaten musste sie drei neue Leute einstellen, und als unten an der Straße ein Blumenladen angeboten wurde, schien die Gelegenheit zu günstig, um sie sich entgehen zu lassen. Ihr Vater war natürlich begeistert, Nic ebenso, und Caryn schickte einen riesigen Strauß kalifornischer Rosen. Luc war hingerissen. Alle jubelten, außer Tory. Und Rob, den sie immer seltener sah, was ihre Sehnsucht nach ihm nur noch steigerte. Er bereitete sich auf eine Abreise vor, das spürte sie. Alle Anzeichen dafür waren da. Diesmal vielleicht für immer. Der Gedanke ließ sie nicht mehr los. In fiebriger Angst ging sie ihrer täglichen Arbeit nach. Bald würde es aus sein.

Sie hätte erleichtert sein sollen, wenn der Wahnsinn der letzten Monate ein Ende fand. Dann könnte sie ihr ruhiges, geordnetes Leben wieder aufnehmen, sich auf ihr Geschäft und die Zukunft konzentrieren. Stattdessen funktionierte sie kaum noch. Und jetzt *das*. Sie zog die Schachtel aus der Tasche und starrte sie an. So hatte es ja kommen müssen. Vielleicht hatte sie es unbewusst sogar herbeigesehnt? Einmal eine Pille vergessen, einen Tag übersehen. Man musste kein Genie sein, um zu erkennen, dass das ganze Lügengebäude irgendwann einstürzen würde. Schließlich hatte sie es schon einmal erlebt. Was sie jetzt tat, unterschied sich nicht sonderlich von Thierrys Verhalten. Bloß dass *sie* jetzt ihrem Partner Hörner aufsetzte. Armer, armer Luc. Das Schlimmste dabei war, dass sie so gut wie keine Scham empfand. Sie hätte nicht aufhören können, selbst wenn sie gewollt hätte. Es war, als lebten zwei verschiedene Personen in ihr: Die erfolgreiche, tüchtige Geschäftsfrau, die in ihrer schönen Wohnung in Islington mit ihrem ebenfalls erfolgreichen Verlobten lebte, und die verzweifelte, unsichere Geliebte eines Mannes, dem sie auf krankhafte Weise verfallen war. Susies Tod kettete sie auf eine verquere Art aneinander, und weder sie noch Rob konnten sich losreißen.

Kurz nachdem sie ihn das erste Mal auf der Straße vor

ihrem Haus getroffen hatte, wusste sie, dass sie ihm sagen konnte, was sie sonst niemandem zu sagen wagte. Sie brauchte lange dazu, aber sobald es heraus war, gab es kein Zurück mehr. Er hatte sich ihr Geständnis kommentarlos angehört, und die Erleichterung überwältigte sie. In dieser Nacht war sie zu Luc nach Hause gegangen, voller Angst, er würde ihr den Betrug ansehen. Aber er sagte nichts. Er merkte nicht einmal etwas. Auf eine seltsam verdrehte Weise rechtfertigte dies ihre Affäre: Luc würde sie *nie* verstehen. Selbst nach ihrem letzten Streit, bei dem wohl jeder Idiot begriffen hätte, was los war, weigerte er sich, es zu sehen. Er war zurückgekommen, genau wie sie vermutet hatte. Was schiefgelaufen sei, wisse er nicht, meinte er, aber er werde sie nicht verlassen. Nicht bevor sie es gemeinsam herausgefunden hätten. Tory war zu erschöpft, um zu streiten, zu schwach, um zu widerstehen. Luc machte sich Illusionen, das wussten sie beide.

Und jetzt das. Ein Kind. Robs Kind. Was nun? Der Wunsch, jemandem davon zu erzählen, war überwältigend. Ihre Hand zögerte über dem Telefon. Dann nahm sie ab und wählte.

Sie hatte die Lichter angelassen, merkte Nic, als sie die Wohnungstür öffnete. Sie runzelte die Stirn. Als sie heute Morgen zur Arbeit ging, hatte sie aber alle gelöscht. In solchen Dingen war sie sorgfältig. Verwirrt schaltete sie die Lampen aus. Es war das dritte Mal, dass etwas in dieser Art passierte. Sie warf ihre Tasche auf einen Stuhl und ging leicht genervt durch die Wohnung. Als sie die Schlafzimmer öffnete, erwartete sie schon, jemanden dort sitzen zu sehen. Natürlich war niemand da. Sie starrte auf das Bett und beruhigte sich bei seinem Anblick. Es war perfekt gemacht.

Sie streifte die Schuhe ab. Fast neun Uhr abends. Den ganzen Tag hatte sie an einem Artikel geschrieben, der morgen früh auf Marks Schreibtisch liegen musste, also sollte sie sich lieber wieder an die Arbeit machen. Mehr als einmal in den letzten Monaten hatte er sie beschuldigt, nicht bei der Sache zu sein. Es stimmte. Es gab Tage, da starrte sie nur aus dem Fenster und fragte sich, warum alles so furchtbar schiefgegangen war. Sie ging in ihr Arbeitszimmer und schaltete den Computer ein. Ein zarter, irgendwie vertrauter Geruch lag in der Luft. Sie versuchte, ihn einzuordnen. Sie hatte ihn schon einmal gerochen. Was war es? Ein Hauch Parfüm – ihr eigenes? Sie sah sich unbehaglich um und wurde das Gefühl nicht los, dass noch jemand im Raum war. Aber in der Wohnung war es still, nur der Computer surrte leise. Sie zog den Stapel der Arbeitsunterlagen zu sich und suchte auf dem Bildschirm nach der Datei »Work«. Ein paar Mal klickte sie herum und wunderte sich, warum sich die Datei nicht am üblichen Ort befand. Wo war sie hingekommen? Sie *musste* doch da sein. Wahrscheinlich hatte sie sie versehentlich anderswo gespeichert. Sie begann die Ablagen durchzusuchen, »Finanzen«, »Persönlich«, »Familie« – nichts. Sie versuchte es mit der Suchfunktion und tippte den Namen ein, unter dem sie den Artikel gespeichert hatte – wieder nichts. Sie war völlig verwirrt. Fast eine Woche lang hatte sie an dem Artikel gearbeitet – wo zum Teufel war er hingekommen?

Um zehn Uhr abends war sie der Lösung des Rätsels keinen Schritt nähergekommen. Es half nichts, sie musste noch einmal von vorn anfangen. Hoffentlich konnte sie den bisherigen Text aus der Erinnerung rekonstruieren. Sie hätte sich in den Hintern beißen können. Was zum Teufel hatte sie damit gemacht? Sie stand auf und machte sich eine

Tasse starken Kaffee. Als sie am Anrufbeantworter vorbeiging, blinkte das kleine grüne Licht. Sie unterdrückte die irrationale Hoffnung, es könnte Mat sein, und schaltete auf »Play«. Es war Tory. Sie klang aufgeregt. Nic griff nach dem Hörer. Der Artikel musste warten.

Eine Stunde später legte sie auf, ihr schwirrte der Kopf. Ohne Unterbrechung hatte sie eine volle Stunde lang zugehört. Tory steckte in einem schrecklichen Schlamassel, und das war noch milde ausgedrückt. Zum Teufel, sie *alle* steckten in schrecklichen Schwierigkeiten. Wie gerne hätte sie erneut zum Hörer gegriffen und Caryn angerufen, aber das ging nicht. Der Gedanke an Caryn löste den gleichen quälenden Schmerz in ihr aus wie der an Mat. Eines Morgens war Caryn aufgetaucht und hatte verkündet, sie gehe nach L.A. Einfach so. Ohne auf jemanden Rücksicht zu nehmen. Es war das erste Mal in fast zwei Jahrzehnten engster und treuester Freundschaft, dass Caryn so etwas tat. Nic hatte damals in der Küche gesessen und sie angestarrt. Sie konnte es schlichtweg nicht fassen. Warum ausgerechnet jetzt? Caryn murmelte irgendwas über einen neuen Dokumentarfilm, für den sie recherchieren müsse, aber sie beide wussten, dass es gelogen war. Es hatte etwas mit einem Mann zu tun, den sie heimlich traf, aber Caryn weigerte sich zu sagen, um wen es sich handelte. Einen Moment lang hatte Nic sich tatsächlich gefragt, ob es Mat war. Aber Caryn wollte einfach nichts sagen. Am Ende schrien sie sich an, und Caryn knallte die Tür hinter sich zu, und das war es dann. An einem stürmischen Novembermorgen war sie abgefahren. Etwa einen Monat später kam eine hastig hingekritzelte Postkarte – mehr nicht. Als wären sie nie befreundet gewesen. Manchmal war Nic nicht sicher, wer ihr mehr wehgetan hatte – Caryn oder Mat.

Ohne Estelle, an deren Schulter sie sich ausweinen konnte, wäre sie verloren gewesen. Tory war so sehr von ihren eigenen Problemen in Beschlag genommen, dass sie keine Hilfe war. In ein paar Monaten wurde Nic achtundzwanzig. Dann hatte sie Zugang zu dem Treuhandvermögen, das Jim für alle seine Kinder eingerichtet hatte, und obwohl sie sich sonst um Geld nicht sonderlich kümmerte, war es für sie ein Zeichen des Erwachsenseins. Sie sollte sich eigentlich auf das Leben jenseits der Dreißig freuen und nicht der Vergangenheit nachtrauern.

Noch immer fassungslos ging sie in ihr Arbeitszimmer. Tory war schwanger, nicht von Luc, sondern vom Freund ihrer verstorbenen Schwester. Nic bekam Gänsehaut. Das war fast unheimlich. Wie hatte das überhaupt passieren können, ohne dass sie etwas davon mitbekam? Seit Monaten war Tory in sich gekehrt und schweigsam gewesen, wie damals in der Schule. Doch Nic hatte sich so ausschließlich auf sich selbst konzentriert, dass sie die Anzeichen nicht bemerkte. Genau das hatte ihr Caryn an den Kopf geworfen. *Es geht immer nur um dich, Nic.* Ihr kamen die Tränen.

108

Estelle sah auf den Umschlag, den sie gerade bei Phil Johnson abgeholt hatte. Seine Rechnung war diskret beigelegt. Mist, er war wirklich teuer! Sie würde zwei oder sogar drei Kunden bedienen müssen, um ihn zu bezahlen. Aber er war gut und lieferte Material. Sie wusste inzwischen alles Nötige über Nicola Harte, ihre beiden »besten« Freundinnen und die kleinen Geheimnisse, die sie alle so verzweifelt zu verbergen versuchten. Wer hätte das gedacht? Sie besaßen *alles* – Geld, Sicherheit, Familie, hatten die besten Schulen besucht. Und dennoch schafften sie es, alles zu vermasseln. Erneut sah sie auf den Bericht, und ein Lächeln spielte um ihren Mund. Auch Caryn Middleton hatte also etwas zu verheimlichen. Sieh einer an. Das kleine Tugendlamm. Sie hatte sie noch nie leiden können.

Estelle stand auf und drückte ihre Zigarette aus. Ihr blieb noch eine halbe Stunde, um sich für einen Kunden am Abend fertig zu machen. Sie hatte jetzt fast alles, was sie brauchte, um Nic Harte den Schock ihres Lebens zu versetzen, aber das reichte noch nicht. Nics Leben zu ruinieren war gut und schön, doch so sehr sie sich darauf freute, ihre Halbschwester zu vernichten, es war klar, dass dies Jim Harte kaum treffen würde. Jim Harte war mit anderen Dingen beschäftigt, die nichts mit seiner Familie zu tun hatten. Sie war ja nicht blöd. Er hatte die Zeitungsgruppe gekauft, um etwas unter dem Deckel zu halten, und aus dem Wenigen, das Nic gesagt hatte, war klar, dass Mat Ndava in die Sache verwickelt war. Aber warum verkaufte Mat die Geschichte nicht einfach an jemand anderen? Nic hatte von irgendwelchen schrecklichen Enthüllungen gesprochen, die den Aktienkurs des Unternehmens in den Keller treiben würden … aber worum ging es dabei? Der einzige Mensch außer ihr, der wahrscheinlich mehr über die Hartes und ihre schmutzige Vergangenheit wusste, war ihre Mutter. Gloria. Und so ungern Estelle, von der monatlichen Überweisung abgesehen, auch an Gloria dachte, sie würde ihr die Frage stellen müssen, die seit einem Jahr an ihr nagte: *Warum hast du gelogen?*

Sie zog sich schnell an und schluckte, bevor Petko sie abholen kam, noch eine Ecstasy-Pille. Die brauchte sie, um sich für die anstehende Arbeit in Stimmung zu bringen.

Das Wohlgefühl würde drei oder vier Stunden anhalten und alles in ihrer Umgebung in einem wärmeren Licht erscheinen lassen. Sie sah in das Döschen, das Eva ihr gegeben hatte. Noch ein halbes Dutzend Tabletten – genügend für den Rest der Woche. Im Moment brauchte sie sie mehr denn je.

Eine halbe Stunde später setzte Petko sie vor Black's, dem exklusiven, nur Mitgliedern zugänglichen Club in Mayfair ab. Alle Köpfe drehten sich nach ihr um, als sie eintrat. Sie traf einen neuen Kunden – Robert. Er sei ein bisschen jünger als der Durchschnitt, hatte Mrs Devereaux gesagt, der Erbe eines Familienvermögens. »Sei nett zu ihm, Estelle. Ich möchte, dass er wiederkommt«, fügte sie warnend hinzu. Mit dem Wohlgefühl, das die Tablette ausgelöst hatte, würde das kein Problem sein.

»Hier entlang, Madam«, sagte jemand und brachte sie höflich zum Lift. Die Mitgliederräume befanden sich im obersten Stockwerk.

Der Lift öffnete sich direkt in einen feudalen Wohnraum. Gedämpftes Licht, leise Musik im Hintergrund. Mehrere Gruppen von Männern saßen auf Sofas und Ledersesseln, umgeben von ganzen Trauben schöner Mädchen. Alles war sehr diskret. Sie wurde durch den Wohnraum zu einer Doppeltür geführt und gebeten zu warten. Kurz darauf forderte sie jemand von drinnen zum Eintreten auf. Sie holte tief Luft und öffnete die Tür.

Im ersten Moment glaubte sie, aus Versehen in die Produktion eines Pornofilms geraten zu sein. In der Mitte des Raums stand ein riesiges Bett mit schwarzen Seidenlaken und Decken aus Leopardenfell. Überall Spiegel. Als sie auf den halb nackten Mann im Bett blickte, sah sie ihr eigenes

Spiegelbild von allen Seiten vielfach reflektiert. Sie musste sich auf die Unterlippe beißen, um nicht laut aufzulachen. Robert – um ihn musste es sich wohl handeln – sah sie unter langen Ponyfransen hervor an. War das ein Witz von Mrs Deveraux? Er wirkte wie ein Teenager.

»Hi«, sagte sie und unterdrückte ein Lächeln. »Du musst Robert sein.«

Er sah sie herablassend an. »Und wer bist du?«, fragte er, als könnte er sich nicht recht konzentrieren.

Estelle trat ans Bett. »Ich bin Estelle«, antwortete sie freundlich und sah auf ihn hinab. Er trug ein Paar enge seidene Unterhosen und eine dünne goldene Kette … sonst nichts. Es roch stark nach Alkohol, und auf dem Nachttisch sah sie mehrere Pillenschachteln und eine Linie Koks. Sie zögerte. In all den Jahren bei Mrs Devereaux hatte sie so etwas nie erlebt. Sie fragte sich, was er wollte. Alle ihre Kunden waren ältere Herren mit klaren Wünschen, normalerweise der herkömmlichen Art. Nicht einer von ihnen hatte es zum ersten Mal gemacht oder Koks dafür gebraucht. Und es war immer mit viel Höflichkeit abgelaufen, die sie inzwischen auch erwartete. Der mürrische, gelangweilte junge Typ vor ihr war anders. Sie setzte sich neben ihn aufs Bett.

»Sagte ich, dass du dich setzen kannst?«

Sie sah ihn überrascht an. Es lag eine nervöse Gereiztheit in seiner Stimme, die ihr anfangs nicht aufgefallen war. »Nein«, antwortete sie langsam, »aber …«

»Steh auf und zieh das verdammte Kleid aus.«

Langsam stand sie auf, und ihr Wohlgefühl verpuffte. Er war betrunken, aber es lag noch etwas anderes in seinem Tonfall, das sie nicht einordnen konnte. Etwas seltsam Bedrohliches. Sie öffnete den Reißverschluss ihres schwarzen

Abendkleids und ließ es zu Boden gleiten. In ihrem winzigen Spitzenslip und High Heels stand sie vor ihm und fragte sich, ob sie sich offen widersetzen sollte. Er mochte vielleicht bezahlen, aber es gab Grenzen. »Noch etwas?«, fragte sie leicht sarkastisch.

»Ja. Gib mir ein Glas, ja?« Er hob die Whiskyflasche auf, die am Boden lag.

Estelle blickte sich um. Auf dem Tablett neben der Tür standen Gläser. Sie ging hinüber und holte eines. »Möchtest du, dass ich dir einschenke?«, fragte sie und ging zum Bett zurück.

»Nein. Ja.« Er reichte ihr die Flasche. Sie beugte sich hinunter und wollte sie gerade aufschrauben, als er ausholte und sie ohrfeigte. Entsetzt ließ sie die Flasche fallen und taumelte rückwärts. »Komm wieder her«, knurrte er und deutete auf die Flasche, aus der Whisky auf die Laken floss. »Und putz das auf.«

Estelles Gedanken begannen zu rasen. Sie konnte wohl kaum mit nichts als einem dünnen Spitzenhöschen auf dem Leib aus der Tür rennen, aber sie würde nicht bei diesem albtraumartigen jungen Mann im Zimmer bleiben. »Nur … nur einen Moment«, sagte sie und beugte sich hinunter, um ihr Kleid aufzuheben. Wenn nötig, würde sie flüchten und es um sich herumwickeln. Aber er war schneller als sie. Er entriss es ihr und stopfte es grinsend unter die Leopardenfelldecke.

»Du willst doch nicht etwa abhauen, oder?«, fragte er plötzlich mit seidenweicher Stimme.

Estelle schluckte. Er war eindeutig verrückt. »Gibt es hier ein Badezimmer?«, fragte sie möglichst gelassen, obwohl ihr Herz raste.

Er schüttelte den Kopf. »Komm her«, sagte er diesmal

freundlicher. Sie zögerte. »Komm her, ich mach bloß Scherze. Das da tut mir leid«, fügte er hinzu und berührte die eigene Wange. »Mit mir geht's manchmal ein bisschen durch.« Er kicherte schrill und nervös.

Estelle setzte sich vorsichtig wieder auf die Bettkante. Er strich sich das Haar aus dem Gesicht, eine seltsam beruhigende kindliche Geste. Eine Spur weniger misstrauisch sah sie ihn an. Vielleicht war ihm einfach die Kombination aus Koks und Alkohol und wer weiß was für Pillen zu Kopf gestiegen. »Also …«, begann sie nach einer Weile, »was möchtest du gern machen?«

Er dachte einen Moment nach und deutete dann auf seinen Schoß. »Blas mir einen«, antwortete er leicht lallend.

Estelle holte tief Luft. Vielleicht beruhigte ihn das. Ließ ihn einschlafen. Sie beugte sich hinab und zog seine Satinunterhosen hinunter. Sein Penis war schlaff. Er legte seine Hände auf ihren Kopf. Als sie ihn in den Mund nahm, begann er sich zu entspannen. Der Mann, der ihren Künsten widerstand, musste erst noch geboren werden. Einen Moment lang schien er ruhiger zu werden, aber dann gab er plötzlich die bedrohlichsten Laute von sich, die sie je gehört hatte – ein tiefes, grollendes Knurren kam aus seiner Kehle. Er hatte sie an den Haaren gepackt, und sein Griff wurde immer fester. Es fühlte sich an, als wollte er ihr die Kopfhaut abreißen. »Du tust mir weh«, sagte sie nachdrücklich und hob den Kopf. Er drückte sie mit solcher Gewalt zurück, dass ihre Zähne auf seinem Schambein aufschlugen. Sie zwang sich, keinen Widerstand zu leisten, bekam aber fast keine Luft mehr. Er war stärker, als er aussah. Seine Hände umklammerten ihren Kopf, sie konnte kaum atmen. Das bedrohliche Knurren vibrierte in ihren Ohren. Sie hatte Todesangst und begann sich zu wehren, was ihn nur noch mehr erregte. Sein Penis richtete sich auf und stieß gegen ihren Gaumen. Jetzt bekam sie überhaupt keine Luft mehr und schlug um sich. Er lachte. Als sie schließlich glaubte, ohnmächtig zu werden, ließ er hysterisch kichernd von ihr ab. Inzwischen war es ihr egal, ob sie nackt aus der Tür laufen musste. Sie kroch zum Bettende, er schlug nach ihr, aber diesmal war sie schneller. Sie kickte mit den Füßen nach ihm, traf ihn an der Schulter, packte die Leopardenfelldecke und stolperte über ihre Schuhe. Er brüllte ihr etwas Unverständliches nach, aber sie rannte bereits aus dem Raum. Als die Flasche sie traf, war sie schon halb draußen – doch mit einem plötzlichen Knall schlug sie seitlich gegen ihren Kopf und zerschellte an der Tür. Estelle sah die entsetzten Gesichter der anderen Leute, hörte Schreie, dann fiel sie nach vorn, und alles wurde still.

An der Stelle, wo die Whiskyflasche sie getroffen hatte, war eine kleine Platzwunde, die der Arzt bei ihr zu Hause mit zwei Stichen nähte. Mrs Devereaux saß an ihrem Bett und blickte besorgt auf sie herab. Ihren riesigen Strauß weißer Rosen hätte Estelle am liebsten aus dem Fenster geworfen. Abgesehen von der schmerzenden Wunde brannte ihre ganze Kopfhaut wie Feuer.

»Geht's dir besser?«, fragte Eva mit besorgtem Ausdruck im Gesicht.

Estelle nickte unwirsch. Mrs Devereaux stand auf. »Ich sehe am Abend wieder nach dir«, sagte sie. Hätte ihr Kopf nicht so wehgetan, hätte Estelle ihre Besorgnis vielleicht rührend gefunden. »Versuch zu schlafen. Du brauchst vor allem Ruhe, du armes Ding. Wenn ich gewusst hätte, dass er dermaßen irre ist! Du kannst von Glück reden, dass es nicht noch schlimmer gekommen ist.«

Estelle schloss die Augen. Sie war immer noch zu wütend, um zu weinen. Wie ungerecht das alles war! Nic, die unter dem Schutz von Hartes Namen lebte, wäre so etwas natürlich nie passiert. Nie würde sie solche Erniedrigungen erdulden müssen, wie Estelle sie fast jeden Tag über sich ergehen lassen musste. Aber sie würde den Hartes schon noch beibringen, was es hieß, gedemütigt zu werden. Es war fast so weit. Noch ein paar Erkundigungen, noch ein paar lose Enden, die verknüpft werden mussten – und Jim Harte würde den Tag verfluchen, an dem er diese Worte zu ihr gesagt hatte. *Ich habe zwei Töchter, und Sie sind keine davon.*

109

Ärgerlicherweise ging Nic immer wieder der gleiche Refrain im Kopf herum, sie wurde ihn nicht los. *Es ist meine Party, und ich weine, wann ich will.* In einem Monat war ihr achtundzwanzigster Geburtstag, und wie es aussah, würde sie ihn allein verbringen und sich die Augen ausweinen. Es war deprimierend. Ihr achtundzwanzigster Geburtstag hätte ein Anlass zum Feiern, nicht zum Trübsalblasen sein sollen. Ein Tag, dem sie mit Vorfreude und nicht mit Furcht entgegenblickte. Außerdem brauchten sie alle Aufmunterung, nicht nur sie selbst. Sie musste etwas tun. Plötzlich kam ihr eine Idee. Eine Party. Ein rauschendes Fest, bei dem keine Kosten gescheut wurden … an einem schönen, besonderen Ort, weit weg vom Einerlei des Alltags. Warum auch nicht? Sie konnte bald über ihr Treuhandvermögen verfügen und damit machen, was sie wollte.

Sie starrte auf den Computerbildschirm und spürte nun

doch ein gewisses freudiges Prickeln. Warum war ihr das nicht schon früher eingefallen? Es war an der Zeit, sich mit Caryn auszusöhnen. Sie würde sie und ihren geheimnisvollen Liebhaber einladen, wenn er sich überreden ließ mitzukommen. Tory und Luc, Estelle, Ally und ihren Freund Graham. Außerdem Tina, die Einzige, die sie bei *Art Weekly* als Freundin betrachtete, mit ihrem Freund Julian. Und Steve, den Fotografen bei *Gossip*!, zu dem sie immer noch Kontakt hatte. Und sie würde alle an einem hübschen Ort versammeln. Studgrove vielleicht? Jeder wusste ohnehin, dass sie Jim Hartes Tochter war. Es gab da auch noch ein Apartment auf dem Boulevard Saint Michel in Paris, das Jim praktisch nie nutzte. Vielleicht sollte sie ihn einfach fragen? Eine Dinnerparty in Paris, das hörte sich toll an. Plötzlich ganz belebt von dem Einfall, wandte sie sich wieder dem Bildschirm zu. Ja, eine Party. Und auf diese Art würde sie sich auch bei Caryn entschuldigen. Sie vermisste sie mehr, als sie sagen konnte.

110

»Jim?« Die Stimme seiner Sekretärin riss ihn aus seinen Gedanken. »Nic ist am Apparat. Auf Leitung zwei.«

Jim runzelte die Stirn. Nic rief doch *nie* an. Als er nach dem Hörer griff, merkte er, dass seine Hand leicht zitterte. Seit Patrick ihm gesagt hatte, sie sei mit Mat Ndava zusammen gewesen – was immer das auch heißen mochte –, hatte er Angst, sie zu treffen. Er wäre lieber gestorben, als es zuzugeben, aber Nic war der einzige Mensch, dessen Meinung ihm etwas bedeutete. Er wusste, wie mies das von ihm war. Mehr als mies.

Er räusperte sich. »Nic? Wie geht's dir?«

»Danke, gut.« Sie gab sich höflich distanziert. Schnell erklärte sie den Grund ihres Anrufs: Sie wolle im Pariser Apartment eine Dinnerparty geben – zu ihrem achtundzwanzigsten Geburtstag.

»Sicher. Es ist niemand dort.« Zögernd fügte er hinzu: »Brauchst du noch etwas?«

»Nein, danke. Nur das Apartment, wenn es dir recht ist.«

»Natürlich. Wann sehen wir dich denn?«, fragte er zu seiner eigenen Überraschung.

Sie zögerte einen Moment. »Bald«, antwortete sie ausweichend. Bevor er noch etwas hinzufügen konnte, legte sie auf. Nics Achtundzwanzigster. Er konnte es kaum glauben. Was in dieser Zeit alles passiert war!

Nic legte auf und sah aus dem Fenster. Ihr Vater hatte neuerdings etwas Zögerliches an sich. Seit sie weggelaufen war, um Mat zu suchen, war sie nicht mehr am Eaton Square gewesen. Sie hielt es dort nicht aus und konnte vor allem ihn nicht mehr ertragen. Es stand nicht gut im Reich von Harte. Patrick und Shaun waren wieder in Harare und versuchten dort, die Brände zu löschen. Jim hielt sich häufiger in London auf. Die Übernahme der Riverbrook-Gruppe war nicht ganz nach Plan verlaufen. Nic schüttelte ungläubig den Kopf. Die Schwierigkeiten waren vorhersehbar gewesen, Jim hatte nicht die blasseste Ahnung vom Zeitungsgeschäft. Die Drucker waren in Streik getreten, leitende Angestellte und Redakteure in Scharen davongelaufen, es gab Produktions- und Vertriebsprobleme, die Auflagen sanken. Es sah wirklich nicht gut aus, und nun, da man wusste, wer sie war, schadete das auch ihrer eigenen Karriere. Den verletzenden Ausdruck »Daddys Mädchen« hörte sie oft in letzter Zeit.

»Daddy« war am Tag zuvor auf der Titelseite des *Guardian* gewesen, und jemand hatte ihr beiläufig (vielleicht aus Bosheit) eine Ausgabe auf den Schreibtisch geworfen. Es ging um Insidergeschäfte, Korruption, Skandale, Schmiergelder – schlimmer konnte es kaum werden. *Schluss damit!*, ermahnte sie sich streng. *Du hast gerade angefangen, deine Geburtstagsparty zu organisieren, um dich aufzumuntern!* Sie schaltete den Computer an. Doch statt sich auf die anstehende Arbeit zu konzentrieren, stützte sie das Kinn auf und blies wieder Trübsal. Schnell nahm sie ihr Notizbuch. Nein, sie würde ihr neunundzwanzigstes Jahr nicht so beginnen, wie das vorangegangene geendet hatte. Sie war aus härterem Holz geschnitzt.

Das zweimalige Piepsen, das eine eingehende Nachricht ankündigte, riss Caryn aus dem Schlaf. Sie richtete sich kerzengerade auf, ein bläulicher Mondstrahl fiel durch die offenen Türen und zeichnete eine Linie auf den Boden. Simon neben ihr schlief weiter. Ein Anruf mitten in der Nacht konnte nur eines bedeuten. Leise stand sie auf, ging zur Kommode hinüber und klappte das Handy auf. Es war Nic. Große Erleichterung überkam sie. Wenigstens war nichts mit Alice oder Brian. *Hab Dir gerade eine E-Mail geschickt,* las sie. *Bitte sag Ja. Es tut mir leid. Ich vermisse Dich, alles Liebe, Nic.* Es war Viertel nach vier Uhr morgens. Typisch Nic.

»Was ist los?«, fragte Simon.

Er saß aufrecht im Bett, sein nackter Körper halb von zerwühlten Laken bedeckt, und griff nach seinen Zigaretten. »Es ist Nic«, antwortete sie zögernd. »Sie hat mir gerade eine E-Mail geschickt.«

»Sie schickt dir mitten in der Nacht eine SMS, um dir zu sagen, dass sie dir eine E-Mail geschickt hat? Konnte das nicht bis morgen früh warten?«

Sie seufzte. »Wir … wir haben uns gestritten. Bevor ich wegfuhr.«

»Ich weiß.«

»Wirklich? Woher? Ich hab doch nie …«

»Caryn. Ich bin doch nicht blind.« Er zündete eine Zigarette an und klopfte auf die leere Stelle neben sich. »Komm her.« Sie ging zum Bett zurück. Er zog sie zärtlich an sich. »Du bist nicht die Einzige, die Geheimnisse hat«, murmelte er und suchte ihre Lippen.

»Es ist kein Geheimnis«, flüsterte sie. »Nur ein dummer Streit, das ist alles.«

»Worüber denn?« Seine Stimme klang warm an ihrem Ohr.

Sie zuckte die Achseln und schmiegte sich in seine Armbeuge. »Ach, eigentlich über nichts.«

»Wirklich?« Seine Hand glitt unter den Bund ihrer Pyjamahose und umschloss ihre Hinterbacken, als er sie auf sie zog. Sie erschauerte. Langsam drang er in sie ein, während sich sein ganzer Körper anspannte vor Lust. »Bist du sicher?«

Sie bekam nichts heraus. Sie beugte sich vor, strich mit den Brustwarzen über seine Brust, und er brachte sie beide schnell zum Höhepunkt. Sie vergab Nic die SMS. Wenn auch nur das.

»Es geht um die Party zu ihrem achtundzwanzigsten Geburtstag«, rief sie Simon vom Computer in der Ecke des Wohnzimmers zu. »Sie macht ein Fest. Wir sind beide eingeladen.« Sie hielt den Atem an.

Er trat neben sie. »Sie weiß doch nicht …?«

»Nein, natürlich nicht«, versicherte ihm Caryn schnell. »Ich hab nichts gesagt, ehrlich. Aber sie weiß, dass ich mit jemandem hier bin. Nic ist ja nicht blöd.«

»Ich kann nicht«, sagte er trocken. »Bitte mich nicht darum.«

»Aber *warum* denn nicht?«

»Caryn.« Es lag eine unausgesprochene Warnung in seiner Stimme.

Sie seufzte. »Was ist mit dir und den Hartes?«, fragte sie aufgebracht. »Ist es wegen …«

»Lass gut sein.«

»Warum? Was zwischen dir und Jim Harte passiert ist, muss doch schon ewig her sein. Warum kannst du nicht einfach …«

»Caryn!« Sie sah ihn verblüfft an. Es war praktisch das erste Mal, dass er laut wurde. Er wirkte verärgert. Mehr als das – es lag Angst in seinen Augen. »Vergiss es einfach, okay? Du fährst hin. Sag ihr, was du willst. Aber kein Wort über mich!« Damit war die Sache für ihn beendet.

»Natürlich nicht.« Sie fragte sich, was sie Nic antworten sollte. Selbstverständlich würde sie hinfahren. Sie vermisste Nic und Tory mehr, als sie für möglich gehalten hätte. Und ein Wochenende in Paris hörte sich einfach herrlich an.

III

Die Dinnerparty zu planen war das Schönste, was Nic in den letzten sechs Monaten getan hatte. Die Antworten auf ihre Einladung trafen umgehend ein. Zu ihrer großen Erleichterung hatte auch Caryn zugesagt, würde aber ohne ihren Freund kommen. Er sei verreist, erklärte sie in ihrer E-Mail, sagte aber nicht, wohin. Nic studierte die Gästeliste. Bis jetzt hatten acht Leute zugesagt. Caryn, Tory, Luc, Ally, Graham, Steve, Tina und Julian. Doch da war noch die unangenehme Frage, was sie mit Estelle machen sollte. Caryn und Tory konnten sie nicht ausstehen. Das hatten sie zwar nicht ausdrücklich gesagt, aber es war klar, dass sie sie nicht dabeihaben wollten. Nic wusste nicht, warum sie Estelle so ablehnten, aber Caryns E-Mail war ziemlich deutlich. *Muss sie denn kommen? Bei ihrem Anblick krieg ich Gänsehaut.* Was sollte sie tun? Zugegeben, Estelle konnte manchmal recht irritierend sein, aber im Gegensatz zu Caryn und Tory war sie in den letzten Monaten für sie da gewesen. Nic biss sich auf die Unterlippe. Fairerweise musste man allerdings sagen, dass die beiden selbst genug um die Ohren und wenig Zeit für Nics Probleme gehabt hatten. Und eines war tatsächlich seltsam an Estelle. Nie sprach sie über eigene Probleme, sie schien zu hundert Prozent auf Nic konzentriert zu sein. »Ich weiß überhaupt nichts über sie, und du genauso wenig«, sagte Tory später am Abend. »Findest du das nicht ein bisschen merkwürdig?«

Nic zuckte die Achseln. »Sie ist einfach …«

»Einfach was? Unheimlich?«

»Nein! Sie ist nicht unheimlich. Sie ist bloß eine gute Freundin, das ist alles.«

»Also mir macht sie jedenfalls Gänsehaut. Caryn ist ganz meiner Meinung.«

»Ich weiß. Aber ich kann sie doch nicht einfach übergehen, oder?«

»Warum denn nicht?«, fragte Tory überrascht. »Mein Gott, du kennst sie doch erst ein paar Monate. Sie ist schließlich keine langjährige Freundin. Wie wir.« Torys Stimme klang plötzlich ganz munter. »Lad sie einfach nicht ein, Nic. Bitte. Es wird peinlich, und wie du selbst gesagt hast – wir brauchen alle ein bisschen Aufmunterung. *Ich* jedenfalls hab keine Lust, ihr den ganzen Abend gegenüberzusitzen. Lad sie in London allein zum Abendessen ein, wenn's sein muss, aber nimm sie nicht mit nach Paris.«

»Also gut. In Ordnung. Aber wir brauchen noch einen Gast, sonst haben wir eine ungerade Zahl.«

»Dann lad doch jemand anders ein.«

»Aber wen?«

»Nic Harte, willst du mir sagen, dass du nur acht Leute kennst?«

»Nein, aber es muss jemand sein, der zu den anderen passt.«

»Hör zu, es ist besser, die richtigen Leute zu der Party einzuladen, als die richtige Anzahl von Gästen zu haben. Wenn wir nur zu neunt sind, dann ist es eben so. Du kannst am Kopfende sitzen. Oder besorg dir einen runden Tisch.«

Nic lächelte. Also gut. Sie würde Estelle von der Gästeliste streichen. Glücklicherweise hatte sie ihr gegenüber nichts von der Party verlauten lassen. Am besten verheimlichte sie die ganze Sache. Sie würde sie zum Dinner einladen, wenn sie wieder in London war. Sie legte auf und fragte sich, was an Estelle unheimlich sein sollte. Nein, sie verstanden sie nicht, das war alles. Vielleicht war das ein »Ding« unter Leuten aus dem südlichen Afrika, wie Caryn einmal vermutet hatte. Oder es war ganz einfach Eifersucht. Plötzlich musste Nic lächeln. Es war schön, wenn um einen gekämpft wurde. Sie konnte sich nicht erinnern, wann ihr das schon einmal passiert war.

Am folgenden Wochenende flog sie nach Paris. Gegen Mittag stand sie vor dem Haus mit den üppigen Gärten der Catherine Labouré hinter sich, während Sonnenlicht durch die Bäume aufs Pflaster fiel. Es war Frühling, und in Paris stand schon alles in voller Blüte. Sie hatte ganz vergessen, wie schön die Stadt sein konnte. Sie drückte auf die Klingel und wartete. Eine der vielen Haushälterinnen, die bei RhoMine arbeiteten, würde sie erwarten, hatte Molly gesagt, ein wenig eingeschnappt, weil sie und Jim nicht zu dem Geburtstag eingeladen waren. Nic ging darüber hinweg. Sie hätte sich nichts Schlimmeres vorstellen können.

Die Tür ging auf, und Nic trat in den Hof. Er war genau so, wie sie ihn in Erinnerung hatte. Ein wundervoll gepflegter Garten zwischen eleganten Sandsteingebäuden, in der Luft der Duft von Blumen. Sie öffnete eine prächtige Holztür und trat in ein herrlich kühles Treppenhaus. Im zweiten Stock erwartete sie Madame Censier an der Tür.

»Bonjour, Nicola«, begrüßte die Haushälterin sie strahlend. *»Bienvenue, ça fait longtemps.«* Ja, es war tatsächlich lange her. Sie führte Nic in den Salon. Hohe Decken, große Fenstertüren, die auf den Park hinausgingen, elegante, schlichte Möbel, glänzendes Eichenparkett … ja, das war genau richtig. Lächelnd drehte sie sich zu Madame Censier um.

»Perfekt«, sagte sie entschieden.

Madame Censier nickte zufrieden. »Ihr Vater sagte uns, Sie hätten acht Gäste?«

»Ja, sie treffen am Samstagnachmittag ein. Die Dinnerparty ist am selben Abend, und vermutlich fahren sie am Sonntagabend wieder ab. Es ist doch genügend Platz für alle, oder?«

»Aber sicher. Wir haben sechs Schlafzimmer und das Arbeitszimmer. Und außerdem die Bibliothek.«

»Sehr gut. Also, ich habe ein paar Menüvorschläge … sollen wir die miteinander durchgehen? Dad sagte, Sie würden mir bei den Cateringfirmen helfen.«

»*Bien sûr.* Sehen wir uns an, was Sie geplant haben.«

Bis zum Nachmittag hatte die überaus tüchtige Madame Censier alles organisiert. Sie wusste alles – von der Frage, wo man den besten Weißwein bekam, bis hin zu den besten Orangen aus Valencia. Vermutlich, weil sie Jims englische Gewohnheiten kannte, entschuldigte sie sich um vier Uhr und kam kurz darauf mit einem Tablett mit Tee, Scones und Obstkuchen zurück. Nic hätte beinahe laut aufgelacht. Wenn Jim sich so um seine Geschäfte gekümmert hätte wie um die Führung seiner verschiedenen Haushalte, wäre er wahrscheinlich nicht in so ein Schlamassel geraten. Sie warf einen schnellen Blick auf die Weinkarte, die Madame Censier zusammengestellt hatte – eine Mischung aus Alter und Neuer Welt, angefangen von einem 96er Châteauneuf du Pape bis hin zu einem südafrikanischen Black Rock Chardonnay. Die Speisenfolge war ähnlich beeindruckend: Parmesankörbchen mit Parmaschinken und Salsa, Blauschimmelkäse und Salat mit Walnüssen, marokkanisches Kräuterlamm, gedünsteter Lachs mit Petersilie und Kapern, gebratene Seebrasse mit Knoblauch und Chili-Butter und eine herrliche Auswahl Desserts von einer nahen Patisserie – Schokoladensoufflés, Zitronen- und Himbeertartes und ein Erdbeerparfait, gefolgt von einer riesigen Auswahl an Käse. Nic lief schon jetzt das Wasser im Mund zusammen.

Die nächste Stunde verbrachte sie damit, durch die Wohnung zu wandern, Radio zu hören und zu überprüfen, ob sie nichts vergessen hatte. Natürlich war da noch die

Frage, was sie anziehen sollte. Tory hatte Abendgarderobe vorgeschlagen, nicht unbedingt streng formell, aber dennoch elegant. Nic überlegte. Es war sechs Uhr. Die Geschäfte auf dem Boulevard Saint Germain waren noch offen. Sie lachte in sich hinein. Warum nicht? Wann hatte sie sich zum letzten Mal ein Abendkleid gekauft? Sie griff nach Jacke und Tasche und lief die Treppe hinunter.

Langsam drehte sie sich vor dem Spiegel, so ungewohnt war ihr der eigene Anblick in dem Abendkleid aus feinstem Jersey, das in Falten bis zum Boden fiel und unter dem Busen mit einer Barockspange gehalten wurde. Die Verkäuferin lächelte zufrieden. »*Très belle*«, sagte sie entschieden. »*Voilà.*« Einen Moment lang wurde Nic traurig – es war zwar *ihr* Geburtstag, *ihre* Party, *ihre* Freunde … aber es gab niemanden, für den das Kleid etwas Besonderes wäre. *Nothing compares to you.* Der Song von Sinéad O'Connor fiel ihr plötzlich ein. Nichts ließ sich je mit ihm vergleichen, das war das Problem. Aber es war lächerlich. Wie lange waren sie zusammen gewesen – ein paar Monate? Warum kam sie nicht einfach über ihn hinweg? Ihm war das offensichtlich gelungen. Kein Wort von ihm. Nichts. Anhaltendes Schweigen von dem Mann, für den sie alles getan hätte. Trotzdem fiel es ihr immer noch schwer, das Bild, das Estelle von ihm zeichnete, mit dem zu vereinbaren, das sie von ihm hatte. Ein Spieler. Eine Schar von Freundinnen. Keine enge Beziehung. Aber Estelle hatte ihn schließlich gesehen. Und sie kannte Typen wie ihn.

In gewisser Hinsicht musste sie vielleicht dankbar sein. Es hätte noch schlimmer kommen können. Aber dennoch, so kurz ihre Beziehung auch gewesen sein mochte, sie hatte von Anfang an gewusst, dass Mat anders war. Es fiel ihr schwer, in Worte zu fassen, was sie so sehr gefesselt hatte an ihm. Nicht bloß sein Aussehen und sein offenkundiges Charisma. Nein, es war etwas Tieferes, ein intuitives Erkennen einer Gemeinsamkeit, einer ähnlichen Vergangenheit. Wenn sie doch nur den Mut gehabt hätte, ihm zu gestehen, wer sie wirklich war. Dann hätte alles einen Sinn ergeben. Oder nicht? Estelle meinte, er habe immer Bescheid gewusst, er habe nur mit ihr gespielt in der Hoffnung, einen echten Insiderknüller zu landen. Es blieben tausend Fragen, die nur sie und Mat selbst beantworten konnten. Doch dazu würde es vermutlich nie kommen.

Mit einem Kloß im Hals reichte sie der Kassiererin ihre Kreditkarte und sah zu, wie das Kleid eingepackt wurde. Ein Kleid, das er nie sehen würde.

In der folgenden Woche ahnte Estelle, dass etwas im Busch war. Nic, die normalerweise so offen war, gab sich plötzlich wortkarg. Sie fahre übers Wochenende weg, sagte sie, nach Paris, erklärte aber nicht, warum. Estelle wurde hellhörig. Sie wollte sie nicht zu sehr bedrängen, war aber neugierig. Mit wem sie wegfahre?

»Ach, mit niemandem. Ich fahre allein. Ich habe … ich muss mich um ein paar Dinge kümmern, das ist alles. Nur übers Wochenende. Am Sonntagabend bin ich wieder zurück.« Das klang alles höchst unglaubwürdig.

»Mist«, sagte Estelle, deren Gedanken bereits vorauseilten. »Ich wollte dich eigentlich fragen, ob du am nächsten Samstagabend mit mir ausgehst. Aber macht nichts, dann eben die Woche darauf.«

Wie erwartet, ging Nic auf den Vorschlag sofort ein. »Ja, sicher. Ich ruf dich an, wenn ich zurück bin.«

Estelle legte auf und dachte angestrengt nach. Nic würde am Freitagmorgen um acht Uhr abreisen. Genügend Zeit für Estelle, um in ihrer Wohnung ein bisschen herumzuschnüffeln und herauszufinden, was vor sich ging. Plötzlich kam ihr der Gedanke, ob sie vielleicht Mat Ndava traf? Nein, unmöglich. Das hätte Nic nie für sich behalten können. Und Estelle war schlau genug, um zu wissen, dass sie vermutlich die einzige Person war, der Nic sich anvertraute. Caryn Middleton, dieses Miststück, war mit ihrem eigenen Leben zu sehr beschäftigt, und Tory Spiller hatte zu viel damit zu tun, den Freund ihrer verstorbenen Schwester zu vögeln. Dank Phil Johnston und der Tatsache, dass sie immer noch einen Schlüssel zu ihrer Wohnung besaß, gab es nicht viel in Nics Leben, was sie nicht wusste. Fast hätte sie laut aufgelacht. Sie konnte es gar nicht erwarten, bis sie ihr Wissen einsetzen konnte. Die Frage war nur, wann.

Um Viertel nach zehn am folgenden Morgen hatte sie die Antwort. Sie starrte auf den Computerbildschirm und spürte solche Wut in sich aufsteigen, dass sie glaubte, sie müsste platzen. Am kommenden Wochenende war Nics Geburtstag. Eine Dinnerparty für acht ihrer engsten Freunde in Paris. In einer der vielen schönen Wohnungen der Hartes. Fast blind vor Zornestränen saß Estelle vor dem Bildschirm. Hier stand es, schwarz auf weiß. *Lad sie bitte nicht ein. Ich kann sie nicht ausstehen. Ich krieg Gänsehaut bei ihr.* Und Nics erbärmliche Antwort. *Okay. Tory hat übrigens das Gleiche gesagt. Ich weiß, dass sie ein bisschen irritierend sein kann. Wie auch immer, sie kommt nicht. Ich lasse mir eine Ausrede einfallen. Du hast wahrscheinlich recht. Sie gehört nicht wirklich dazu.*

Fast zehn Minuten saß sie da und konnte sich vor Wut nicht rühren. Sie ging die Liste der E-Mail-Nachrichten durch, ohne genau zu wissen, wonach sie eigentlich suchte. Eine ging von Nic an Caryn. *Muss dir was sagen.* Estelle klickte darauf und las sie schnell durch. Sie war sprachlos. Dann klickte sie auf Caryns Antwort. Die nächsten zwanzig Minuten las sie sämtliche E-Mails durch und merkte sich alles, was von Nutzen sein konnte. Wenn sie mit ihnen fertig war, würde kein Stein mehr auf dem anderen sein. Caryn, Tory, Nic. Sie alle hatten etwas zu verbergen voreinander, genauso wie vor den sogenannten »Freunden«, mit denen sie sich umgaben. Eine fast sexuelle Erregung überkam sie. Nic Harte plante also eine Geburtstagsparty in Paris ohne sie. O ja. Das würde eine denkwürdige Party werden – in mehr als einer Hinsicht.

Sie schloss das Programm, achtete darauf, alle Spuren ihrer Anwesenheit zu tilgen, und stand auf. Die Dinnerparty war für den 2. Mai geplant. Sie konnte sich alles genau vorstellen. Acht selbstgefällige, selbstzufriedene »beste« Freunde, die mit Gläsern in der Hand um einen wunderschön gedeckten Tisch saßen. Sie würde reinmarschieren, ein Glas Wein oder Champagner entgegennehmen, den Ausdruck peinlicher Verlegenheit auf ihren Gesichtern genießen, und dann würde sie ihre kleinen Bomben platzen lassen, eine nach der anderen. Nic fand sie irritierend? Glaubte, sie gehöre nicht dazu? Sie hatte ja keine Ahnung.

112

Nic sah aufgeregt in die Gesichter der ankommenden Passagiere. Caryns Maschine war schon vor einer Stunde gelandet, aber sie war immer noch nicht aufgetaucht. Nic trank den Rest ihres Kaffees aus und wollte gerade zu Starbucks hinüber, um sich noch einen zu holen, da entdeckte sie Caryn plötzlich hinter den Schiebetüren. Sie warf den leeren Becher in den Abfall und eilte auf sie zu. Es war fast sieben Monate her, dass sie sich zum letzten Mal gesehen hatten – Caryn war dünner geworden, wie sie sofort bemerkte. Nic winkte und bahnte sich den Weg durch die wartende Menge. Als Caryn sie sah, lächelte sie so erleichtert, dass Nic einen Moment lang glaubte, sie breche gleich in Tränen aus. Sie selbst weinte bereits.

»Nic!« Caryn drängte sich durch eine Gruppe von Leuten, die sich um eine Mutter und ein Baby scharte. Sie umarmten sich kurz, und es war, als hätte es nie eine Abkühlung in ihrer Freundschaft gegeben.

Caryn war die Erste, die sich löste und verlegen zurücktrat. Sie sahen sich an und musterten sich.

»Du hast dich gar nicht verändert«, sagte Nic und wischte sich mit dem Handrücken über die Wangen. »Ich hatte schon befürchtet, du würdest tief gebräunt mit blond gebleichten Haaren hier auftauchen. Wie Pamela Anderson oder so!«

»Wohl kaum. Ich gehe nicht so oft an den Strand.«

»Komm, der Wagen ist dort drüben. Tory kann's gar nicht erwarten, dich zu sehen. Kaum zu glauben, dass du wieder da bist! Es ist, als wärst du nie weg gewesen. Du musst mir einfach *alles* erzählen. Gott, hab ich dich vermisst.«

»Wie läuft dein Job?«, fragte Caryn, um von sich selbst abzulenken. Sie hasste es, Nic anzulügen, selbst wenn es nur darum ging, etwas nicht zu erzählen. Was für ein Problem Simon mit Jim Harte auch hatte, unter keinen Umständen durfte sie Nic erzählen, wer er war. In dieser Hinsicht blieb er absolut eisern. Wenn sie es täte, wäre es aus zwischen ihnen. Caryn kannte ihn gut genug, um zu wissen, dass er keine Scherze machte.

»Oh, wunderbar. Klassen besser als bei *Gossip*!, das kann ich dir sagen! Wenn wir in der Wohnung sind, zeige ich dir die Ausgabe von diesem Monat. Hier, da wären wir.« Sie öffnete Caryn die Autotür und half ihr, das Gepäck im Kofferraum zu verstauen. »Ich hoffe, du hast was Tolles zum Anziehen mitgebracht«, sagte sie lächelnd. »Ich hab mir in Paris was besorgt. Ich darf gar nicht daran denken, was es gekostet hat. Aber man wird schließlich nicht jeden Tag achtundzwanzig. Und ich bin fest entschlossen, richtig Spaß zu haben.« Ihre Stimme klang plötzlich hart. Hinter ihrem Frohsinn lauerte ein Problem, das Caryn gern angesprochen hätte. Mat. Aber das konnte sie nicht. Nic hatte es schwer getroffen, und Caryn wusste, dass man einen solchen Schlag nicht einfach wegsteckte. Doch Nic verbarg ihren Schmerz hinter fröhlichem Geplauder.

Trotz des Spätfrühlingstags war die Luft kühl und der Himmel grau, was Caryn nach dem blendenden südkalifornischen Licht sehr genoss. Sie blickte auf die üppige grüne Landschaft hinaus und dachte daran, dass sie Alice und Brian bald sehen würde. Als sie ins Zentrum von London fuhren, spürte sie, wie sie nach der langen Abwesenheit wieder in ihr altes Leben eintauchte.

Tory sah sich prüfend im Spiegel an. Sie drehte sich seitwärts und ließ den Rock zu Boden fallen. Ihr Bauch war noch ziemlich flach. Nichts, was aufgefallen wäre. Sie war in der neunten Woche, aber abgesehen von Nic und Caryn wusste niemand davon. Was sie tun sollte, wusste sie immer noch nicht. Sie fühlte sich seltsam gelähmt. Jeden

Morgen stand sie auf, ging in den Laden und dachte während der Arbeit immer wieder: *Ich bin schwanger.* Früher oder später müsste sie etwas unternehmen. Da sie und Luc schon lange keinen Sex mehr hatten, würde die Sache ganz unweigerlich zur Sprache kommen. Denn selbst wenn sie es gewollt hätte, war es unmöglich, ihm das Kind einfach unterzuschieben. Bald würde man es sehen. Sie *musste* etwas tun.

Sie zog ihren Alltagsrock wieder an und schlüpfte in die Schuhe. Es gab eine Taufe auszurichten heute Morgen. Was für eine Ironie, dachte sie, als sie die Wagenschlüssel nahm.

Die Metropolitan Bar gleich in der Nähe des Piccadilly war der ideale Ort für ihr Wiedersehen. Nic kam als Erste, direkt von der Arbeit. Sie bestellte einen Gin Tonic – *einen doppelten bitte!* –, zog ihre Jacke aus und blätterte die Zeitungen auf dem Nebentisch durch. Jims Name stand in den Schlagzeilen – wieder einmal. Die Polizei hatte Indizien gefunden, die ihn mit dem Tod von Sir Winston Freedland in Verbindung brachten. Es gab noch keine konkreten Anschuldigungen, aber das war vermutlich nur der Anfang. Nic seufzte. Bei Jim überraschte sie gar nichts, doch selbst sie konnte sich nicht vorstellen, dass er etwas mit einem Mord zu tun haben könnte. Plötzlich erinnerte sie sich an die Unterhaltung, die sie vor einigen Jahren an der Tür seines Arbeitszimmers belauscht hatte. *Ich möchte Simon Carters Blut nicht an den Händen haben.* Mit einem Mal fröstelte sie. Wer war Simon Carter? Und was hatte er für Jim getan?

»Gott, ich dachte schon, der Tag nimmt gar kein Ende mehr«, unterbrach sie Tory und ließ sich neben ihr auf den Sitz fallen. Sie wirkte müde und erledigt.

»Du siehst aus, als könntest du einen Drink vertragen«, sagte Nic und deutete auf ihr halb leeres Glas.

»Ja, ich würde ja gern … aber ich darf nicht.« Sie blickte auf ihren Bauch. »Ich sollte nicht.«

»Mist, das hab ich ganz vergessen.« Nic verzog das Gesicht. »Heißt das, dass du auf der Party auch nichts trinkst?«

»Nun, außer ich entscheide mich für … du weißt schon. Aber es ist ja schon in einer Woche, also, nein, ich glaube nicht.«

»Meinst du nicht, Luc findet das ein bisschen komisch? Du hast ihm immer noch nichts gesagt, oder?«

Tory schüttelte den Kopf. »Nein, ich weiß immer noch nicht, was ich tun soll …«

»Gott, warum seht ihr beide denn so niedergeschlagen aus?«, rief Caryn und warf ihre Tüten auf den Tisch. »Was ist los?«

Tory umarmte sie fest. »Du hast dich überhaupt nicht verändert!«, rief sie und trat zurück, um Caryn genauer in Augenschein zu nehmen. »Wir hatten schon Angst, du kämst als Kalifornierin zurück.«

»Nie im Leben«, antwortete Caryn lachend. Sie sah zuerst Tory, dann ihren Bauch an. »Du hast doch nicht …?«

»Nein.«

»Und genau deshalb sehen wir bedrückt aus«, warf Nic ein. »Sie trinkt nichts bei der Party.«

»Gott, das wär' ja mal was Neues. Geht's dir gut? Wie fühlst du dich?«, fragte Caryn.

»Mies.« Tory schüttelte den Kopf. »Fast jeden Morgen ist mir schlecht, ich kann mich nicht konzentrieren, bin launisch … total miserabel, wirklich.«

»Also wie immer«, sagte Nic neckend. »Du siehst aber unverändert aus. Man sieht tatsächlich noch gar nichts.«

»Ja, ich hab vermutlich noch ein paar Wochen, dann muss ich was tun.«

»Möchtest du es?«, fragte Caryn ruhig.

Es folgte ein Moment peinlicher Stille, dann wandte sich Tory ab. Sie zuckte die Achseln. »Ich weiß nicht«, sagte sie aufrichtig.

Was für eine Party würde das werden, fragte sich Nic, als sie Caryn und Tory musterte. Mit Torys Schwangerschaft, Caryns mysteriösem Lover und der Tatsache, dass sie selbst Estelle wegen des Geburtstagsfestes belogen hatte, hatten sie alle etwas zu verbergen.

113

Jim hörte Ogilvy, seinem langjährigen leidgeprüften Anwalt, mit einem Gefühl wachsender Angst zu.

»Sie hat irgendwie diese … *Idee*, dass sie Ihre Tochter ist. Mir gefällt das nicht, Jim. Sie hat Fragen gestellt, nicht übermäßig diskret, wen ich hinzufügen darf. Da ist doch nichts Wahres dran, oder, Jim?«

Jim schwieg. Er schwang seinen Drehstuhl herum, um Ogilvys gequälte Miene nicht sehen zu müssen, und blickte aus dem Fenster. Regen trommelte an die Scheibe und lief in Strömen daran hinab. Er war sechzig Jahre alt. Sein ganzes Leben lang war es immer nur darum gegangen, ganz nach oben zu kommen. Er war nicht der Typ Mann, der sich in Selbstbeobachtungen erging, aber, mein Gott, es war ein langer Weg gewesen. Über seine Vergangenheit dachte er selten nach, weil er dies als unnütze Ablenkung von der Gegenwart und der noch viel wichtigeren Zukunft empfand, aber das zehnte Stockwerk gleich in der Nähe der

Fenchurch Street war tatsächlich Welten von seinem Herkunftsort entfernt.

Es gab kaum etwas in dem Lager in Sao Antao, an das er sich erinnern wollte. Bestimmend gewesen waren der Hunger und das Wogen des Atlantiks, der sich endlos in alle Richtungen erstreckte. Er erinnerte sich an dunstige Morgen am Strand, wenn Ebbe herrschte, die Sonne auf die Leere brannte und er die einheimischen Frauen in schwarzer Tracht beim Krabbensuchen beobachtete. Mit ihren voluminösen, an den Knien zusammengebundenen Röcken sahen sie wie watende Vögel aus. Ab und zu schwappte eine Welle auf sie zu, und sie liefen lachend und kreischend in Richtung der Dünen. Er schüttelte abrupt den Kopf.

Über den glänzenden Mahagonitisch hinweg beobachtete ihn Ogilvy nervös. Hinter Ogilvy hingen ein halbes Dutzend Porträts an der Wand, wie ein Mann in Jims Position sie haben musste – Industriekapitäne, längst verstorbene Vorstandsmitglieder. Sie bedeuteten ihm nicht viel, aber die Leute, die er angestellt hatte, damit sie ihn überzeugend als einen wohlhabenden Mann mit Geschmack darstellten, hatten ihm dazu geraten – *alle in der City haben solche Gemälde, Harte. Alle.* Das Ganze war meilenweit von dem verrosteten Blech und zerbröselnden Beton des Lagers entfernt. Ja, es war ein langer Weg gewesen. Und jetzt, wenn er es richtig verstand, war Ogilvy gekommen, um ihm zu sagen, dass dieses verdammte Mädchen, das in seinem Büro aufgetaucht war, eine größere Gefahr bedeutete, als er realisiert hatte. Es ging natürlich um Geld. Die Art von Fragen, die sie gestellt hatte – *dieses dumme Miststück!* –, machte das nur allzu offenkundig. Sie wollte Geld, Anerkennung und Rache. In dieser Reihenfolge. Nun, sie würde gar nichts kriegen. Er hatte sich nicht die letzten fünfzig Jahre fast zu Tode geschuftet, um irgendwas aufzugeben, schon gar nicht wegen des Bastards einer verdammten Hausangestellten. Ärgerlich mahlten seine Kiefer.

»Werden Sie sie los«, knurrte er und drehte sich wieder zu Ogilvy um. »Es ist mir ganz egal, wie Sie das anstellen.«

Ogilvy starrte ihn an. »Sie loswerden?«, fragte er. »Wie?«

»Ach, seien Sie doch nicht so naiv. Rufen Sie Simon Carter an. Es ist mir egal, wie oder was er tut – das will ich nicht wissen. Ich will bloß, dass sie weg ist. Für immer. Natürlich ist nichts dran an ihren Behauptungen. Sie ist bloß auf Geld aus.«

Ogilvy sah ihn unsicher an. »Carter hat seit einer Weile nicht mehr für uns gearbeitet«, sagte er vorsichtig. »Ich weiß nicht einmal genau, wo ich ihn finden kann.«

Jim funkelte ihn an. »Tun Sie's einfach«, erwiderte er müde. »Wenn man dieses Miststück machen lässt, werden wir alle untergehen. Ich weiß nicht, wie viel Sie im Lauf der Jahre beiseitegeschafft haben, aber hoffentlich genug. Wenn dieses Schiff untergeht – und wir mit ihm –, ist auch für Sie alles vorbei, Ogilvy. Das sollten Sie sich merken. Und jetzt – wie steht's bei den Inkati-Minen?«

Simon saß in seinem Liegestuhl auf der Terrasse und genoss die Nachmittagssonne. Neben ihm lag ein geschlossenes Buch, und ein kühles Bier stand auf dem Tisch. Die Hitze hatte ihn schläfrig gemacht. Plötzlich zerschnitt das schrille Klingeln des Telefons die Ruhe. Er fluchte leise und wäre am liebsten nicht hingegangen. Aber vielleicht war es Caryn.

Es war nicht Caryn, sondern Ogilvy, Hartes rechte Hand. Ein letzter Auftrag – ja, er wisse, dass Simon aussteigen wolle und dass er geschworen habe, Freedland sei sein letzter Job, aber ob er diesen allerletzten Auftrag vielleicht doch in Erwägung ziehen würde? Es sei relativ einfach. Eine junge Frau. Harte sei bereit zu bezahlen, was immer er fordere.

»Vergessen Sie's«, erwiderte Simon knapp. »Keine Frau. Und wie haben Sie überhaupt meine Nummer rausgekriegt?«

»Ich habe meine Verbindungen. Ach, um Himmels willen, Carter. Seit wann hat Sie das denn gestört?«

»Vergessen Sie's. Ich mache das nicht. Es ist mir egal, wie viel er bietet. Ich bin draußen, Ogilvy. Das hab ich Ihnen gesagt.«

Ogilvy seufzte. »Hören Sie, Simon. Ich ... ich hätte Sie nicht gefragt, wenn ich nicht glauben würde ...« Er brach plötzlich ab. »Wir sind nicht sicher, wer sie ist. Sie behauptet, Hartes Tochter zu sein – er bestreitet das natürlich –, aber wir haben Grund anzunehmen, dass sie es darauf abgesehen hat, ihn auf die eine oder andere Art zu vernichten. Sie weiß eine ganze Menge. Auch, wer Sie sind. Und wer Ihre Freundin ist.«

Es folgte ein kurzes Schweigen. »Was hat meine Freundin damit zu tun?«, fragte Simon ruhig.

»Sie steht Nic Harte nahe. Ich habe sie ein paar Tage lang beschatten lassen. Ich habe Grund anzunehmen, dass die Frau etwas plant, aber ich bin nicht sicher, was. Hören Sie, wenn Sie es nicht machen, nennen Sie mir jemand anderen. Jemanden, dem Sie vertrauen. Es geht dabei auch um meinen Hals, Carter.«

»Ja, Sie hätten wissen sollen, dass es eines Tages so kommen würde, Ogilvy. Das war doch abzusehen, oder?«

»Nennen Sie mir einen Namen.«

»Ich muss darüber nachdenken. Ich rufe zurück.«

»Lassen Sie sich nicht allzu lange Zeit. Wir haben nicht mehr viele Möglichkeiten.«

Simon antwortete nicht. Er legte auf und ging zur Schiebetür zurück. Die glitzernde Oberfläche des Meeres hob und senkte sich. Er lehnte die Stirn an das kühle Glas und stützte sich mit dem Arm ab. Es musste das Mädchen sein, von dem ihm Caryn erzählt hatte – Estelle oder so ähnlich. Es hätte ihn überraschen sollen, aber bei Jim Harte überraschte ihn gar nichts. Er würde diesen Job nie und nimmer übernehmen – egal, was Ogilvy von ihm dachte, er besaß eine *gewisse* Art von Moral, und eine junge Frau abzuknallen kam nicht infrage. Aber die Tatsache, dass sie von Caryn wusste, machte ihm Sorgen. Wie hatte sie das herausgefunden? Er kannte Caryn. Sie hätte Nic nichts gesagt. Er vertraute ihr. Also musste es das Mädchen auf andere Weise herausgefunden haben. Genau wie Ogilvy und somit Harte. Er hatte seine Spuren sorgfältig verwischt, aber wie er selbst nur allzu gut wusste, konnte jeder gefunden werden. Es war nur eine Frage der Zeit.

Plötzlich überfiel ihn Müdigkeit. Wie immer, wenn er Unsicherheit verspürte, sehnte er sich nach Mat. Aber auch das war ausgeschlossen, das war bei ihrem letzten Treffen schmerzlich klar geworden. Was musste es für Mat, den prinzipientreuesten Menschen, den er kannte, bedeutet haben, als er entdeckte, dass Gordon, sein Vater, mit Harte unter einer Decke steckte? An seine eigene Lüge zu denken, das brachte Simon immer noch nicht fertig. Mat würde ihm nie verzeihen, ihnen *allen* nicht.

Während er aufs Meer hinaussah, kam ihm der Gedanke, dass er sich bis zu einem gewissen Grad sogar wünschte, diese Estelle hätte Erfolg, wo andere versagt hatten. Er wünschte, sie brächte Harte und sein ganzes korruptes Imperium zu Fall. Aber andererseits hatte er auch Angst. Er hatte mitbekommen, wozu Harte fähig war – mein Gott, er hatte ihm oft genug dabei geholfen. Jim Harte würde nicht untergehen, ohne alle anderen mit sich zu reißen, und keinesfalls zögern, andere zu opfern, um die eigene Haut zu retten. Darüber hatte er sich früher nie den Kopf zerbrochen, aber jetzt lagen die Dinge anders. Caryn hatte ihn verändert. Ein Leben ohne sie konnte er sich nicht mehr vorstellen. Plötzlich rang er nach Luft. Wenn Jim Harte in Gefahr war, war er selbst es auch. Und wenn er Harte nicht selbst von der Gefahr befreien konnte, dann musste er jemanden finden, der es konnte.

114

Das Kleid war aus dünner, fester Seide, lag an Busen, Taille und Hüften eng an und reichte bis zur Mitte der Schenkel. Langsam drehte sie sich und bewunderte sich von allen Seiten. Es war mitternachtsblau, mit feinen goldenen Fäden durchwirkt und passte wie angegossen. Ihre goldenen Stilettos standen neben dem Bett, ihr kleiner Reisekoffer lag offen auf dem Boden. Ticket, Pass und Hotelreservierung befanden sich in der Yves-Saint-Laurent-Tasche, die ihr ein dankbarer Kunde zu Weihnachten geschenkt hatte. Sie war fast fertig. Nic war schon in Paris. Ihre sogenannten Freunde würden auch bald abfliegen, sie selbst später am Abend. Schließlich wollte sie ihnen am Flughafen nicht über den Weg laufen. Sie schälte sich aus dem Kleid und legte es, sorgfältig in Seidenpapier eingeschlagen, in den Koffer. Sie hatte vor, Aufsehen zu erregen, nicht nur mit dem, was sie zu sagen hatte. Wenn sie den Mund aufmachte, sollten alle Augen im Raum auf sie gerichtet sein. Aus den E-Mails, die sie gelesen hatte, wusste sie, dass alle total aufgedonnert kommen würden – da durfte sie nicht zurückstehen. Sie konnte sich ein Grinsen nicht verkneifen. Nics Garderobe kannte sie genau. Wenn sie in den letzten Wochen nicht einkaufen war, besaß sie nichts, was ihrem Chanel-Kleid auch nur nahekam. Sie öffnete ihre Schmuckschatulle und wählte ein Halsband, Ohrringe und einen schweren, dazu passenden Ring. Alles war vorbereitet. In weniger als vierundzwanzig Stunden würde sich ihr ganzes Leben ändern.

115

Madame Censier musste Nic fast aus dem Zimmer werfen, damit die beiden Hilfskräfte mit der Arbeit anfangen konnten. Doch selbst als sie begriffen hatte, dass sie weder gebraucht wurde noch erwünscht war, konnte Nic nicht widerstehen, alle paar Minuten einen Blick hineinzuwerfen. Madame Censier leistete hervorragende Arbeit und überließ nichts dem Zufall. Die ganze Wohnung war auf Hochglanz gebracht worden. Riesige Sträuße weißer Lilien und stark duftender burgunderfarbener Rosen standen in der Küche und warteten darauf, nach Madame Censiers Instruktionen verteilt zu werden. Um die Mittagszeit erschien der Koch, und aus der Küche drang lautes Töpfeklappern. Kurz darauf wurden die Weine geliefert und dann die Desserts und der Käse.

Nic spürte, wie sie immer aufgeregter wurde. Bald sollten die ersten Gäste eintreffen. Tory, Luc, Caryn und Ally kamen mit derselben Maschine. Kurzfristig hatte sie mit dem Gedanken gespielt, Jim zu fragen, ob Manning alle herfliegen könnte, fand aber dann, es könnte zu protzig wirken. Stattdessen hatte sie einen Wagen organisiert, der alle vom Charles de Gaulle abholte. Danach war noch genügend Zeit für einen Drink und einen leichten Imbiss, bis die zweite Gruppe eintraf. Sie warf schnell noch einen letzten Blick auf den gedeckten Tisch. Er war perfekt, genau wie sie es sich vorgestellt hatte.

Um Viertel nach drei duschte sie kurz, zog Jeans und eine Bluse an und ging in den Salon. Dort legte sie sich auf eines der grausilbern bezogenen Sofas und schaltete die Stereoanlage an. Unwillkürlich dachte sie kurz an Mat. Sie hätte alles darum gegeben, sein Lächeln zu sehen, sein warmes Lachen zu hören. Sie drückte den Kopf in ein Kissen, weil sie eine so heftige Sehnsucht packte, dass es wehtat. Wie war es möglich, dass eine so kurze Beziehung so tiefe Gefühle auslösen konnte? Obwohl sie nie darüber gesprochen hatten, wusste sie, dass sie beide zwei Gegensätze in sich zu vereinen suchten. Entwurzelt, irgendwie fehl am Platz – eine weiße Afrikanerin und ein schwarzer Europäer. Doch anders als sie wechselte er zwischen den beiden Welten problemlos hin und her. Seit sie ihn kannte, wusste sie, wie sehr sie ihn darum beneidete. Und das machte seinen Verlust noch unerträglicher. Sie wischte sich die tränennassen Wangen ab. Es klingelte, und Madame Censier ging öffnen. Ihre Gäste waren angekommen. Nic stand schnell auf und zwang sich zu einem freundlichen Gesicht. Jetzt war keine Zeit für Tränen.

Um sieben Uhr abends war die Wohnung von Lachen und fröhlichem Plaudern erfüllt. Alle waren pünktlich angekommen. Um sechs hatten sich alle in ihre Zimmer begeben, um sich fürs Dinner umzuziehen. Nic hörte, wie in der Küche Flaschen entkorkt und die Backofentüren auf- und zugeklappt wurden, während Madame Censier und ihre Helfer die Tabletts mit Kanapees und Drinks vorbereiteten. Sie legte die Wimperntusche weg und sah ihr Spiegelbild an. Ihr Haar war zu einem festen Knoten geschlungen, den zwei antike Haarkämme hielten. Die langen Ohrringe, die ihr Tory einmal zum Geburtstag geschenkt hatte, baumelten fast bis auf die Schultern hinab. Sie nahm ein Flakon und tupfte sich etwas Parfüm auf Handgelenke und Halsansatz.

Erneut sah sie sich im Spiegel an. Sie erkannte sich kaum wieder. Sie war achtundzwanzig. In ein paar Minuten würde sie vom Frisiertisch aufstehen und die silbernen High Heels anziehen. Ein merkwürdiges Gefühl der Angst überkam sie. Aber warum? Das Kleid, die Schuhe und die Ohrringe waren schön. Alles war genau so, wie es sein sollte. Schluss damit, ermahnte sie sich streng. *Genieße den Augenblick. Denk nicht daran, was hätte sein können. Es ist, wie es ist.*

Tory sah reizend aus, obwohl ihr Geheimnis auf ihr lastete. Sie hatte wieder Farbe bekommen, und ein rosiger Schimmer lag auf ihrer Haut. Auch Luc sah ausgesprochen gut aus heute Abend. Sie waren ein schönes Paar, dachte Nic, trotz ihres Beziehungsdramas. Caryn fing ihren Blick auf, und sie lächelten sich an. Nic spürte, wie ihr die Tränen kamen. Sie kannten sich fast fünfzehn Jahre, doch für sie war es, als hätten sie sich schon immer gekannt. Von ihrer Familie war niemand zugegen, trotz der Tatsache, dass die Party in einer von Jims Wohnungen stattfand. Dies zeigte nur, in welcher Beziehung sie zu ihnen stand. Sie sah sich um. Acht ihrer engsten Freunde waren versammelt,

Wein und Champagner wurden gereicht, im Hintergrund spielte leise Musik – es war perfekt. Sie ging zwischen ihren Gästen herum. Einige hatte sie längere Zeit nicht mehr gesehen, und bald war sie in Gespräche vertieft und brachte sich auf den neuesten Stand.

Tory trank langsam ihr Mineralwasser und versuchte sich von der leichten Übelkeit abzulenken, die auf dem Flug eingesetzt hatte. Luc hatte nichts bemerkt, weder dass sie keinen Alkohol trank, noch dass sie sich schlecht fühlte. Sie beobachtete, wie er mit den anderen lachte und scherzte. Wie immer verblüffte sie seine physische Ausstrahlung, seine sprühende, fast leichtsinnige Lebendigkeit, die ganz im Gegensatz zu seiner sonstigen Persönlichkeit stand. Ja, er war ein äußerst attraktiver Mann. Was war dann verkehrt an ihm? Sie trank erneut einen Schluck Wasser. Hier waren weder der Ort noch die Zeit, um darüber nachzudenken, was sie getan hatte. Jetzt wurde gefeiert. Aber es half nichts. Die Vergangenheit war jetzt auf unabänderliche Weise in ihr präsent, und früher oder später musste sie sich dieser Tatsache stellen. Sie blickte zu Luc hinüber. Er gab ihr alles, ohne die ständigen Zweifel, die Rob hatte. Bei ihm war sie sicher, er akzeptierte sie fraglos. Und seine Großzügigkeit war geradezu überwältigend. Bei Rob hingegen war alles abgemessen, kalkuliert, an Bedingungen geknüpft. Es geschah nicht oft, dass sie es überhaupt wagte, darüber nachzudenken.

Doch plötzlich, mitten während der Geburtstagsparty ihrer besten Freundin, stiegen die Erinnerungen in ihr auf. Der Wahnsinn mit Rob – sie hatte kein besseres Wort dafür – war ein Ergebnis ihrer Schuldgefühle, Folge des letzten Wortwechsels zwischen ihr und Susie, bevor sie damals an dem Morgen zur Schule ging. Sie wurde einfach das Gefühl nicht los, dass sie für alles verantwortlich war. Ohne diesen Streit wäre Susie vermutlich am Abend nicht zu Bagley's gegangen und nicht davongestürmt, als Rob dort eintraf. Es war Torys Schuld, dass es passiert war, und sie musste damit leben. Aber während der Monate, die sie mit Rob zusammen war – wenn man gelegentlichen Sex als »Zusammensein« bezeichnen konnte –, hatte sie an dem Mann, den sie und ihre Schwester vergöttert hatten, eine andere Seite kennengelernt. Rob war keineswegs der liebenswürdig sanfte Mensch, für den sie ihn gehalten hatte, sondern launisch und unberechenbar. Wenn er nicht bekam, was er wollte, zog er sich zurück, ging weg und ließ sich durch keinerlei Überredungskünste bewegen, wieder zurückzukommen. Er kümmerte sich um keinen außer sich selbst. Als sie ihn damals wiedertraf, nahm sie an, er wäre erst nach Susies Tod so geworden, aber je besser sie ihn kennenlernte, desto öfter fielen ihr kleine Vorkommnisse ein, von denen Susie gesprochen hatte. Und jetzt, ganz ohne ihr Zutun, kam ihr plötzlich die quälende Erinnerung an jenen letzten Freitag wieder in den Sinn.

Sie war in Susies Zimmer gewesen und hatte ihr zugesehen, wie sie sich für das Rendezvous mit Rob schminkte. Sie hob die Wimperntusche auf, die Susie fallen gelassen hatte. Schnell lief sie damit zum Frisiertisch und freute sich insgeheim, dass sie nicht aus dem Zimmer geworfen worden war. Tory lebte in der ständigen Sorge, von ihrer hübscheren, gescheiteren älteren Schwester zurückgewiesen zu werden. Sie bürstete die eigenen Wimpern mit Susies Mascara und blickte auf das gemeinsame Spiegelbild. Susie – blond, strahlend, schön. Sie selbst dunkel, mit bräunlicher Haut und eindeutig nicht so hübsch wie Susie. Langsam drehte sie das Gesicht hin und her, zog eine Grimasse … lächelte sich im Spiegel an.

»Jetzt gib schon her!«, sagte Susie, die langsam die Geduld verlor und ihr die Wimperntusche aus der Hand riss. »Hau ab, ja?«

»Warum?«, fragte Tory weinerlich.

»Darum eben. Zieh einfach Leine.«

»Aber warum kann ich denn nicht bleiben? Ich sitz doch bloß da. Ich mach doch gar nichts, Susie, ehrlich. Ich bin ganz still, versprochen …«

»Ich sagte, hau ab!«, erwiderte Susie mit erhobener Stimme. »Warum kannst du mich nicht einfach in Ruhe lassen?«

»Aber ….«

»Raus!«

»Ich hasse dich!«, brüllte Tory und schob ihren Stuhl zurück. Vor Zorn kamen ihr die Tränen. »Ich hasse dich!«

»Ja, da wären wir schon zwei«, antwortete Susie kühl und wandte sich wieder dem Spiegel zu. »Und unten brauchst du auch nicht rumzuhängen. Ich kann's nicht ausstehen, wie du dich an Rob ranschleimst. Er übrigens auch nicht.«

Tory riss die Tür auf, hochrot im Gesicht vor Wut – und Scham. Aber es stimmte. Sie mochte Rob. Aber er gehörte Susie. Er gehörte ihr, seit sie zum ersten Mal einen Blick auf ihn geworfen hatte. So war das bei Susie. Sie bekam, was sie wollte. Und obwohl dies nie über Torys Lippen gekommen wäre: Sie wollte ihn auch. Aber Susie hatte erkannt, was hinter ihrer betonten Gleichgültigkeit steckte, wenn Rob in der Nähe war. Die Vorstellung, dass Rob und Susie über sie lachten, brachte Tory fast um. »Das stimmt nicht!«, schrie sie, als sie aus dem Zimmer stürzte. »Du bist eine verdammte Lügnerin. Ich hasse dich! Ich wünschte, du wärst tot!«

Weniger als zwölf Stunden später war sie es. Und in den folgenden fünfzehn Jahren wünschte sich Tory nichts mehr, als ihre Worte zurücknehmen zu können.

»Was ist los?«, fragte Luc und brachte sie wieder in die Gegenwart zurück. Sie zuckte zusammen.

»Nichts.«

»Du bist ganz blass geworden. Alles okay?«

»Mir … mir geht's gut«, stammelte Tory und wandte sich ab. Auf keinen Fall wollte sie jetzt mit Luc reden. Selbst wenn sie ihn ansah, hatte sie das Gefühl, ihn zu betrügen. Sie murmelte, sie müsse auf die Toilette, und verschwand.

116

Als der Hauptgang aufgetragen wurde, war es ruhiger geworden, und jeder fühlte sich wohl. Mehrmals wurden die Plätze getauscht, alle unterhielten sich prächtig, selbst Torys Gesichtsausdruck wirkte nicht mehr so gehetzt. Nic sah, wie Luc ein paarmal nach ihrer Hand griff … vielleicht stand es zwischen den beiden doch nicht so schlecht, wie sie befürchtet hatte. Sie blickte nach links und rechts – überall freudige Gesichter, Lachen. Wie es sein sollte. Sie trank einen Schluck Wein und freute sich, dass alles geklappt hatte. Von weiter hinten in der Wohnung hörte sie durch die halb geschlossene Tür, dass es klingelte, und Madame Censiers Stimme. Sie runzelte die Stirn und fragte sich, wer das sein konnte. Kurz darauf tauchte Madame Censier neben ihr auf.

»Tut mir leid, Sie zu stören«, flüsterte sie, »aber jemand möchte zu Ihnen. Sie ist unten in der Eingangshalle.«

»Wer?«, fragte sie überrascht. Es war fast zehn.

»Das wollte sie nicht sagen. Eine junge Frau – sie behauptet, sie sei eine Freundin.«

»Eine Freundin?«, wiederholte Nic verblüfft.

»Was gibt's denn?«, fragte Caryn.

Nic zuckte die Achseln. »Jemand ist unten und will mich sprechen. Sie hat ihren Namen nicht gesagt. Wer das wohl sein kann?«

»Soll ich mitkommen?«

Nic schüttelte den Kopf. »Keine Sorge.« Sie schob den Stuhl zurück und stand auf. »Ich bin gleich wieder da.«

Das Erste, was sie sah, als sie die Treppe hinunterging, waren Estelles lange Beine. Sie spürte, wie sich die Haare in ihrem Nacken aufstellten. »Estelle?«, sagte sie ungläubig. »Was … was um Himmels willen machst denn du hier?«

Estelle stand auf und trat ihre Zigarette aus. »Ach, ich dachte, ich schau mal vorbei«, erwiderte sie ungerührt und setzte dabei ein Lächeln auf, das alles andere als angenehm wirkte. »Nachdem du ja Geburtstag hast und alles.« Sie machte eine beschwichtigende Geste. »Keine Sorge, ich bleib nicht lange. Das ist doch in Ordnung, oder?«, fügte sie hinzu und sah auf ihr Kleid und ihre High Heels hinab. »Ich wollte dich nicht vor deinen Freunden blamieren.«

»Aber …«, stieß Nic hervor, und auf ihrem Gesicht zeichnete sich eine Mischung aus Verlegenheit und Angst ab. »Ich … wie hast du …?«

»Es rausgefunden?«, unterbrach sie Estelle. Sie setzte ein strahlendes Lächeln auf, das Nic das Blut gefrieren ließ. »Ach, das ist doch egal.« Sie blickte die Treppe hinauf. »Schönes Haus. Ich wusste gar nicht, dass du auch in Paris eine Wohnung hast. Hat Daddy die für dich gekauft?«

»Estelle …«

»Die Party ist oben, denke ich?«, unterbrach sie Estelle. »Wer ist denn alles da?«

»Estelle …«, begann Nic erneut. Aber es war zu spät. Estelle stieg bereits, in eine Parfümwolke gehüllt, an ihr vorbei die Treppe hinauf. Nic wurde schlecht. Alles war so gut gelaufen – was zum Teufel wollte Estelle hier? Sie drehte sich um und folgte ihr. Etwas Schreckliches stand bevor. Das spürte sie.

Sie stand in der Tür und kniff die Augen zusammen, als sie auf die behagliche, intime Szene blickte. Alle drehten sich zu ihr um, Caryn und Tory wechselten einen Blick. Eine heftige Erregung packte Estelle. Wie konnten sie es wagen, sich ohne sie zu treffen? Der unterdrückte Zorn, den sie während des ganzen Flugs von London nach Paris verspürt hatte, loderte in ihr auf. Mit einem Mal glaubte sie keine Luft mehr zu kriegen. Alle wirkten wie erstarrt, niemand wusste, was er sagen sollte. Die Blicke der Gäste am Tisch machten deutlich, dass außer Tory und Caryn keiner wusste, wer sie war. Was ihren Status als Außenseiterin nur umso mehr hervorhob. Sie kochte vor Wut.

»Estelle …«, begann Nic hastig und stellte sich abwehrend hinter ihren Stuhl. »Ich … wir haben bloß eine kleine Party. Ich hätte dich eingeladen, aber …«

»Nur für deine engsten Freunde, nicht? Ich dachte, ich wäre eine deiner engsten Freundinnen, Nic«, sagte Estelle, ohne sie anzublicken. Tory und Caryn starrten Nic an, als erwarteten sie, dass sie etwas unternahm. Sie bemerkte, wie Tory die Hand ihres Freundes drückte, als drohte ihr etwas Böses. »Oder hab ich das missverstanden?«

»Hör zu, Estelle«, warf Nic schnell ein. »Warum …

möchtest du dich zu uns setzen?«, fragte sie hastig und wich Torys und Caryns verblüfften Blicken aus. »Gleich wird das Dessert serviert und …«

»Wie reizend von dir«, murmelte Estelle sarkastisch. »Bist du sicher, dass ich nicht störe? Mich nicht aufdränge?«

»Nein, nein … überhaupt nicht«, antwortete Nic, was allerdings wenig überzeugend klang. Estelle kniff erneut die Augen zusammen. Alle Anwesenden sahen aus, als wünschten sie nichts weniger, als dass sie sich zu ihnen setzte. Sie *kannten* sie doch nicht einmal! Einer der Männer erhob sich und bot ihr seinen Platz an. Sie ließ sich anmutig nieder, wobei ihr der interessierte Blick des Mannes auf der anderen Tischseite nicht entging, als sich ihr Rock öffnete und einen Teil des Schenkels entblößte.

»Tut mir leid, so reinzuschneien«, sagte sie und nahm von einer livrierten Bediensteten ein Glas Wein entgegen. »Ich hab erst vor Kurzem davon erfahren.« Sie reckte den Kopf und sah zu Tory hinüber, die aussah, als könnte sie das alles nicht glauben. »Amüsierst du dich gut, Tory?«

»Ja, danke«, erwiderte Tory eisig. Estelle wandte sich ab. Blöde Kuh. Sie würde ihr die hochmütige Maske schon noch vom Gesicht reißen.

»Und Sie sind …?« Estelle drehte sich zu dem Mann um, der ihr seinen Platz abgetreten hatte.

»Steve. Ich hab früher für Nic gearbeitet. Tut mir leid, ich hab Ihren Namen nicht verstanden.«

»Estelle. Ich bin eine Freundin von Nic. Allerdings gehöre ich nicht zum engsten Kreis«, fügte sie lächelnd hinzu. »Aber trotzdem stehen wir uns ziemlich nahe, nicht wahr, Nic? Oder zumindest habe *ich* das gedacht.«

»Wir wollten einfach keine ungerade Zahl haben …«, erklärte Nic etwas lahm und brach dann ab.

»Und wie geht's dir, Caryn?« Estelle sah Nic verächtlich an und drehte sich dann zu Caryn um.

»Danke, gut«, antwortete Caryn knapp und wandte sich dann ostentativ ihrem Tischnachbarn zu – eine offene Brüskierung.

»Das ist schön zu hören«, sagte Estelle sarkastisch und schenkte ihr ein strahlendes Lächeln. »Wieder zurück aus L. A.?«

»Ähm, ja«, erwiderte Caryn und sah nervös zu Nic hinüber, wie Estelle zufrieden registrierte. *O ja … sie hat mir alles über dich erzählt. Ich weiß alles über dich, Caryn Middleton. Und du sitzt da, als könntest du kein Wässerchen trüben.* »Gefällt's dir dort?«, fragte Estelle und genoss ihr Unbehagen.

»Möchtest du etwas essen, Estelle?«, fuhr Nic schnell dazwischen.

»Mir reicht der Wein«, antwortete Estelle und hob ihr Glas. Auf keinen Fall wollte sie die Reste aufessen. Sie wandte sich wieder Steve zu. »Sie sind also *auch* Journalist? Nic hat einen Hang zu Journalisten, nicht?«

»Estelle!«, warf Nic etwas zu hastig ein. »Ich glaube nicht …«

»Ach, bleib cool«, zischte Estelle, stürzte ihren Wein hinunter und hob ihr Glas, um sich nachschenken zu lassen. Ihr Zorn machte sie zunehmend kühner. »Köstlich«, sagte sie zu niemand Bestimmten.

Caryn beobachtete Estelle von der anderen Tischseite aus und schäumte vor Wut. Allerdings spürte sie auch eine gewisse Nervosität aufsteigen. Irgendetwas an Estelles Blick machte sie misstrauisch. Wie konnte diese Frau hier auftauchen, ohne eingeladen zu sein? Wie um alles in der Welt hatte sie davon erfahren? Und was wollte sie hier? Sie sah umwerfend aus in ihrem mitternachtsblauen Kleid und dem honigfarbenen Haar, das ihr über den Rücken fiel. Aber sie hatte etwas Hartes, Raubtierhaftes an sich, das Caryn erschreckte. Weder sie noch Tory hatten die leiseste Ahnung, was Nic an ihr fand. Lag es daran, dass sie beide aus Afrika stammten? Was sonst konnte es sein? Es musste doch einen Grund geben, weshalb Nic sie so mochte. Seltsamerweise ähnelten sie sich auch. Sie hatte eine Weile gebraucht, um das zu bemerken – Estelles Gesicht war normalerweise unter dicken Make-up-Schichten verborgen –, aber ab und zu wurde die Ähnlichkeit sichtbar. Etwas in den Augen vielleicht ... und die hohen, ausgeprägten Wangenknochen. Caryn blickte Tory an, auch sie betrachtete Estelle mit kaum verhohlener Abneigung. Caryn seufzte. Es war ein wundervoller Abend gewesen, bevor diese Person plötzlich aufgetaucht war. Zum Teufel mit ihr, dachte sie verärgert. Warum konnte sie nicht einfach dorthin verschwinden, wo sie hergekommen war?

Tory hatte staunend zugesehen, wie Estelle schnurstracks auf die Männer zuging, von denen sie wusste, dass sie ihr freundlich begegnen würden. Selbst Luc konnte den Blick nicht von ihr wenden. Sie funkelte ihn an, wobei ihr Estelles Grinsen nicht entging. Nic hatte irgendwas über einen Unfall gesagt, nach dem Estelle ins Krankenhaus musste, um sich nähen zu lassen – aber wenn man sie jetzt ansah, mit dem Haar, das ihr in sanften Wellen über den Rücken fiel, dann hatte sie nie besser ausgesehen. Tory musste sich zusammenreißen, um ihr nicht eine Flasche über den Schädel zu ziehen. Estelle brachte sie dermaßen auf die Palme wie noch kein Mensch zuvor.

»Qu'est-ce qu'il y a?«, fragte Luc, der ihre Erregung bemerkte.

»Nichts«, antwortete Tory kurz.

»Wer ist das?«, fragte er und machte mit dem Kopf ein Zeichen in Estelles Richtung.

Tory schüttelte den Kopf. »Irgendeine Freundin von Nic. Ich kann sie nicht ausstehen.« Als sie aufblickte, bemerkte sie irritiert, dass Estelles Blick auf ihr ruhte, fast so, als hätte sie ihr die Worte von den Lippen abgelesen. Plötzlich hatte sie das ungute Gefühl, dass gleich etwas passieren würde – aber was? Was konnte Estelle ihr schon antun? Oder sonst jemandem? Abrupt schob sie ihren Stuhl zurück. Ein kalter, metallischer Geschmack war in ihrem Mund. Es war Angst. Aber was um Himmels willen hatte sie zu befürchten?

»Was ist los?«, fragte Luc besorgt.

Ihr Kopf fühlte sich an, als wäre sie beschwipst, obwohl sie nichts getrunken hatte. »Mir … mir ist nicht gut«, murmelte sie und zog ihren Paschminaschal fester um die Schultern. Ihr war plötzlich kalt. »Ich denke, ich gehe einen Moment nach draußen. Um frische Luft zu schnappen.«

»Soll ich mitkommen?«, fragte Luc und stand halb auf.

Estelle ließ kurz den Blick auf den beiden ruhen, ehe sie den Mund aufmachte. »Du gehst schon?«, fragte sie und spielte mit dem Stiel ihres Weinglases. »So bald?«

»Nein, ich …«

»Alles in Ordnung mit dir?«, unterbrach sie Nic. »Ist irgendwas?«

»Ach, das bezweifle ich«, sagte Estelle gedehnt. »Du weißt ja, wie es ist …« Sie drehte sich zu Tory um. »In deinem Zustand …«

»Zustand?« Luc legte beschützend die Hand auf Torys Schulter.

Tory glaubte ohnmächtig zu werden. »Mir geht's gut«, stieß sie hervor und wandte sich ab.

»Natürlich geht's dir gut. Du solltest strahlen, sagt man das nicht? Aber die ersten drei Monate …«

»Estelle!«, rief Nic warnend.

»Was für ein Zustand? Wovon redet sie?«

»Es ist *nichts*«, zischte Tory und eilte zur Tür. Ihr war kotzübel. Wie zum Teufel …?

»Du hast es nicht gewusst?«, fragte Estelle und machte ein erstauntes Gesicht. »Ach, ich dachte, du wärst der Erste …«

»Estelle! Schluss damit. Hör auf«, rief Caryn und sprang auf. »Es ist schon schlimm genug, dass du einfach auf Nics Party auftauchst, aber …«

»Halt die Klappe«, unterbrach sie Estelle. »Wer hat *dich* irgendwas gefragt?«

»Also Estelle«, mischte sich Nic aufgeregt ein. »Sie …«

»Was macht sie? Sie steckt ihre Nase in Dinge, die sie nichts angehen.«

»Jetzt warte mal …«

»Hör zu …«

»Hey, ihr beiden! Das ist Nics Geburtstag, schon vergessen?«, unterbrach sie Steve, um die Situation zu entschärfen.

»Ja, lasst uns eine Runde Champagner trinken, okay?«, schlug Ally vor und nahm die Flasche aus dem Eiskübel. »Es ist fast Mitternacht. Wir wollen noch ein letztes Mal anstoßen, einen letzten Toast ausbringen.«

Estelle drehte langsam den Kopf und ließ den Blick über die Gäste streichen. Voller Verachtung sah sie alle an – ihre strahlenden Gesichter, belebt vom Alkohol und der Wärme freundschaftlicher Gefühle, an denen sie keinen Anteil hatte. *Ach, lad sie nicht ein.* Sie war nicht gut genug. So einfach war das. Jetzt ging es nur noch darum, mit ihnen abzurechnen.

»Einen Toast?«, fragte sie, und ihre Stimme klang selbst für ihre Ohren gefährlich scharf. »Ja, lasst uns einen Toast ausbringen. Auf alte Freunde … wie findest du das, Nic? Auf alte und auf neue Freunde natürlich. Nur …« Sie hielt inne und neigte den Kopf zur Seite. Nic starrte sie an. »Es ist nur …« Sie stand auf. »Ich bin eigentlich gar keine *neue* Freundin. Eigentlich bin ich überhaupt keine *Freundin*.«

»Zum Teufel, wovon redest du da?«, unterbrach Caryn sie ärgerlich. »Wenn du was zu sagen hast, Estelle, dann spuck's aus, verdammt. Und wenn nicht, dann zieh Leine und geh dahin, wo du hergekommen bist.«

»Ach, das würde dir wohl gefallen, Caryn?«, erwiderte Estelle und drehte sich zu ihr um. »So würdest du damit umgehen. Vertuschen und heucheln. Das ist es doch, was du tust, oder?«

»Was zum Teufel ist denn hier los?«, fragte Steve und sah von Estelle zu Caryn und wieder zurück. »Hab ich irgendwas verpasst?«

»Eine ganze Menge«, erwiderte Estelle. »Nic weiß Bescheid, nicht? Und du, Caryn, weißt genau, wovon ich rede. Ich weiß, du würdest gern so tun, als wäre alles bestens. So machst du es doch am liebsten, nicht?«

»Hört mal«, mischte sich Luc schwer atmend ein und sah gequält und verwirrt von einem zum anderen. Tory stand wie erstarrt an der Tür, die Hand auf die Klinke gelegt. »Ich verstehe nicht, was hier vor sich geht.«

»Natürlich nicht«, antwortete Estelle mit zuckersüßer Stimme. »Du würdest es als Letzter erfahren, wenn *sie* …«

»Estelle!«, rief Nic mit schneidender Stimme und plötzlich ganz blass im Gesicht. »Es reicht.«

»Sagt wer? *Du?*« Estelle stieß ein dreckiges Lachen aus. »Als wärst du in der Lage zu bestimmen, wann es genug ist? Du hast ja keine Ahnung, mit wem du's zu tun hast. Nicht mal den blassesten Schimmer.«

»Hört mal alle her, jetzt beruhigen wir uns mal einen Moment«, versuchte nun Graham die Lage zu entschärfen. »Hier scheint's irgendwelche …«

»Ach, halt's Maul.« Estelle nahm noch einen Schluck Wein. Ihr Puls raste. Nichts hätte sie jetzt mehr aufhalten können. »Ich hab keine Ahnung, wer *du* bist, aber du hast nicht die leiseste Vorstellung, wer diese Leute hier sind.« Sie deutete mit dem Finger auf Caryn. »Das Tugendlamm. Weißt du, was sie getan hat?« Sie würdigte Caryn kaum eines Blicks, die sie mit einer Mischung aus Ungläubigkeit und Feindseligkeit anstarrte. »Sie ist doch angeblich deine beste Freundin, Nic. Deine *beste* Freundin! Ich wette, du weißt nicht, mit wem sie hinter deinem Rücken seit einem Jahr zusammen ist?« Sie lachte böse. »Nein, ich wette, das weißt du nicht. Sagt dir der Name Simon Carter etwas?«

Nic war kreidebleich, Caryn sah aus, als würde sie ohnmächtig werden. Sie fasste sich an den Hals. Ihre Lippen zitterten, als würde sie die Worte nicht schnell genug herausbekommen. »Was zum Teufel ziehst du hier eigentlich ab?«, fragte sie mit zusammengebissenen Zähnen. »Warum verschwindest du nicht einfach?«

»Abhauen? O nein. Ich bin noch nicht fertig«, erwiderte Estelle mit bebender Brust. »Noch lange nicht.«

»Raus hier!«, rief Tory von der anderen Seite des Raums. Alle drehten sich zu ihr um. Auch sie atmete schwer. »Auf der Stelle. Niemand will dich hier, verstanden? Du bist nicht willkommen.«

»Glaubst du vielleicht, es schert mich einen feuchten Dreck, was *du* denkst?« Estelle sah sie kaum an. »Wer glaubst du denn, dass du bist? Gerade du riskierst eine Lippe …«

»Estelle, *bitte* …«, warf Nic ein. Es klang, als wäre sie den Tränen nahe.

Estelle ignorierte sie. Sie öffnete ihre Handtasche und holte ein silbernes Zigarettenetui heraus. Als sie eine Zigarette anzündete, herrschte absolute Stille. Ungerührt blies sie den Rauch in Torys Richtung. »Ich meine«, fuhr sie fort, »du hast ein paar Geheimnisse, nicht, Tory? Ziemlich offensichtlich, findest du nicht?«

»Worum geht's hier eigentlich, zum Teufel?«, fragte Luc. Tory klammerte sich an die Tür, als hinge ihr Leben davon ab.

»Was ist los, Tory? Du magst es nicht, im Rampenlicht zu stehen?«

»Du Miststück!«

»*Ich* bin das Miststück? Ich? Da täuschst du dich aber. Ich meine, mit dem Freund deiner toten Schwester zu schlafen ist eine Sache, sein Kind zu kriegen und es dem Verlobten unterzuschieben, eine ganz andere. Nein, ich würde sagen, dass *du* das Miststück bist.« Estelle blies wieder eine Rauchwolke in Torys Richtung. Tory war leichenblass geworden. Luc blickte von Tory zu Estelle, und sein Gesicht verzerrte sich, als ihm die ganze schreckliche Wahrheit dämmerte.

Estelle lächelte in sich hinein. Es lief besser, als sie es sich in ihren kühnsten Träumen ausgemalt hatte. Keine der Bomben, die sie nacheinander platzen ließ, verfehlte ihr Ziel. Sie drehte sich um und sah Caryn in die Augen. »Und was dich anbelangt«, sagte sie fast beiläufig, »ich mach dir Gänsehaut, ja? Nun, bestimmt nicht mal ansatzweise so sehr, wie dein Liebhaber das tut. Hast du überhaupt die geringste Ahnung, wer er ist? Was er macht? Warum fragst du nicht Nic danach?«

Caryn starrte sie an. Schuldgefühle und Verwirrung standen ihr ins Gesicht geschrieben. »Wer zum Teufel bist du?«, stieß sie schließlich hervor. »Was willst du von uns?«

»Nichts. Gar nichts.« Estelle sah sie kühl an. »Nein, ich will es anders sagen. Du interessierst mich einen Dreck«, sagte sie und deutete mit ihrer Zigarette auf Caryn. »Und *sie*«, sie sah Tory von oben bis unten an, »interessiert mich auch einen Dreck. Euch beide hab ich schon gehasst, als ich euch zum ersten Mal gesehen habe.«

»Was machst du dann hier?«, fragte Caryn mit zitternder Stimme. »Wer bist du?«

Estelle nahm einen langen Zug von ihrer Zigarette. Alle Blicke im Raum waren auf sie gerichtet. Sie sah Nic an. »Frag sie«, antwortete sie trocken. »Sie weiß es.«

Alle sahen Nic an. Sie breitete hilflos die Hände aus. »Ich weiß nicht, wovon du sprichst, Estelle. Ich hab keine Ahnung, was hier vorgeht.«

»Ach, das glaube ich aber doch«, erwiderte Estelle lächelnd. »Du müsstest schon blind und gleichzeitig völlig blöd sein, wenn du's nicht inzwischen rausgekriegt hast.«

»*Was* rausgekriegt?« Nics Stimme hörte sich verzweifelt an, was Estelle zutiefst befriedigte. Endlich hatte sie Nic Harte dort, wo sie sie haben wollte.

»Warum fragst du nicht deinen Vater?« Estelle musterte sie ruhig. »Er wird dir sagen, wer ich bin.«

»Was … was redest du da?«, fragte Nic flüsternd. Sie setzte sich, weil sie plötzlich glaubte, ihre Beine gäben nach. »Was hat mein Dad damit zu tun?« Ihre Stimme zitterte fast so sehr wie ihre Hände. »Das erfindest du doch bloß …«

»Eine Lügnerin und ein Miststück?« Estelle lachte kurz auf. »Das wäre praktisch, nicht? Nein. Frag deinen Vater, wer ich bin. Er wird's dir sagen. Und dann sagst du ihm, dass ich alles weiß. Jede Einzelheit. Du möchtest wissen, was mit deiner Mutter passiert ist? *Ich* weiß es. Ein Jagdunfall? Wohl kaum.«

Alle Farbe war aus Nics Gesicht gewichen. Niemand im Raum wagte ein Wort zu sagen. Estelle sah sich triumphierend um. Nics Gesichtsausdruck verriet ihr, dass sie ihr einen Schlag versetzt hatte, von dem sie sich so schnell nicht erholen würde. Sie drückte ihre Zigarette aus, stürzte den Rest ihres Weins hinunter und betrachtete die erstarrten Mienen um sich. Luc starrte Tory an, als wäre er geohrfeigt worden. Caryns Gesicht war verzerrt vor Scham. Und Tory konnte überhaupt niemanden ansehen, nicht einmal Estelle.

Sie hatte gewonnen. Sie brauchte nicht weiterzumachen, sie hatte gesiegt. Das Herz klopfte ihr bis zum Hals, ihr Puls raste. Jetzt gab es kein Zurück mehr. Sie hatte erledigt, weshalb sie nach Paris gekommen war. Sie hatte der Harte-Familie einen Schlag versetzt, von dem sie sich nicht erholen würde. Fast tat Nic ihr leid. Aber nur fast – Nic musste sich nur damit auseinandersetzen, womit sie selbst sich ein Leben lang herumschlagen musste. Niemand hatte sich die Mühe gemacht, ihr zu sagen, wer sie war. Gloria, Jim Harte, Basil Mackenzie, keiner hatte den Mut aufgebracht, es ihr zu sagen. Sie musste es auf die harte Tour rausfinden, und selbst dann, als die Beweise auf dem Tisch lagen, leugneten sie es. Jim Harte hatte sie genauso beiseitegestoßen wie Gloria, nachdem er mit ihr fertig war. Gloria hatte nie die Kraft oder den Mut aufgebracht, ihn zu konfrontieren, aber hier war sie, ihre Tochter, die es mit ihnen aufnahm. Vor *ihr* gab es kein Weglaufen.

Sie ignorierte die Haushälterin und riss die Tür auf. Mit klappernden Absätzen lief sie die Treppe hinunter. Ihr schwindelte vor Erleichterung, nachdem sie ihnen endlich alles ins Gesicht geschleudert hatte. Noch einmal kostete sie das wundervolle Gefühl aus, wie ihre Worte ins Mark getroffen hatten. An der Tür zum Hof blieb sie stehen und warf einen letzten Blick auf das elegante Haus. Da drin würden jetzt alle versuchen, sich von dem Schlag zu erholen. Sie selbst brauchte bloß abzuwarten. Nic würde zu ihrem Vater rennen, Jim Harte würde sich mit ihr in Verbindung setzen, und dann würden die höchst befriedigenden Verhandlungen beginnen. Wieder lächelte sie in sich hinein. Sie hatte gewonnen. Genau, wie sie es vorhergesagt hatte.

Sie wandte sich nach links und ging in Richtung Boulevard Saint Michel. Ihr Hotelzimmer erwartete sie – frisch, schön und sauber –, und so würde auch der Rest ihres Lebens aussehen. Ein neuer Anfang. Vor ihr spannte sich der Baldachin des Hotels Palais über den Gehsteig. Sie trat in die Eingangshalle. Im Innern war alles aus Gold, es herrschte gedämpftes Licht, und aus der Bar klang leise Pianomusik. Bald, dachte sie, würde sie Häuser wie dieses Hotel besitzen. Vielleicht würde Harte ihr die Pariser Wohnung schenken? Sie hatte ihr recht gut gefallen. Plötzlich fiel ihr wieder ein, wie sie vor Jahren in der Lobby des Hilton-Hotels gesessen und Sally Deveraux beim Teetrinken zugesehen hatte. *So will ich auch sein,* hatte sie damals gedacht. *Ich möchte dort sitzen und so aussehen, als könnte ich es mir leisten, dort zu wohnen. Ich möchte, dass mich die Leute bemerken, mich beneiden.*

Die Fahrstuhltüren gingen auf, und sie stieg ein. Eine Sekunde später folgte ihr ein großer Mann mit schmutzig blondem Haar und sah sie auf die übliche Weise von oben bis unten an. Ihre Wangen waren rosig, ihre Augen blitzten. Er lächelte nicht, aber etwas in seinen Augen gab ihr zu verstehen, dass er sie bemerkt hatte. Sie drückte den sechsten Stock. Dann – sie spürte es eher, als es zu hören – bewegte er sich hinter ihr. Nur ein leichter Druck, als seine Hand über ihr Hinterteil strich. Er sah gut aus, das war ihr sofort aufgefallen. War er …? Ein wenig überrumpelt, drehte sie den Kopf. Er blickte vollkommen ausdruckslos vor sich hin. Ja, er sah tatsächlich gut aus. Und nein, er hatte sie nicht berührt. Das hatte sie sich nur eingebildet. Fast hätte sie gelächelt. Der Lift fuhr geräuschlos nach oben. Eine Sekunde später spürte sie einen Stich im Arm – einen winzigen Einstich, wie einen Moskitobiss. Sie hob den Arm, um die Stelle zu berühren. Schweigend fuhren sie weiter nach oben. Und dann schlug er sie. Sie hörte sich noch keuchen, als ihr schon schwindlig wurde. Das Geräusch tönte sehr laut in ihren Ohren. Ein einziger Laut erklang, der nicht aus ihrem Hals zu kommen schien. Und dann war nichts mehr. Überhaupt nichts mehr.

117

Sobald die Tür hinter Estelle zuschlug, gaben Nics Beine nach. Sie ließ sich auf einen Stuhl fallen und starrte mit leerem Blick auf die Reste des Abendessens. Niemand sagte ein Wort. Alle waren sich offensichtlich einig, dass sie die

Drohung, die Estelle ausgestoßen hatte, erst einmal verdauen mussten. Tory verließ mit schwankenden Schritten den Raum, Luc sah ihr nach. Caryn hatte das Gesicht zur Wand gedreht. An ihren angespannten Nackenmuskeln erkannte Nic, dass sie weinte.

»Was … was sollen wir tun?«, fragte Ally schließlich. Ihre Stimme bebte vor Zorn.

Nic schüttelte matt den Kopf. »Nichts«, sagte sie schließlich. »Es … es tut mir wirklich leid. Ich …«

»Es tut dir leid?«, fragte Steve verständnislos. »Wer war denn das, um Himmels willen? Was soll dir da leidtun? Sie marschiert hier einfach rein und macht alles …«

»Ich denke, ich sollte mich um Tory kümmern«, sagte Nic und stand auf. Auf keinen Fall wollte sie Mitleid. Sie öffnete die Tür und ignorierte Madame Censiers betroffenen Ausdruck. Die Dinnerparty war natürlich ruiniert. Niemand wusste so recht, was er tun sollte, am wenigsten das Personal. Die Leute standen in der Tür, unsicher, ob sie das Geschirr abräumen oder neues auftragen sollten. Ohne sie zu beachten, ging Nic zu den Schlafzimmern. Sie zögerte einen Moment und klopfte dann an. »Tory?«, fragte sie flüsternd. »Ich bin's. Kann ich reinkommen?« Von drinnen kam ein gedämpfter Laut, der Zustimmung signalisierte. Sie öffnete die Tür. Tory saß auf der Bettkante, die Hand schützend auf den Bauch gelegt. Qual und Angst stand in ihren Augen. Nic gab es einen Stich. »Es … es tut mir leid, Tory. Ich weiß nicht, was ich sagen soll. Ich weiß es einfach nicht.«

Tory blickte auf ihre Hände hinab. Ein paar Momente herrschte Schweigen. »Es ist nicht deine Schuld«, sagte sie schließlich und wiederholte Steves Worte. »Es musste ja irgendwann rauskommen.«

»Aber nicht so«, antwortete Nic und setzte sich neben sie. »Nicht auf diese Weise.« Sie zögerte, fürchtete Tadel, eine Abfuhr, eine Anklage.

Tory schüttelte langsam den Kopf. »Nein, wahrscheinlich nicht. Aber jetzt ist es passiert. Ich kann nicht erklären, warum ich es getan habe. Mit Rob, meine ich. Es war … ein Wahnsinn. Ich konnte einfach nicht aufhören damit.«

»Was ist mit Rob?«

Tory drehte den Kopf zum Fenster. »Er geht fort.«

»Weiß er Bescheid?«

Tory schüttelte den Kopf. »Nein, ich bring's nicht über mich, es ihm zu sagen. Manchmal wünsche ich mir, ich wäre ihm nie begegnet, aber manchmal kann ich mir auch nicht vorstellen, ihn nicht wiederzusehen.«

»Musst du das denn überhaupt?«

»Was?«

»Es ihm erzählen«, sagte Nic. »Muss er überhaupt Bescheid wissen? Hat er ein Recht dazu?«

»Ich … ich weiß nicht, was du meinst?«, sagte Tory unsicher. »Natürlich hat er das.«

»Tory, hör mir zu. Luc liebt dich. – Nein, lass mich ausreden. Wer weiß, was nach dem heutigen Abend passiert? Wer weiß, was er im Moment gerade denkt? Aber *du* musst entscheiden, was du tun willst. Es kommt nicht darauf an, was Rob will oder Luc. Die einzige Person, die eine Entscheidung über deine Zukunft treffen kann, bist *du*. Niemand sonst. Wenn du das Kind behalten willst, dann musst du das zwischen dir und Luc und zwischen dir und Rob klären. Aber es ist deine Entscheidung, Tory.«

»Aber …«

»Nein, kein ›aber‹. So ist es, Tory. Es ist dein Leben, nicht ihres. Finde heraus, was *du* tun willst, und tu es dann.« Sie stand auf und fühlte sich seltsamerweise mit einem Mal neu belebt. Eine ruhige Entschlossenheit überkam sie plötzlich beim Anblick von Torys gequältem Gesicht. Woher die Worte kamen, wusste sie nicht, ihr war, als spräche sie auch zu sich selbst. *Finde heraus, was du tun willst, und dann tu es.* Sie blickte auf ihre Freundin hinab, und ein Lächeln spielte um ihre Mundwinkel. »Du schaffst das schon«, sagte sie leise. »Du bist stärker als wir alle zusammen.«

»Nein, das bin ich nicht …«, widersprach Tory automatisch.

Nic hob erneut die Hand. »Glaub mir«, sagte sie und ging zur Tür. »Du bist stärker, als du denkst. Und jetzt gehe ich ins Bett.«

»Geht's dir gut?«, fragte Tory plötzlich und sah sie an.

Nic nickte. »Ich glaube, *sie* hat gedacht, ich würde schlicht weg zusammenbrechen. Aber sie hat keine Ahnung. Wir sind alle stärker, als wir denken.«

»Nic …« Tory wollte etwas sagen, brach jedoch ab.

»Was?«

»Ich sage das nicht oft genug, ich weiß …«

»Was denn?«

»Danke. Für alles. Dass du immer da gewesen bist für mich. Du hast mich nie verurteilt, kein einziges Mal.«

»Wie käme ich dazu, dich zu verurteilen?«, erwiderte Nic leichthin. »Hier geht's nicht um mich, Tory, sondern um dich. Jetzt ruh dich aus. Ich klopf morgen früh an deine Tür, bevor ich abfahre.«

»Du fährst ab? Wohin denn?« Tory sah sie alarmiert an.

»Da gibt's etwas, was ich schon vor langer Zeit hätte tun sollen«, antwortete Nic geheimnisvoll und schloss die Tür.

118

Gordon Ndava blickte auf, als das Dienstmädchen eine junge Frau hereinführte. Er starrte sie an. Im Hintergrund konnte er Patience, seine Frau, in der Küche hantieren hören. Er fing sich aber schnell wieder. »Guten Tag, Nicola«, sagte er und erhob sich aus seinem Lieblingssessel am Fenster. »Kommen Sie herein.« Sie war verblüfft, wie er bemerkte. Vermutlich verwundert, dass er ihren Namen kannte. Gleichzeitig hatte er das ungute Gefühl, dass nun die Probleme der vergangenen Monate zur Sprache kommen würden. Mat und er hatten nicht mehr miteinander geredet, seitdem er zugegeben hatte, für Jim Harte zu arbeiten. Jetzt stand Hartes Tochter vor ihm, und er ahnte, weshalb sie gekommen war. »Sie werden sich nicht an mich erinnern«, sagte er und deutete auf eines der Sofas. »Aber ich bin viele Male auf Avonlea gewesen. Da waren Sie allerdings noch viel jünger«, fügte er lächelnd hinzu.

»Sie waren auf Avonlea?«, fragte sie, setzte sich und sah ihn verblüfft an. »Sie kennen meinen Vater?«

»Ich *arbeite* für Ihren Vater, Nicola. Oder zumindest habe ich das getan. Ja, ich bin oft in Ihrem Haus gewesen. Sie waren gewöhnlich im Internat. Wie meine Söhne.«

»Ist …« Sie räusperte sich. »Ist Mat hier?«

Er schüttelte den Kopf. »Nein«, sagte er seufzend. »Sind Sie deshalb gekommen?«

Sie sah auf ihre Hände hinab. »Ja.«

»Ich verstehe. Ich wusste nicht, dass Sie sich kennen.« Er musterte sie verstohlen. Allmählich ergab alles einen Sinn. »Wie lange … kennen Sie sich schon?«, fragte er vorsichtig.

»Noch nicht lange. Ich wusste nichts … von den Verbindungen, wissen Sie. Ich wusste nicht, wer er war.«

»Und ich nehme an, er wusste auch nicht, wer Sie waren«, erwiderte Gordon und seufzte erneut.

Sie schüttelte den Kopf, den Blick noch immer zu Boden gerichtet. »Ich wusste, dass er aus Simbabwe stammt«, fügte sie nach einer Weile ruhig hinzu. »Aber ich habe ihm nicht gesagt, dass ich auch von dort bin. Ich hatte Angst, er würde …«

»Was?«

Sie rang verlegen die Hände. »Ich weiß nicht. Dass er denken würde … dass er mich verachten würde.«

»Sie verachten würde?«, fragte Gordon ehrlich überrascht. »Warum denn?«

»Weil … weil ich … weiß bin.«

Gordon sah sie kopfschüttelnd an. »So habe ich meine Söhne nicht erzogen, Nicola. Wissen Sie nicht, wer Mat ist? Sie haben doch sicher Simon kennengelernt?«

Sie blickte auf. »Simon?«, fragte sie überrascht.

»Simon. Mats Bruder. Simon Carter.«

Sie starrte ihn an. »*Simon Carter* ist Mats Bruder?«

»Also haben Sie Simon kennengelernt?«

»Ja, vor Jahren auf einer Silvesterparty in New York, aber ich wusste nicht, dass sie etwas miteinander zu tun hatten. Gerade erst habe ich herausgefunden, dass auch er für meinen Vater gearbeitet hat. Mr Ndava, bitte erklären Sie mir, was hier vorgeht. Ich komme mir vor wie in einem Albtraum. Nichts ergibt mehr Sinn. Sie sagte auch, dass …« Mit Tränen in den Augen brach sie ab.

»Ach, meine Liebe … nein, weinen Sie doch nicht!« Gordon stand aufgeregt auf. Ängstlich sah er zur Tür. Patience war viel besser in solchen Dingen, obwohl es Jahre her war, dass zuletzt ein verheultes Mädchen auf ihrer Schwelle stand – und gewöhnlich war Simon dafür die Ursache, nie

Mat. Aber auch damals hatte er nie gewusst, was er tun sollte. »Ich hole schnell meine Frau«, sagte er und eilte zur Tür. »Ich bin gleich wieder da.« Er hastete durch den Gang in die Küche. »Patience!«, zischte er. *»Kurumidza! Musikana we kwa Harte aswika. Ari kuchema!«*

Patience stellte den Topf in ihren Händen ab und sah ihn verwirrt an. *»Ani?* Wer?«

»Nicola Harte. *Kurumidzda! Handizivi kuti ndoita seyi naye.* Ich weiß nicht, was ich tun soll. Sie weint.«

Patience löste ihre Schürzenträger. *»Ari kuitei pano?«*, fragte sie und eilte ihm nach.

»Ich weiß nicht, warum sie hier ist. Es hat irgendwas mit Mat zu tun.«

»Oh.«

Gemeinsam betraten sie den Wohnraum. Die junge Frau hatte versucht, sich zu beruhigen, aber bei Patience' Anblick brach sie erneut in Tränen aus. Gordon schüttelte den Kopf, als Patience auf sie zutrat, um sie zu trösten. Was war geschehen? Was war zwischen ihr und seinem Sohn passiert?

Die Ähnlichkeit zwischen Mrs Ndava und ihrem Sohn war so verblüffend, dass ihr wieder die Tränen kamen. Patience drückte sie an ihre Schulter, und die Zärtlichkeit der älteren Frau war mehr, als sie ertragen konnte. Nie im Leben hätte sie erwartet, dass sie ausgerechnet mit diesen Leuten über die turbulenten Ereignisse der vergangenen achtundvierzig Stunden reden würde – aber nach kürzester Zeit erzählte sie mit einer Offenheit, die ihr gänzlich ungewohnt war. In dieser Hinsicht glich Gordon Ndava seinem Sohn vielleicht mehr, als er dachte. Er hörte kommentarlos zu und wartete geduldig, bis sie geendet hatte. Er sagte zwar nichts, aber der Ausdruck seiner Augen war gütig und voller Mitgefühl. Unfassbar, dass die beiden eigentlich Fremde für sie waren.

»Keine Fremden, Nicola«, berichtigte er sie sanft. »Wir sind alle fern der Heimat.«

Heimat. Wieder dieses Wort. »Ich weiß nicht, was ich sagen soll«, erwiderte sie schließlich, als der Weinkrampf aufhörte. »Ich komme mir so albern vor, hier einfach reinzuschneien …«

»Aber wohin hätten Sie sonst gehen sollen?«, fragte Gordon und sah sie immer noch voller Mitgefühl an. »Aber ich muss Ihnen sagen, meine Liebe, dass ich selbst nicht weiß, wo Mat ist. Es ist über zwei Monate her, seit wir zuletzt miteinander gesprochen haben. Es steht im Moment nicht gut zwischen uns, fürchte ich.«

»Ist es …« Nic brachte kaum etwas heraus. »Es ist doch nicht wegen meinem Vater, oder?«

Gordon seufzte und stand auf. Nic sah den warnenden Blick seiner Frau. Er strich sich über den Nacken, eine Geste, die sie sofort wieder an Mat erinnerte. »Mein Sohn«, begann er mühsam, »sieht die Welt nur in Schwarz und Weiß. Für ihn gibt es nur gut und böse, richtig und falsch. So war er schon als kleiner Junge. Oh, auf anderen Gebieten ist er tolerant. Aber nicht in dieser Hinsicht. Für mich jedoch ist es nicht so simpel, wissen Sie.«

Patience zog scharf die Luft ein, offensichtlich, um ihn zu warnen. »Nein«, sagte er schnell auf Shona zu ihr. »Lass mich ausreden.« Er drehte sich zu Nic um und hob die Hände. »Niemand arbeitet mit Ihrem Vater zusammen, Nicola, ohne sich die Hände schmutzig zu machen. Das wissen Sie bestimmt. Da, wo wir herkommen, ist so viel Blut vergossen worden. Immer mussten wir um etwas kämpfen. Und Ihr Vater ist ein Kämpfer, ein guter übrigens. Nicht immer fair, zugegeben, und nicht immer sauber. Aber wer ist das schon? Er wäre nicht dort, wo er jetzt ist, wenn er anders gewesen wäre. Und ich genauso wenig.«

»Gordon, bitte«, warf Patience ein. »Das reicht. Sie braucht nicht mehr zu hören. Es reicht.«

»Nein, sie muss es verstehen. Die Erziehung, die ihr beide bekommen habt … die ihr alle drei bekommen habt, Mat, Simon und Sie … wie glauben Sie denn, wie die finanziert wurde? Die Häuser, die Autos, die Ferien, die *Sicherheit*. Alles stand euch zur Verfügung, wann und wo ihr wolltet. Mein Gott, wenn ich bedenke, wo *ich* herkomme – wie Patience und ich aufwuchsen. Nie hat es euch an etwas gefehlt … an *nichts*!«

»Aber wir haben nie darum gebeten!«, platzte Nic heraus. »Ich habe nicht darum *gebeten*, reich zu sein.«

»Aber Sie sind es, meine Liebe. Genau wie meine Söhne. Immer nur das Beste von allem. Nichts, was Mat und Simon nicht hätten haben können. Aber das Ganze hatte natürlich seinen Preis. Den Preis haben wir bezahlt – Ihr Vater und ich. Ihr Vater hat mir einmal erzählt, dass er schon über zwanzig war, bis er immer mit vollem Magen ins Bett gehen konnte. Das habe ich nie vergessen. Mir ging's genauso. Deswegen verstehen wir uns, wissen Sie.«

»Ich begreife das nicht. Wie ist das möglich?«

Gordon sah sie nachdenklich an. »Wissen Sie überhaupt irgendwas über Ihren Vater?«, fragte er ruhig. »Wissen Sie, woher er kommt? Was er getan hat, um dort hinzukommen, wo er ist?«

»Gordon …«, unterbrach ihn Patience besorgt.

»Antworten Sie mir, Nicola. Was wissen Sie über Ihren Vater?«

Sie wischte sich die Tränen ab und sah ihn unsicher an. »Ich … ich weiß nichts. Er hat nie viel von sich erzählt … über seine Vergangenheit.« Sie brach ab, weil ihr bewusst wurde, wie kläglich sich ihre Antwort anhörte. »Er hat nie darüber gesprochen.«

»Haben Sie ihn je gefragt?«

Nic sah auf ihre Hände hinab. Sie brauchte eine Weile, bis sie wieder sprechen konnte. »Ich wollte es nie wissen, denke ich«, sagte sie schließlich flüsternd. »Ich …«

»Verurteilen Sie ihn nicht. Sie haben nicht das Recht dazu. Keiner von euch.«

Sie nickte. In ihrer Brust spürte sie eine Enge, die ihr das Atmen schwer machte. Plötzlich sah sie das Gesicht ihres Vaters vor sich und stellte schuldbewusst fest, dass sie eigentlich kaum an ihn dachte. Nicht auf die Art, die Mr Ndava meinte. Er hatte recht. Sie wusste praktisch nichts über ihn. »Mr Ndava«, sagte sie schließlich und sah zu ihm auf. »Ich muss Mat finden. Werden Sie mir helfen?«

119

Das Klingeln an der Tür unterbrach ihn bei der Arbeit. Er blickte vom Computer auf. Es war gerade zehn Uhr am Sonntagmorgen, und er erwartete niemanden. Zudem wusste eigentlich auch niemand, wo er sich aufhielt. Erneut klingelte es, laut und beharrlich. Seufzend stand er auf. Das winzige Cottage in Dorset, in das er sich nach jenem schicksalhaften Morgen, als er das Ausmaß von Jim Hartes Einfluss endlich begriff, geflüchtet hatte, lag so abgelegen, dass er die Außenwelt zuweilen ganz vergaß. Es gehörte einem alten Bekannten aus seiner Zeit bei der *Financial Times. Du kannst es haben, wann immer du willst*, hatte er mehrmals gesagt, während sie über Projekte diskutierten, aus denen dann doch nichts geworden war.

Nachdem er erfahren hatte, dass sein Vater und Simon für Harte arbeiteten, war er zutiefst erschüttert von dem Haus in der Kemplay Road weggefahren. Er brauchte weniger als eine Stunde, um ein paar Kleider einzupacken und wieder in den Wagen zu steigen. Vier Stunden stand er in der von Unkraut überwucherten Einfahrt. Seitdem arbeitete er ohne Unterbrechung, er hatte bereits drei Viertel des Buches fertiggestellt, das er immer hatte schreiben wollen. Das Buch, das die ganze schmutzige Geschichte der RhoMine-Affäre aufdecken würde. Das Buch, das Jim Harte endlich zu Fall bringen würde.

Es klingelte erneut. Er stand auf, durchquerte den kleinen Wohnraum und riss die Tür auf. Es dauerte ein paar Sekunden, bis er realisierte, wer vor ihm stand. Gerade als er etwas sagen wollte, hob sie abwehrend die Hand. »Was zum …?«

»Mat, ich …«

»Wer hat dir gesagt, dass ich hier bin?«, fragte er schroff, um seine Verwirrung zu verbergen. Bei dem gequälten Ausdruck in ihrem Gesicht schaffte er es nur mit Mühe, sie nicht in die Arme zu nehmen. Denn die Freude, die ihr Anblick immer in ihm auslöste, war im Lauf der Zeit nicht weniger geworden.

»Darf ich reinkommen?«, fragte sie und zog hilflos die Schultern hoch.

Er trat beiseite, um sie einzulassen. Er nahm den Duft ihrer Haare wahr, als sie in den winzigen Wohnraum ging. Die widersprüchlichsten Gefühle packten ihn – Überraschung, Zorn, Zweifel und … Verlangen. »Wie hast du mich gefunden?«, fragte er und bemühte sich, seine Emotionen im Zaum zu halten.

»Durch deinen Vater.«

»Du bist zu meinem *Vater* gegangen?«

»Wohin hätte ich sonst gehen sollen?«

»Wie hat er ...?«

»Er hat seine Verbindungen«, antwortete Nic, zog ihren Mantel aus und legte ihn über die Lehne des einzigen Sessels. Er konnte den Blick nicht von ihr wenden. Es lag eine Ruhe in ihren Bewegungen, die ihn verblüffte. »Es hat fast eine Woche gedauert. Ich ...«

»Ist schon gut«, unterbrach er sie, schroffer, als er eigentlich wollte. »Ich will's nicht wissen. Du bist da.«

»Ich bin da«, sagte sie schlicht, ohne eine Spur von Koketterie. Dies war eines der Dinge, die er an ihr liebte.

»Warum?«

Sie sah ihn direkt und offen an. »Wie hätte ich *nicht* kommen können?«, fragte sie und drehte mit einer entwaffnenden Geste die Handflächen nach außen. Er spürte, wie seine Abwehr auf alarmierende Weise dahinschmolz. Nic Harte. Sie war noch keine Minute im Zimmer, und er begann bereits die Fassung zu verlieren.

»Wo ist dein Liebhaber?«, fragte er, und seine Stimme klang unnatürlich laut in der Stille.

»Es gibt keinen anderen Liebhaber. Hat nie einen gegeben. Ich muss dir etwas sagen, Mat. Es betrifft Estelle.«

Ihr dichtes, seidiges Haar war das Erste, was er spürte, als er früh am Morgen aufwachte. Es lag über seine Brust gebreitet und kitzelte ihn leicht, während sie im gleichen Rhythmus atmeten. Von draußen hörte er das Rascheln der Vögel in den Bäumen. Nic bewegte sich leicht, und selbst im Schlaf tastete ihre Hand nach ihm. Langsam strich er ihr über den Rücken. Sie stieß ein leises, gurgelndes Geräusch aus, halb wimmernd, halb protestierend, als seine Hand eine andere Art von Erkundungsreise unternahm und sein Körper ein Verlangen spürte, das trotz der vergangenen Stunden noch nicht gestillt worden war.

Wieder schlief er mit ihr, wild und hemmungslos, und kämpfte gleichzeitig gegen die unbestimmte Angst in seinem Inneren an. Hier neben ihr in dem zerwühlten Bett war es leicht zu glauben, dass alles, was sich in den letzten Monaten zugetragen hatte, durch die Stärke ihrer Gefühle überwunden werden könnte. Aber was gesagt und getan worden war, ließ sich nicht rückgängig machen. Sein Vater, Simon, RhoMine, Jim Harte – die Erkenntnis, dass er die Tochter des Mannes liebte, der alles repräsentierte, was er verachtete, ließ sich nicht wegwischen. Jim Harte hatte versucht, ihn zu vernichten. Er selbst hatte die letzten zwei Monate damit verbracht, von Rache zu träumen. Als ihm die Idee mit dem Buch kam, hatte er sich mit einem Gefühl der Erleichterung darauf gestürzt. Genau das trieb ihn seitdem an – er sammelte Informationen, verbrachte Stunden am Telefon und am Computer. Er ging sehr sorgfältig vor, genau wie er es gelernt hatte, und während die Geschichte Gestalt annahm, wuchs auch seine Hoffnung, dass die unzähligen Verbrechen doch noch gesühnt werden würden. Aber Nics unerwartetes Auftauchen hatte alles verändert. Er war sich seiner nicht mehr sicher, und für den prinzipientreuen und aufrichtigen Menschen, für den er sich hielt, war dies eine Qual. Er lag neben ihr, sein Herzschlag beruhigte sich allmählich, und er dachte darüber nach, was er tun sollte.

Es herrschte absolute Stille im Raum, als Nic fertig gelesen hatte. Sie legte die letzte Seite weg, brachte es aber nicht über sich, Mat anzusehen. Er wusste mehr als irgendjemand sonst – sicher mehr als sie. Wortlos stand er am Küchenfenster und beobachtete sie.

»Wie …?« Sie deutete auf den Stapel Papiere, die sie gerade gelesen hatte.

Er zog die Mundwinkel nach unten. »Das ist nicht schwierig, Nic. Gerade du solltest das am besten wissen.«

»Aber wann? Das alles war doch jahrelange Arbeit, Mat. Seit wann …?« Die Frage traute sie sich nicht zu stellen.

»Es hatte nichts mit dir zu tun, das schwöre ich. Mein Gott, ich wusste damals nicht einmal, wer du bist. Nicola *Parker*. Ich hab eine Weile gebraucht, um das zu verdauen.«

Nic blickte wieder auf das Manuskript hinab. Sechshundert Seiten, die ihren Vater und zugleich einen Großteil ihres eigenen Lebens beschrieben. Sie legte die Hand auf den Mund. »Du kannst das nicht tun, Mat. Nicht wegen *meinem* Vater, sondern wegen deinem. Wegen Simon.«

Er wandte sich von ihr ab und sah wieder auf die Felder im ersten Frühlingsgrün hinaus. Die Morgenluft war kühl und klar. »Ich hab mal was gelesen«, sagte er langsam. »Vor langer Zeit. In der Schule. Es ist mir nie mehr aus dem Kopf gegangen. Es ist von Shakespeare. Aus einem der Sonette.«

»Was denn?«

»*Du hattest einen Vater. Lass deinen Sohn das sagen.* Damals hat es mir etwas bedeutet. Es bedeutet mir immer noch etwas. Es war eines der Dinge, die *ich* hatte und Simon nicht. Ich war stolz auf meinen Vater, Nic. Er wusste, wie die Welt funktioniert. Wie man mit Leuten verhandelt, wie man etwas zum Abschluss bringt. Ich kannte niemanden, der schaffte, was er geschafft hat … wenn man bedenkt, woher er kommt. Für dich ist das anders … für Weiße, meine ich. Ihr seid immer reich gewesen …«

»Das stimmt nicht«, unterbrach ihn Nic und deutete auf die Manuskriptseiten. »Nicht, wenn man danach geht. Dein Dad hat mir gesagt, dass sie sich verstanden haben.«

»Das wette ich«, sagte Mat bitter.

»Nein, so ist das nicht.« Nic war überrascht, dass sie ihren Vater verteidigte. »Er sagte, sie hätten beide gewusst, was Hunger heißt – eine Erfahrung, die weder du noch ich machen mussten. Ich entschuldige nicht, was sie getan haben, Mat, keine Sekunde lang, das musst du mir glauben. Aber du und ich … wir wären gar nicht da, wenn sie nicht wären. Wenn sie nicht so gehandelt hätten. Es spielt eigentlich praktisch gar keine Rolle.«

»Aber das ist es ja gerade!«, rief Mat und drehte sich zu ihr um. Ein Ausdruck tiefer Qual stand in seinem Gesicht. »Es *spielt* eine Rolle. Natürlich tut es das! Hast du überhaupt eine *Ahnung* …«

»Ja, durchaus. Die habe ich.« Sie deutete wieder auf das Manuskript. »Es steht alles hier drin. Schwarz auf weiß. Du hast die Recherche gemacht, Mat. Nichts ausgelassen. Wo er herkommt, wo er gewesen ist, wen er unter Druck setzen musste, um dahin zu kommen, wo er ist. Meine Mutter …« Sie holte tief Luft, bevor sie fortfuhr. »Ich glaube, ich wusste immer, dass etwas nicht stimmte. Er …« Sie schluckte. »Er konnte mich nicht ausstehen, weißt du. Er hielt es nicht aus, in meiner Nähe zu sein. Ich dachte, es würde an Molly liegen, oder daran, dass ich ein Mädchen bin. Oder dass ich dumm, hässlich … ach, ich weiß nicht, was ich mir alles zusammengereimt habe. Fast mein ganzes Leben lang habe ich mich gefragt, was ich falsch gemacht habe.«

»Und jetzt?«

Sie blickte zu ihm auf. »Es waren Schuldgefühle«, sagte sie schlicht. »Das war es. Er konnte mich nicht ansehen, weil er sich schuldig fühlte. Jetzt verstehe ich das. Aber es war ein Unfall, Mat. Das hast du selbst geschrieben. Hier.« Sie deutete wieder auf das Manuskript. »Was immer er auch sonst getan haben mag, *das* jedenfalls nicht.«

»Wie kannst du das einfach so ruhig hinnehmen?«, fragte Mat ungläubig. »Er hat deine Mutter getötet, Nic! Wir sprechen hier über deine *Mutter*! Nicht über irgendeine Fremde …«

»Ich hab sie nicht gekannt. Ich war zwei, als sie starb.«

»Das ändert nichts an den Fakten.«

»Nein, aber an der Art meiner Gefühle. Hör zu, ich bin nicht hergekommen, um seine Sache zu vertreten. Es ist mir egal, was er getan hat, verstehst du das nicht? Ich bin *deinetwegen* hergekommen. Meinetwegen … unseretwegen.«

»Aber darum geht es ja gerade!« Mat trat einen Schritt auf sie zu, beugte sich zu ihr hinunter und sagte bebend vor Zorn: »Es spielt eben *doch* eine Rolle! Wir sind, wie wir sind, Nic. Ich weiß das, und du weißt es. Mein Gott, die ganze Welt weiß es!«

Sie starrte ihn an. Die schreckliche Frage, die ihr fast die Luft abwürgte, lag ihr auf der Zunge. *Und was jetzt?* Aber sie brachte nichts heraus. Was jetzt? Sie sah ihm an, dass er sie verstand. Er wandte sich von ihr ab und sah wieder auf die Felder hinaus. Seine Schultern wirkten verkrampft. Er stützte die Arme aufs Fensterbrett und kehrte ihr den Rücken zu. Sie wartete, ihr Atem kam in kurzen, flachen Zügen. Als er endlich sprach, klang seine Stimme ruhig. »Ich würde alles für dich tun, Nic Harte. Ehrlich. Ich hab noch nie …« Er drehte sich wieder zu ihr um und machte eine hilflose Geste. »Ich hab noch nie für jemanden so empfunden. Glaub mir. Aber das …« Er breitete die Hände aus. »Das ist etwas anderes. Bitte mich nicht, das zu tun. Alles andere – aber das nicht.«

Eine maßlose Erregung packte sie, und sie sprang auf. Sie konnte ihn kaum ansehen. »Dann musst du es ohne mich tun, Mat. Ich *kann* da nicht mitmachen. Er ist mein Vater. Ich kann nicht einfach zusehen, wie du ihn zu Fall bringst. Das kann ich nicht.«

»Wie du willst, Nic«, erwiderte er kalt.

»Was hast du vor? Willst du gegen alle vorgehen? Gegen meinen Vater, gegen deinen und gegen Simon? Warum solltest du's dabei belassen? Du könntest auch meine Brüder drankriegen … und Molly und Jessica? Sogar mich. Du könntest uns alle vernichten, ganz einfach so!« Sie schnippte mit den Fingern, und vor Zorn kamen ihr die Tränen. »Es gibt auch noch Estelle … die hast du schließlich nie gemocht. Das ist deine Chance!«

»Hör auf, Nic. Du machst dich lächerlich. Hier geht's nicht um Rache! Glaubst du das wirklich? Dass ich das alles mache, um …«

»Um was?«, unterbrach sie ihn. »Du zerstörst alles, weil du einen Groll gegen meinen Vater hegst? Ich bin nicht mein Vater, Mat!« Nic schrie inzwischen. »Wir haben das alles nicht gewollt. Ich hab genauso wenig Kontrolle über seine Handlungen wie du! Wen *interessiert* schon, was er getan hat? Warum können wir das alles nicht einfach vergessen und unserer Wege gehen? Wir könnten irgendwo hingehen, irgendwas anderes machen. Wir haben nichts damit zu tun.«

»Du schlägst mir vor wegzurennen?«, fragte er.

»Wegrennen, weiterziehen, wie du willst. Wir können das Ganze einfach hinter uns lassen …« Sie machte eine wegwerfende Handbewegung. »Diesen … diesen ganzen *Mist.* Lass uns einfach weggehen. Aussteigen!«

Er schüttelte den Kopf. »Nein. Wegrennen ist nicht die Lösung. Nicht für mich.«

»Was dann?«

Er deutete auf das Manuskript. »Das. Es wird diesen Dreckskerl zu Fall bringen, und wenn es das Letzte ist, was ich tue. Tut mir leid. Ich kann nicht einfach zusehen, wie er wieder davonkommt. Hier geht's nicht um uns, verdammt noch mal.«

»Worum *geht* es denn?«

»Um Gier. Korruption. Macht … um die Zustände, die Leute wie wir aufdecken sollten. Ist das nicht der Grund, weshalb du Journalistin geworden bist? Wir sind doch als Erstes der Wahrheit verpflichtet, und wir sollten unsere Unabhängigkeit bewahren, egal, worüber wir berichten. Oder trifft das nicht mehr zu, wenn es um deine Familie geht?«

»Red nicht so herablassend mit mir!«

»Dann verhalt dich nicht so, als wüsstest du nicht, wovon ich rede!«

Es folgte ein beklemmendes Schweigen. Sie starrten sich an, keiner wollte nachgeben. Minuten vergingen. Mats Mund war ein starrer Strich. Nic konnte ihren Atem hören.

Schließlich war sie es, die sich umdrehte, ihre Tasche nahm und hinausmarschierte. Sonnenlicht reflektierte von den verchromten Rädern, als sie zu ihrem Wagen ging, der morgendliche Nebel löste sich auf. Sie sperrte auf und stieg ein. Zitternd legte sie die Hände aufs Lenkrad und hoffte, er würde herauskommen, über den Kies der Einfahrt laufen und sie aufhalten. Aber das tat er nicht. Die Holztür des Cottages blieb geschlossen. Sie fuhr weg.

120

Es war kalt draußen. Tory schlang die Arme um sich, als sie die Straße überquerte und auf Lucs BMW zuging. Er hatte das Gesicht abgewandt, sie sah ihn nur im Profil und konnte seinen Ausdruck nicht erkennen. Sie zögerte einen Moment, dann klopfte sie an die Scheibe. Langsam drehte er sich zu ihr um. Es vergingen ein paar qualvolle Sekunden, während er sie ansah, dann ließ er langsam das Fenster herunter. Sie starrten einander an.

Tory brach als Erste das Schweigen. »Du bist also zurückgekommen.«

Er zuckte die Achseln. Eine Geste, die ihr so vertraut war, dass ihr die Tränen kamen. Wie konnte sie ihm das nur antun? Wie konnte sie den einzigen Menschen betrügen, dem es genügte, dass sie einfach sie selbst war? Luc liebte sie. *Hatte* sie geliebt, korrigierte sie sich automatisch und verspürte einen Stich. Was stimmte nicht mit ihr, dass ihr das nicht gereicht hatte?

»Hier, steig ein«, sagte Luc und öffnete die Beifahrertür. Tory zögerte und ging dann um den Wagen herum. Ihr Herz hämmerte. Sie setzte sich neben ihn und wagte nicht, ihn anzusehen. Plötzlich redeten beide los.

»Ich kann nicht …«

»Ich war nicht …«

Sie drehte sich zu ihm um. Im dämmrigen Licht des Wagens sah sie den Schmerz in seinem Gesicht. Spontan legte sie die Hand auf die seine und sagte von Schuldgefühlen und Scham gepeinigt: »Ich wollte dich nicht verletzen, Luc, das schwöre ich. Ich weiß nicht, was über mich gekommen ist. Ich … ich kann es nicht erklären.«

»Versuch's. Du gibst mir nie eine Chance, Tory. *Jamais.* Du hältst alles hier drin verschlossen.« Er tippte sich ärgerlich an den Kopf. »Ich weiß, es gibt Dinge … über die du nicht sprechen willst, aber wenn du mit *mir* nicht sprechen kannst, mit wem dann?«

Tory spürte, wie ihr die Tränen übers Gesicht liefen. Sie wischte sie ab. »Ich weiß«, flüsterte sie. »Ich hab einfach … nicht nachgedacht. Es ist alles so durcheinander, Luc. Du kannst dir nicht vorstellen …«

»Wie kann ich mir etwas vorstellen, wenn du nichts *sagst*?«, platzte er heraus. »Hast du denn eine Vorstellung, wie es die letzten Monate für mich gewesen ist? Mit jemandem zu leben, der einfach nicht *reden* will?«

»Ich …«

»Manchmal hab ich den Eindruck, es wäre dir lieber, ich würde verschwinden und dich allein lassen«, fuhr er bitter fort.

»Sag das nicht«, flüsterte Tory und wischte sich mit dem Handrücken über die Wangen. »Bitte, sag das nicht.«

»*Mais c'est vrai,* Tory. Ob es dir gefällt oder nicht, es ist die Wahrheit. Du siehst mich nicht einmal mehr an. Du schaust durch mich hindurch, als würdest du dir wünschen, ich wäre tot.«

»Nein. Nein, sag das nicht.« Sie begann zu schluchzen. »Das hab ich … zu *ihr* gesagt. Zu Susie. An dem Morgen … als sie gestorben ist. Das hab ich zu *ihr* gesagt. Ich …«

»Tory, wovon redest du?«

»Ich wünschte damals, sie wäre tot!«

»Ist das …?«

»Das hab ich gesagt! Das hab ich gesagt!« Sie weinte und schüttelte den Kopf. »An dem Morgen hatten wir einen Streit …«, sie brach ab. Sie hörte Luc leise auf Französisch fluchen, dann legte er plötzlich die Arme um sie und zog sie an sich. Er drückte sie so fest an sich, dass sie sich beruhigte. Ohne etwas zu sagen, hielt er sie nur fest. Sie spürte nur seine Arme, und schließlich hörte sie ihn leise flüstern: »Ich liebe dich, Tory. Warum siehst du das denn nicht? Warum reicht dir das nicht?«

121

In der dunklen Bar saßen zwei Männer und unterhielten sich. Hinter ihnen im bläulichen Bühnenlicht sang eine Frau leise ins Mikrofon. Ihre Stimme war weich und klangvoll. Simon umklammerte sein Bier – sein drittes bereits – und kämpfte gegen das ungewohnte Gefühl der Einsamkeit an, das ihn mit einem Mal packte. Er suchte nach Zigaretten in seiner Tasche. »Wie kommt es, dass man immer dann keine hat, wenn man sie am meisten braucht?«, fragte er den Mann ihm gegenüber.

»Hier …« Der Mann schob etwas über den Tisch.

»Danke.« Simon steckte es ein und wusste, dass er nicht richtig bei der Sache war und sich nur halbherzig auf die Unterhaltung konzentrierte.

»Alles in Ordnung?«

»Ja. Sicher.« Simon lächelte bemüht. »Alles okay. Es ist alles geregelt.«

»Schön. Hören Sie, ich muss los.« Der Mann schob den

Stuhl zurück und stand auf. »Wirklich alles in Ordnung mit Ihnen?«

»Absolut.«

»Okay. Wir bleiben in Verbindung.« Ohne sich noch einmal umzudrehen, ging er weg. Simon blickte ihm nach. Die Stimme der Sängerin klang über ihn hinweg, rauchig und tief. Er schwitzte trotz der Klimaanlage. Es war Zeit zu gehen. Er warf ein paar Dollarscheine auf den Tisch und stand auf. Caryn. Sie ging ihm einfach nicht aus dem Kopf.

Eine halbe Stunde später fuhr er den SUV auf den Gehsteig vor dem Haus. Einen Moment blieb er sitzen, sah auf den fast leeren Strand und beobachtete, wie der große Sonnenball langsam im Meer versank. Ungeduldig trommelte er mit den Fingern aufs Lenkrad. Er stellte den Motor ab, lief die Stufen hinauf und öffnete die Tür. Das Haus war genauso still und leer wie am Morgen, als er weggegangen war. Er warf die Schlüssel auf die Küchentheke und ging zu den Schiebetüren hinüber. Der weite blaue Himmel wurde langsam dunkler. So sehr er sich auch bemühte, er wurde das Gefühl nicht los, dass sich etwas zusammenbraute. Caryn würde jetzt jeden Tag zurückkommen, er sollte sich freuen. Warum dann diese unheilvolle Vorahnung, dass er sie nie mehr wiedersehen würde?

122

»Hier.« Caryn reichte ihr ein Glas mit Brandy. »Deine Zähne klappern ja.« Sie sah zu, wie Nic das Glas nahm und es in einem Zug leerte.

»Hast du Bescheid gewusst?« Nics Frage bedurfte keiner näheren Erklärung.

Caryn wandte sich ab. »Ja«, antwortete sie schließlich. »Aber nicht von Anfang an.«

»Seit wann?«

»Seit einer Weile.«

»Seit wann?«, wiederholte Nic ihre Frage.

»Seit fast einem Jahr«, erwiderte Caryn widerstrebend. »Hör zu, Nic … es tut mir leid, wirklich. Ich hätte etwas sagen sollen, das weiß ich. Sobald ich wusste, wer er war. Lange Zeit wusste ich nicht einmal seinen richtigen Namen. Aber damals hatte ich keine Ahnung, das musst du mir glauben.«

Nic sah sie prüfend an und nickte dann langsam. »Hast du von Simon und meinem Vater gewusst?«, fragte sie mit belegter Stimme.

»Nicht gleich, nein. Als der Film herauskam, tauchten Fragen auf. Martin hat mich als Erster gefragt. Ich glaube, er wusste immer mehr als ich.«

»Wie kommt es, dass ich immer alles als Letzte erfahre?«, fragte Nic ärgerlich. »Wie kommt es, dass alle es wissen, bloß ich nicht?«

»Ach, Nic …« Caryn seufzte. »Manchmal *fragst* du eben nicht, weißt du.« Sie sah ihre beste Freundin fast traurig an. »Du musst doch über deinen Vater Bescheid gewusst haben. Man kommt doch nicht so weit wie er … nun, ohne die Gesetze ein bisschen zu umgehen.«

»Ein *bisschen*? Caryn, jemanden anzuheuern, um seine Gegner abzuknallen, ist mehr, als die Gesetze ein bisschen zu umgehen. Es ist …«

»Ich weiß«, unterbrach sie Caryn schnell. »Ich weiß, was Simon tut, daran musst du mich nicht erinnern. Hör zu, ich hab das nicht geplant, okay? Ich hab schließlich nicht *entschieden*, mich in ihn zu verlieben. Er ist … er ist einfach der …«

»Ja, sicher. Ich hab ihn ja zuerst kennengelernt, wie du weißt.« Nic blickte auf ihr leeres Glas hinab. »Gott, was für ein schreckliches Durcheinander.« Sie stellte das Glas auf den Beistelltisch. »Wie ist nur alles so kompliziert geworden?«

»Komplizierte Zeiten«, erwiderte Caryn und breitete die Hände aus. »Vor allem für Leute wie dich.«

»Wie mich?«

»Du, Mat, Simon. Überleg nur, woher ihr kommt. Kein Wunder, dass alles so verdammt kompliziert ist.«

Nic schwieg. Fast genau dasselbe hatte Gordon Ndava gesagt. »Mat bleibt völlig eisern, Caryn«, sagte sie schließlich. »Er wird das Buch veröffentlichen.«

»Was soll er sonst tun?«, fragte Caryn und hob die Schultern. »An seiner Stelle würde ich …«

»Würdest du es tun? Deinen eigenen Vater vernichten?«

Caryn wandte den Blick ab. Sie brauchte eine Weile, bevor sie antwortete. »Soweit ich weiß«, begann sie vorsichtig, »war er doch eigentlich nie ein Vater? Ja, er hat dich finanziell versorgt, aber sonst? Nicht, dass *ich* viel dazu sagen könnte. Ich weiß noch nicht mal mehr, wie mein Vater ausgesehen hat. Aber wir beide wissen doch, wie es gewesen ist.«

»Dennoch ist er mein Vater«, rief Nic aus. »Das muss doch etwas bedeuten, oder?«

»Wirklich?«, fragte Caryn achselzuckend.

Nic starrte sie an. »Aber wenn ich ihn nicht mehr habe«, sagte sie stockend, »wenn ich meine Familie nicht mehr habe – was habe ich dann?«

»Ach, Nic. Deine Familie wirst du immer haben …«

»Ich meine es ernst, Caryn. Es gibt sonst niemanden. Shaun und Patrick arbeiten beide für meinen Dad. Wenn er untergeht, gehen sie mit ihm unter. Was wird dann aus Jessica?«

»Nic«, unterbrach sie Caryn sanft. »Dein Vater ist doch nicht dumm. Für sie wird gesorgt sein, ganz egal, was mit ihm geschieht. Er ist viel zu clever, um zuzulassen, dass ihnen was passiert.«

Jims glänzender schwarzer Mercedes stand am Straßenrand. Vom Fahrer war nichts zu sehen. Nic ging die Stufen hinauf und öffnete die Haustür. Musik von Bach drang aus dem Arbeitszimmer ihres Vaters im ersten Stock. Sie stieg die Treppe hinauf, blieb vor seiner Tür stehen und lauschte, ob sie Stimmen hören konnte. Aber nichts, er war allein. Sie klopfte an und öffnete dann vorsichtig.

Jim saß mit dem Rücken zu ihr in seinem Lieblingssessel, und seine Finger bewegten sich im Takt zu den Klängen des Wohltemperierten Klaviers. Plötzlich blieb sie unschlüssig stehen. Was wollte sie ihm sagen? Ein kleiner Laut kam aus ihrer Kehle. Ihr Vater drehte sich langsam um.

»Wie lange stehst du schon da?«, fragte er mit ausdrucksloser Miene.

»N-nur einen Moment«, stammelte sie.

»Was willst du?«

»Ich muss dir was sagen«, antwortete sie und trat in den Raum. Sie schloss die Tür hinter sich, lehnte sich dagegen und verbarg ihre zitternden Hände auf dem Rücken. »Es geht um Mat Ndava.«

Er sah sie mit leicht gerunzelter Stirn an. »Was ist mit ihm?«

Sie sah in sein Gesicht. Er wirkte müde und plötzlich alt. Sie spürte einen schmerzhaften Stich in der Brust. Wie wenig sie ihn doch kannte – wie wenig sie über ihn wusste.

Wann hatte sie ihn zum letzten Mal richtig angesehen? »Mat hat einige Recherchen angestellt«, sagte sie vorsichtig. »Über dich.«

Jim stieß ein ärgerliches Seufzen aus. »Ich will dir die Peinlichkeit ersparen, Nic. Er schreibt ein Buch. Er hat in der Vergangenheit herumgewühlt. Erzähl mir, was ich nicht schon weiß.«

»Es könnte sich als ziemlich gefährlich erweisen. Für dich, meine ich.«

Jim lachte kurz auf. »Wie das?«

»Nun, er hat gewisse Dinge herausgefunden. Im Zusammenhang mit RhoMine und … dergleichen.«

»Und?«

Nic starrte ihn an. Seine offensichtliche Gleichgültigkeit konnte sie schwer einordnen. »Ich dachte … ich dachte, das würde dich interessieren«, fügte sie kleinlaut hinzu. »Für den Fall …«

»Für welchen Fall? Dein verdammter Liebhaber hat sich entschlossen, eine Schmierengeschichte zu schreiben, und treibt damit unsere Aktien in den Keller? Also komm, Nicola. Hab ich dir nicht mehr beigebracht? Bitte.« Ungeduldig schüttelte er den Kopf.

Zwei rote Flecken erschienen auf Nics Wangen. »Erstens«, erwiderte sie wütend, »ist er nicht mein Liebhaber, und zweitens bin ich gekommen, um dich zu warnen. Ich dachte, es würde dich interessieren, das ist alles.«

»Mat Ndava war während der vergangenen Jahre ein Stachel in meinem Fleisch, Nicola. Glaubst du, ich hätte das nicht kommen sehen? Ich kenne diesen jungen Mann schon sein halbes Leben lang. Ich bin bestens darauf vorbereitet, junge Dame. Bestens. Er soll's nur rausbringen.«

»Was hast du vor?«

Jim sah sie eindringlich an und schüttelte verständnislos den Kopf. »Was? Glaubst du, ich lasse ihn umbringen?« Er lachte auf. »Hast du davor Angst? Bist du deshalb hergekommen?«

»Nein, natürlich nicht«, log Nic und wusste, dass die Röte in ihrem Gesicht sie veriet. Angst stieg in ihr auf.

»Ist es das, was du von mir denkst?«, fragte Jim ungläubig. »Glaubst du wirklich, ich würde zu solchen Mitteln greifen?«

»Das hast du bereits getan«, antwortete Nic, und das Herz klopfte ihr bis zum Hals. Nie zuvor hatte sie so mit ihrem Vater gesprochen. »Ich weiß alles über Simon Carter und …«

»Du weißt gar nichts«, unterbrach sie Jim mit einer wegwerfenden Handbewegung. »Glaub mir. Du weißt nichts.«

»Ich kann Recht von Unrecht unterscheiden«, sagte Nic ärgerlich. »Ich weiß, dass du manchmal das Recht gebrochen hast. Ich weiß, dass du Dinge getan hast … die du nicht hättest tun sollen. Mat hat gesagt …«

»*Mat* hat gesagt? Was zum Teufel wisst ihr denn schon?«, unterbrach Jim sie herrisch. »Das hat nichts mit dir und deinem verehrten Mat zu tun! *Himmel!* Wenn dieser junge Mann nur die geringste Ahnung hätte, was nötig war, um ihn dorthin zu bringen, wo er jetzt ist …«

»Wir haben nicht darum gebeten!«, schrie ihn Nic plötzlich an. Sie spürte, wie sich erneut ihre Kehle zuschnürte, diesmal vor Zorn, nicht wegen aufsteigender Tränen. »Sag bloß nicht, es sei alles zu unserem Besten geschehen. Das ist Blödsinn, und das weißt du auch! Wage ja nicht, so zu tun, als hättest du das alles für uns getan!« Jims wütende Miene hätte sie zum Schweigen bringen sollen, aber das machte keinen Eindruck mehr auf sie. »Du scherst dich einen Dreck um uns … um uns alle! Wir sind nur nützlich, wenn …«

»Was um *alles in der Welt* ist denn hier los?« Die Tür flog auf. Molly stand darin, mit einem Ausdruck höchster Verwirrung im Gesicht. »Nicola! Wie kannst du es wagen, die Stimme gegen deinen Vater zu erheben …«

»Ach, Molly, warum hältst du nicht einmal in deinem gottverdammten Leben einfach die Klappe!«, rief Nic und drehte sich zu ihr um. »Halt dich hier raus! Es geht dich absolut nichts an!«

»Sprich nicht so mit mir …«

»Halt's Maul!«, schrie Nic und drehte sich wieder zu ihrem Vater um. Tränen der Wut liefen ihr übers Gesicht. »Ich hab's so gründlich satt, mir deinen Mist anzuhören und von dir behandelt zu werden, als wäre ich eine unerträgliche Last, die du so schnell wie möglich abschütteln möchtest. Ich hab's satt, verstanden? All die Lügen, die schäbigen Machenschaften, die Korruption. Mir reicht's!«

»*Dir* reicht's?«, bellte Jim sie an und erhob sich aus seinem Sessel. »Soll ich dir sagen, was diese Lügen dir eingebracht haben«, zischte er. »Die hübsche kleine Wohnung, in der du wohnst, all die Privatschulen, aus denen du rausgeflogen bist, dein schicker kleiner Sportwagen. Wer glaubst du denn zahlt das alles? Meinst du, das Geld regnet von den Bäumen?«

»Natürlich glaube ich das nicht. Ich bin ja nicht blöd. Aber warum musst du deine Geschäfte auf diese Art betreiben? Warum kannst du deinen Lebensunterhalt nicht ehrlich und im Rahmen der Gesetze verdienen, wie alle anderen auch? Warum glaubst du, du stündest über allem?«

»Das Gesetz? Wessen Gesetz? Du kennst doch nicht mal die Bedeutung des Wortes«, brummte Jim und hob die

Hand, um Molly zum Schweigen zu bringen. »Siehst du?«, sagte er plötzlich zu seiner Frau. »Ich hätte sie nie auf die Universität gehen lassen sollen. Ich wusste, dass es ein schwerer Fehler war. Von Anfang an!«

»Du hast mich nicht *gehen lassen*!«, schrie Nic. »Ich hab mir das Geld selbst *verdient*. Ich hab mir den Hintern aufgerissen, um mein Diplom zu kriegen. Das hat nichts damit zu tun! Ich spreche von Korruption und …«

»Ich will dir mal was sagen über Korruption«, brüllte Jim. »Korruption hält die Welt in Gang, mein Mädchen. Korruption ist der Grund, warum du nicht mit Hunger im Bauch in einer Blechhütte aufgewachsen bist! Hat dir je irgendwas gefehlt? Essen, ein Bett, ein Heim? Hat dir das je gefehlt?«

»Das ist nicht alles, was man braucht! Wie steht's mit Liebe? Wie steht's mit einer *richtigen* Familie? Mit Aufrichtigkeit und … mit Respekt füreinander?«

Jim warf die Hände in die Luft. »Respekt! Du willst von *Respekt* reden? Ohne Geld gibt's keinen Respekt! Hast du je Respekt für einen Hungerleider empfunden?«

Nic zitterte am ganzen Leib. Molly stand in der Tür und blickte verdattert von einem zum anderen. Jims Gesicht war krebsrot, die Hände zu Fäusten geballt. In diesem Moment begriff Nic, welche Wut in dem Mann brodelte, vor dem sie sich ihr Leben lang gefürchtet hatte. Mat hatte recht. Es war Schwäche, was ihren Vater antrieb, und Angst. Eine schreckliche, unheimliche Angst vor dem Versagen, vor Armut, vor seiner Vergangenheit – vor der Wahrheit. Plötzlich fiel eine schwere Last von ihr ab. *Sie* hatte keine Angst. Im Gegenteil. Nie hatte sie sich so sicher gefühlt. »Du irrst dich, Dad«, sagte sie und bemühte sich ruhig zu sprechen. »Bei Respekt geht's nicht um *Geld*. Der ist nicht käuflich. Du kannst ihn dir verdienen, aber nicht kaufen. Nicht von mir.«

Die Spannung im Raum war mit Händen zu greifen. Eine Weile sagte keiner etwas. Auf Jims Gesicht zeichnete sich eine Mischung aus Wut und Verwirrung ab. Molly begann zu weinen. Nic drehte sich langsam um und ging zur Tür.

»Wo wirst du jetzt hingehen?«, zischte Jim, als sie nach der Klinke griff.

»So weit wie möglich weg von hier«, erwiderte sie, ohne sich umzudrehen.

»Du wirst nicht weit kommen«, rief ihr Jim nach, als sie die Tür hinter sich zufallen ließ. »Geh nur, lauf deinem Liebhaber nach … wir werden ja sehen, wie weit *er* dich bringen kann.« Nic öffnete die Eingangstür und ging die Stufen hinab. Der Mercedes parkte immer noch vor dem Haus. Der Fahrer las Zeitung im Licht der Straßenlaterne. Es war schon fast dunkel. Er blickte auf, als sie vorbeiging, erkannte sie aber nicht. Sie steckte die Hände in die Taschen. Es war kalt geworden, aber sie spürte die Kälte nicht. Ihr war heiß, aber nicht vor Zorn. Zum ersten Mal in ihrem Leben war sie frei. Frei zu tun, was sie wollte, hinzugehen, wo sie wollte … zusammen zu sein, mit wem sie wollte. In dem Moment gab es nur einen Ort, an dem sie sein wollte. Aber diese Möglichkeit war ihr jetzt versperrt. So viel war leider klar.

123

Simon lehnte sich in seinem Stuhl zurück und unterdrückte ein Gähnen. Sein Anwalt ihm gegenüber las mit konzentrierter Miene die Papiere durch, bevor er sie sorgsam zur Seite legte. Fast den ganzen Tag hatten sie in Graeme Lessors Kanzlei verbracht. Er sah aus dem Fenster. Im Innern der abgeschlossenen Höfe herrschte ein Klima ruhiger Gemessenheit. Diese Welt der gedämpften Stimmen und wohlgesetzten Worte hatte etwas an sich, was ihn wahnsinnig machte. Lessor hüstelte diskret. Simon drehte sich zu ihm um.

»Ziemlich riskante Sache«, sagte Lessor ohne Umschweife. »Ich weiß nicht so recht, wie der Richter das aufnehmen wird.«

»Ich hab mein Bestes getan«, antwortete Simon gleichmütig. »Es steht alles drin.«

»In der Tat«, sagte Lessor und tippte auf den dicken Papierstapel. »Es ist bloß, dass wir hier solche Vorgehensweisen nicht besonders schätzen. Unter normalen Umständen.«

»Ja, nun – die Umstände sind eben so, wie sie sind.«

»Richtig. Also, Mr Carter. Überlassen Sie die Sache mir. Ich melde mich bei Ihnen, sobald es mir gelungen ist, einen Termin bei Seiner Lordschaft zu bekommen.« Die beiden Männer schüttelten sich die Hand, und Simon ging hinaus. Seine Finger strichen über das Handy in seiner Tasche. Es fiel ihm schwer, dem Drang zu widerstehen, Caryn anzurufen. Seit über einer Woche hatte er nicht mehr mit ihr gesprochen. Er hätte sich so gern gemeldet, ihr alles erklärt, ihre Stimme gehört. Aber das ging nicht. Nicht, bevor er alles ins Reine gebracht hatte. Er blieb stehen, schützte die Flamme hinter vorgehaltener Hand und zündete sich eine Zigarette an. Dann zog er den Rauch tief ein, als könnte er damit die Sehnsucht vertreiben. Sobald Lessor den Handel mit dem Richter abgeschlossen hatte, wäre er frei zu tun, was er wollte. Aber erst dann. Wenn er jetzt mit ihr redete, könnte er sich nicht beherrschen und würde verraten, was er vorhatte. Und deshalb musste er sich von ihr fernhalten, so schwer das auch war. Unwillkürlich lächelte er. Wenn alles klappte, hätten sie alle Zeit der Welt.

124

Es war fast fünf, als sie schließlich vor ihrer Wohnung ankam. Sie stieg aus dem Wagen und lief schnell die Treppe hinauf. Vor der Tür blieb sie einen Moment stehen. Schwer zu glauben, dass seit der Geburtstagsfeier erst eine Woche vergangen war. Vor einer Woche hatten sie und Caryn auf dem Bett gelegen und zugesehen, wie sich Tory ihr Kleid glatt strich. Trotz all der Beschwernisse in den letzten Monaten hatte Nic wirklich geglaubt, die Party signalisiere einen Neuanfang für sie alle. Stattdessen waren alle alten Gespenster zurückgekommen, selbst solche, von denen sie bislang gar nichts gewusst hatte.

Sie öffnete die Eingangstür und rechnete halb damit, Estelle auf ihrer Couch sitzen und ihre Sachen durchwühlen zu sehen. Noch immer kam sie nicht über den Schock hinweg, dass Estelle ihre Halbschwester war. Sie gehörte zur Familie. Jetzt verstand sie, warum Estelle sie ausgesucht hatte. Sie fühlte sich in die Falle gelockt, und nicht nur von Estelle. *Das* war die Kehrseite ihres Lebens – die vagen Halbwahrheiten und die offensichtlichen Lügen, die Täuschung und die schreckliche Angst, dass sich unter der Oberfläche ihres privilegierten Lebens etwas Schlimmes verbarg. Mat hatte recht. *Das ist es, was wir sind.* Aber sie wusste nicht mehr, wer sie war. Das war das Problem. Innerhalb einer einzigen Woche war alles auf den Kopf gestellt worden, und sie wusste nicht mehr, was oder wem sie glauben sollte. Sie wusste praktisch nichts über Jim. Aber Gordon Ndava hatte recht – sie hatte nie gefragt. Hatte sie unbewusst vielleicht entschieden, dass es besser war, *nicht* zu fragen?

Sie hängte ihre Tasche an eine Stuhllehne und sank aufs Sofa. Sofort tauchte Mats Gesicht vor ihr auf, und sie schloss die Augen. Sein Ausdruck war wachsam, die schwarzen Augen voller Argwohn. Erneut spürte sie den schmerzlichen Stich, wie jedes Mal, wenn sie an ihn dachte. Nie wieder würde er sie ansehen. Sie nahm ein Kissen und drückte es an die Brust, ein schwacher Schutz gegen die peinigenden Gefühle von Einsamkeit und Schmerz. Sie konnte nichts tun, als stillzuhalten und zu hoffen, es würde vorübergehen. Das Telefon klingelte und brachte sie wieder zu sich. War Mat dran? Sie schob die Decke über ihren Füßen beiseite und lief schnell hinüber. »Hallo?«

»Ich bin's.« Es war Caryn. Tiefe Enttäuschung. »Bist du okay?«

»Ja. Nein. Ich weiß nicht.«

»Bist du allein?«

»Ja.«

»Kann ich rüberkommen?«

»Nein, ich … ich muss ein bisschen allein sein. Mir geht's gut, ehrlich. Ich …«

»Hast du die Nachrichten gesehen?«, unterbrach sie Caryn.

»Nein. Warum?«

»Ich glaube, es ist besser, wenn ich zu dir komme. Ich bin in einer halben Stunde da.« Und bevor sie etwas sagen konnte, hatte Caryn aufgelegt. Einen Moment lang saß sie ruhig da und lauschte ihrem Herzschlag. Was war geschehen? Sie nahm die Fernbedienung und richtete sie fast ängstlich auf den Fernseher.

125

Es war kein Geräusch im Raum außer seinem Atem. Er starrte auf den Bildschirm, und kalte Angst stieg in ihm auf. Gleich würde das Telefon klingeln. Ogilvy und die anderen. Sie alle würden natürlich versuchen, ihre Haut zu retten. Er wandte sich vom Bildschirm ab und ließ den Blick durch den Raum schweifen. Ein schöner Raum, geschmackvoll eingerichtet in den blassen Farben, die Molly so liebte. Gefielen sie ihm eigentlich? Er war nicht sicher. Derlei Dinge fragte er sich selten. Molly war monatelang beschäftigt gewesen, das Haus am Eaton Square zu dekorieren, bis es schließlich dem Wohnsitz entsprach, in dem sie ihrer Meinung nach leben sollten. Es war teuer – ja. Und geschmackvoll, nahm er an. Die richtige Art von Gemälden, sorgfältig ausgewählte Kunstgegenstände – keine einzige afrikanische Maske und auch sonst nichts Afrikanisches. Molly rümpfte die Nase über derlei Ethnoplunder.

Und er? Er legte die Hände auf die polierte Walnussplatte seines Schreibtischs. Das Holz fühlte sich warm an. Er strich mit den Fingern an der Kante entlang und empfand die glatte Festigkeit als beruhigend – er hatte lange und hart gearbeitet, um sich mit Gegenständen zu umgeben, die von Reichtum zeugten, als wäre im Preis eines Chesterfield-Sofas die Versicherung enthalten, dass all dies – er sah sich in seinem Arbeitszimmer um – Bestand hätte. Der Weg von Sao Antao an den Eaton Square war länger gewesen, als sich jemand vorstellen konnte. Aber seltsam – die Art, wie es endete und wie es angefangen hatte, sie waren fast perfekt symmetrisch.

Vor achtzehn Monaten hatte er Gordon angerufen und ihn gebeten – nein, ihm *befohlen* –, seinen Sohn an die Kandare zu nehmen. Aber nun war es nicht Mat, der alles zum Einsturz brachte, sondern der andere, Simon. Derjenige, dem er vertraut hatte. Der so war wie er. Er hatte die Maske aus gespielter Gleichgültigkeit auf dem hübschen, verschlossenen Gesicht durchschaut und sich selbst in ihm erkannt – wie er zwanzig Jahre zuvor gewesen war. Die äußeren Umstände waren auffällig ähnlich – eine Waise, ein *mukiwa*, ein echter Einzelgänger. Jim hatte sich die notwendigen Versatzstücke angeeignet, die Reichtum ermöglichte – Frauen, Kinder, Häuser –, Simon Carter schien derlei weder zu brauchen noch zu wollen, was ihn, wie Jim sofort begriff, zu allem befähigte.

Er wandte sich wieder dem Fernseher zu. Die Kälte war bis in seine Brust hinaufgekrochen, aber sein Gesicht fühlte sich heiß an. Hinter der verschlossenen Tür konnte er Stimmen hören. Die Telefone klingelten bereits, bald würde das Haus voller Leute sein, zweifellos einschließlich der Polizei. Er starrte auf das Bild von sich, das über den Bildschirm flimmerte. Eine alte Aufnahme von ihm, wie er vor einem Jahr aus einer Vorstandssitzung kam, als er noch dachte, er hätte Mat Ndava mit seinen eigenen Waffen geschlagen. Ja, es war tatsächlich komisch. *Die Feder ist mächtiger als das Schwert.* Welcher Narr hatte das gesagt? Da hatte er sich so sehr bemüht, Mat Ndava daran zu hindern, etwas auszuplaudern, dass ihm nicht in den Sinn kam, jemand anders könnte Ähnliches versuchen. Carter hatte sich auf einen Handel mit dem Gericht eingelassen. Er bekannte sich schuldig, und im Gegenzug dafür wurden ihm Anonymität und Straffreiheit zugesichert. Er hatte den Behörden alles erzählt, was sie wissen wollten, und noch einiges darüber hinaus. Und *daraus* würde es kein Entrinnen geben. Diesmal würde er sich weder freikaufen noch mit anderen Tricks herauswinden können. Ja, das war das Ende. Mit einer Geste, die seine Niederlage ausdrückte, strich er sich langsam übers Gesicht. Er hörte die Türglocke und Schritte auf der Treppe. Jeden Moment war es so weit. *Jeden Moment.*

Epilog

London, England, 2007

Es dauerte nur ein paar Minuten. Ein paar Fragen, genau wie ihr Anwalt gesagt hatte – wie lange sie die Verstorbene gekannt habe? In welcher Stimmung diese die Dinnerparty in Paris verlassen habe? Ob sie Grund zu der Vermutung gehabt habe, dass die Verstorbene sich das Leben nehmen wollte? Die *Verstorbene* – es war seltsam, den Untersuchungsrichter so über Estelle sprechen zu hören. *Die verstorbene Estelle Mackenzie.* Es klang, als wäre sie alt gewesen. Aber sie war erst sechsundzwanzig. Sie war tot. Vermutlich durch eine Überdosis. Ein Mann war bei ihr im Hotelzimmer gewesen. Der Mann war verschwunden, aber im Zimmer hatte man Drogen gefunden. Es war immer noch schwer zu glauben.

Sie beantwortete die Fragen des Untersuchungsrichters, so gut sie konnte. Nein, sie habe nicht gewusst, dass Estelle Mackenzie als Prostituierte arbeitete. Nein, niemand habe gewusst, wer sie wirklich war, bis zu diesem Abend. Nach ihrem Tod war alles herausgekommen; das ganze Gebäude war eingestürzt. Es war Nic, die die Hauptlast zu tragen hatte. Jim Harte würde bald ins Gefängnis kommen. Molly und Jessica waren nach Studgrove gezogen, praktisch das Einzige, was vom Reich der Hartes übrig geblieben war. Das schöne Haus am Eaton Square war weg. Nics Wohnung, ihr Wagen, ihre monatliche Zuwendung, die Farm in Simbabwe – alles weg, aufgefressen von den Anwaltskosten und den Ansprüchen derer, die ihn verfolgten. Jim Harte war nicht so gut vorbereitet gewesen, wie er gedacht hatte. Nics

Brüder lebten weiterhin in Harare und arbeiteten jetzt für andere – aber zumindest blieb ihnen die Haft erspart.

An dem Abend, als Jim festgenommen wurde, war Nic einfach verschwunden. Seit fast sechs Monaten hatte Caryn keinen Kontakt mehr zu ihr, und sie wusste nicht, was sie tun sollte. *Es ist vorbei*, hätte sie Nic gern gesagt. *Mit mir und Simon. Es ist aus.* Aber ihre Anrufe wurden nicht beantwortet, und ihre Briefe und E-Mails kamen zurück – ihr blieb nichts anderes übrig, als die vergangenen Jahre hinter sich zu lassen und ihr Leben weiterzuführen. Sie hätte nicht bei Simon bleiben können – nicht nach dem, was sie inzwischen wusste. Er hatte wohl das Richtige getan; er hatte Harte ans Messer geliefert, bevor jemand anders, zum Beispiel sein Bruder Mat, es tun konnte. Sie allein kannte seine Qual und das Ausmaß seiner Scham – nicht nur wegen seiner Taten, sondern auch wegen der Person, für die er sie begangen hatte. Und wofür? Für Geld? Nein, hatte ihr Simon bei ihrem letzten Treffen gesagt, es sei nicht um Geld gegangen. Nie. Aber worum dann? Er brauchte lange Zeit, um ihr zu antworten, und selbst dann, als er es tat, hatte sie das Gefühl, er werde den Rest seines Lebens damit verbringen, sich darüber klar zu werden. Jim Harte war viel mehr für ihn gewesen als bloß ein Auftraggeber. Für den jungen, beeindruckbaren Waisenknaben, den *mukiwa*, war er eine Antwort auf das Rätsel, das ihn sein Leben lang umgetrieben hatte.

»Was ist ein *mukiwa*?«

Auch für diese Antwort brauchte er eine Weile. »So haben mich die Ndebele genannt«, sagte er schließlich und zündete sich eine Zigarette an. »Es heißt ›weißer Junge‹. Ein weißer Junge in Afrika. Das bin ich.«

»Aber du und Mat … das war doch immer was ganz

Besonderes. Du denkst doch nicht so. Das hast du selbst gesagt.«

»Ja, aber der Rest der Welt tut es«, antwortete er und griff nach dem Aschenbecher. »Vor allem dort, wo wir herkommen. Ich dachte … ach, ich weiß nicht. Harte schien eine Möglichkeit gefunden zu haben, das ist alles.«

»Was denn für eine Möglichkeit? Lügen? Stehlen?«

Er lachte kurz auf. »Ja, das auch. Nein, ich meinte eine Möglichkeit zu *sein*. Weiß zu sein. Ein weißer Afrikaner. Er hat sich um rein gar nichts geschert. Er wirkte einfach so selbstsicher, weißt du.«

»Und du wolltest so sein wie er?«

»Wahrscheinlich. In gewisser Hinsicht, meine ich. Ich wollte das Gefühl haben dazuzugehören. Und ich wusste lange vor Mat, dass Gordon mit ihm unter einer Decke steckte. Damit blieb alles in der Familie.«

Kurz darauf war sie weggegangen, ohne zurückzublicken. Die gemeinsamen Monate in Los Angeles hatten genügt, um ihr klarzumachen, dass sie niemals so leben könnte wie er. Sie hatte zu lange und zu schwer gearbeitet, um alles aufzugeben und nur das Anhängsel zu sein von jemandem, der Dinge getan hatte, die sie sich nicht einmal vorstellen konnte. Am Ende war dies der Grund für die Entfremdung zwischen ihnen, nicht Jim Harte oder gar Nic. Das Leben, soweit sie es verstand, war einfach. Man arbeitete hart, kümmerte sich um die Menschen, die einem nahestanden, und legte sich am Abend mit reinem Gewissen schlafen. Simon lebte nach anderen Regeln, und sie brachte es schlichtweg nicht über sich, dieses Leben zu teilen.

Zehn Minuten später war die Befragung vorbei. Sie wurde durch eine Seitentür hinausgeführt und gebeten, ein paar Minuten zu warten. Plötzlich ging die Tür wieder auf, und der Mann, der sie hereingeführt hatte, kam herein, gefolgt von Nic. Caryns Herz schlug bis zum Hals. Nic hielt den Blick geradeaus gerichtet, als hätte sie Angst, nach rechts oder links zu sehen. *Hier entlang*, sagte der Mann und öffnete die Tür für sie. Ohne etwas zu sagen, ging sie vorbei. Die Tür schloss sich hinter den beiden, und Caryn spürte, wie ihr die Tränen kamen. Nic wollte nichts mehr mit ihnen zu tun haben – weder mit ihr noch mit Tory oder Simon. Wer konnte ihr das verdenken? Nach der Absprache mit dem Gericht wurde Simon nicht mehr verfolgt, hatte aber alle anderen hinter Gitter gebracht – Harte, Ogilvy … alle. Arme Nic. Sie konnte sich vorstellen, wie es war, alles zu verlieren – Familie, Vermögen, Freunde *und* Mat, der einzige Mensch, für den sie alles aufgegeben hätte. Und dann musste sie mit ansehen, wie Caryn und Tory »davonkamen« – das waren ihre Worte.

Luc hatte Tory natürlich wieder zurückgenommen. Dass er das Kind wie sein eigenes behandeln würde, stand außer Frage. Und sie war zu Simon zurückgegangen, zumindest glaubte das Nic. Aber Simon hatte dafür bezahlt. Er und Mat redeten nicht mehr miteinander. Fast zwanzig Jahre lang hatten sie sich nähergestanden als Brüder, aber selbst dieses enge Band hielt das, was geschehen war, nicht aus. Wer hätte gedacht, dass alles so enden würde? Sie dachte an den Tag vor vielen Jahren, als sie zum ersten Mal mit Nic Harte gesprochen hatte. Sie war gestolpert, und ihr Ordner war heruntergefallen. Verzweifelt versuchte sie, die Papiere einzusammeln, als jemand sie ansprach. Sie blickte auf – es war Nic.

Das war der Anfang einer Freundschaft gewesen, die ihr mehr bedeutet hatte als jede andere Beziehung in ihrem Leben. Nic und Tory hatten ihr nähergestanden als jemals ein Mitglied ihrer Familie.

Plötzlich war es stickig in dem vollgestopften Büro. Caryn sah sich um, ob sie ein Fenster öffnen konnte, aber die Fenster in dem flachen modernen Gebäude waren anscheinend noch nie aufgemacht worden. Sie stand auf, ignorierte den ärgerlichen Blick des Mannes, der sie hereingeführt hatte, und ging schnell zur Hintertür. Dort sah sie jemanden stehen, links von ihr, innerhalb des Säulengangs. Sie drehte sich um, und vor Staunen blieb ihr der Mund offen stehen.

»Caryn.« Mat nickte ihr zu und lächelte sie an.

»Mat! Was machst du hier?«, fragte sie verblüfft.

Er deutete mit dem Kopf auf das Büro des Untersuchungsrichters. Er wirkte älter und dünner und trug jetzt einen Bart, aber seine Augen und der wachsame Ausdruck seines Gesichts waren noch genauso wie früher. »Ich warte auf Nic«, sagte er schlicht.

»Weiß sie … dass du hier bist?«

Er zuckte die Achseln. »Nein.«

»Aber …« Sie brach ab und blickte ihn fragend an. »Was ist mit …?«

Plötzlich öffnete sich hinter ihnen die Tür, und sie drehten sich beide um. In dem Lichtstrahl, der hinter einer Wolke hervorblitzte und dann gleich darauf wieder verschwand, sahen sich Nic und Mat an. Die Welt schien einen Augenblick stillzustehen … Caryn wandte sich ab. Sie wurde von so heftigen Gefühlen übermannt, dass sie fast keine Luft bekam. Automatisch griff sie nach dem Set aus drei silbernen Ringen, die ihr Nic vor Jahren zum Geburtstag geschenkt hatte. *Vertrauen, Hoffnung, Liebe* war darauf eingraviert. Ihre Finger strichen über die Inschrift, die bestätigten, was sie die ganze Zeit gewusst hatte. *Vertrauen. Hoffnung. Liebe.* In dieser Reihenfolge.

Danksagung

Wie immer gilt mein Dank Christine und Kate, die das Rohmaterial in Form gebracht haben, sowie Sophie Hutton-Squire, die das Manuskript so wunderbar lektoriert hat. Diesmal wurde es – Gott sei Dank – mehr oder weniger an einem Ort, in Eastside Farm, geschrieben, und ich danke Alistair und Susie Cowan, dass sie mich aufgenommen und mir auf so großartige Weise Gesellschaft geleistet haben. Ich danke meiner Schwester Debbie für die nächtlichen Gespräche, die Diät-Tipps und dass sie meine Wohnung in England so gut versorgt hat; Vic, dass sie sich um meine Angelegenheiten in Accra gekümmert hat, und Elkin, dass ich großzügigerweise seine Wohnung benutzen durfte. Für die Gespräche über Simbabwe im Allgemeinen und die Shona-Übersetzungen im Besonderen danke ich Keith Shiri, Brian Chikawava und Elkin Pianim. Peter Godwins *Mukiwa: A White Boy in Afrika* (Groove Press, 2004), Christina Lambs *House of Stone* (Harper, 2007) und Alexandra Fullers *Don't Let's Go to the Dogs Tonight* (Random House, 2002) waren sehr nützlich bei der Beschreibung des Lebens weißer Simbabwer. Einige Biografien waren ebenfalls von großem Wert für mich. So etwa: *Tiny Rowland: A Rebel Tycoon* von Tom Bower (Heinemann, 1993) und Chris Hutchins' und Dominic Midgeleys *Goldsmith, Money, Women and Power* (Mainstream, 1998). Wie immer ein herzliches Dankeschön an Jonathan, Ro, Rahesh, Henry, Dee und Samir, alle in London, an Marilì, Lorenz, Susi, Jörg und Susanne in Basel und an die Fantastischen Vier, Tash, Poem, Liz und Nana Amu in Accra sowie an die üblichen Verdächtigen Vic, Sean, EP, Delta Kilo und vor allem an Patrick, meinen besten Freund, ohne dessen Hilfe ich gar nicht in der Lage gewesen wäre, das Buch überhaupt zu schreiben.